10/18

12, AVENUE D'ITALIE. PARIS XIIIᵉ

Sur l'auteur

Ariana Franklin est née à Londres en 1933 avant que sa famille ne parte s'installer dans le Devonshire pour échapper au Blitz. Elle est devenue l'une des plus jeunes journalistes de sa génération, puis s'est retirée à la campagne pour étudier l'histoire médiévale et écrire. *La Confidente des morts* a reçu le CWA Ellis Peters Historical Award en 2007 et le Macavity Award en 2008. Ariana Franklin a reçu en 2010 le CWA Dagger in the Library Award pour l'ensemble de son œuvre, qui compte seize romans et trois essais. Elle s'est éteinte en 2011 à l'âge de soixante-dix-huit ans.

ARIANA FRANKLIN

LA CONFIDENTE DES MORTS

Traduit de l'anglais
par Vincent Hugon

INÉDIT

Grands détectives
créé par Jean-Claude Zylberstein

Titre original :
Mistress of the Art of Death

© Ariana Franklin, 2007.
© Éditions 10/18, Département d'Univers Poche, 2015,
pour la traduction française.
ISBN 978-2-264-06120-1

À Helen Heller, maîtresse de l'art des thrillers

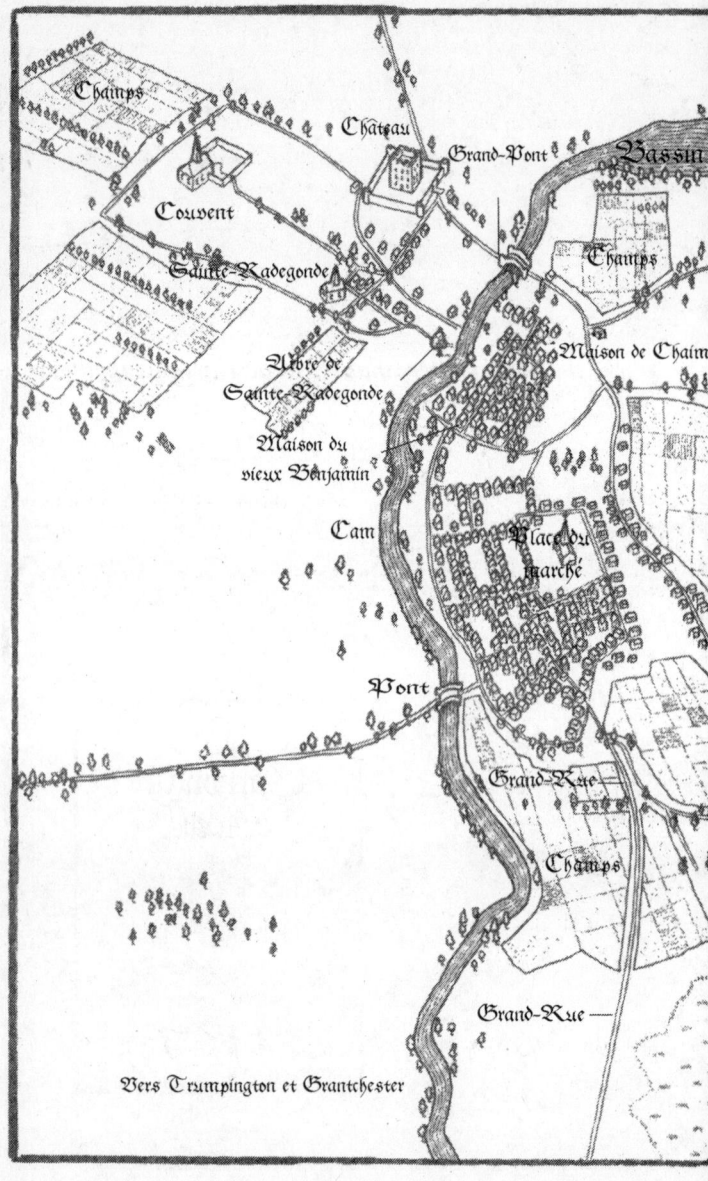

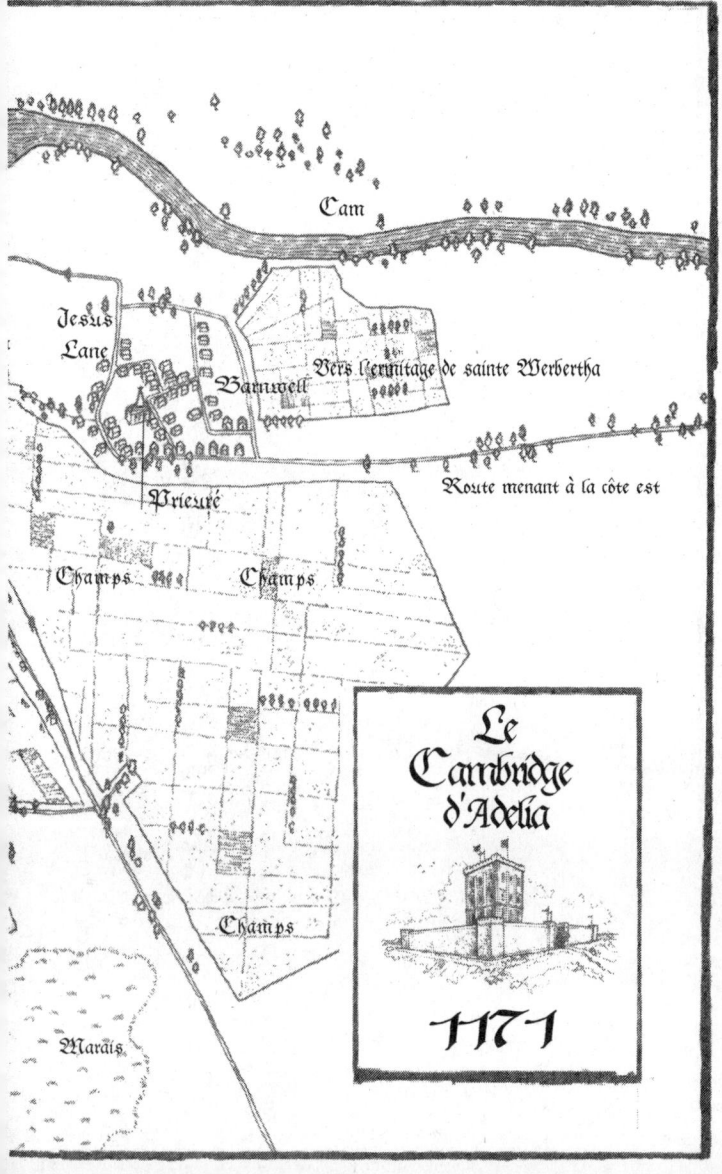

CHAPITRE 1

Angleterre, 1171

Les voilà, ils arrivent. Au loin sur la route, les harnais tintent et de la poussière s'élève dans la tiédeur du ciel printanier.

Des pèlerins revenant de Cantorbéry après Pâques, des médailles à l'effigie de saint Thomas, l'archevêque martyr, épinglées à leur manteau ou à leur couvre-chef – les affaires doivent être bonnes, pour les moines.

Cette caravane constitue un intermède bienvenu au milieu du défilé des carrioles conduites par des paysans aussi fourbus et renfrognés que leurs bœufs, après une journée de semailles ou de labour. Les voyageurs sont bien nourris, bruyants, exaltés par la grâce que leur assure ce pèlerinage.

Pourtant, l'un d'eux, tout aussi exubérant que les autres, est un tueur d'enfants. Et le pardon divin n'a pas cours pour pareil meurtrier.

La femme en tête de la procession, une solide matrone sur une solide jument rouanne, porte une médaille en argent piquée à sa guimpe. Nous la connaissons. C'est la prieure du couvent Sainte-Radegonde de Cambridge. Elle pérore. Haut et fort. La nonne qui l'accompagne, sur un palefroi docile, se tait. Elle n'a pu se permettre qu'un Thomas Becket en étain.

Le chevalier de haute taille qui s'avance entre elles sur un destrier discipliné arbore par-dessus sa cotte de mailles un tabard marqué d'une croix indiquant qu'il a été en croisade, et il s'est lui aussi payé une médaille en argent, comme la prieure. Il commente *sotto voce* les propos de la supérieure ; celle-ci n'entend rien, mais la jeune religieuse sourit. Nerveusement.

Derrière eux, une charrette tirée par des mulets. Elle ne transporte qu'un seul objet, rectangulaire et de taille plutôt réduite compte tenu de la place qui lui est réservée ; le chevalier et son écuyer ont l'air de le surveiller. Il est recouvert d'une étoffe ornée d'armoiries. Les secousses de la charrette font glisser le tissu, révélant un coin sculpté en or – celui d'un grand reliquaire, ou d'un petit cercueil. L'écuyer se penche et rajuste le tissu pour dissimuler à nouveau le chargement.

Et voici un officier du roi. Plutôt jovial, imposant, voire corpulent pour son âge, vêtu comme un manant, mais on ne peut s'y tromper. D'une part, parce que son valet est vêtu d'un tabard brodé des léopards angevins royaux et, d'autre part, parce qu'un abaque et le fléau pointu d'une balance dépassent de sa sacoche de selle trop pleine.

À l'exception de son serviteur, il fait route seul. Personne n'aime les percepteurs.

Puis vient un prieur. Lui aussi est reconnaissable, à son rochet violet, celui des chanoines de l'ordre de saint Augustin.

Important, le père Geoffrey. C'est le supérieur du monastère de Barnwell qui, de l'autre côté de la courbe ample de la Cam, toise et fait de l'ombre à Sainte-Radegonde. Il va de soi que le prieur et la prieure ne s'entendent pas. Trois moines, ainsi qu'un chevalier – un autre croisé, d'après son tabard – et son écuyer, accompagnent le père Geoffrey.

Ah ! il est malade. Il devrait être en tête de cortège, mais sa panse, par ailleurs saillante, semble lui causer du souci. Ignorant le clerc tonsuré qui s'efforce d'attirer son attention, il gémit. Pauvre homme… sur cette partie-là du trajet, inutile d'espérer la moindre délivrance – pas même une auberge – avant d'atteindre l'infirmerie du prieuré.

Un bourgeois au faciès bovin et son épouse, inquiets pour le prieur, prodiguent des conseils aux moines. Un ménestrel chante en s'accompagnant de son luth ; derrière eux marche un veneur avec ses piques et ses chiens – une meute de la couleur du temps anglais.

Suivent les bêtes de somme et le reste des serviteurs. La canaille habituelle.

Enfin, là. En queue de convoi. La lie de la lie. Une charrette couverte constellée de signes cabalistiques colorés. À l'avant, sur la banquette, deux hommes à la peau mate, un petit et un grand à la tête et aux joues enveloppées dans une coiffure maure. Des colporteurs de remèdes, sans doute.

Et, assise sur le hayon, les jambes ballantes comme une paysanne, une femme en jupe qui regarde autour d'elle avec un farouche intérêt. Elle observe les arbres et les herbes d'un œil inquisiteur : « Toi, là, quel est ton nom ? Es-tu bon à quelque chose ? Non ? Pourquoi donc ? » Tel un magistrat siégeant dans un tribunal. Ou un simple d'esprit.

Entre nous et tous ces gens, sur le large bas-côté (en cette année 1171, même le long de la grande route du Nord, aucun arbre n'est toléré à moins d'une portée d'arc de la chaussée, pour ne pas offrir de cachette aux voleurs), se dresse un autel, un de ces rustiques petits abris en planches ordinairement dédiés à la Vierge.

Alors que certains des cavaliers s'apprêtent à le dépasser avec un simple hochement de tête et un Ave, la prieure sollicite ostensiblement l'assistance d'un palefrenier pour mettre pied à terre. Puis elle s'avance dans l'herbe d'un pas lourd et s'agenouille pour prier. Haut et fort.

Un à un, non sans réticence, tous l'imitent. Le père Geoffrey lève les yeux au ciel et émet un grognement tandis qu'on l'aide à descendre de cheval.

Les trois charlatans eux-mêmes quittent leur charrette et se mettent à genoux, même si, en retrait, sans qu'on le remarque, le plus basané semble prier en direction de l'orient. Dieu nous aide, voilà que Sarrasins et autres impies sillonnent les routes du royaume en toute impunité.

On marmotte des prières au saint, on esquisse des signes de croix. Et même s'il en pleure sûrement, le Seigneur souffre que des mains ayant profané une chair innocente restent sans tache.

Une fois les cavaliers remontés en selle, la procession poursuit son chemin et oblique vers Cambridge, nous laissant, à mesure que les conversations décroissent, au roulement des charrettes de moissonneurs et au gazouillis des oiseaux.

Mais nous tenons désormais l'écheveau, le fil qui nous mènera à ce tueur d'enfants. Pour le démêler, toutefois, nous devons d'abord remonter le temps de douze mois…

Jusqu'en l'an 1170. Une année de cris et de hurlements. Ceux d'un roi réclamant qu'on le débarrasse de son archevêque. Ceux des moines de Cantorbéry, à la vue de la cervelle dudit archevêque, répandue sur les dalles de sa cathédrale par des chevaliers.

Ceux du pape exigeant que le roi fasse pénitence. Ceux de l'Église anglaise, triomphante, tenant ce même roi à sa merci.

Et, au fin fond du Cambridgeshire, ceux d'un enfant. Des cris ténus, éraillés, mais qui n'en ont pas moins leur place au sein de cette cacophonie.

Les premiers comportaient encore de l'espoir. Ils signifiaient : « Venez me chercher, j'ai peur. » Jusque-là, les adultes avaient toujours préservé ce petit du danger, l'éloignant par la peau du cou des nids d'abeilles, des marmites bouillantes ou de la forge du forgeron. Il devait bien y en avoir à proximité ; il y en avait toujours.

Le bruit avait fait lever la tête à des daims qui paissaient dans l'herbe au clair de lune, mais ce n'était pas un de leurs jeunes qui avait peur ; ils s'étaient remis à brouter. Un renard qui trottait s'était figé, une patte en l'air, pour écouter et évaluer la menace.

Mais le gosier dont ces cris jaillissaient était trop faible et l'endroit trop isolé pour qu'ils parviennent jusqu'à une oreille humaine. Peu à peu, ils s'étaient modifiés, teintés d'incrédulité, d'un effarement si aigu qu'ils s'étaient faits aussi stridents que les sifflements d'un chasseur dirigeant ses chiens.

Les daims avaient détalé, s'étaient égaillés entre les arbres – leurs croupes blanches apparaissant et disparaissant dans le noir.

Les hurlements s'étaient mués en supplications adressées au bourreau, ou à Dieu peut-être (« Non, je vous en prie, non, s'il vous plaît »), avant de dégénérer en une litanie de souffrance et de désespoir.

Et le soulagement avait empli l'air lorsque était retombé le silence et qu'avaient repris les bruits nocturnes habituels – le bruissement de la brise dans les fourrés, les grognements d'un blaireau, les centaines de cris de petits mammifères et d'oiseaux mourant entre les mâchoires de leurs prédateurs naturels.

C'était ainsi qu'un vieil homme s'était retrouvé contraint de traverser le château de Douvres sous la conduite d'un sergent royal, à une allure qui convenait mal à ses rhumatismes. L'énorme place forte retentissait d'un vacarme de tous les diables et elle était glaciale, mais si le vieillard était transi, malgré la vitesse à laquelle il marchait dans les couloirs en pierre, c'était avant tout de peur. Car l'homme auprès duquel on le conduisait terrifiait tout le monde.

De la lumière, de la chaleur, des bribes de discussion ou des notes de lyre parvenaient au vieil homme par les portes ouvertes devant lesquelles il passait, mais il ne pouvait s'empêcher d'imaginer des scènes infernales derrière celles qui étaient closes.

Devant eux, les serviteurs du château s'effaçaient ou voltigeaient hors du passage, de sorte que les deux hommes laissaient derrière eux un sillage de plateaux abandonnés, de pots de chambre renversés et d'exclamations de douleur ravalée.

Au sommet d'un ultime escalier en colimaçon, ils débouchèrent dans une longue galerie dont l'extrémité la plus proche était occupée par des pupitres disposés le long des murs et une immense table revêtue de feutre vert, divisée en carrés sur lesquels s'élevaient des piles disparates de jetons. Une trentaine de clercs emplissaient la salle du grattement de leurs plumes sur le parchemin, ce qui, associé au glissement et au cliquetis des boules colorées de leurs abaques, donnait l'impression d'avancer au milieu d'un champ rempli de grillons laborieux.

La seule personne au repos était un homme assis sur l'appui de l'une des fenêtres.

— Aaron de Lincoln, Monseigneur, annonça le sergent.

Aaron de Lincoln mit péniblement un genou à terre et porta à son front les doigts de sa main droite, avant de tendre la paume vers l'homme sur l'appui de la fenêtre, en signe d'hommage.

— Vous savez ce que c'est ? lui demanda Henri II en montrant la vaste table.

Aaron jeta un coup d'œil maladroit derrière lui sans rien dire ; il connaissait la réponse, mais la question était purement rhétorique.

— Mon Échiquier. Ces cases représentent les comtés anglais et les jetons indiquent le montant des contributions que chacun verse au Trésor royal. Debout.

Il empoigna le vieillard et l'emmena jusqu'à la table, où il désigna l'un des carrés.

— Là, c'est le Cambridgeshire, exposa-t-il en relâchant Aaron. D'après votre sens aigu de la finance, combien diriez-vous que s'y trouvent de jetons ?

— Pas assez, Monseigneur ?

— En effet, acquiesça Henri. Un comté rentable, d'ordinaire, Cambridge. Un brin atone, mais qui produit beaucoup de céréales, de bétail et de poisson, très rémunérateur pour le Trésor… d'ordinaire. Une communauté juive non négligeable, elle aussi très rémunératrice… d'ordinaire. Seriez-vous prêt à convenir que le nombre de jetons sur l'Échiquier ne constitue pas une représentation adéquate de sa véritable richesse ?

À nouveau, le vieil homme se tut.

— Et pourquoi, d'après vous ? s'enquit le roi.

— J'imagine, hasarda Aaron d'un ton las, que c'est à cause des enfants, Monseigneur. On ne peut que déplorer la mort de tout-petits…

— Tout à fait, convint Henri, qui se percha sur le bord de la table, les jambes pendantes. Surtout quand elle a des effets désastreux sur l'état des finances du royaume. Les paysans de Cambridge sont en révolte et les Juifs… où sont-ils, les Juifs ?

— Réfugiés dans le château, Monseigneur.

— Ce qu'il en reste, du moins, rectifia le roi. Exact. Ils sont dans mon château. Où ils vivent de ma charité et sur mes provisions, qu'ils défèquent sitôt après les avoir mangées tant ils sont terrorisés de sortir. Ce qui signifie qu'ils ne me rapportent rien, Aaron.

— Non, Monseigneur.

— Qui plus est, les paysans révoltés ont incendié la tour est, où était conservé le registre de toutes les créances dues aux Juifs et, par extension, à moi. Sans parler du rôle des impôts. Tout ça, parce qu'ils sont persuadés que les Juifs torturent et mettent à mort leurs enfants.

Pour la première fois, dans la tête du vieillard, une note d'espoir se glissa au milieu du roulement des tambours préludant à son exécution.

— Mais pas vous, Monseigneur ?

— Pas moi, quoi ?

— Vous ne pensez pas que ce sont des Juifs qui tuent ces enfants ?

— Je ne sais pas, Aaron…, commença le roi avec affabilité.

Sans quitter le vieil homme des yeux, il leva la main. Un clerc accourut pour y déposer un parchemin.

— Voici une missive d'un certain Roger d'Acton affirmant qu'il s'agit d'une pratique commune de votre part. Selon ce brave Roger, à Pâques, les Juifs immolent en général au moins un enfant chrétien. Ils le mettent dans un tonneau à charnières percé de clous qui saillent vers l'intérieur. Il en est et il en sera toujours ainsi.

Le roi consulta la lettre.

— « Ils placent l'enfant dans le tonneau et le referment, de sorte que les pointes s'enfoncent dans la chair. Les démons recueillent ensuite dans des vases le sang qui s'épand et l'utilisent dans leurs pâtisseries traditionnelles. »

Henri releva les yeux.

— Pas de très bon ton, Aaron, lâcha-t-il, avant de reporter son attention sur le parchemin. Ah! et ça vous fait aussi beaucoup rire.

— Vous savez que c'est faux, Monseigneur.

Vu le peu de cas qu'en fit le roi, l'objection du vieillard aurait tout aussi bien pu être le cliquètement d'un abaque.

— Mais cette année, Aaron, cette année, voilà que vous vous êtes mis à les crucifier. En tout cas, notre bon Roger d'Acton prétend que ce petit que l'on a retrouvé... comment s'appelait-il ?

— Peter de Trumpington, Monseigneur, souffla le clerc à ses côtés.

— Que Peter de Trumpington a été crucifié et, par conséquent, que les deux autres enfants qui ont disparu pourraient bien avoir subi le même sort. Le supplice de la croix, Aaron.

Le roi avait prononcé ces mots formidables et terribles à voix basse, mais ils résonnèrent dans toute la galerie, s'amplifiant peu à peu.

— On se démène déjà pour faire du petit Peter un saint, comme si nous n'en avions pas assez comme ça. Deux enfants disparus et un petit cadavre mutilé et vidé de son sang, dans mes *fens*[1], Aaron. Ça fait beaucoup de pâtisseries.

Henri sauta de la table et s'éloigna du champ de grillons, en direction de l'autre bout de la galerie, suivi par le vieil homme. Il prit un tabouret sous une fenêtre et, du pied, en poussa un second vers Aaron.

— Asseyez-vous.

Il y avait moins de bruit de ce côté-là ; l'air humide et mordant qui s'engouffrait par les fenêtres dépourvues de vitres faisait frissonner Aaron, bien qu'il fût le plus richement vêtu des deux. Henri s'habillait comme un chasseur aux mœurs négligées ; si les courtisans de la reine s'oignaient la chevelure d'onguent et se parfumaient avec de l'essence de rose, Henri, lui, sentait la sueur et les chevaux. Il avait les mains calleuses et les cheveux roux, coupés ras sur son crâne rond comme un boulet de canon. Pourtant, songea Aaron, il était impossible de le prendre pour autre que ce qu'il était – le souverain d'un royaume qui s'étendait de la frontière de l'Écosse aux Pyrénées.

Aaron aurait presque pu l'aimer – il l'appréciait – si le bougre n'avait pas été si effroyablement imprévisible. Quand ce roi-là piquait une colère, il en avait la bave aux lèvres et les têtes tombaient.

— Dieu déteste les Juifs, Aaron, lui assena le roi. Vous avez tué Son Fils.

Aaron ferma les yeux, dans l'expectative.

— Et moi aussi, Il me déteste.

Aaron rouvrit les paupières.

La voix d'Henri s'éleva en une lamentation qui emplit la galerie telle une sonnerie de trompette désespérée.

---

1. Plaines marécageuses du Lincolnshire, du Cambridgeshire et du Norfolk. (*Toutes les notes sont du traducteur.*)

— Doux Seigneur, pardonne à ce roi contrit et affligé. Tu sais que Thomas Becket s'opposait à moi en toutes choses, si bien que, de rage, j'ai souhaité sa mort. Péché ! Péché ! Car certains chevaliers se sont mépris sur mon courroux et, croyant me contenter, s'en sont allés l'occire, abomination pour laquelle Tu T'es en justice détourné de moi. Je suis un vermisseau, *mea culpa*, *mea culpa*, *mea culpa*. Je ploie sous Ta colère, tandis que l'archevêque Becket, élevé à la gloire éternelle, siège à la droite du Christ miséricordieux, Ton Fils.

Des visages se tournèrent, des plumes se figèrent à mi-phrase, le cliquetis des abaques s'interrompit.

Henri cessa de se marteler la poitrine.

— À mon avis, reprit-il sur le ton de la conversation, le Seigneur ne tardera pas à s'apercevoir comme moi que Thomas est une plaie.

Il se pencha vers Aaron de Lincoln, lui prit le menton avec douceur et lui fit relever la tête.

— Depuis que ces abrutis ont pourfendu Becket, je suis vulnérable. L'Église a soif de vengeance, elle souhaite se repaître de mon foie fumant, elle exige réparation à tout prix et l'un de ses vœux les plus chers est, depuis toujours, l'expulsion des Juifs de la chrétienté.

Les clercs s'étaient remis à l'ouvrage.

Le roi agita sous le nez du vieil homme le parchemin qu'il avait à la main.

— Ceci, Aaron, est une pétition réclamant que je chasse tous les Juifs de mon royaume. En ce moment même, une copie de cette lettre de maître Roger d'Acton, puissent les chiens de l'Enfer lui emporter les roustons, est en voie d'acheminement vers le pape. Ce petit tué à Cambridge et ceux qui ont disparu serviront de prétexte pour revendiquer l'expulsion des vôtres et, maintenant que Becket est mort, je ne serai pas en mesure de refuser, car sinon, Sa Sainteté se laissera persuader de m'excommunier et jettera l'interdit sur le royaume tout entier. Pouvez-vous le concevoir ? Cela reviendrait à être plongé dans les ténèbres : les enfants se verraient refuser le baptême, les mariages ne seraient plus célébrés, les morts seraient enterrés sans les sacrements de l'Église. Et le premier merdeux ambitieux pourrait contester mon droit à régner.

Henri se leva et se mit à faire les cent pas, avant de marquer une pause pour rajuster le coin d'une tapisserie que le vent avait repliée.

— Ne suis-je pas un bon roi, Aaron ? lança-t-il par-dessus son épaule.

— Si, Monseigneur.

C'était la réponse attendue. Mais aussi la vérité.

— Ne suis-je pas bienveillant envers les Juifs, Aaron ?

— Si, Monseigneur. On ne peut plus bienveillant.

Une fois encore, la vérité. Si Henri taxait ses Juifs comme un berger tond ses moutons, aucun autre monarque au monde n'était aussi juste à leur endroit, ne dirigeait son petit royaume avec plus de rigueur, si bien que les Juifs y étaient plus en sûreté que dans presque toute autre contrée connue. De France, d'Espagne, d'Orient ou de Russie, ils affluaient pour jouir des privilèges et de la sécurité qu'offrait l'Angleterre des Plantagenêts.

« Où irions-nous ? pensa Aaron. Seigneur, ô Seigneur, ne nous renvoyez pas dans le désert. Si la Terre promise est perdue, laissez-nous au moins vivre sous ce pharaon qui nous protège. »

Henri hocha la tête.

— L'usure est un péché que l'Église réprouve, Aaron. Elle ne permet pas aux chrétiens de compromettre ainsi leur salut. Elle laisse ça à vous autres, les Juifs, qui n'avez pas d'âme. Ce qui ne l'empêche pas d'emprunter auprès de vous, bien sûr. Combien de cathédrales ont-elles été construites grâce à des prêts que vous avez personnellement accordés ?

— Celle de Lincoln, Monseigneur, commença à énumérer le vieil homme sur ses doigts arthritiques tremblotants. Celles de Peterborough et de Saint-Albans, pas moins de neuf abbayes cisterciennes, sans oublier…

— Oui, oui… Le véritable problème, c'est qu'un septième de mes recettes annuelles provient des impôts que je lève sur vous, les Juifs. Et que l'Église souhaite que je me débarrasse de vous.

Le roi se leva à nouveau et ses rudes inflexions angevines ébranlèrent la galerie.

— Est-ce que je ne fais pas régner dans ce royaume une paix telle qu'il n'en a jamais connu ? Par la sainte verge, comment croient-ils que je m'y prends ?

Plusieurs clercs lâchèrent nerveusement leur plume pour approuver du chef. « Oui, Monseigneur. Tout à fait, Monseigneur. »

— Si fait, Monseigneur, confirma Aaron.

— Pas par le jeûne et la prière, je peux vous le dire, poursuivit le roi, recouvrant son calme. Il en faut, de l'argent, pour équiper une armée, payer des juges, écraser les révoltes à l'étranger et financer le train de vie outrageusement dispendieux de mon épouse. La paix engendre la richesse, Aaron, et la richesse engendre la paix.

Il agrippa le vieillard au collet et l'attira à lui.

— Qui tue ces enfants ?

— Pas nous, Monseigneur. Nous n'en savons rien, Monseigneur.

L'espace d'un court instant d'intimité, deux yeux bleus effrayants aux cils minuscules, presque invisibles, sondèrent Aaron jusqu'au tréfonds de son être.

— On ne sait pas, hein ? maugréa le roi.

Il desserra sa prise, remit d'aplomb le vieil homme et lissa le devant de son manteau, assez proche encore pour lui susurrer :

— On ferait bien de trouver, alors. Et vite.

Comme le sergent raccompagnait Aaron de Lincoln en direction de l'escalier, Henri l'apostropha :

— Les Juifs me manqueraient, Aaron.

Le vieil homme se retourna. Le roi souriait – du moins, une grimace évoquant un sourire dénudait ses solides petites dents écartées.

— Mais pas autant que je vous manquerais, acheva-t-il.

Quelques semaines plus tard, dans le sud de l'Italie…

Gordinus l'Africain cilla avec affabilité à la vue de son visiteur et se mit à agiter l'index. Il connaissait le nom de son hôte, qu'on lui avait annoncé avec pompe – « Venu de Palerme, représentant notre très gracieux souverain, Sa Seigneurie Mordecai fils Berachyah » –, il reconnaissait son visage, mais…

— Hémorroïdes, articula Gordinus, triomphant, car il ne se souvenait des gens que d'après leurs pathologies. Vous aviez des hémorroïdes. Qu'est-ce qu'elles deviennent ?

Mordecai fils Berachyah n'était pas homme à se décontenancer facilement ; en tant que secrétaire personnel du roi de Sicile et dépositaire des secrets du royaume, il ne pouvait guère se le permettre. Il se sentit offensé, bien sûr – on ne devisait pas en public des hémorroïdes de son prochain –, mais son gros visage demeura impassible, sa voix égale.

— Je suis ici pour m'assurer que Simon de Naples a bien pris la mer, exposa-t-il.

— La mère de qui ? se renseigna Gordinus, intrigué.

Le commerce des génies était toujours difficile, médita Mordecai, et quand, comme ici, il commençait à décliner, il devenait quasi impossible. Il décida d'user de tout le poids du pluriel de majesté.

— La mer pour l'Angleterre, Gordinus. Simon Menahem de Naples. Nous devions l'envoyer en Angleterre pour résoudre les ennuis que les Juifs rencontrent là-bas.

Volant à la rescousse, le secrétaire de Gordinus se dirigea jusqu'à un mur tapissé de casiers dont dépassaient des rouleaux de parchemin évoquant des tuyaux.

— Rappelez-vous, monseigneur, nous avions reçu une missive royale…, indiqua-t-il d'un ton encourageant, comme on parle à un enfant. Oh, par tous les dieux, il l'a changé de place !

Cela allait prendre du temps. Mordecai traversa d'un pas pesant le pavement de mosaïque romain, vieux d'un millénaire au moins, qui représentait des cupidons en train de pêcher. Cette villa avait jadis appartenu à Hadrien.

Ils ne se privaient de rien, ces médecins, se dit Mordecai, faisant abstraction du fait que son propre palais palermitain était dallé de marbre et d'or.

Il s'assit sur une banquette en pierre qui courait le long d'une balustrade arrondie, d'où l'on avait vue sur la ville en contrebas et, par-delà, la mer Tyrrhénienne turquoise.

— Sa Seigneurie aura besoin d'un coussin, Gaïus, précisa Gordinus, toujours alerte – en tant que médecin, du moins.

On lui apporta un coussin. Ainsi que des dattes. Et du vin.

— Cela vous convient-il, monseigneur ? s'enquit Gaïus, avec nervosité.

L'entourage du roi de Sicile, à l'image du royaume et du sud de l'Italie lui-même, se composait d'hommes de tant de races et de religions différentes – des Arabes, des Lombards, des Grecs, des Normands ou, comme Mordecai, des Juifs – qu'il était toujours hasardeux de servir des rafraîchissements sans enfreindre un interdit alimentaire ou un autre.

Sa Seigneurie acquiesça de la tête ; Mordecai se sentait mieux. Le coussin soulageait son postérieur, la brise de mer le rafraîchissait, le vin était bon. Il n'y avait en définitive pas de quoi se formaliser du franc-parler de ce vieillard ; à la vérité, après s'être acquitté de l'objet de sa visite, il entendait bel et bien aborder le sujet de ses hémorroïdes, dont Gordinus l'avait guéri la fois précédente. Il était après tout dans la capitale de la médecine et si quiconque méritait le titre de doyen de la célèbre école de la ville, c'était Gordinus l'Africain.

Mordecai observa le vieil homme qui, ayant déjà oublié son invité, s'en était retourné au manuscrit qu'il lisait. La peau bistrée et tombante du bras de Gordinus se tendait chaque fois qu'il trempait sa plume dans l'encre pour procéder à une correction. Qu'était-il ? Tunisien ? Maure ?

À son arrivée à la villa, Mordecai avait demandé au *major domus* s'il devait ôter ses chaussures avant d'entrer.

— J'ai oublié quelle est la religion de votre maître, avait-il avoué.

— Lui aussi, monseigneur, s'était-il vu répondre.

« Il n'y a qu'à Salerne que l'on peut trouver des hommes capables d'oublier jusqu'au savoir-vivre et à leur foi pour mieux servir les malades », philosopha Mordecai.

Il n'était pas certain d'approuver ; c'était admirable, à n'en pas douter, mais la dissection de cadavres, l'avortement – fût-il thérapeutique –, l'autorisation d'exercer accordée aux femmes ou la profanation du corps par la chirurgie violaient des lois immuables.

Pourtant, c'était par centaines que les voyageurs affluaient à Salerne, attirés par sa renommée, qu'ils traversaient les déserts, les steppes, les marécages ou les montagnes, dans leur intérêt ou dans celui d'autrui, en quête d'une cure.

Mordecai baissa les yeux vers le labyrinthe de toits, de clochers et de dômes ; dégustant son vin, il s'étonna une fois de plus : pourquoi était-ce dans cette ville entre toutes, plutôt qu'à Rome, à Paris, à Constantinople ou à Jérusalem, que s'était développée l'école de médecine qui en avait fait l'hôpital du monde entier ?

Au même moment, le tintement des cloches du monastère sonnant none et l'appel à la prière des muezzins se mêlèrent, le disputant à la voix des chantres de la synagogue, avant de s'élancer à flanc de colline à l'assaut des oreilles du visiteur sur le balcon sous la forme d'un fracas discordant de tons majeurs et mineurs.

Telle était, bien évidemment, la réponse. Cet amalgame. Les rudes et avides aventuriers normands qui s'étaient taillé un royaume en Sicile et dans le sud de l'Italie étaient certes des hommes peu soucieux des hommes, mais des visionnaires. Quand quelqu'un servait leurs desseins, peu importait la divinité qu'il adorait. Afin d'instaurer la paix – et par suite la prospérité –, ils avaient opté pour l'intégration des divers peuples qu'ils avaient vaincus, de sorte qu'il n'y avait pas de Siciliens de second ordre. L'arabe, le grec, le latin et le français étaient les langues officielles et ensuite, à tout homme selon son mérite, quelle que soit sa foi.

« Et je serais malavisé de m'en plaindre », se dit Mordecai. Après tout, il était juif et il travaillait aux côtés de chrétiens d'Orient et d'Occident pour un roi normand. Et la galère à bord de laquelle il avait voyagé appartenait à la marine royale sicilienne, commandée par un amiral arabe.

Dans les rues, au-dessous de lui, les djellabas voisinaient avec les cottes de mailles, les cafetans avec les robes de bure, et non seulement leurs porteurs ne se crachaient pas à la face, mais ils échangeaient des saluts, des nouvelles et, par-dessus tout, des idées.

— Voilà, monseigneur, déclara Gaïus à Gordinus, qui prit la lettre.

— Ah, oui, bien sûr. Je me souviens à présent... « Simon Menahem de Naples en route pour une mission spéciale... » Gnagnagna... « Situation difficile et non sans danger pour les Juifs d'Angleterre... des enfants torturés et mis à mort... » Misère... « Les Juifs accusés... » Misère de misère. « À charge pour vous de désigner et de détacher auprès dudit Simon une personne versée dans la détermination des causes de décès, parlant hébreu et anglais, mais discrète dans les deux langues. »

Gordinus sourit à son secrétaire.

— Et c'est ce que j'ai fait, n'est-ce pas ?

Gaïus se tortilla.

— Il y a tout de même eu quelque débat, monseigneur…

— Allons, je me rappelle à merveille : une personne ayant une connaissance approfondie des processus morbides et possédant, outre les langues indiquées, le latin, le français et le grec. Excellent élément. Je l'ai personnellement assuré à Simon, car il paraissait quelque peu dubitatif. « On ne saurait trouver mieux », lui ai-je affirmé.

— Parfait, se réjouit Mordecai en se levant. Parfait.

— Oui, poursuivit Gordinus, toujours très fier de lui ; je crois que nous avons répondu aux attentes du roi à la lettre, hein, Gaïus ?

— Dans l'ensemble, oui, monseigneur.

L'attitude du domestique cachait quelque chose – Mordecai était entraîné à relever ce genre de détail. Et à la réflexion, pourquoi Simon de Naples avait-il donc émis des doutes sur l'homme choisi pour l'accompagner ?

— En parlant du roi, reprit Gordinus, comment va-t-il ? Ses petits tracas sont-ils passés ?

Faisant fi de la santé du roi, Mordecai s'adressa directement à Gaïus.

— Qui a-t-il retenu ?

Le serviteur décocha un regard en direction de son maître, qui avait repris sa lecture, et répondit à voix basse :

— Il s'agissait d'un choix assez audacieux et je me suis interrogé sur…

— Écoutez, mon bon, c'est une mission des plus délicates. Il n'a pas choisi un Oriental tout jaune qui jurerait autant qu'un citron en Angleterre, au moins ?

— Non, ne vous inquiétez pas, intervint Gordinus, reportant son attention vers eux.

— Eh bien, qui avez-vous choisi ?

Gordinus l'en informa.

— Qui ? se récria Mordecai, sous le coup de l'incrédulité.

Gordinus répéta.

— Espèce de sinistre imbécile sénile ! vociféra le représentant du roi, se joignant au concert de cris et de hurlements de cette année-là.

CHAPITRE 2

— Notre prieur se meurt, expliqua le jeune moine, au désespoir. Il est à l'agonie et il n'a nulle part où s'allonger. Au nom de Dieu, je vous en prie, prêtez-nous votre charrette.

Toute la caravane avait été témoin de sa querelle avec ses frères moines quant à l'endroit où il valait mieux que le père Geoffrey passe ses derniers moments sur terre, les deux autres religieux préférant la charrette découverte de la prieure – voire le sol – à celle bâchée des colporteurs aux allures de mécréants.

Une masse d'habits noirs se pressait autour du prieur vacillant de douleur sur la route, l'accablant de conseils et le serrant de si près que l'on aurait dit une nuée de corbeaux qui s'agitaient autour d'une charogne.

La petite nonne qui chevauchait avec la prieure pressait le malade d'accepter un objet.

— Une phalange du saint lui-même, mon père. Faites un nouvel essai, je vous en conjure. Cette fois-ci, ses propriétés miraculeuses...

Sa voix douce était presque entièrement couverte par les exhortations bruyantes du clerc, un dénommé Roger d'Acton, qui pour quelque obscure raison importunait le malheureux prieur depuis Cantorbéry.

— La véritable phalange d'un véritable saint crucifié. Ayez seulement foi...

Même la prieure faisait montre d'une certaine sollicitude.

— Appliquez-la sur le membre souffrant avec davantage de ferveur, père Geoffrey, et le petit saint Peter remplira son office.

C'était en fin de compte le prieur lui-même qui, entre une bordée de jurons et un beuglement de douleur, avait résolu la question et fait comprendre que n'importe où lui conviendrait, tant que c'était loin de la prieure, de ce fieffé casse-pieds de clerc et de tous les fichus badauds attroupés pour assister à ses derniers moments. (Quelques paysans avaient même fait halte pour se mêler à la caravane et observaient ses contorsions avec intérêt.) Il n'était pas, avait-il souligné avec vigueur, un animal de foire.

Ce fut donc la charrette des colporteurs. Le jeune moine avait formulé sa requête aux occupants masculins du véhicule en normand, dans l'espoir qu'ils le comprendraient même si jusqu'alors on les avait uniquement entendus baragouiner dans une langue étrangère.

L'espace d'un instant, ils semblèrent perplexes, puis la femme, une petite chose mal fagotée, demanda :

— Qu'est-ce qui ne va pas chez lui ?

Le moine la chassa de la main.

— Ouste, commère, ça ne concerne pas les femmes.

Le plus petit des deux hommes la regarda battre en retraite avec une mine inquiète, puis déclara :

— Certainement... euh...

— Frère Ninian, se présenta le jeune moine.

— Mon nom est Simon de Naples. Et ce brave homme s'appelle Mansur. Bien sûr, frère Ninian, notre charrette est à votre disposition. De quel triste mal est atteint ce saint homme ?

Le religieux le leur exposa.

Le Sarrasin demeura impassible, mais la pitié envahit le visage de Simon de Naples qui avait peine à imaginer pire.

— Il se pourrait que nous puissions être d'une plus grande assistance encore, avança-t-il. Mon amie est de l'école de médecine de Salerne...

— Votre ami est médecin ?

Le moine repartit au pas de course vers le prieur et le reste de la troupe en trompetant :

— Ils sont de Salerne. Le moricaud est un médecin... un médecin de Salerne.

Ce nom était en lui-même un cordial ; tout le monde le connaissait. Si ces trois-là venaient d'Italie, leur bizarrerie s'expliquait. Qui savait à quoi ressemblaient les Italiens ?

La femme rejoignit ses deux compagnons près de la charrette.

Mansur fixait Simon d'un regard accusateur.

— Ce bonimenteur est allé raconter que je suis un médecin salernitain.

— Ai-je dit ça ? Est-ce ce que j'ai dit ? protesta Simon, en écartant les bras. Je n'y peux rien si le e de « amie » est muet.

Mansur se tourna vers leur compagne.

— L'infidèle n'arrive plus à pisser, lui apprit-il.

— Le pauvre bougre, compatit Simon. Plus depuis des heures. Il crie qu'il va éclater. Pouvez-vous le concevoir ? Se noyer dans ses propres excrétions ?

Elle pouvait le concevoir ; pas étonnant que le malheureux dansât la gigue. Et il finirait bel et bien par éclater – sa vessie, en tout cas. Une affection masculine, qu'elle avait déjà rencontrée sur la table de dissection. Gordinus avait procédé à une autopsie sur un cas similaire et il en avait conclu que le patient aurait pu être sauvé si... si... oui, c'était ça. Elle avait eu droit à une description de l'opération, que son père adoptif avait pu observer en Égypte.

— Hum, lâcha-t-elle.

Simon fondit sur elle tel un oiseau de proie :

— Est-il possible de l'aider ? Seigneur, s'il était envisageable de le guérir, nous en retirerions un avantage incalculable dans notre mission. Il s'agit d'une personnalité influente.

Au diable l'influence ; Adelia ne voyait en lui qu'un semblable qui souffrait – et qui, à moins que l'on n'intervienne, continuerait à souffrir jusqu'à ce que sa propre urine l'empoisonne. Et pourtant... si son diagnostic était faux ? Cette rétention pouvait avoir d'autres explications. Ou si elle faisait une fausse manœuvre ?

— Hum, marmonna-t-elle à nouveau, sur un ton différent.

— Risqué ? se renseigna Simon, avec une attitude elle aussi différente. Il pourrait en mourir ? Réfléchissons à la situation...

Elle l'ignora. Elle faillit se retourner pour s'enquérir de l'opinion de Margaret et une étourdissante solitude la submergea. L'espace qu'occupait depuis son enfance la silhouette massive de sa nourrice était vacant et le resterait. Margaret était morte à Ouistreham.

Avec l'affliction revint la culpabilité. Margaret n'aurait jamais dû entreprendre ce voyage, mais elle avait insisté. Trop sentimentale, Adelia qui, eu égard aux convenances, avait besoin d'une accompagnatrice féminine et redoutait toute autre que son estimée servante avait accepté. Trop éprouvant ; un trajet interminable en mer, le golfe de Gascogne démonté, tout cela était plus qu'une femme de son âge n'en pouvait supporter. Apoplexie. Celle dont l'amour avait, vingt-cinq ans durant, soutenu Adelia gisait au fond d'une tombe dans un minuscule cimetière au bord de l'Orne, et sa protégée avait dû affronter seule la traversée jusqu'en Angleterre, où elle était semblable à Ruth, seule au milieu des blés étrangers.

Qu'est-ce que sa chère nourrice lui aurait dit ?

« Je sais pas pourquoi vous demandez, vous écoutez pas, de toute façon. Vous allez risquer le tout pour le tout pour ce pauvre hère, je vous connais, ma belle, donc vous embarrassez pas de mon opinion, que vous y suivez jamais. »

Non, jamais.

La physionomie d'Adelia se radoucit au souvenir du chaleureux accent chantant du Devon. Le rôle de Margaret avait toujours été de lui donner la réplique. Et de la rassurer.

— Peut-être ferions-nous mieux de nous abstenir, argua Simon.

— Cet homme est en train de mourir, lui opposa-t-elle.

Elle était aussi consciente que Simon du danger qu'ils courraient si l'opération échouait ; elle n'était guère sortie de son abattement depuis qu'elle avait débarqué sur cette terre inconnue, dont l'étrangeté même conférait à la compagnie la plus joviale une apparence d'hostilité. Mais, en l'occurrence, le péril importait tout aussi peu que le profit qu'ils en retireraient si le prieur guérissait. Elle était médecin, il était mourant. Elle n'avait pas le choix.

Elle inspecta les alentours. La route, sans doute romaine, était aussi droite qu'un doigt tendu. À gauche, à l'ouest, la rase campagne : l'orée des *fens* du Cambridgeshire, des prairies et des terrains marécageux gagnés par l'obscurité, au-dessus desquels le soleil couchant se réduisait à une ligne or et vermillon. À droite, le flanc boisé d'une colline d'altitude modérée, à laquelle menait un chemin. Aucune habitation en vue : ni maison, ni chaumière, ni hutte de berger.

Le regard d'Adelia s'arrêta sur le fossé, presque un ruisseau, qui séparait la chaussée de la base de la colline ; attentive comme elle l'était à tous les bienfaits de la nature, elle avait déjà repéré ce qu'il recelait.

Il allait leur falloir un coin à l'écart. Ainsi que de la lumière. Et ce que recelait ce fossé.

Elle formula ses instructions.

Les trois moines approchèrent en soutenant leur prieur en piteux état. Roger d'Acton trottinait à leurs côtés, continuant à faire valoir l'efficacité de la relique proposée par la prieure.

L'aîné des religieux s'adressa à Mansur et Simon :

— Frère Ninian prétend que vous êtes des médecins de Salerne.

Sa figure et son nez étaient si anguleux qu'ils auraient pu servir à tailler du silex.

Simon regarda Mansur par-dessus la tête d'Adelia, debout entre eux. Dans le plus strict respect de la vérité, il affirma :

— Entre lui et moi, nous disposons de connaissances médicales considérables.

— Pouvez-vous m'aider ? s'écria le prieur d'une voix heurtée.

Simon sentit un coude s'enfoncer entre ses côtes.

— Oui, déclara-t-il courageusement.

Néanmoins, frère Gilbert se cramponnait au bras du malade, réticent à abandonner son supérieur.

— Mon père, nous ne savons pas si ces gens sont des chrétiens. Vous avez besoin du réconfort de la prière, je vais rester avec vous.

Simon refusa de la tête.

— Le prodige que nous nous apprêtons à réaliser requiert la solitude. L'intimité est une nécessité, entre le médecin et le patient.

— Pour l'amour de Dieu, soulagez-moi !

De nouveau, ce fut le père Geoffrey qui résolut la question. Frère Gilbert se retrouva assis dans la poussière avec son réconfort chrétien, les deux autres moines, repoussés, furent sommés de ne pas bouger et son chevalier reçut l'ordre de monter la garde. Les bras tendus devant lui, le prieur tituba jusqu'à la charrette, puis Simon et Mansur le hissèrent à l'intérieur.

Roger d'Acton ne désarmait pas :

— Mon père, si vous vouliez seulement vous en remettre aux propriétés miraculeuses de la phalange du petit saint Peter...

— J'ai déjà essayé et je n'arrive toujours pas à pisser ! lui répondit-il dans un rugissement.

La charrette entama en cahotant l'ascension de la colline et disparut entre les arbres, suivie à quelque distance par Adelia, après un détour pour fourrager dans le fossé.

— Je tremble pour lui, s'émut frère Gilbert, même si la jalousie l'emportait sur l'inquiétude dans sa voix.

— Sorcellerie ! proclama Roger d'Acton, incapable de s'exprimer sans crier. Mieux vaut la mort que la résurrection aux mains de Bélial.

Tous deux auraient volontiers suivi la charrette, mais sire Gervase, le chevalier du prieur, qui adorait embêter les moines, leur barra la voie.

— Il a dit non.

Sire Joscelin, le chevalier de la prieure, se montra tout aussi ferme.

— Je crois que nous devrions le laisser en paix, mon frère.

Et les deux croisés en cotte de mailles, qui avaient combattu en Terre sainte, firent barrage avec dédain à ces hommes en robe, qui se satisfaisaient de servir Dieu en lieu sûr.

C'était une étrange colline que celle à laquelle menait ce chemin, une colline couronnée par un large cercle herbeux au-dessus des arbres, illuminé par les derniers rayons du soleil et semblable à un monstrueux crâne chauve, vert et aplati.

Elle projetait une ombre de malaise sur la route en contrebas, où le reste de la caravane, voyant ses forces divisées, avait préféré s'abstenir de pousser plus avant et avait monté le camp sur le bas-côté, à portée de voix des chevaliers.

— Qu'est-ce que c'est que cet endroit ? maugréa frère Gilbert, le regard toujours fixé dans la direction de la charrette, même s'il ne l'apercevait plus.

Un écuyer qui dessellait la monture de son maître s'interrompit.

— Ça, c'est Wandlebury Ring, mon frère. On est dans les collines de Gog et Magog.

Gog et Magog, des géants légendaires aussi barbares que leur nom. La compagnie chrétienne se regroupa autour du feu, avant de s'en rapprocher encore lorsque, sous les arbres, de l'autre côté de la route, dans l'obscurité, sire Gervase ironisa d'une voix d'outre-tombe :

— Des sacrifices humains... La chasse sauvage bat son plein là-haut, braves gens. Oh, quel effroi !

Le veneur du père Geoffrey, qui s'installait avec ses chiens pour la nuit, fit la grimace et hocha la tête.

Mansur non plus n'aimait guère les lieux. Il arrêta la charrette bringuebalante à peu près à mi-hauteur, sur un large replat à flanc de colline. Il détela les mulets, que les gémissements du prieur sous la bâche rendaient nerveux, les attacha afin qu'ils puissent brouter, puis se mit en devoir de préparer un feu.

Adelia se fit apporter une cuvette, dans laquelle elle versa ce qu'il lui restait d'eau bouillie. Elle y mit à tremper ce qu'elle avait ramassé dans le fossé et examina sa récolte.

— Des roseaux ? s'étonna Simon. Qu'allez-vous en faire ?

Elle le lui expliqua.

Il blêmit.

— Il... vous... Il ne sera pas d'accord... C'est un moine !

— C'est un patient, répliqua-t-elle en brassant les tiges, avant d'en sélectionner deux qu'elle secoua pour les débarrasser de leur eau. Préparez-le.

— Le préparer ? On ne saurait préparer un homme à ça. Ma foi en vous est absolue, mais... si je puis me permettre... avez-vous déjà pratiqué cette opération ?

— Non. Où est mon sac ?

Simon lui emboîta le pas.

— Y avez-vous du moins assisté ?

— Non. Ventredieu, nous allons manquer de lumière. Mansur, deux lanternes ! Suspends-les aux arceaux, à l'intérieur. Bon, où sont ces linges ?

Elle entreprit de fouiller dans le sac en peau de chèvre qui contenait son nécessaire.

— Serait-il possible de clarifier ce point ? reprit Simon, s'efforçant de conserver son calme. Vous ne vous êtes jamais acquittée de cette intervention et vous n'en avez jamais été témoin.

— Non, je vous l'ai dit, confirma-t-elle en levant les yeux. Gordinus m'en a parlé. Et Gershom, mon père adoptif, me l'a décrite après un voyage en Égypte. Il avait vu des fresques qui la représentaient dans un tombeau antique.

— Des fresques dans un tombeau égyptien, résuma Simon d'un ton monocorde.

— Il n'y a pas de raison que ça ne fonctionne pas, assura Adelia. D'après ce que je sais de l'anatomie masculine, la méthode est logique.

Elle se remit en marche. Simon se précipita à sa poursuite et la retint.

— Pourrions-nous pousser la logique un peu plus loin ? Vous vous apprêtez à effectuer une opération, une opération potentiellement dangereuse…

— Oui, on peut l'envisager ainsi.

— Et ce sur un prélat d'une certaine importance. Ses amis l'attendent là-bas, précisa Simon en désignant le pied de la colline qui s'obscurcissait, et tous ne se réjouissent pas de notre ingérence. Nous sommes des étrangers pour eux, nous n'avons aucun crédit à leurs yeux.

Il dut bondir devant elle pour continuer, car elle repartait déjà en direction de la charrette.

— Il se pourrait... je ne dis pas que ce sera le cas, mais il se pourrait que ces amis obéissent à leur propre logique et que, si le prieur venait à mourir, celle-ci leur dicte de nous pendre tous les trois à un arbre comme on étend sa lessive. Donc je le répète : ne vaudrait-il pas mieux laisser la nature suivre son cours ? Je ne fais que m'interroger.

— Cet homme se meurt, maître Simon.

La lumière des lanternes qu'avait rapportées Mansur éclaira alors le visage d'Adelia et il s'écarta, vaincu.

— Oui, ma Becca agirait de même.

Son épouse, Rebecca, était l'étalon à l'aune duquel il mesurait la charité humaine.

— Allez-y.

— Votre aide va être requise.

Il leva les mains en signe de protestation, puis baissa les bras.

— Vous l'aurez.

Avec un soupir, il se résolut à l'accompagner en marmonnant :

— Aurait-il été si terrible de laisser la nature suivre son cours, Seigneur ? C'est tout ce que je demandais...

Mansur attendit qu'ils grimpent tous les deux à l'arrière de la charrette, puis s'y adossa, bras croisés, pour monter la garde.

Les derniers rayons du soleil déclinant s'éteignirent, sans être tout de suite remplacés par ceux de la lune, plongeant dans le noir les *fens* et la colline.

Plus bas, au bord de la route, une silhouette massive se détacha de la compagnie des pèlerins rassemblés autour du feu, comme pour satisfaire un besoin naturel. Invisible dans les ténèbres, elle traversa la route et, avec une agilité surprenante pour son gabarit, sauta par-dessus le fossé et disparut dans les fourrés bordant le chemin. Maudissant en silence les ronces qui déchiraient son manteau, elle monta en direction du ressaut sur lequel s'était arrêtée la charrette, le nez levé, guidée par l'odeur des mulets et, de temps à autre, par une lumière entrevue entre les arbres.

Elle fit halte pour prêter l'oreille à la conversation des chevaliers plantés telles deux statues menaçantes sur le chemin, hors de vue de la charrette, impossibles à différencier l'un de l'autre à cause du nasal de leur heaume.

L'un d'eux mentionna la chasse sauvage.

— La colline du diable, à n'en pas douter, répliqua distinctement son compagnon. Aucun paysan ne s'aventure par là et j'aurais autant aimé qu'on l'évite. J'aime encore mieux les Sarrasins.

L'espion se signa et poursuivit son ascension, se déplaçant avec d'infinies précautions. Sans se faire remarquer, il contourna l'Arabe, lui aussi pareil à une statue dans la clarté lunaire. Enfin, il atteignit un poste d'observation au-dessus de la charrette, à laquelle les lanternes conféraient l'aspect d'une opale chatoyante sur fond de velours noir.

Il s'installa. Autour de lui, le sous-bois bruissait des allées et venues indifférentes de la faune nocturne. Une chouette effraie en chasse le survola en hululant.

Soudain, des paroles indistinctes émanèrent de la charrette. Puis une petite voix cristalline :

— Allongez-vous. Ça ne devrait pas être douloureux. Maître Simon, si vous voulez bien relever sa robe...

Le père Geoffrey, d'un ton brusque :

— Qu'est-ce qu'elle fabrique là-bas dessous ? Qu'est-ce qu'elle a à la main ?

Ledit maître Simon :

— Rallongez-vous, mon père. Fermez les yeux. Soyez assuré que cette dame sait ce qu'elle fait.

Le prieur, affolé :

— Eh bien, moi, non ! Je suis aux mains d'une sorcière ! Seigneur, ayez pitié de moi, cette femelle veut m'aspirer mon âme par la verge.

Et la voix plus fluette, sévère, concentrée :

— Cessez de remuer, bougre d'abruti. Vous voulez que je vous crève la vessie ? Redressez le pénis, maître Simon. Bien droit, il faut que le passage soit dégagé.

Le prieur émit un glapissement.

— La cuvette, Simon. La cuvette, vite. Tenez-le comme ça, là.

Il y eut alors un son évoquant un jet d'eau dans un bassin, suivi d'un râle de contentement pareil à celui d'un homme faisant œuvre de chair ou dont la vessie torturée se soulage de son contenu.

Au-dessus de la charrette, le collecteur d'impôts du roi ouvrit de grands yeux, la bouche plissée par une moue d'intérêt, puis, après un hochement de tête, entama sa descente.

Il se demanda si les chevaliers avaient entendu ce qu'il venait d'entendre. Sans doute pas, supputa-t-il. Ils étaient presque hors de portée de voix de la charrette et le camail qu'ils portaient sous leur heaume en guise de rembourrage étouffait les sons. Hormis les occupants de la charrette et l'Arabe, lui seul devait donc avoir connaissance de ce fascinant incident.

Comme il s'en revenait, il dut se tapir dans l'ombre à plusieurs reprises ; en dépit de l'obscurité, un nombre surprenant de pèlerins vadrouillaient sur la colline cette nuit-là.

Il reconnut frère Gilbert, qui devait vraisemblablement tâcher de découvrir ce qui se passait dans la charrette, et Hugh, le veneur du prieur, qui essayait peut-être d'en faire autant, à moins qu'il ne repérât le gibier comme il sied à un chasseur. Et cette forme vague qui se faufilait entre les arbres n'était-elle pas celle d'une femme ? L'épouse du bourgeois en quête d'un coin à l'écart pour faire sa besogne ? Une religieuse dans la même situation ? Un moine ?

Il n'aurait su dire.

CHAPITRE 3

L'aube trouva les pèlerins trempés et irritables. Lorsque le chevalier de la prieure rejoignit celle-ci au bord de la route pour lui demander comment s'était déroulée sa nuit, elle se répandit en invectives contre lui.

— Où étiez-vous, sire Joscelin ?
— Je veillais sur le prieur, ma dame. Il était entre les mains d'étrangers et il aurait pu requérir assistance.

La prieure n'en avait cure.

— Tel était son choix. J'aurais pu continuer à avancer hier soir, si vous aviez été avec nous pour nous protéger. Cambridge n'est qu'à deux lieues. Le petit saint Peter attend ce reliquaire où doivent reposer ses os, et il attend depuis assez longtemps.

— Vous auriez dû emporter ses ossements avec vous, ma dame.

Outre la piété, le pèlerinage à Cantorbéry de la prieure avait aussi pour motif d'en rapporter le reliquaire commandé une année auparavant aux orfèvres de saint Thomas Becket. Une fois qu'y seraient enclos les ossements du nouveau saint du couvent, qui reposaient jusqu'alors dans un méchant coffre, la mère Joan en espérait de grandes choses.

— J'avais sur moi une de ses saintes phalanges, répliqua-t-elle. Et si le père Geoffrey était aussi dévot qu'il le devrait, cela aurait suffi à sa guérison.

— Ne vous en déplaise, ma mère, nous ne pouvions pas abandonner ce pauvre prieur dans l'adversité, seul avec des inconnus.

La prieure l'aurait très bien pu. Elle n'avait pas plus d'affection pour le père Geoffrey qu'il n'en avait pour elle.

— Il a bien un chevalier, non ?

— Il est nécessaire d'être deux pour monter la garde toute la nuit, ma dame, objecta sire Gervase. Un qui fait le guet et un qui se repose.

Il était de mauvaise humeur. De fait, les deux chevaliers avaient les yeux rougis comme après une nuit blanche.

— Parce que j'ai dormi, moi ? Je ne vous raconte pas le tapage, avec tous ces gens qui allaient et venaient. Et pourquoi lui faudrait-il une garde doublée ?

Une bonne partie de l'hostilité entre le couvent Sainte-Radegonde et le prieuré augustinien de Barnwell tirait son origine de la jalousie dont la mère Joan soupçonnait le prieur, après les miracles déjà accomplis par les os du petit saint Peter, dont sa maison était dépositaire. Enchâssés comme il se doit, ils gagneraient encore en renom, les recettes du couvent gonfleraient sous l'effet de l'afflux de fidèles et les miracles se multiplieraient – au grand dépit du père Geoffrey, à n'en pas douter.

— Repartons avant qu'il soit sur pied, décida-t-elle, puis, jetant un regard à la ronde : Où est encore Hugh avec mes chiens ? Oh, ce démon, il ne va tout de même pas les avoir emmenés sur la colline…

Sire Joscelin s'empressa de partir à la recherche du veneur. Sire Gervase, dont les chiens étaient avec ceux de Hugh, le suivit.

Après une bonne nuit de sommeil, le prieur, lui, commençait à recouvrer ses forces et, tout en mangeant des œufs à la poêle, assis sur un tronc d'arbre près du feu des Salernitains, il se demandait quelle question poser en premier.

— Je suis stupéfait, maître Simon, avoua-t-il.

Le petit homme qui lui faisait face hocha la tête, compréhensif.

— Je vous comprends, mon père. « *Certum est, quia impossibile.* »

Qu'un vulgaire colporteur cite Tertullien décontenança encore davantage le prieur. Qui étaient ces gens ? Toutefois, ce drôle avait raison ; les faits étaient indiscutables, car impossibles. Mais le plus important d'abord.

— Où est-elle ?

— Elle arpente les environs, mon père. Elle aime étudier la nature et ramasser des plantes.

— Elle devrait se méfier de cette colline. Les gens du pays s'en tiennent à distance respectueuse et la laissent aux moutons. D'après eux, Wandlebury Ring est le domaine de la chasse sauvage et des sorcières.

— Mansur ne la quitte pas d'une semelle.

— Le Sarrasin ?

Le père Geoffrey estimait avoir les idées larges et il était reconnaissant, mais il en fut navré.

— C'est donc une sorcière ?

Simon fit la grimace.

— Mon père, je vous en supplie… Si vous pouviez éviter d'employer ce mot en sa présence… Elle est docteur en médecine, expliqua-t-il, avant de marquer une pause. Experte dans sa spécialité, ajouta-t-il, se limitant une fois de plus à la stricte vérité. L'école de Salerne autorise les femmes à exercer.

— J'en avais eu vent, se souvint le prieur. Salerne, hein ? Je n'y croyais pas, pas plus que je ne tiens les vaches pour capables de voler. Il semble que je vais dorénavant devoir me défier du bétail volant.

— On n'est jamais trop prudent, mon père.

Le prieur avala encore quelques cuillerées d'œuf et regarda autour de lui, se délectant de la verdure printanière et du gazouillis des oiseaux pour la première fois depuis un certain temps. Il réexaminait la situation. Bien qu'à l'évidence louche, cette petite troupe était aussi instruite. Auquel cas les choses n'étaient pas du tout telles qu'elles apparaissaient.

— Elle m'a sauvé, maître Simon. Est-ce là une opération qu'elle a apprise à Salerne ?

— Des plus vénérables médecins égyptiens, si je ne m'abuse.

— Extraordinaire. Combien lui dois-je ?

— Elle n'accepte aucune rémunération.

— Vraiment ?

De plus en plus extraordinaire ; ni cet homme ni cette femme ne paraissaient avoir un sou vaillant.

— Elle m'a insulté, maître Simon.

— Je vous présente mes excuses, mon père. Je crains que communiquer avec les patients ne soit pas son fort.

— Non, en effet.

Pas davantage que la féminité, pour autant que le prieur pouvait en juger.

— Veuillez pardonner l'impertinence d'un vieil homme, mais afin que je puisse m'adresser à elle dans les règles... duquel d'entre vous est-elle... la compagne ?

— Ni de l'un ni de l'autre, mon père, répondit le colporteur, plus amusé qu'offensé. Mansur est son valet de chambre et, par suite d'un cruel coup du sort, il est eunuque. Quant à moi, je suis tout dévoué à mon épouse et à mes enfants, à Naples. Il n'y a entre nous aucun lien de ce genre ; ce sont uniquement les circonstances qui nous ont réunis.

Et, bien que n'étant pas né de la dernière pluie, le prieur le crut, ce qui accentua encore sa curiosité. Que diable ces trois phénomènes venaient-ils fiche ici ?

— En tout état de cause, reprit le père Geoffrey, avec une expression sévère, je me dois de vous avertir : quel que soit l'objet de votre voyage à Cambridge, l'étrangeté de votre ménage vous desservira. Une damoiselle, même médecin, se doit d'avoir une dame de compagnie.

Ce fut au tour de Simon de paraître surpris, ce qui confirma au père Geoffrey que son interlocuteur ne voyait en effet dans sa compagne qu'une collègue.

— Je suppose que ça vaudrait mieux, admit Simon. Elle en avait une quand nous avons débuté notre mission, sa vieille nourrice, mais la pauvre est morte en chemin.

— Je vous recommande d'en dénicher une autre, dit le prieur avant de s'interrompre. Vous venez d'évoquer une mission. Pourrais-je m'enquérir de sa nature ?

Simon eut l'air d'hésiter.

— Maître Simon, le relança le prieur, je présume que vous n'avez pas fait le déplacement de Salerne rien que pour vendre des remèdes. Même si votre mission est délicate, vous pouvez vous en ouvrir à moi en toute impunité.

Comme Simon hésitait toujours, le père Geoffrey se résolut avec agacement à souligner l'évidence :

— Vous me tenez métaphoriquement par les couilles, maître Simon. Comment pourrais-je trahir votre confiance alors que pour vous venger de cette trahison, il vous suffirait de révéler à un crieur public que j'ai... moi, un chanoine de saint Augustin, une personnalité de quelque importance à Cambridge ainsi que, je m'en targue, dans le reste du royaume... que j'ai non seulement abandonné mon membre viril à une femme, mais que je l'ai laissée y introduire une plante ? Pour paraphraser l'immortel Horace, qu'en dirait-on à Corinthe ?

— Euh...

— Voilà. Exprimez-vous donc librement, maître Simon. Rassasiez la curiosité d'un vieillard.

Simon s'exécuta. Ils étaient là pour découvrir qui enlevait et tuait les enfants de Cambridge, expliqua-t-il. Toutefois, il ne fallait pas imaginer qu'ils cherchaient à se substituer aux autorités locales.

— Simplement, précisa-t-il, les enquêtes menées par ces autorités tendent parfois plus à couper les langues qu'à les délier, tandis que nous, incognito et anonymes...

Fidèle à lui-même, il insista longuement sur ce point. Il ne s'agissait pas d'usurpation de pouvoir. Cependant, puisque l'élucidation des meurtres tardait... que le criminel était à l'évidence fourbe et rusé... de telles mesures d'exception n'étaient peut-être pas inappropriées.

— Nos maîtres, ceux qui nous envoient, semblent considérer que le docteur et moi possédons les aptitudes adaptées à la situation.

Quand, au détour de la conversation, le père Geoffrey apprit que Simon de Naples était juif, il fut aussitôt pris de panique. En tant que supérieur d'une importante communauté monastique, il était en partie responsable de l'état dans lequel le monde serait restitué à Dieu le jour du Jugement dernier, certainement tout proche. Que répondrait-il au Tout-Puissant qui avait ordonné d'y instituer la foi véritable ? Comment justifierait-il, devant le trône divin, l'existence de foyers d'infection impies au sein de ce qui aurait dû être un corps parfait et inaltéré – foyers contre lesquels il n'aurait rien fait ?

L'humanité le disputa aux enseignements du séminaire et prévalut. C'était une bataille perdue d'avance. Qu'y pouvait-il ? Il n'était pas de ceux qui approuvaient l'extermination ; il refusait l'idée de précipiter manu militari en enfer l'âme de quiconque, si tant est que les Juifs eussent une âme. Non content de tolérer leur présence à Cambridge, il allait jusqu'à les protéger – même s'il tempêtait aussi avec véhémence contre les ecclésiastiques qui encourageaient le péché d'usure en empruntant aux Juifs.

Et voilà qu'il était lui-même débiteur de l'un d'eux. Et si cet homme, juif ou non, était effectivement capable d'éclaircir ce mystère qui rongeait Cambridge, le père Geoffrey était à ses ordres. Mais pourquoi avait-il avec lui un médecin – une femme, qui plus est ?

À mesure que le père Geoffrey écoutait le récit de Simon, son étonnement se mua en abasourdissement – ne serait-ce qu'à cause de la franchise de son interlocuteur, caractéristique qu'il n'avait jusqu'alors jamais rencontrée chez aucun autre de cette race. Foin de finesse, voire de finasserie, c'était la vérité qui lui était donnée à entendre.

Il songea : « Pauvre benêt, il n'en faut guère pour qu'il livre tous ses secrets. Il est trop ingénu, trop dénué de malice. Qui t'envoie, petit benêt ? »

Une fois que Simon eut terminé, il y eut un silence, uniquement troublé par le chant d'un merle dans un cerisier sauvage.

— Vous êtes envoyés par d'autres Juifs pour sauver vos coreligionnaires ?

— Pas du tout, mon père. Absolument pas. L'initiative semble en l'occurrence émaner du roi de Sicile, un Normand, comme vous le savez. Je me suis moi-même posé la question ; je ne peux m'empêcher de déceler d'autres influences à l'œuvre. En tout cas, personne ne s'est soucié de notre identité à Douvres, ce qui m'incite à en déduire que l'administration anglaise n'ignore pas ce qui nous amène. Soyez certains que s'il s'avérait que les Juifs de Cambridge étaient coupables de ce crime des plus épouvantables, je fournirais volontiers la corde pour les pendre.

Bon, le prieur était prêt à l'admettre.

— Mais en quoi le concours de cette femme médecin était-il nécessaire à la réussite de l'entreprise, si je puis me permettre ? Un *rara avis*, un oiseau rare pareil ne saurait manquer d'attirer une attention des plus fâcheuses s'il venait à être percé à jour.

— Moi aussi, dans un premier temps, j'avais des doutes, concéda Simon.

Des doutes ? Il avait même été consterné. Il avait uniquement appris le sexe du médecin qui devait l'accompagner une fois Adelia et son entourage à bord du navire qui devait les emmener en Angleterre, trop tard pour protester, même si Simon ne s'en était pas privé. Gordinus l'Africain, médecin hors pair et parfait ahuri, avait pris ses gesticulations pour des gestes d'adieu et lui avait affectueusement fait signe de la main en retour, tandis que le vaisseau s'éloignait du quai.

— J'avais des doutes, répéta-t-il, et pourtant elle s'est montrée pudique, capable et excellente dans l'usage de votre langue. De plus...

Un sourire radieux plissa son visage ridé, détournant l'attention du prieur de ce sujet potentiellement épineux ; le moment de révéler les talents particuliers d'Adelia viendrait, mais il était encore trop tôt.

— Comme dirait mon épouse, le Seigneur emprunte des voies détournées. Sinon, pourquoi nous serions-nous trouvés sur votre chemin au moment où vous en aviez le plus besoin ?

Le père Geoffrey hocha lentement la tête. C'était indubitable et il avait déjà remercié à genoux la divine providence d'avoir mis cette femme sur sa route.

— Avant que nous arrivions en ville, poursuivit Simon de Naples avec douceur, il nous serait utile d'en apprendre autant que possible sur le meurtre de cet enfant, ainsi que sur la disparition des deux autres...

Il laissa sa phrase en suspens.

— Les enfants..., finit par soupirer le père Geoffrey, le cœur lourd. Je suis au regret de vous annoncer, maître Simon, qu'à notre départ pour Cantorbéry, le nombre de disparitions ne se montait plus à deux, comme on vous l'avait indiqué, mais à trois. À vrai dire, si je n'avais pas au préalable fait vœu d'accomplir ce pèlerinage, je n'aurais jamais quitté Cambridge, de crainte que le chiffre n'augmente encore. Dieu ait pitié de leur âme, nous redoutons que tous ces petits n'aient subi le même sort que Peter, le premier. Crucifié.

— Pas par des Juifs, mon père. Nous ne crucifions pas les enfants.

« Vous avez bien crucifié le Fils de Dieu », pensa le prieur.

Pauvre benêt... Là où ils se rendaient, s'il admettait qu'il était juif, il se ferait mettre en pièces. Et son médecin avec lui.

« Seigneur, se désola in petto le père Geoffrey. Il va falloir que je m'en mêle. »

— Je me dois de vous prévenir, maître Simon, les gens sont très remontés contre les Juifs, ils craignent que d'autres petits ne se fassent enlever.

— En quoi a consisté l'enquête, mon père ? Quelles sont les preuves incriminant les Juifs ?

— Les accusations à leur encontre ont été presque immédiates, et elles sont fondées, j'en ai peur.

En tant qu'agent, enquêteur, émissaire, éclaireur ou espion – fonctions qu'il avait toutes exercées au service d'hommes puissants dont il était bien connu –, la force de Simon Menahem de Naples tenait à ce qu'on le prenait pour ce dont il avait l'air. Ses interlocuteurs n'arrivaient pas à concevoir que ce petit bonhomme chétif et nerveux, si empressé, si innocent, si prodigue de renseignements – toujours exacts – puisse être plus malin qu'eux. C'était seulement une fois le marché conclu, l'alliance scellée, le fond de l'affaire apparent qu'ils s'avisaient que Simon avait fidèlement obtenu ce que ses maîtres souhaitaient. « Mais quel benêt ! » se disaient-ils.

Et ce fut à ce même benêt, qui avait su cerner son caractère et l'étendue de sa gratitude dans leurs moindres détails, que le père Geoffrey, si subtil, finit par exposer tout ce que ledit benêt désirait apprendre.

Les faits remontaient à un peu plus d'un an, au vendredi de la semaine de la Passion. Le petit Peter, âgé de huit ans, un enfant du village de Trumpington, au sud-ouest de Cambridge, en périphérie de la ville, avait été envoyé par sa mère ramasser des branches de saule « qui, en Angleterre, remplacent les palmes en guise de décoration, le dimanche des Rameaux », indiqua le prieur.

Peter avait dédaigné les arbres les plus proches de chez lui et longé la Cam en direction du nord jusqu'à un saule à proximité du couvent Sainte-Radegonde, sur la berge de la rivière, considéré comme particulièrement sacré, car ayant été planté par la sainte elle-même.

— Comme si, s'interrompit le prieur avec amertume, une sainte allemande de l'âge des ténèbres était venue faire un tour dans le Cambridgeshire rien que pour planter un arbre. Mais cette harpie serait prête à inventer n'importe quoi, grommela-t-il, faisant allusion à la mère Joan.

Il se trouvait que, ce jour-là, plusieurs des Juifs les plus riches et les plus influents d'Angleterre étaient rassemblés à Cambridge sous le toit de Chaim Leonis pour le mariage de la fille de celui-ci. Peter avait aperçu les festivités de l'autre côté de la rivière alors qu'il allait chercher les rameaux.

Au lieu de rentrer par le même chemin, il avait donc traversé le pont pour passer par la ville et couper par la juiverie, afin d'admirer dans les écuries de Chaim les chevaux caparaçonnés des Juifs en visite.

— Son oncle... l'oncle de Peter... était le palefrenier de Chaim, voyez-vous.

— Les chrétiens ont le droit de travailler pour des Juifs, ici ? demanda Simon, comme s'il ne connaissait pas déjà la réponse. Grand Dieu.

— Oh, oui. Les Juifs sont de bons maîtres. Et Peter fréquentait régulièrement les écuries, ainsi que les cuisines où la cuisinière de Chaim, qui elle était juive, lui offrait parfois des friandises. Cela a par la suite été retenu contre la famille, comme une façon de l'appâter.

— Continuez, mon père.

— Eh bien, Godwin, l'oncle de Peter, trop occupé pour veiller sur lui à cause du nombre inaccoutumé de chevaux à panser, lui a enjoint de retourner chez lui et a cru que son neveu avait obéi. C'est seulement plus tard ce soir-là, quand la mère de Peter est venue se renseigner en ville, que l'on s'est rendu compte de sa disparition. On a alerté la garde, ainsi que le bailli des eaux, car le plus probable était que le garçon était tombé dans la Cam. À l'aube, on a fouillé les berges. Rien.

Rien pendant plus d'une semaine. Le Vendredi saint, lorsque les habitants de la ville et des villages voisins avaient parcouru à genoux le chemin de croix dans les églises de la paroisse, ils avaient prié le Tout-Puissant pour le retour de Peter de Trumpington.

Le lundi de Pâques, leurs prières avaient été exaucées. De hideuse manière. On avait découvert le corps de Peter dans la rivière, près de la maison de Chaim, coincé sous un appontement.

Le prieur eut un haussement d'épaules.

— Sur le moment, on n'a pas mis en cause les Juifs. Les enfants se cassent la figure, ils tombent dans les rivières, les puits ou les fossés. Non, on a pensé à un accident… Jusqu'à ce que Martha la lavandière se décide à témoigner. Martha habite dans Bridge Street et Chaim Leonis est l'un de ses clients. Elle affirme que, le soir de la disparition du petit Peter, elle s'est présentée à l'entrée de service avec un panier de linge propre. Comme la porte était ouverte, elle s'est aventurée à l'intérieur…

— Elle rapportait du linge si tard dans la journée ? s'étonna Simon.

Le prieur acquiesça.

— Je crois qu'il faut admettre que Martha était curieuse. Elle n'avait jamais assisté à un mariage juif. Le reste d'entre nous non plus, d'ailleurs. Bref, elle est entrée. L'arrière de la maison était désert, les festivités se déroulant dans le jardin, à l'avant. La porte d'une pièce attenante était entrebâillée…

— Encore une porte ouverte, releva Simon, manifestant à nouveau sa surprise.

Le prieur le dévisagea.

— Avez-vous déjà connaissance de ce que je vous raconte ?

— Veuillez m'excuser, mon père. Poursuivez, je vous en prie.

— Très bien. Martha a jeté un coup d'œil dans la pièce et elle y a découvert, du moins c'est ce qu'elle prétend, un enfant attaché par les mains sur une croix. Elle a à peine eu le temps d'avoir peur, parce que, au même moment, l'épouse de Chaim a déboulé dans le couloir en lui lançant des imprécations, et Martha s'est enfuie.

— Elle n'a pas prévenu la garde ? s'enquit Simon.

Le prieur secoua la tête.

— C'est là la faiblesse de son témoignage. Si, et je dis bien « si », Martha a en effet aperçu le corps comme elle l'avance, elle ne l'a pas signalé à la garde. Elle n'en a soufflé mot à personne jusqu'à ce que l'on retrouve le cadavre du petit Peter. Ce n'est qu'à ce moment-là, et pas avant, qu'elle a confié ce qu'elle avait vu à une voisine, qui l'a répété à une autre voisine, qui s'est rendue au château et en a informé le shérif. Après quoi, les éléments à charge se sont vite mis à pleuvoir. On a retrouvé une branche de saule dans la ruelle adjacente à la maison de Chaim. Un tourbier qui approvisionne le château a témoigné avoir remarqué, de la berge opposée de la rivière, deux hommes, dont un coiffé d'un couvre-chef juif, qui jetaient un ballot du Grand-Pont le vendredi de la semaine de la Passion. D'autres se sont rappelé avoir entendu des hurlements provenant de chez Chaim. J'ai moi-même pu examiner la dépouille quand on l'a retirée de la rivière et elle montrait les stigmates d'un crucifié, assura le prieur, fronçant les sourcils. Le pauvre petit corps était horriblement boursouflé, bien sûr, mais des marques étaient visibles aux poignets, on lui avait ouvert le ventre, comme avec une lance et… il avait aussi subi d'autres sévices.

Cela avait immédiatement déclenché des troubles en ville et, afin de soustraire au massacre les habitants de la juiverie, le shérif et ses hommes les avaient escortés en toute hâte au château de Cambridge au nom du roi, sous la protection duquel les Juifs se trouvaient.

— Malgré cela, en chemin, la foule vengeresse s'est emparée de Chaim et l'a pendu au saule de sainte Radegonde. Son épouse, qui tentait de le défendre, s'est fait mettre en pièces, ajouta le prieur, en se signant. Le shérif et moi avons fait ce que nous pouvions, mais nous avons été dépassés par la fureur populaire.

Il réprima une grimace ; le souvenir était encore cuisant.

— J'ai vu d'honnêtes hommes se transformer en bêtes féroces, de braves femmes se changer en ménades.

Il retira son bonnet et passa une main sur son crâne dégarni.

— Pourtant, nous aurions peut-être encore pu contenir l'agitation. Le shérif était parvenu à rétablir l'ordre et, puisque Chaim était mort, nous espérions que les autres Juifs seraient en mesure de retourner chez eux. Mais non. C'est là qu'est entré en scène Roger d'Acton, un clerc récemment arrivé en ville. Il nous a accompagnés en pèlerinage à Cantorbéry. Vous l'avez sans doute remarqué... un importun aux jambes grêles et à la propreté douteuse, le teint maladif, l'air mauvais. Maître Roger se trouve être, commença le prieur, avant de foudroyer Simon du regard comme si la faute lui en revenait, le cousin de la prieure de Sainte-Radegonde, doublé d'un médiocre en quête de notoriété, porté à la rédaction de traités religieux peu édifiants, si ce n'est sur son ignorance.

Les deux hommes secouèrent la tête de concert. Le merle chantait toujours.

— Quand maître Roger a entendu le mot « crucifié », il s'est jeté dessus comme un roquet, soupira le prieur. Voilà qui était inédit. Ça allait par-delà les accusations de torture que les Juifs ont inspirées de tout temps... Je suis désolé, maître Simon, mais il en a toujours été ainsi.

— Je le crains bien, mon père, je le crains bien.

— Il tenait là une répétition des événements de Pâques. Un enfant digne d'endurer les mêmes souffrances que le Fils de Dieu ne pouvait, par conséquent et sans contredit, être qu'un saint et un thaumaturge. J'aurais aimé enterrer cet enfant avec respect, mais j'en ai été empêché par cette sorcière qui se fait passer pour la supérieure de Sainte-Radegonde.

Le prieur agita le poing en direction de la route.

— Elle a fait main basse sur la dépouille du petit et se l'est appropriée sous prétexte que les parents de Peter résident sur des terres appartenant à Sainte-Radegonde. *Mea culpa*, nous nous sommes même empoignés au-dessus du cadavre. Mais cette matrone, cette harpie, maître Simon, ne voit pas le corps d'un garçonnet méritant une sépulture chrétienne, mais une judicieuse acquisition pour le repaire de succubes qu'elle appelle un couvent, une source de revenus sous forme de pèlerins et d'estropiés en quête de guérison. Une curiosité, maître Simon ! lâcha-t-il, avant de se rasseoir. Et c'est ce qui s'est produit. Roger d'Acton a répandu la bonne parole. On a même repéré notre prieure en train de chercher conseil auprès des marchands du temple de Cantorbéry quant à la vente de reliques du petit saint Peter et de médailles aux portes du couvent. *Quid non mortalia pectora cogis, auri sacra fames !* « À quels forfaits ne pousses-tu point le cœur des hommes, exécrable faim de l'or ! »

— J'en suis pantois, mon père.

— Il y a de quoi, maître Simon. Elle a prélevé sur la dépouille de cet enfant une phalange que son cousin et elle n'ont pas cessé de me coller entre les pattes alors que j'étais au plus mal, en me promettant un rétablissement instantané. Roger d'Acton, voyez-vous, adorerait m'ajouter à la liste des miraculés afin que mon nom figure sur la pétition adressée au Vatican en vue du procès en canonisation du petit saint Peter.

— Je vois.

— Cette phalange que, tel était mon calvaire, je n'ai pas hésité à toucher, est demeurée sans effet. L'origine de ma délivrance a été beaucoup plus inattendue. Ce qui me rappelle, conclut le prieur en se levant, que j'ai besoin de pisser.

Simon leva une main pour le retenir.

— Et les autres enfants, mon père ? Ceux que l'on n'a pas encore retrouvés ?

Le prieur se figea, comme s'il prêtait l'oreille au chant du merle.

— Pendant quelque temps, il ne s'est rien produit. La ville était rassasiée du sang de Chaim et Miriam. Les Juifs réfugiés au château s'apprêtaient à rentrer chez eux. C'est alors qu'un autre gamin a disparu. Nous n'avons pas osé les laisser repartir.

Le père Geoffrey détourna la tête pour se dérober au regard de Simon.

— C'était le jour des Morts. Un élève de mon école, précisa le prieur d'une voix fêlée. Ensuite, ça a été une petite, la fille d'un sauvaginier. Le jour de la fête des Saints-Innocents, grand Dieu. Et pas plus tard qu'à la Saint-Édouard, le roi martyr, encore un autre garçon.

— Mais mon père, qui pourrait accuser les Juifs de ces disparitions ? Ne sont-ils pas toujours reclus au château ?

— Cela fait belle lurette que les Juifs se sont vu attribuer la faculté de voler par-dessus les murailles du château pour happer les enfants et les dévorer en plein ciel, avant de se débarrasser de la carcasse dans le marais le plus proche. Puis-je vous recommander de ne pas révéler votre religion ? Voyez-vous, hasarda le prieur, il a été fait état de symboles…

— Des symboles ?

— Au voisinage de l'endroit où chacun des petits a été aperçu pour la dernière fois. Des objets cabalistiques en vannerie. Les habitants de la ville jurent qu'ils ressemblent à l'étoile de David. Sur ce, achevat-il, les jambes serrées, je dois vraiment aller pisser. L'affaire est pressante.

Simon le regarda partir vers les arbres en se dandinant.

— Bonne chance, mon père.

« J'ai eu raison de lui faire confiance », songea-t-il. Ils s'étaient fait un précieux allié. Et s'il avait dû livrer des renseignements pour en obtenir, il n'avait pas perdu au change.

Le sentier conduisant au sommet de Wandlebury Hill résultait d'un glissement de terrain qui avait partiellement comblé les larges fossés creusés par quelque ancienne peuplade pour se défendre. Il avait été aplani par les moutons qui l'empruntaient. Son panier au bras, Adelia mit à peine quelques minutes, sans s'essouffler, pour atteindre le haut de la colline, où elle se retrouva seule au milieu d'un immense cercle d'herbe parsemé de crottes d'ovidés semblables à des groseilles.

De loin, le sol donnait l'impression d'être nu et, en effet, hormis un bosquet en lisière à l'est, les seuls arbres dignes de ce nom poussaient à flanc de coteau, le reste de la butte étant couvert de buissons d'aubépine et de genévriers. Le terrain, plus ou moins plat, était grêlé çà et là de curieuses dépressions, profondes de deux à trois pieds, pour au moins six de diamètre. Idéal pour se fouler une cheville.

À l'est, où le soleil se levait, le plateau descendait en pente douce ; à l'ouest, il dévalait abruptement vers la plaine.

Adelia ouvrit son manteau, joignit les mains derrière la nuque et s'étira. Le vent traversait la cotte honnie en grosse laine qu'ils avaient achetée à Douvres et que Simon de Naples avait dû l'implorer de porter.

— Notre mission se déroulera parmi les roturiers anglais. Si nous voulons nous mêler à eux et apprendre ce qu'ils savent, nous devons avoir la même allure qu'eux.

— Naturellement, avait-elle approuvé. D'ailleurs, Mansur a tout d'un vilain saxon. Et nos accents ?

Mais Simon avait soutenu que c'était une question de degré et que trois colporteurs de remèdes étrangers, toujours populaires parmi les gens du commun, en découvriraient plus qu'un millier d'enquêteurs.

— Hors de question de nous couper, par notre état, de ceux que nous devons interroger ; c'est la vérité que nous recherchons, pas le respect.

— Dans cette chose, aucun risque, avait-elle ironisé.

Néanmoins, Simon avait plus d'expérience qu'elle en matière de dissimulation et c'était lui qui était à la tête de la mission. Adelia avait donc condescendu à enfiler ce qui n'était, fondamentalement, qu'un tube pincé aux épaules par des épingles, mais elle avait conservé au-dessous sa chemise en soie. Il était exclu qu'elle souffre le contact de cette étoffe grossière sur sa peau – même pour le roi de Sicile.

Elle ferma les yeux pour fuir la lumière, fatiguée après sa nuit passée au chevet de son patient, dans l'éventualité d'une poussée de fièvre. À l'aube, il était apparu que la température du prieur était normale et son pouls régulier ; l'intervention avait été une réussite. Ne restait plus qu'à vérifier s'il réussissait à uriner seul et sans douleur. *So far, so good*, comme avait coutume de le dire Margaret. Jusque-là, tout allait bien.

Elle se remit en marche, à l'affût de plantes utiles. À chaque pas, des senteurs douces et inhabituelles s'élevaient sous ses bottines bon marché – autre élément de son fichu déguisement. Ces herbes recelaient des trésors : de jeunes feuilles de verveine, de lierre terrestre, d'herbe-aux-chats, de bugle et de *clinopodium vulgare*, que les Anglais appelaient du « basilic sauvage », même s'il n'avait ni l'aspect ni l'odeur du basilic. Adelia avait un jour racheté un vieil herbier anglais que les moines de Sainte-Lucie s'étaient procuré mais qu'ils étaient incapables de déchiffrer. Elle l'avait offert à Margaret pour lui rappeler son pays natal, mais se l'était finalement réapproprié pour l'étudier.

Et voilà qu'elle en avait les illustrations sous les yeux, en vrai, à ses pieds.

L'auteur de l'herbier, comme la plupart de ses pairs, se référait abondamment à Galien et reproduisait les prescriptions courantes : du laurier pour se protéger de la foudre, de l'épiaire pour se prémunir de la peste, de la marjolaine pour maintenir l'utérus en place – comme s'il était susceptible de vous remonter dans la gorge comme une cerise dans une bouteille ! Pourquoi n'allaient-ils pas y voir par eux-mêmes ?

Adelia commença sa cueillette.

Soudain, elle se sentit mal à l'aise. Il n'y avait pourtant pas de raison ; le vaste pré circulaire était toujours aussi désert. La lumière changeait au gré des nuages, dont les ombres se pourchassaient dans l'herbe. Un buisson d'aubépine rabougri revêtit l'aspect d'une vieillarde voûtée. Un cri strident – une pie – fit s'envoler tous les petits oiseaux.

Quel qu'en fût le motif, Adelia éprouvait une appréhension qui lui donnait envie de renoncer à la station verticale pour se fondre dans toute cette platitude. Elle avait été complètement idiote. Attirée par les plantes et la solitude apparente de l'endroit, lasse de la compagnie jacassière qui l'entourait depuis

Cantorbéry, elle avait commis l'erreur, la sottise, de partir à l'aventure seule et d'ordonner à Mansur de rester auprès du prieur pour veiller sur lui. Une imprudence. En l'absence de Margaret et de Mansur, aux yeux de tous les hommes des environs, elle aurait tout aussi bien pu arborer un écriteau « Violez-moi ». Si l'invitation venait à être acceptée, on estimerait que c'était elle qui était en faute, pas le violeur.

Maudite soit la prison dans laquelle les hommes enfermaient les femmes. Elle s'indignait déjà de ces barreaux invisibles à l'époque où Mansur insistait pour l'accompagner dans les longs couloirs sombres de l'école de Salerne, si bien qu'elle avait un air distant et ridicule quand elle se rendait aux cours, au-dessus des autres. Mais elle avait bien retenu la leçon, le jour où elle avait semé son chaperon ; elle se souvenait encore de l'indignation, du désespoir avec lesquels elle s'était débattue contre un de ses camarades, de l'humiliation de devoir appeler au secours – appel, Dieu merci, entendu –, suivie d'un sermon de ses professeurs, ainsi que de Margaret et Mansur bien entendu, sur le péché d'orgueil et la sauvegarde de sa réputation.

Personne n'avait fait de reproche au jeune homme, même si Mansur lui avait par la suite cassé le nez afin de lui enseigner les bonnes manières.

Égale à elle-même et toujours orgueilleuse, elle se força à marcher encore un peu, quoique en direction des arbres, et à ramasser une ou deux plantes supplémentaires, avant de regarder autour d'elle.

Rien. Le frémissement des fleurs d'aubépine agitées par le vent, la lumière brusquement voilée du soleil devant lequel passait un nuage.

Un faisan s'envola lourdement en criaillant. Adelia se retourna.

C'était comme s'il avait jailli du sol. Il se dirigeait vers elle, projetant une ombre allongée devant lui. Pas un étudiant boutonneux cette fois ; l'un des deux solides croisés sûrs d'eux qui escortaient les pèlerins. Sa cotte de mailles bruissait sous son tabard ; ses lèvres souriaient, mais ses yeux étaient aussi durs que l'acier qui lui recouvrait la tête et le nez.

— Eh bien, eh bien, lâcha-t-il, se réjouissant d'avance. Dites-moi...

Adelia ressentit un profond abattement – tant du fait de sa propre stupidité qu'à la perspective de ce qui allait suivre. Elle n'était pas sans ressources ; l'une d'elles était une redoutable petite dague qu'elle dissimulait dans sa bottine et qui lui avait été offerte par sa mère adoptive sicilienne, femme de bon sens, assortie de l'instruction de l'enfoncer dans l'œil de tout agresseur. Son père adoptif juif avait pour sa part suggéré une stratégie de défense plus subtile : « Dis que tu es médecin et fais semblant de t'inquiéter de sa mine. Demande-lui s'il a été exposé à la peste. Ça ferait baisser le pavillon à n'importe quel homme. »

Adelia doutait cependant que la première méthode fonctionne contre la masse cuirassée qui s'approchait. Et compte tenu de sa mission, elle ne voulait pas ébruiter sa profession.

Elle se raidit et tenta d'user de dédain alors qu'il était encore à quelque distance.

— Oui ? lança-t-elle d'un ton sec.

Ce qui eût pu impressionner à Salerne, de la part de Vesuvia Adelia Rachel Ortese Aguilar, mais pas sur cette colline isolée, de la part d'une catin étrangère mal fagotée qui voyageait en compagnie de deux hommes dans une charrette de colporteurs.

— Voilà qui me plaît, répliqua le chevalier. Une femme qui dit oui.

Il avançait toujours. Ses intentions ne faisaient plus aucun doute. Adelia se baissa pour fouiller dans sa bottine.

Se produisirent alors deux phénomènes simultanés.

Du bosquet à l'est leur parvint le bruit d'un objet qui fendait l'air en tournoyant. Une hachette se planta dans l'herbe entre Adelia et le croisé.

Du côté opposé de la colline retentit un cri :

— Nom de Dieu, Gervase, rappelle tes foutus chiens, qu'on redescende ! La prieure ronge son frein.

Adelia vit l'expression du chevalier changer. Elle se pencha et, avec difficulté, dégagea la hachette. Elle se redressa, souriante, l'arme à la main.

— Ce doit être de la magie, dit-elle en anglais.

L'autre croisé criait toujours à son ami de retrouver ses chiens pour qu'ils puissent regagner la route.

La déconvenue de sire Gervase se mua en quelque chose qui ressemblait à de la haine puis, au prix d'un effort de volonté, en indifférence, et il se détourna pour rejoindre son compagnon.

« Tu ne t'es pas fait un ami, se dit Adelia. Dieu, que j'ai horreur d'avoir peur ! Maudite soit cette brute ! Et maudit soit ce fichu pays... je ne voulais même pas y venir ! »

De mauvaise humeur parce qu'elle tremblait encore, elle alla jusqu'à une ombre sous les arbres.

— Je t'avais dit de rester près de la charrette, l'apostropha-t-elle en arabe.

— En effet, concéda Mansur.

Elle lui rendit sa hachette qu'il avait baptisée *Parvaneh*, « papillon ». Il la glissa à sa ceinture, sur le côté, afin qu'elle soit dissimulée sous sa tunique, et que seul soit visible, sur le devant, son poignard traditionnel dans son magnifique fourreau. La hache de jet était une arme rare chez les Arabes, mais pas parmi les tribus dont était issu Mansur, car celles-ci avaient eu des contacts avec des Vikings arrivés jusqu'en Arabie, qui en échange de marchandises exotiques leur avaient non seulement fourni des armes, mais le secret de fabrication de leurs lames en acier de qualité supérieure.

Maîtresse et serviteur descendirent de la colline ensemble, entre les arbres, d'un pas trébuchant pour Adelia, à grandes enjambées et avec autant d'aisance que sur une chaussée pavée pour Mansur.

— Laquelle de ces deux merdes de bouc c'était ? s'enquit-il.

— Celui qui s'appelle Gervase. Je crois que le nom de l'autre est Joscelin.

— Les croisés…, maugréa-t-il, avant de cracher.

Adelia non plus n'avait pas une très haute opinion d'eux. Salerne se situait sur l'une des routes menant en Terre sainte et, que ce soit à l'aller ou au retour, la plupart des soldats de la Croix étaient odieux. D'une ignorance crasse, enthousiastes à l'idée de servir Dieu, ceux qui se rendaient en Orient rompaient l'harmonie qui régnait entre les différentes races et religions du royaume de Sicile par leurs protestations contre la présence de Juifs, de Maures et même de chrétiens dont les pratiques différaient des leurs, allant souvent jusqu'à s'attaquer à eux. Quant à ceux qui revenaient de Terre sainte, ils étaient en général aigris, malades et appauvris – rares étaient ceux qui avaient reçu en récompense la fortune ou la sainte grâce escomptée –, et par conséquent tout aussi pénibles.

Elle en connaissait même certains qui n'étaient jamais partis en Outremer et s'étaient bornés à séjourner à Salerne jusqu'à ce qu'ils en aient épuisé les réserves d'hospitalité, avant de rentrer chez eux pour recueillir l'admiration de leur ville ou de leur village au moyen de quelques histoires à dormir debout et d'un manteau de croisé acheté à vil prix au marché.

— En tout cas, tu lui as fichu la frousse, à celui-là, le réconforta Adelia. Joli lancer.

— Non, lui opposa l'Arabe. Je l'ai manqué.

Adelia se tourna vers lui.

— Mansur, écoute-moi bien. Nous ne sommes pas ici pour massacrer la population...

Elle s'interrompit. Ils venaient de déboucher sur un chemin au milieu duquel se tenait le second croisé, sire Joscelin, le protecteur de la prieure. Il avait retrouvé l'un des chiens et attachait la laisse au collier de l'animal en rabrouant le veneur qui l'accompagnait.

Comme Mansur et Adelia passaient à leur hauteur, le chevalier, tout sourire, adressa un hochement de tête au premier et souhaita le bonjour à la seconde.

— Je suis soulagé de vous voir accompagnée, dit-il à Adelia. Ce n'est pas un endroit où se promener seule pour une jolie dame... ou n'importe qui d'autre, d'ailleurs.

Nulle mention de l'incident au sommet de la colline, mais c'était très adroit ; une manière d'excuse indirecte au nom de son ami, doublée d'une réprimande à l'intention d'Adelia. Toutefois, pourquoi la qualifier de « jolie », alors qu'elle ne l'était pas et, eu égard à son rôle du moment, ne cherchait à l'être ? Les hommes étaient-ils obligés de faire des galanteries ? Si oui, celui-là avait certainement plus de succès que la moyenne, admit-elle de mauvaise grâce.

Il avait retiré son heaume et son camail, révélant une épaisse chevelure noire qui bouclait sous l'effet de la sueur. Ses yeux étaient d'un bleu saisissant. Et, en dépit de son rang, il faisait montre de courtoisie envers elle qui, en apparence, n'avait pas lieu d'y prétendre.

À quelques pas de là, taciturne et renfrogné, le veneur les observait.

Sire Joscelin prit des nouvelles du prieur. Ayant soin de désigner Mansur, Adelia répondit que, d'après ce dernier, le patient réagissait bien au traitement.

Sire Joscelin s'inclina devant le prétendu médecin et Adelia se dit que la croisade lui avait au moins appris la politesse.

— Ah, la médecine arabe, commenta-t-il. Nous avons un grand respect pour elle, nous autres qui sommes allés en Terre sainte.

— Votre ami et vous étiez là-bas ensemble ? demanda Adelia, intriguée par le contraste entre les deux hommes.

— Pas en même temps. Curieusement, bien que tous deux originaires de Cambridge, nous ne nous sommes retrouvés qu'à notre retour. Vaste territoire qu'Outremer.

Et à en juger par la qualité de ses bottes et le lourd anneau en or à son doigt, son passage là-bas lui avait été profitable.

Adelia le salua d'un signe de tête et reprit son chemin avec Mansur, avant de songer qu'elle eût dû lui faire la révérence. Puis elle les oublia complètement, lui et la bête qui lui servait d'ami, car elle était médecin et ses pensées étaient accaparées par son patient.

Quand le prieur revint au camp, triomphant, il constata que sa bienfaitrice l'y avait devancé et était assise seule près des cendres du foyer, tandis que le Sarrasin chargeait la charrette et harnachait les mulets.

C'était le moment tant redouté. Si respectable fût-il, il ne s'en était pas moins vautré à demi nu, piaulant de terreur, devant une femme – une femme ! –, sans dignité ni retenue.

Seules la conscience qu'en l'absence de ces soins il serait mort et la gratitude qu'il lui devait empêchèrent le père Geoffrey d'ignorer celle qui l'avait sauvé ou de s'éclipser en évitant de la croiser.

Elle étudia sa démarche.

— Avez-vous uriné ?
— Oui, confirma-t-il sèchement.
— Pas de douleur ?
— Non.
— Bien.

C'était... il s'en souvenait. Une vagabonde enceinte avait été prise de contractions douloureuses aux portes du prieuré et frère Theo, l'infirmier, avait été contraint de l'accoucher. Quand Theo et lui avaient rendu visite à la mère et au nouveau-né, le lendemain matin, le prieur s'était demandé lequel des deux, de la femme ayant dévoilé ses parties intimes à un homme ou du moine qui en avait souffert le spectacle, aurait le plus honte de toute cette affaire.

Ni l'un ni l'autre, s'était-il avéré. Aucune gêne. Seulement des regards de fierté.

Il en allait de même en l'occurrence. Les yeux marron pétillants qui le détaillaient avec vivacité n'avaient pas de sexe, c'étaient ceux d'une sœur d'armes, et il était son compagnon de bataille – une recrue inexpérimentée, peut-être. Ils avaient affronté l'ennemi ensemble et ils avaient remporté la victoire.

Il était aussi reconnaissant de cette connivence que du soulagement qu'elle lui avait apporté. Il s'avança vers elle avec empressement et lui baisa la main.

— *Puella mirabile !* s'extasia-t-il.

Eût-elle été démonstrative – ce qui n'était pas le cas –, Adelia l'aurait serré dans ses bras. L'opération avait donc réussi. Elle n'avait pas pratiqué la médecine pour les vivants depuis si longtemps qu'elle avait perdu de vue l'incommensurable plaisir de délivrer un semblable de ses souffrances. Toutefois, elle devait le mettre au courant de son pronostic.

— Pas si *mirabile* que ça, nuança-t-elle. La chose pourrait se reproduire.

— Bon Dieu, hoqueta le prieur. Bon Dieu de bon Dieu, ajouta-t-il avant de se dominer. Je vous demande pardon...

Elle lui tapota la main, le fit asseoir sur le tronc et s'installa dans l'herbe, les jambes repliées.

— Il existe une glande appartenant à l'appareil génital masculin qui entoure le col de la vessie et le début de l'urètre, exposa-t-elle. Dans votre cas, je soupçonne qu'elle est hypertrophiée. Hier, elle exerçait une telle pression sur la vessie que celle-ci ne pouvait remplir son office.

— Que puis-je faire ?

— En cas de besoin, vous devez savoir purger votre vessie comme je l'ai fait – en utilisant un roseau en guise de cathéter.

— Cathéter ?

En grec, le mot signifiait tube.

— Vous devriez vous entraîner. Je peux vous montrer.

« Grand Dieu, pensa le père Geoffrey, mais c'est qu'elle le ferait ! Et pour elle, ce ne serait rien d'autre qu'un simple geste médical. Voilà que je discute d'un sujet pareil avec une femme et qu'elle en discute avec moi. »

Depuis leur départ de Cantorbéry, il l'avait à peine remarquée parmi le reste de la canaille – bien que, à la réflexion, les nuits où ils s'étaient arrêtés dans des auberges, elle s'était jointe aux religieuses dans les logements des femmes au lieu de rester dans la charrette avec ses compagnons. La nuit précédente, quand elle avait examiné son *pudendum*, le sourcil froncé, elle aurait tout aussi bien pu être l'un des copistes du monastère, concentré sur un manuscrit difficile. Et en cet instant encore, c'était son détachement qui les maintenait à flot dans les eaux troubles des relations entre les sexes.

Pourtant, elle était bien femme et, pauvrette, aussi dénuée d'attrait que d'apprêt. Une femme capable de se couler dans la foule et d'y disparaître, une femme de l'ombre, une souris parmi d'autres souris. Et comme elle se trouvait inopinément au centre de son attention, cette injustice irrita le père Geoffrey. Il n'y avait aucune raison qui justifiât une telle fadeur ; ses traits étaient menus et réguliers, de même que ce qu'il pouvait deviner de sa silhouette sous son ample manteau. Sa peau, saine, présentait le duvet et le léger hâle que l'on rencontre parfois dans le nord de l'Italie et de la Grèce. Elle avait les dents blanches. Vraisemblablement, aussi, des cheveux sous le bonnet au bord retroussé qu'elle portait enfoncé jusqu'aux oreilles. Quel âge ? Encore jeune.

Ce visage éclairé par le soleil était un visage qui avait renoncé à la beauté en faveur de l'intelligence, que la sagacité privait de sa féminité. Elle était propre, récurée comme une planche à laver – ça, on ne pouvait lui reprocher le contraire –, aucune trace d'artifice. Le prieur était le premier à condamner le recours au maquillage chez les femmes, mais le manque de recherche de celle-ci relevait presque de l'affront. Et elle était toujours vierge, il en aurait juré.

Adelia, elle, voyait un homme bien, trop bien nourri, comme l'étaient les supérieurs de tant de monastères, même si, dans le cas présent, la gloutonnerie n'était pas une façon de compenser la privation sexuelle. Elle se sentait en sécurité avec lui : les femmes étaient des êtres normaux à ses yeux – elle le sut en un instant, parce que c'était si rare –, ni harpies ni tentatrices. Le désir charnel existait chez lui, mais il y résistait, sans pour autant avoir à se flageller. Ses yeux révélaient un homme en accord avec lui-même, chez qui la bonté côtoyait le bon sens ; un homme qui tolérait les péchés véniels, y compris les siens. Et bien sûr, il la trouvait bizarre, comme tous ceux qui s'avisaient pour la première fois de son existence.

Pourtant, si gentil fût-il, il commençait à l'énerver ; elle lui avait consacré son attention pendant presque toute la nuit, le moins qu'il pût faire était de lui accorder la sienne quand elle parlait.

— Vous m'écoutez, mon père ?

— Je vous prie de me pardonner, s'excusa-t-il en se redressant.

— Je disais que je peux vous montrer comment vous servir d'un cathéter. Ça n'a rien de compliqué quand on sait comment faire.

— Je crois que nous attendrons plutôt que la nécessité se manifeste.

— Très bien.

C'était à lui qu'il revenait de décider.

— En attendant, vous avez trop d'embonpoint. Vous devez prendre plus d'exercice et manger moins.

— Je chasse toutes les semaines, protesta-t-il, piqué au vif.

— À cheval. Suivez donc vos chiens à pied.

« Autoritaire, avec ça, se dit le père Geoffrey. Et elle vient de Sicile ? » Son expérience des Siciliennes – brève, mais inoubliable – lui évoquait les charmes de l'Orient ; des yeux sombres lui souriant au-dessus d'un voile, la caresse de doigts décorés de henné, des mots doux comme la peau d'une femme, le parfum de...

« Cordieu, s'agaça Adelia, pourquoi faut-il qu'ils attachent une telle importance aux bagatelles ? »

— Ça ne m'intéresse pas, exposa-t-elle d'un ton cassant.

— Quoi ?

Elle réprima un soupir d'exaspération.

— Vous déplorez qu'à l'instar du médecin la femme soit sans fard. C'est toujours pareil, affirma-t-elle en le foudroyant du regard. L'un comme l'autre n'ont que la vérité à vous offrir, prieur. Si vous les préférez mieux fagotés, allez voir ailleurs. Retournez donc cette pierre, suggéra-t-elle en désignant un morceau de silex tout proche, et vous trouvez un charlatan disposé à vous régaler de la conjonction favorable de Mercure et de Vénus, à vous prédire un avenir flatteur et à vous vendre de l'eau colorée pour une pièce d'or. Ça ne m'intéresse pas. Je n'ai que la réalité à vous offrir.

Cette sortie prit le père Geoffrey au dépourvu. Cette assurance, cette arrogance même, était celle de l'artisan chevronné.

— Êtes-vous aussi directe avec tous vos patients ? s'informa-t-il.

— En temps normal, je n'ai pas de patients, répliqua-t-elle.

— Ça ne me surprend guère.

Elle éclata de rire.

« Un rire enchanteur », nota le prieur. Il se remémora le vers d'Horace : *Dulce ridentem Lalagen amabo*. « J'aimerai Lalagé, au rire si doux. » Celui de cette jeune femme, cependant, lui conférait instantanément un air de vulnérabilité et d'innocence, tant il tranchait avec les remontrances sévères qu'elle lui adressait l'instant d'auparavant, si bien que la brusque poussée d'affection qu'il ressentit se rapprochait plus de celle inspirée par une fille que par Lalagé. « Je dois la protéger », décréta-t-il.

Elle lui tendit quelque chose.

— Je vous ai prescrit un régime, annonça-t-elle.

— Par le Seigneur, du papier ! s'extasia-t-il. Où vous en êtes-vous procuré ?

— Ce sont les Arabes qui le fabriquent.

Il survola le billet. L'écriture était abominable, mais il réussissait à la déchiffrer.

— De l'eau ? De l'eau bouillie ? Huit gobelets par jour ? Vous voulez me tuer, ma bonne ? Selon le poète Horace, on ne peut rien escompter de bon des buveurs d'eau.

— Suivez plutôt Martial, riposta-t-elle. Il a vécu plus longtemps. *Non est vivere, sed valere vita est*. Vivre, ce n'est pas être vivant, c'est être en bonne santé.

Le père Geoffrey secoua la tête, émerveillé.

— Je vous en supplie, dites-moi votre nom, demanda-t-il humblement.

— Vesuvia Adelia Rachel Ortese Aguilar, lui apprit-elle. Ou, si vous le souhaitez, *Medica Trotula*, puisque c'est le titre décerné aux femmes qui enseignent à l'école de médecine de Salerne.

Il ne le souhaitait pas.

— Vesuvia ? Ravissant prénom, des plus inhabituels.

— Adelia, rectifia-t-elle. J'ai seulement été trouvée sur le Vésuve.

Elle tendit la main comme pour prendre celle du père Geoffrey. Il retint son souffle.

Elle se contenta de lui saisir le poignet, le pouce sur le dessus, les autres doigts repliés sur la face interne. Elle avait les ongles courts, aussi propres que le reste de sa personne.

— On m'a exposée là-haut alors que je n'étais qu'un bébé. Dans un pot en terre.

Elle parlait d'une voix absente et il comprit qu'elle ne se livrait pas réellement, qu'elle cherchait seulement à le faire tenir tranquille pendant qu'elle mesurait son pouls.

— Les deux médecins qui m'ont découverte et élevée estiment que je suis peut-être grecque, l'exposition des filles non désirées étant une coutume hellénique.

Elle lâcha le poignet du prieur en secouant la tête.

— Trop rapide, diagnostiqua-t-elle. Vous devriez vraiment perdre du poids.

« Il faut qu'il se préserve, s'émut-elle. Sa mort serait une grande perte. »

Toutes ces extravagances donnaient le tournis au prieur. Et même si le Seigneur exaltait les humbles, rien n'exigeait qu'elle trompette sur tous les toits ses origines sordides. Doux Jésus, hors de son environnement, elle était aussi démunie qu'un escargot sans sa coquille.

— Vous avez été élevée par deux hommes ? s'étonna-t-il.

Elle s'en offusqua, comme s'il avait sous-entendu qu'elle avait eu une enfance anormale.

— Mes parents sont mariés, lui assena-t-elle, le sourcil froncé. Ma mère adoptive est aussi une *Medica Trotula*. Une Salernitaine chrétienne.

— Et votre père adoptif ?

— Il est juif.

Et allez donc. Ces gens-là le proclamaient-ils tous aux quatre vents ?

— Vous avez donc grandi dans cette foi ?

La question lui importait ; elle était tout feu tout flammes, buisson ardent – son précieux buisson ardent, qu'il lui fallait empêcher de se consumer.

— Je n'ai foi qu'en ce qui peut être démontré.

Le père Geoffrey en resta atterré.

— Niez-vous donc la Création ? Un divin dessein ?

— Il y a assurément eu création. J'ignore si elle obéissait à un quelconque dessein.

« Mon Dieu, mon Dieu, ne la châtiez pas, implora-t-il. J'ai besoin d'elle. Elle ne sait pas ce qu'elle dit. »

Elle se leva. Son eunuque avait fait faire demi-tour à la charrette et ils étaient prêts à regagner la route. Simon revenait vers eux.

Parce que même les apostats méritaient salaire et qu'il plaignait celle-là de tout son cœur, le prieur déclara :

— Maîtresse Adelia, je suis votre obligé et il me tient à cœur d'équilibrer la balance. Sollicitez n'importe quelle faveur et, par la grâce de Dieu, j'accepterai.

Elle se retourna et le considéra, pensive. Ses yeux doux, son esprit vif, sa bonté... elle appréciait le père Geoffrey. Mais ce que la vocation d'Adelia réclamait, c'était son corps. Pas tout de suite, certes. Mais un jour. La glande qui comprimait sa vessie... la peser, la comparer...

Simon accourut à toutes jambes ; il lui avait déjà vu ce regard. Sortie de la médecine, elle n'avait aucun discernement. Elle s'apprêtait à demander au père Geoffrey son corps quand il mourrait.

— Mon père, mon père ! s'exclama Simon, le souffle court. Mon père, si vous désirez faire acte de générosité envers nous, persuadez la prieure de laisser maîtresse Adelia examiner les reliques du petit saint Peter. Il se pourrait qu'elle soit à même de faire la lumière sur sa mort.

— Vraiment ? rétorqua le père Geoffrey en dévisageant Vesuvia Adelia Rachel Ortese. Et comment comptez-vous vous y prendre ?

— Je suis médecin des morts.

CHAPITRE 4

Comme ils approchaient de la porte principale du prieuré de Barnwell, ils aperçurent au loin, perchée sur la seule hauteur à des lieues, la silhouette irrégulière et déchiquetée du château de Cambridge, dont l'une des tours, hérissée d'échafaudages, avait été incendiée l'année précédente. Une forteresse de pygmées, comparée aux grandes citadelles des Apennins que connaissait Adelia, mais qui ne dotait pas moins le paysage d'un certain charme rude.

— Bâti par les Romains afin de contrôler la traversée de la rivière, indiqua le père Geoffrey. Même si, comme beaucoup d'autres, il s'est révélé inefficace face aux Vikings, aux Danois ou encore à Guillaume le Conquérant qui, après l'avoir détruit, l'a reconstruit.

Le cortège était moins long ; la prieure était partie devant sans attendre, avec sa coadjutrice, son chevalier et son cousin Roger d'Acton. Les bourgeois, un marchand et son épouse, avaient obliqué en direction de Cherry Hinton.

Majestueux en tête de procession, le prieur, de retour en selle, était contraint de se pencher pour converser avec ses sauveurs, assis sur la banquette de leur charrette. Son chevalier, sire Gervase, fermait la marche, renfrogné.

— Cambridge vous surprendra, leur assura le père Geoffrey. Nous avons une excellente école pythagoricienne, qui attire des étudiants d'un peu partout. Bien qu'à l'intérieur des terres, c'est une ville portuaire importante, presque autant que Douvres – et Dieu merci, moins grouillante de Français. Les eaux de la Cam sont lentes, mais navigables jusqu'au confluent avec l'Ouse, qui se jette dans la mer du Nord. Je crois pouvoir dire que rares sont les pays orientaux dont les marchandises n'arrivent pas sur nos quais avant d'être acheminées dans toute l'Angleterre par trains de mulets grâce aux voies romaines qui se rencontrent ici.

— Et qu'est-ce qui repart de vos quais, mon père ?

— De la laine. De la bonne laine d'Est-Anglie, répondit le prieur avec le sourire satisfait du prélat dont les pâturages garantissaient une bonne partie de la production. Du poisson fumé, des anguilles, des huîtres. Oui, maître Simon, je n'hésiterais pas à qualifier Cambridge de prospère et ouverte d'esprit.

Ouverte d'esprit, vraiment ? Le cœur lui faisait défaut chaque fois qu'il posait les yeux sur le trio dans la charrette ; même dans une ville accoutumée aux Scandinaves à moustache, aux Hollandais en sabots, aux Russes aux yeux bridés, aux Templiers, aux hospitaliers de Terre sainte, aux Magyars avec leurs couvre-chefs à bouclettes ou aux charmeurs de serpents, était-il possible à ces trois hurluberlus de passer inaperçus ? Il jeta un coup d'œil à la ronde, puis se pencha plus près encore et souffla :

— Comment entendez-vous vous présenter ?

— Puisque notre bon Mansur s'est déjà vu attribuer le mérite de votre guérison, mon père, je me disais que nous pourrions entretenir la supercherie et qu'il pourrait s'établir comme guérisseur, avec maîtresse Adelia et moi-même pour assistants. Sur la place du marché peut-être ? Quelque endroit central depuis lequel nous pourrions poursuivre nos investigations…

— Dans cette fichue charrette ? se récria le prieur, avec toute l'indignation sur laquelle misait Simon de Naples. Vous voudriez que dame Adelia se fasse cracher dessus par des marchandes ? Harceler par des vagabonds de passage ? Néanmoins, vous avez raison quant à la nécessité de dissimuler sa profession, les femmes médecins étant inconnues en Angleterre. Assurément, elle détonnerait.

« Encore plus qu'au naturel », songea-t-il.

— Hors de question qu'elle soit ravalée au rang de souillon d'un charlatan. Nous sommes une ville respectable, maître Simon, et nous pouvons mieux que ça pour vous.

— Mon père…, balbutia Simon avant de porter la main à son front en signe de gratitude.

Tout en pensant : « C'est bien ce que je me figurais. »

— Il serait aussi plus sage que vous vous absteniez tous les trois de professer votre religion… ou votre irréligion, ajouta le prieur. L'atmosphère de Cambridge est tendue comme la corde d'un arc, la moindre anomalie pourrait provoquer un drame.

En particulier, subodorait-il, ces trois anomalies-là, qui semblaient déterminées à rouvrir les plaies de la ville.

Il s'interrompit. Le collecteur d'impôts les avait rattrapés et avait réglé le pas de son cheval sur celui des mulets. Il ébaucha une révérence à l'intention du prieur, salua Simon et Mansur d'un hochement de tête et s'adressa à Adelia :

— Ma dame, nous faisons route ensemble et, pourtant, nous n'avons pas été présentés. Sire Rowley Picot, à votre service. Puis-je vous féliciter du prompt rétablissement de notre bon prieur ?

Simon s'empressa d'intervenir.

— Les félicitations reviennent à ce brave homme, messire, corrigea-t-il en montrant du doigt Mansur, qui tenait les rênes. C'est lui, le médecin.

Cela piqua l'intérêt du collecteur d'impôts.

— Ah bon ? Je croyais que l'on avait entendu une voix de femme diriger les opérations.

« Ah bon ? Et qui ça, on ? » se demanda Simon. Il poussa Mansur du coude.

— Dis quelque chose, lui enjoignit-il en arabe.

Mansur l'ignora.

Simon lui décocha subrepticement un coup de pied dans la cheville.

— Parle, balourd !

— Qu'est-ce que voudrait savoir ce gros étron ?

— Le docteur est heureux d'avoir pu être de quelque secours à monseigneur le prieur, traduisit Simon pour le collecteur d'impôts. Il espère pouvoir secourir de même quiconque à Cambridge souhaitera le consulter.

— Ah oui ? lâcha sire Rowley, omettant de faire état de sa connaissance de l'arabe. Il s'exprime d'une voix extraordinairement aiguë.

— Si fait, messire, convint Simon. On confond parfois sa voix avec celle d'une femme. Je me dois de vous expliquer, ajouta-t-il sur le ton de la confidence, que maître Mansur a été enlevé alors qu'il était enfant par des moines qui appréciaient tellement la beauté de son chant qu'ils... ont fait en sorte de la préserver.

— Par Dieu, un castrat ! se récria sire Rowley, médusé.

— Il se consacre à présent à la médecine, bien sûr, reprit Simon. Mais quand il chante les louanges du Seigneur, les anges en versent des larmes de jalousie.

Au mot « castrat », Mansur émit en arabe une volée de jurons à faire pleurer les anges pour de bon, par sa véhémence à l'encontre des chrétiens et en particulier des moines byzantins responsables de son émasculation, dont les mères souffraient selon lui d'une attirance malsaine pour les chameaux – le tout d'un timbre haut perché rivalisant avec le gazouillis des oiseaux, en une succession de notes qui s'évaporaient dans l'air tels des flocons.

— Vous voyez, sire Rowley ? reprit Simon. C'est certainement la voix que l'on a entendue.

— Sans doute, concéda le collecteur d'impôts. Sans doute, répéta-t-il avec un sourire d'excuse.

Il s'obstina à essayer d'engager la conversation avec Adelia, mais dut se contenter de réponses laconiques et maussades ; elle en avait soupé de ces importuns d'Anglais. C'était la campagne environnante qui l'intéressait. Ayant toujours vécu au milieu des collines, elle s'attendait à ce que ce plat pays la rebute. Toutefois, c'était compter sans l'immensité du ciel, ou l'importance que prenait dès lors un arbre solitaire, une rare cheminée de guingois ou un simple clocher se découpant sur la nue. La multiplicité des verts laissait augurer la découverte de plantes inconnues ; les champs découpés en bandes formaient un damier émeraude et noir.

Et les saules... Omniprésents, ils bordaient les cours d'eau, les fossés et les chemins – saules fragiles pour consolider les berges, saules argentés, saules blancs, saules gris ou saules des chèvres pour fabriquer des battoirs et produire de l'osier, ou encore saules lauriers et saules amandiers, magnifiques avec leurs branches mouchetées de soleil, et plus magnifiques encore parce que, en décoction, leur écorce soulageait la douleur...

Adelia manqua de basculer en avant quand Mansur arrêta les mulets. La procession venait de marquer une halte abrupte, après que le père Geoffrey eut levé la main et commencé à prier. Les hommes se découvrirent et pressèrent leur couvre-chef contre leur poitrine.

Un fardier crépi de boue s'apprêtait à franchir la porte. Sous une pièce de toile sale étaient visibles les contours de trois petits ballots. L'homme qui menait les chevaux avait la tête basse. Une femme hurlante le suivait en déchirant ses vêtements.

On avait retrouvé les enfants disparus.

Située dans l'enceinte du prieuré augustinien de Barnwell et longue de deux cents pieds, l'église Saint-André-le-Bas était un monument peint et sculpté à la gloire de Dieu. Mais ce jour-là, le soleil printanier grisâtre qui filtrait par les hautes fenêtres n'avait que faire de la splendide charpente, du visage des prieurs de pierre gisant le long des murs, de la statue de saint Augustin, de la chaire décorée, de l'autel et du triptyque scintillants.

Ses rais n'éclairaient que les trois petits catafalques recouverts de mantelets violets disposés dans la nef, ainsi que les têtes des hommes et des femmes en tenue de tous les jours, agenouillés devant eux.

Les restes des trois enfants avaient été découverts sur un sentier à moutons près de Fleam Dyke ce matin-là. Le berger qui était tombé sur eux à l'aube en tremblait encore.

— Z'y étaient pas hier soir, prieur, je serais prêt à en jurer. Ça se peut pas, même. Les renards, y z'y ont pas touché. Couchés bien propres côte à côte, qu'ils étaient, les petits anges. Enfin, aussi propres que ça se pouvait, vu que...

Il n'avait pu continuer, pris de haut-le-cœur.

Sur chaque corps reposait un objet similaire à ceux abandonnés sur le site de la disparition de chaque enfant. Confectionnés en jonc, ils évoquaient une étoile de David.

Le père Geoffrey avait ordonné de transporter les trois ballots à l'intérieur de l'église et retenu l'une des mères qui tentait désespérément de les défaire. Il avait dépêché un messager au château afin de mettre en garde le shérif contre une éventuelle attaque et de demander que le *reeve*, ou premier magistrat de la paroisse, vienne sur-le-champ examiner les dépouilles en qualité de coroner et diligente une enquête publique. Il avait imposé le calme, même si le feu couvait.

Sa voix, retentissante de conviction, avait réduit les hurlements de la mère à un sanglotement discret lorsqu'il avait réitéré la promesse de la victoire finale sur la mort : « Nous ne mourrons pas tous, mais tous, nous serons transformés, en un instant, en un clin d'œil, au son de la trompette finale. »

Le parfum des jacinthes des bois, entrant par les portes ouvertes, et l'encens qui brûlait en abondante quantité à l'intérieur couvraient presque l'odeur de putréfaction.

Le chant clair des chanoines couvrait presque le bourdonnement des mouches prises au piège sous les étoffes violettes.

Presque.

La citation de saint Paul avait quelque peu apaisé le chagrin du prieur, à la pensée des âmes de ces enfants s'ébattant dans quelque divin séjour, mais pas sa colère à la pensée qu'ils y avaient été propulsés avant leur heure. Deux de ces petiots lui étaient inconnus, mais le troisième, Harold, le fils du marchand d'anguilles, était élève à l'école du prieuré. Six ans, intelligent, il venait apprendre l'alphabet une fois par semaine. Reconnaissable à sa tignasse rousse. Un vrai petit Saxon, en prime – on l'avait pris à chaparder des pommes dans le verger du monastère, l'automne précédent.

« Et je lui avais collé une bonne tannée pour la peine », se souvint le prieur.

Debout derrière une colonne au fond de l'église, Adelia vit un certain réconfort se peindre sur les traits des personnes réunies autour des catafalques. La familiarité entre le prieur et les habitants de la ville était étrange pour elle ; à Salerne, les moines, même ceux qui s'aventuraient dans le monde pour accomplir leurs œuvres, conservaient leurs distances face aux laïcs.

— Mais nous ne sommes pas moines, lui avait expliqué le père Geoffrey. Nous sommes des chanoines.

La distinction semblait subtile : les uns comme les autres vivaient en communauté, les uns comme les autres faisaient vœu de célibat, les uns comme les autres servaient le même Dieu... et pourtant, à Cambridge, cela faisait une différence. Quand la cloche de l'église avait sonné le glas pour annoncer la découverte des enfants, la population avait accouru, tant pour consoler que pour être consolée.

— Notre règle est moins stricte que celle des bénédictins ou des cisterciens, lui avait expliqué le prieur. Nous consacrons moins de temps à la prière ou au chant et davantage à l'enseignement, à l'assistance aux pauvres et aux malades, à la confession et à toutes sortes d'activités dans la paroisse. Vous ne pourrez qu'approuver, cher docteur, avait-il ajouté en s'efforçant de sourire. En toute chose, de la mesure.

Elle le regarda quitter le chœur à l'issue de l'office et raccompagner dehors les parents, auprès de qui il s'engagea à célébrer les funérailles en personne et à « retrouver le démon coupable de ces crimes ».

— On les connaît, les coupables, prieur, objecta l'un des pères.

Une rumeur d'approbation semblable aux grognements d'une meute de chiens résonna autour de lui.

— Ça ne peut pas être les Juifs, mon fils. Ils sont toujours enfermés dans le château.

— D'une manière ou d'une autre, ils ont réussi à sortir.

Par une porte latérale, on emporta avec révérence, sur des litières, les dépouilles toujours couvertes, escortées par le *reeve* de la paroisse, remplissant son rôle de coroner.

L'église se vida. Simon et Mansur n'avaient, judicieusement, pas cherché à venir. Un Juif et un Sarrasin dans cet édifice sacré ? Dans de telles circonstances ?

Son sac en peau de chèvre à ses pieds, Adelia patientait dans l'ombre d'une travée, près de la tombe de Paulus, chanoine de Saint-Augustin et prieur du monastère de Barnwell, rappelé à Dieu en l'an de grâce 1151. Elle s'armait de courage en vue de ce qui allait suivre.

Elle ne s'était jamais dérobée à une autopsie et elle n'allait pas commencer. C'était la raison de sa présence en Angleterre. Gordinus le lui avait expliqué :

— Si je t'ai choisie pour cette mission avec Simon de Naples, c'est non seulement parce que tu es le seul médecin des morts qui parle anglais, mais aussi parce que tu es la meilleure.

— Je sais, avait-elle rétorqué, mais je ne veux pas y aller.

Elle y avait pourtant été obligée. Il s'agissait d'un ordre du roi de Sicile.

Dans la froide salle en pierre réservée aux dissections à l'école de médecine de Salerne, elle avait toujours à sa disposition le matériel adéquat et Mansur pour l'aider, tandis qu'elle pouvait s'en remettre à son père adoptif, qui la supervisait, pour transmettre ses conclusions aux autorités. Car même si Adelia savait, mieux que ce dernier, mieux que quiconque, interpréter la mort, il importait de préserver l'illusion que l'examen des corps envoyés par les *signoria* demeurait l'apanage du docteur Gershom bin Aguilar. Même à Salerne, où les femmes médecins avaient le droit d'exercer, la dissection, qui permettait aux défunts de relater comment – et bien souvent, de la main de qui – ils étaient morts, faisait horreur à l'Église.

Jusqu'alors, la science était parvenue à tenir tête à la religion ; d'autres médecins étaient au courant de la nature des activités d'Adelia et elles relevaient du secret de pure forme au sein des autorités séculières. Mais eût-on déposé une plainte officielle auprès du pape, Adelia aurait été exclue de la morgue, voire éventuellement de l'école de médecine elle-même. Ainsi, même si cette hypocrisie l'horripilait, Gershom continuait-il à recueillir des lauriers qui n'étaient pas les siens.

Ce qui seyait à merveille à Adelia. Se fondre dans le décor était son point fort. D'une part, elle échappait de cette manière à l'œil inquisiteur de l'Église et, d'autre part, elle était incapable ou presque de soutenir une conversation sur des sujets convenables pour une femme tant ils l'ennuyaient. Tel un hérisson tapi au milieu des feuilles mortes, elle se mettait en boule dès que l'on essayait de l'attirer dans la lumière.

Il n'en allait pas de même avec les malades. C'était là une facette méconnue de sa personnalité, qu'avaient pu entrevoir les patients qu'elle avait soignés avant de se vouer à la médecine des morts, et beaucoup se souvenaient encore d'Adelia comme d'un ange auquel il manquait seulement les ailes. Les convalescents avaient une fâcheuse tendance à tomber amoureux d'elle et, si surprenant que cela eût pu paraître au prieur, Adelia avait reçu plus de demandes en mariage que bien des riches beautés salernitaines. Elle les avait toutes déclinées. Il se racontait à la morgue de l'école qu'il fallait être mort pour qu'Adelia s'intéresse à vous.

Des corps de tous âges aboutissaient sur sa longue table en marbre, expédiés des quatre coins de l'Italie par des *signoria* ou des *praetori* qui désiraient apprendre les causes et les modalités du décès. En général, Adelia était à même de fournir des réponses. Les cadavres étaient son métier et ils étaient aussi banals pour elle qu'un embauchoir pour un cordonnier. Elle traitait ceux des enfants comme tous les autres, résolue à faire en sorte que la vérité sur leur mort ne soit pas enterrée avec eux, mais ils l'affligeaient ; ils avaient toujours quelque chose de pitoyable et même, en cas de meurtre, de choquant. Les trois qui l'attendaient étaient vraisemblablement tout aussi terribles que ceux qui avaient précédé. Or elle allait devoir les disséquer en secret, sans le matériel à sa disposition à l'école ou l'aide de Mansur et, par-dessus tout, sans les encouragements de son père adoptif – « Ta main ne doit pas trembler, Adelia. Tu luttes contre l'inhumanité ».

Il ne lui disait jamais qu'elle luttait contre le mal, du moins pas le Mal avec un grand « M », car Gershom bin Aguilar estimait que l'humanité était la cause suffisante de ses propres maux comme de ses propres bienfaits et que ni Dieu ni le Diable n'en étaient responsables. Une doctrine qu'il n'était possible de prêcher qu'à l'école de médecine de Salerne – et encore, pas trop fort.

Il était en soi miraculeux qu'Adelia fût autorisée à procéder à un examen dans une ville anglaise arriérée où on eût pu la lapider pour un tel acte. Simon de Naples avait dû batailler dur pour cette concession, et le prieur n'y avait consenti qu'avec réticence, consterné qu'une femme fût prête à s'atteler à une tâche semblable et terrifié des répercussions potentielles s'il venait à transpirer qu'une étrangère avait inspecté et tripoté ces malheureuses dépouilles.

— Cambridge y verrait une profanation, avait-il avancé. Et je ne suis pas sûr que ça n'en soit pas une.

— Mon père, laissez-nous découvrir comment ces enfants ont péri, car il est certain que les Juifs en captivité n'y sont pour rien, l'avait supplié Simon. Des ailes ne sauraient leur avoir poussé dans le dos. Quelque part, un meurtrier rôde en liberté. Permettez à ces tristes petits cadavres de nous révéler son identité. Les morts se livrent à maîtresse Adelia. C'est son métier. Ils se confieront à elle.

Pour le père Geoffrey, l'idée de morts qui parlaient se rangeait dans la même catégorie que celle d'humains ailés.

— Il est contraire aux enseignements de notre sainte mère l'Église de violer l'intégrité du corps humain, avait-il objecté.

Il n'avait fini par capituler qu'en échange de la promesse qu'il n'y aurait pas dissection – uniquement inspection.

Simon le soupçonnait d'avoir abdiqué moins par conviction que les cadavres parleraient que par crainte qu'Adelia ne s'en retournât chez elle s'il s'y opposait, l'abandonnant à la merci de ses prochains ennuis de vessie.

Et voilà comment elle s'était retrouvée là, dans ce pays où elle n'avait aucune envie de venir, sur le point d'affronter seule la pire de toutes les inhumanités.

« Mais telle est ta vocation, Vesuvia Adelia Rachel Ortese Aguilar », se dit-elle. Dans ses moments de doute, elle aimait à se répéter la ribambelle de noms que lui avaient prodigués – en sus d'une éducation et d'idées extraordinaires – ses parents adoptifs, après l'avoir recueillie sur le Vésuve et ramenée chez eux. « Il n'y a que toi qui puisses le faire, donc au travail. »

Elle avait à la main l'un des trois objets découverts sur les dépouilles des enfants. L'un avait été remis au shérif, un autre déchiqueté par un père en furie. Le prieur avait gardé le troisième par-devers lui et l'avait discrètement donné à Adelia.

Avec prudence, pour ne pas attirer l'attention, elle l'approcha d'un rai de lumière. Il s'agissait d'un élégant pentagramme en jonc, tressé avec une grande habileté. Si c'était supposé être une étoile de David, celui qui l'avait fabriquée avait omis une pointe. Un message ? Une tentative d'incriminer les Juifs de la part d'une personne peu au fait du judaïsme ? Une signature ?

À Salerne, pensa-t-elle, il aurait été possible d'identifier les quelques personnes possédant le tour de main requis pour un tel ouvrage, mais à Cambridge, où les joncs poussaient en quantité inépuisable le long des rivières et des ruisseaux, la vannerie était une activité domestique ; rien que le long de la route du prieuré, Adelia avait vu des femmes assises sur le pas de leur porte, occupées à confectionner des nattes et des paniers qui s'apparentaient à des œuvres d'art, ainsi que des hommes réparant des toits en joncs pareils à de minutieuses sculptures.

Non, cette étoile n'avait rien à lui dévoiler pour l'instant.

Le père Geoffrey revint en toute hâte.

— Le coroner a examiné les corps et ouvert une enquête publique.

— Quelles ont été ses conclusions ?

— Il a prononcé le décès.

Voyant Adelia tiquer, le prieur précisa :

— Oui, oui… C'est son rôle. Les coroners ne sont pas choisis en fonction de leurs connaissances médicales. Bref, j'ai fait mettre les cadavres à l'abri dans l'ermitage de sainte Werbertha. C'est un lieu tranquille et frais, bien que sans doute un peu sombre pour vos fins. J'ai prévu des lampes. Il y aura bien sûr une veillée, mais elle sera différée jusqu'à ce que vous ayez terminé vos constatations. Officiellement, vous êtes là pour la toilette mortuaire.

Adelia cilla à nouveau.

— Oui, oui… Cela paraîtra étrange, mais je suis le prieur de cette communauté et mes arrêts ne le cèdent qu'à ceux du Tout-Puissant.

Il l'entraîna jusqu'à la porte latérale de l'église et lui indiqua le chemin. Un novice qui désherbait le jardin du cloître adressa un regard curieux à Adelia, mais un claquement de doigts de son supérieur le renvoya à sa besogne.

— Je vous accompagnerais bien, mais je dois aller au château pour discuter de toutes les éventualités avec le shérif. Il nous faut unir nos forces si nous voulons éviter une autre émeute.

Le prieur suivit des yeux la menue silhouette vêtue de marron qui s'éloignait, son sac en peau de chèvre sur l'épaule, et se prit à espérer qu'en l'espèce ses arrêts coïncidaient avec ceux du Tout-Puissant.

Il se détournait pour s'accorder une minute de prière devant l'autel quand une ombre imposante, se détachant de l'une des colonnes de la nef, le fit sursauter, provoquant sa colère. L'apparition avait un rouleau de vélin à la main.

— Que faites-vous ici, sire Rowley ?

— Je m'apprêtais à quémander la permission de voir les corps en privé, mon père, répondit le collecteur d'impôts, mais il semble que l'on m'a devancé.

— C'est le rôle du coroner et il l'a rempli. On ouvrira une enquête officielle d'ici un jour ou deux.

Sire Rowley désigna de la tête la porte latérale.

— Pourtant, je vous ai ouï donner pour instruction à cette dame de les étudier de plus près. Vous pensez qu'elle pourra vous en enseigner davantage ?

Le père Geoffrey jeta un coup d'œil à la ronde, en quête de soutien, mais n'en trouva pas.

— Comment est-elle supposée s'y prendre ? s'enquit le collecteur d'impôts avec un intérêt apparemment sincère. Incantations ? Invocations ? Nécromancie ? Sorcellerie ?

Il était allé trop loin.

— Ces enfants sont sacrés pour moi, mon fils, tout comme l'est cette église, lui opposa le prieur d'une voix calme. Veuillez sortir.

— Je vous présente mes excuses, mon père, dit sire Rowley, sans avoir l'air particulièrement contrit. Mais cette affaire me concerne aussi et je dispose d'un mandat du roi m'autorisant à poursuivre des investigations, riposta-t-il, tandis qu'il agitait le rouleau frappé du sceau royal. Qui est cette femme ?

Une commission royale primait l'autorité d'un prieur, même si sa parole n'avait d'égale que celle de Dieu.

— C'est un médecin versé dans les sciences macabres, avoua le père Geoffrey de mauvaise grâce.

— Bien sûr. De *Salerno*. J'aurais dû m'en douter ! s'exclama le collecteur d'impôts, avec un sifflement ravi. Une femme médecin de la seule ville de la chrétienté où les deux termes ne sont pas contradictoires.

— Vous connaissez ?

— J'y ai fait étape.

— Sire Rowley, reprit le prieur, la main levée en signe d'admonition, pour la sécurité de cette jeune femme, pour la quiétude de cette ville et de ses habitants, ce dont je viens de vous faire part doit rester entre ces murs.

— *Vir sapit qui pauca loquitur*, mon père. C'est la première chose qu'apprend tout collecteur d'impôts.

Sans doute moins sage que rusé, mais il tiendrait sa langue, jugea le prieur. Toutefois quelle était sa mission ? Sous le coup d'une soudaine intuition, il tendit la main.

— Montrez-moi cet acte.

Il le parcourut avant de le rendre à sire Rowley.

— Ce n'est qu'une commission ordinaire de collecteur d'impôts. Le roi impose-t-il les morts, à présent ?

— Certainement pas, mon père, répliqua sire Rowley, comme outragé par une telle idée. Pas plus que de coutume, en tout cas. Mais si cette dame mène une enquête officieuse, la ville et le prieuré risquent des pénalités fiscales – je ne dis pas qu'il y aura sanction, mais il se pourrait que les amerciements, les mainmises habituelles *et cætera* s'appliquent, exposa sire Rowley, avant qu'un sourire ne plisse ses joues dodues. À moins, bien sûr, que je ne sois présent pour m'assurer que tout est en ordre.

Le père Geoffrey dut se reconnaître vaincu. Si, jusqu'à ce jour, Henri II avait fait montre de retenue, il était quasi certain que, lors des assises à venir, Cambridge serait condamnée à une amende, et une lourde, pour la mort de l'un des Juifs les plus rémunérateurs du royaume.

Toute infraction à la loi constituait pour le roi une occasion de remplir ses caisses aux dépens des contrevenants. Henri écoutait ses collecteurs d'impôts, qui étaient les plus redoutés des subordonnés royaux ; si celui-là rapportait la moindre irrégularité liée à la mort de ces enfants, ce vorace léopard de Plantagenêt était susceptible de saigner à blanc la ville.

— Que voulez-vous de nous, sire Rowley ? s'informa le père Geoffrey avec lassitude.

— Je veux voir les corps.

Bien que prononcés d'une voix posée, ces mots cinglèrent le prieur comme un coup de fouet.

En dehors de ses murs de trois pieds d'épaisseur qui conservaient la fraîcheur et de sa situation isolée, dans une clairière au fin fond du parc à daims de Barnwell, la cellule dans laquelle l'anachorète saxonne sainte Werbertha avait passé toute sa vie adulte – jusqu'à ce que des envahisseurs danois y mettent brutalement un terme – ne se prêtait pas du tout aux fins d'Adelia. La pièce était petite, et en dépit des deux lampes fournies par le prieur, il y faisait sombre. La fente qui tenait lieu de fenêtre était occultée par un volet coulissant en bois. Du cerfeuil sauvage qui montait à hauteur de taille moutonnait contre la minuscule porte voûtée.

Au diable le secret. Pour avoir assez de lumière, elle n'aurait d'autre choix que de laisser la porte ouverte – malgré les mouches qui assiégeaient déjà les lieux. Comment voulait-on qu'elle travaille dans ces conditions ?

Adelia posa son sac dans l'herbe, puis vérifia et revérifia son contenu – consciente qu'elle repoussait le moment de franchir le seuil.

C'était ridicule ; elle n'était pas une débutante. Elle se mit rapidement à genoux et pria les morts gisant derrière la porte de lui pardonner de déranger leurs restes. Elle les pria aussi de faire en sorte qu'elle n'oublie pas le respect qui leur était dû.

— Laissez votre chair et vos os me raconter ce que vos voix ne peuvent.

Elle agissait toujours ainsi. Les morts l'entendaient-ils ? Elle l'ignorait, mais, contrairement à son père adoptif, elle n'était pas complètement athée – même si elle craignait que la besogne qu'elle avait devant elle cet après-midi-là ne soit propre à la faire changer d'avis.

Elle se releva, tira de son sac son tablier en toile huilée, l'enfila, quitta son bonnet et se coiffa d'un heaume en gaze pourvu d'une lentille en verre. Puis elle poussa la porte de la cellule.

Sire Rowley Picot savoura le trajet à pied, très content de lui. Les choses s'annonçaient plus faciles que prévu. Il n'avait jamais douté que cette femme, une folle doublée d'une étrangère, capitulerait devant son autorité, mais il n'aurait jamais espéré qu'une personnalité de la stature du père Geoffrey se retrouverait en prime sous sa coupe du fait de son commerce avec cette même donzelle.

Il s'arrêta aux abords de l'ermitage. Le bâtiment évoquait une ruche hypertrophiée – Seigneur, ces ermites d'antan raffolaient vraiment de l'inconfort. Ah ! Elle était là, à l'intérieur, penchée au-dessus d'une table visible par la porte ouverte.

— Docteur ? lança-t-il afin de la mettre à l'épreuve.
— Oui ?

Ha, ha ! s'amusa sire Rowley. Aussi facile que de capturer un papillon.

— Vous vous souvenez de moi, ma dame ? commença-t-il, tandis qu'elle se redressait et se tournait vers lui. Je suis sire Rowley Picot. Le prieur...
— Je me moque de qui vous êtes, rétorqua le papillon. Entrez et chassez-moi ces mouches.

Elle sortit et sire Rowley se retrouva face à une silhouette humaine en tablier, surmontée d'une tête d'insecte. La créature arracha une touffe de cerfeuil et, comme il la rejoignait, lui fourra les ombellifères entre les mains.

Ce n'était pas ce que sire Rowley avait projeté, mais il lui emboîta le pas et entra, non sans quelques difficultés du fait de l'étroitesse de la porte.

Avant de ressortir aussitôt, en proie à d'autres difficultés.

— Oh, mon Dieu !
— Qu'y a-t-il ? s'agaça-t-elle, les nerfs à vif.

Sire Rowley s'appuya contre le montant de la porte, le souffle coupé.

— Doux Jésus, ayez pitié de nous.

La puanteur était insoutenable. La vue de ce qui reposait sur la table plus encore.

— Tss…, siffla-t-elle avec irritation. Restez sur le seuil, alors. Vous savez écrire ?

Sire Rowley hocha la tête, les yeux clos.

— C'est la première chose qu'apprend tout collecteur d'impôts.

Elle lui tendit une ardoise et une craie.

— Notez ce que je vous dicterai. Entre deux notes, éloignez les mouches.

Elle réprima sa colère et énonça d'un ton monocorde :

— Les restes d'un enfant de sexe féminin. Quelques cheveux blonds sur le crâne. Il s'agit donc…, commença-t-elle, avant de s'interrompre pour consulter la liste qu'elle avait gribouillée au dos de sa main. De Mary. La fille du sauvaginier. Âge : six ans. Disparue à Saint-Ambrose, il y a quoi ? Un an… Vous écrivez ?

— Oui, ma dame.

La craie grinçait sur l'ardoise, mais sire Rowley se tordait le cou pour respirer dehors.

— Pas de vêtements autour des ossements. Les chairs sont presque entièrement décomposées ; celles qui subsistent ont été en contact avec de la craie. On observe aussi ce qui ressemble à des traces de limon séché le long de l'échine, ainsi que sur la face postérieure du pelvis. Où trouve-t-on du limon dans les parages ?

— Nous sommes dans la région des *fens*. On a découvert les corps près d'un marécage.

— Les corps étaient-ils sur le dos ?

— Mon Dieu, je n'en sais rien.

— Hum… si oui, cela expliquerait ces résidus. Ils ne sont présents qu'en faible quantité. Elle n'était pas enterrée dans du limon, mais dans de la craie. Les mains et les pieds sont entravés par des lanières de tissu noir, ajouta-t-elle, avant de marquer une pause. Il y a des pincettes dans mon sac. Donnez-les-moi.

Sire Rowley fouilla dans son nécessaire et lui rapporta une fine pince en bois, dont elle se servit pour dénouer une des lanières non identifiées, avant de la lever vers la lumière.

— Sainte Mère de Dieu, balbutia sire Rowley.

Il regagna le seuil, tout en continuant à remuer le bras à l'intérieur pour tenir à distance les mouches avec le cerfeuil. Des arbres lui parvenaient le parfum des jacinthes des bois et le cri du coucou, confirmant la douceur de la journée. « Bienvenue, pensa-t-il à l'adresse du printemps. Oh, Seigneur, bienvenue. Tu es en retard, cette année. »

— Plus d'air, réclama la folle. Les liens sont des bandelettes de laine, reprit-elle de son ton monocorde. Hum... Passez-moi une fiole. Hé ho ! Où êtes-vous, misérable ?

Il lui apporta la fiole demandée, patienta un instant, puis la récupéra avec l'affreux lambeau à l'intérieur.

— Des miettes de craie sont visibles parmi les cheveux. Il y a aussi un autre corps étranger qui y adhère. Hum... une forme de losange, peut-être une friandise desséchée engluée dans une mèche. Un plus ample examen sera nécessaire. Donnez-moi une autre fiole.

Sire Rowley reçut pour instruction de sceller les deux récipients avec l'argile rouge qui se trouvait dans le sac.

— Rouge pour Mary et une couleur différente pour chacun des autres. Veillez-y, je vous prie.

— Oui, docteur.

En général, c'était en grande pompe que le père Geoffrey se déplaçait au château, et avec une pompe équivalente que le shérif Baldwin lui rendait visite ; il convenait de bien marquer qu'ils étaient les deux hommes les plus importants de Cambridge. Signe de sa préoccupation, ce fut toutefois sans tambour ni trompette, accompagné du seul frère Ninian, que le prieur traversa à cheval le Grand-Pont pour gagner Castle Hill ce jour-là.

Toute la ville le poursuivait, pendue à ses étriers. À tous, il répondait par la négative. Non, ce n'était pas les Juifs. Comment aurait-ce été possible ? Non, calmez-vous. Non, on n'avait pas encore capturé le monstre, mais cela viendrait, par la grâce de Dieu, cela viendrait. Non, laissez les Juifs tranquilles, ils n'y sont pour rien.

Il s'inquiétait autant pour les Juifs que pour les Gentils. Une nouvelle émeute attirerait les foudres du roi sur la ville.

Et comme si ça ne suffisait pas, songea hargneusement le prieur, il y avait en plus ce collecteur d'impôts – puisse Dieu faire justice de lui et de toute son engeance ! Outre le fait que sire Rowley semblait vouloir mettre une main indiscrète à la pâte alors que le père Geoffrey eût nettement préféré qu'il ne se mêlât pas de cette affaire, le prieur se faisait du souci pour Adelia – et pour lui-même.

« Cet ambitieux rapportera tout au roi, se désespérat-il. Ce sera notre fin à tous les deux. Il la suspecte de nécromancie ; elle finira au gibet, et moi... moi, je serai dénoncé au pape et excommunié. Et si ce publicain avait tellement envie de voir les corps, pourquoi n'a-t-il pas insisté pour être présent lors de l'examen du coroner ? Pourquoi éviter la voie officielle, alors que sa fonction l'est ? »

Tout aussi troublant était l'aspect familier du visage rondouillard de sire Rowley – rien que ce

« sire », d'ailleurs... depuis quand le roi conférait-il le titre de chevalier à des collecteurs d'impôts ? La chose turlupinait le prieur depuis Cantorbéry.

Comme son cheval attaquait la route en pente raide qui menait au château, le prieur revit en esprit la scène qui s'était déroulée sur cette même colline un an auparavant. Les hommes du shérif, s'efforçant de s'interposer entre la foule enragée et les Juifs effrayés, Baldwin et lui multipliant en vain les appels à l'ordre...

Panique et furie, ignorance et violence... le Diable était à Cambridge ce jour-là.

« Et ce collecteur d'impôts aussi ! » se remémora soudain le père Geoffrey. Un visage entrevu dans la cohue et jusqu'alors oublié... Grimaçant comme tous les autres, tandis que son propriétaire s'efforçait de... de quoi, au juste ? De repousser les hommes du shérif ? De leur prêter assistance ? Au milieu de cet horrible amalgame de membres et de cris, impossible à dire.

Le prieur fit presser l'allure à sa monture.

La présence de sire Rowley ce jour-là, à cet endroit-là, n'était pas nécessairement suspecte. Shérifs et publicains allaient de pair : le shérif percevait les impôts pour le roi et le collecteur s'assurait, pour le roi aussi, que le shérif n'en gardait pas une trop grosse partie.

Le père Geoffrey ramena son cheval au pas.

« Mais je l'ai aussi aperçu à la foire de Sainte-Radegonde, bien plus tard, se rappela-t-il alors. Il applaudissait un forain sur des échasses. C'est dans ces eaux-là que la petite Mary a disparu. Dieu nous garde ! »

Il enfonça les talons dans les flancs de son cheval. Vite. Il était plus urgent que jamais qu'il s'entretienne avec le shérif.

— Hum… Le pelvis a été ébréché par-dessous. Il pourrait s'agir de dégradations accidentelles post mortem, mais dans la mesure où les entailles semblent avoir été infligées avec une force considérable et où les autres os ne présentent aucun dégât, elles résultent plus vraisemblablement de coups portés vers le haut au niveau du vagin, au moyen d'un instrument effilé…

Sire Rowley la détestait, tout comme il détestait sa voix égale et mesurée. Elle faisait injure à la féminité rien qu'en prononçant de telles paroles. La femme qu'elle était n'avait pas le droit d'ouvrir les lèvres et de souiller l'atmosphère en formant des mots pareils. En tant qu'exégète de cette atrocité, elle devenait complice de son accomplissement – une criminelle, une sorcière. Ses yeux n'auraient pas dû pouvoir contempler ce spectacle sans saigner.

Adelia, elle, se forçait à ne voir qu'un porc – un porc comme ceux sur lesquels elle avait appris. Le cochon étant la créature qui, de tout le règne animal, se rapprochait le plus d'un humain en chair et en os, Gordinus conservait à l'intention de ses élèves, dans les collines, derrière de hauts murs, toute sorte de cadavres de porcs – certains enterrés, certains à l'air libre, d'autres dans une cabane en bois ou dans une étable en pierre.

Lorsqu'ils découvraient cette ferme macabre, la plupart de ses étudiants, révoltés par les miasmes et les mouches, prenaient leurs jambes à leur cou ; seule Adelia avait perçu le caractère prodigieux de la réduction à néant des corps.

— Car même les squelettes ne sont pas éternels et, à défaut d'intervention extérieure, s'en retournent à la poussière, lui avait confié Gordinus. C'est grâce à ce merveilleux mécanisme que nous ne croulons pas sous une accumulation millénaire de cadavres, ma chère.

Il y avait en effet quelque chose de merveilleux dans ce processus qui se déclenchait sitôt que le corps rendait l'âme et se retrouvait livré à lui-même. Et il était d'autant plus fascinant que la décomposition se produisait – Adelia ne comprenait toujours pas comment – même en l'absence des mouches et des asticots qui proliféraient sur les cadavres s'ils y avaient accès.

C'était ainsi qu'une fois confirmée médecin, elle avait appris ce nouvel aspect du métier sur des porcs. Des porcs morts au printemps, en été, à l'automne ou en hiver, la corruption progressant à un rythme différent suivant les saisons. Des porcs morts de différentes façons. Des porcs morts depuis un temps variable. Des porcs morts en position assise, la tête en bas ou couchés ; des porcs égorgés, inhumés, exhumés ou immergés, des porcs morts de maladie ou de vieillesse, des truies pleines, des verrats, des gorets...

Un goret. Le point de non-retour. Mort de fraîche date, âgé de quelques jours à peine. Adelia avait porté le cadavre jusqu'à la maison de Gordinus.

— Je tiens du nouveau, avait-elle annoncé. Cette substance dans l'anus... je n'arrive pas à l'identifier.

— Du vieux, lui avait opposé Gordinus. Vieux comme le péché. C'est du sperme humain.

Il l'avait guidée jusqu'à son balcon donnant sur la mer turquoise et l'avait fait asseoir, avant de lui offrir un verre de son meilleur vin rouge en guise de remontant et de lui demander si elle souhaitait poursuivre ou revenir à la médecine ordinaire.

— Affronteras-tu la vérité en face ou en détourneras-tu ?

Il lui avait lu du Virgile, un chant des *Géorgiques* – elle ne se rappelait plus lequel – qui avait transporté Adelia dans les collines toscanes inondées de soleil, à l'écart des chemins battus, où les agneaux, enivrés de lait, gambadaient par pur plaisir de gambader, sous la surveillance de pâtres qui jouaient de la flûte de Pan.

— Parmi lesquels, avait commenté Gordinus, il s'en trouvait forcément pour fourrer dans leurs bottes les pattes arrière de la première bête venue et leur organe dans l'arrière-train d'icelle.

— Non…, avait lâché Adelia.

— Ou d'un enfant.

— Non…

— Voire d'un bébé.

— Non !

— Oh que si, avait affirmé son mentor. Je l'ai vu de mes yeux. Ça te dégoûte des *Géorgiques* ?

— Ça me dégoûte de tout, avait-elle répondu. Je ne peux pas continuer.

— L'homme est tiraillé entre le Ciel et l'abîme, professa gaiement Gordinus. Tantôt il s'élève vers l'un, tantôt il bascule dans l'autre. Il est aussi obtus de s'aveugler sur son aptitude au mal que de nier les sommets qu'il est capable d'atteindre. Il se peut qu'à l'échelle des astres, les deux ne fassent qu'un. Tu as vu de tes propres yeux à quoi peut s'abaisser l'homme et je viens de te lire quelques vers illustrant ses plus belles envolées. Rentre donc chez toi, et voile-toi la face, je ne t'en ferai pas grief. Mais bouche-toi aussi les oreilles pour ne pas entendre les cris des morts. La vérité n'est pas pour toi.

Elle était rentrée chez elle et, à l'école comme à l'hôpital, elle avait recueilli les louanges de ses élèves et de ses patients. Mais il lui avait été impossible de fermer à nouveau les yeux ou de se boucher les oreilles, et les cris des morts s'étaient faits si assourdissants qu'elle avait fini par revenir à l'étude des cadavres porcins avant de passer à ceux d'humains.

Dans les cas semblables à celui devant elle sur la table, cependant, elle fermait métaphoriquement les yeux à demi afin de pouvoir s'acquitter de sa tâche, revêtant d'elle-même des œillères pour éviter de tomber dans un désespoir stérile – aveuglement partiel nécessaire, qui lui permettait de voir non pas le corps lacéré d'un enfant innocent, mais l'anatomie familière d'un porc.

Les perforations dans la région du bassin avaient laissé des marques singulières. Adelia avait déjà vu des traces de blessures au couteau, mais aucune semblable à celles-ci. Elle aurait volontiers prélevé le pelvis afin de pouvoir l'inspecter tranquillement à la lumière, mais elle avait promis au père Geoffrey de s'abstenir de toute dissection. Elle claqua des doigts pour signifier à sire Rowley de lui remettre l'ardoise et la craie.

Il l'étudia pendant qu'elle dessinait. Les rayons de soleil obliques qui passaient entre les barreaux de la minuscule fenêtre lui conféraient l'apparence d'une mouche monstrueuse tournant autour des formes sur la table. La gaze qui lissait ses traits la privait de visage et lui aplatissait sur le front des mèches de cheveux semblables à des antennes de lépidoptère. Et avec ses « hum », elle bourdonnait presque autant que la dense nuée ailée affamée qui lui tournait autour.

Elle acheva son schéma et tendit l'ardoise et la craie à sire Rowley pour qu'il l'en débarrasse.

— Récupérez ça, lança-t-elle.

Mansur lui manquait. Sire Rowley n'approchant pas, elle se retourna et s'avisa de son expression. Elle l'avait déjà aperçue chez d'autres.

— Pourquoi faut-il toujours que l'on s'en prenne au messager ? soupira-t-elle avec dépit, comme pour elle-même.

Sire Rowley la dévisagea. Était-ce vraiment la raison de sa colère ?

Elle le rejoignit dehors, chassant les mouches.

— Cette enfant me raconte ce qui lui est arrivé. Avec de la chance, elle pourra même me dire où. Partant de là, avec encore plus de chance, nous pourrons peut-être en déduire l'identité du coupable. Si vous n'avez que faire de tout cela, vous pouvez aller au diable. Mais avant, trouvez-moi quelqu'un que ça intéresse.

Elle releva son heaume, démêla ses cheveux, révélant des mèches châtain clair, et tourna son visage vers le soleil.

C'était les yeux, décréta-t-il. Les paupières closes, elle retrouvait son âge – quelques années de moins que lui –, ainsi que des attributs presque féminins. Mais elle n'était pas son genre, il les préférait plus douces. Et plus plantureuses. Ouverts, ses yeux la vieillissaient. Ils étaient froids et noirs, pareils à des pierres, et guère plus expressifs. Peu surprenant, quand on songeait à ce qu'ils venaient de voir.

Et si elle pouvait réaliser un tel miracle...

Elle reposa les yeux sur lui.

— Alors ? le relança-t-elle.

Il lui arracha des mains l'ardoise et la craie.

— Serviteur, ma dame.

— Il y a de la gaze, là-dedans, lui indiqua-t-elle. Couvrez-vous la figure, puis rappliquez, histoire de vous rendre utile.

Et bien élevées, pensa-t-il. Il les aimait bien élevées. Mais lorsqu'elle rajusta sa coiffe sur sa tête, redressa ses épaules osseuses et regagna le charnier, il reconnut chez elle la bravoure du soldat épuisé se relançant dans la mêlée.

Le deuxième ballot renfermait Harold, le fils du marchand d'anguilles, qui fréquentait l'école du prieuré.

— Les chairs sont mieux conservées que celles de Mary, quasi momifiées. Les paupières ont été excisées, et les organes génitaux amputés.

Sire Rowley posa sa touffe de cerfeuil pour se signer.

L'ardoise se couvrit de mots dont l'énonciation aurait dû être interdite et qu'elle énonçait quand même. Entrave. Instrument tranchant. Insertion anale.

Et, à nouveau, craie.

Voilà qui l'intéressait. Sire Rowley le devinait à ses marmonnements.

— Sol crayeux.

— La grand-route d'Icknield Way ne passe pas loin d'ici, fit observer sire Rowley. Et le sous-sol des collines de Gog et Magog, où nous avons fait halte pour le prieur, est crayeux.

— Ces deux enfants ont de la craie dans les cheveux. Et Harold en a même des fragments incrustés dans les talons.

— Qu'est-ce que ça veut dire ?

— Qu'on l'a traîné sur un sol crayeux.

Le troisième ballot contenait les restes d'Ulric, huit ans, enlevé à la Saint-Édouard cette année-là, restes qui, dans la mesure où ils étaient plus récents, suscitèrent des marmottements répétés de la part du docteur. Sire Rowley en inféra qu'elle disposait d'une matière plus abondante et de meilleure qualité à analyser.

— Ni paupières, ni organes génitaux. Celui-ci n'a pas été enterré du tout. Quel temps a-t-il fait en mars dans la région ?

— Sec dans toute l'Est-Anglie, il me semble. Tout le monde se plaignait que les semis séchaient sur pied. Froid, mais sec.

Froid, mais sec. Elle fouilla dans sa mémoire, pour laquelle elle était réputée à Salerne, et exhuma de ses souvenirs de la ferme macabre celui du porc numéro 78. Environ le même poids. Mort au début du printemps lui aussi, depuis à peine plus d'un mois, conservé au sec et au frais, mais dans un état de décomposition plus avancé. Elle se fût attendue que l'enfant soit dans un état à peu près similaire.

— T'aurait-on séquestré après ta disparition ? demanda-t-elle au cadavre, oubliant qu'elle était avec un inconnu et non avec Mansur.

— Doux Jésus, qu'est-ce qui vous fait dire ça ?

Elle cita l'Ecclésiaste, comme elle en avait l'habitude avec ses élèves :

— « Il y a un moment pour tout... un temps pour enfanter et un temps pour mourir, un temps pour planter et un temps pour arracher le plant. » Et un temps pour se putréfier.

— Alors ce démon l'a retenu vivant ? Combien de temps ?

— Je l'ignore.

Un millier de facteurs pouvaient être à l'origine des différences entre ce corps et celui du porc numéro 78. L'épuisement et le désarroi la rendaient irritable. Mansur, conscient que les remarques d'Adelia ne constituaient nullement des tentatives de conversation, n'aurait jamais posé une telle question.

— Je refuse de m'avancer.

Ulric avait lui aussi de la craie incrustée dans les talons.

Le soleil était déjà bas lorsque Adelia enveloppa à nouveau les corps en vue de leur mise en bière. Elle ressortit pour quitter son tablier et son heaume, pendant que sire Rowley récupérait les lampes et les éteignait, plongeant l'ermitage et son contenu dans une obscurité salutaire.

Sur le pas de la porte, il s'agenouilla comme il l'avait fait devant le Saint-Sépulcre. Le minuscule édicule était à peine plus grand que la cellule qu'il avait devant lui. La table sur laquelle reposaient ces enfants de Cambridge mesurait à peu près la même taille que le tombeau du Christ. Et à Jérusalem aussi, il faisait sombre, au milieu du conglomérat d'autels et de chapelles de la grande basilique bâtie par les premiers croisés sur ce lieu sacré, où résonnaient les murmures des pèlerins et la mélopée des moines byzantins chantant inlassablement leurs cantiques sur le site du Golgotha.

Là, seul l'environnait le bourdonnement des mouches.

En Terre sainte, il avait prié pour l'âme des disparus, ainsi que pour le pardon de la sienne et le secours de Dieu.

Il réitéra ses prières.

Lorsqu'il la rejoignit, Adelia se lavait les mains et le visage dans une cuvette. Une fois qu'elle eut fini, il en fit autant – elle avait mis de la saponaire dans l'eau. Il brisa les tiges pour la faire mousser et se savonna les mains. Il se sentait las – Seigneur, ce qu'il était las...

— Où logez-vous, docteur ? s'informa-t-il.

Elle le fixa comme si elle le voyait pour la première fois.

— Comment m'avez-vous dit que vous vous appeliez ?

Il s'efforça de ne pas se vexer ; à en juger par son allure, elle était encore plus exténuée que lui.

— Sire Rowley Picot, ma dame. Rowley pour mes amis.

Dont il était peu probable qu'elle fasse un jour partie, pensa-t-il. Elle lui adressa un hochement de tête.

— Merci pour votre aide.

Elle rangea ses affaires dans son sac, le ramassa et tourna les talons.

Sire Rowley s'élança à sa suite.

— Puis-je m'enquérir des conclusions que vous avez tirées de cet examen ?

Elle ne répondit pas.

Qu'elle aille au diable ! Il supposa que, comme il s'était chargé de la prise de notes, elle le laissait tirer ses propres conclusions. Pourtant, même si l'humilité n'était pas le fort de sire Rowley, il en possédait assez pour se rendre compte qu'il avait affaire à une personne douée de capacités auxquelles il ne pourrait jamais prétendre. Il fit une nouvelle tentative :

— À qui allez-vous soumettre votre rapport, docteur ?

Pas de réponse.

Ils avançaient parmi les ombres des chênes, qui s'étiraient par-dessus le mur du parc à daims. De la chapelle du prieuré leur parvenait le tintement d'une cloche sonnant les vêpres, tandis que, devant eux, des silhouettes en rochet violet se déversaient du fournil et de la brasserie se découpant sur le couchant et se répandaient dans les allées tels des pétales emportés dans la même direction.

— Et si nous assistions aux vêpres ? suggéra sire Rowley.

Si son cœur avait jamais aspiré au baume de ces litanies, c'était bien ce soir-là.

Elle repoussa sa proposition de la tête.

— Ne voulez-vous pas prier pour ces enfants ? lui reprocha-t-il avec colère.

Elle fit volte-face et il se retrouva nez à nez avec un visage hagard de fatigue, dont la colère surpassait de loin la sienne.

— Je ne suis pas ici afin de prier pour eux, lâcha-t-elle. Je suis ici pour parler en leur nom.

CHAPITRE 5

Cet après-midi-là, au sortir du château, lorsque le père Geoffrey regagna la demeure d'une certaine opulence où logeaient tous les prieurs augustiniens de Barnwell, il lui restait encore beaucoup de choses à régler.

— Elle vous attend dans la bibliothèque, lui annonça d'un ton cassant frère Gilbert, qui réprouvait tout *tête-à-tête*[*1] entre son supérieur et une femme.

Le père Geoffrey entra et s'installa dans son grand fauteuil derrière sa table de travail. Il n'invita pas son hôte à s'asseoir, parce qu'il savait qu'elle refuserait ; il ne la salua pas non plus – c'était inutile. Il se contenta de lui expliquer la nature de son obligation envers les Salernitains, le problème que cela posait et la solution qu'il envisageait.

Son interlocutrice l'écouta. Elle n'était ni grande ni grosse, mais campée dans ses bottes en peau d'anguille, avec ses cheveux gris s'échappant du bandeau taché de sueur qui lui ceignait la tête, et ses bras musclés croisés sur son tablier, elle possédait la même féminité barbare et intimidante qu'une

---

1. Les mots en italique suivis d'un astérisque sont en français dans le texte.

sheela na gig, une de ces sculptures obscènes et grotesques que l'on trouvait dans les églises et les châteaux, si bien que la douillette pièce tapissée de livres s'en trouvait presque changée en caverne primitive.

— Voilà, Gyltha, pourquoi j'ai besoin de toi, et pourquoi ils ont besoin de toi, conclut le père Geoffrey.

Il y eut un silence.

— Y a l'été qu'arrive, fit valoir Gyltha de sa voix grave. En été, j'ai les anguilles.

Tous les ans, vers la fin du printemps, Gyltha et son petit-fils émergeaient des *fens* avec des cuves remplies d'anguilles argentées ondulantes et prenaient leurs quartiers d'été au bord de la Cam, dans leur maisonnette à toit de roseaux, d'où les anguilles émergeaient à leur tour, au milieu de merveilleuses vapeurs, marinées, salées, fumées ou en gelée, suivant des recettes connues de Gyltha seule, et étaient aussitôt achetées par une clientèle friande et empressée, tant elles étaient supérieures aux autres.

— Je sais, concéda patiemment le père Geoffrey, avant de se carrer dans son fauteuil. Mais c't'un rude boulot, reprit-il en parler est-anglien, et t'es plus toute jeunette, ma belle.

— Toi non plus, l'ami.

Ils se connaissaient bien – mieux que ne se connaissent la plupart des gens. Vingt-cinq ans auparavant, lorsqu'un jeune prêtre normand avait débarqué à Cambridge pour prendre la tête de la paroisse de Sainte-Marie et que la tenue de sa maison avait échu à une accorte jeune femme des *fens*, personne n'avait cillé à l'idée qu'ils puissent être plus que maître et servante. L'Angleterre avait alors une attitude tolérante – ou laxiste, selon le point de vue – quant au célibat ecclésiastique et Rome n'avait pas encore commencé à vilipender les « femmes de prêtres ».

Sous l'effet de la cuisine de Gyltha, le jeune père Geoffrey n'avait pas tardé à forcir, bien vite imité par sa servante, même si nul à part eux n'eût pu dire si l'embonpoint de cette dernière était dû à son régime alimentaire ou à une tout autre raison. Et quand le père Geoffrey avait été appelé par Dieu à la dignité de chanoine augustinien, Gyltha avait disparu dans les *fens* d'où elle venait, refusant l'indemnité qui lui était offerte.

— Et si je rajoute une ou deux boniches par-dessus le marché ? avança le prieur, enjôleur. Un brin de cuisine, un brin de nettoyage, pas plus.

— Des étrangers, objecta Gyltha. J'y fais pas crédit, aux étrangers.

Le prieur la dévisagea et se rappela la description que saint Guthlac faisait des habitants des *fens*, à qui le valeureux ermite s'était efforcé d'inculquer le christianisme : « Grosse tête, long cou, mine pâle, des dents comme les chevaux. Dieu nous préserve d'eux. » Et pourtant, du fait même de leur débrouillardise et de leur indépendance, c'étaient eux qui, de tous les Anglais, avaient résisté le plus longtemps et le plus énergiquement à Guillaume le Conquérant.

D'autant qu'ils ne manquaient pas non plus d'intelligence. Gyltha, en tout cas, en était bien pourvue ; elle était la maîtresse de maison idéale pour le *ménage*[*] que le père Geoffrey avait en tête – outrancière, mais assez connue et reconnue par les habitants de Cambridge pour servir de pont entre eux et les Salernitains. Si tant est qu'elle acceptât…

— Et moi, j'étais pas un étranger, p't-êt' ? argua-t-il. Tu m'as bien pris sous ton aileron.

Gyltha sourit et, l'espace d'un instant, son charme déconcertant rappela au père Geoffrey les années qu'ils avaient passées ensemble dans le petit presbytère adjacent à l'église Sainte-Marie.

— Ça ferait déjà du bien à ton Ulf, renchérit-il, cherchant à exploiter son avantage.

— S'en sort pas trop mal à l'école, va.

— Quand ça lui prend de venir.

Malgré la finesse aussi indéniable que singulière du jeune Ulf, son admission à l'école du prieuré tenait pour beaucoup aux soupçons – non confirmés – du père Geoffrey que le petit-fils de Gyltha était aussi le sien.

— L'aurait grand besoin de se civiliser un brin, ma belle.

Gyltha se pencha en avant et posa un doigt couvert de cicatrices sur la table de travail.

— Et qu'est-ce qu'y viennent fiche ici, l'ami ? Tu comptes m'y dire ?

— Figure-toi que j'ai pris mal et que c'est la fille qui m'a sauvé la couenne.

— Elle ? Paraît que c'était le noiraud.

— Non, elle. Et pas de sorcellerie, avec ça, un vrai docteur... sauf qu'y vaut mieux pas que ça se sache.

Il eût été inutile de le cacher à Gyltha qui, si elle acceptait de s'occuper des Salernitains, le découvrirait tôt ou tard. D'ailleurs, elle était aussi muette que les huîtres sur leur lit d'algues qu'elle lui offrait chaque année et dont un bel échantillon reposait en ce moment même dans la glacière du prieuré.

— J'sais pas qui c'est qui nous les envoie, ces trois-là, poursuivit-il, mais en tout cas, ils sont là pour dénicher celui qui tue les loupiots.

— Harold.

Le visage de Gyltha ne trahissait pas la moindre émotion, mais sa voix s'était adoucie. Elle faisait affaire avec le père de Harold.

— Harold, acquiesça le prieur.

Elle hocha la tête.

— C'tait point les Juifs, alors ?

— Nenni.

— C'est ce que je me disais.

De l'autre côté du cloître rattachant la maison du prieur à l'église, la cloche sonna pour appeler la communauté aux vêpres.

Gyltha soupira.

— Va pour les boniches, mais je fais que la cuistance.

— *Benigne. Deo gratias.*

Le père Geoffrey se leva et raccompagna Gyltha jusqu'à la porte.

— Le vieux Tubs élève toujours ses cabots puants ?

— Plus puants que jamais.

— Prends-en un avec toi. Colles-y dans les jupes. Si elle pose trop de questions, ça se peut qu'y ait du vilain. L'a besoin qu'on y tienne à l'œil. Oh, et y mangent pas de porc. Ou des coquillages.

Il assena à Gyltha une tape sur le derrière pour prendre congé d'elle, croisa les bras sous son scapulaire et se dirigea vers la chapelle pour les vêpres.

Assise sur un banc dans le préau du prieuré, Adelia respirait le parfum de la petite bordure de romarin qui poussait le long de la plate-bande à ses pieds et prêtait l'oreille aux psaumes des vêpres : filtrant du cloître, ils flottaient dans l'air du soir à travers le potager clos pour atteindre les arbres autour d'elle qu'assombrissait le crépuscule. Elle s'appliqua à se vider l'esprit et à laisser ces voix masculines agir comme un onguent sur sa souffrance. « Que ma prière soit l'encens placé devant toi, et mes mains levées, l'offrande du soir », chantaient-elles.

Ils étaient censés souper à l'hôtellerie du prieuré où le père Geoffrey leur avait offert l'hospitalité, mais cela supposait de prendre place à table avec d'autres voyageurs et elle était incapable de soutenir la moindre conversation. Les sangles de son sac en peau de chèvre étaient étroitement serrées afin que les renseignements que lui avaient livrés ces enfants morts y restent confinés, pour un bref délai encore, sous forme de mots à la craie sur une ardoise. Sitôt qu'elle déferait les boucles, le lendemain, leurs voix retentiraient, suppliantes, et lui empliraient les oreilles, mais pour l'heure, il leur faudrait continuer de se taire ; seule la quiétude du crépuscule lui était supportable.

Ce fut seulement quand il fit presque trop sombre pour y voir qu'elle se leva, ramassa son sac et longea le chemin menant vers les longs rais de lumière s'échappant des fenêtres de l'hôtellerie.

La décision d'aller se coucher sans manger se révéla une erreur ; étendue dans le lit étroit de sa cellule, dans la partie de l'hôtellerie réservée aux femmes, à enrager d'être là, furieuse contre le roi de Sicile, l'Angleterre entière et même contre ces enfants morts qui l'obligeaient à endosser le fardeau de leur supplice.

— Je ne peux pas partir, avait-elle objecté à Gordinus lorsqu'il avait pour la première fois évoqué le sujet. Et mes étudiants ? Et mon travail ?

Toutefois, elle n'avait pas eu le choix. La demande émanait d'un souverain dont il était impossible de contester les décrets, car il régnait sur tout le sud de l'Italie.

— Pourquoi moi ?

— Tu remplis tous les critères du roi, avait répondu Gordinus. À ma connaissance, tu es la seule. Maître Simon pourra s'estimer heureux de t'avoir.

Simon s'était en fait montré plus embarrassé qu'heureux, Adelia l'avait tout de suite remarqué. En dépit de ses références, une femme médecin accompagnée d'un Arabe et d'une dame de compagnie – Margaret, la bienheureuse Margaret, était alors encore en vie – entassait un Pélion de complications sur l'Ossa d'une mission déjà difficile.

Mais l'un des talents d'Adelia, élevé au rang d'art sur le champ de bataille de l'école, consistait à masquer sa féminité, sans jamais solliciter la moindre concession, et à se fondre, quasi inaperçue, au sein d'une fraternité essentiellement masculine – même si, les rares fois où sa compétence avait été mise en doute, ses camarades s'étaient très vite avisés qu'Adelia était non seulement visible, mais audible et que, ayant à leur contact appris à jurer, elle avait la langue acérée et l'esprit acerbe.

Elle n'avait eu nul besoin d'en faire étalage avec Simon, qui s'était toujours montré courtois et s'était rasséréné au fil du voyage. Il jugeait Adelia pudique – qualificatif, avait-elle depuis longtemps observé, que les hommes appliquaient aux femmes qui ne leur cassaient pas les pieds ; apparemment, l'épouse de Simon était un parangon de pudeur juive, l'idéal auquel son mari comparait toute fille d'Ève. Quant à Mansur, le second appendice d'Adelia, il n'avait pas tardé à faire montre de ses inestimables qualités et, jusqu'à leur arrivée sur les côtes françaises et le décès de Margaret, ils avaient tous quatre voyagé en parfait accord.

Dès lors, il n'était plus resté que la régularité de ses menstruations pour rappeler à Adelia qu'elle n'était pas un être asexué et, quand ils avaient atteint l'Angleterre, la cohabitation à bord de la charrette et l'adoption de leur rôle de médecins itinérants avaient tout juste été une source mineure d'inconfort et d'amusement pour leur petite troupe.

Subsistait un mystère : pourquoi le roi de Sicile avait-il envoyé Simon de Naples, l'un de ses meilleurs émissaires, sans parler d'Adelia, tirer les Juifs d'une petite île froide et humide à l'autre bout du monde du mauvais pas dans lequel ils s'étaient fourrés ? Simon l'ignorait, et elle aussi. Leurs instructions étaient de faire en sorte que les Juifs soient lavés de tout soupçon de meurtre, objectif qui ne pouvait être accompli qu'en élucidant l'identité du véritable tueur.

Ce qu'Adelia savait, c'était qu'elle n'aimerait pas l'Angleterre – et elle avait vu juste. À Salerne, elle était une enseignante respectée dans une école de médecine jouissant de la considération générale, où personne hormis les nouveaux arrivants ne s'étonnait de croiser une femme médecin. À Cambridge, passé l'étonnement, on l'eût jetée dans un étang. Son image de la ville avait aussi été noircie par les cadavres qu'elle venait d'examiner ; elle avait déjà vu des victimes de meurtre, mais rarement dans un état aussi terrible que celles-là. Quelque part dans ce pays, un boucher d'enfants rôdait en liberté.

Son identification serait d'autant plus difficile que leur mission n'était pas officielle et qu'ils devaient donner le change. À Salerne, même si c'était à titre officieux, elle bénéficiait de la collaboration des autorités ; à Cambridge, elle n'avait de son côté que le prieur, à qui il n'était pas loisible de se déclarer ouvertement.

Toujours furieuse, elle s'endormit et fit des rêves sinistres.

Elle se réveilla tard, privilège auquel ne pouvaient d'ordinaire prétendre les hôtes du prieuré.

— Le prieur a dit que vous étiez tellement fatiguée que vous pouviez sauter les matines, mais que je devais veiller à ce que vous mangiez bien à votre réveil, expliqua frère Swithin, le petit hôtelier replet.

Elle déjeuna à la cuisine, de jambon – luxe peu fréquent quand on voyageait avec un Juif et un musulman –, de fromage des brebis du prieuré, de pain tout juste sorti du fournil, de beurre fraîchement baratté, de conserves en saumure préparées par frère Swithin lui-même, d'une part de tourte à l'anguille et de lait encore tiède du pis de la vache.

— Z'étiez toute quinteuse, ma mignonne, commenta frère Swithin, en lui servant une nouvelle louche de lait. Ça va-t-y mieux ?

Elle lui sourit avec une moustache blanche.

— Beaucoup mieux.

Si quinteuse qu'elle ait pu être, quel que soit le sens de ce mot, elle avait retrouvé son allant, libérée de sa colère et de son abattement. Quelle importance qu'elle soit en terre étrangère ? Les enfants étaient les mêmes partout et vivaient dans un espace au-delà des frontières où, en vertu d'une loi immuable, ils bénéficiaient du droit d'être protégés. Les sévices infligés à Mary, Harold et Ulric n'en étaient pas moins abjects sous prétexte que ces petits n'étaient pas de Salerne. Ces enfants étaient les enfants de tous, ils étaient les siens.

Adelia ressentit une détermination jusqu'alors inconnue. Le monde serait meilleur une fois débarrassé du tueur. « Quiconque entraîne la chute d'un seul de ces petits, il est préférable pour lui qu'on lui attache au cou une meule... »

Or, même s'il n'en savait encore rien, le criminel aurait dorénavant autour du cou une meule du nom d'Adelia, *Medica Trotula* de Salerne et médecin des morts, qui mettrait en œuvre toutes ses connaissances et son savoir-faire pour le confondre.

Elle regagna sa cellule pour coucher sur le papier les observations notées sur son ardoise, afin de pouvoir livrer un rapport écrit à son retour à Salerne, même si elle ne voyait pas en quoi il pourrait intéresser le roi de Sicile.

Ce fut une tâche affreuse, et laborieuse ; à plus d'une reprise, elle dut lâcher sa plume pour se boucher les oreilles. Les hurlements des enfants résonnaient entre les murs de la cellule. « Calmez-vous, oh, calmez-vous, que je puisse remonter sa trace... » Mais aucun d'eux n'avait choisi de mourir et il n'était pas possible de les faire taire.

Simon et Mansur étaient déjà partis s'installer dans le logement que le prieur leur avait procuré en ville, afin qu'ils aient la tranquillité nécessaire à leur mission. Le temps qu'Adelia soit prête à les rejoindre, il était midi passé.

Estimant qu'il était de son devoir d'étudier le territoire du meurtrier et de visiter un peu la ville, Adelia fut surprise, mais pas mécontente, de voir frère Swithin, accaparé par un afflux de nouveaux voyageurs, la laisser sortir sans escorte et de constater que, dans les rues grouillantes de Cambridge, les femmes de toutes conditions vaquaient à leurs besognes sans être accompagnées ni voilées.

C'était un monde différent. Seuls les élèves de l'école pythagoricienne, reconnaissables à leur couvre-chef rouge et à leur turbulence, lui étaient familiers : les étudiants étaient les mêmes n'importe où dans le monde.

Les rues de Salerne étaient abritées par des passerelles en hauteur et des surplombs conçus pour se prémunir du soleil cruel. Cambridge, elle, s'ouvrait largement, telle la corolle aplatie d'une fleur, pour recueillir toute la lumière que le ciel anglais avait à lui offrir.

Certes, il existait aussi des ruelles borgnes dans lesquelles des masures rustiques à toit de roseaux s'entassaient les unes contre les autres comme des champignons, mais Adelia s'en tint aux voies principales, n'hésitant pas à demander son chemin sans craindre pour sa réputation ni pour sa bourse, comme à Salerne.

Ce n'était pas au soleil que sacrifiait cette ville, mais à l'eau. Celle-ci courait dans les rigoles de part et d'autre des rues et toutes les habitations, toutes les boutiques avaient leur petit ponceau. Réservoirs, chenaux et bassins vous faisaient voir double. Un porc debout dans une flaque en bord de route se reflétait comme dans un miroir. Des cygnes semblaient flotter sur le ventre de leur réplique. Des canards dans une mare nageaient au-dessus du portail voûté décoré de chevrons de l'église qui se dressait à côté d'eux. Des ruisseaux vagabonds capturaient le reflet des toits et des fenêtres, tandis que le feuillage des saules paraissait pousser des ruisselets dans lesquels ils se miraient.

Adelia sentait que Cambridge lui faisait du charme, mais elle refusait de se laisser séduire. À ses yeux, ce dédoublement omniprésent était symptomatique de la duplicité sous-jacente d'une ville qui tenait de Janus, une ville où une créature qui tuait des enfants déambulait sous l'apparence d'un homme. Tant que cette dernière n'aurait pas été découverte, Adelia aurait le sentiment que tout Cambridge portait un masque derrière lequel se cachait peut-être la gueule d'un loup.

Inévitablement, elle se perdit.

— Pourriez-vous m'indiquer le chemin de la maison du vieux Benjamin, s'il vous plaît ?

— Et qu'est-ce vous voulez donc y faire, ma mignonne ?

C'était la troisième personne à qui elle posait la question et la troisième qui lui faisait la même réponse. « J'envisage d'ouvrir un bordel », faillit-elle répliquer – mais elle avait déjà pu se rendre compte que la curiosité indiscrète des autochtones ne nécessitait aucune rebuffade.

— Je voudrais savoir où elle se trouve, se contenta-t-elle de déclarer.

— Tout droit, à gauche dans Jesus Lane, et au coin en face de la rivière.

Lorsque Adelia s'engagea dans la rue, elle aperçut un attroupement de curieux qui regardaient Mansur décharger leurs dernières affaires de la charrette, avant de les emporter à l'intérieur.

Puisqu'ils étaient tous les trois là dans l'intérêt des Juifs, il n'était que justice, avait raisonné le père Geoffrey, que les Salernitains occupent l'une des maisons abandonnées de la juiverie durant leur séjour.

Il avait jugé qu'il aurait été maladroit de les loger dans la riche demeure de Chaim, un peu plus loin au bord de la rivière.

— Mais le vieux Benjamin inspire moins d'animosité en ville que le pauvre Chaim, avec son opulence, car il n'est que prêteur sur gages, avait assuré le prieur. Et sa maison a une bonne vue sur la rivière.

Qu'il y eût un quartier appelé la juiverie – cette maison se situait à sa périphérie – avait fait prendre conscience à Adelia combien les Juifs de Cambridge étaient, ou s'étaient, exclus de la vie de la ville, comme ceux de presque toutes les agglomérations anglaises qu'ils avaient traversées.

Si cossu soit-il, ce quartier était une enclave désertée. La demeure du vieux Benjamin témoignait d'une angoisse larvée. Elle ne présentait à la rue que son pignon, comme pour accorder aussi peu de prise que possible à une éventuelle attaque de l'extérieur. Elle était bâtie en pierre, plutôt qu'en torchis, et la porte était capable de résister à un bélier. Une niche vide dans le chambranle marquait l'emplacement de la mezouza, qui avait été arrachée.

Une femme apparut sur le perron pour aider Mansur.

— T'es-t-y donc à leur service, Gyltha ? l'apostropha un badaud, tandis qu'Adelia approchait.

— Ça, c'est mes oignons, riposta l'intéressée. Occupe-toi de tes tiens.

La foule ricana, mais ne se dispersa pas et continua à gloser sans vergogne en dialecte est-anglien. La rumeur des ennuis du prieur s'était, semble-t-il, déjà largement répandue.

— C'pas des Juifs, toujours. La Gyltha fait pas crédit aux impies.

— Des Sarrasins, qu'y paraît.

— Ç'ui avec la chiffe sur la tête, c'est le docteur, qu'on dit.

— L'est p'us diab' que guérisseur, à y voir.

— Sarrasin ou pas, l'a soigné le prieur, à ce qu'on raconte.

— Combien qu'y prend, j' me demande ?

— C'est-y leur racoleuse ? lança un homme par-dessus la tête d'Adelia, en la désignant du menton.

— Absolument pas, lui opposa-t-elle.

Son interlocuteur fut pris au dépourvu.

— Tu parles anglais, ma mignonne ?

— Mais oui. Et vous ?

Leur accent – une litanie de « oy ! », d'inflexions étranges et de finales montantes – différait de l'anglais de l'ouest du pays qu'Adelia avait appris dans le giron de Margaret, mais elle parvenait à peu près à le comprendre.

Elle amusa manifestement plus qu'elle n'offensa.

— C'est qu'elle a du répondant, la ribaude ! se récria l'homme à la cantonade. Vot' noiraud-là, y s'y entend en cordial ?

— Aussi bien que la plupart, affirma-t-elle.

« C'est sans doute vrai », pensa-t-elle. L'infirmier du prieuré était à coup sûr un simple herboriste qui, même s'il le dispensait gratuitement, tenait son savoir des livres – lesquels étaient souvent, de l'avis d'Adelia, d'une folle inexactitude. Ceux qu'il n'était pas à même de soigner se retrouvaient probablement à la merci des charlatans, avec leurs potions inefficaces, coûteuses et à coup sûr infectes, plus destinées à impressionner qu'à guérir.

Son nouveau compère interpréta la remarque d'Adelia comme une recommandation.

— J'irai p't-êt' y voir, alors. Frère Theo, au prieuré, y peut plus rien pour moi.

Une femme poussa du coude sa voisine, avec un grand sourire.

— 'Splique-z-y ce qui va pas, Wulf.
— Y dit que j'souffre de simulation, précisa docilement Wulf, et il a pas idée de la cure.

Adelia nota que personne ne se demandait pourquoi Simon, Mansur et elle étaient là. Pour les habitants de Cambridge, il était naturel que des étrangers viennent s'installer dans leur ville. N'accourait-on pas de partout pour y commercer ? Pouvait-on rêver mieux ? Hors de Cambridge, point de salut.

Elle tâcha de se frayer un chemin jusqu'à la porte, mais une femme brandissant un enfant en bas âge lui bloqua le passage.

— L'a mal à l'esgourde. L'a besoin qu'on y zyeute.

Tout le monde dans l'assistance n'était pas là par curiosité.

— Le docteur est occupé, biaisa Adelia, avant de noter qu'en effet le bambin pleurnichait de douleur. Bon, je vais jeter un coup d'œil.

Elle examina l'oreille, fit la moue, puis prit des pincettes dans son sac.

— Faites-le tenir tranquille…

Elle extirpa une petite bille du conduit auditif.

Ce fut comme si elle avait ouvert une brèche dans une digue.

— Crédié, cette femme est un mage ! s'exclama quelqu'un.

En quelques secondes, on se mit à la tirailler de toutes parts. Faute de médecin, un mage, même de sexe féminin, ferait l'affaire.

Son salut vint de la dénommée Gyltha, qui descendit les marches et se fraya un passage jusqu'à Adelia en écartant à coups de coude tous ceux qui lui faisaient obstacle.

— Fichez le camp. Z'ont même pas encore emménagé. Rev'nez d'main, lança-t-elle, avant de tirer Adelia derrière le portail. Vite, ma belle.

Elle s'arc-bouta contre la grille pour la fermer et glissa à Adelia :

— C'tait malin, tiens !

Adelia ne releva pas.

— Ce vieil homme, lâcha-t-elle, le montrant du doigt. Il a de la fièvre.

On aurait dit la malaria, ce qui était inattendu ; elle pensait la maladie confinée aux marais romains.

— Ça, ce sera au docteur d'y voir, déclara Gyltha bien haut pour son auditoire. Entrez, ma fille, chuchota-t-elle. S'ra toujours malade d'main.

Il n'y avait sans doute pas grand-chose à y faire, de toute façon. Tandis que Gyltha lui faisait grimper de force les marches du perron, Adelia cria par-dessus son épaule à la femme qui soutenait le vieillard tremblotant :

— Mettez-le au lit. Essayez de faire tomber la fièvre. Linge humide, parvint-elle à ajouter, avant que la maîtresse de maison l'entraîne à l'intérieur et claque la porte derrière elles.

Gyltha secoua la tête avec désapprobation, imitée par Simon, qui avait été témoin de la scène.

Bien sûr. C'était Mansur, le docteur, elle ne devait pas l'oublier.

— Mais s'il s'agit de la malaria, c'est intéressant, dit-elle à Simon. Cambridge et Rome. Je suppose que le point commun, ce sont les marais.

À Rome, certains attribuaient le mal au mauvais air, d'où son nom ; d'autres à la consommation d'eau croupie. Adelia, aux yeux de qui ni l'une ni l'autre de ces suppositions n'était concluante, réservait son opinion.

— On t'en a une variété prodigieuse, de fièvres, dans les *fens*, lui apprit Gyltha. Nous, on y r'médie avec de l'opium. Ça calme la tremblote.

— De l'opium ? Vous cultivez le pavot, ici ?

Ventredieu, avec de l'opium à sa disposition, elle pourrait soulager bien des souffrances. Ses pensées revinrent à la malaria, et elle marmonna :

— Je me demande s'il me serait possible d'étudier la rate de ce vieil homme quand il mourra.

— Nous pourrions poser la question, proposa Simon en roulant les yeux. Fièvres, meurtres d'enfants, quelle différence ? Autant nous afficher au grand jour.

— Je ne perds pas de vue le tueur, riposta sèchement Adelia. J'ai pu inspecter son œuvre de près.

Il lui prit la main.

— Horrible ?

— Horrible.

Le visage las de Simon revêtit une expression affligée, celle d'un père imaginant ce qui pouvait arriver de pire à ses enfants. « Il possède une rare compassion, songea Adelia, et c'est ce qui fait de lui un excellent investigateur. Mais il lui en coûte aussi. »

Et en l'occurrence, la compassion de Simon s'étendait à elle.

— Vous tenez le choc ?

— C'est ce à quoi j'ai été formée.

Il secoua à nouveau la tête.

— Aucune formation ne saurait préparer à ce que vous avez dû voir, souffla-t-il, avant d'émettre un profond soupir. Je vous présente Gyltha, reprit-il dans un anglais laborieux. Le père Geoffrey nous l'envoie gentiment pour tenir la maison. Elle sait pourquoi nous sommes ici.

Tout comme, apparemment, un autre visage inconnu tapi dans un coin avec un animal.

— Voici Ulf. Le petit-fils de Gyltha, je crois. Et voilà… qu'est-ce ?

— Sauvegarde, indiqua Gyltha. Et découv'-toi donc d'vant la dame, Ulf.

Adelia n'avait jamais rencontré trio si uniformément disgracieux. Femme et enfant avaient des têtes en forme de cercueil, des traits épais et de grandes dents, combinaison caractéristique de la région des *fens*, ainsi que devait le découvrir Adelia. Le petit Ulf était un peu moins effrayant que sa grand-mère, mais seulement parce qu'il avait huit ou neuf ans et que la jeunesse adoucissait encore sa physionomie.

Quant à « Sauvegarde », c'était une grosse boule de poils laineux emberlificotés d'où dépassaient quatre pattes évoquant des aiguilles à tricoter. Son apparence avait quelque chose d'ovin, mais c'était plus probablement une créature canine ; les moutons ne sentaient pas aussi mauvais.

— Cadeau du prieur, annonça Gyltha. À vous d'y nourrir.

La pièce dans laquelle ils étaient rassemblés, vilaine et exiguë, n'était pas particulièrement engageante non plus. On y accédait directement par la porte d'entrée, et une seconde porte, tout aussi solide, donnait accès au reste de la maison. Des étagères nues ou fracassées étaient visibles à la lumière de deux archères.

— C'tait là que le vieux Ben prêtait sur gages, expliqua Gyltha. Sauf qu'un saligaud les a tous volés, maugréa-t-elle.

Et un autre saligaud, voire le même, s'était aussi servi des lieux comme de latrines.

Adelia fut prise d'une nostalgie lancinante. De Margaret et de sa présence aimante, surtout. Mais aussi, grand Dieu, de Salerne. Ses orangers, son soleil, son ombre, ses aqueducs, la mer, les bains romains de la maison qu'elle partageait avec ses parents adoptifs, les mosaïques au sol, les domestiques policés, la reconnaissance de son statut de *medica*, l'équipement de l'école et la salade – elle était privée de verdure depuis son arrivée dans ce pays de mangeurs de viande arriérés.

Mais Gyltha venait de pousser la porte de communication et Adelia découvrit la grand-salle de la maison, qui avait bien meilleure allure.

Elle sentait l'eau, la lessive et la cire d'abeille. À leur entrée, deux servantes munies de seaux et de serpillières s'éclipsèrent par une porte à l'autre extrémité. Au plafond en berceau étaient suspendues des lampes polies, retenues par des chaînes comme dans les synagogues, qui éclairaient des joncs verts fraîchement coupés et le plancher ciré en orme. Un pilier en pierre soutenait un escalier tournant qui desservait les combles et, en bas, le cellier.

Mais ce qui faisait l'originalité de cette salle tout en longueur, c'était son mur gauche percé d'ouvertures biscornues dont les variations de taille suggéraient que, fidèle au principe qu'il n'y avait pas de petites économies, le vieux Benjamin avait agrandi ou rétréci les embrasures d'origine afin d'y enchâsser la verrerie engagée qui ne lui avait jamais été réclamée. Il y avait une fenêtre en oriel, deux autres à carreaux sertis de plomb – toutes les deux ouvertes, elles laissaient pénétrer les effluves de la rivière –, un fenestron translucide et une rosace en vitrail qui ne pouvait provenir que d'une église chrétienne. L'effet d'ensemble était brouillon, mais changeait des habituels volets nus et n'était pas dépourvu de charme.

Pour Mansur et Simon, toutefois, le nec plus ultra était ailleurs – hors de la maison, au bout d'un passage couvert, dans l'annexe qui abritait la cuisine, vers laquelle ils poussèrent Adelia.

— Gyltha est cuisinière, se réjouit Simon, tel celui qui, émergeant de la poussière égyptienne, aperçoit le pays de Canaan. Notre prieur…

— Puisse son étoile ne jamais pâlir…, intervint Mansur.

— Notre bon, notre excellentissime prieur a attaché à notre service un cordon-bleu digne de ma brave Becca. Gyltha *superba*. Voyez donc ce qu'elle est en train de nous mijoter.

Dans l'immense âtre, de la viande rôtissait au-dessus de mottes de tourbe rougeoyante sur lesquelles grésillaient des gouttelettes de graisse ; de marmites pendues à des crémaillères s'exhalaient des fumets d'herbes et de poissons, des boules de pâte couleur crème reposaient, prêtes à être étalées, sur la grande table farinée.

— Un festin, de succulents poissons, des lamproies… des lamproies, loué soit le Seigneur ! Du canard confit au miel, de l'agneau de lait.

Adelia n'avait jamais connu d'hommes aussi ravis.

Ils consacrèrent les dernières heures du jour à déballer leurs affaires. Ils avaient plus de chambres qu'il ne leur en fallait. Adelia s'était vu attribuer le solier, pièce agréable qui donnait sur la rivière – le luxe, après les lits des auberges. Les armoires, pillées par les émeutiers, étaient vides, et leurs étagères prêtes à accueillir ses herbes et ses potions.

Lorsque Gyltha les appela pour le souper, ce soir-là, la cuisinière s'irrita du temps que mettaient Mansur et Simon pour s'acquitter de leurs ablutions rituelles, sans parler d'Adelia qui soupçonnait la crasse d'être néfaste et se lavait les mains avant de passer à table.

— Ça va refroidir, rouspéta-t-elle. Pas question que je fasse la tambouille pour des infidèles qui se fichent de manger froid.

— Ce n'est pas le cas, Gyltha, je vous l'assure, s'en défendit Simon.

La table était chargée de tous les trésors que les *fens*, foisonnants de gibier à plume et de poisson, avaient à offrir ; aux yeux d'Adelia, en proie au mal du pays, cela manquait de vert, mais c'était indubitablement somptueux.

— Béni sois-tu, *Hashem*, notre Dieu, roi de l'Univers, qui tires le pain de la terre, énonça Simon, avant d'arracher un morceau de la miche posée sur la table et de le porter à sa bouche.

Mansur implora la bénédiction de Salman le Perse, qui avait fait offrande de nourriture à Mahomet.

— Puissions-nous rester en bonne santé, renchérit Adelia.

Puis ils s'attablèrent et soupèrent tous ensemble.

Si, à bord du bateau, Mansur mangeait avec l'équipage, lors de la dernière étape du voyage, d'auberge en feu de camp, s'était instaurée entre eux une égalité à laquelle aucun n'avait envie de renoncer. Par ailleurs, puisque Mansur tenait le rôle de chef de la maisonnée, il aurait été incongru de l'envoyer à la cuisine avec les domestiques.

Adelia aurait volontiers exposé ses conclusions pendant le repas, mais, se doutant de leur teneur, les deux hommes refusèrent de laisser quoi que ce soit, hormis la bonne chère de Gyltha, leur peser sur l'estomac. Ou même plomber la conversation. Adelia n'en revenait pas de voir ses deux compagnons prodiguer autant de temps à l'éloge de l'agneau de lait, des entremets ou du fromage.

Pour elle, la nourriture était semblable au vent, indispensable à la propulsion des navires, aux êtres vivants ou aux ailes des moulins, mais peu digne d'intérêt au demeurant.

Simon buvait du vin. Les crus anglais étant réputés imbuvables, il avait apporté avec lui un tonneau provenant de son vignoble toscan préféré. Mansur et Adelia buvaient de l'eau bouillie et filtrée, comme toujours.

Simon ne cessait d'exhorter Adelia à se resservir et à goûter le vin, en dépit des protestations de celle-ci, qui soutenait que son déjeuner au prieuré avait déjà été trop copieux. Simon craignait que l'examen des cadavres ne l'ait affectée au point d'ébranler sa santé, comme cela aurait été le cas pour lui, mais Adelia crut y voir une mise en cause de son aptitude et riposta sèchement :

— C'est mon travail. Que ferais-je ici, sinon ?

Mansur préconisa à Simon de la laisser tranquille.

— Toujours, le docteur picore comme un moineau.

Lui, en revanche, dévorait.

— Tu vas grossir, le prévint Adelia.

C'était la hantise de Mansur – trop d'eunuques s'empiffraient au point d'en devenir obèses.

— Cette femme est une sirène de la cuisine, soupira-t-il. Elle envoûte les hommes par l'estomac.

La comparaison fit les délices d'Adelia.

— Dois-je lui dire ?

À la surprise d'Adelia, il haussa les épaules et hocha la tête.

— Eh bien ! se récria-t-elle.

Depuis que ses parents adoptifs avaient fait de Mansur son protecteur attitré, bien des années auparavant, il n'avait jamais à la connaissance d'Adelia adressé le moindre compliment à une créature de sexe féminin. Qu'il ait arrêté son choix sur une femme au faciès chevalin et dont il ne partageait pas la langue était à la fois inattendu et déconcertant.

Les deux servantes qui faisaient le service, prénommées contre toute attente Matilda l'une et l'autre et uniquement différenciées par l'initiale du saint de leur paroisse (soit Matilda B et Matilda W), se défiaient autant de Mansur que s'il avait été un ours savant assis à table. Elles emportaient et remplaçaient les plats avec des rires nerveux, allant et venant par la porte qui menait à la cuisine, derrière l'estrade, sans oser s'approcher de lui, laissant aux autres convives le soin de lui passer la nourriture.

« Bah, songea Adelia, elles devront bien s'habituer à lui. »

Enfin, la table fut débarrassée et Simon fit, métaphoriquement, front.

— Alors ? s'informa-t-il avec un soupir en se calant au fond de sa chaise.

— Comprenez bien qu'il ne s'agit que de suppositions, les avertit Adelia, dont c'était l'invariable préambule.

Elle attendit que ses deux compagnons acquiescent, puis prit une grande inspiration.

— D'après moi, ces enfants ont été tués en terrain crayeux. Ce n'est peut-être pas le cas du petit saint Peter, qui semble constituer une exception, peut-être parce qu'il a été la première victime et que le meurtrier n'avait pas encore ses repères. Mais sur les trois corps que j'ai examinés, les deux garçons avaient de la craie incrustée dans les talons, ce qui signifie qu'on les a traînés sur un sol crayeux, et on en retrouve des traces sur chacune des dépouilles.

Tous avaient les mains et les pieds liés avec des lanières de tissu, précisa-t-elle, avant de se tourner vers Simon. De la laine noire, de bonne qualité. J'ai prélevé des échantillons.

— Je me renseignerai auprès des marchands locaux.

— L'un des cadavres n'a pas été enterré, mais il a lui aussi été conservé dans un endroit sec et frais. Celui de sexe féminin a, semble-t-il, été poignardé à plusieurs reprises dans la région pubienne, comme ceux de sexe masculin, poursuivit-elle d'une voix égale. Le mieux conservé des deux garçons n'avait plus d'organes génitaux et j'incline à penser que le second a lui aussi subi les mêmes sévices.

Simon avait le visage dans les mains. Mansur était comme pétrifié.

— À chaque fois, l'assassin a excisé les paupières de ses victimes, mais je ne saurais dire si les mutilations sont antérieures ou postérieures à la mort, nuança-t-elle.

— Des démons marchent parmi nous, commenta Simon d'une voix éteinte. Seigneur, pourquoi souffres-Tu que des tortionnaires de la Géhenne prennent forme humaine ?

Aux yeux d'Adelia, postuler une influence satanique revenait à absoudre en partie le tueur en faisant de lui le jouet d'une force extérieure. Pour elle, le coupable se rapprochait davantage d'un chien enragé. « Mais peut-être envisager qu'il soit malade équivaut-il aussi à excuser l'inexcusable », songea-t-elle.

— Mary…

Elle s'interrompit. Elle ne commettait d'ordinaire pas l'erreur d'utiliser le prénom des victimes, cela nuisait à l'objectivité, introduisait un élément affectif alors qu'il était essentiel de rester impersonnel ; elle ignorait ce qui lui avait pris.

— La victime de sexe féminin, rectifia Adelia, avait un corps étranger dans les cheveux. Dans un premier temps, j'ai cru qu'il s'agissait de sperme...

Simon se cramponna à la table et Adelia se remémora qu'elle n'avait pas affaire à l'un de ses étudiants.

— Toutefois, continua-t-elle, l'objet, qui a conservé sa forme oblongue d'origine, est en fait, selon toute vraisemblance, une friandise.

Bien...

— Il importe de s'attacher en particulier à la découverte des corps, prôna-t-elle calmement. Ils étaient sur du limon et tous présentaient des dépôts, mais le berger qui les a trouvés a affirmé au prieur qu'ils n'étaient pas là la veille. Ils ont donc été extraits du lieu où ils étaient entreposés, dans de la craie, et déplacés.

Tout cela paraissait remonter à une éternité.

Les yeux dans ceux d'Adelia, Simon lisait dans son regard.

— Nous sommes arrivés à Cambridge hier matin, récapitula-t-il. La veille au soir, nous étions... comment s'appelait ce coin ?

— Les collines de Gog et Magog, acquiesça Adelia. Qui ont un sol crayeux.

Mansur saisit ce qu'elle insinuait.

— Alors pendant la nuit, ce chien les a transportés ailleurs. À cause de nous ?

Adelia haussa les épaules. Elle se cantonnait à ce qui était démontrable ; aux autres d'en tirer leurs propres conclusions. Elle attendait de voir ce que Simon de Naples allait dire. Le fait de voyager ensemble lui avait inspiré du respect à son égard.

Si la bonasserie confinant à la crédulité dont il faisait montre en public était, non pas un faux-semblant délibéré, mais une attitude spontanée, elle ne reflétait aucunement l'intelligence brillante que, dans le privé, Mansur et elle avaient pu voir à l'œuvre.

— C'est ça, confirma Simon, en tambourinant doucement sur la table de ses poings. La coïncidence est trop grande. Depuis combien de temps ces petits ont-ils disparu ? Un an pour l'un d'eux ? Mais à peine une caravane de pèlerins s'arrête-t-elle en bord de route et notre charrette entame-t-elle l'ascension de la colline... ils refont surface d'un seul coup.

— Il nous voit, résuma Mansur.

— Il nous a vus.

— Et il déplace les corps.

— Et il a déplacé les corps, approuva Simon en étalant les mains sur la table. Et pourquoi ? Parce qu'il avait peur que nous les dénichions sur la colline.

Adelia se fit l'avocat du diable :

— Pourquoi aurait-il eu peur que nous, entre tous, les découvrions ? D'autres personnes ont bien dû venir se promener dans les environs sans rien trouver au cours des derniers mois.

— Peut-être pas tant que ça. Quel était le nom... le nom de la colline sur laquelle nous étions... le prieur me l'a mentionné...

Il se tapota le front, puis leva les yeux comme l'une des servantes entrait pour moucher les chandelles.

— Ah, Matilda.

— Oui, maître Simon ?

Simon se pencha vers elle et articula :

— Wand-le-bury Ring.

La jeune femme écarquilla les yeux, se signa et battit en retraite à reculons.

— Wandlebury Ring, répéta Simon en jetant un regard à la ronde. Qu'est-ce que je vous disais ? Notre prieur avait raison : c'est un lieu empreint de superstition. Personne n'y va, à part les moutons. Mais nous, nous nous y sommes aventurés. Le meurtrier nous a aperçus. Que venions-nous faire là ? Il n'en savait rien. Planter nos tentes ? Nous installer ? Arpenter les environs ? Il n'a pas idée de nos intentions et il a peur, parce que c'est là que sont cachés les cadavres et qu'il n'est pas exclu que nous les trouvions. Donc il les déplace...

Il se carra sur sa chaise.

— Son antre est à Wandlebury Ring, annonça-t-il.

« Il nous a vus. » Adelia ne put s'empêcher d'imaginer une créature aux ailes de chauve-souris recroquevillée sur un tas d'os, le museau levé, humant l'air à l'affût d'intrus, puis contractant soudain les griffes.

— Alors il déterre les corps ? Il les porte plus loin ? Il les laisse en vue ? avança Mansur, d'une voix plus aiguë que jamais sous l'effet du scepticisme. Peut-il être aussi bête ?

— Il cherchait à nous éloigner, afin que nous ne soupçonnions pas que les cadavres avaient dans un premier temps été enfouis dans la craie, affirma Simon. C'était compter sans vous, Adelia.

— À moins qu'il n'ait souhaité qu'on les découvre, suggéra-t-elle. Nous narguerait-il ?

Gyltha fit son entrée.

— Qui c'est qui fait peur à mes Matilda ?

Son agressivité et la façon dont elle tenait les ciseaux à moucher les chandelles incitèrent Simon à se protéger l'entre-jambes des mains.

— Wand-le-bury Ring, Gyltha, riposta-t-il.

— Eh ben quoi ? Vous fiez pas aux foutaises qu'on raconte sur le Ring. La chasse sauvage ? J'y fais pas crédit.

Elle dépendit une lanterne et entreprit de tailler la mèche.

— C'est rien qu'une saleté de colline, Wandlebury, grommela-t-elle. Les collines non plus, j'y fais pas crédit.

— La chasse sauvage ? s'enquit Simon. Qu'est-ce que c'est ?

— Une meute de foutus chiens aux yeux rouges, conduite par le prince des Ténèbres, que j'en crois pas un mot. C'est rien que des animaux ordinaires qui tuent des moutons, si vous m' demandez... et descends un peu de là, Ulf, espèce d'asticot, ou c'est toi qui vas t' prendre une chasse sauvage.

À l'autre bout de la salle se trouvait une galerie accessible par un escalier dérobé. Par la porte ménagée dans les lambris se coula la silhouette menue et peu avenante du petit-fils de Gyltha, qui les foudroyait du regard en maugréant.

— Qu'est-ce qu'il marmonne ?

— Rien, répliqua Gyltha en renvoyant l'enfant à la cuisine d'une calotte. Causez donc à ce clampin de Wulf, il en aura de belles à vous conter, sur la chasse sauvage. Y prétend y avoir vue et y vous rapportera tout pour une chopine de bière.

Sitôt qu'elle fut repartie, Simon égrena :

— *Chasse sauvage**, *caccia selvaggia*, *wild hunt*, *Wütende Heer*... une superstition que l'on rencontre partout avec très peu de variations. Il est toujours question de chiens aux yeux de feu et d'un terrible cavalier noir dont la vision est synonyme de mort.

Le silence s'installa. Adelia prit soudain plus vivement conscience de l'obscurité qui régnait par-delà les deux fenêtres ouvertes et du bruissement des animaux dans les hautes herbes. Le cri printanier d'un butor dans les roseaux au bord de la rivière, qui avait accompagné leur repas, revêtit soudain à ses oreilles les accents d'un tambour annonçant l'approche d'une procession funéraire.

Elle se frictionna les bras pour se défaire de la chair de poule.

— Faut-il supposer que le tueur vit sur la colline ? s'interrogea-t-elle.

— Peut-être que oui, répondit Simon. Peut-être que non. D'après ce que j'ai compris, les disparitions ont eu lieu en ville ou dans les environs. Il n'est guère probable que ces trois petits se soient hasardés jusqu'à cette colline de leur propre volonté, à des périodes différentes. Il y a peu de chances qu'une quelconque créature passe son temps dans un endroit pareil afin de surveiller sa tanière et de repérer les indésirables. Soit ces enfants ont été attirés là-bas, ce qui est également improbable, vu la distance, soit ils ont été enlevés. On peut ainsi présumer que notre homme choisit ses victimes à Cambridge et se sert de la colline pour les mettre à mort.

Il contempla sa coupe de vin en cillant, comme s'il la voyait pour la première fois.

— Qu'est-ce que ma Becca dirait de tout ça ?

Il but une gorgée.

Adelia et Mansur gardèrent le silence. Ça ne s'arrêtait pas là ; le malaise qui rôdait était sur le point de se manifester.

— Non..., reprit Simon avec lenteur. Non, il existe une autre possibilité. Elle ne me plaît pas, mais il convient de la prendre en considération. Il est quasi certain que c'est notre présence sur la colline qui a précipité le déplacement des corps. Et si, au lieu d'avoir été repérés par le tueur en raison d'un concours de circonstances on ne peut plus fortuit, c'était nous qui l'avions conduit là-bas ?

L'horreur venait de s'installer.

— Pendant que nous nous occupions du père Geoffrey, que faisaient les autres membres de notre troupe ? Hein ? Mes amis, nous ne pouvons pas exclure l'éventualité que notre meurtrier soit l'un de ces pèlerins auxquels nous nous sommes joints à Cantorbéry.

Dehors, la nuit s'assombrit encore.

CHAPITRE 6

Gyltha ne faisait pas crédit non plus aux lits moelleux, apparut-il, quand Adelia, qui aurait aimé un matelas en duvet d'oie comme celui sur lequel elle dormait à Salerne – après tout, lesdits volatiles pullulaient dans le ciel de Cambridge –, s'en ouvrit à la maîtresse de maison.

— La plume, c'est de la saloperie à laver, lui opposa Gyltha. La paille, c'est plus propre, ça se change tous les jours.

Il régnait entre elles une tension latente ; peu auparavant, lorsque Adelia avait réclamé de la salade à table, Gyltha avait accueilli cette exigence comme un crime de *lèse-majesté**. L'instant était donc décisif : la réaction d'Adelia allait déterminer laquelle d'entre elles aurait, à l'avenir, autorité sur l'autre.

D'un côté, tenir un foyer, même aussi modeste que celui-là, dépassait Adelia, qui n'avait guère les qualités nécessaires, ignorant tout de l'art du ravitaillement ou de la négociation avec les commerçants, hormis les apothicaires. Elle ne savait ni filer ni tisser, sa connaissance des herbes et des épices était d'ordre médical et non culinaire. Sa maîtrise de la couture se limitait à la suture des chairs déchirées ou au rapiéçage des cadavres qu'elle avait disséqués.

À Salerne, rien de tout cela n'importait ; son bienheureux père adoptif avait très vite décelé chez elle une cervelle digne de la sienne et, puisqu'ils étaient à Salerne, l'avait poussée à devenir médecin, comme son épouse et lui-même. L'administration de leur vaste villa incombait à sa belle-sœur, qui s'acquittait à merveille de sa mission, sans jamais élever la voix.

À quoi s'ajoutait le fait que son séjour en Angleterre n'était que temporaire et ne lui laisserait guère de temps pour les affaires domestiques.

D'un autre côté, elle refusait de se laisser intimider par la domesticité.

— Alors, veillez à ce que la paille soit bien changée tous les jours, répliqua-t-elle avec brusquerie.

Un compromis en faveur de Gyltha, tandis que l'issue finale du conflit restait à trancher. Mais plus tard, car Adelia avait mal à la tête.

La veille au soir, elle avait partagé le solier avec Sauvegarde – une défaite de plus. Quand elle avait protesté que le chien empestait trop pour passer la nuit ailleurs que dehors, Gyltha avait objecté :

— Ordre du prieur. Y doit vous suivre où que vous allez.

Si bien que les ronflements de l'animal s'étaient mêlés aux cris et aux piaillements inaccoutumés montant de la rivière, cependant que les rêves d'Adelia prenaient un tour terrible à l'idée que le visage du tueur puisse lui être familier.

— Qui a dormi autour du feu de camp cette nuit-là et qui s'en est écarté ? avait développé Simon avant qu'ils aillent se coucher. Un moine ? Un chevalier ? Le veneur ? Le collecteur d'impôts ? L'un d'eux s'est-il esquivé pour rassembler ces malheureux ossements ? Rappelez-vous, ils sont légers… peut-être qu'il a emprunté un cheval. Le marchand ? L'un des écuyers ? Le ménestrel ? Un serviteur ? Nous devons tout envisager.

Quel qu'il soit, cette nuit-là, le coupable s'était introduit par la fenêtre du solier sous l'aspect d'une pie qui serrait un enfant vivant entre ses griffes. Juché sur la poitrine d'Adelia, l'oiseau avait démembré le corps, avant de se mettre à picorer le foie en la toisant d'un œil fixe luisant de malice.

La vision était si saisissante qu'Adelia s'était réveillée pantelante, persuadée que c'était le volatile qui avait tué les enfants.

— Où est maître Simon ? demanda-t-elle à Gyltha.

Il était tôt et le pré en pente sur lequel donnaient les fenêtres de la grand-salle, orientées à l'ouest, était toujours dans l'ombre de la maison jusqu'à la berge de la rivière, alors que la Cam, serpentant entre les saules, resplendissait de soleil, si étale, si profonde qu'Adelia dut réprimer l'impulsion d'aller y faire trempette comme un canard.

— Sorti, l'informa Gyltha. Voulait savoir où qu'étaient les marchands de laine.

— Mais nous devions aller à Wandlebury, aujourd'hui, s'irrita Adelia.

La veille au soir, ils étaient convenus que la priorité était de découvrir le repaire du meurtrier.

— C'est ce qu'y m'a dit, mais à cause que maître Noiraud peut pas venir, il y a remis à demain.

— Mansur, s'agaça Adelia. Son nom est Mansur. Pourquoi ne pourrait-il pas venir ?

Gyltha lui fit signe de la suivre jusqu'à la boutique du vieux Benjamin.

— À cause d'eux.

Sur la pointe des pieds, Adelia jeta un coup d'œil par l'une des archères.

Devant la porte se pressait une foule de gens, dont certains assis, comme s'ils étaient là depuis longtemps.

— Z'attendent le docteur Mansur, la renseigna Gyltha en insistant bien sur le nom. V'là pourquoi qu'y peut pas aller batifoler dans les collines.

C'était là une complication. Ils auraient dû le prévoir, mais en faisant de Mansur un médecin – un médecin étranger, sans antécédents, dans une ville animée –, ils ne s'attendaient pas à crouler sous les patients. La nouvelle de la guérison du prieur s'était répandue : le remède à tous les maux se trouvait à Jesus Lane.

Adelia fut prise de désarroi.

— Mais comment vais-je pouvoir les soigner ?

Gyltha haussa les épaules.

— À vue de nez, la plupart sont pas flambards, toute façon. M'a tout l'air d'oubliés du petit saint Peter.

Le petit saint Peter, ce frêle squelette dont la prieure avait vanté les miracles tel un crieur de fête foraine durant tout le trajet de Cantorbéry à Cambridge.

Adelia soupira à la pensée de cet enfant, du désespoir qui conduisait ces personnes souffrantes vers ses restes et du désappointement qui les amenait jusqu'à elle. La vérité était que, à quelques cas isolés près, elle ne pouvait pas davantage pour eux. Les plantes, les sangsues, les potions ou même la foi étaient insuffisantes face au déluge de maux auquel était exposée la majorité de l'humanité. C'était ainsi, même si elle le déplorait. Et Seigneur, ce qu'elle le déplorait !

En outre, il y avait longtemps qu'elle n'avait pas eu affaire à des patients vivants – hormis in extremis, quand il n'y avait pas d'autre médecin, comme pour le prieur.

Certes, elle ne pouvait pas ignorer toute cette souffrance rassemblée devant sa porte ; elle se devait d'agir. Toutefois, si l'on apprenait qu'elle pratiquait la médecine, tous les docteurs de Cambridge se précipiteraient chez l'évêque. L'Église, qui avait toujours désapprouvé les expédients humains contre la maladie, soutenait depuis des siècles que la prière et les reliques sacrées étaient la panacée et que toute autre méthode était satanique. Elle consentait à ce que les monastères dispensent des soins et tolérait de mauvais gré les guérisseurs séculiers tant qu'ils n'outrepassaient pas les bornes ; mais les femmes, en tant que pécheresses congénitales, n'avaient pas le droit d'exercer, sauf comme accoucheuses – et elles devaient prendre garde à ce qu'on ne les accuse pas de sorcellerie.

Même à Salerne, l'illustre capitale de la médecine, l'Église avait tenté d'imposer la règle du célibat aux praticiens. Elle avait échoué, de même que dans sa tentative d'interdire aux femmes de pratiquer. Mais c'était Salerne, l'exception qui confirmait la règle.

— Qu'allons-nous faire ? s'inquiéta Adelia.

Margaret, femme pratique s'il en était, aurait eu une solution. « Il y a toujours manière de s'arranger. Laissez donc cette vieille Margaret s'en occuper. »

— Pourquoi que vous chignez ? la gourmanda Gyltha. C'est simp' comme bonjour. Z'avez qu'à faire comme si que vous étiez l'assistante du docteur, son fouille-au-pot ou j'sais pas quoi. Y vous disent ce qui cloche en bon anglais, vous y répétez au docteur dans le jargon que vous causez, y jargonne une réponse et vous espliquez quoi faire.

Grossièrement exprimé, mais d'une admirable simplicité. Si des soins étaient nécessaires, il suffirait de faire comme si le docteur Mansur formulait les instructions à son assistante.

— C'est plutôt malin.

Gyltha eut un haussement d'épaules.

— Ça devrait nous tirer du pétrin.

Informé de la situation, Mansur accueillit la chose comme il accueillait tout : avec équanimité. Néanmoins, Gyltha n'était pas satisfaite de son apparence.

— Le docteur Braose, ç'ui qu'est près du marché, il a un manteau avec des étoiles dessus, une tête de mort sur sa table et un instrument pour interpréter les astres.

Adelia se raidit, comme toujours à la moindre allusion à la magie.

— Ici, on pratique la médecine, pas la conjuration.

Cambridge devrait se contenter du keffieh de Mansur, de son visage sombre aux traits aquilins et de sa voix haut perchée. C'en serait bien assez en fait d'enchantement.

On envoya Ulf faire la tournée des apothicaires avec une liste de courses. La boutique de prêt sur gages fut reconvertie en salle d'attente.

Les très riches disposaient de leur propre médecin, les très pauvres se soignaient eux-mêmes. Ceux qui avaient fait le déplacement jusqu'à Jesus Lane se situaient entre les deux : artisans ou ouvriers, ils pouvaient, si jamais le pire survenait, se permettre de sacrifier une pièce ou deux, voire un poulet, pour leur santé.

Pour la plupart, le pire était bel et bien survenu. Les traitements maison étaient demeurés sans effet, tout comme les offrandes d'argent ou de volailles au couvent Sainte-Radegonde. Comme le disait Gyltha, le petit saint Peter les avait oubliés.

— Comment est-ce arrivé ? demanda Adelia à une épouse de forgeron qui avait les yeux encroûtés de chassies jaunâtres. C'est pour le docteur, pensa-t-elle à préciser tandis qu'elle tamponnait délicatement les paupières de la malheureuse.

Il ressortit que la prieure de Sainte-Radegonde avait recommandé à cette femme de tremper un linge dans le magma de chairs en décomposition qu'était le corps du petit saint Peter lorsqu'on l'avait tiré de la rivière, puis de s'essuyer les yeux avec, afin de guérir sa vue déclinante.

— Il faudrait tuer cette prieure, lança Adelia à Mansur en arabe.

L'épouse du forgeron comprit le sens de ses paroles, à défaut des paroles elles-mêmes.

— C'était pas la faute du petit saint Peter, objecta-t-elle, sur la défensive. La prieure dit que j'ai pas prié assez fort.

— C'est moi qui vais la tuer, grommela Adelia.

Elle ne pouvait rien pour la cécité de cette femme, mais elle la renvoya chez elle avec un collyre à base d'aigremoine faiblement concentré qui, moyennant une utilisation régulière, viendrait certainement à bout de l'inflammation.

Le reste de la matinée ne contribua guère à atténuer la colère d'Adelia. Il y eut des fractures que l'on avait trop tardé à réduire et des os remis de travers. Un nourrisson, mort dans les bras de sa mère, eût pu être sauvé de ses convulsions grâce à une décoction d'écorce de saule. La gangrène avait gagné les trois orteils broyés d'un jeune homme – un mouchoir imbibé d'opium appliqué une demi-minute sur le nez et une prompte ablation permirent de préserver le reste du pied, mais l'amputation eût pu être évitée si le patient n'avait pas perdu son temps à implorer le petit saint Peter.

Le temps de recoudre l'amputé, de le bander, de le laisser se reposer et de le faire raccompagner chez lui, puis de vider la salle d'attente, Adelia enrageait.

— Au diable Sainte-Radegonde et toutes ses reliques ! Tu as vu ce bébé ? Tu l'as vu ? tempêta-t-elle, avant de retourner sa fureur contre Mansur. Et qu'est-ce qui t'a pris de prescrire du sucre à cet enfant qui toussait ?

Grisé par le pouvoir, Mansur s'était mis de sa propre initiative à esquisser des gestes cabalistiques au-dessus de la tête des patients qui s'inclinaient devant lui. Il se rebiffa.

— Le sucre est bon pour la toux, opposa-t-il à Adelia.

— Tu es médecin, maintenant ? Le sucre est peut-être le remède arabe traditionnel, mais la plante ne pousse pas dans ce pays et il coûte très cher ici. Sans compter qu'en l'occurrence il ne servirait à rien.

D'un pas furibond, elle se rendit à la cuisine pour boire dans la citerne, puis jeta la coupe en fer-blanc dans l'eau.

— Maudits soient-ils, et maudite soit leur ignorance !

Gyltha, qui étalait de la pâte à tarte, leva les yeux. Elle leur avait prêté main-forte pour traduire les symptômes les plus incompréhensibles – « banban », s'avérait-il, signifiait boiteux en est-anglien.

— Z'avez quand même sauvé l'arpion du jeune Coker, l'amie.

— Il est couvreur ! se récria Adelia. Comment va-t-il escalader des échelles avec seulement deux orteils à un pied ?

— Mieux que sur une jambe, ça, c'est sûr !

L'attitude de Gyltha à son égard était différente, mais Adelia était trop déprimée pour le remarquer. Ce matin-là, sur les vingt et un pauvres hères désespérés qui étaient venus la trouver – ou plutôt trouver le docteur Mansur –, elle aurait pu en aider huit s'ils s'étaient présentés plus tôt. Dans les faits, elle n'avait pu en secourir que trois… enfin, quatre – les inhalations d'essence de pin feraient peut-être du bien au gamin qui toussait, si ses poumons n'étaient pas trop atteints.

L'idée qu'elle n'était jusqu'alors pas sur place pour soigner qui que ce soit ne l'effleura pas ; ces gens auraient eu besoin d'elle.

Distraitement, elle grignota un biscuit que Gyltha lui avait mis dans la main. Si les patients continuaient à affluer à ce rythme, songea-t-elle, il allait lui falloir sa propre cuisine. La confection de poudres, de teintures, de décoctions et d'onguents requérait du temps et de la place.

Les apothicaires ayant pignon sur rue tendaient à lésiner ; elle ne leur faisait plus confiance depuis qu'il était apparu que le Signor D'Amelia coupait ses poudres les plus chères avec de la craie.

De la craie… Voilà où Simon, Mansur et elle auraient dû être, à Wandlebury Hill, à battre les buissons. Elle reconnaissait cependant que Simon avait eu raison de ne pas se rendre seul dans cet endroit sinistre, dans la mesure où une personne n'aurait pas suffi pour inspecter tous ces trous bizarres. Sans parler du risque de se retrouver nez à nez avec le meurtrier, auquel cas la présence de Mansur serait appréciable.

— Vous dites que maître Simon fait le tour des marchands de laine ?

Gyltha acquiesça de la tête.

— L'a emporté les bandelettes que ce démon a attaché les petiots avec. Voir si y en a qui en ont vendu des pareilles, et à qui.

Oui. Adelia avait lavé et fait sécher deux des lanières à son intention. Puisque Wandlebury Hill devait attendre, Simon employait son temps à explorer une autre direction. Adelia était toutefois surprise qu'il ait mis Gyltha dans la confidence. Enfin, puisque la maîtresse de maison était dans le secret...

— Accompagnez-moi à l'étage, lui enjoignit Adelia, ouvrant la voie, avant de marquer une pause. Ce biscuit...

— Une de mes galettes d'avoine au miel.

— Très nourrissant.

Elle entraîna Gyltha jusqu'à la table sur laquelle s'étalait le contenu de son sac en peau de chèvre, dans le solier et lui désigna un objet.

— Est-ce que vous avez déjà vu quelque chose comme ça ?

— Qu'est-ce que c'est ?

— Je pense que c'est une sorte de friandise.

Ladite friandise, en forme de losange, était grise et sèche, dure comme de la pierre. Adelia avait dû recourir à sa lancette la plus aiguisée pour en prélever un copeau, opération qui avait révélé un cœur rosâtre et libéré l'espace d'un instant un semblant de parfum, aussi ténu qu'un souvenir fuyant.

— Elle était emmêlée dans les cheveux de Mary.

Gyltha ferma les yeux pour se signer, puis les rouvrit et regarda de plus près.

— Ça ressemble à de la gomme, la relança Adelia. Aromatisée à la fleur ou au fruit. Sucrée avec du miel.

— Une confiserie de riche, trancha aussitôt Gyltha. Jamais rien vu de pareil. Ulf.

Son petit-fils surgit sur-le-champ, amenant Adelia à supposer qu'il était embusqué derrière la porte.

— T'as d'jà vu ça ? le questionna Gyltha.

— Une friandise, grommela l'enfant, confirmant qu'il espionnait bien. Mais oui, j'en achète tout le temps, des douceurs, j'ai de l'argent à jeter par les fenêtres, moi...

Tout en rouspétant, il embrassa de ses petits yeux perçant la confiserie, les fioles, les bandelettes de laines restantes qui séchaient près de la fenêtre, toutes les pièces à conviction qu'elle avait rapportées de l'ermitage de sainte Werbertha.

Adelia les recouvrit d'une étoffe.

— Alors ? l'interrogea-t-elle.

Ulf secoua la tête avec un air d'irréfutable autorité.

— La forme est pas bonne, l'est pas d'ici. Y a que des boules et des tortillons, dans le pays.

— File, alors, commanda Gyltha.

Sitôt le garçon parti, elle écarta les bras en signe d'impuissance.

— S'il en a jamais vu passer, c'est que c'est pas de chez nous, vot' bestiau.

Voilà qui était décevant. Certes, la veille au soir, la décision de restreindre leurs suspicions aux pèlerins plutôt qu'à tous les hommes de Cambridge avait grandement réduit l'ampleur de leur tâche. Néanmoins, même en excluant les épouses, les religieuses et les servantes, il demeurait encore quarante-sept suspects.

— On doit aussi pouvoir éliminer le marchand de Cherry Hinton, avait avancé Adelia. Il avait l'air inoffensif.

Mais après consultation de Gyltha, il était apparu que Cherry Hinton, situé à l'ouest de Cambridge, était directement sur le chemin de Wandlebury Hill.

— On n'élimine personne, avait déclaré Simon.

Afin de lever une partie de leurs soupçons grâce aux éléments en leur possession, avant de commencer à poser des questions tant aux intéressés que sur eux, Simon avait résolu d'élucider l'origine des bandelettes de laine, Adelia se chargeant de la friandise, si c'en était une.

Qui se révélait impossible à identifier.

— En revanche, on peut supposer que tout lien entre un suspect et cette confiserie n'en sera que plus probant, du fait de sa rareté, raisonna Adelia à voix haute.

Gyltha redressa la tête.

— Vous croyez qu'il a appâté Mary avec ?
— Oui.
— Une pauvre p'tite agnelle, la Mary, la frousse de son père... toujours à y flanquer des torgnoles, à sa mère et elle... la frousse de tout. Pas aventureuse pour deux sous, ajouta Gyltha en examinant à nouveau le losange. Tu l'as-t-y tenté avec ça, 'spèce de gueux ?

Les deux femmes réfléchirent de concert un instant... une main faisant signe d'approcher, l'autre offrant une friandise exotique, l'enfant qui s'approche, de plus en plus près, tel un oiseau attiré par les ondulations d'une hermine...

Gyltha s'empressa de redescendre pour sermonner Ulf sur les hommes qui distribuaient des sucreries.

« Six ans, pensa Adelia. Peur de tout, six ans sous la menace d'un père violent et une mort atroce. Que puis-je faire ? Que dois-je faire ? »

Elle descendit à son tour.

— Puis-je vous emprunter Ulf ? Il pourrait être utile d'aller voir chacun des endroits où les enfants ont été enlevés. Et j'aimerais aussi observer de plus près les ossements du petit saint Peter.

— Y vous en diront pas lourd, ma fille. Les nonnes y ont fait bouillir.

— Je sais, la rassura Adelia, au fait de cette pratique courante pour les dépouilles de saints putatifs. Mais ses os me parleront.

Peter était le *primus inter pares* des enfants assassinés, le premier à disparaître, le premier à mourir. Pour autant qu'on pût en tirer des conclusions, sa mort était la seule qui ne concordait pas avec les autres, car il avait selon toute apparence été tué à Cambridge.

Qui plus est, il était le seul à avoir péri sur la croix et, à moins qu'ils ne réussissent à le réfuter, Simon et elle pourraient bien débusquer autant de meurtriers qu'ils voudraient dans les collines, ils auraient échoué dans leur mission qui consistait à disculper les Juifs.

Ce qu'Adelia se prit à expliquer à Gyltha.

— Peut-être serait-il possible de persuader les parents de ce petit de me parler, hasarda-t-elle. Ils ont bien dû avoir le corps de leur fils sous les yeux avant qu'on le fasse bouillir.

— Walter et sa dame ? Y z'ont vu les clous dans ses p'tites mains et la couronne d'épines sur sa pauvre p'tite tête et y s'aviseront pas de raconter le contraire ou y z'y perdraient un paquet.

— Ils exploitent la mort de leur fils ?

Gyltha tendit le doigt vers l'amont de la rivière.

— Allez donc jusqu'à Trumpington, qu'on y voit même plus leur chaumine tellement que ça se dispute pour rentrer dedans, respirer le même air que le petit saint Peter et toucher sa chemise, même si qu'on peut pas, vu qu'il en avait qu'une et qu'y l'avait sur le dos. Et sur le pas de la porte, le Walter et l'Ethy, de t'y faire payer une pièce l'entrée...

— C'est une honte !

Gyltha suspendit une marmite au-dessus du feu et se retourna.

— On sent que vous avez jamais manqué de grand-chose, maîtresse...

Ce « maîtresse » ne présageait rien de bon ; le rapprochement amorcé ce matin-là tournait court.

Adelia concéda qu'elle n'avait jamais été à plaindre.

— Alors supposez que vous ayez six enfançons à nourrir en sus de ç'ui qu'est mort et qu'en échange du toit au-dessus de vot' tête, vous soyez obligée de labourer ou de faucher les champs du couvent quatre jours par semaine en plus des vôt', sans compter qu'Agnes y fait le ménage par-dessus le marché. Ça vous plaît peut-être pas, mais c'est pas une honte.

Adelia fut réduite au silence.

— Dans ce cas, lâcha-t-elle au bout d'un moment, j'irai à Sainte-Radegonde et je demanderai que l'on me montre les ossements dans le reliquaire.

— Ben voyons.

— Je jetterai au moins un coup d'œil, s'emporta Adelia, froissée. Ulf peut-il me guider, oui ou non ?

Il accepta, mais de mauvaise grâce, et le chien y consentit également, quoique avec une mine tout aussi renfrognée que le garçon.

Enfin... peut-être qu'avec eux pour compagnons – et quels compagnons ! –, elle parviendrait mieux à se fondre dans le paysage.

— Se fondre dans le paysage, répéta-t-elle à Mansur, qui s'apprêtait à l'accompagner. Tu ne peux pas venir. Je passerais plus facilement inaperçue au milieu d'une troupe d'acrobates.

Il protesta, mais elle souligna qu'il faisait jour, qu'il y aurait du monde dehors et qu'elle avait sa dague, ainsi qu'un chien dont l'odeur était à même de terrasser tout agresseur à vingt pas. Et en définitive, il ne parut pas mécontent de rester à la cuisine avec Gyltha.

Elle se mit en route.

Par-delà un verger, un sentier surélevé longeait une parcelle communale en pente, divisée en bandes cultivées qui s'étiraient en diagonale vers la rivière. Des hommes et des femmes sarclaient les semis de printemps. Un ou deux portèrent la main à leur front pour la saluer. Plus loin, le vent gonflait du linge qui séchait sur des rames.

La Cam, constata Adelia, constituait une frontière. En face d'elle, de l'autre côté de la rivière, se déployait une campagne onduleuse parsemée de bois et de boqueteaux, tandis qu'au loin un manoir évoquait un jouet ; derrière elle, la ville et ses quais bruyants se pressaient le long de la rive droite, comme pour profiter du panorama ininterrompu.

— Où se trouve Trumpington ? s'enquit-elle auprès d'Ulf.

— Trumpington, marmonna le garçon au chien, avant de partir vers la gauche.

D'après l'angle du soleil de l'après-midi, ils se dirigeaient vers le sud. Sur la rivière, pour eux pareille à n'importe quelle rue, des hommes, mais aussi des femmes, maniaient la perche, vaquant à leurs affaires dans des *punts*, les barques à fond plat typiques de la région. Certains saluaient de la main Ulf, qui leur répondait d'un signe de tête et les nommait au chien.

— Le Sawney qui s'en va toucher les loyers, ce vieux salopiaud... La mère White qui s'en retourne à Chenies avec la lessive... La sœur Gras-double qui avitaille les ermites, r'garde-z-y comment qu'elle souffle... Tiens, la vieille Moggy a fini tôt au marché...

Ils avançaient sur une chaussée qui évitait à Adelia, en bottines, et à Ulf, pieds nus, de patauger dans la boue comme les vaches, dont les sabots émettaient des bruits de succion quand elles se déplaçaient dans l'herbe haute des prés, au milieu des boutons-d'or, des saules et des aulnes.

Adelia n'avait jamais vu une végétation aussi verte ni aussi variée. Ni autant d'oiseaux. Ni du bétail aussi gras. Les pâtis de Salerne étaient tellement desséchés que seules les chèvres y trouvaient à brouter.

Ulf s'arrêta et montra du doigt une grappe de chaumières et un clocher dans le lointain.

— Trumpington, indiqua-t-il au chien.

Adelia hocha la tête.

— Et où est l'arbre de sainte Radegonde ?

L'enfant leva les yeux au ciel et soupira :

— Sainte Rade...

Ils rebroussèrent chemin.

Sauvegarde, morose, sur leurs talons, ils traversèrent la rivière par une passerelle et prirent la direction du nord, le long de la rive gauche, pendant qu'Ulf ne cessait de se plaindre auprès du chien. D'après ce qu'en saisit Adelia, la nouvelle activité de Gyltha lui restait en travers de la gorge, car, chargé des courses, du temps où sa grand-mère vendait des anguilles, il recevait de temps à autre des *pourboires** de la part des clients – source de revenu à présent tarie.

Adelia l'ignora.

Une sonnerie de cor mélodieuse retentit à l'ouest dans les collines. Sauvegarde et Ulf relevèrent la tête, l'œil torve, et marquèrent un arrêt.

— Un loup, confia l'enfant au chien.

L'écho s'éteignit et ils reprirent leur marche.

Adelia en profita pour contempler Cambridge, sur la berge d'en face. En l'absence de toute autre diversion, l'amoncellement des toits entre lesquels jaillissaient des flèches d'églises, sur fond de ciel clair, avait quelque chose d'impressionnant, voire de beau.

Plus en aval se dessinait l'arche massive et élégante du Grand-Pont, engorgé par la circulation. Derrière, à l'endroit où la Cam formait un bassin plus profond, au pied de la colline – presque une montagne, vu la topographie – sur laquelle était juché le château, les bateaux se massaient contre les quais, si serrés que, de là où se trouvait Adelia, il semblait inconcevable qu'ils puissent se dégager les uns des autres. Des grues en bois s'inclinaient et se redressaient tels des hérons obséquieux. Des cris et des instructions retentissaient dans une multitude de langues entre les embarcations d'une égale multiplicité : bachots, chalands propulsés au moyen de perches ou halés par des chevaux, radeaux, vaisseaux semblable à des arches de Noé – et même, à la stupéfaction d'Adelia, un boutre. Quelques hommes avec des tresses blondes, drapés dans des peaux de bêtes qui les faisaient ressembler à des ours, dansaient et bondissaient d'une embarcation à l'autre pour divertir les débardeurs au travail.

Le bruit et l'agitation, apportés par le vent, accentuaient la tranquillité de la berge sur laquelle elle marchait avec Ulf et Sauvegarde. Elle entendit l'enfant informer le chien qu'ils approchaient de l'arbre de sainte Radegonde.

Elle l'avait deviné. Le saule était entouré d'une palissade à laquelle était accoté un étal couvert de branches. Deux nonnes les brisaient en petits morceaux, autour desquels elles attachaient un ruban afin de les vendre aux amateurs de reliques.

Ainsi, c'était là que le petit saint Peter était venu chercher ses rameaux et que, par la suite, Chaim, le Juif, avait été pendu.

L'arbre s'élevait à l'extérieur de l'enceinte du couvent, délimitée par un mur qui, du côté de la rivière, était percé d'un portail voûté grand ouvert donnant sur un abri à bateaux et un petit quai, mais qui en direction de l'ouest s'enfonçait si profondément dans les bois qu'on l'y perdait de vue.

À l'intérieur, d'autres religieuses s'activaient au milieu d'une masse de pèlerins, telles des abeilles noir et blanc assurant l'orientation des butineuses dans la ruche. Comme Adelia franchissait les portes, la sœur assise à une table dans la cour ensoleillée annonça au couple qui la précédait :

— Pour se rendre sur la tombe du petit saint Peter, c'est une pièce. Ou une douzaine d'œufs, ajouta-t-elle. On manque d'œufs. Les poules ne pondent plus.

— Et un pot de miel ? proposa la femme.

La nonne fit la grimace, mais les laissa passer. Adelia dut s'acquitter de deux pièces, sinon la religieuse était prête à interdire l'accès à Sauvegarde, et Ulf était réticent à entrer sans le chien. Les pièces tintèrent dans la sébile, déjà presque pleine. Le temps de parlementer, une file s'était formée derrière eux et l'une des sœurs qui surveillaient les entrées, irritée de ce ralentissement, les poussa presque pour hâter le mouvement.

Adelia ne put s'empêcher de rapprocher ce premier couvent anglais qu'elle visitait de San Giorgio, la plus grande des trois communautés de religieuses de Salerne et celle qu'elle connaissait le mieux. La comparaison était injuste, elle en avait conscience ; San Giorgio était une maison riche, décorée de marbre et de mosaïques, dont les portes en bronze s'ouvraient sur des cours où des fontaines rafraîchissaient l'atmosphère ; un lieu, comme le disait toujours mère Ambrose, « d'une beauté à même de rassasier les âmes affamées » qui y venaient.

Les âmes en quête de nourritures spirituelles à Sainte-Radegonde restaient sur leur faim. Le couvent était mal doté, ce qui suggérait que les riches Anglais n'avaient guère d'estime pour la piété féminine. Certes, les communs, un assortiment de bâtiments rectangulaires en pierre nue, possédaient des lignes d'une agréable simplicité – même si aucun n'était aussi grand ni aussi recherché que le grenier à blé de San Giorgio –, mais la beauté en était absente. Tout comme la charité. Les religieuses s'employaient plus à vendre qu'à racheter.

Sur les étalages dressés au bord du sentier menant à l'église s'alignaient des talismans, des médailles, des bannières, des figurines et des plaques à l'effigie du petit saint Peter, des objets tressés avec les branches du saule du petit saint Peter, des ampoules de sang du petit saint Peter – si tant est que ce fût du sang humain –, tellement dilué qu'il était à peine rosé.

Et on se les arrachait.

— Qu'est-ce qui fait pour la goutte ?
— Et pour la courante ?
— Pour la fertilité ?

— Ça guérirait une vache qui tient plus sur ses pattes ?

Sainte-Radegonde n'entendait pas patienter des années jusqu'à ce que le Vatican canonise son petit martyr. Mais d'un autre côté, Cantorbéry, où le négoce fondé sur le martyre de saint Thomas Becket était considérablement plus développé et mieux organisé, n'avait pas attendu non plus.

Encore penaude après la tirade de Gyltha sur le dénuement, Adelia ne pouvait guère blâmer un couvent sans ressources de cette exploitation, mais elle s'estimait en droit de réprouver la vulgarité qui y présidait, illustrée par Roger d'Acton qui allait et venait le long du chemin, une ampoule à la main, pour haranguer le chaland.

— Quiconque se lavera dans le sang de cet enfant n'aura plus jamais besoin de se laver.

D'après les relents aigres qu'il dégageait, il prêchait manifestement par l'exemple.

Il avait accompli tout le trajet de Cantorbéry à Cambridge en cabriolant tel un singe décérébré, sans cesser de hurler. Il portait toujours le même bonnet à oreillettes trop grand pour lui et sa robe d'un vert noirâtre arborait encore les mêmes taches de boue et de nourriture.

Au sein d'un pèlerinage auquel prenaient essentiellement part des personnes instruites, il faisait figure d'idiot. Parmi les désespérés, en revanche, sa voix fêlée se parait d'autorité. Quand Roger d'Acton exhortait à l'achat, son auditoire s'exécutait.

Il semblait logique que ceux touchés du doigt par Dieu soient pris de folie divine, et Acton jouissait du même respect que ces hommes squelettiques qui divaguaient au fond de leur grotte en Orient ou qu'un stylite en équilibre sur sa colonne. Les saints n'accueillaient-ils pas les privations à bras ouverts ? Saint Thomas Becket n'avait-il pas sur lui une haire infestée de poux au moment de sa mort ? La crasse, l'exaltation et la faculté de citer la Bible étaient des marques de sainteté.

C'était le genre d'individus qu'Adelia avait toujours jugés dangereux ; ils accusaient les vieillardes excentriques d'être des sorcières et traînaient les amants adultères devant les tribunaux, appelant à la violence contre les autres races ou les autres religions.

La question était : jusqu'où allait le danger ?

« Est-ce toi qui rôdes à Wandlebury Ring ? s'interrogea Adelia en l'observant. Te laves-tu vraiment dans le sang d'enfants ? »

Le moment n'était pas encore venu de le lui demander, pas avant de disposer d'un mobile, mais pour l'heure, il n'en demeurait pas moins un candidat plausible.

Il ne reconnut pas Adelia. Pas davantage que la mère Joan, qui la croisa alors qu'elle se dirigeait vers le portail, en tenue de chasse, un gerfaut au poignet.

— Taïaut ! s'exclama-t-elle au passage en guise d'encouragement adressé à sa clientèle.

Du fait de l'attitude assurée et intimidante de la prieure, Adelia se figurait que la maison qu'elle dirigeait était un modèle de rigueur. Au lieu de quoi, le laxisme était apparent : l'église était assiégée par les mauvaises herbes et il manquait des tuiles sur le toit. Les habits des nonnes étaient rapiécés, leurs bandeaux blancs sous leurs guimpes noires trahissaient souvent la saleté et leurs manières étaient frustes.

Comme elle piétinait dans la file qui allait jusqu'à l'église, Adelia réfléchit : à quoi était donc employé l'argent que rapportait le petit saint Peter ? Pas à rendre gloire à Dieu, à première vue. Ni à recevoir les pèlerins : personne ne venait en aide aux malades, il n'y avait pas de bancs pour les infirmes, aucun rafraîchissement n'était servi. Les seules solutions d'hébergement proposées se limitaient à une liste fripée des auberges de la ville clouée à la porte de l'église.

Non que cela semblât chagriner les suppliants qui faisaient la queue avec Adelia. Une femme avec des béquilles qui se targuait d'avoir vu les splendeurs de Cantorbéry, de Winchester, de Walsingham, de Bury Saint-Edmunds et de Saint-Albans, montrait ses médailles à ses voisins et faisait preuve de tolérance à l'égard de l'aspect miteux des lieux.

— J'ai des bons espoirs, pour ç'ui-là, affirma-t-elle. C't encore un tout jeune saint, mais y s'est fait crucifier par des Juifs. Jésus l'écoutera, ma main au feu.

Un saint anglais, qui avait connu le même sort que le fils de Dieu, et des mains du même peuple. Qui avait respiré l'air qu'ils respiraient. Malgré elle, Adelia se surprit à espérer qu'elle avait raison.

Elle entra dans l'église. Un clerc assis à une table près de la porte consignait le témoignage d'une dévote pâlotte qui disait se sentir mieux depuis qu'elle avait posé la main sur le reliquaire.

C'était trop fade au goût de Roger d'Acton, qui rappliqua en bondissant.

— Êtes-vous revigorée ? Avez-vous senti le Saint-Esprit ? Vos péchés s'envoler ? Votre infirmité disparaître ?

— Oui, acquiesça la femme. Oui ! répéta-t-elle, avec plus d'animation.

— Encore un miracle ! s'écria Roger d'Acton, avant de l'entraîner dehors pour l'exhiber dans la file d'attente. Une guérison, bonnes gens ! Louons le Seigneur et son petit saint !

L'église sentait le bois et la paille. Un labyrinthe tracé à la craie dans la nef témoignait d'une tentative de représenter un « chemin de Jérusalem » sur les dalles, mais peu de pèlerins obéissaient à la religieuse qui s'efforçait de le leur faire emprunter. Le reste s'avançait sans détour vers la chapelle latérale où était le reliquaire, dissimulé au regard d'Adelia par les personnes devant elle.

Elle en profita pour jeter un coup d'œil alentour. Sur un mur, une belle plaque en pierre proclamait : « En l'an de grâce 1138, le roi Étienne a confirmé la donation de William le Moyne, orfèvre, aux religieuses de la congrégation nouvellement fondée en la ville de Cambridge, pour le repos de l'âme du défunt roi Henri. »

Ce qui expliquait probablement la pauvreté du couvent, se dit Adelia. La guerre civile entre Étienne de Blois et sa cousine l'impératrice Mathilde s'était soldée par le triomphe de cette dernière ou plutôt de son fils, Henri II. Lequel ne devait guère être enclin à la générosité envers une maison dont la fondation avait été entérinée par celui que sa mère avait combattu pendant treize ans.

La liste des prieures révélait que mère Joan n'avait accédé à cette responsabilité que deux ans auparavant. Le piètre état général de l'église trahissait le manque d'enthousiasme de la supérieure pour ses fonctions. Le tableau d'un cheval, accompagné de la légende « Cœur-vaillant, 1151-1169 – À un bon et loyal serviteur, rien d'impossible », dénotait des centres d'intérêt plus profanes. Une bride et un mors pendaient au doigt en bois d'une statue de la Vierge Marie.

Le couple devant Adelia atteignit le reliquaire et tomba à genoux, si bien qu'elle put apercevoir la châsse.

Elle en eut le souffle coupé. Là, dans l'éclat blanc des cierges, s'offrait à elle une vision faisant oublier la trivialité de ce qui avait précédé. Le reliquaire étincelant et la jeune nonne agenouillée en prière à côté, immobile comme la pierre, avec une expression tragique, les mains jointes telle la flèche d'une église, évoquaient une scène tirée des Évangiles : une mère, son enfant mort, un tableau d'une grâce touchante.

Adelia en eut des frissons. Elle fut soudain transportée par le désir de croire. En un endroit pareil, assurément, l'évidence aveuglante de Dieu faisait la nique au doute.

Devant elle, le couple priait. Leur fils était en Syrie – Adelia les avait entendus en parler. À l'unisson, comme s'ils s'étaient concertés, ils murmurèrent :

— Ô saint enfant, si tu pouvais rappeler notre fils au bon souvenir du Seigneur et nous le renvoyer sain et sauf, nous t'en serions éternellement reconnaissants.

« Seigneur, accordez-moi la foi », implora Adelia. Une supplication aussi simple et innocente que celle-là ne pouvait qu'être exaucée. « Permettez-moi seulement de croire. La foi me manque. »

Les deux parents s'écartèrent, serrés l'un contre l'autre. Adelia se mit à genoux. La religieuse lui sourit. C'était la petite nonne timide qui avait accompagné la prieure à Cantorbéry, mais elle était transfigurée par la compassion. Ses yeux n'étaient qu'amour.

— Le petit saint Peter vous écoute, ma sœur, assura-t-elle à Adelia.

La châsse avait la forme d'un cercueil et reposait sur une tombe en pierre sculptée, afin d'être à hauteur d'yeux des fidèles. C'était donc à cela que le couvent avait consacré son argent : une longue bière incrustée de joyaux sur laquelle un maître orfèvre avait façonné des scènes domestiques ou bucoliques dépeignant la vie d'un petit garçon, son martyre par des démons et son ascension au paradis, dans les bras de la Vierge Marie.

Un panneau en nacre si fin qu'il tenait lieu de fenêtre était enchâssé dans le flanc du reliquaire. À travers, Adelia distingua, posés sur un coussinet en velours, les os d'une main esquissant une bénédiction.

— Vous pouvez baiser sa phalange, si vous le souhaitez.

La religieuse désigna à Adelia une monstrance sur un coussin, au-dessus de la châsse. On aurait presque dit une broche saxonne, n'eût été le minuscule os noueux serti d'or au milieu des pierres précieuses.

Il s'agissait du trapèze de la main droite. La gloire divine s'estompa. Adelia recouvra son naturel.

— Pourrais-je voir le squelette pour une pièce de plus ? s'enquit-elle.

Le front pâle de la nonne – elle était très belle – se plissa. Puis elle se pencha pour déplacer la monstrance et soulever le couvercle de la châsse. Ce faisant, sa manche se retroussa, révélant un bras noirci d'hématomes.

Adelia, choquée, la dévisagea. On battait cette fille douce et ravissante. La religieuse lui sourit et rajusta sa manche.

— Dieu est bon, professa-t-elle.

Adelia l'espérait. Sans demander la permission, elle se saisit d'un cierge et orienta la flamme vers les ossements.

Pauvre gosse, ils étaient si petits. La mère Joan avait surestimé sa taille et le reliquaire était trop grand, le squelette perdu à l'intérieur. Adelia eut l'image d'un garçonnet habillé de vêtements trop amples pour lui.

Les yeux brûlants de larmes, Adelia nota que la seule altération des mains et des pieds était l'absence du trapèze. Aucun clou n'y avait été planté et ni la cage thoracique ni l'échine ne montraient de traces de perforation. La blessure due à un coup de lance que le père Geoffrey avait décrite à Simon résultait plus vraisemblablement d'une dilatation cadavérique excédant la résistance cutanée. L'abdomen avait rompu.

Mais les os pelviens présentaient des entailles distinctes et irrégulières identiques à celles qu'Adelia avait déjà relevées chez les autres enfants. Elle dut se retenir de les retirer de la châsse pour les inspecter – mais elle en était quasi certaine : ce garçon avait été poignardé à plusieurs reprises avec la même arme caractéristique d'un genre inconnu.

— Hé, la donzelle !

On s'impatientait derrière elle.

Adelia se signa et s'éloigna. Elle déposa une pièce supplémentaire devant le clerc attablé près de la porte.

— Êtes-vous guérie ? s'informa-t-il. Je dois consigner tout miracle.

— Vous pouvez noter que je me sens mieux, lâcha-t-elle.

« Confortée » aurait été un terme plus approprié ; elle savait dorénavant où elle en était. Le petit saint

Peter n'avait pas été crucifié ; il avait eu une mort encore plus révoltante. Comme les autres.

« Mais comment en informer le coroner ? pensa-t-elle avec amertume. Moi, médecin des morts, je dispose de preuves matérielles que cet enfant n'est pas décédé sur une croix, mais des mains d'un boucher qui se cache parmi nous. »

Le tout démontré par une étrangère, devant un jury ignorant l'anatomie et s'en contrefichant.

Ce fut seulement après avoir retrouvé l'air du dehors qu'elle s'avisa qu'Ulf ne l'avait pas suivie. Elle le découvrit assis par terre près du portail, les bras autour des genoux.

Adelia se rendit compte qu'elle avait manqué de considération.

— Tu connaissais le petit saint Peter ?

— Non, j' suis jamais allé à l'école avec, en hiver..., répliqua-t-il à Sauvegarde avec une note de sarcasme forcé. Sûr que non.

— Je vois. Je suis navrée.

Elle avait agi de manière irréfléchie. Le squelette dans l'église était celui d'un camarade de classe et d'un ami, et Ulf était vraisemblablement encore ébranlé.

— Cela dit, rares sont ceux qui peuvent se prévaloir d'avoir été en classe avec un saint, ajouta-t-elle avec diplomatie.

Ulf haussa les épaules.

Adelia n'avait pas l'habitude des enfants. Elle avait en général affaire à eux après leur décès. Elle ne voyait aucune raison de ne pas leur parler comme à des êtres humains sensés, mais lorsqu'ils ne réagissaient pas, comme c'était le cas à ce moment-là, elle était désemparée.

— Retournons à l'arbre de sainte Radegonde, décida-t-elle.

Elle voulait discuter avec les sœurs qui s'y trouvaient.

Ils rebroussèrent chemin. Une idée traversa l'esprit d'Adelia.

— À tout hasard, tu n'aurais pas croisé ton camarade, le jour de sa disparition ?

Le garçon lança un regard exaspéré à Sauvegarde.

— C'tait à Pâques. À Pâques, mamie et moi, on était encore dans les *fens*.

— Oh.

Elle se remit en marche. Cela valait la peine d'essayer.

— Mais Will, si, confia le garçon au chien. Will, il était avec lui.

Adelia se retourna.

— Will ?

Ulf émit un « tss » réprobateur ; Sauvegarde ne voulait pas comprendre.

— Peter et lui y cueillaient du saule tous les deux.

Le prieur n'avait pas parlé du moindre Will dans le compte rendu de la dernière journée du petit saint Peter qu'il avait fait à Simon et que ce dernier avait rapporté à Adelia.

— Qui c'est, ce Will ?

Comme Ulf s'apprêtait à répondre au chien, Adelia lui attrapa la tête d'une main et l'obligea à la regarder en face.

— Je préférerais que tu me parles directement.

Ulf détourna la tête de force et reporta son attention sur Sauvegarde.

— Celle-là, on y aime pas, hein ?

— Moi non plus, je ne t'aime guère, mais le fond du problème, c'est qui a tué ton camarade, comment et pourquoi, fit valoir Adelia. Je suis douée pour ce genre d'investigations et j'ai besoin de ta connaissance du pays... à laquelle, puisque ta grand-mère et toi êtes à mon service, j'ai le droit de prétendre. Notre sympathie ou notre antipathie mutuelles n'entrent pas en ligne de compte.

— C'est les Juifs qu'ont fait le coup.
— Tu en es sûr ?

Pour la première fois, il croisa son regard. Le collecteur d'impôts eût-il été avec eux à ce moment-là, il aurait constaté qu'à l'instar de ceux d'Adelia quand elle travaillait, les yeux d'Ulf le vieillissaient. Elle lut en eux une sagacité presque effrayante.

— Ram'nez-vous, lui enjoignit-il.

Adelia s'essuya la main sur sa jupe, car les cheveux qui dépassaient du bonnet de l'enfant étaient gras et potentiellement habités, et suivit Ulf.

Il s'arrêta face à une grande demeure imposante dont la pelouse descendait jusqu'à un petit appontement, de l'autre côté de la rivière. Les fenêtres aux volets fermés et les mauvaises herbes qui poussaient dans les gouttières suggéraient qu'elle était à l'abandon.

— La baraque du grand Juif, annonça Ulf.
— La maison de Chaim ? Où Peter est censé avoir été crucifié ?

L'enfant hocha la tête.

— Sauf qu'il y était pas. Pas à ce moment.
— D'après mes renseignements, une femme aurait vu son corps sur une croix dans une chambre.
— Martha, confirma le garçon, d'un ton reléguant cette dernière dans la même catégorie que les rhumatismes, celle des maux que l'on tolère à défaut de les apprécier. Elle dirait n'importe quoi pour se faire remarquer. Je dis pas qu'elle y a pas vu, s'empressa-

t-il d'ajouter, comme s'il craignait d'être allé trop loin en critiquant une compatriote, je dis qu'elle y a pas vu quand c'est qu'elle dit. Pareil pour le vieux Latourbe. V'nez voir...

Ils repartirent et dépassèrent le saule de sainte Radegonde et l'étal de branchages pour rejoindre le Grand-Pont.

C'était là que, d'après l'homme qui livrait de la tourbe au château, deux Juifs avaient jeté dans la Cam un ballot que l'on supposait être le corps du petit Peter.

— Le tourbier se serait lui aussi trompé ? s'étonna Adelia.

Ulf acquiesça à nouveau de la tête.

— Le vieux Latourbe, l'est moitié bigleux et c't un sale menteur. Il a rien vu. Pasque...

Ils retournèrent en face de la maison de Chaim.

— Pasque, poursuivit l'enfant en montrant du doigt l'appontement désert qui s'avançait au-dessus de la rivière, c'est là qu'on a repêché le corps. Coincé entre ces saletés de pilots. Du coup, personne a rien balancé du pont pasque...

Il lui décocha un regard interrogateur – il s'agissait d'une épreuve.

— Parce que, reprit Adelia, les cadavres ne remontent pas le courant.

Une lueur d'amusement brilla dans les yeux perspicaces d'Ulf, comme dans ceux d'un maître agréablement surpris de voir un disciple répondre à ses attentes. Elle avait réussi l'épreuve.

Mais si le témoignage du tourbier était si manifestement fallacieux et remettait par conséquent en cause celui de cette Martha qui prétendait avoir entrevu un enfant crucifié chez Chaim, pourquoi les soupçons s'étaient-ils aussitôt portés sur les Juifs ?

— Pasque c'est eux qui ont fait le coup, réitéra Ulf. Mais pas quand on dit.

D'une main crasseuse, il invita Adelia à s'asseoir dans l'herbe et s'installa à côté d'elle. Puis il se mit à parler à toute allure, la faisant basculer dans un univers juvénile où les hypothèses émises se fondaient sur une vision des faits bien différente de celle des adultes et débouchaient sur des conclusions contradictoires.

Peinant à déchiffrer tant l'accent que le *patois** d'Ulf, Adelia sautait d'une bribe de phrase compréhensible à l'autre, comme on saute de pierre en pierre pour traverser un torrent.

Will, crut-elle saisir, était un garçon du même âge qu'Ulf qui, de même que Peter, avait été chargé de ramasser des branches de saule pour les décorations du dimanche des Rameaux. Will vivait à Cambridge même, mais lui et son camarade s'étaient croisés près de l'arbre de sainte Radegonde, où ils avaient tous deux été attirés par le spectacle du mariage de l'autre côté de la rivière. Will avait donc accompagné Peter en ville et traversé le pont afin de voir ce qu'il y avait à voir aux écuries à l'arrière de la maison de Chaim.

Après quoi il avait quitté son compagnon pour rapporter à sa mère les branches de saule demandées.

Ulf marqua une pause dans sa narration, mais Adelia devina qu'il n'en avait pas terminé – elle avait affaire à un conteur-né. Le soleil était chaud et il n'était pas désagréable de s'attarder dans l'ombre mouchetée de lumière des saules, même si au cours de leurs pérégrinations, Sauvegarde avait réussi à s'humecter le poil de quelque substance méphitique dont l'âcreté empirait en séchant. Ulf, dont les pieds trempaient dans la rivière, se plaignit d'avoir faim.

— Donnez-moi une pièce, que j'aille nous acheter des tourtes, proposa-t-il.

— Plus tard, lui opposa Adelia, avant de le relancer. Que je récapitule. Will est rentré chez lui, Peter a disparu dans la maison de Chaim, et ensuite on ne l'a jamais revu.

L'enfant eut un ricanement railleur.

— On, p't-êt' pas, mais ce bougre de Will, si.

— Will l'a recroisé ?

Plus tard ce jour-là, à la nuit tombante, Will était retourné sur les bords de la Cam pour apporter de quoi souper à son père qui finissait de calfater un chaland.

Et de la berge, Will avait aperçu Peter en face, sur la rive gauche de la rivière.

— Il était là, juste où qu'on est assis.

Will avait crié à Peter qu'il ferait bien de rentrer.

— Et il aurait mieux fait, philosopha Ulf. Ceusses qui se font surprendre par la nuit au milieu des marais de Trumpington, les follets les entraînent tout droit en Enfer.

Adelia fit abstraction de ces histoires de « follets », dont elle ne savait rien et qui l'intéressaient encore moins.

— Continue.

— Alors là, Peter, y répond qu'il a rendez-vous avec quelqu'un pour des Jujus.

— Des Jujus ?

— Des Juifs, explicita Ulf avec agacement, en désignant du doigt à deux reprises la maison de Chaim. Des Jujus, c'est ce qu'il a dit. Il avait rendez-vous avec quelqu'un pour des Jujus et il voulait que Will vienne avec lui. Mais Will a dit non et il en est fichtrement content, pasque là, plus personne a jamais revu Peter pour de bon.

Des Jujus. Un rendez-vous pour des Jujus ? Une commission à accomplir pour le compte des Juifs ? Et pourquoi cette tournure enfantine ? Il existait des centaines de termes péjoratifs pour désigner les Juifs ; elle avait déjà entendu la plupart depuis son arrivée en Angleterre, mais pas celui-là.

Elle rumina la question et s'efforça de reconstituer la scène. Malgré le plein soleil, malgré la foule aux abords de l'arbre de sainte Radegonde en amont, cette portion de berge derrière laquelle se refermaient la campagne et les bois était paisible. Et il devait y faire bien plus sombre cette nuit-là.

D'après ce récit, Peter apparaissait à Adelia comme un gamin rêveur et gentillet ; un enfant qui selon la description d'Ulf se laissait plus aisément distraire que l'obéissant Will.

Elle se le représenta, frêle silhouette pâle qui faisait signe à son ami dans l'ombre des arbres, avant que celle-ci l'avale à jamais.

— Will a-t-il fait part de cela à quiconque ?

Will n'avait rien raconté, du moins à aucun adulte. Il avait trop peur d'être la prochaine victime des Juifs. Et à juste titre, d'après Ulf. Il n'y avait qu'à ses pairs courts sur pattes de la confrérie de l'enfance, fraternité méconnue, discrète et dissimulée, que Will avait confié son secret.

De toute manière, le résultat obtenu était celui escompté : les Juifs avaient été accusés et l'auteur du crime, ainsi que son épouse, punis.

« Laissant au meurtrier le champ libre pour tuer à nouveau », pensa Adelia.

Ulf la fixait.

— Z'en voulez encore ? C'est pas tout. Va falloir mouiller vos bottes, par contre.

Il lui montra alors la preuve définitive que, plus tard ce soir-là, Peter était revenu chez Chaim – la preuve de la culpabilité de ce dernier. Et comme pour cela elle dut descendre de la berge et se pencher, il lui fallut en effet se mouiller les pieds. Et le bas de sa cotte. Et maculer le reste de sa personne d'une abondante quantité de vase cambridgienne. Sauvegarde les imita.

Ce fut tandis qu'ils sortaient de l'eau que trois ombres plus sombres que celle des arbres s'étendirent sur eux.

— Tête-Dieu, c'est cette garce d'étrangère ! s'exclama sire Gervase.

— Émergeant de la rivière telle Aphrodite, roucoula sire Joscelin.

Vêtu de cuir pour la chasse, sur leurs montures tachées de sueur, ils avaient l'air de divinités. La dépouille d'un loup gisait devant la selle de sire Joscelin, sous un manteau dont dépassait un museau dégouttant de sang, encore déformé par un ultime grondement.

En retrait, le veneur qui les avait accompagnés en pèlerinage tenait en laisse trois lévriers, chacun assez gros pour attraper Adelia par la peau du cou, qui observaient cette dernière avec des yeux doux au-dessus de leur rude truffe moustachue.

Adelia se serait volontiers esquivée, mais, d'une pression des genoux, sire Gervase fit avancer son coursier afin de les enfermer, Ulf, Sauvegarde et elle à l'intérieur d'un triangle dont les chevaux formaient les deux côtés et la rivière la base.

— Ne devrions-nous pas nous demander ce que notre visiteuse fabrique à patauger dans la boue, Gervase ? avança sire Joscelin, amusé.

— On devrait. Et on ferait foutrement bien aussi de parler au shérif des haches qui tombent du ciel quand un gentilhomme daigne s'aviser d'elle.

Plus jovial, mais toujours menaçant, Gervase cherchait à reconquérir sa supériorité perdue lors de leur précédente rencontre.

— Hein? l'aiguillonna-t-il. Qu'est-ce que tu en dis, sorcière ? Il est où, ton galant Sarrasin, maintenant ? s'échauffa-t-il, haussant la voix à chaque question. Et si on te renvoyait faire trempette ? Hein ? Hein ? C'est son mioche ? Il est assez crasseux pour ça…

Elle n'était pas effrayée. « Espèce de balourd ignare, s'emporta-t-elle intérieurement. Comment oses-tu même me parler ? »

Dans le même temps, elle était aussi fascinée et ne le lâchait pas des yeux. Il y avait de l'acrimonie chez lui, assez pour éclipser celle de Roger d'Acton. Il aurait violé Adelia, sur la colline, rien que pour démontrer qu'il le pouvait – et il en aurait fait autant au bord de cette rivière si son ami n'avait pas été présent. Une toute-puissance se nourrissant de l'impuissance.

Était-ce lui ?

À côté d'Adelia, Ulf était raide comme la mort, tandis que, derrière elle, Sauvegarde se pelotonnait hors de vue des lévriers.

— Gervase ! lança sèchement sire Joscelin, avant de se tourner vers Adelia. Ne prêtez pas attention à mon ami. Il est chagrin parce que sa lance a manqué notre compère loup que voici, expliqua-t-il en tapotant la tête de l'animal, alors que la mienne l'a atteint.

Il sourit à son compagnon, avant de baisser à nouveau les yeux vers Adelia.

— J'ai entendu dire que le prieur vous avait trouvé meilleur séjour que votre charrette.

— Oui, merci, en effet.
— Et votre ami le docteur ? Va-t-il s'installer ici ?
— Oui.
— « Médicastre sarrasin et putain », ça fera bien sur l'enseigne, railla sire Gervase, de plus en plus agressif et agité.

« Voilà donc ce qu'il en est, quand on fait partie des faibles, songea Adelia. Les forts vous insultent en toute impunité. Quoique… C'est ce que nous verrons. »

Sire Joscelin ignora son acolyte.
— Je suppose que votre médecin ne peut rien pour ce pauvre Gelhert que le loup a écharpé…

De la tête, il indiqua l'un des chiens, qui avait une patte en l'air.

« Ça aussi, c'est une insulte, même si tu ne t'en rends peut-être pas compte », rumina-t-elle.

— Il se débrouille mieux avec les humains. Vous devriez conseiller à votre compagnon de le consulter au plus tôt.

— Hein ? Qu'est-ce que sous-entend cette garce ?
— Vous le croyez donc malade ? s'enquit sire Joscelin.
— Il présente certains signes.
— Certains signes ? s'émut sire Gervase, soudain inquiet. Quels signes, femme ?
— Je ne saurais être plus précise, répondit-elle à sire Joscelin.

Ce qui était vrai, dans la mesure où ce n'était qu'invention.

— Mais il ferait mieux de rendre visite à un médecin… et vite.

L'inquiétude se mua en frayeur.

— Oh mon Dieu, j'ai éternué au moins sept fois ce matin.

— Éternué ? répéta Adelia, songeuse. Eh bien, voilà.

— Oh mon Dieu.

Sire Gervase tira sur ses rênes et fit volter sa monture, avant de piquer des deux, plantant là Adelia, éclaboussée de boue, mais satisfaite.

Sire Joscelin, souriant, la salua.

— Bonne journée.

Le veneur esquissa une révérence, puis rassembla ses lévriers et s'éloigna à la suite des deux chevaliers.

« Ça pourrait être l'un comme l'autre, médita Adelia en les suivant des yeux. Le fait que sire Gervase soit une brute épaisse ne signifie rien. »

Nonobstant ses belles manières, sire Joscelin constituait un suspect tout aussi plausible que son douteux compère, qu'il aimait manifestement beaucoup. Lui aussi était sur la colline ce matin-là.

Mais en même temps, qui n'y était pas ? Et Hugh, le veneur à la mine aussi insipide que du lait, pouvait très bien être aussi mauvais que Roger d'Acton sans rien laisser paraître. Pareil pour le marchand joufflu de Cherry Hinton. Ou le ménestrel. En ce qui concernait les moines... celui que l'on appelait frère Gilbert était l'une des personnes les plus haineuses qu'Adelia ait rencontrées. Tous étaient à proximité de Wandlebury Ring cette nuit-là. Quant à ce collecteur d'impôts inquisiteur, tout chez lui était louche.

« Et pourquoi s'arrêter aux hommes ? raisonna Adelia. Il y avait également la mère Joan, l'autre nonne, l'épouse du marchand, les servantes. »

Mais non, les femmes étaient hors de cause ; ce n'était pas un crime féminin. Non que le sexe faible soit incapable de cruauté envers les enfants – elle avait eu sous les yeux de nombreuses victimes de mauvais traitements ou de négligence –, mais les cas de violences à caractère sexuel d'une sauvagerie pareille étaient toujours le fait d'hommes. Toujours.

— Y vous ont causé ! se récria Ulf, dont la paralysie, contrairement à celle d'Adelia, était due à la stupeur. C'est des croisés, tous les deux. Z'ont été en Terre sainte.

— Vraiment ? s'enquit Adelia d'une voix sans timbre.

Vraiment, et ils en étaient revenus riches, après avoir gagné leurs éperons. Sire Gervase avait reçu du prieuré, en fief de haubert, le manoir de Coton. Sire Joscelin tenait le manoir de Grantchester de Sainte-Radegonde. C'étaient de grands chasseurs et il leur arrivait d'emprunter Hugh et ses lévriers au père Geoffrey quand ils devaient débusquer un monstre comme celui que sire Joscelin avait en travers de son cheval – qui emportait des agneaux du côté de Trumpington – parce que Hugh était le meilleur chasseur de loups du Cambridgeshire…

« Les hommes ! pensa Adelia en l'écoutant jacasser, rempli d'admiration. Déjà, tout petits… »

— Et vous y avez tenu tête, conclut le petit homme à ses côtés, lorsqu'il leva à nouveau vers elle ses yeux sagaces.

Elle aussi avait gagné ses éperons.

Ce fut en bonne entente qu'ils rentrèrent chez le vieux Benjamin, Sauvegarde, disgracié, sur leurs talons.

Il faisait noir quand Simon, affamé, regagna la maison, où l'attendait un ragoût d'anguille accompagné de boulettes de pâte et d'une tourte de poisson – on était vendredi et Gyltha faisait maigre –, en se plaignant du nombre phénoménal de marchands qui s'adonnaient au commerce de la laine à Cambridge et aux alentours.

— Tous plus aimables les uns que les autres, et jusqu'au dernier de m'affirmer que mes liens provenaient d'un vieux lot... une histoire de poil, apparemment... mais grand Dieu ! rien qui empêchât de déterminer la provenance de la balle d'où ils étaient issus, du moment que j'étais disposé à écouter toute l'histoire.

En dépit de son allure et de sa tenue passe-partout, Simon de Naples était d'une riche famille et il n'avait jusqu'alors jamais réfléchi au parcours de la laine, du mouton à la table du drapier. Il en était resté ébahi.

Tout en mangeant, il fit part de ce qu'il avait appris à Mansur et Adelia.

— Ils nettoient les toisons à l'urine, vous le saviez ? Ils les lavent dans des cuves où pissent des familles entières.

Cardage, foulage, tissage, teinture, mordançage.

— Avez-vous idée de la difficulté d'obtenir la couleur noire ? *Experto credite*. Il faut partir d'une base bleu foncé, guède ou d'un mélange de tannin et de fer. Le jaune est plus simple, je vous le certifie. J'ai rencontré aujourd'hui des teinturiers qui nous habilleraient volontiers tous en jaune, comme des belles-de-nuit...

Adelia se mit à tambouriner des doigts ; la gaieté de Simon suggérait que sa quête avait été couronnée de succès, mais elle aussi avait du nouveau.

— Oh, très bien..., soupira Simon, remarquant son impatience. D'après leur texture dense, compacte, le consensus est que ces liens sont en laine peignée, mais malgré cela, il nous aurait été impossible d'en déduire l'origine si cette lanière...

Simon la fit tendrement glisser entre ses doigts et Adelia vit que, tout à la griserie de l'enquête, il semblait avoir oublié à quoi elle avait servi.

— Si cette lanière, reprit-il, ne comportait pas une lisière destinée à renforcer les bordures, une lisière propre au tisseur…

Il croisa le regard d'Adelia et renonça.

— Elle provient d'un lot qui a été envoyé à l'abbé d'Ely il y a trois ans. L'abbé détient le monopole de l'approvisionnement en tissu de toutes les communautés religieuses du Cambridgeshire.

Mansur fut le premier à réagir.

— Un habit ? Cette lanière vient de l'habit d'un moine ?

— Oui.

S'ensuivit un de ces silences méditatifs qui ponctuaient de plus en plus souvent leurs soupers.

— Le seul que nous pouvons innocenter, c'est le prieur, parce qu'il a passé toute la nuit avec nous.

Simon acquiesça de la tête.

— Ses moines portent du noir sous leur rochet, souligna-t-il.

— Les moinesses aussi, intervint Mansur.

— C'est vrai, concéda Simon avec un sourire, mais en l'occurrence sans importance, car, au cours de mes investigations, je suis tombé sur le marchand de Cherry Hinton qui, le hasard fait bien les choses, vend de la laine. Il m'a assuré que les nonnes, son épouse et les servantes ont passé toute la nuit sous la tente, tandis que les hommes de la compagnie montaient la garde autour d'elles. Aucune de ces dames ne saurait être notre meurtrière, car il lui aurait été impossible de s'éclipser pour transbahuter des cadavres dans les collines.

Ce qui laissait les trois moines accompagnant le père Geoffrey. Simon les passa en revue.

Le jeune frère Ninian ? Sûrement pas. Et pourtant, pourquoi pas ?

Frère Gilbert ? Un personnage déplaisant – bon candidat potentiel.

Le dernier ?

Aucun d'eux ne se souvenait de sa tête ou de sa personnalité.

— Inutile de conjecturer avant que nous disposions de plus de renseignements, estima Simon. Un habit abîmé, jeté aux ordures peut-être. Le tueur aurait pu se le procurer n'importe où. Nous approfondirons la question à tête reposée.

Il se carra sur sa chaise et tendit la main vers sa coupe de vin.

— Je vous prie de m'excuser, docteur. Voyez-vous, nous autres Juifs sommes si rarement dans le rôle du poursuivant que je me suis montré aussi ennuyeux qu'un chasseur racontant comment il a dépisté sa proie. Quelles sont les nouvelles du jour ?

Adelia rapporta les faits par ordre chronologique, avec davantage de sécheresse ; sa propre journée de chasse s'était achevée de façon plus fructueuse que celle de Simon, mais elle doutait qu'il apprécierait ses découvertes ; elle, non.

Le récit de l'examen des ossements du petit saint Peter n'entama pourtant pas sa bonne humeur.

— Je le savais. Un argument massue en notre faveur. Cet enfant n'a jamais été crucifié.

— Non, en effet, confirma Adelia.

Elle relata alors à son auditoire sa conversation avec Ulf, sur l'autre berge de la rivière.

— Voilà ! s'écria Simon en postillonnant du vin. Docteur, vous venez de sauver les enfants d'Israël.

L'enfant a été revu après son départ de chez Chaim ? Dans ce cas, tout ce que nous avons à faire, c'est mettre la main sur ce garçon, ce Will, et aller trouver le shérif pour lui annoncer : « Regardez, voici la preuve vivante que les Juifs n'étaient pour rien dans la mort du petit saint Peter... »

Sa voix se fêla à la vue de l'expression d'Adelia.

— J'ai bien peur que si, répliqua-t-elle.

CHAPITRE 7

En l'espace d'un an, la surveillance que les habitants de Cambridge exerçaient sur le château afin d'éviter que les Juifs ne s'enfuient s'était peu à peu relâchée et n'était plus assurée que par Agnes, l'épouse du marchand d'anguilles, dont le fils, Harold, attendait toujours d'être enterré.

Pour s'abriter, celle-ci s'était confectionné, près de la grande porte, une petite hutte en osier qui évoquait une ruche. La nuit, Agnes dormait à l'intérieur. Le jour, assise devant l'entrée, elle s'adonnait à des travaux d'aiguille, l'une des foënes à anguilles de son mari plantée dans le sol d'un côté, une sonnaille de l'autre.

Et lorsque, durant l'hiver, le shérif avait tenté de faire sortir clandestinement les Juifs à la faveur de l'obscurité, croyant Agnes endormie, celle-ci n'avait pas hésité à se servir de ces deux armes : elle avait quasiment embroché l'un des hommes du shérif avec son harpon et rameuté toute la ville avec sa cloche. Il avait fallu faire rentrer les Juifs en toute hâte.

La poterne du château était elle aussi gardée – par des oies, cette fois, parquées là dans le but de donner l'alerte, à l'instar des oies romaines qui avaient empêché les Gaulois de s'emparer du Capitole. Les archers du shérif avaient bien tenté de les abattre du haut des remparts, mais une fois encore, leurs cacardements avaient averti la ville.

Comme ils gravissaient le raide chemin fortifié en lacet qui menait au château, Adelia avoua sa surprise à Simon : comment se faisait-il que l'on laissât depuis si longtemps des roturiers défier les autorités ? En Sicile, les troupes du roi eussent réglé le problème en quelques minutes.

— Au prix d'un massacre ? lui rétorqua Simon. Et ensuite, où escorter les Juifs de Cambridge sans craindre que la même situation ne se reproduise ? Tout le pays croit qu'ils crucifient les enfants.

Il était démoralisé et, Adelia le suspectait, très énervé.

— Je suppose…

Elle réfléchit à la modération dont avait fait preuve le roi dans cette affaire. Adelia se serait figurée qu'un homme aussi sanguinaire exercerait des représailles terribles à l'encontre des habitants de Cambridge qui avaient tué l'un des plus rémunérateurs de ses Juifs. Henri était responsable de la mort de Becket et ce n'était, après tout, qu'un tyran comme tant d'autres. Néanmoins, il s'était jusqu'alors abstenu de frapper.

Interrogée sur ce qui risquait selon elle d'arriver, Gyltha avait répondu que personne ne se réjouissait de l'amende à laquelle la ville allait être condamnée pour la mort de Chaim, mais qu'elle imaginait mal des pendaisons systématiques. Henri était un roi tolérant tant que l'on ne braconnait pas sur ses terres. Ou que l'on ne le poussait pas à bout, comme l'archevêque de Cantorbéry.

— C'est pas comme dans le temps, quand sa maman et son tonton étaient à couteaux tirés, avait-elle commenté. Des pendaisons en veux-tu, en voilà... Un baron rappliquait au galop et ça faisait pas de différence dans quel camp il était ou vous étiez, y vous pendait pour vous être gratté le cul.

— Et à raison, avait renchéri Adelia. Très vilaine habitude.

Gyltha et elle commençaient à bien s'entendre.

La guerre civile entre Mathilde et Étienne n'avait pas épargné les *fens*. L'île d'Ely et sa cathédrale avaient changé de mains si souvent que l'on ne savait jamais qui était l'évêque.

— Pauvre de nous aut', c'était comme si qu'on était une charogne et que des loups nous mettaient en pièces. Et quand Geoffrey de Mandeville a débarqué dans le coin...

Gyltha n'avait pu que secouer la tête et se taire.

— Treize ans de ça. Treize ans et pendant ce temps, Dieu et ses saints qui roupillaient à poings fermés sans se biler.

« Treize années pendant lesquelles le Christ et ses saints dormaient. » Depuis son arrivée en Angleterre, Adelia avait entendu l'expression des dizaines de fois pour caractériser la guerre civile. Les gens blêmissaient encore au souvenir de cette période. Et pourtant, elle avait pris fin avec l'accession au trône d'Henri II. En l'espace de vingt ans, l'anarchie n'était jamais revenue. L'Angleterre était devenue un pays paisible.

Peut-être ce Plantagenêt était-il donc un homme plus subtil qu'Adelia ne se le représentait et méritait-il qu'elle révise son opinion sur lui.

Après un dernier virage d'approche, ils atteignirent le glacis du château.

La simple motte castrale érigée par Guillaume le Conquérant pour contrôler la traversée de la rivière avait disparu ; sa palissade en bois avait été remplacée par des murailles, le donjon agrandi et aménagé, tandis que se pressaient autour de lui la chapelle, l'étable et les écuries, l'enclos à faucons, le corps de garde, les logements des femmes, les cuisines, le lavoir, le potager, le jardin de simples, la laiterie, la lice, le gibet et la prison nécessaires à un shérif administrant une ville prospère d'une certaine taille. À l'une de ses extrémités, des échafaudages et des plates-formes habillaient la tour qui sortait de terre pour remplacer celle qui avait brûlé.

Devant la grande porte, deux sentinelles appuyées sur leur lance discutaient avec Agnes, qui cousait, installée sur un tabouret devant sa ruche. Mais quelqu'un d'autre se reposait non loin, assis par terre, la tête appuyée contre la muraille.

Adelia émit une plainte.

— Cet empoisonneur a-t-il le don d'ubiquité ?

À la vue des nouveaux venus, Roger d'Acton se leva d'un bond, ramassa une planche au bout d'un bâton posée à côté de lui et se mit à vociférer. Sur l'écriteau était inscrit à la craie : « Priez pour le peti saint Peter qui a été crucifier par les Juifs. »

La veille, il avait honoré de sa présence les pèlerins de Sainte-Radegonde ; ce jour-là, l'évêque devait, semble-t-il, venir rendre visite au shérif et d'Acton se tenait en embuscade.

De nouveau, il ne reconnut pas Adelia ni les deux hommes qui l'accompagnaient, en dépit de l'allure singulière de Mansur. « Il ne voit pas les gens, se dit-elle. Rien que du petit bois pour les flammes de l'enfer. » Elle s'avisa que la robe sale du clerc était en laine peignée.

S'il fut désappointé de ne pas pouvoir sur-le-champ prendre l'évêque à partie, il se résigna.

— Ils ont flagellé le malheureux enfant jusqu'à ce qu'il soit en sang, s'époumona-t-il. Ils l'appelaient Jésus, le faux prophète, et ils grinçaient des dents. Ils l'ont tourmenté de toutes sortes de façons puis ils l'ont crucifié.

Simon se campa devant les gardes et demanda à voir le shérif. Ils étaient de Salerne, précisa-t-il, contraint d'élever la voix pour se faire entendre.

Le plus âgé des deux soldats ne fut guère impressionné.

— Et où c'est que c'est, c'te cambrousse ? répliqua-t-il, avant de se tourner vers d'Acton. Ta gueule, toi !

— Le père Geoffrey nous a priés d'offrir nos services au shérif.

— Quoi ? J'entends rien, avec l'aut' taré.

La plus jeune sentinelle intervint.

— Dites, c'est pas le moricaud qu'est médecin et qu'a guéri le prieur ?

— Lui-même.

Roger d'Acton, qui avait fini par repérer Mansur, s'approcha, l'haleine fétide.

— Sarrasin, reconnais-tu Jésus-Christ pour seigneur ?

Le plus vieux des gardes lui décocha une taloche derrière l'oreille.

— La ferme, lâcha-t-il avant de se retourner vers Simon.

— Et ça ?

— Le chien de cette dame.

Ils avaient, à grand-peine, réussi à se défaire d'Ulf, mais Gyltha avait insisté pour que Sauvegarde aille partout où Adelia irait.

— Il n'est d'aucune protection, avait protesté Adelia. Quand je me suis retrouvée face à ces maudits croisés, il s'est tapi derrière moi. C'est une carpette.

— L'est pas là pour se battre à vot' place, lui avait opposé Gyltha. L'est là pour vous garder sauve.

Le plus âgé des soldats échangea un regard avec son cadet.

— Je pense qu'ils doivent pouvoir entrer, hein, Rob ? déclara-t-il, avant d'adresser un clin d'œil à la femme sur le pas de sa hutte en osier. T'es pas d'accord, Agnes ?

Malgré tout, on fit venir le capitaine de la garde et on s'assura qu'aucun d'eux ne dissimulait d'arme avant de les laisser passer par le guichet. Il fallut maîtriser d'Acton pour l'empêcher de les suivre.

— Mort aux Juifs ! hurlait-il. Mort aux crucificateurs !

La raison de tant de précautions leur apparut sitôt qu'on les introduisit dans l'enceinte, où une cinquantaine de Juifs prenaient l'air et profitaient du soleil. La plupart des hommes se promenaient en devisant ; les femmes bavardaient dans un coin ou jouaient avec les enfants. À l'image de tous les Juifs en terre chrétienne, ils étaient vêtus sans ostentation, même si un ou deux étaient coiffés du *Judenhut* conique.

C'était leur apparence miteuse qui permettait de les identifier comme « les Juifs de Cambridge ». Adelia en fut choquée. Il y avait bien des Juifs pauvres à Salerne, de même qu'il y avait des Siciliens, des Grecs ou des musulmans pauvres, mais leur pauvreté était masquée par les aumônes des plus riches de leurs coreligionnaires. De fait, les chrétiens de Salerne prétendaient, non sans perfidie, qu'il n'y avait « pas de mendiants chez les Juifs ». La charité était un précepte commun aux trois grandes religions ; mais dans le judaïsme, la maxime « Rends-Lui ce qui est à Lui, car toi et ce qui est à toi êtes à Lui » était loi. Le mérite revenait à l'auteur du don et non à son bénéficiaire.

Adelia se souvenait d'un vieil homme qui rendait chèvre la sœur de sa mère adoptive parce qu'il se refusait à dire merci quand on le nourrissait en cuisine.

— Est-ce que je mange ce qui est à vous ? faisait-il valoir. Je ne mange que ce qui est à Dieu.

Le shérif n'était, selon toute apparence, pas aussi prodigue de sa charité à l'égard de ses hôtes non désirés, pour le moins émaciés. La cuisine du château, devina Adelia, s'accordait vraisemblablement mal avec leurs interdits alimentaires et ils ne devaient même pas toucher bon nombre de repas. Les vêtements dans lesquels ils avaient été contraints de fuir leurs maisons un an auparavant commençaient à partir en lambeaux.

Plusieurs femmes observèrent avec espoir Adelia et ses compagnons lorsqu'ils s'avancèrent dans la cour. Les hommes, trop occupés par leurs discussions, ne les remarquèrent pas.

Guidés par la jeune sentinelle, Adelia, Simon et Mansur empruntèrent un pont enjambant un fossé, passèrent sous une herse et traversèrent une autre cour.

La grand-salle était vaste, fraîche et grouillante d'activité. Des tables à tréteaux s'alignaient sur toute sa longueur, couvertes de documents, de rouleaux et de bâtons de taille. Des clercs les épluchaient et s'élançaient de temps en temps vers l'estrade sur laquelle un homme massif était assis dans un fauteuil tout aussi massif, derrière une table sur laquelle d'autres documents, rouleaux et bâtons de taille s'empilaient à une vitesse telle qu'ils menaçaient de choir.

Adelia ne savait pas grand-chose de la fonction de shérif, mais Simon lui avait expliqué que, dans chaque comté, il s'agissait de l'homme le plus important après le roi, dont il était le représentant ; c'était lui qui, avec l'évêque diocésain, rendait l'essentiel de la justice, lui qui était seul responsable de la levée des impôts et du maintien de l'ordre, qui s'assurait qu'on ne commerçait pas le dimanche, qui veillait à ce que la dîme soit bien payée à l'Église et que l'Église paye bien ce qu'elle devait à la Couronne, lui qui organisait les exécutions, qui confisquait au nom du roi les biens des condamnés à mort, des fugitifs, des hors-la-loi, ainsi que ceux tombés en déshérence, lui qui faisait en sorte que ce butin aboutisse bien dans les coffres royaux et qui, deux fois par an, convoyait les sommes récoltées et sa comptabilité jusqu'à l'échiquier royal, à Winchester, où, d'après Simon, un simple sou manquant pouvait lui coûter sa place.

— À ce compte-là, pourquoi quiconque voudrait-il de cet office ? s'était étonnée Adelia.

— Le shérif perçoit un pourcentage, avait précisé Simon.

À en juger d'après la qualité des vêtements que portait celui du Cambridgeshire et la quantité d'or et de joyaux qu'il avait aux doigts, la part devait être coquette, même si, en cet instant-là, le shérif Baldwin estimait sans doute qu'elle n'en valait pas la peine. Le terme « épuisé » ne suffisait pas à le décrire ; il eût été plus exact de le qualifier d'« éperdu ».

Il posa sur le soldat lui annonçant ses visiteurs un regard absent et affolé.

— Ils ne voient pas que je suis occupé ? Ils ne savent pas que les juges de l'Eyre seront bientôt là ?

Un homme grand et corpulent, penché au-dessus de parchemins à côté du shérif, se redressa.

— Je crois, monseigneur, que ces gens pourraient vous être utiles concernant les Juifs, lui souffla sire Rowley.

Il fit un clin d'œil à Adelia. Elle le dévisagea sans bienveillance. Encore un qui avait le don d'ubiquité, comme Roger d'Acton. Et qui était potentiellement plus dangereux.

La veille, Simon avait reçu un message du père Geoffrey le mettant en garde contre le collecteur d'impôts : « Notre homme était en ville au moment de la disparition d'au moins deux des enfants. Que le Seigneur me pardonne si je sème le doute à tort, mais il nous appartient de demeurer circonspects jusqu'à ce que nous sachions à quoi nous en tenir. »

Simon reconnaissait que les suspicions du prieur étaient légitimes, « mais pas davantage qu'à l'encontre de n'importe qui d'autre ». Il appréciait ce qu'il avait pu entrevoir de la personnalité du collecteur d'impôts. Il n'en allait pas de même pour Adelia, au courant, elle, de ce que dissimulaient ses dehors affables, depuis que sire Rowley lui avait imposé sa présence lors de l'examen des enfants. Il la mettait mal à l'aise.

Il paraissait avoir subjugué tout le château. Le shérif quêta son aide du regard, incapable de faire face à autre chose que ses propres ennuis immédiats.

— Ils ne savent pas que l'assise est pour bientôt ?

Sire Rowley traduisit pour Simon.

— Le shérif souhaiterait savoir ce qui vous amène ici.

— Avec sa permission, nous désirerions nous entretenir avec le gendre de Chaim, expliqua Simon.

— Rien de mal à ça, n'est-ce pas, monseigneur ? Voulez-vous que je leur montre le chemin ? proposa-t-il, se levant déjà.

Le shérif s'agrippa à lui.

— Ne me laissez pas, Picot !

— Je ne serai pas long, monseigneur, je vous le jure, affirma-t-il, avant d'entraîner les Salernitains vers la sortie, sans cesser de parler. Le shérif vient d'apprendre que les juges de l'Eyre tiendront une assise à Cambridge. En sus de la présentation des comptes à l'Échiquier, cela constitue un surplus de travail considérable et il s'en trouve, disons... quelque peu submergé. Et moi aussi, bien sûr.

Il les gratifia d'un sourire poupin. Difficile d'imaginer homme moins submergé.

— Nous nous efforçons de déterminer quelles sont les dettes en souffrance envers les Juifs et donc potentiellement envers le roi, par mainmorte. Chaim était le principal usurier du comté et tous ses bâtons de taille se sont envolés en fumée dans l'incendie de la tour. Il est des plus compliqués de recouvrer ce qui n'existe plus. Nonobstant...

Il esquissa une étrange petite révérence de biais à l'intention d'Adelia.

— J'ai entendu dire que le docteur folâtrait dans la Cam. Pas très salubre de la part d'un médecin, pourrait-on penser, vu ce qui s'y déverse. Y avait-il par hasard quelque motif à cela ?

— Qu'est-ce qu'une assise ? biaisa Adelia.

Ils avaient franchi une arcade et suivaient sire Rowley dans l'escalier en colimaçon d'une tour, Sauvegarde sur leurs talons.

— Ah, une assise ! lança le collecteur d'impôts par-dessus son épaule. Eh bien, c'est une cour de justice présidée par des juges itinérants désignés par le roi. Un jour de jugement, presque aussi terrible que celui de Dieu pour ceux dont l'existence est dans la balance. Jugement de la bière et sanction de ceux qui l'altèrent. Jugement du pain et idem pour ceux qui lésinent. Vidage des cachots et détermination de la culpabilité ou de l'innocence des prisonniers d'iceux. Audition des différends fonciers, des litiges et des arguments des parties... La liste est longue. Sélection des jurés. Il n'y en a pas tous les ans, mais les années où il y en a... Bonne Mère, que ces marches sont raides !

Il ahanait. Des rais de soleil perçant par les archères ménagées dans les épaisses parois de pierre éclairaient de minuscules paliers desservant chacun une porte voûtée.

— Perdez du poids, préconisa Adelia, les yeux à la hauteur du postérieur de leur accompagnateur.

— Dame, je suis tout en muscles.

— Du gras, oui, lui opposa-t-elle.

Elle ralentit pour le laisser prendre de l'avance et glissa à Simon, derrière elle :

— Il veut pouvoir entendre ce que nous disons.

Simon, qui se cramponnait à la rampe des deux mains pour grimper, la lâcha avec un geste fataliste.

— Il doit déjà être au courant... du but de notre visite. Il sait... Seigneur, il a raison à propos de cet escalier... qui vous êtes. Quelle différence ?

La différence, c'était qu'il en tirerait des conclusions. Et Adelia se méfiait des conclusions hâtives tant qu'elle n'était pas en possession de tous les éléments. Qui plus est, elle ne faisait pas confiance à sire Rowley.

— Et si c'était le tueur ?

— Dans ce cas, il est déjà au fait de tout.

Simon ferma les yeux et se raccrocha à la rampe.

Sire Rowley les attendait au sommet des marches, piqué au vif.

— Je suis gros, selon vous ? Sachez que Nur al-Din levait le camp et battait en retraite dans le désert quand il apprenait que je marchais sur lui.

— Vous avez été en croisade ?

— On n'aurait jamais pu se passer de moi, là-bas.

Il les fit patienter dans une petite pièce circulaire dont les seuls agréments étaient quelques tabourets, une table et deux fenêtres offrant chacune une large vue, après leur avoir promis que maître Gabirol les rejoindrait sous peu et qu'il allait leur envoyer son écuyer avec des rafraîchissements.

Tandis que Simon faisait les cent pas et que Mansur patientait, fixe comme une statue, Adelia alla étudier le panorama par les deux fenêtres, dont l'une donnait à l'ouest et l'autre à l'est.

À l'occident, au milieu de petites collines, Adelia aperçut des toits crénelés au-dessus desquels flottait un étendard. Même rapetissé par la distance, le manoir que sire Gervase tenait du prieuré était plus imposant qu'elle ne l'eût pensé pour un fief de haubert. Si celui que sire Joscelin tenait des nonnes, invisible par les fenêtres car situé au sud-est, était aussi impressionnant, les croisades et la tenure leur avaient apparemment bien réussi.

Deux hommes entrèrent. Le gendre de Chaim, Yehuda Gabirol était jeune et ses papillotes noires tire-bouchonnaient le long de ses joues creuses d'une pâleur tout ibérique.

Son compagnon était âgé et la montée avait manifestement été pénible pour lui.

— Benjamin ben Rav Moshe, se présenta-t-il à Simon, cramponné au montant de la porte, la respiration sifflante. Si vous êtes Simon de Naples, je connaissais votre père. Ce vieil Eli est toujours vivant ?

Simon s'inclina avec une brusquerie inaccoutumée et présenta Adelia et Mansur de même, se bornant à décliner leurs noms sans fournir d'explication à leur présence.

Le vieil homme les salua de la tête.

— C'est vous qui occupez ma maison ?

Simon ne faisant pas mine de répondre, Adelia prit la responsabilité de le faire :

— Oui, c'est nous. Ça ne vous embête pas, j'espère ?

— Ça devrait ? rétorqua-t-il tristement. Toujours en bon état ?

— Oui. Meilleur que si elle était inhabitée, je dirais.

— Vous aimez les fenêtres de la grand-salle ?

— Beaucoup. Très originales.

Simon s'adressa au plus jeune des deux hommes.

— Yehuda Gabirol, il y a un an, juste avant la Pâque, vous avez épousé, ici à Cambridge, Dina, la fille de Chaim ben Eliezer.

— La cause de tous mes malheurs, commenta Yehuda, morose.

— Ce garçon est venu d'Espagne exprès, expliqua le vieux Benjamin. C'est moi qui ai tout arrangé. Une bonne union, si je puis me permettre. Est-ce la faute du marieur si elle a mal tourné ?

Simon s'obstina à l'ignorer, les yeux rivés sur Yehuda.

— Un enfant de la ville a disparu ce jour-là. Peut-être maître Gabirol pourrait-il nous éclairer sur son sort ?

C'était une facette de Simon qu'Adelia n'avait jamais vue : il était en colère.

S'ensuivit une tempête de protestations en hébreu de la part des deux hommes. La voix grêle du plus jeune couvrit celle, plus grave, du plus vieux :

— Comment le saurais-je ? Est-ce à moi de veiller sur tous les enfants d'Angleterre ?

Simon le gifla.

Un épervier s'était posé sur l'appui de la fenêtre ouest, mais il reprit aussitôt son envol, effarouché par l'atmosphère de la pièce lorsque le bruit de la gifle se répercuta entre les murs. Des marques de doigts apparurent sur la joue de Yehuda.

Mansur esquissa un pas, en cas de riposte, mais le jeune homme se déroba, le visage dans les mains.

— Que pouvions-nous faire d'autre ? Quoi ?

Adelia demeura debout près de la fenêtre, sans se faire remarquer, pendant que les trois Juifs se ressaisissaient et tiraient trois tabourets jusqu'au milieu de la pièce pour s'asseoir. « Le sens du cérémonial, jusque dans des circonstances pareilles », songea-t-elle.

Pour l'essentiel, ce fut le prêteur sur gages qui parla, pendant que Yehuda pleurait en se balançant d'avant en arrière.

C'était un beau mariage, déclara le vieux Benjamin, une alliance de l'argent et de la culture, entre la fille d'un riche personnage et un jeune érudit espagnol d'excellente extraction que Chaim entendait prendre en charge en tant que gendre entretenu, en sus d'une dot de dix marks...

— Passons, lui enjoignit Simon.

C'était une belle journée de début de printemps, dans la synagogue, la houppa était décorée de primevères.

— J'ai moi-même brisé le verre...

— J'ai dit : passons.

On était ensuite retourné chez le beau-père pour le banquet de noces dont, si grande était la fortune de Chaim, on prédisait qu'il durerait une semaine entière. Fifre, tambours, violon, cymbales, tables ployant sous les mets, coupes qu'on emplissait et qu'on remplissait, intronisation de la mariée sous un voile de samit blanc, discours – le tout sur la pelouse au bord de la rivière car la maison était à peine assez grande pour accueillir tous les invités, dont certains avaient parcouru des milliers de lieues pour venir.

— Et peut-être, concéda le vieux Benjamin, peut-être que Chaim voulait un peu poser pour la galerie.

Forcément, pensa Adelia. Pour la galerie et, surtout, pour les bourgeois qui se refusaient à l'inviter chez eux et n'hésitaient pourtant pas à emprunter auprès de lui.

— Poursuivez, commanda Simon, impitoyable.

Au même moment, Mansur leva la main et s'approcha de la porte sur la pointe des pieds.

« Lui », pensa Adelia, se raidissant. Le collecteur d'impôts les écoutait.

Mansur ouvrit la porte avec une force telle qu'il l'arracha à moitié de ses gonds. Ce n'était pas sire Rowley qui était à genoux sur le seuil, l'oreille à la hauteur de la serrure, mais son écuyer. Un plateau sur lequel se trouvaient un pichet et des coupes reposait sur le sol à côté de lui.

D'un seul mouvement, Mansur ramassa le plateau et, du pied, propulsa l'indiscret dans l'escalier.

L'écuyer, qui était très jeune, roula jusqu'au mur externe qui l'arrêta, cul par-dessus tête.

— Ouille ouille ouille !

Mansur feignit de s'élancer pour lui décocher un second coup de pied et le garçon se contorsionna pour se relever, puis dévala les marches en se tenant les reins.

Le plus étrange, aux yeux d'Adelia, fut que les trois Juifs sur leur tabouret s'avisèrent à peine de l'incident, comme s'il n'était pas plus notable que la survenue de l'épervier sur l'appui de la fenêtre.

« Ce rondouillard de sire Rowley est-il le tueur ? s'interrogea Adelia. Qu'est-ce qui l'obsède tant dans ces meurtres d'enfants ? »

Il était des gens – elle le savait parce qu'elle en avait rencontré – que la mort excitait, qui avaient essayé de la soudoyer afin qu'elle les laisse entrer dans la morgue en pierre de l'école pendant qu'elle travaillait sur un cadavre. Gordinus, lui, avait été obligé d'embaucher un gardien à la ferme macabre afin de chasser les curieux, ou les curieuses, fascinés par le spectacle des cadavres de porcs en décomposition.

Elle n'avait pas décelé de dépravation de ce genre chez sire Rowley lors de l'examen des corps dans la cellule de sainte Werbertha ; il avait semblé horrifié.

Toutefois, il avait envoyé sa créature – elle se rappela le prénom de l'écuyer, Pipin – écouter à la porte, ce qui suggérait qu'il désirait se tenir informé de leur enquête, soit parce qu'elle l'intriguait (auquel cas, pourquoi ne pas les questionner directement ?), soit parce qu'il redoutait qu'elle ne les mette sur sa piste.

Qui était-il ?

La seule réponse était : pas ce dont il avait l'air. Adelia reporta son attention sur les trois hommes assis en cercle.

Simon ne laissa pas Mansur proposer le plateau à la ronde ; il força ses deux coreligionnaires à continuer le récit des épousailles.

Pour en arriver au soir. Le crépuscule étant frisquet, les invités étaient rentrés dans la maison pour danser, mais on avait laissé brûler les lampes du jardin.

— Et peut-être, un petit peu, les hommes commençaient à être saouls, allégua le vieux Benjamin.

— Vous voulez bien parler ? s'exclama Simon, qui n'avait jusque-là jamais fait montre d'une telle animosité.

— Je parle, je parle. Donc Dina, la mariée et Miriam, sa mère... deux femmes, plus proches, ça ne se peut pas... la mariée et sa mère sortent prendre l'air en discutant...

Le prêteur sur gages temporisait, réticent à en venir au fait.

— Il y avait un corps.

Tous se tournèrent vers Yehuda, qu'ils avaient oublié.

— Au milieu du gazon, comme si quelqu'un l'avait jeté là d'un bateau sur la rivière. Les femmes l'ont vu. Il était éclairé par une lampe.

— Un petit garçon ?

— Peut-être.

Pour autant que Yehuda ait été témoin de quoi que ce soit, sa vision était voilée par le vin.

— Chaim l'a vu. Les femmes ont hurlé.

— Et vous, vous l'avez vu, Benjamin ? lança Adelia, dont c'était la première intervention.

Le vieil homme lui décocha un coup d'œil dédaigneux et, en guise de réponse, fit valoir à Simon :
— J'étais le marieur.
L'artisan d'un si grandiose mariage, fêté et abreuvé de toutes parts ? Comment aurait-il pu être en état de voir quoi que ce soit ?
— Qu'a fait Chaim ?
— Il a éteint toutes les lampes, indiqua Yehuda.
Adelia nota que Simon hochait la tête, comme si c'était raisonnable ; la première chose à faire, quand on découvrait un cadavre sur sa pelouse, était d'éteindre les lampes afin de le dissimuler aux voisins et aux passants.
Elle en fut choquée. Mais, dut-elle concéder, elle n'était pas juive. La calomnie qui voulait que les Juifs sacrifient des enfants chrétiens pour la Pâque les suivait où qu'ils aillent, telle une seconde ombre cousue à leurs talons. « Ce genre de légende est une arme employée contre toute religion crainte et détestée, lui avait un jour dit son père adoptif. Au premier siècle, dans l'Empire romain, c'était les premiers chrétiens que l'on accusait de se repaître de façon rituelle du sang et de la chair des enfants. »
Et depuis des siècles, c'étaient les Juifs qui passaient pour des mangeurs d'enfants. Cette croyance était si profondément enracinée dans la mythologie chrétienne et les Juifs en avaient si souvent pâti que leur premier réflexe en découvrant le corps d'un enfant chrétien devant chez eux était de le camoufler.
— Que pouvions-nous faire ? s'écria le vieux Benjamin. Je vous écoute : qu'aurions-nous dû faire ? Tous les Juifs les plus importants d'Angleterre étaient avec nous ce soir-là. Rabbi David avait fait le déplacement de Paris, rabbi Meir d'Allemagne... des

grands exégètes… Sholem de Chester était là avec sa famille. Vous auriez voulu que de pareils personnages soient mis en pièces ? Nous avions besoin de temps pour qu'ils puissent partir.

Aussi, pendant que ces sommités reprenaient leurs chevaux et se dispersaient dans la nuit, Chaim avait-il enveloppé la dépouille dans une nappe et l'avait descendue à la cave.

Comment ou pourquoi ce cadavre était-il apparu sur la pelouse ? Qui était l'auteur des sévices qu'il avait subis ? Ces questions furent à peine abordées par les Juifs de Cambridge encore sur place. Le problème était de s'en débarrasser.

Ce n'était pas qu'ils manquaient d'humanité, raisonna Adelia. Mais pour eux, le risque de se faire massacrer, et leur famille avec eux, était si grand que toute autre considération était secondaire.

Et ils avaient bâclé la besogne.

— L'aube se levait, reprit le prêteur sur gages. Nous n'étions parvenus à aucune conclusion… comment aurions-nous pu réfléchir ? Le vin, la peur… C'est Chaim, paix à son âme, qui a décidé pour nous, ses voisins. « Rentrez chez vous, nous a-t-il dit. Rentrez chez vous et allez à vos affaires comme si de rien n'était. Nous réglerons ça, mon gendre et moi. »

Le vieux Benjamin repoussa son bonnet et se laboura le crâne des doigts, comme s'il s'arrachait les cheveux.

— Yahvé nous pardonne, c'est ce que nous avons fait.

— Et comment Chaim et son gendre ont-ils réglé la chose ? se renseigna Simon, en se penchant vers Yehuda, qui se cachait à nouveau la figure dans les mains. Il faisait jour, vous ne pouviez plus sortir discrètement de la maison sans risquer d'être aperçus.

Il y eut un silence.

— Peut-être, avança Simon, peut-être qu'à ce moment-là, Chaim s'est souvenu du conduit dans sa cave.

Yehuda releva la tête.

— Qu'est-ce que c'était ? demanda Simon, presque avec indifférence. Des latrines ? Un passage secret ?

— Un égout, précisa Yehuda, maussade. Un ruisseau passe sous la cave.

Simon hocha la tête.

— Il y a donc un égout à la cave ? Une rigole qui mène à la rivière ? insista-t-il avant de consulter du regard Adelia, qui acquiesça de la tête. Et elle débouche sous l'appontement où viennent s'amarrer les chalands de Chaim...

— Comment le savez-vous ?

— Et donc, reprit Simon, doucereux, vous y avez fourré le corps.

Yehuda se remit à pleurer en se balançant.

— Nous avons prié pour lui. Nous avons récité la prière des morts pour lui, debout dans le noir de la cave.

— Vous avez récité la prière des morts ? Bien, très bien. Le Seigneur en a sûrement été ravi. Mais vous n'êtes pas allés vous assurer que le cadavre avait bien été emporté par la rivière !

Yehuda cessa de pleurer, décontenancé.

— Ce n'est pas le cas ?

Simon se leva d'un bond, les bras levés au ciel pour invoquer le Seigneur, qui tolérait des ahuris pareils.

— Les berges de la rivière ont été fouillées, fit remarquer Adelia en salernitain, pour le seul bénéfice de Simon et Mansur. Toute la ville était sur le pied de guerre. Si le corps était resté coincé contre un pilot, il aurait été découvert à ce moment-là.

Simon secoua la tête.

— Ils palabraient, répliqua Simon dans le même dialecte. Nous sommes des Juifs, docteur. Nous aimons les palabres. Nous réfléchissons au résultat de nos actions, à leurs répercussions, nous nous demandons si elles sont acceptables aux yeux du Seigneur et s'il serait envisageable de passer outre. Je peux vous garantir que, le temps qu'ils aient fini leurs parlotes et soient parvenus à une décision, les fouilles étaient terminées depuis longtemps, affirma-t-il avec un soupir. Ce sont des ânes... pires que des ânes, mais ils n'ont pas tué ce petit.

— Je sais.

Même si aucun tribunal ne les croirait. Craignant à juste titre pour leur vie, Yehuda et son beau-père en avaient été réduits à un acte désespéré qui avait échoué et ne leur avait fait gagner que quelques jours de répit durant lesquels le cadavre, immergé sous l'appontement, avait enflé jusqu'à se libérer et remonter à la surface.

Incapable de se retenir davantage, Adelia entreprit de cribler Yehuda de questions :

— Avant de l'introduire dans le conduit, avez-vous examiné le corps ? Dans quel état était-il ? L'avait-on mutilé ? Était-il habillé ?

Yehuda et le vieux Benjamin la considérèrent avec dégoût.

— Vous osez introduire une dépravée parmi nous ? s'indigna le prêteur sur gages.

— Une dépravée ? Une dépravée ? répéta Simon, à nouveau sur le point de frapper quelqu'un, si bien que Mansur dut le retenir. Yehuda a jeté un malheureux petit garçon dans un égout et vous vous permettez de traiter autrui de dépravé ?

Adelia quitta la pièce, abandonnant Simon au milieu de sa tirade. Il y avait ici quelqu'un d'autre qui était susceptible de répondre à ses interrogations.

Lorsqu'elle repassa par la grand-salle pour rejoindre la cour, le collecteur d'impôts s'en avisa et il délaissa un instant le shérif pour donner des instructions à son écuyer.

— Le Sarrasin n'est pas avec elle, au moins ? s'inquiéta Pipin qui se massait encore les reins.

— Vois seulement à qui elle parle.

Adelia traversa la cour ensoleillée en direction du coin où les femmes juives étaient rassemblées. Elle reconnut celle qu'elle cherchait à sa jeunesse et au fait qu'elle était la seule à s'être vu accorder une chaise pour s'asseoir. Ainsi qu'à son ventre renflé. Enceinte de huit mois au moins, estima Adelia.

Elle s'inclina devant la fille de Chaim.

— Maîtresse Dina ?

D'énormes yeux sombres et méfiants se posèrent sur elle.

— Oui ?

Cette petite était trop maigrichonne, vu son état ; son abdomen arrondi évoquait une protubérance parasite sur une plante chétive. Ses cernes et ses joues creuses formaient des zones d'ombre sur sa peau pareille à du vélin.

Adelia, médecin avant tout, songea : « Toi, ma fille, tu aurais besoin de goûter à la cuisine de Gyltha ; j'en fais mon affaire. »

Elle se présenta comme Adelia, fille de Gershom de Salerne, même si son père adoptif n'était pas pratiquant – ce n'était pas le moment d'aborder le chapitre de l'apostasie paternelle ni de sa propre irréligion.

— Pourrais-je m'entretenir avec vous ? demanda Adelia, avant de jeter un regard à la ronde aux femmes qui se pressaient autour d'elles. Seule ?

Dina demeura un moment sans réaction. Elle avait sur la tête un voile de gaze presque transparente pour se prémunir du soleil – une coiffure recherchée qui n'était pas faite pour être portée tous les jours. Le vieux châle drapé sur ses épaules laissait entrevoir une cotte de soie cousue de perles. « Elle a encore sur le dos les vêtements dans lesquels elle s'est mariée », pensa Adelia avec pitié.

Finalement, d'un geste de la main, Dina dispersa les autres femmes ; même prisonnière, même orpheline comme elle l'était, Dina jouissait toujours parmi celles de son sexe du statut de fille du Juif le plus riche du Cambridgeshire. Et elle s'ennuyait ; recluse avec ses compagnes depuis un an, elle avait déjà dû entendre tout ce que celles-ci avaient à dire – et plus d'une fois.

— Oui ? s'enquit la jeune fille, soulevant son voile.

Elle avait peut-être seize ans, pas plus, et elle était adorable, mais son visage commençait à se figer en un masque amer. Sitôt informée de ce qu'Adelia voulait, elle se détourna.

— Je refuse d'en parler.

— Il importe de capturer le véritable meurtrier.

— Ce sont tous des meurtriers.

Elle pencha la tête de côté, comme pour tendre l'oreille, et leva un doigt pour inciter Adelia à faire de même.

Au loin, par-delà la muraille, s'élevaient les cris de Roger d'Acton, annonçant l'arrivée de l'évêque devant les portes du château. Les mots « Mort aux

Juifs » étaient reconnaissables au milieu de ses vociférations.

— Vous savez ce qu'ils ont fait à mon père ? Vous savez ce qu'ils ont fait à ma mère ? se récria Dina, dont le visage se décomposa, revêtant un aspect plus juvénile encore. Ma mère me manque... Elle me manque tant...

Adelia s'accroupit auprès d'elle, lui prit une main et posa l'autre sur la joue de la jeune fille.

— Elle aurait voulu que vous soyez courageuse.

— J'en suis incapable, geignit Dina, la tête renversée en arrière, laissant libre cours à ses larmes.

Adelia décocha un regard en direction des autres femmes, qui hésitaient nerveusement à approcher, pour les en dissuader.

— Si, vous en êtes capable, lui opposa Adelia, avant de guider la main de Dina jusqu'à son ventre rebondi. Votre mère voudrait que vous vous montriez courageuse pour son petit-fils.

Mais Dina était toute à son chagrin, auquel se mêlait la terreur.

— Ce bébé aussi, ils le tueront ! se lamenta-t-elle, ouvrant de grands yeux. Vous ne les entendez pas ? Ils finiront par entrer. Ils finiront par entrer !

Quel sort horrible que celui de ces Juifs... Adelia avait essayé de se représenter leur solitude, leur ennui, mais elle n'avait pas envisagé l'angoisse quotidienne, semblable à celle d'un animal pris dans un piège, attendant la venue des loups. Impossible d'oublier la meute à l'affût dehors, les hurlements de Roger d'Acton l'interdisaient.

Adelia tapota le dos de Dina pour la réconforter, sans grand effet.

— Le roi ne le souffrira pas. Et votre mari est là pour vous protéger.

— Lui.

Le mépris sécha instantanément ses larmes.

Était-ce le roi qu'elle raillait ainsi ? Ou Yehuda ? Dina n'avait sans doute jamais posé les yeux sur l'homme qu'elle devait épouser avant le jour de son mariage, et Adelia avait toujours trouvé que ce n'était pas une bonne tradition. La loi juive prohibait de marier une jeune femme contre sa volonté, mais trop souvent, cela signifiait seulement qu'on ne pouvait la forcer à épouser un homme qu'elle détestait. Adelia elle-même n'avait échappé au mariage qu'en vertu de l'ouverture d'esprit de son père adoptif, qui avait respecté son désir de rester célibataire. « Les bonnes épouses sont légion, Dieu merci, mais les bons médecins sont rares, avait-il commenté. Et une bonne femme médecin l'est encore plus que les rubis. »

Dans le cas de Dina, ses noces atroces et la réclusion qui avait suivi ne présageaient guère le bonheur conjugal.

— Écoutez, dit sèchement Adelia, si vous ne voulez pas que votre bébé passe le restant de ses jours dans ce château et que le tueur continue à assassiner d'autres enfants, dites-moi ce que je veux savoir. Pardonnez-moi, ajouta-t-elle, poussée par le désespoir, mais par extension, il a aussi tué vos parents.

De ses beaux yeux mouillés de larmes, Dina dévisagea Adelia comme si elle avait affaire à une innocente.

— Mais c'était le but. Vous ne le savez donc pas ?
— Je ne sais pas quoi ?
— Pourquoi on a tué ce garçon. Nous, nous le savons. C'était seulement pour pouvoir nous accuser.

Sinon, pourquoi aurait-on jeté son cadavre chez nous ?

— Non, s'insurgea Adelia, non !

— Bien sûr que si, affirma Dina, la bouche déformée par un rictus hideux. Tout était prévu. Ensuite, on a lâché la populace… « Mort aux Juifs ! Mort à Chaim l'usurier ! » C'est ce que la foule criait et c'est ce qui s'est passé.

De la porte, en écho, comme répété par un perroquet, leur parvint un cri : « À mort les Juifs ! »

— D'autres enfants sont morts depuis, fit valoir Adelia, décontenancée par une idée inédite.

— Eux aussi, on les a immolés afin que la populace ait une excuse pour venir pendre ce qui reste de nous, poursuivit Dina, inexorable, avant de finir par craquer. Vous savez que ma mère s'est interposée pour me protéger ? Vous le saviez ? C'est pour ça qu'elle s'est fait mettre en pièces, et pas moi.

Soudain, elle se cacha la figure dans ses mains et se mit à se balancer d'avant en arrière, comme son mari quelques instants auparavant, si ce n'est que Dina priait pour les morts :

— *Oseh sholom bimromov, hu ya'aseh sholom olaynu, v'al kol yisroel. Omein.*

— *Omein.*

« Que celui qui établit la paix dans ses hauteurs, l'établisse parmi nous et sur tout Israël, traduisit Adelia. Si vous êtes là, Seigneur, exaucez cette prière. »

Bien sûr, il était logique que les Juifs discernent une intention délibérée de leur nuire derrière leurs malheurs, une machination des goyim pour les exterminer en échange de la vie de quelques enfants. Dina n'avait pas à se demander pourquoi ; l'histoire lui fournissait la réponse.

Avec douceur, mais fermeté, Adelia écarta les mains de la jeune fille afin de pouvoir la regarder en face.

— Écoutez-moi. Les meurtres de ces enfants ont été commis par un homme et un seul. J'ai vu leurs corps et les violences qu'ils ont subies sont si terribles que je ne vous dirai pas en quoi elles consistent. Il fait ça parce qu'il est en proie à des appétits qui nous sont inconnus, parce qu'il n'est pas humain au sens où nous l'entendons. Simon de Naples est ici, en Angleterre, pour disculper les Juifs, mais je ne vous demande pas de l'aider parce que vous êtes juive. Je vous le demande parce qu'il est contraire à toutes les lois, aussi bien divines qu'humaines, que des enfants souffrent comme ces petits ont souffert.

Les bruits du château avaient entamé leur long crescendo quotidien, ravalant les divagations de Roger d'Acton au rang de simples piaillements.

Un bœuf qui attendait qu'on le nourrisse ajoutait ses mugissements au crissement de la meule sur laquelle des écuyers aiguisaient les armes de leur maître. Des soldats s'exerçaient. Des enfants que l'on venait de laisser sortir dans le jardin du shérif riaient et criaient.

Dans la lice, un collecteur d'impôts résolu à maigrir un peu s'entraînait à l'épée en bois en compagnie de chevaliers.

— Que désirez-vous savoir ? s'enquit Dina.

Adelia lui prit la joue dans la main.

— Votre courage est digne de celui de votre mère, lui assura-t-elle, avant de prendre une grande inspiration. Dina, vous avez vu le corps sur la pelouse avant qu'on éteigne les lumières et qu'on l'enveloppe dans une nappe pour l'emporter. Dans quel état était-il ?

— Le pauvre enfant, se désola Dina.

Elle fondit en pleurs, mais cette fois-là, ce n'était ni pour elle, ni pour son bébé, ni pour sa mère.

— Le pauvre petit, sanglota-t-elle. On lui avait coupé les paupières.

CHAPITRE 8

— Je devais m'en assurer, se défendit Adelia. La mort de cet enfant aurait pu être le fait de quelqu'un d'autre que notre meurtrier, voire accidentelle... les lésions auraient même pu être postérieures au décès.

— C'est fréquent, convint Simon. Les victimes d'accidents mortels se traînent souvent jusqu'à la pelouse des Juifs les plus proches.

— Il était impératif de vérifier qu'il était bien mort de la même manière que les autres. Nous devions en avoir la preuve.

Adelia était tout aussi exténuée que Simon, même si les indignités que les Juifs avaient fait subir au corps retrouvé sur leur pelouse ne la révulsaient pas autant – elle les aurait plutôt plaints.

— Nous sommes désormais certains que les Juifs ne sont pas coupables, fit-elle valoir.

— Et qui le croira ? rétorqua Simon, résolument démoralisé.

Ils étaient à table. Les derniers rayons du soleil, qui pénétraient directement par les fenêtres biscornues, réchauffaient la pièce et rehaussaient d'or le pichet en étain devant Simon. Afin d'économiser le vin, il s'était rabattu sur la bière anglaise. Mansur, lui, buvait de l'orgeat préparé à son intention par Gyltha.

— Pourquoi ce chien leur coupe-t-il les paupières ? demanda-t-il.

— Je n'en sais rien, répondit Adelia.

Elle préférait ne pas s'appesantir.

— Vous voulez savoir ce que je pense ? lança Simon.

Elle n'en avait aucune envie. À Salerne, on lui apportait des cadavres, parmi lesquels ceux de personnes décédées dans des circonstances suspectes, elle les examinait, elle rendait ses conclusions à son père adoptif qui, à son tour, les transmettait aux autorités et l'on remportait les cadavres. Parfois, mais toujours a posteriori, elle apprenait ce qu'il était advenu de l'auteur du crime – si on l'avait retrouvé ou non. C'était la première fois qu'elle prenait personnellement part à la traque d'un tueur, et elle n'aimait vraiment pas ça.

— Je pense qu'ils meurent trop vite à son goût, déclara Simon. Je pense qu'il veut jouir de leur attention même après leur mort.

Adelia détourna la tête et contempla des moucherons qui dansaient dans un rai de soleil.

— Je sais déjà ce que moi je lui couperai une fois que nous l'aurons attrapé, inch Allah, commenta Mansur.

— Et je prêterai main-forte, acquiesça Simon.

Deux hommes si différents. L'Arabe, à contre-jour sur sa chaise, les traits quasi indistincts au milieu des plis blancs de sa coiffure ; le Juif, penché en avant, faisant pivoter du bout des doigts le pichet, la pommette ourlée de soleil. Unanimes.

Pourquoi les hommes étaient-ils persuadés que c'était ce que l'on pouvait subir de pire ? Peut-être l'était-ce, pour eux. Mais c'était en réalité aussi futile que la castration d'un animal dangereux. Le mal causé par cet être-là était par-delà toutes représailles humaines, les souffrances occasionnées étaient de trop grande portée. Adelia eut une pensée pour Agnes, la mère de Harold, qui montait toujours la garde. Elle eut une pensée pour les parents rassemblés autour des petits catafalques dans l'église du prieuré. Elle eut une pensée pour les deux hommes dans la cave de Chaim, priant avant de se faire violence et de se débarrasser de leur effroyable fardeau. Elle eut une pensée pour Dina, sur qui planait une ombre qui ne se dissiperait jamais.

C'était de là que découlait l'idée de damnation éternelle, saisit-elle – de l'impossibilité d'accorder réparation aux malheureux morts de telle manière ou aux proches qu'ils laissaient derrière eux. Pas dans cette vie-là.

— Vous n'êtes pas de mon avis, docteur ?
— Comment ?
— À propos des mutilations.
— Cela n'entre pas dans mes attributions. Je ne suis pas ici afin de comprendre pourquoi un meurtrier accomplit de tels actes, mais pour établir sa culpabilité.

Ses deux compagnons la dévisagèrent.

— Je m'excuse, reprit-elle plus calmement, mais je me refuse à entrer dans sa tête.
— Pour résoudre cette affaire, il se pourrait précisément que nous soyons contraints à cela, docteur... à raisonner comme il raisonne.
— Je vous en laisse le soin, répliqua Adelia. C'est vous le plus subtil.

Simon émit un soupir triste. Ils étaient tous moroses ce soir-là.

— Réfléchissons, préconisa-t-il, que savons-nous de lui pour l'instant ? Mansur ?

— Pas de tués avant le petit saint. Peut-être qu'il est arrivé ici il y a un an.

— Ah, donc tu penses qu'il avait déjà tué ailleurs ?

— Un chacal reste un chacal.

— Certes, reconnut Simon. Mais il pourrait aussi s'agir d'une nouvelle recrue des légions de Belzébuth, commençant tout juste à assouvir ses penchants.

Adelia fronça les sourcils ; l'idée que le tueur puisse être un homme jeune ne s'accordait pas avec l'image qu'elle avait de lui.

Simon redressa la tête.

— Qu'en dites-vous, docteur ?

Adelia soupira à son tour ; elle allait donc devoir intervenir à son corps défendant.

— Nous nous adonnons donc à des suppositions ?

— Difficile de faire autrement.

À contrecœur, car son appréhension ne procédait de guère plus que d'une ombre entrevue dans la brume, Adelia expliqua :

— La frénésie des attaques plaide en faveur de la jeunesse, leur préméditation en faveur de la maturité. Il attire ses victimes dans un endroit isolé comme cette colline. J'imagine que ce doit être pour que personne ne l'entende les torturer. Il se peut qu'il aime prendre son temps. Pas dans le cas du petit Peter, là, il s'est dépêché... mais pour les enfants suivants.

Elle s'interrompit, parce que l'hypothèse était abominable et insuffisamment étayée.

— Il est possible qu'il ne les tue pas immédiatement après leur enlèvement. Cela suggère une certaine patience perverse et un goût pour les tourments prolongés. Compte tenu du jour du rapt, je me serais attendue que le cadavre de sa plus récente victime soit dans un état de décomposition plus avancée, avoua-t-elle en foudroyant du regard Simon et Mansur. Mais cela pourrait tenir à tant d'autres facteurs que c'est une thèse dénuée de poids.

— Fi ! maugréa Simon en repoussant sa coupe comme si elle l'offensait. Ça ne nous avance pas. Nous allons donc en fin de compte devoir nous renseigner sur les allées et venues de quarante-sept personnes, qu'elles portent l'habit ou non. Je vais devoir prévenir ma femme que je ne rentrerai pas de sitôt.

— Encore une chose, poursuivit Adelia. Ça m'a traversé la tête aujourd'hui alors que je discutais avec maîtresse Dina. La pauvre est convaincue que tous ces meurtres sont le fruit d'une conspiration visant à incriminer les siens…

— Il n'en est rien, démentit Simon. Oui, le tueur cherche à compromettre les Juifs avec ses étoiles de David, mais ce n'est pas la raison pour laquelle il tue.

— Je suis d'accord. Quelle que soit la motivation première de ces crimes, elle n'est pas religieuse, ils comportent une part trop importante de cruauté sexuelle.

Adelia marqua une pause. Elle avait beau s'être juré de ne pas pénétrer dans l'esprit du meurtrier, elle sentait qu'elle était en passe de s'y empêtrer.

— Néanmoins, il s'est peut-être dit qu'il pourrait en profiter. Pourquoi avoir abandonné le corps du petit Peter sur la pelouse de Chaim ?

Simon haussa les sourcils. La question ne se posait même pas.

— Chaim était juif et les Juifs sont d'éternels boucs émissaires.

— Et ça réussit très bien, renchérit Mansur. Personne ne soupçonne le tueur et… plus de Juifs, conclut-il, en se passant le pouce sur la gorge.

— Exactement, acquiesça Adelia. Plus de Juifs. Encore une fois, je reconnais que notre homme a certainement choisi d'impliquer les Juifs parce que ça l'arrangeait. Mais pourquoi celui-là en particulier ? Pourquoi ne pas avoir déposé le cadavre près de la maison d'un autre ? Elles étaient vides et plongées dans l'obscurité, vu que toute la Juiverie assistait au mariage de Dina. Si le meurtrier était en bateau, et on peut le présumer, il aurait même pu laisser le corps ici. Cette maison, celle du vieux Benjamin, est toute proche de la rivière. Au lieu de ça, il a pris un risque inutile et opté pour le jardin de Chaim, qui était bien éclairé.

Simon se pencha encore un peu plus en avant, au point que son nez touchait presque l'une des chandelles posées sur la table.

— Continuez.

Adelia eut un haussement d'épaules.

— Je me borne à constater le résultat final. On accuse les Juifs, une émeute s'ensuit, dans la panique, Chaim, le plus grand prêteur de Cambridge, finit pendu et là-dessus, la tour abritant le registre de toutes les créances détenues par les usuriers du comté, dont Chaim, part en fumée.

— Il devait de l'argent à Chaim ? Une fois sa perversion assouvie, notre meurtrier aurait en prime cherché à effacer ses dettes ? rumina Simon. Mais comment aurait-il pu prédire que les émeutiers incendieraient la tour ? Ou même qu'ils s'en prendraient à Chaim et le pendraient ?

— Il est dans la foule, avança Mansur, dont la voix de fausset se mua alors en glapissements. « Mort aux Juifs. Mort à Chaim. À bas l'usure impie. Au château, bonnes gens. Et prenez des torches. »

Alarmé par le bruit, Ulf pointa la tête au-dessus de la balustrade de la galerie, semblable à un pissenlit blanc et hirsute dans la pénombre. Adelia agita l'index dans sa direction.

— Au lit.

— Pourquoi que vous baragouinez dans votre patois ?

— Pour que tu ne puisses pas comprendre. File.

Ulf se redressa un peu plus derrière la rambarde.

— Vous pensez que c'est pas les Judas qu'ont fait son affaire à Peter et aux autres, en fin de compte ?

— Non, répondit Adelia. Peter était mort quand ils l'ont trouvé sur la pelouse, ajouta-t-elle, puisque, après tout, c'était Ulf qui avait découvert et lui avait montré la rigole. Ils ont eu peur et ils se sont débarrassés du corps par l'égout pour ne pas attirer les soupçons.

— Drôlement malin, ironisa Ulf avec un grognement écœuré. Qui c'est qui y a fait son affaire, alors ?

— Nous n'en savons rien. Quelqu'un qui voulait faire porter le chapeau à Chaim et qui lui devait peut-être de l'argent. Au lit.

Simon leva la main pour retenir l'enfant.

— Nous ne savons pas, mon petit, mais nous essayons de le déterminer.

Il s'adressa à Adelia en salernitain :

— Ce garçon est intelligent. Il nous a déjà rendu service. Il pourrait nous servir d'informateur.

— Non, s'insurgea Adelia, surprise par sa propre véhémence.

— Je peux aider, fit valoir Ulf, se détachant de la balustrade pour dévaler l'escalier à toutes jambes.

Je suis un fin limier. Je connais le patelin comme ma poche.

Gyltha entra pour allumer les chandelles.

— Ulf, va te coucher avant que je te donne à manger aux chats.

— Dis-y, mamie, se récria Ulf au désespoir. Dis-y que j'ai le chic pour lever la bonne piste. Et j'en entends aussi, pas vrai, mamie ? J'entends des trucs que personne entend pasqu'on fait pas attention à moi, je peux aller partout... J'ai le droit, mamie, Harold et Peter étaient mes amis.

Le regard de Gyltha croisa celui d'Adelia et la terreur fugitive que cette dernière y lut lui indiqua que la maîtresse de maison savait comme elle que le meurtrier frapperait à nouveau.

Un chacal restait un chacal.

— Ulf pourrait nous accompagner demain pour nous montrer où les corps des trois enfants ont été retrouvés, proposa Simon.

— C'est au pied du Ring, objecta Gyltha. J' veux pas que le p'tiot aille là-bas.

— Mansur sera avec nous. Le tueur ne vit pas sur cette colline, mais en ville, Gyltha. C'est en ville que les enfants ont été enlevés.

Gyltha se tourna vers Adelia qui, de la tête, l'encouragea à accepter. Ulf serait plus en sécurité avec eux que s'il menait l'enquête seul à Cambridge.

Gyltha réfléchit.

— Et les malades ?

— Il n'y aura pas de consultations demain, décréta Simon avec autorité.

À quoi Adelia répliqua avec tout autant d'autorité :

— Sur le chemin de la colline, le docteur rendra visite aux patients les plus mal en point d'hier. Je veux m'assurer que ce petit qui toussait va mieux.

Et l'amputé a besoin qu'on lui change son pansement.

— Nous aurions dû nous établir astrologues, se lamenta Simon. Ou avoués. Une profession insignifiante. Le joug des obligations que fait peser sur nos épaules le serment d'Hippocrate me semble bien lourd.

— Il l'est, confirma Adelia.

Au sein de son panthéon restreint, Hippocrate régnait en maître.

Ulf condescendit à regagner le cellier où il dormait avec les servantes, Gyltha se retira à la cuisine et les trois Salernitains reprirent leurs délibérations.

Simon tambourina des doigts sur la table, pensif, puis s'arrêta.

— Mansur, mon bon et clairvoyant ami, je crois que tu as raison, notre tueur se cachait dans la foule il y a un an, pour appeler à la mort de Chaim. Qu'en dites-vous, docteur ?

— C'est possible, admit Adelia avec circonspection. En tout cas, Dina était certaine que la foule était animée d'une volonté maligne.

« Mort aux Juifs », la revendication favorite de Roger d'Acton. Il n'aurait pas été étonnant qu'un tel énergumène se montre aussi ignoble en actes qu'en paroles.

Elle s'en ouvrit, mais fut aussitôt prise d'un doute. Le meurtrier des enfants était vraisemblablement enjôleur. Elle imaginait mal la timide Mary se laisser tenter par d'Acton, quelle que soit la quantité de confiseries promise. Le bougre manquait de ruse, c'était un bouffon hideux et incohérent. Et étant donné son mépris pour les Juifs, il était peu probable qu'il se soit endetté auprès de l'un d'eux.

— Pas forcément, allégua Simon. J'ai vu des hommes sortir de la maison de change de mon père en fustigeant les usuriers, alors que leur bourse était remplie de son or. De toute manière, ce drôle s'habille de laine peignée et nous devons vérifier s'il était à Cambridge aux dates correspondantes.

Il était de meilleure humeur ; en fin de compte, il ne tarderait pas tant que ça à retourner auprès de sa famille.

— *Au loup** *!* Nous sommes sur la bonne piste, expliqua-t-il, amusé par la perplexité de ses compagnons. Nous sommes de fiers nemrods. Seigneur, si j'avais connu plus tôt l'exaltation de la traque, j'aurais délaissé mes études au profit de la chasse. *Taïaut** *!* N'est-ce pas le cri que l'on pousse ?

— Il me semble que les Anglais disent plutôt « *Halloo* » et « *Tally-ho* », le corrigea gentiment Adelia.

— Vraiment ? Que la langue s'altère vite. Enfin. Il n'en reste pas moins que notre proie est en vue. Demain, je me rendrai au château et grâce à ce remarquable organe, annonça-t-il en tapotant son nez qui frémissait comme celui d'une musaraigne aux aguets, j'éventerai qui dans cette ville était endetté auprès de Chaim et renâclait à le rembourser.

— Pas demain, protesta Adelia. Demain, nous allons à Wandlebury Hill.

Pour battre la colline, ils ne seraient pas trop de trois. Plus Ulf.

— Après-demain, dans ce cas, concéda Simon sans se démonter.

Il leva sa coupe à la santé d'Adelia, puis de Mansur.

— Nous sommes sur ses traces, mes chers. Un homme d'âge mûr, qui était à Wandlebury Hill il y a trois nuits et à Cambridge tels et tels jours, un homme lourdement engagé auprès de Chaim, marchant en tête de la foule qui réclamait la tête de son créancier. Et ayant accès à de la laine peignée noire.

Simon but une longue gorgée et s'essuya la bouche.

— Nous connaissons presque la pointure de ses bottes, se réjouit-il.

— Il s'agit peut-être de quelqu'un d'entièrement différent, déclara Adelia.

À cette liste, elle aurait ajouté un masque de cordialité, car si, comme Peter, les autres enfants avaient rejoint le tueur de leur plein gré, c'est qu'ils y avaient été amenés par le charme, voire l'humour.

Elle repensa au gros collecteur d'impôts.

Gyltha, qui ne faisait pas crédit aux gens qui veillaient trop tard, entra pour débarrasser alors qu'ils étaient encore attablés.

— Dites, montrez voir vot' friandise, lança-t-elle à Adelia. J'ai l'oncle de Matilda B à la cuisine et il s'y connaît en confiserie. Y se pourrait qu'il en ait déjà vu des comme ça.

À Salerne, on n'aurait jamais toléré cela, songea Adelia en gravissant péniblement l'escalier. Chez ses parents, sa tante avait non seulement soin que les serviteurs connaissent leur place, mais s'y tiennent, et ne s'expriment – avec respect – que si l'on s'adressait à eux.

« D'un autre côté, médita-t-elle, qu'est-ce qui est préférable ? Leur déférence ou leur assistance ? »

Elle redescendit avec la friandise retrouvée dans la chevelure de Mary et la déposa sur la table dans son carré de tissu. Simon eut un mouvement de recul. L'oncle de Matilda B le poussa d'un doigt mollasse, puis secoua la tête.

— Vous êtes sûr ? insista Adelia en inclinant une chandelle pour qu'il ait plus de lumière.

— C'est un jujube, commenta Mansur.

— M'a tout l'air d'être à base de sucre, estima l'oncle. Trop cher pour ma clientèle, nous, on se sert de miel pour adoucir.

— Qu'est-ce que tu as dit ? demanda Adelia à Mansur.

— C'est un jujube. Ma mère, qu'Allah l'agrée, m'en faisait.

— Un jujube, répéta Adelia. Bien sûr. On en confectionnait dans le quartier arabe, à Salerne. Oh, Seigneur...

Elle s'affaissa sur sa chaise.

— Quoi ? s'exclama Simon en se levant d'un bond. Qu'est-ce qu'il y a ?

— Ce n'était pas « Jujus », mais « jujubes »...

Elle ferma les yeux, à peine capable de supporter l'image renouvelée d'un petit garçon agitant la main avant d'être avalé par l'ombre des arbres.

Lorsque Adelia rouvrit les paupières, Gyltha avait fait sortir Matilda B et son oncle de la pièce, puis était revenue. Ses compagnons interloqués la dévisageaient.

— Voilà ce que disait le petit saint Peter, expliqua Adelia en anglais. Ce qu'Ulf m'a rapporté. D'après lui, Peter aurait crié à son ami Will qu'il devait voir quelqu'un pour les Jujus. Mais en fait, non. Il devait voir quelqu'un pour des jujubes. Comme Will n'avait jamais entendu ce mot auparavant, il a compris « Jujus ».

Tous quatre se turent. Gyltha avait tiré une chaise et pris place avec eux, les coudes sur la table, le front dans les mains.

Ce fut Simon qui rompit le silence.

— Bien sûr. Vous avez raison.

Gyltha releva la tête.

— Sûr que c'est avec ça qu'y z'ont été appâtés. Mais j'en avais jamais entendu causer.

— Il se peut qu'ils proviennent d'un marchand arabe, fit observer Simon. Il s'agit de friandises arabes. Nous recherchons donc quelqu'un qui a un lien avec l'Orient.

— Peut-être un croisé qui a un faible pour les sucreries, suggéra Mansur. Ils en rapportent souvent à Salerne, peut-être qu'il y en a un qui en a rapporté ici.

— Tout à fait, opina Simon, s'échauffant à nouveau. Tout à fait. Notre meurtrier a séjourné en Terre sainte.

Et une fois de plus, ce ne fut pas à sire Gervase ou à sire Joscelin qu'Adelia pensa, mais à un autre croisé – le collecteur d'impôts.

À l'instar des chevaux, les moutons rechignent à marcher sur les corps à terre. Aussi, quand une trouée était apparue au milieu du troupeau que le vieux Walt emmenait paître à Wandlebury Hill, cela avait été comme si un prophète inaperçu avait scindé le flot de toisons. Le temps que le berger atteigne l'obstacle, la mer de moutons s'était refermée.

Mais son chien s'était mis à hurler.

Le spectacle des cadavres d'enfants et de l'étrange objet de vannerie posé sur la poitrine de chacun avait rompu le fil d'une vie au sein de laquelle les seuls ennemis étaient le mauvais temps et les prédateurs à quatre pattes qu'il était aisé de mettre en fuite.

Le vieux Walt s'efforçait donc d'en réparer la trame. Ses mains sèches et plissées repliées sur sa houlette, un sac sur sa tête baissée et ses épaules, les yeux pareils à deux billes renfoncées, il marmottait tout seul, le regard fixé sur le coin d'herbe où il avait découvert les corps.

Selon Ulf, assis non loin, il priait la Bonne Dame pour, « comme qui dirait, guérir les lieux ».

Adelia s'était éloignée de quelques pas et avait choisi une touffe d'herbe sur laquelle elle s'était installée, Sauvegarde à ses pieds. Elle avait bien tenté de questionner le berger, mais le regard de ce dernier avait glissé sur elle sans la voir, elle s'en était bien aperçue, comme si la vision d'une étrangère s'écartait tellement de son expérience personnelle qu'Adelia lui était invisible.

La tâche incombait donc à Ulf qui, comme le vieux Walt, était natif de la région et pouvait par conséquent prétendre à une position solide dans le paysage.

Et quel bizarre paysage ! À gauche d'Adelia, le sol descendait vers les plaines marécageuses des *fens* et l'océan des aulnes et des saules qui en dissimulait les secrets. Sur la droite, au loin, s'élevait le sommet dégarni de la colline aux flancs boisés où Simon, Mansur, Ulf et elle avaient passé les trois heures précédentes à inspecter les mystérieuses dépressions dans la terre et à se pencher pour regarder sous les fourrés, en quête de la tanière où avaient été commis les meurtres – sans succès.

Une faible pluie tombait par intermittence au gré des nuages qui tour à tour voilaient et dévoilaient le soleil.

La proximité de ce Golgotha déteignait sur tous les bruits de la nature : pour Adelia, le chant des fauvettes, le crépitement des gouttes sur les feuilles, le grincement d'un vieux pommier oscillant sous l'effet du vent, les grommellements de Simon le citadin quand il trébuchait, le craquettement sec de l'herbe arrachée par les moutons qui broutaient, étaient assourdis par un lourd silence résonnant de hurlements inentendus.

Elle avait donc été soulagée d'avoir une excuse pour s'absenter quand elle avait aperçu au loin le vieux Walt, le berger du prieuré – car ses bêtes étaient les ouailles de Saint-Augustin – et était partie lui parler avec Ulf, laissant Mansur et Simon poursuivre les recherches.

Pour la dixième fois, elle réexamina le raisonnement qui les avait conduits en cet endroit. Les enfants étaient morts en terrain crayeux ; cela ne faisait aucun doute.

On les avait découverts dans du limon, là, sur un sentier de pâtre boueux qui aboutissait à Wandlebury Hill. Et ce, le matin même qui avait suivi l'irruption d'étrangers sur la colline.

Ergo les cadavres avaient été déplacés pendant la nuit. Exhumés de leur sépulture de craie. Et le plus proche gisement de craie, le seul affleurement crayeux dont on avait pu les tirer dans ce laps de temps était Wandlebury Ring.

Elle se tourna vers la colline, clignant des yeux à cause du crachin, et constata que Simon et Mansur avaient disparu.

Ils devaient explorer les sombres tranchées encaissées bordées d'arbres qui avaient jadis été des fossés circulaires.

Quel peuple antédiluvien avait creusé ces fortifications et à quelle fin ? Adelia se surprit à se demander si le sang de ces petits était le seul qui eût été versé sur ce sol. Se pouvait-il qu'un lieu soit intrinsèquement mauvais et attire la noirceur présente en chacun, ainsi qu'il avait attiré le tueur ?

À moins que Vesuvia Adelia Rachel Ortese Aguilar ne fût aussi portée aux superstitions que ce vieil homme psalmodiant des incantations au-dessus de quelques brins d'herbe...

— Va-t-il daigner nous parler, oui ou non ? glissa-t-elle à Ulf à voix basse. Il doit savoir s'il existe une grotte là-haut. Ou autre chose...

— Y monte plus là-haut, répliqua Ulf à voix basse lui aussi. Y dit qu' le Malin y danse certains soirs. Les trous, c'est les empreintes de ses sabots.

— Il laisse ses brebis y grimper.

— Y a pas meilleure pâture à la ronde, en cette saison. Et z'ont le chien avec elles. Les chiens, ça y sent quand que'qu' chose va pas.

Un chien intelligent, qui n'avait eu qu'à retrousser les babines pour que Sauvegarde, terrifié, batte en retraite.

À quelle Bonne Dame le vieux Walt en appelait-il ? s'interrogea Adelia. Marie, la mère de Jésus ? Ou une mère plus ancienne ?

L'Église n'avait pas réussi à supplanter toutes les divinités de la terre ; pour ce berger, les dépressions de cette colline étaient vraisemblablement les traces d'une abomination antérieure de plusieurs millénaires au Satan chrétien.

Il lui vint l'image d'un gigantesque monstre cornu foulant aux pieds ces enfants. Aussitôt, elle s'en voulut – qu'est-ce qui lui arrivait ?

En plus, elle commençait à être trempée et à avoir froid.

— La barbe ! Demande-lui s'il a déjà aperçu pour de bon le Malin, là-haut.

Ulf relaya la question dans un chuchotement chantant qu'Adelia ne put déchiffrer. Le vieil homme répondit de même.

— Y s'en approche pas, qu'y dit. Et j'y ferai pas grief. Mais l'a vu le feu certains soirs.
— Quel feu ?
— Des lumières. Le feu du Malin, d'après Walt. Çui qu'y danse autour.
— Un feu comment ? Quand ? Où ?

Mais ce chapelet de questions menaçait le pacte que le berger s'efforçait de conclure avec l'esprit des lieux. Ulf fit signe à Adelia de se taire et elle s'en retourna à ses réflexions sur les esprits, bons et mauvais.

Ce jour-là, elle était heureuse d'avoir sous sa cotte la petite croix en argent que Margaret lui avait offerte, même si c'était surtout pour sa nourrice qu'elle la portait.

Non qu'elle eût quoi que ce soit contre la religion du Nouveau Testament ; en elle-même, elle était douce et miséricordieuse. De fait, agenouillée au chevet de Margaret agonisante, c'était Jésus qu'Adelia avait imploré de sauver sa nourrice. Il n'avait pas exaucé ses prières, mais Adelia ne lui en tenait pas rigueur. Le vieux cœur aimant de Margaret était trop fatigué et au moins, elle avait eu une fin paisible.

Non, ce à quoi Adelia trouvait à redire, c'était à la représentation de Dieu promulguée par l'Église, celle d'un tyran mesquin, stupide, cupide, rétrograde et archaïque qui, après avoir créé un monde d'une diversité prodigieuse, aurait interdit toute exploration de sa complexité, laissant Ses créatures errer à tâtons dans l'ignorance.

Et ces mensonges ! À sept ans, alors qu'elle apprenait à lire au couvent San Giorgio, Adelia était toute prête à croire ce que lui racontaient les sœurs et la Bible… et puis un jour, mère Ambrose avait abordé cette histoire de côte.

Le berger, qui avait achevé ses invocations, déclara quelque chose à Ulf.

— Qu'est-ce qu'il dit ?

— Y parle des corps, ce que l' diab' leur a fait.

Il était visible que le vieux Walt traitait Ulf en égal. Peut-être le fait que l'enfant sache lire le haussait-il aux yeux du pâtre à un niveau suffisant pour annuler leur différence d'âge, songea Adelia.

— Et là ?

— Y dit qu'il avait jamais rien vu de pareil, pas d'puis la dernière fois que le Malin était venu et qu'il avait fait la même chose à plusieurs brebis.

— Ah.

Un loup ou autre, assurément.

— L'espérait que l' saligaud recommencerait plus, mais l'est revenu.

Ce que le Malin avait fait aux brebis...

— Qu'est-ce qu'il leur avait fait ? lâcha-t-elle. Quelles brebis ? Quand ?

Ulf transmit la question et traduisit la réponse :

— L'année de la grande tempête, que c'était.

— Pour l'amour de Dieu... peu importe. Qu'a-t-il fait des carcasses ?

Dans un premier temps, Adelia et Ulf utilisèrent des branches en guise de bêches, mais la craie était trop friable pour être déblayée par blocs et ils en furent réduits à creuser à la main.

— Pourquoi qu'on cherche des ossements ? s'enquit Ulf, non sans motif.

— Ces brebis n'ont pas été attaquées par un renard, un loup ou un chien, mais par quelqu'un, le vieux Walt nous l'a dit.

— Le Malin, qu'il a dit.

— Le Malin n'existe pas. N'a-t-il pas affirmé que les blessures étaient similaires ?

Le visage d'Ulf revêtit une expression fermée, signe – Adelia commençait à le connaître – que la description des blessures que lui avait faite le berger l'avait affecté.

Peut-être n'aurait-il pas dû entendre cela, pensa Adelia. Mais il était trop tard.

— Continue à creuser. En quelle année c'était, la grande tempête ?

— L'année où que le clocher de Saint-Ethel est tombé.

Adelia soupira. Dans le monde d'Ulf, on ne comptait pas les saisons, on ne fêtait pas les anniversaires et seuls les événements qui sortaient de l'ordinaire marquaient le passage du temps.

— À combien ça remonte ? En Noëls ? hasarda-t-elle pour l'aider.

— C'tait pas à la Noël, c'tait à la primevère, objecta Ulf.

Mais la mine d'Adelia, maculée de craie, l'incita à faire travailler ses méninges.

— Six ou sept Noëls.

— Creuse.

Il y avait six ou sept ans.

À cette époque-là, il y avait à Wandlebury Ring une bergerie dans laquelle le vieux Walt enfermait le troupeau la nuit. Jusqu'à ce qu'un matin il trouve la porte arrachée et un carnage dans l'herbe alentour.

Mis au courant, le père Geoffrey avait rejeté les histoires de diable de son berger. Un loup, avait-il tranché, avant de lancer une battue pour le retrouver.

Mais Walt savait qu'il ne s'agissait pas d'un loup, les loups ne faisaient pas des choses pareilles – pas ça. Il avait creusé une fosse au pied de la colline, à l'écart des pâturages, et il y avait jeté les carcasses une par une avant de les ensevelir, « 'stoire qu'elles soient enterrées digne », comme il l'avait expliqué à Ulf.

Quelle âme tourmentée aurait pu ainsi larder une brebis de coups de couteau ?

Il n'y en avait qu'une. Plût à Dieu qu'il n'y en eût qu'une.

— Là, annonça Ulf, qui venait de dégager un crâne allongé.

— Très bien, le félicita Adelia, qui de son côté du trou qu'ils avaient ménagé venait elle aussi de rencontrer des os. C'est l'arrière-train qui nous intéresse.

Le berger leur avait facilité la tâche. Dans son désir de permettre à ses bêtes de reposer en paix, il avait soigneusement disposé leurs dépouilles les unes à côté des autres, commes celles de soldats morts sur le champ de bataille.

Adelia déterra l'un des squelettes et s'assit, la croupe en travers des genoux, pour la débarrasser de la craie. Il lui fallut patienter jusqu'à la fin d'une averse afin d'avoir assez de lumière et procéder à l'examen.

— Ulf, va chercher maître Simon et Mansur, enjoignit-elle à l'enfant lorsqu'elle en eut terminé.

Les os étaient nus, sans le moindre vestige de laine, ce qui confirmait qu'ils étaient là depuis longtemps. Ils présentaient de terribles lésions au niveau de ce qui, chez un porc – le seul animal dont l'anatomie était familière à Adelia –, aurait été le pelvis et le pubis. Le vieux Walt avait raison : ce n'était pas des traces de dents. C'était des marques d'arme blanche.

Une fois Ulf parti, Adelia tendit la main vers sa bourse, en desserra le cordon pour retirer la petite ardoise de voyage qui l'accompagnait partout, ouvrit celle-ci et se mit en devoir de dessiner.

Les sillons que présentaient ces os correspondaient à ceux qu'elle avait relevés sur les enfants ; la lame qui les avait causés n'était peut-être pas la même, mais elle était très similaire, pourvue de facettes grossières.

Quel genre de matériau cela pouvait-il être ? Certainement pas du bois. Ni de l'acier ou même du métal, la forme était trop irrégulière. Acéré, toutefois, effroyablement acéré – la moelle épinière de l'animal était sectionnée.

Était-ce là que le meurtrier avait pour la première fois donné libre cours à sa choquante et perverse frénésie ? Sur des bêtes sans défense ? Déjà, des créatures sans défense...

Mais pourquoi ce hiatus, entre cet incident, six ou sept ans auparavant, et l'année précédente ? De semblables appétits étaient probablement impossibles à contenir aussi longtemps. Sans doute n'étaient-ils pas restés inassouvis ; d'autres animaux avaient dû être tués ailleurs et leur mort attribuée à un loup. Quand avait-il cessé de se satisfaire d'animaux ? Quand avait-il fini par s'en prendre à des enfants ? Le petit saint Peter était-il le premier ?

« Il était ailleurs, devina Adelia. Un chacal reste un chacal. Il a dû y avoir d'autres meurtres dans d'autres endroits, mais cette colline est son lieu d'exécution de prédilection. C'est ici qu'il danse. Il s'était absenté, et il est revenu. »

Adelia referma l'ardoise avec précaution pour la protéger de la pluie, repoussa le squelette et s'allongea à plat ventre pour récupérer d'autres ossements dans la fosse.

Quelqu'un lui souhaita le bonjour.

« Il est revenu », se répéta-t-elle.

L'espace d'un instant, elle demeura pétrifiée, puis roula sur le dos, mal à l'aise et vulnérable, les mains au milieu des squelettes dans la fosse, à deux doigts d'y basculer.

— Encore en grande conversation avec des os ? lança le collecteur d'impôts avec intérêt. Qu'espérez-vous tirer de ceux-là ? Des bêlements ?

Adelia s'avisa que sa cotte, retroussée, dévoilait une bonne partie de ses jambes nues et qu'elle était dans l'incapacité de la rajuster.

Sire Rowley se pencha, l'attrapa par les aisselles et la remit debout comme si elle était une poupée.

— Dame Lazare sortant du tombeau, commenta-t-il. Encore couverte de terre.

Il entreprit d'épousseter Adelia, soulevant d'âcres nuées de craie.

Elle le repoussa, non plus effrayée, mais exaspérée.

— Qu'est-ce que vous fabriquez ici ?

— Promenade de santé, docteur. Vous devriez approuver.

Il rayonnait en effet de vitalité et de bonne humeur ; avec ses joues et son manteau rouges, il tranchait sur la grisaille indifférenciée des environs – on aurait dit un énorme rouge-gorge. Il se découvrit et salua bien bas Adelia, faisant au passage main basse sur l'ardoise. Il fit mine de l'ouvrir par inadvertance, révélant les croquis, qu'il lorgna.

Sa jovialité le quitta. Il s'avança pour contempler le squelette, puis se redressa avec lenteur.

— À quand cela remonte-t-il ?

— Six ou sept ans, répondit Adelia.

« Serait-ce ton œuvre ? s'interrogea-t-elle. Ces yeux bleus rieurs cachent-ils la folie ? »

— Il a donc commencé par des moutons, en déduisit-il.

— Oui.

Un esprit vif ? Ou la ruse nécessaire pour le feindre, sachant déjà ce que présumait Adelia ?

Il serra les dents. C'était un homme différent, bien moins débonnaire qu'elle avait soudain devant elle. Il paraissait plus mince.

La pluie redoubla. Aucune trace de Simon et Mansur.

Soudain, sire Rowley empoigna Adelia par le bras et l'entraîna. Sauvegarde, qui n'avait aucunement averti Adelia de l'approche du collecteur d'impôts, leur emboîta gaiement le pas en gambadant. Bien que consciente qu'elle aurait dû avoir peur, Adelia ne ressentait que de l'indignation.

Ils s'arrêtèrent sous le couvert d'un hêtre et sire Rowley la secoua.

— Pourquoi avez-vous toujours une longueur d'avance ? Qui êtes-vous, bougresse ?

Elle s'appelait Vesuvia Adelia Rachel Ortese Aguilar et il lui faisait mal.

— Je suis un médecin de Salerne et j'exige le respect.

Il considéra ses grosses pattes crispées sur les bras d'Adelia et la libéra.

— Je vous prie de me pardonner, docteur, s'excusa-t-il, essayant de sourire. C'est tout bonnement inadmissible.

Il ôta son manteau, l'étendit avec soin au pied de l'arbre et invita Adelia à s'y asseoir. Elle accepta volontiers ; ses jambes flageolaient.

Il prit place à côté d'elle et reprit d'un ton raisonnable :

— Mais voyez-vous, il me tient particulièrement à cœur de démasquer ce meurtrier et pourtant, chaque fois que je me raccroche à un fil susceptible de me guider au cœur de son labyrinthe, ce n'est pas le Minotaure, mais Ariane que je trouve sur mon chemin.

« Et Ariane qui vous trouve sur le sien », se dit Adelia.

— Puis-je m'informer du fil qui vous a mené ici aujourd'hui ?

Sauvegarde leva la patte contre le tronc de l'arbre, puis s'installa sur un coin inoccupé du manteau.

— Ah, ça. Facile à expliquer. À l'ermitage, vous avez eu la bonté de faire appel à moi pour consigner les confidences que vous ont faites ces pauvres petits concernant le fait qu'on les avait retirés de la craie et déposés dans du limon. Un moment de réflexion m'a même indiqué quand, ajouta-t-il en la regardant. Je suppose que vos hommes sont en train de fouiller la colline.

Adelia hocha la tête.

— Ils ne trouveront rien. Je le sais fort bien, parce que j'ai moi-même consacré les deux dernières nuits à l'arpenter et, croyez-moi, ma dame, ce n'est pas un lieu où il fait bon être à la nuit tombée.

Il tapa du poing sur le manteau entre eux et Adelia sursauta, tandis que Sauvegarde levait le museau.

— Mais c'est bien ici, bon sang ! La piste du Minotaure conduit ici. Ces malheureux garçons nous en ont fourni la preuve.

Il fixa son poing comme s'il le voyait pour la première fois, avant de le rouvrir.

— J'ai donc présenté mes excuses à monseigneur le shérif et j'ai chevauché jusqu'ici pour jeter un nouveau coup d'œil. Et qu'est-ce que je découvre ? Le docteur, à l'écoute d'autres ossements. Voilà, vous savez tout.

Il avait recouvré son entrain.

Malgré la pluie qui avait continué à tomber pendant qu'il parlait, le soleil reparut. « Il est comme ce temps, rumina Adelia. Et non, je ne sais pas tout. »

— Vous aimez les jujubes ? se renseigna-t-elle.

— J'en raffole, ma dame. Pourquoi ? M'en proposeriez-vous ?

— Non.

— Ah.

Il la considéra du coin de l'œil comme on observe quelqu'un qu'il vaut mieux éviter de perturber, puis reprit lentement, avec gentillesse :

— Peut-être pourriez-vous me dire qui vous a chargé de cette enquête, vous et vos compagnons ?

— Le roi de Sicile.

Il hocha la tête avec circonspection.

— Le roi de Sicile, répéta-t-il.

Adelia s'esclaffa. Elle aurait aussi bien pu dire la reine de Saba ou le pape ; il était incapable de reconnaître la vérité, car il n'en avait pas l'usage. « Il me prend pour une folle », devina-t-elle.

Tandis qu'elle riait, le soleil filtrant entre les jeunes feuilles du hêtre se déversait sur elle telle une averse de piécettes en cuivre fraîchement frappées.

Voyant l'expression du collecteur d'impôts changer, elle détourna le regard, dégrisée.

— Rentrez chez vous, lui conseilla-t-il. Regagnez Salerne.

Elle aperçut Ulf, suivi de Simon et Mansur, qui arrivait de la fosse aux brebis et se dirigeait vers eux.

Le collecteur d'impôts reprit contenance. Bonjour, bonjour. Ayant assisté le bon docteur durant son examen post mortem de ces pauvres enfants... il avait comme eux déduit que cette colline devait être le site de... Il avait écumé les alentours sans rien déceler... N'auraient-ils pas, tous les quatre, intérêt à mettre en commun les informations en leur possession pour faire justice de ce monstre ?

Adelia rejoignit Ulf qui, à l'écart, frappait contre sa jambe son bonnet emperlé d'eau pour l'égoutter. L'enfant désigna sire Rowley.

— J' l'aime pas, ç'ui-là.

— Moi non plus, affirma Adelia. Mais Sauvegarde, si.

Le chien avait la tête appuyé contre le genou de sire Rowley, qui caressait distraitement l'animal – même si, soupçonnait Adelia, il risquait plus tard de s'en mordre les doigts.

Ulf émit un grognement de dégoût.

— Pensez que ç'ui qu'a fait son affaire à ces brebis, c'est l' même que pour Harold et les aut' ?

— Oui, confirma-t-elle. L'arme est similaire.

Ulf réfléchit.

— Je m' demande où c' qu'il était dans l'entretemps.

C'était une question sensée ; Adelia se l'était immédiatement posée. Le collecteur d'impôts aurait aussi dû l'interroger à ce sujet. Il n'en avait rien fait.

« Parce qu'il connaît la réponse », songea-t-elle.

Comme ils retournaient en ville dans leur charrette, tels de bons guérisseurs à l'issue d'une journée consacrée à cueillir des herbes, Simon se félicita qu'ils aient uni leurs forces à celles de sire Rowley.

— Il a la cervelle agile, malgré son gabarit, on ne fait pas plus vif. Il a été très intéressé par l'importance que nous accordons à la réapparition de la dépouille du petit saint Peter sur la pelouse de Chaim et, comme il a accès aux comptes du comté, il a promis de m'aider à identifier qui devait de l'argent à Chaim. Et Mansur et lui vont aller enquêter sur les navires marchands arabes pour voir si certains font commerce de jujubes.

— Ventredieu ! se récria Adelia. Vous lui avez tout raconté ?

— Presque, confessa Simon, amusé de son exaspération. Mon cher docteur, si c'est lui le tueur, il est déjà au courant.

— Si c'est lui le tueur, il sait que l'étau se resserre. Et il en sait assez pour souhaiter que nous fichions le camp. Il m'a dit de rentrer à Salerne.

— Oui, en effet. Il se fait du souci pour vous. « Une femme n'a pas sa place dans cette affaire, m'a-t-il sermonné. Vous voulez qu'elle se fasse assassiner dans son sommeil ? » répéta Simon, guilleret, avant d'adresser un clin d'œil à Adelia. Pourquoi faudrait-il qu'on nous assassine dans notre sommeil ? Je me le demande. Pourquoi pas à la table du petit déjeuner ? Ou dans notre bain ?

— Oh, arrêtez, répliqua Adelia. Je ne fais pas confiance à cet homme.

— Moi si, et j'ai une expérience considérable de la nature humaine.

— Il me dérange.

Simon adressa un clin d'œil à Mansur.

— J'ai aussi une expérience considérable de la nature féminine. Je crois qu'il lui plaît.

— Il vous a raconté qu'il avait été croisé ? riposta Adelia, furieuse.
— Non, concéda Simon en se tournant vers elle, dégrisé. Non, il n'en a pas fait état.
— Eh bien, c'est le cas.

CHAPITRE 9

À Cambridge, la coutume voulait que ceux qui revenaient de pèlerinage tiennent un banquet à leur retour. Durant le voyage, les pèlerins avaient noué des liens, conclu des marchés, arrangé des mariages, ils avaient fait l'expérience de l'exaltation et du sacré, leur horizon s'était élargi ; pour ceux qui ont partagé toutes ces choses, il est toujours agréable de se retrouver pour les évoquer et rendre grâce à Dieu d'être rentrés sains et saufs.

L'organisation des festivités avait cette fois-là échu à la prieure de Sainte-Radegonde. Toutefois, comme le couvent était encore pauvre et modeste – même si la mère Joan, avec l'aide du petit saint Peter, entendait bien tout faire pour y remédier –, son chevalier et vassal, sire Joscelin de Grantchester, s'était vu accorder l'honneur de se substituer à elle, dans la mesure où son manoir et ses terres étaient bien plus vastes et plus riches, bien que cette anomalie n'eût rien d'inhabituel parmi les feudataires d'établissements religieux mineurs.

Un fameux hôte, que sire Joscelin. On affirmait que l'année précédente, lorsqu'il avait reçu l'abbé de Ramsay, trente bœufs, soixante porcs, cent cinquante chapons et trois cents alouettes (pour leur langue) avaient été immolés – plus deux chevaliers lors de la mêlée, qui visait à distraire l'abbé, mais avait copieusement dégénéré.

Les invitations étaient donc précieuses et ceux qui n'avaient pas pris part au pèlerinage mais étaient proches des pèlerins, comme les épouses, les filles ou les fils demeurés au foyer, les notables du comté, les chanoines et les religieuses, eussent pris ombrage de ne pas être invités. Et puisque presque tous l'étaient, les meilleurs pourvoyeurs de Cambridge avaient été si occupés qu'ils n'avaient presque pas eu un instant pour louer la prieure de Sainte-Radegonde et son loyal chevalier, sire Joscelin.

Ce fut seulement le matin du banquet qu'un valet arriva de Grantchester avec une invitation à l'intention des trois étrangers de Jesus Lane. À sa grande déception, car il était en livrée et muni de sa trompe pour la circonstance, Gyltha le fit entrer par la porte de service.

— Pas la peine de passer par-devant, Matt, le docteur est en concertation, argua Gyltha.

— Laisse-moi au moins corner, Gyltha. Le maître accompagne toujours ses invitations d'un coup de trompe.

Gyltha l'entraîna à la cuisine pour lui offrir une coupe de bière maison et lui tirer les vers du nez.

Dans la grand-salle, Adelia se débattait avec le dernier patient de la journée du docteur Mansur – elle gardait toujours Wulf pour la fin.

— Wulf, vous n'avez rien. Ni la gourme, ni la fièvre des marais, ni le catarrhe, ni la punaisie, ni la diptérie, dont je n'ai jamais entendu parler... et vous ne faites en aucun cas une montée de lait.

— C'est le docteur qu'y dit ?

De guerre lasse, Adelia se tourna vers Mansur.

— Dis quelque chose, docteur.

— Ce corniaud aurait besoin d'un bon coup de pied au train.

— Le docteur recommande une activité physique régulière au grand air, traduisit Adelia.

— Avec mon dos ?

— Votre dos n'a rien.

Aux yeux d'Adelia, Wulf était un phénomène. Dans une société féodale où tout le monde, à l'exception de la gent commerçante en pleine expansion, devait travailler pour quelqu'un d'autre afin d'assurer sa subsistance, Wulf avait réussi à s'affranchir de la servitude – en fuyant son seigneur d'origine peut-être et, c'était certain, en épousant une lavandière de Cambridge qui ne craignait pas de travailler pour deux. Car lui avait peur de la besogne à s'en rendre littéralement malade. Pour ne pas devenir la risée de ses concitoyens, il lui fallait donc se faire déclarer malade avant de l'être.

Adelia se montrait aussi aimable avec lui qu'avec le reste de sa clientèle – elle se demandait parfois s'il eût été envisageable de se faire envoyer, post mortem, le cerveau de Wulf conservé dans la saumure, afin de déterminer s'il présentait quelque déficience –, mais elle se refusait à compromettre sa déontologie en diagnostiquant une affection physique inexistante ou en prescrivant un traitement inutile.

— Et la simulation ? J'en fais toujours, ça, non ?

— C'est de pire en pire, confirma Adelia, avant de lui claquer la porte au nez.

Il pleuvait toujours, si bien qu'il faisait frisquet, et le seul foyer de chaleur se trouvait hors de la maison, dans la cuisine, antre bruyant parsemé d'ustensiles si terrifiants que, n'eût été les savoureuses odeurs, on eût pu la confondre avec une salle de torture.

Ce jour-là y trônait un objet inédit, un fût en bois semblable à une *lessiveuse** de blanchisseuse. Le plus beau bliaud d'Adelia, en soie safran, qu'elle n'avait pas encore porté en Angleterre, était suspendu au-dessus, à un croc de boucherie, afin de le défroisser grâce à la vapeur. Adelia eût pourtant juré l'avoir laissé à l'étage dans son coffre.

— Qu'est-ce que c'est que tout ça ?
— Un bain, répondit Gyltha. Pour vous.

Adelia n'y était pas hostile ; elle ne s'était pas baignée depuis qu'elle était sortie du bassin carrelé et chauffé de la villa de ses parents adoptifs, construit près de quinze cents ans auparavant par les Romains. Le seau d'eau que Matilda W lui apportait tous les matins au solier n'était guère qu'un pis-aller. Toutefois, la scène qui s'offrait à elle devait s'expliquer par quelque occasion particulière, aussi se renseigna-t-elle.

— Pourquoi ?
— Pas question que vous m'faisiez honte au banquet, déclara Gyltha.

L'invitation que sire Joscelin avait adressée au docteur Mansur et à ses deux assistants, expliqua Gyltha qui avait mené son enquête auprès du messager, résultait d'une suggestion du père Geoffrey – même s'ils n'étaient pas de véritables pèlerins, ils avaient au moins participé au retour de pèlerinage.

Pour Gyltha, il s'agissait d'un défi ; son impassibilité trahissait son excitation. Puisque son sort était uni à celui de ces trois drôles d'oiseaux, il était impératif pour son amour-propre et son prestige qu'ils fissent bonne impression en présence des grands de la ville. Elle avait complété ses connaissances limitées quant aux exigences de pareil événement auprès de Matilda B, dont la mère était servante au château et avait été témoin, les jours de banquet, des préparatifs en vue de la toilette de la dame du shérif, à défaut de la toilette elle-même.

Adelia s'était consacrée à ses études avec trop d'abnégation pour prendre part à des solennités comme d'autres jeunes filles de son âge et, par la suite, elle avait été trop occupée. De surcroît, comme elle n'entendait pas se marier, ses parents adoptifs ne l'avaient pas non plus obligée à apprendre les usages du monde. Elle s'en était subséquemment retrouvée mal armée pour les mascarades et les festivités des palais salernitains, si bien que les rares fois où elle avait été forcée d'y assister, elle avait passé le plus clair de son temps derrière une colonne, revêche et gênée.

Cette invitation raviva ses réticences. Son premier réflexe fut de chercher une excuse pour se défiler.

— Je dois consulter maître Simon.

Or Simon était au château, cloîtré avec les Juifs, afin de découvrir lequel des débiteurs de Chaim pouvait avoir été poussé à le tuer.

— Y dira que vous devez y aller, lui opposa Gyltha.

C'était probable ; presque tous leurs suspects sous le même toit, les langues déliées par la boisson... ce serait l'occasion rêvée d'apprendre qui savait quoi sur qui.

— Envoyez tout de même Ulf au château pour vérifier.

À la réflexion, Adelia n'avait en vérité rien contre l'idée. Son séjour à Cambridge avait été dominé par la mort – celle des enfants enlevés, mais aussi celle de certains de ses patients : le petit qui toussait avait succombé à la pneumonie, l'homme à la malaria était mort, de même que celui qui souffrait de calculs rénaux et une jeune mère amenée trop tard. Les succès d'Adelia, tels que l'amputation, la fièvre ou la hernie, étaient grevés par la somme de ce qu'elle tenait pour des échecs personnels.

Il serait agréable, pour une fois, de se mêler à la liesse de vivants en bonne santé. Elle pourrait, comme d'habitude, se fondre dans le décor sans se faire remarquer. Après tout, un banquet à Cambridge pouvait difficilement rivaliser avec le raffinement des réceptions données par les rois et les papes dans leurs palais, à Salerne. Elle n'allait pas se laisser démonter par ce qui s'annonçait comme une célébration rustique.

Et elle avait envie de ce bain. Si elle avait su qu'un tel luxe était possible, elle en aurait réclamé un auparavant. Elle s'était toujours figuré que les bains faisaient partie des nombreuses choses auxquelles Gyltha ne faisait pas crédit.

En tout état de cause, elle n'avait pas le choix. Gyltha et les deux Matilda étaient résolues. Le temps était compté : un festin pouvait durer de six à sept heures et commençait à midi.

Adelia fut déshabillée et plongée dans la lessiveuse, dans laquelle on ajouta ensuite de la lessive et une poignée de précieux clous de girofle. On la récura à la pierre ponce jusqu'à ce qu'elle ait quasiment la chair à vif, puis on l'immergea complètement, avant de s'attaquer à ses cheveux à la brosse avec une nouvelle dose de lessive et de les rincer à l'eau de lavande.

Sitôt hors du bain, Adelia fut emmaillotée dans une couverture et on lui fourra la tête dans le four à pain.

Sa chevelure constituait une déception ; son émancipation du bonnet ou de la coiffe qui la dissimulait habituellement avait suscité de plus hautes attentes. Malheureusement Adelia la coupait à hauteur d'épaules.

— La couleur est potable, commenta Gyltha, dépitée.

— Mais c'est trop court, se désola Matilda B. Va falloir qu'on y mette dans une crépine.

— Ça coûte, la résille.

— Je ne sais pas encore si j'y vais ! cria Adelia, du fond du four.

— Oh, que si !

Dans ces conditions... Toujours à genoux devant le four, elle indiqua à ses chambrières où était sa bourse. Ils ne manquaient pas d'argent, car Simon s'était vu remettre une lettre de crédit émise par des banquiers lucquois disposant d'agents en Angleterre et il avait retiré de l'argent pour eux deux.

— Et puisque vous allez au marché, ajouta-t-elle, il est temps que vous ayez toutes les trois de nouvelles cottes. Achetez-vous une aune de leur meilleur camelot.

Elles étaient si empressées qu'Adelia s'en serait voulu d'être resplendissante tandis qu'elles étaient dépenaillées.

— Du lin suffira, lâcha Gyltha, laconique mais satisfaite.

On sortit Adelia du four, on lui enfila sa chemise et son bliaud, puis on l'assit sur un tabouret pour lui brosser les cheveux jusqu'à ce qu'ils brillent comme de l'or blanc. On lui fit ensuite des macarons que l'on glissa dans les poches en résille d'argent confectionnées entre-temps et qu'on lui épingla au-dessus des oreilles. On fignolait le tout quand Simon revint avec Ulf.

Simon cilla à la vue d'Adelia.

— Eh bien... Eh bien, eh bien, eh bien !

Ulf demeura bouche bée.

— Toutes ces histoires et je ne sais toujours pas si nous y allons, rouspéta Adelia, embarrassée.

— Ne pas y aller ? Cher docteur, si Cambridge venait à être privée de vous voir, le ciel lui-même en pleurerait. Je ne connais qu'une seule autre femme qui soit aussi belle, et elle se trouve à Naples.

Adelia lui sourit. En homme perspicace, il savait que les seuls compliments qui ne la mettaient pas mal à l'aise étaient ceux dénués d'affectation. Il avait toujours soin de mentionner son épouse qu'il adorait, non seulement pour souligner qu'il était hors d'atteinte pour elle, mais pour assurer à Adelia qu'elle aussi était hors d'atteinte pour lui. Toute autre attitude eût menacé une relation par nécessité aussi étroite que la leur. En l'occurrence, elle leur avait permis de se lier de camaraderie : il respectait le sérieux d'Adelia et elle respectait le sien.

En outre, songea-t-elle, c'était une marque de délicatesse de la part de Simon de la considérer comme l'égale de sa femme, qui pour lui demeurait la svelte jeune fille à la peau d'ivoire qu'il avait épousée à Naples trente-deux ans auparavant – même si, après avoir porté neuf enfants, elle n'était sans doute plus aussi svelte que par le passé.

Et ce matin-là, Simon était triomphant.

— Nous ne tarderons plus à rentrer, lui affirmat-il. Je ne veux pas trop m'avancer tant que je n'aurai pas mis la main sur les pièces en question, mais il existe des copies des bâtons de taille qui ont brûlé. J'en étais certain. Chaim les avait déposés chez ses banquiers et, vu leur nombre – le bougre, c'est que toute l'Est-Anglie lui devait apparemment de l'argent ! –, je les ai rapportées au château afin que sire Rowley puisse m'aider à les interpréter.

— Est-ce bien prudent ? s'inquiéta Adelia.
— Je le crois, je le crois. C'est un homme versé en comptabilité et aussi désireux que nous d'éclaircir qui devait quoi à Chaim et qui pouvait s'en mordre les doigts au point de vouloir sa mort.
— Hum…

Il se refusait à tenir compte des doutes d'Adelia ; il était persuadé de savoir quel genre d'homme était Picot, que ce dernier ait été croisé ou non, et sitôt qu'il eut passé ses plus beaux habits en vue du banquet de Grantchester, il repartit en toute hâte pour le château.

Livrée à elle-même, Adelia aurait opté pour son surcot gris afin d'atténuer l'éclat du safran, qui n'aurait été visible qu'au niveau du buste et des manches.

— Je ne veux pas attirer l'attention.

Les Matilda, en revanche, avaient fixé leur choix sur le seul autre article de sa garde-robe qui sortait du lot, en brocart de la couleur d'une tapisserie sur le thème de l'automne, et, après une brève hésitation, Gyltha se rangea à leur avis. On en revêtit Adelia en faisant attention à sa coiffure, puis on lui mit des bas-de-chausses blancs neufs et des chaussons pointus que Margaret avait brodés de fil d'argent.

Les trois arbitres des élégances prirent un peu de recul pour évaluer leur œuvre.

Les Matilda hochèrent la tête, les mains jointes.

— Ça devrait faire l'affaire, estima Gyltha, ce qui pour elle relevait quasiment de l'hyperbole.

Le reflet qu'Adelia entrevit dans le fond poli quoique bosselé d'un plat à poisson lui évoqua un pommier difforme, mais manifestement ses compagnes jugeaient sa mise acceptable.

— Faudrait un page qui se tiendrait derrière le docteur pendant le banquet, suggéra Matilda B.

L'shérif et les aut', z'ont toujours un page derrière eux. Les « sent-la-vesse », qu'elle les appelle, ma mère.

— Un page, hein...

Ulf, qui fixait toujours Adelia, la mâchoire pendante, s'avisa soudain des quatre paires d'yeux tournées vers lui. Il prit ses jambes à son cou.

S'ensuivirent une poursuite et un pugilat terribles. Ulf poussa de tels hurlements que les voisins vinrent voir si la vie d'un autre enfant n'était pas en danger. À distance prudente de la lessiveuse, pour éviter les éclaboussures soulevées dans la bataille, Adelia en avait mal à force de rire.

On procéda à de nouvelles dépenses, cette fois dans l'établissement de Ma Mill, dont les sacs de chiffons recelaient un vieux tabard encore mettable, de taille à peu près correcte, qui réagit bien à un nettoyage au vinaigre. Et une fois Ulf ainsi habillé et sa tignasse filasse coupée au carré, encadrant sa trogne pâle d'oignon mariné grognon, sa mise fut elle aussi jugée acceptable.

Mansur les éclipsait cependant tous les deux. Un *agal* doré maintenait en place son long keffieh en soie, qui tombait avec légèreté sur une robe en laine blanche immaculée. Un poignard orné de pierreries brillait à sa ceinture.

— Ô fils du soleil de midi, *El helwa di*, ce que tu es beau ! s'exclama Adelia en s'inclinant.

Mansur la gratifia d'un hochement de tête, sans quitter des yeux Gyltha, qui tisonnait le feu en faisant mine de l'ignorer.

— On dirait un grand mât enrubanné, opina-t-elle.

« Voyez-vous donc... », s'en amusa Adelia.

Il y avait de quoi sourire des simagrées et de l'affectation avec lesquelles on débarrassait les invités de leur chaperon, de leur épée et de leurs gants, alors que leurs bottes et leurs manteaux étaient crottés de boue parce qu'ils arrivaient à pied de la rivière – presque tous étaient venus en *punt* –, ainsi que de l'usage rigide de titres entre personnes qui se connaissaient intimement depuis des années ou des anneaux aux doigts rêches de femmes qui chez elles faisaient leur propre fromage.

Mais il y avait aussi beaucoup à admirer. Il était plus chaleureux d'être accueilli dès la porte voûtée décorée de chevrons normands par sire Joscelin en personne, plutôt que d'être annoncé par un *major domus* muni d'un bâton en ivoire qui vous prenait de haut ; de se voir offrir du vin chaud pour se réchauffer par une froide journée, plutôt que du vin glacé ; de sentir l'odeur du mouton, du bœuf et du porc rôti à la broche dans la cour, au lieu de feindre, comme en Italie méridionale, que les plats apparaissaient par magie, d'un simple geste de l'hôte.

De toute manière, avec Ulf qui boudait et Sauvegarde sur ses talons, Adelia n'était pas en position de se montrer dédaigneuse.

Mansur ayant, semblait-il, gagné en stature aux yeux de la société de Cambridge, son gabarit et sa tenue attiraient l'attention. Sire Joscelin lui souhaita la bienvenue et le salua gracieusement d'un « salâm alaïkoum ».

La question de son *kard* fut résolue avec une égale élégance.

— Ce poignard n'est pas une arme, déclarat-il au portier qui s'ingéniait à vouloir l'ôter de la ceinture de Mansur pour le ranger avec les épées des autres invités. Comme nous autres croisés le savons bien, ce n'est qu'un ornement pour un gentilhomme comme lui.

Il se tourna vers Adelia, lui fit la révérence et la pria de traduire au bon docteur ses excuses quant au retard avec lequel leur invitation leur avait été transmise.

— Je redoutais que nos divertissements rustiques ne vous ennuient, mais le père Geoffrey m'a assuré qu'il n'en serait rien.

Même s'il avait toujours fait preuve de civilité envers elle, alors qu'elle devait lui apparaître comme une catin étrangère, Adelia subodora que Gyltha avait répandu le bruit que l'assistante du docteur était une sainte.

La prieure qui, par manque d'intérêt, leur avait réservé un accueil plus cavalier fut décontenancée par la déférence de son chevalier envers Mansur et Adelia.

— Avez-vous déjà eu commerce avec ces gens, sire Joscelin ?

— Le bon docteur a sauvé le pied de mon couvreur, et sans doute sa vie, ma dame.

Mais les yeux bleus rieurs de sire Joscelin observaient Adelia et elle craignit qu'il ne sût qui s'était chargé de l'amputation.

— Ma chère, très chère enfant ! s'écria le père Geoffrey, qui l'empoigna par le bras pour l'attirer à l'écart. Vous êtes ravissante. *Nec me meminisse pigebit Adeliæ, dum memor ipse mei, dum spiritus hos regit artus.*

Elle leva les yeux vers lui et lui sourit. Il lui avait manqué.

— Comment allez-vous, mon père ?

— Je pisse dru comme un étalon, merci, lui assura-t-il, avant de se pencher vers elle pour qu'elle l'entende malgré la rumeur des conversations. Comment progresse l'enquête ?

Il était impardonnable de leur part de ne pas l'avoir tenu informé, car c'était uniquement grâce à lui qu'ils avaient pu pousser leurs investigations aussi loin – même si, à leur décharge, ils avaient été fort occupés.

— Nous avons bien avancé, et nous espérons avancer encore d'ici à ce soir, répondit Adelia. Serait-il possible de vous en rendre compte demain ? J'aimerais en particulier vous interroger sur…

Mais le collecteur d'impôts était justement à deux mètres d'eux et il l'épiait par-dessus les têtes du reste de l'assemblée. Il entreprit de se frayer un passage vers elle à travers un groupe qui les séparait. Il paraissait moins dodu qu'auparavant.

Il s'inclina devant elle.

— Maîtresse Adelia.

Elle le salua de la tête.

— Maître Simon est-il avec vous ? lui demanda-t-elle.

— Il a été retenu au château, répondit-il, avant de la gratifier d'un clin d'œil de connivence. Comme je me devais d'escorter le shérif et sa dame jusqu'ici, j'ai été contraint de l'abandonner à ses recherches. Il m'a pressé de vous assurer qu'il vous rejoindrait plus tard. Puis-je vous dire…

Il fut interrompu par une sonnerie de trompette. Il était l'heure de déjeuner.

Flanquée de Mansur et du père Geoffrey qui lui tenait bien haut la main, Adelia se joignit à la procession qui entrait dans la grand-salle. Ils durent toutefois se séparer à l'intérieur, car le prieur siégeait à la table d'honneur dressée sur l'estrade, tandis que Mansur et elle étaient relégués à des places plus humbles. Adelia était curieuse de voir où elle allait se retrouver, tant l'ordre des préséances était une préoccupation dominante, pour l'hôte comme pour les invités.

À Salerne, Adelia avait vu sa tante près de renoncer face à la difficulté de placer à table des invités de haute naissance sans offenser l'un ou l'autre. Dans l'absolu, les règles étaient claires : un prince était l'égal d'un archevêque, un évêque d'un comte, un baron dans son fief primait un baron en visite, et ainsi de suite. Mais si le légat, théoriquement l'égal d'un baron en visite, était papal, où s'asseyait-il ? Et si l'archevêque avait contrarié le prince, ce qui était fréquent ? Ou l'inverse, ce qui l'était encore plus ? L'insulte, même involontaire, pouvait engendrer des bagarres, des rancœurs... Et la faute en revenait toujours au pauvre hôte.

Le sujet travaillait même Gyltha, dont l'honneur était en jeu par procuration et qui avait elle aussi été conviée à Grantchester ce jour-là pour se livrer à des créations culinaires à base d'anguille.

— J'ouvrirai l'œil et si sire Joscelin ose mettre un seul d'entre vous plus bas que le sel, ce sera le dernier tonneau d'anguilles qu'y verra de moi.

À son entrée, Adelia avisa Gyltha qui se tordait le cou derrière une porte, la mine soucieuse.

La tension était perceptible, les regards dardaient de droite et de gauche à mesure que le chambrier de sire Joscelin conduisait les convives à leur place. Et les plus humbles, notamment ceux dont l'ambition excédait la naissance, étaient tout aussi chatouilleux que les plus nobles, voire plus.

Ulf avait déjà effectué une reconnaissance.

— L'est là-haut et z'êtes là-bas en bas, annonça-t-il en désignant du pouce tour à tour Mansur et Adelia. Toi... faire sissitte... là, paraphrasa-t-il avec lenteur à l'intention de Mansur, dans le dialecte puéril qu'il utilisait pour communiquer avec lui.

Sire Joscelin avait fait preuve de générosité, pensa Adelia, soulagée pour Gyltha – mais aussi pour elle-même : Mansur était très à cheval sur la dignité et, ornement ou non, il avait un poignard à la ceinture. Même s'il n'était pas à la table d'honneur, en compagnie de l'hôte, de l'hôtesse, du prieur, du shérif et consorts – et n'aurait su y prétendre –, il en était relativement près, installé qu'il était à l'une des grandes tables à tréteaux qui couraient sur toute la longueur de la salle. La jeune nonne ravissante qui avait autorisé Adelia à examiner les ossements du petit saint Peter était à sa gauche. Malheureusement, le vis-à-vis de Mansur était Roger d'Acton.

Le placement du collecteur d'impôts avait dû nécessiter une intense réflexion, se dit Adelia. Quoique impopulaire par sa fonction, il n'en était pas moins un homme du roi et, en ce moment, le bras droit du shérif. Sire Joscelin avait donc préféré pécher par excès de prudence. Sire Rowley Picot était assis à côté de l'épouse du shérif, qu'il faisait rire.

En tant que soi-disant assistante du docteur chargée de concocter les potions, étrangère qui plus est, Adelia, elle, se retrouva à une autre table à tréteaux dans le corps de la salle, plus près du bas bout, bien qu'à plusieurs couverts tout de même de la salière décorée qui départageait les invités des serfs présents pour satisfaire au commandement du Christ de nourrir les pauvres. Les indigents, eux, attendaient les restes dans la cour, rassemblés autour d'un brasier.

À sa droite, Adelia avait pour voisin Hugh le veneur, aussi impénétrable qu'à l'accoutumée, mais qui la salua néanmoins avec courtoisie, imité par le petit homme âgé inconnu d'elle qu'elle avait à sa gauche.

À son grand chagrin, elle avait en face d'elle frère Gilbert, tout aussi chagrin.

On apporta les tranchoirs et de discrètes tapes parentales s'abattirent sur les doigts des plus jeunes, tentés de grignoter un morceau de pain, car il restait encore fort à faire avant que l'on y servît la nourriture. Il fallait que sire Joscelin renouvelle son serment de fidélité à sa suzeraine, la mère Joan, ce dont il s'acquitta à genoux, avant de lui présenter en guise de rente six colombes blanches comme lait dans une cage dorée.

Il fallait également que le père Geoffrey prononce le bénédicité. Et il fallait enfin remplir de vin les coupes pour les lever en l'honneur de Thomas de Cantorbéry et de son plus récent émule élevé à la dignité de martyr, le petit Peter de Trumpington, les deux raisons d'être de ce banquet. « Curieuse coutume », songea Adelia, en se dressant pour boire à la santé des morts.

Un cri discordant interrompit les murmures respectueux.

— L'infidèle insulte nos bienheureux saints ! brailla Roger d'Acton, le doigt pointé sur Mansur, avec une indignation triomphante. C'est de l'eau qu'il boit en leur honneur.

Adelia ferma les yeux. « Seigneur, faites qu'il ne poignarde pas ce pourceau... », pria-t-elle.

Mais Mansur conserva son calme, buvant à petites gorgées. Ce fut sire Joscelin qui répliqua d'une voix sonore :

— Conformément à sa religion, ce brave homme ne boit que de l'eau, maître Roger. Si les boissons fortes vous montent à la tête, je vous recommande de suivre son exemple.

C'était finement joué. D'Acton retomba sur son banc et leur hôte grimpa dans l'estime d'Adelia.

« Ne te laisse pas charmer pour autant, s'admonesta-t-elle. *Memento mori*. Mot à mot, souviens-toi de la mort. C'est peut-être lui, le tueur, il a été croisé. Comme le collecteur d'impôts. »

Et comme un autre homme à la table d'honneur : sire Gervase, qui ne l'avait pas quittée des yeux tandis qu'elle s'avançait dans la salle.

« Serait-ce toi ? »

Adelia était convaincue que le meurtrier des enfants avait été en croisade. Pas simplement parce qu'ils avaient identifié la confiserie comme un jujube arabe, mais parce que l'intervalle entre l'hécatombe de brebis et les enlèvements d'enfants coïncidait exactement avec la période durant laquelle Cambridge avait répondu à l'appel d'Outremer.

L'ennui était que beaucoup d'hommes l'avaient entendu...

— Qui c'est qu'a quitté la ville l'année de la grande tempête ? avait répété Gyltha quand Adelia l'avait interrogée. Ben, la fille de Ma Mill, déjà, qu'elle s'est fait engrosser par un colporteur...

— Des hommes, Gyltha, des hommes.

— Oh, y a eu un paquet de jeunets qui s'en sont allés. Le truc, c'est que l'abbé d'Ely a appelé tout le pays à prendre la croix, expliqua Gyltha, qui par « pays » entendait en fait « comté ». Y a bien dû s'en trouver des cents pour suivre l'seigneur Fitzgilbert jusque dans les lieux saints.

Cela avait été une mauvaise année, se souvenait Gyltha. La grande tempête avait rasé les cultures, des crues avaient emporté des gens et des maisons, les *fens* avaient été inondés et même la Cam, d'ordinaire docile, s'était mise hors d'elle. Par ses péchés, le

Cambridgeshire avait attiré la colère de Dieu. Seule une croisade contre Ses ennemis pouvait l'apaiser.

Le seigneur Fitzgilbert, à la recherche de nouvelles terres en Syrie afin de remplacer celles de son domaine sous les eaux, avait planté la bannière du Christ au milieu de la place du marché de Cambridge et les jeunes gens que la tempête avait privés de gagne-pain avaient accouru, de même que les ambitieux, les aventuriers, les soupirants éconduits et autres maris persécutés par leur épouse. Les tribunaux s'étaient mis à laisser aux criminels le choix entre la prison et la Croix, les prêtres à absoudre toutes les fautes avouées en confession à mi-voix, sous réserve que leur auteur se joigne à la croisade.

C'était une petite armée qui était partie de Cambridge.

Fitzgilbert était revenu dans un cercueil rempli de saumure et reposait dans sa propre chapelle sous un gisant en marbre à son effigie, dont les jambes revêtues de mailles, croisées, attestaient qu'il était mort pour la Croix. D'autres, qui avaient succombé après leur retour à des maladies qu'ils avaient rapportées, étaient inhumés dans des sépultures moins voyantes marquées d'une simple épée gravée dans la pierre. Certains n'étaient plus qu'un nom sur une liste mortuaire rapportée par des survivants. Quelques-uns avaient trouvé une vie plus prospère et plus au sec en Syrie et avaient choisi d'y rester.

Plusieurs avaient repris leur précédente occupation à leur retour, si bien que, s'ils s'en fiaient à Gyltha, Adelia et Simon allaient devoir s'intéresser de près à deux marchands, divers vilains, un forgeron et l'apothicaire même qui fournissait les remèdes du docteur Mansur, sans parler de frère Gilbert et du chanoine taciturne qui avait accompagné le père Geoffrey en pèlerinage.

— Frère Gilbert a été en croisade ?

— Oui da. Et pas de raison de soupçonner que ceux qui sont revenus cousus d'or, comme sire Joscelin et sire Gervase, avait implacablement poursuivi Gyltha. Y en a plein, des qu'y z'empruntent aux Juifs... Des petites sommes peut-être, mais assez grosses pour qu'après, y z'arrivent pas à payer les intérêts. Pas certain non plus que l'drôle qu'a réclamé qu'on pende le Juif soye le même démon qu'a tué les p'tiots. C'est pas ce qui manque, ceux qui aiment voir un Juif au bout d'une corde et qui se disent chrétiens.

Découragée par l'ampleur du problème, Adelia n'avait pu que faire la grimace, tout en reconnaissant que la logique de la maîtresse de maison était imparable.

De sorte qu'il ne rimait à rien de suspecter quelque funeste origine à l'aisance manifeste de sire Joscelin. Il avait pu faire fortune en Syrie plutôt qu'aux dépens de Chaim le Juif. En tout cas, il s'était servi de ses ressources pour transformer cette ferme saxonne en un superbe manoir en silex. L'immense grand-salle dans laquelle ils allaient festoyer possédait un plafond sculpté neuf plus splendide que tous ceux qu'elle avait pu voir en Angleterre. De la galerie surplombant l'estrade émanaient des airs pour flûte à bec, flûte traversière et vielle joués par des musiciens. Le couteau et la cuillère disposés à chaque place rendaient redondants les couverts personnels que chaque invité apportait d'ordinaire. Les saucières et les rince-doigts disséminés sur la table étaient d'exquises pièces d'argenterie, les serviettes en damas.

Adelia exprima son admiration à ses compagnons. Hugh le veneur se borna à hocher la tête.

— Z'auriez dû y voir autrefois, du temps du père du Joscelin, la bicoque vermoulue que c'était, à pas y croire que ça tenait debout, commenta le petit homme à la gauche d'Adelia. Une vieille brute mauvaise, le sire Tibault, paix à son âme, qu'aura fini par se noyer dans la boisson. C'est-y pas vrai, Hugh ?

Ce dernier émit un grognement.

— Le fils est d'un aut' tonneau, commenta-t-il.

— C'est pas rien de le dire. Le jour et la nuit. L'a redonné vie à c'te maison. Se sera bien servi de son or.

— Son or ? s'enquit Adelia.

Son intérêt éveilla la sympathie de son voisin.

— C'est ce qu'y m'a dit. « Y a de l'or en Outre-mer, maître Herbert, qu'y m'a dit. Des pelletées, maître Herbert. » J'suis son bottier, voyez, et on raconte pas d'histoires à son bottier.

— Est-ce que sire Gervase est lui aussi revenu avec de l'or ?

— Une montagne, à ce qui se raconte, même si l'est pas aussi généreux avec ses sous.

— Ont-ils acquis cet or ensemble ?

— Je peux point vous répond'. Probab' que oui. Sont toujours fourrés l'un avec l'aut'. C'est David et Jonathan, ces deux-là.

Adelia lança un regard en direction de la table d'honneur où lesdits David et Jonathan, beaux et avenants, si à l'aise ensemble, discutaient ensemble de part et d'autre de la prieure.

Et s'il y avait deux tueurs, œuvrant de concert ?... Elle ne l'avait jamais envisagé, mais cela en valait la peine.

— Sont-ils mariés ?

— Gervase, oui, 'vec une pauv' 'tite morveuse qui bouge pas de chez lui, expliqua le bottier, heureux d'étaler sa connaissance des grands de ce monde. Sire Joscelin, lui, l'est en pourparlers avec le baron de Peterborough pour sa fille. Un bon parti.

Un coup de trompe strident coupa court aux conversations. Les invités se redressèrent. La nourriture arrivait.

À la table d'honneur, sire Rowley avait beau faire du genou à l'épouse du shérif pour l'émoustiller et décocher des clins d'œil à la jeune nonne assise à la table à tréteaux en contrebas afin de la faire rougir, ses regards étaient plus régulièrement attirés vers Adelia assise parmi les artisans et les ouvriers. Elle était toute pimpante, on ne pouvait le nier. Sa gorge d'un velouté crémeux qui disparaissait dans son corsage safran implorait d'être caressée. Les doigts lui démangeaient. Pas que les doigts d'ailleurs. Et l'éclat de sa chevelure suggérait une authentique blonde…

Maudite soit cette ribaude ! s'emporta-t-il, s'arrachant à ses pensées lubriques, elle et son maître Simon en avaient déjà trop découvert, protégés comme ils l'étaient par leur fichu colosse arabe… un eunuque, grand Dieu !

« Enfer, se désola Adelia, voilà qu'il en vient encore. »

Pour la seconde fois, une sonnerie de cor venait d'annoncer l'arrivée du plat suivant, sous la conduite du chambrier. Les nouveaux plateaux, encore plus grands, chargés de monceaux de nourriture, chacun porté par deux hommes, furent salués par des acclamations de la part des joyeux convives, de plus en plus réjouis.

On débarrassa les vestiges du premier plat et, après les avoir remplacés par de nouveaux, on rassembla les tranchoirs imbibés de sauce dans une brouette pour les emporter dans la cour où patientaient des hommes, des femmes et des enfants en haillons prêts à se jeter dessus.

— *Et maintenant, milords, mesdames*, proclama le chef cuisinier, *venyson en furmety gely. Porcelle farce enforce. Pokokkye. Crans. Venyson roste. Conyn. Byttere truffée. Pulle endore. Braun freyes avec graunt tartez. Leche Lumbarde. A soltelle**.

Du normand pour de la cuisine normande.

— C'est le parler de la France, expliqua avec prévenance à Adelia maître Herbert, le bottier, qui lui avait déjà fait la remarque. Sire Joscelin a ramené le cuisinier de là-bas.

« Si seulement il pouvait l'y renvoyer, se lamenta Adelia. Assez, assez. »

Elle se sentait bizarre.

Dans un premier temps, elle avait refusé le vin que l'on lui offrait et demandé de l'eau bouillie, requête qui avait à tel point surpris l'échanson qu'il l'avait ignorée. Maître Herbert l'avait persuadée que l'hydromel proposé à la place du vin ou de la bière était un breuvage inoffensif à base de miel et, comme elle avait soif, elle en avait vidé plusieurs coupes.

Et elle était toujours assoiffée. Elle fit frénétiquement signe à Ulf de lui apporter l'aiguière de Mansur. Il ne la vit pas.

Ce fut Simon qui lui fit signe en retour. Il venait d'entrer et s'était incliné bien bas devant la mère Joan et sire Joscelin, avant de leur présenter ses plus profondes excuses pour son retard.

« Il a déniché quelque chose », devina Adelia en se redressant. Elle voyait à sa démarche même que le temps qu'il avait passé avec les Juifs avait porté ses fruits. Elle le regarda parler avec animation au collecteur d'impôts à l'extrémité de la table d'honneur, avant de se soustraire à la vue d'Adelia pour gagner sa place, du même côté qu'elle, plus haut.

Les tables étaient jalonnées de paons morts depuis une semaine qui faisaient encore la roue, de portées entières de porcelets croustillants tétant tristement la pomme logée entre leurs dents. Un butor rôti, qui aurait eu meilleure allure vif au milieu des joncs, dans les *fens* où était sa place, fixait Adelia d'un œil accusateur.

En silence, elle lui demanda pardon : « Je suis désolée. Désolée que l'on t'ait farci le troufignon de truffes. »

Elle vit à nouveau Gyltha pointer la tête par la porte de la cuisine et se redressa. « Je ne vous fais pas honte, promis, promis. »

De la venaison accompagnée de bouillie de blé apparut sur son tranchoir propre, sous peu rejoint par la *gely* d'une saucière. Vraisemblablement de la groseille.

— Je veux des crudités, gémit Adelia, désespérée.

La rente de la prieure s'était échappée de sa cage et avait rejoint dans la charpente les moineaux qui fientaient sur les tables.

Frère Gilbert, qui avait jusque-là ignoré les deux nonnes entre lesquelles il était assis pour mieux toiser Adelia, se pencha au-dessus de la table.

— Vous devriez avoir honte de montrer votre chevelure.

À son tour, Adelia le foudroya du regard.

— Pourquoi ?

— Vous feriez mieux de cacher vos cheveux sous un voile, de prendre le deuil et de ne faire aucun cas de votre apparence. Revêtez donc l'habit pénitentiel qui revient aux femmes en expiation de l'ignominie d'Ève, dont le péché est cause de la chute de l'humanité.

— C'est pas sa faute, s'insurgea sa voisine de gauche. Elle y est pour rien, à la chute de l'humanité. Et moi non plus.

À l'instar de frère Gilbert, ladite voisine, une religieuse maigre d'âge mûr, avait beaucoup bu. Sa verdeur plut à Adelia.

— Silence, femme, répliqua le moine, la prenant à partie. Oseriez-vous contredire le grand saint Tertullien ? Vous qui vivez dans une maison de débauche ?

— Ouais, mais nous on a un meilleur saint que vous, le nargua la nonne. On a le petit saint Peter. Vous, tout ce que vous avez, c'est le gros orteil de sainte Etheldrède.

— On a aussi un fragment de la Vraie Croix ! vociféra frère Gilbert.

— Tout le monde en a un, lui opposa sa voisine de droite.

Frère Gilbert descendit de ses grands chevaux pour se jeter dans le carnage et la poussière du champ de bataille.

— Le petit saint Peter vous fera une vraie belle jambe, le jour où l'archidiacre viendra inspecter votre couvent, gueuse. Et ce jour est proche. Oh, je sais ce qui se passe à Sainte-Radegonde – le laisser-aller, la négligence de l'office divin, les hommes dans les cellules, les parties de chasse, les excursions en amont pour approvisionner les anachorètes... Ce ne sont pas des soupçons, mais des certitudes.

— Encore heureux qu'on y approvisionne, riposta la nonne à la droite de frère Gilbert, aussi rondelette que sa sœur en Christ était mince. Et si qu'ensuite je rends visite à ma tatan, où qu'il est le mal ?

La voix d'Ulf résonna dans l'esprit d'Adelia. « La sœur Gras-double qui avitaille les ermites, r'gardez-y comment qu'elle souffle... » Elle considéra la religieuse en fronçant les sourcils.

— Je vous ai vue ! s'exclama-t-elle gaiement. Je vous ai vue remonter la rivière en *punt*.

— Et je parie que vous ne l'avez pas vue revenir, fulmina frère Gilbert, postillonnant. Elles découchent des nuits entières. Elles mènent une vie de licence et de luxure. Dans une maison respectable, on les flagellerait jusqu'au sang, mais que fait leur prieure pendant ce temps ? Elle chasse.

« Un homme haineux, pensa Adelia. Un homme haïssable. » Et un croisé. Elle se pencha à son tour au-dessus de la table.

— Vous aimez les jujubes, frère Gilbert ?

— Quoi ? Comment ? Non, je déteste les confiseries.

Il se détourna d'elle et poursuivit sa dénonciation de Sainte-Radegonde.

— C'était notre Mary qui raffolait des confiseries, dit une voix calme et triste à la droite d'Adelia.

Des larmes coulaient le long des joues creuses de Hugh le veneur et dégouttaient dans sa bouillie.

— Ne pleurez pas, l'adjura-t-elle. Ne pleurez pas.

— C'était sa nièce, murmura le bottier à gauche d'Adelia. La petite Mary, celle qu'on y a tuée. La fille de sa sœur.

— Je suis navrée, déclara Adelia en posant sa main sur celle du veneur. Vraiment navrée.

Deux yeux bleus rougis, infiniment malheureux, plongèrent dans les siens.

— Je le retrouverai. Je lui arracherai le foie.

— Nous le retrouverons tous les deux, lui assura-t-elle.

Soudain exaspérée par frère Gilbert, dont la diatribe gâchait ce moment, elle se coucha presque sur la table et enfonça un doigt dans la poitrine du moine pour attirer son attention.

— Tertullien n'était pas un saint.

— Quoi ?

— Tertullien. Le bonhomme que vous avez cité à propos d'Ève. Il n'a jamais été canonisé. Vous pensiez que si ? Eh bien, non. Il a quitté l'Église. Il était… hétérodoxe, énonça-t-elle avec difficulté. Voilà ce qu'il était. Un montaniste. Par conséquent, il n'a jamais été fait saint.

Les nonnes exultèrent.

— T'y savais pas ça, hein ? le nargua la plus maigre.

La réponse de frère Gilbert fut couverte par une nouvelle sonnerie de trompette et un nouveau défilé de mets devant la table d'honneur.

— *Blaundersorye. Quincys in comfyte. Curlews en miel. Pertyche. Eyround angele. Pety perneux**…, égrena le chef.

— Qu'est-ce que signifie « petit père nœud » ? se renseigna le veneur, toujours en pleurs.

— Petits œufs perdus, lui apprit Adelia, qui fondit en larmes sans pouvoir s'arrêter.

L'ultime part d'elle-même qui résistait encore à l'hydromel réussit à la faire lever et marcher jusqu'à un buffet sur lequel était posée une cruche d'eau. Elle l'empoigna et s'éloigna dans la direction de la porte, Sauvegarde derrière elle.

Le collecteur d'impôts nota sa sortie.

Un certain nombre d'invités étaient déjà dans le jardin : les hommes, face à des arbres dans une attitude contemplative, les femmes, éparpillées de-ci de-là, à la recherche d'un coin tranquille où s'accroupir. Les plus modestes formaient une file trépignante jusqu'aux bancs percés de trous dissimulés derrière des draperies, que sire Joscelin avait mis à disposition au-dessus d'un ruisseau rejoignant la Cam.

Buvant goulûment à même la cruche, Adelia partit au hasard, longeant les écuries et leurs odeurs rassurantes, les enclos obscurs où les faucons sous leur chaperon rêvaient de proies et de mise à mort. La lune était levée. Il y avait de l'herbe, il y avait un verger...

Le collecteur d'impôts retrouva Adelia endormie sous un pommier. Comme il tendait la main vers elle, une forme malingre et malodorante releva la tête dans le noir et une silhouette nettement plus imposante arborant un poignard à la ceinture émergea des ténèbres.

Sire Rowley exhiba ses mains grandes ouvertes.

— Lui ferais-je du mal ?

Adelia ouvrit les yeux. Elle se redressa et se massa le front.

— Tertullien n'était pas un saint, Picot, lui déclara-t-elle.

— Je m'étais toujours posé la question.

Il s'agenouilla auprès d'elle. Elle l'avait appelé par son nom comme s'ils étaient de vieux amis et il était confondu par le plaisir que cela lui procurait.

— Qu'est-ce que vous avez bu ?

Adelia se concentra.

— Un liquide jaune.

— De l'hydromel. Il faut une constitution de Saxon pour tolérer ça, affirma-t-il en l'aidant à se remettre debout. Venez, vous allez devoir danser jusqu'à ce que ça passe.

— Je ne danse pas. Si nous allions plutôt botter les fesses de frère Gilbert ?

— C'est tentant, mais je crois que nous allons nous en tenir à la danse.

On avait déblayé la grand-salle. Les musiciens raffinés sur la galerie s'étaient métamorphosés en trois solides gaillards transpirants debout sur l'estrade, deux violoneux et un joueur de tambourin qui annonçait les pas à tue-tête pour couvrir la tempête de hurlements, de rires et de piétinements qui se déchaînait sur la piste de danse improvisée.

Le collecteur d'impôts entraîna Adelia dans le tourbillon.

Cette cavalcade n'avait rien à voir avec les danses rigoureuses et compliquées de la haute société salernitaine qui se pratiquaient du bout des doigts et des orteils. Foin de l'élégance. Les habitants de Cambridge n'avaient pas de temps à perdre avec Terpsichore, ils se contentaient de danser, sans se fatiguer, sans discontinuer, sans se ménager, avec endurance, avec entrain, sous l'emprise de féroces divinités ancestrales. Un faux pas çà et là, une erreur de chorégraphie... qu'importait ? Ils ne s'en jetaient que de plus belle dans la bataille et dansaient, dansaient. « Assemblé. » Pied gauche vers la gauche, que vient frapper le droit. « Dos à dos. » Empoigner ses jupes, sourire. « Épaule droite contre épaule droite... Huit à gauche... Huit en face... Croisez. Bras dessus, bras dessous, messeigneurs, bras dessus, bras dessous, mes dames... et retour au bercail, mes cailles ! »

Les flambeaux sur leur torchère brillaient comme des bûchers sacrificiels. Au sol, les joncs foulés emplissaient la salle de leur encens végétal. Pas le temps de souffler, c'est le « Branle des chevaux », en arrière, tournez, longez la haie, passez sous le pont, recommencez, recommencez.

L'hydromel qu'Adelia avait dans le sang se vaporisa, remplacé par l'ivresse des évolutions coordonnées. Des visages luisants apparaissaient et disparaissaient devant elle, des mains moites agrippaient les siennes, la faisaient tournoyer ; sire Gervase, un inconnu, maître Herbert, le shérif, le prieur, le collecteur d'impôts, sire Gervase à nouveau, si brusque qu'elle craignit qu'il ne l'expédie contre un mur. Au milieu, sous le pont, au galop, bras dessus, bras dessous.

Images sitôt entrevues, sitôt envolées. Simon lui faisant signe qu'il rentrait, avec un sourire exhortant Adelia à rester et à s'amuser, pendant qu'elle pirouettait à toute vitesse sous l'impulsion de sire Rowley. La prieure, si grande, et Ulf, si petit, pivotant autour de l'axe de leurs mains croisées. Sire Joscelin glissant gravement quelques mots à la jeune religieuse comme ils se croisaient dos à dos. Un cercle admiratif autour de Mansur, impassible, qui s'adonnait à la danse des épées en psalmodiant un *maqâm*. Roger d'Acton s'efforçant d'inverser le sens de rotation d'une carole sous prétexte que, d'après les Proverbes, chapitre 27, « ceux qui tournent vers la gauche sont pervers et Dieu les abhorre ». Avant de se faire marcher dessus.

Doux Seigneur, le cuisinier et la dame du shérif ! Pas le temps de s'étonner. Épaule contre épaule. Danser, danser. Ses bras et ceux de Picot formant un pont pour laisser passer le prieur et Gyltha, la religieuse maigre et l'apothicaire, Hugh le veneur et Matilda B. En deçà comme au-delà de la salière, tous sous l'emprise d'une même divinité dansante – un bonheur trop fugace pour ne pas le saisir au vol.

Adelia dansa jusqu'à ce qu'elle en troue ses chaussons et s'en aperçut seulement après s'être brûlé la plante des pieds sous l'effet du frottement.

Elle s'arracha à la mêlée en titubant. Il était temps de rentrer. Quelques autres invités étaient sur le départ, même si la plupart se pressaient autour des buffets sur lesquels on disposait le souper.

Elle boitilla jusqu'à la porte. Mansur la rejoignit.

— Ai-je bien vu maître Simon s'en aller ? lui demanda-t-elle.

Mansur s'en fut à sa recherche et revint de la cuisine en portant dans ses bras Ulf endormi.

— La femme dit qu'il est parti devant.

Mansur n'appelait jamais Gyltha par son prénom ; pour lui, elle était toujours « la femme ».

— Les Matilda et elle restent-elles ici ?

— Elles aident à ranger. Nous emportons le garçon.

Le père Geoffrey et ses moines s'étaient, semble-t-il, depuis longtemps retirés, de même que les nonnes – à l'exception de la mère Joan, debout devant l'un des buffets, une part de tourte au gibier dans une main et un gobelet dans l'autre ; elle s'était si radoucie qu'elle sourit à Mansur et esquissa une bénédiction avec sa tourte lorsque Adelia fit la révérence pour la remercier.

Ils croisèrent sire Joscelin alors que celui-ci revenait de la cour où, à la lueur des brasiers, des ombres rongeaient des os.

— Vous nous avez honorés, monseigneur, lui assura Adelia. Le docteur Mansur me prie de vous exprimer notre gratitude.

— Retournez-vous chez vous par la rivière ? Je peux faire appeler mon chaland…

Non, non, ils étaient venus avec la *punt* du vieux Benjamin, mais merci.

Malgré le flambeau qui brûlait sur sa torchère au bord de la rivière, il faisait presque trop sombre pour différencier l'embarcation du vieux Benjamin des autres qui s'alignaient le long de la berge, néanmoins, puisque toutes, hormis celle du shérif Baldwin, étaient d'une uniforme rusticité, ils prirent place dans la première de la rangée.

Adelia s'installa à l'avant, Ulf toujours assoupi en travers des genoux, tandis que Sauvegarde pataugeait de mauvaise grâce dans l'eau au fond de l'embarcation. Mansur prit la perche...

Et sire Rowley sauta dans la *punt*, qui roula dangereusement.

— Au château, batelier ! lança-t-il en prenant place sur un banc. On n'est pas bien, là ?

Une légère brume flottait sur l'eau et la lune gibbeuse luisait faiblement et par intermittence, dissimulée de temps à autre par les arbres en surplomb qui transformaient la rivière en tunnel. Une masse blanche fantomatique se résolut en cygne dans une cacophonie de battements d'ailes, tandis que le volatile leur cédait le passage en récriminant.

Comme de coutume quand il maniait la perche, Mansur fredonnait à voix basse un air évoquant les eaux et les roseaux d'une lointaine contrée.

Sire Rowley complimenta Adelia sur l'habileté de leur nautonier.

— C'est un Arabe des marais, répliqua-t-elle. Il est comme chez lui, dans les *fens*.

— Vraiment ? C'est inattendu, pour un eunuque.

Aussitôt, Adelia se braqua.

— Et à quoi vous seriez-vous attendu ? À un poussah se prélassant dans un harem ?

Sire Rowley fut désarçonné.

— Eh bien, oui. C'est à ça que ressemblaient les seuls que j'aie vus.

— Quand vous étiez en croisade ? le relança-t-elle avec agressivité.

— Quand j'étais en croisade, concéda-t-il.

— Dans ce cas, votre connaissance des eunuques est limitée, Picot. Je suis pleinement convaincue que Mansur épousera un jour Gyltha.

Diable, elle jacassait encore comme une pie sous l'effet de l'hydromel. Venait-elle là de trahir son fidèle protecteur ? Ou Gyltha ?

Mais il était hors de question de laisser ce... ce coquin, ce meurtrier potentiel dénigrer un homme dont il n'était pas même digne de lécher les bottes.

Sire Rowley se pencha vers elle.

— Ah bon ? J'aurais pensé que sa... situation excluait le mariage.

Par les flammes de l'enfer, voilà qu'elle n'allait plus avoir d'autre choix que de lui expliquer la condition de castrat. Mais comment le formuler ?

— C'est seulement la procréation qui serait exclue d'une telle union. Dans la mesure où Gyltha n'est de toute façon plus en âge de concevoir, je doute que cela pose problème.

— Je vois. Et concernant les autres... consolations du mariage ?

— Il est capable d'avoir des érections, lâcha-t-elle sèchement.

La peste soit des euphémismes ! Pourquoi s'effaroucher des réalités physiques ? S'il ne voulait pas savoir, il lui suffisait de ne pas demander.

Elle l'avait choqué, elle le voyait, mais elle n'en avait pas encore terminé.

— Pensez-vous que Mansur ait choisi son lot ? Il a été enlevé par des marchands d'esclaves alors qu'il était petit et vendu pour sa voix à un monastère byzantin où on l'a châtré afin qu'il conserve son timbre juvénile. Une pratique commune chez eux. Huit ans seulement, et forcé de chanter pour ces moines, des moines chrétiens, ses tortionnaires.

— Pourrais-je savoir comment vous vous l'êtes attaché ?

— Il s'est enfui. Mon père adoptif l'a trouvé dans les rues d'Alexandrie et l'a ramené chez lui, à Salerne. Il se fait une spécialité de recueillir les orphelins et les égarés.

« Tais-toi, tais-toi, se sermonna-t-elle. Pourquoi ce désir de l'éclairer ? Il n'est rien pour toi, il est peut-être même pire que rien. Le fait que tu aies passé les meilleurs moments de ta vie avec lui n'est rien. »

Une poule d'eau gloussa et s'agita dans les roseaux. Un rat d'eau se coula dans la rivière et s'éloigna à la nage, laissant derrière lui un sillage ondoyant au clair de lune. La *punt* s'engagea dans un nouveau tunnel.

La voix de sire Rowley résonna dans le noir.

— Adelia.

Elle ferma les yeux.

— Oui.

— Vous avez contribué autant que vous le pouviez à cette affaire. Lorsque nous arriverons chez le vieux Benjamin, je vous raccompagnerai et je m'entretiendrai avec maître Simon. Il est temps que vous rentriez à Salerne et il est nécessaire qu'il s'en rende compte.

— Je ne comprends pas, protesta-t-elle. Nous n'avons pas encore débusqué le tueur.

— Nous nous rapprochons de son gîte. À partir du moment où nous l'en aurons délogé, il restera dangereux jusqu'à ce que nous l'ayons achevé. Je ne veux pas qu'il s'en prenne à un rabatteur.

La vive colère que le collecteur d'impôts lui avait toujours inspirée ressurgit avec violence.

— Un rabatteur ? Je suis plus que qualifiée et j'ai été désignée pour cette mission par le roi de Sicile, pas par Simon et encore moins par vous.

— Ma dame, je m'inquiète seulement de votre sécurité.

Mais c'était trop tard ; il n'aurait jamais suggéré à un homme dans la même position de rentrer chez lui ; il faisait injure à ses aptitudes.

Adelia eut donc recours à l'arabe, seule langue dans laquelle elle pouvait jurer librement, car Margaret ne la comprenait pas. Elle emprunta à Mansur des expressions qu'elle lui avait entendues lors de ses fréquentes disputes avec le cuisinier marocain de ses parents adoptifs, seules formules à la hauteur de sa fureur. Elle évoqua la prédilection contre nature du collecteur d'impôts pour les mules vérolées, ses similarités avec la gente canine, sa relation symbiotique avec les puces, son transit intestinal et ses mœurs alimentaires. Après quoi elle lui indiqua ce qu'il pouvait faire de ses inquiétudes, recommandation ayant là encore trait à son appareil intestinal. Peu importait que Picot saisît toutes les nuances de son propos, tant qu'il en saisissait l'essentiel.

Lorsqu'ils ressortirent du tunnel, Mansur arborait un large sourire.

Le reste du trajet se déroula en silence.

Une fois à la maison du vieux Benjamin, Adelia refusa de laisser entrer sire Rowley.

— Dois-je le reconduire au château ? s'enquit Mansur.

— Peu importe, répondit-elle. Tant que tu l'emmènes loin d'ici.

Et quand le bailli des eaux se présenta le lendemain matin pour annoncer à Gyltha que l'on venait d'apporter le cadavre de Simon au château, Adelia eut la certitude qu'elle devait être en train de jurer lorsque leur *punt* avait dépassé son corps échoué, la tête sous l'eau, dans les roseaux de Trumpington.

CHAPITRE 10

— Est-ce qu'elle m'entend ? demanda sire Rowley à Gyltha.

— On vous entend jusqu'à Peterborough, assura la maîtresse de maison au collecteur d'impôts qui s'époumonait. Ce qu'il y a, c'est qu'elle vous écoute pas.

La voix qui intéressait Adelia n'était pas celle de sire Rowley. Son attention était accaparée par celle de Simon, claire comme de l'eau de roche, discourant de choses insignifiantes, bavardant comme il en avait l'habitude, de sa voix flûtée et empressée – en l'occurrence, de la laine et de sa fabrication... « Avez-vous idée de la difficulté d'obtenir la couleur noire ? »

Elle aurait voulu lui répliquer que l'idée la plus difficile à accepter était qu'il fût mort, qu'elle la repoussait pour l'instant parce que le chagrin était trop grand et se devait par conséquent d'être ignoré, parce que le vide laissé par Simon équivalait pour Adelia à un gouffre.

C'était forcément une erreur. Il n'était pas du genre à mourir.

Sire Rowley parcourut du regard la cuisine du vieux Benjamin, en quête de soutien. Avait-on donc assommé toutes ces bonnes femmes ? Et ce gamin ?

Allait-on la laisser assise à observer le feu éternellement ?

Il se tourna vers l'eunuque qui, les bras croisés, contemplait la rivière par la porte.

— Mansur, l'appela-t-il avant de se camper devant lui pour le regarder en face. Mansur. Le corps est au château. D'un moment à l'autre, les Juifs vont l'apprendre et l'enterrer eux-mêmes. Ils savent qu'il est des leurs. Écoute-moi ! s'emporta-t-il, agrippant son interlocuteur par les épaules pour le secouer. Ce n'est pas le moment de faire le deuil. Elle doit d'abord examiner le cadavre. Vous ne voyez pas qu'on l'a tué ?

— Vous parlez arabe ?

— Dans quelle langue tu crois que je te cause, grand chameau ? Réveille-la, qu'elle se remue.

Adelia inclina la tête de côté, comme pour apprécier sous un autre angle l'équilibre qu'ils avaient su instaurer entre chaste affection et tolérance, respect et humour, une amitié entre sexes opposés si rare qu'elle n'en connaîtrait sans doute plus jamais. C'était pour elle un aperçu de ce qu'eût été la perte de son père adoptif.

Prise de colère, elle s'insurgea contre le spectre de Simon : « Comment avez-vous pu être aussi inconsidéré ? Vous nous étiez précieux à tous, c'est une perte irréparable. Se noyer dans une rivière anglaise boueuse, quelle sottise ! »

Et sa pauvre femme qu'il aimait tant. Ses enfants.

Mansur lui posa une main sur l'épaule.

— Cet homme dit que Simon a été assassiné.

Adelia mit un instant à comprendre, puis se leva d'un bond.

— Non, opposa-t-elle à Picot, lui faisant face. Il s'agit d'un accident. L'autre, là, le baille-eau, il a dit à Gyltha qu'il s'agissait d'un accident.

— Bougre de bougresse, Simon avait retrouvé les bâtons de taille, il savait qui était le coupable ! se récria Picot, exaspéré, avant de serrer les dents. Écoutez-moi, reprit-il lentement. Vous m'écoutez ?

— Oui.

— Il est arrivé tard au festin de sire Joscelin. Vous m'entendez ?

— Oui. Je l'ai vu.

— Il est allé présenter ses excuses pour son retard à la table d'honneur, puis le chambrier l'a escorté jusqu'à sa place mais, au passage, il s'est arrêté près de moi et il a tapoté son escarcelle. Et il m'a glissé... Vous m'écoutez ? Il m'a glissé : « Nous le tenons, sire Rowley. J'ai retrouvé les tailles. » Il parlait tout bas, mais c'est ce qu'il a dit.

— « Nous le tenons, sire Rowley », répéta Adelia.

— C'est ce qu'il a dit. Je viens de voir son corps. Plus d'escarcelle à sa ceinture. On l'a tué pour la lui voler.

Adelia entendit gémir Matilda B et Gyltha. Picot et elle parlaient-ils en anglais ? Ils devaient.

— Pourquoi vous aurait-il confié cela ? avança-t-elle.

— Grand Dieu, nous avons passé la journée à les chercher ensemble, bougresse. Il était inconcevable que les seules reconnaissances de dettes soient celles qui avaient brûlé. Ces maudits Juifs auraient pu les produire n'importe quand, s'ils avaient seulement réfléchi. C'était le banquier de Chaim qui les avait.

— Ne parlez pas d'eux comme ça ! s'indigna-t-elle, une main sur le torse de sire Rowley, le repoussant. Je vous l'interdis. Simon était juif.

— Précisément, acquiesça Picot, lui saisissant les poignets. C'est pour cette raison que vous devez me suivre immédiatement et examiner son corps avant qu'ils mettent la main dessus.

Il s'avisa de l'expression d'Adelia, mais n'en continua pas moins, implacable :

— Comment est-il mort ? Quand ? Et de là, avec un peu plus de chance, peut-être pourrons-nous en déduire qui l'a assassiné. C'est vous qui me l'avez montré.

— Il était mon ami, objecta-t-elle. Je ne peux pas.

Cette pensée la révoltait, tout comme Simon eût été révolté d'être livré à ses regards, manipulé, disséqué par elle. De toute manière, les autopsies étaient contraires à la loi juive. Elle était toujours prête à braver l'Église, mais, par respect pour ce cher Simon, elle se refusait à offenser les Juifs.

Gyltha s'interposa et planta son regard dans celui du collecteur d'impôts.

— Ce que vous racontez... que maître Simon l'a été tué par ç'ui qu'a tué les p'tiots... C'est vrai ?

— Oui et encore oui !

— Et elle peut dire par qui rien qu'en regardant son pauvre cadavre ?

Reconnaissant en Gyltha une alliée, sire Rowley hocha la tête.

— C'est possible.

— Va chercher son manteau, lança Gyltha à Matilda B. On va y aller ensemble, annonça-t-elle à Adelia. Toi, tu restes ici, gamin, ajouta-t-elle à l'intention d'Ulf. File un coup de main aux Matilda.

Sur quoi, flanquée de sire Rowley et Gyltha, suivie par Mansur et Sauvegarde, Adelia fut entraînée dans la rue en direction du pont, balbutiant des protestations.

— Ça ne peut pas être le tueur. Il ne s'en prend qu'aux sans défense. Là, c'est différent, c'est seulement...

Elle ralentit, le temps de ruminer la nature de la chose.

— C'est seulement de l'horreur ordinaire.

Pour le bailli des eaux venu les avertir, il était commun de repêcher des corps dans la rivière. Elle n'avait pas remis en cause son verdict de simple noyade, car elle aussi avait déjà vu passer son lot de cadavres détrempés sur la table en marbre de la morgue de Salerne. Les gens se noyaient dans leur bain, les marins, ne sachant pour la plupart pas nager, tombaient par-dessus bord, des malheureux se faisaient happer par des vagues intempestives. Hommes, femmes et enfants trouvaient la mort dans des rivières, des piscines, des fontaines ou des mares. Une tragique erreur de jugement, un faux pas... Une cause de décès banale.

Tout en la pressant, le collecteur d'impôts réprima un râle de contrariété.

— Notre homme est une bête sauvage. Les bêtes sauvages sautent à la gorge de ceux qui les menacent. Et Simon constituait une menace.

— Avec ça qu'il était pas grand, renchérit Gyltha. Gentil petit bonhomme, mais pas guère plus dangereux qu'un lapereau.

Non, pas guère plus. Mais assez pour être assassiné. L'esprit d'Adelia se rebella contre cette idée. Simon et elle étaient là pour résoudre la terrible situation dans laquelle se trouvaient les habitants d'une ville étrangère mineure, pas pour se retrouver à leur tour dans la même situation. Adelia avait toujours considéré qu'elle n'avait pas prise sur eux, comme si, en tant qu'enquêteurs, ils jouissaient de quelque dispense particulière. Et elle savait qu'il en allait de même pour Simon.

Elle se figea sur place.

— Nous sommes en danger depuis le début ?

Le collecteur d'impôts s'arrêta à sa hauteur.

— Heureux que vous vous en aperceviez enfin. Vous pensiez être exemptée ?

Sire Rowley et la maîtresse de maison forcèrent Adelia à se remettre en marche tout en discutant au-dessus de sa tête.

— Avez-vous vu Simon partir, Gyltha ?

— J' dirais pas vu. L'a fait un saut en cuisine pour complimenter le cuistot et me dire au revoir. L'était toujours gracieux, se souvint-elle d'une voix qui tremblota un instant.

— C'était avant qu'on se mette à danser ?

Gyltha soupira. On n'avait pas chômé, la veille, dans la cuisine de sire Joscelin.

— Du diable si je m'en souviens. Ça se peut. L'a dit qu'y devait encore s'adonner à l'étude avant d'aller au lit, ça, j' me rappelle. Que c'était pour ça qu'y prenait congé si tôt.

— « S'adonner à l'étude. »

— C'est c' qu'il a dit.

— Il allait inspecter les tailles.

Comme d'habitude, le pont était encombré ; ils progressaient laborieusement à la queue leu leu et, comme sire Rowley tenait fermement Adelia, elle n'arrêtait pas de se heurter à d'autres passants, des clercs pour la plupart, tous pressés et portant une chaîne distinctive autour du cou – une tripotée. Les autorités déferlaient sur Cambridge. Adelia se demanda vaguement pourquoi.

Au-dessus de sa tête, les questions et les réponses se poursuivaient.

— Il a précisé s'il rentrait à pied ou en bateau ?

— Avec pas un pet de lumière ? Il aurait jamais marché, quand même.

Comme la majorité des habitants de Cambridge, Gyltha ne concevait pas d'autre moyen de déplacement que la barque.

— L'a bien dû se trouver que'qu'un qui repartait en même temps pour proposer d'y ramener.

— C'est bien ce que je crains.

— Que l' Seigneur nous vienne en aide…

« Non, non », s'émut Adelia. Simon n'était pas inconscient ; il n'était pas un enfant aisément affriandé par des jujubes. Bêtement, en citadin qu'il était, il avait voulu revenir en longeant la berge de la rivière. Il avait glissé dans le noir, c'était un accident.

— Qui est reparti en même temps que lui ? reprit Picot.

Mais Gyltha fut incapable de lui répondre. De toute façon, ils venaient de pénétrer dans le château. Pas de Juifs dans la cour ce jour-là, seulement d'autres clercs, par dizaines, évoquant une invasion de scarabées.

— Des clercs royaux, apprit à Gyltha le collecteur d'impôts. Ils sont ici en vue de l'assise. Les préparatifs pour accueillir les juges de l'Eyre prennent plusieurs jours. Venez, par ici. On l'a mis dans la chapelle.

Le temps que tous trois y parviennent, cependant, la chapelle n'abritait que le chapelain du château, qui s'employait à agiter un encensoir dans la nef pour la sanctifier.

— Étiez-vous au courant que ce cadavre était celui d'un Juif, sire Rowley ? Quel scandale ! Nous nous figurions qu'il était chrétien, mais quand nous avons voulu faire sa toilette…

Le père Alcuin prit le collecteur d'impôts par le bras et l'entraîna à l'écart pour que les femmes n'entendent pas.

— Quand nous l'avons déshabillé, nous avons eu la preuve du contraire. Il était circoncis.

— Qu'avez-vous fait de lui ?

— Juste ciel, il ne pouvait pas rester ici ! J'ai exigé qu'on m'en débarrasse. Il est exclu de l'inhumer au château, même si les Juifs insistent. J'ai envoyé chercher le prieur, bien que ce soit une affaire qui concernerait plutôt l'évêque. Le père Geoffrey sait traiter avec eux.

Soudain, le père Alcuin remarqua Mansur et pâlit.

— Vous osez amener un autre païen en ce lieu saint ? Faites-le sortir d'ici, faites-le sortir !

Sire Rowley lut le désespoir sur le visage d'Adelia et empoigna le petit prêtre par le col de sa robe, le soulevant du sol.

— Où a-t-on emporté le corps ?

— Je n'en sais rien. Lâchez-moi, suppôt de Satan !

Sitôt les pieds par terre, il ajouta avec défi :

— Et je m'en moque.

Il se remit à faire tintinnabuler son encensoir et s'évanouit dans une nuée d'encens et de mauvaise humeur.

— On lui manque de respect, se lamenta Adelia. Oh, Picot, veillez à ce que Simon reçoive un enterrement juif en bonne et due forme.

Sous ses dehors d'humaniste cosmopolite, Simon de Naples était *au fond* un Juif pieux ; la non-observance d'Adelia l'avait toujours décontenancé. Que l'on se contente de se défaire de sa dépouille au mépris des rites prescrits par sa foi paraissait terrible à Adelia.

— C'est pas correc', acquiesça Gyltha. C'est comme que disent les Écritures, « On a enlevé du tombeau le Seigneur, et nous ne savons pas où on l'a mis ».

Un blasphème, certes, mais exprimé avec indignation et chagrin.

— Mes dames, même si je dois en référer au Saint-Esprit, maître Simon sera enterré avec déférence, assura sire Rowley.

Il sortit, puis revint peu après.

— Il semble que les Juifs aient déjà pris possession du corps.

Il prit la direction de la tour des Juifs et, comme elles lui emboîtaient le pas, Adelia glissa sa main dans celle de Gyltha.

Devant la porte, le père Geoffrey discutait avec un homme qu'Adelia ne connaissait pas mais en qui elle reconnut aussitôt un rabbin. Ce n'était pas à cause des papillotes ou de la barbe broussailleuse, ni de ses vêtements miteux, fort similaires à ceux de ses coreligionnaires ; cela tenait à ses yeux, des yeux d'érudit, plus sévères que ceux du père Geoffrey, mais reflétant la même largeur de vues mêlée d'amusement, quoique plus désabusés. C'était avec des hommes au regard semblable que son père disputait affablement de la Loi juive. Un talmudiste, se dit-elle, soulagée, car il prendrait soin du corps de Simon comme celui-ci l'aurait souhaité. De même, conformément à la tradition juive, il s'opposerait à toute autopsie, quoi que puisse avancer sire Rowley – et cela aussi, elle en était soulagée.

Le père Geoffrey lui prit les mains.

— Ma chère enfant, quel malheur, quel coup affreux pour nous tous ! Ce doit être une perte incommensurable pour vous. Grand Dieu, ce que j'appréciais cet homme... Même si nous ne nous connaissions que depuis peu, j'avais bien discerné toute la bonté d'âme de maître Simon et je me désole de sa mort.

— Prieur, il est impératif qu'il soit enseveli suivant la Loi juive, dans la journée.

Différer l'enterrement de plus de vingt-quatre heures attentait à la dignité du corps.

— Ah, à ce propos..., lâcha le père Geoffrey, mal à l'aise.

Il se tourna vers le collecteur d'impôts, imité par le rabbin – il s'agissait d'une affaire d'hommes.

— Une complication s'est fait jour, sire Rowley. À vrai dire, je suis étonné qu'elle ne soit pas survenue plus tôt, mais il ressort, et c'est bien sûr heureux, qu'aucun des fidèles du rabbin Gotsce n'est mort durant cette année d'enfermement ici, au château...

— C'est sans doute grâce à la cuisine, suggéra rabbi Gotsce de sa voix grave.

S'il plaisantait, son expression n'en laissa rien paraître.

— Par conséquent, continua le prieur, et j'admets qu'en cela je suis fautif, aucune disposition n'a été prise...

— Il n'y a pas de cimetière juif à l'intérieur des remparts, termina rabbi Gotsce à sa place.

Le père Geoffrey le confirma de la tête.

— Je crains que le père Alcuin ne revendique l'enceinte entière au nom de la chrétienté.

Sire Rowley fit la grimace.

— Peut-être serait-il possible de le transporter clandestinement en ville cette nuit.

— Il n'y a pas de cimetière juif à Cambridge, les informa rabbi Gotsce.

Ils le dévisagèrent tous à l'exception du prieur, qui avait une mine contrite.

— Qu'a-t-on fait de Chaim et son épouse, dans ce cas ? l'interrogea sire Rowley.

— Inhumés dans une fosse commune, avec les suicidés, avoua avec réticence le prieur. Toute autre solution aurait déclenché une nouvelle émeute.

La porte ouverte de la tour, devant laquelle ils se tenaient tous, laissait apercevoir de l'agitation à l'intérieur. Des femmes avec des bassins et des linges dans les bras descendaient et gravissaient à toutes jambes l'escalier en hélice, tandis qu'un groupe d'hommes conférait dans l'entrée. Adelia identifia en son milieu Yehuda Gabirol, qui se tenait la tête à deux mains.

Elle l'imita, car pour couronner le tout et embrouiller encore la situation, manifestement, quelqu'un souffrait et, de temps à autre, la conversation du prieur, du rabbin et du collecteur d'impôts était interrompue par des cris rauques en provenance de l'une des plus hautes fenêtres de la tour – un son à mi-chemin entre le gémissement et le halètement d'un soufflet défectueux. Les hommes faisaient comme si de rien n'était.

— De qui s'agit-il ? se renseigna Adelia.

Personne ne fit attention à elle.

— Que faites-vous de vos défunts en temps normal ? demanda sire Rowley au rabbin.

— Nous les conduisons à Londres. Dans sa magnanimité, le roi nous autorise à avoir un cimetière près du quartier juif.

— C'est le seul ?

— L'unique. Que nous mourions à York ou à la frontière de l'Écosse, dans le Devon ou les Cornouailles, il nous faut acheminer nos cercueils jusqu'à Londres. Évidemment, nous devons nous acquitter d'un droit de péage spécifique. Sans oublier de prévoir des meutes de chiens qui aboient sur notre passage dans toutes les villes que nous traversons. Ça revient cher, conclut-il avec un sourire sans joie.

— Je n'en savais rien, déclara sire Rowley.

Le petit rabbin s'inclina poliment.

— Comment le pourriez-vous ?

— Nous sommes dans une impasse, voyez-vous, reprit le père Geoffrey. Ce malheureux cadavre ne peut pas être enterré entre les murailles du château et je doute que nous puissions nous dérober aux habitants de Cambridge sans risques et assez longtemps pour le transporter en secret jusqu'à Londres.

À Londres ? En secret ? Le désarroi d'Adelia se changea en une irrépressible colère.

— Pardonnez-moi, mais Simon de Naples n'est pas une importunité à expédier au plus vite, intervint-elle. Le roi de Sicile l'a envoyé ici pour traquer un tueur qui se cache parmi vous, et, si cet homme a raison, avança-t-elle en désignant le collecteur d'impôts, cela lui a coûté la vie. Au nom de Dieu, le moins que vous puissiez faire est de l'inhumer avec respect.

— Elle a raison, prieur, renchérit Gyltha. C'tait un brave petit gars.

Leur intervention plongea les hommes dans l'embarras, embarras encore accru quand une plainte issue du haut de la tour se mua en un hurlement indubitablement féminin.

— Maîtresse Dina, se sentit contraint d'indiquer rabbi Gotsce.

— Le bébé ? s'enquit Adelia.

— Un peu en avance, mais les femmes ont bon espoir qu'il arrivera sain et sauf.

— Le Seigneur a donné, le Seigneur a ôté, commenta Gyltha.

Adelia ne demanda pas comment allait Dina, car celle-ci n'était à l'évidence pas à la fête. Mais ses épaules se détendirent, tandis qu'une partie de sa colère la quittait. C'était déjà une petite victoire, l'irruption de quelque chose de neuf, quelque chose de bon en ce triste monde.

Le rabbin releva son apaisement.

— Êtes-vous juive, ma dame ?

— Celui qui m'a élevé l'est. Je ne suis que l'amie de Simon.

— C'est ce qu'il m'avait confié. Soyez tranquille, ma fille. Pour notre pauvre petite communauté, l'enterrement de votre ami est un devoir sacré qui nous incombe à tous. Nous nous sommes déjà acquittés de la *tahara*, la toilette et la purification du défunt préalable au commencement de son voyage vers l'au-delà. Nous l'avons revêtu du *takhrikhim*, le linceul blanc traditionnel. À l'image du grand sage Rabban Gamliel, on est en train de préparer pour lui un simple cercueil en osier. Et voyez : je déchire mes vêtements pour lui.

Le rabbin arracha l'avant de sa tunique déjà passablement loqueteuse en signe rituel de deuil.

Elle n'avait pas à s'inquiéter.

— Merci, rabbin, merci.

Cependant, il restait encore un détail.

— Il ne doit pas rester seul.

— Il n'est pas seul. Le vieux Benjamin tient lieu de *shomer*. Il le veille et récite les psaumes de rigueur.

Rabbi Gotsce décocha un regard au prieur et au collecteur d'impôts, en grande discussion. Il baissa la voix.

— En ce qui concerne l'enterrement... Nous sommes des gens flexibles, nous n'avons pas le choix, et le Seigneur n'exige pas de nous l'impossible. Il n'est pas rancunier si nous faisons preuve d'adaptation, affirma-t-il avant de baisser encore la voix, chuchotant presque. Nous avons toujours pu constater que les lois chrétiennes étaient, elles aussi, flexibles, notamment lorsque de l'argent est en jeu. Nous sommes en train de rassembler le peu de numéraire dont nous disposons à nous tous pour acheter à l'intérieur du château une parcelle où notre ami pourra être enterré avec égard.

Pour la première fois de la journée, Adelia sourit.

— J'ai de l'argent en abondance.

Rabbi Gotsce se redressa.

— Dans ce cas-là, pourquoi se tourmenter ?

Il lui prit la main et prononça la bénédiction des affligés :

— « Loué soit l'Éternel, notre Dieu, roi de l'Univers, juge équitable et juste. »

L'espace d'un instant, Adelia éprouva un sentiment de paix et de reconnaissance – à cause de cette bénédiction, peut-être, ou de la présence de ces hommes bien intentionnés, ou encore de la venue prochaine de l'enfant de Dina.

« Pourtant, pensa-t-elle, quelle que soit la manière dont on l'inhumera, Simon est mort et le monde a perdu un être d'une grande valeur. Et c'est à toi, Adelia, qu'il revient d'établir s'il s'agit d'un accident ou d'un meurtre – nul autre ne le peut. »

Elle se sentait encore réticente à examiner le corps de Simon – en partie par peur de ce qu'il pourrait lui apprendre, devinait-elle. S'il avait été tué par le fauve qui rôdait en liberté, ce dernier avait non seulement porté un coup fatal à Simon, mais à la détermination d'Adelia à mener à bien leur mission. Sans lui, la responsabilité reposait exclusivement sur elle ; sans lui, elle n'était qu'un roseau solitaire, brisé et terrifié.

Mais le rabbin, à qui sire Rowley parlait à toute vitesse, n'était pas résolu à la laisser s'approcher de la dépouille de Simon.

— Non, refusa-t-il. En aucun cas, et certainement pas une femme.

— *Dux femina facti*, fit valoir obligeamment le prieur.

— Le prieur est dans le vrai, argua sire Rowley. En l'occurrence, la cheville ouvrière de toute l'entreprise est une femme. Les morts se livrent à elle. Ils lui confient la cause de leur mort, dont nous pouvons ensuite déduire qui les a tués. Au nom du défunt comme de la justice, nous nous devons de découvrir si le meurtrier des enfants est également le sien. Pour l'amour du Seigneur, il était ici afin d'aider les vôtres. S'il a été assassiné, ne désirez-vous pas qu'il soit vengé ?

— *Exoriare aliquis nostris ex ossibus ultor*, souligna tout aussi obligeamment le prieur. « Lève-toi inconnu né de mes os, mon vengeur. »

Le rabbin le gratifia d'une courbette.

— La justice est une bonne chose, monseigneur, concéda-t-il. Mais il nous a maintes fois été donné de vérifier qu'elle ne saurait exister que dans l'au-delà. Vous invoquez le Seigneur, mais comment pourrait-il Lui plaire que nous enfreignions sa Loi ?

— C'est qu'il est têtu, le gueux, grommela Gyltha à Adelia, en secouant la tête.

— C'est ce qui fait de lui un Juif, lâcha Adelia.

Parfois, elle s'étonnait que le peuple comme la religion aient réussi à survivre malgré l'hostilité presque universelle et, pour Adelia, inexplicable dont ils faisaient l'objet. Errance, persécutions, humiliations, tentatives d'annihilation... les Juifs avaient eu à endurer tout cela – et ils ne s'en étaient cramponnés qu'avec plus de ténacité à leur judéité. Durant la première croisade, les armées chrétiennes, prises de ferveur religieuse et de boisson, s'étaient fait un devoir d'évangéliser toutes les populations juives qu'elles croisaient en leur proposant l'alternative du baptême ou de la mort. Des milliers de Juifs avaient choisi la mort.

Un homme raisonnable, rabbi Gotsce, mais il aurait encore préféré mourir sur le seuil de cette tour plutôt que d'enfreindre un article de sa foi et de permettre à une femme de toucher le cadavre d'un homme, si profitable que pût être ce contact.

Ce qui, observait Adelia, démontrait que les trois grandes religions s'accordaient au moins sur l'infériorité de son sexe. De fait, les Juifs les plus dévots remerciaient quotidiennement Dieu de ne pas être nés femmes.

Pendant qu'elle avait l'esprit ailleurs, des négociations énergiques s'étaient poursuivies, dominées par la voix de Picot. Finalement, il vint la rejoindre.

— Voilà ce que je suis parvenu à obtenir, annonça-t-il. Le prieur et moi aurons l'autorisation d'inspecter le corps. Vous aurez le droit de patienter à la porte et de nous dire quoi chercher.

Grotesque, mais dans la mesure où tout le monde paraissait pouvoir s'en accommoder, y compris elle...

Au prix d'efforts considérables, les Juifs avaient monté la dépouille jusqu'à la seule pièce inoccupée de la tour, la plus élevée, où Adelia, Simon et Mansur s'étaient pour la première fois entretenus avec le vieux Benjamin et Yehuda.

Comme s'il craignait que, dans un excès de zèle, elle ne se précipite à l'intérieur, le rabbin obligea Adelia à patienter sur le palier inférieur, en compagnie de Sauvegarde. Elle entendit la porte s'ouvrir. Quelques courtes bribes de la voix du vieux Benjamin qui psalmodiait le *Tehillim* flottèrent jusqu'à elle, puis la porte se referma.

« Picot a raison, se dit-elle, Simon ne devrait pas être mis en terre sans avoir été entendu. » Son esprit y verrait une plus grande profanation si nul n'écoutait ce que son corps avait à raconter.

Elle s'assit sur une marche en pierre et mit de l'ordre dans ses pensées, avant de se concentrer sur les modalités de la mort par noyade.

L'exercice était difficile. Faute de pouvoir procéder à une coupe des poumons pour vérifier s'ils étaient ballonnés et contenaient de la vase ou des algues, l'établissement du diagnostic consisterait pour une large part à éliminer d'autres causes de décès. En fait, songea-t-elle, il était peu probable qu'ils découvrent le moindre indice de meurtre. Adelia serait sans doute à même de confirmer s'il s'agissait bien d'une noyade – si Simon était vivant ou non quand il était tombé dans l'eau –, mais cela laissait en suspens la question suivante : était-ce un accident ou l'avait-on poussé ?

La voix du vieux Benjamin – « Seigneur, tu as été pour nous un refuge, de génération en génération » –, le bruit sourd des bottes du collecteur d'impôts descendant lourdement les marches jusqu'à elle.

— Il a l'air en paix, lui assura-t-il. Que devons-nous faire ?

— Présente-t-il des coulées au niveau de la bouche et des narines ?

— Non. Il a déjà été lavé.

— Appuyez-lui sur la poitrine. Si de l'écume apparaît, essuyez-la et recommencez.

— Je ne sais pas si le rabbin me laissera faire. Avec mes mains de goy...

Adelia se leva.

— Alors ne lui demandez pas la permission.

Le naturel reprenait le dessus.

Sire Rowley s'empressa de remonter.

« Tu ne craindras ni la frayeur de la nuit ni la flèche qui vole de jour... »

Elle s'accouda à l'appui triangulaire d'une archère à côté d'elle, caressant distraitement la tête de Sauvegarde, et s'attarda sur le paysage qu'elle avait déjà contemplé à sa visite précédente, la rivière, les arbres, les collines par-delà – un poème pastoral à la Virgile.

« Mais je crains la frayeur de la nuit », pensa-t-elle.

— De l'écume, l'informa laconiquement sire Rowley, de retour à ses côtés. Les deux fois. Rosâtre.

Vivant quand il était tombé, donc. Un indice, mais pas une preuve ; Simon aurait pu souffrir d'un malaise cardiaque qui l'aurait fait basculer dans la rivière.

— Des hématomes ? se renseigna-t-elle.

— Je n'en ai pas vu. Il a des coupures entre les doigts. Le vieux Benjamin dit qu'ils ont retrouvé des tiges de plantes dans ses mains. Ça a de l'importance ?

Là encore, cela signifiait que Simon était en vie quand il avait chuté dans l'eau ; durant la terrible minute qu'il avait dû mettre à mourir, il avait arraché des herbes et des roseaux qui étaient restés entre ses mains lorsque celles-ci s'étaient refermées dans un ultime spasme.

— Regardez s'il a des hématomes dans le dos, lui enjoignit-elle. Mais ne le tournez pas sur le ventre, c'est contraire à la Loi.

Cette fois-là, elle entendit Picot et le rabbin argumenter d'un ton sec. Le vieux Benjamin les ignorait. « Il me fait coucher dans de verts pâturages, il me dirige vers des eaux paisibles. »

Sire Rowley l'emporta. Il revint la trouver.

— Il a une série de bleus de là à là, indiqua-t-il en posant tour à tour une main sur chacune de ses épaules, pour suggérer une ligne dans le haut du dos. L'aurait-on frappé ?

— Non. Ça arrive parfois. Sous l'effet des efforts pour regagner la surface, les muscles des épaules et du cou se rompent. Il s'est noyé, Picot. C'est tout ce que je peux vous dire : Simon s'est noyé.

— Il a un autre bleu très net, ajouta sire Rowley. Ici.

Il se tordit un bras dans le dos et se retourna, agitant les doigts pour montrer à Adelia un point entre le bas des omoplates.

— Qu'est-ce qui a bien pu causer ça ?

La voyant froncer les sourcils, il cracha sur la marche à ses pieds et s'agenouilla pour esquisser un petit cercle humide sur la pierre.

— Comme ça. Rond. Net, comme je le disais. Qu'est-ce que c'est ?

— Je ne sais pas.

L'exaspération s'empara d'elle. Avec toutes leurs règles mesquines, leur peur de l'impureté originelle des femmes, leurs inepties, ils érigeaient des barrières entre médecin et patient. Simon l'appelait de toute sa voix et ils empêchaient Adelia de l'entendre.

— Excusez-moi, lâcha-t-elle.

Elle gravit l'escalier et pénétra dans la pièce. Le corps reposait sur le flanc. Elle n'eut besoin que d'un instant avant de ressortir.

— Il a été assassiné, déclara-t-elle à Picot.
— Avec une perche ? hasarda-t-il.
— C'est probable.
— On s'en est servi pour le maintenir sous l'eau ?
— Oui.

CHAPITRE 11

Le mur d'enceinte était un rempart depuis lequel les archers pouvaient repousser – et, lors de la guerre entre Étienne et Mathilde, avaient effectivement repoussé – un assaut contre le château. Ce jour-là, il était silencieux et déserté de tous, hormis une sentinelle qui effectuait le tour du chemin de ronde et une femme en manteau accompagnée d'un chien, debout à côté d'un créneau, qui ne répondit pas quand l'homme d'armes lui souhaita une bonne journée.

C'était un bel après-midi. Le vent d'ouest, qui avait chassé la pluie, propulsait des nuages d'agneline dans le ciel bleu lessivé et ajoutait à la beauté et à l'animation de la scène qu'Adelia avait sous les yeux, gonflant les toits de toile des étals du marché, faisant onduler les pavillons des embarcations amarrées près du pont, harmonisant la danse des saules qui agitaient ensemble leurs branches, plissant la rivière de vaguelettes irrégulières scintillantes.

Adelia n'en voyait rien.

« Comment t'y es-tu pris ? interpella-t-elle le meurtrier de Simon. Qu'as-tu pu lui dire pour le persuader de se hasarder dans une situation te permettant de le pousser à l'eau ? Car le maintenir au fond n'a pas dû réclamer beaucoup d'efforts ; une fois la perche au creux de son dos, il t'a suffi de t'appuyer dessus de tout ton poids pour qu'il lui soit impossible de se dégager. »

Une minute ou deux, durant lesquelles il s'était débattu tel un scarabée, jusqu'à ce que cette vie pleine de bonté et de complexité s'éteigne.

« Juste ciel, qu'est-ce qu'ont bien pu être ses derniers moments ? » Adelia imagina les nuages de vase tourbillonnante, les algues enserrant Simon, l'emprisonnant, elle se représenta les bulles d'air d'une ultime expiration s'élevant vers la surface, prise de panique par procuration, pantelante, comme si ce n'était pas l'air frais de Cambridge qu'elle avalait, mais de l'eau.

« Assez. Ce n'est pas ça qui aidera Simon. »

Qu'est-ce qui le pouvait ?

À l'évidence, traduire en justice son meurtrier, qui était aussi celui des enfants, mais ce serait bien plus difficile sans lui. « Pour résoudre cette affaire, il se pourrait précisément que nous soyons contraints à cela, docteur... à raisonner comme il raisonne », avait-il avancé.

À quoi elle avait répondu : « Je vous en laisse le soin. C'est vous le plus subtil. »

Or, il ne restait plus qu'elle pour pénétrer dans cet esprit qui considérait le meurtre comme un expédient voire, dans le cas des enfants, un plaisir.

Mais tout ce qu'elle percevait, c'était le préjudice causé. Elle était amoindrie. La colère qu'elle avait ressentie à l'idée des tortures infligées aux enfants, se rendait-elle compte, était celle d'un *deus ex machina* appelé sur terre pour redresser les torts. Simon et elle se voulaient en marge, au-dessus de l'action, dénouement plutôt que péripétie. Dans son cas personnel, supposait-elle, c'était une forme d'arrogance – les dieux n'avaient pas leur place en tant que personnages dans la pièce –, dont la mort de Simon l'avait affranchie, la projetant parmi les acteurs, aussi ignorante et impuissante que le reste des minuscules figures chahutées par les vents du destin qui évoluaient jusqu'alors au-dessous d'elle.

Elle appartenait à la même fraternité des malheureux qu'Agnes, assise en contrebas dans sa hutte semblable à une ruche, que Hugh le veneur qui pleurait sa nièce, ou que Gyltha et quiconque redoutant de perdre un être cher.

Elle entendit un pas familier approcher le long des remparts et prit soudain conscience qu'elle le guettait. La seule planche de salut à laquelle elle avait pu se raccrocher au milieu de ce naufrage était la certitude que le collecteur d'impôts était aussi innocent des meurtres qu'elle-même. Elle lui eût volontiers, très volontiers présenté ses humbles excuses de l'avoir soupçonné, si ce n'était qu'il ajoutait encore à sa confusion.

Aux yeux de tous hormis ses intimes, Adelia aimait apparaître imperturbable et affecter l'attitude bienveillante, mais détachée, de celle dont la vocation procède du dieu de la Médecine lui-même. Ce vernis l'aidait à faire pièce aux impertinences, aux excès de familiarité et, de temps à autre, aux libertés physiques auxquels étaient enclins ses camarades étudiants et ses premiers patients. De fait, elle se considérait elle-même comme coupée de l'humanité, pareille à un havre de paix caché, au besoin accessible à ses contemporains, mais préservé de leur vulnérabilité.

À la personne dont les pas approchaient, pourtant, elle avait révélé son chagrin et son affolement, elle avait réclamé, imploré de l'aide, elle s'était abandonnée, reconnaissante jusque dans sa détresse de cette présence à ses côtés.

Aussi fut-ce avec un visage dénué d'expression qu'Adelia se tourna vers sire Rowley.

— Quel est le verdict ?

Elle n'avait pas été appelée à témoigner devant les jurés rassemblés à la hâte en vue de l'enquête du coroner sur le décès de Simon. Picot avait estimé qu'il ne serait ni dans l'intérêt d'Adelia ni dans celui de la vérité de dévoiler qu'elle était médecin des morts.

— D'une part, vous êtes une femme et d'autre part, vous êtes étrangère. Même si l'on vous croyait, vous feriez sensation. J'attirerai leur attention sur le bleu dans son dos et j'expliquerai qu'il enquêtait sur les finances du meurtrier d'enfants et que c'est pour cette raison que ce dernier l'a tué, même si je doute que le coroner ou les jurés, qui sont tous des rustauds, aient assez d'esprit pour démêler un écheveau aussi emberlificoté et y ajouter foi.

À sa mine, elle devina que l'on ne l'avait pas cru.

— « Décès accidentel par noyade », énonça-t-il. Ils m'ont pris pour un fou.

Il posa les deux mains sur le créneau et émit un soupir exaspéré en contemplant la ville en contrebas.

— Tout ce que j'ai peut-être réussi à faire, c'est entamer de quelques pouces leur conviction que ce sont les Juifs, et non l'un d'eux, qui ont assassiné le petit saint Peter et les autres enfants.

L'espace d'un instant, une idée émergea des pensées en ébullition d'Adelia, dénuda ses crocs hideux, puis disparut à nouveau sous la tristesse, la déception et l'appréhension.

— Et l'enterrement ? s'enquit-elle.

— Ah, lâcha sire Rowley, venez.

Sauvegarde se dressa sur ses pattes grêles dans l'instant et s'élança servilement à sa suite en trottinant. Adelia leur emboîta le pas avec moins d'empressement.

Une construction était en chantier dans la cour principale. Les bavardages des clercs rassemblés là étaient noyés par le vacarme insistant et assourdissant des marteaux sur le bois. On érigeait dans un coin l'échafaud neuf supportant les trois gibets destinés à l'assise, lors de laquelle les juges de l'Eyre videraient les geôles du comté et se prononceraient sur le sort de ceux qui y étaient emprisonnés. Près des portes du château, presque aussi haut que les nœuds coulants, s'élevaient une longue table et un banc surélevés auxquels les juges accéderaient par un escalier afin de dominer la multitude.

Guidés par Picot, ils dépassèrent un coin de mur et le tapage diminua. Les shérifs du Cambridgeshire avaient mis à profit les seize années de paix angevine pour aménager une saillie, une extension de leur logis renfermant un jardin clos creusé dans le sol et desservi par quelques marches, dans lequel on pouvait pénétrer de l'extérieur par une porte voûtée.

À l'intérieur, au bas de l'escalier, le chahut était presque inaudible et Adelia entendit les premières abeilles du printemps butiner en bourdonnant.

Très anglais, comme jardin, destiné à produire de quoi préparer des remèdes ou réaliser des jonchées, plutôt qu'à être admiré. À cette période de l'année, la couleur en était quasi absente, en dehors des primevères entre les pierres des allées et d'un soupçon de bleu au pied d'un mur où se massaient des violettes. Il y flottait un parfum de terre et de fraîcheur.

— Ça vous ira ? se renseigna sire Rowley, désinvolte.

Adelia le dévisagea bêtement.

— C'est le jardin du shérif et de sa dame, expliqua-t-il, feignant un effort de patience. Ils ont accepté qu'on y enterre Simon.

Picot prit le bras d'Adelia et emprunta avec elle un chemin menant à un cerisier sauvage qui répandait ses délicats pétales blancs sur une parcelle d'herbes folles parsemées de pâquerettes.

— Nous pensions à ici.

Adelia ferma les yeux et prit une inspiration.

— Je me dois de les dédommager, déclara-t-elle finalement.

— Certainement pas, lui opposa le collecteur d'impôts, offensé. Quand je dis qu'il s'agit du jardin du shérif, il serait en fait plus exact de parler de celui du roi, dans la mesure où, en définitive, l'Angleterre lui appartient jusqu'à la dernière acre, si l'on fait abstraction des terres qui sont la propriété de l'Église. Et puisque Henri Plantagenêt aime bien ses Juifs et que je suis l'homme d'Henri Plantagenêt, il a suffi que je souligne au shérif Baldwin que cette occasion de faire plaisir aux Juifs s'assortissait d'une occasion de faire plaisir au roi. Ce qui, stricto sensu, n'est pas faux, car Henri visitera sous peu le château.

Il marqua une pause et fronça les sourcils.

— Il faudra aussi que j'insiste auprès du roi pour qu'on implante des cimetières juifs dans toutes les villes, la situation actuelle est un scandale. Je ne peux pas croire qu'il soit au courant.

Il ne serait donc pas question d'argent. Mais Adelia n'en était pas moins redevable. Il était temps qu'elle s'acquitte de sa dette, et dans les formes.

Elle fléchit le genou et gratifia Picot d'une ample révérence.

— Messire, je suis votre obligée, non seulement du fait de cet acte de bonté, mais aussi en raison de ma suspicion déplacée à votre encontre. Je suis véritablement navrée.

Il baissa les yeux vers elle.

— Quelle suspicion ?

Adelia fit la grimace.

— Je pensais que vous étiez peut-être le tueur.

— Moi ?

— Vous avez été en croisade, rappela-t-elle. Tout comme lui, je le suspecte. Vous étiez à Cambridge au moment des meurtres. Vous étiez dans les parages de Wandlebury Ring la nuit où l'on a déplacé les corps des enfants...

Ventredieu, plus elle exposait sa théorie, plus celle-ci lui paraissait sensée... Pourquoi s'en serait-elle excusée ?

— Comment aurais-je pu penser autrement ? conclut-elle.

Changé en statue, il la fixa de ses yeux bleus et pointa le doigt vers elle, puis vers lui avec incrédulité.

— Moi ? répéta-t-il.

Elle perdit patience.

— Je m'aperçois bien que ces soupçons étaient indignes, s'irrita-t-elle.

— Diable, oui ! se récria-t-il avec force, effarouchant un rouge-gorge qui s'enfuit à tire-d'aile. Sachez, ma dame, que j'aime les enfants. Je subodore que j'en ai engendré un certain nombre, même si je ne saurais l'affirmer. Bon sang, je vous l'ai dit, je traque ce misérable.

— Le tueur aurait pu prétendre la même chose. Vous n'avez pas fourni d'explications.

Picot réfléchit un instant.

— En effet, je le reconnais. À vrai dire, ça ne concerne personne d'autre que moi et… cela dit, au vu des circonstances…, hésita-t-il, avant de la toiser un instant. Ce que je m'apprête à vous confier est un secret, ma dame.

— J'aurai soin de le garder, promit Adelia.

Au fond du jardin se trouvait une banquette de verdure derrière laquelle de jeunes feuilles de houblon formaient comme une tapisserie sur les briques du mur. Sire Rowley la montra du doigt à Adelia, puis s'y installa à côté d'elle, un genou entre ses mains jointes.

Il commença son récit par lui.

— Sachez d'abord que je suis un homme qui a de la chance.

De la chance, parce que son père, qui était le sellier du seigneur d'Aston, dans le Hertfordshire, avait veillé à ce qu'il reçoive de l'instruction ; de la chance, encore, parce que son gabarit et sa force lui avaient valu de se faire remarquer ; et de la chance, enfin, parce qu'il avait l'esprit vif…

— Sachez aussi que j'ai un don remarquable pour les mathématiques et les langues, précisa-t-il.

« Et on ne recule pas non plus à se mettre en avant », songea Adelia, amusée, reprenant une formule de Gyltha.

Les aptitudes du jeune Rowley avaient très vite été repérées par le seigneur de son père, qui l'avait envoyé à l'école pythagoricienne de Cambridge, où il avait étudié les sciences grecques et arabes et où ses tuteurs l'avaient à leur tour recommandé à Geoffrey

De Luci, le chancelier d'Henri II, qui l'avait pris à son service.

— Comme collecteur d'impôts ? demanda innocemment Adelia.

— Comme clerc à la chancellerie, rectifia Picot. Dans un premier temps. Avant que je finisse par attirer l'attention du roi, bien sûr.

— Bien sûr.

— Dois-je poursuivre mon histoire ou préférez-vous discuter du temps qu'il fait ? la rabroua-t-il.

— Je vous en prie, continuez, mon seigneur, s'excusa Adelia, penaude. Je suis sincèrement intéressée.

« Pourquoi est-ce que je l'asticote, ce jour entre tous ? » s'interrogea-t-elle. Parce que tout ce que Picot faisait et disait lui rendait cette journée plus supportable.

« Grand Dieu, je ressens de l'attirance pour lui », s'avisa-t-elle avec saisissement.

Cette prise de conscience survint telle une attaque, comme si la vérité s'était jusqu'alors tapie dans quelque recoin secret et exigu de son être, mais qu'elle était soudain devenue trop importante pour demeurer inaperçue. De l'attirance ? Adelia en avait les jambes qui flageolaient et elle éprouvait une sensation d'ivresse mêlée à un sentiment d'incrédulité et d'indignation tant la chose était improbable et malvenue.

« C'est un homme trop léger pour moi, se lamenta-t-elle. Certes pas par le poids, mais il manque de gravité. C'est un contrecoup, un accès de folie résultant de sa bonté insoupçonnée et de ce jardin printanier. À moins que je ne sois simplement perdue. Cela me passera, cela doit me passer. »

Rowley parlait d'Henri II avec animation.

— Je suis l'homme à tout faire du roi. Aujourd'hui collecteur d'impôts, demain... ce que bon lui semble.

Il se tourna vers Adelia.

— Au fait, qui était Simon de Naples ? Quel était son état ?

Elle s'efforça de rassembler ses pensées.

— Il... Simon ? Eh bien, il se chargeait de missions confidentielles pour le roi de Sicile, entre autres.

Elle serra ses mains l'une contre l'autre – il ne devait pas voir qu'elle tremblait, il ne fallait pas qu'il le surprenne. Elle se concentra.

— Il m'a un jour confié qu'il était une sorte de médecin de l'immatériel, qu'il rééquilibrait les situations bancales.

— Un émissaire. « Ne vous en faites pas, Simon de Naples va tout arranger. »

— Oui, je suppose qu'on peut le formuler ainsi.

À côté d'elle, Rowley hocha la tête et, sous l'effet de la violente curiosité qu'il lui inspirait, en tout, elle devina que lui aussi était un émissaire, que le roi d'Angleterre disait de lui en français angevin : « *Ne vous en faites pas, Picot va tout arranger*[*]. »

— Étrangement, reprit Rowley, tout a débuté par la mort d'un enfant.

L'enfant d'un roi, l'héritier du trône d'Angleterre et de l'empire que son père avait bâti pour lui. Guillaume Plantagenêt, né en 1153, d'Henri II et d'Aliénor d'Aquitaine. Décédé en 1156.

— Henri ne croit pas aux croisades, lâcha Rowley. D'après lui, il suffit de tourner le dos pour que le premier salaud venu s'empare du trône en votre absence, ajouta-t-il avec un sourire. Toutefois, Aliénor, elle, y croit. Elle y a même pris part avec son premier mari.

Donnant lieu à une légende que l'on chantait encore dans toute la chrétienté – et pas dans les églises – et qui évoquait à Adelia la vision d'une amazone dénudée et provocante ouvrant la voie au milieu des sables du désert, remorquant derrière elle Louis VII, le pauvre et pieux roi de France.

— Le petit Guillaume était précoce pour son âge et il avait fait vœu de partir en croisade lorsqu'il serait plus grand. Aliénor et Henri lui avaient même fait fabriquer une petite épée et, à sa mort, Aliénor a insisté pour qu'on l'emporte en Terre sainte.

Oui, se remémora Adelia, touchée. Elle en avait vu bon nombre à Salerne, des pères portant l'épée de leur fils, des fils portant celle de leur père, sur le chemin de Jérusalem, en croisade par procuration, en guise de pénitence ou pour honorer un serment inaccompli, parfois prêté par eux, parfois par un proche défunt.

La veille encore, elle n'aurait sans doute pas été autant émue, mais c'était comme si la mort de Simon et sa propre passion, aussi neuve qu'insoupçonnée, avaient accru sa réceptivité aux souffrances et à l'amour du monde entier.

— Pendant longtemps, raconta Rowley, le roi s'y est opposé, arguant que Dieu ne refuserait pas le paradis à un marmot de trois ans qui ne s'était pas acquitté de son vœu. Mais la reine n'en a pas démordu et pour finir, il y a quoi ? près de sept ans maintenant, Henri a chargé Guiscard de Saumur, l'un de ses oncles angevins, de se rendre en pèlerinage à Jérusalem avec l'épée.

Là encore, Rowley sourit.

— Henri a toujours plus d'une raison pour agir comme il le fait. Le seigneur Guiscard constituait un excellent choix : il était vigoureux, entreprenant et il avait l'expérience de l'Orient, même s'il avait le sang chaud, comme tous les Angevins. Comme par ailleurs un différend avec un de ses vassaux menaçait la stabilité de l'Anjou, le roi a estimé que l'absence temporaire de Guiscard permettrait d'apaiser les tensions. Une escorte de chevaliers devait l'accompagner, mais Henri a jugé plus sage d'envoyer en sus un homme à lui, débrouillard et doué pour la diplomatie ou, pour reprendre ses termes, « un gaillard assez malin pour éviter les ennuis à ce bougre ».

— Vous ? avança Adelia.

— Moi, confirma Rowley avec fatuité. C'est à cette occasion qu'Henri m'a adoubé, car je devais être le porteur de l'épée. Aliénor en personne me l'a sanglée dans le dos et jusqu'au jour où je l'ai rapportée sur la tombe du petit Guillaume, elle ne m'a jamais quittée. Même quand je l'ôtais pour la nuit, je dormais avec. Et c'est ainsi que nous nous sommes mis en route pour Jérusalem.

Le nom de cette ville transfigura le jardin et ses deux occupants, emplissant l'air de toute l'adoration et tout l'antagonisme de trois religions rivales, semblables au chœur céleste de planètes fredonnant chacune un air différent, lancées les unes vers les autres.

— Jérusalem, répéta Rowley, avant de citer la reine de Saba. « Et on ne m'en avait pas dit la moitié. »

Extatique, il avait foulé les pavés sanctifiés par le Sauveur, parcouru à genoux la Via Dolorosa, s'était prosterné, en pleurs, devant le Saint-Sépulcre. Il lui avait alors paru juste que l'ombilic de toute vertu ait été débarrassé de la tyrannie païenne par les hommes de la première croisade afin que les chrétiens comme lui pussent à nouveau s'y recueillir.

— Aujourd'hui encore, je ne sais pas comment ils ont réussi, avoua-t-il en secouant la tête, admiratif. Les mouches, les scorpions, la soif, la chaleur... les chevaux qui mouraient sous leur cavalier, les mains pleines de cloques au moindre contact avec les armures. Et ils étaient en état d'infériorité numérique, décimés par les maladies. Non, Dieu le Père était aux côtés de ces premiers croisés, sans quoi ils n'auraient jamais pu reconquérir la demeure de Son Fils. Du moins, c'était ce que je croyais à l'époque.

Il y avait également eu des plaisirs plus profanes. Les descendants des croisés d'origine s'étaient acclimatés à cette terre qu'ils appelaient Outremer ; de fait, il était difficile de faire la différence entre eux et les Arabes dont ils avaient adopté le mode de vie.

Le collecteur d'impôts évoqua les palais en marbre, les cours décorées de fontaines et de figuiers, les bains... – « Je vous le jure, de grands bains maures creusés dans le sol ! » – et un riche et capiteux parfum de séduction envahit le petit jardin.

De tous les chevaliers du groupe, Rowley était celui qui avait été le plus ensorcelé, non seulement par le caractère sacré de cette contrée exotique et extravagante, mais par sa diversité et sa complexité.

— C'est ça, le plus surprenant – à quel point tout est embrouillé. Ce n'est pas simplement les chrétiens contre les Sarrasins, rien d'aussi évident. On se dit : grand Dieu, cet homme est un ennemi parce qu'il vénère Allah. Et ce quidam agenouillé devant une croix est chrétien, il doit être dans notre camp – sauf qu'il a beau être chrétien, il n'est pas forcément dans votre camp, il se peut tout aussi bien qu'il soit allié à un prince musulman.

Ça, Adelia le savait déjà. Les marchands aventuriers italiens commerçaient volontiers avec leurs homologues musulmans en Syrie et à Alexandrie bien avant que le pape Urbain II appelle à libérer les lieux saints de l'occupation mahométane en 1095, et ils avaient par conséquent maudit la première croisade, tout comme ils avaient maudit la seconde quand, en 1147, de nouveaux croisés avaient pris le chemin de la Terre sainte, sans mieux comprendre que leurs prédécesseurs la mosaïque de peuples qu'ils envahissaient, déstabilisant la profitable coopération qui existait depuis des générations entre des populations de religions différentes.

Tandis que Rowley lui décrivait ce mélange qui avait fait ses délices, Adelia s'alarma de la vitesse à laquelle ses dernières défenses s'effondraient devant lui. Toujours prompte à classifier et à condamner, elle découvrait chez cet homme une largeur d'idées et un discernement rares chez un croisé. « Non, non ! s'insurgea-t-elle. Il importe de tuer dans l'œuf cette infatuation, il est exclu que je ressente de l'admiration pour lui. Je n'ai aucune envie de tomber amoureuse. »

— Dans un premier temps, poursuivit Rowley, sans se douter de quoi que ce soit, je n'en suis pas revenu que les Juifs et les musulmans soient aussi ardemment attachés au Temple de Jérusalem que moi, qu'il soit aussi sacré à leurs yeux.

S'il n'avait pas laissé cette prise de conscience semer le doute dans son esprit quant à la justesse des croisades – ce n'était venu que par la suite –, il n'avait pas tardé à être écœuré par l'intolérance tapageuse et brutale de la plupart des nouveaux arrivants. Il préférait la compagnie et les façons des descendants de croisés qui s'étaient fondus dans ce creuset. Et grâce à leur hospitalité, le noble Guiscard et son entourage avaient eux aussi pu en faire l'expérience.

Pas question de rentrer pour autant, pas déjà. Ils avaient appris l'arabe, pris goût aux bains parfumés d'onguent, aux petits mais féroces faucons de Barbarie que leurs hôtes utilisaient pour la chasse, aux vêtements amples et à la docilité des femmes, aux coussins moelleux, aux serviteurs noirs, aux mets épicés. Et quand ils guerroyaient, c'était revêtus d'un burnous par-dessus leur armure pour se protéger du soleil, indiscernables de leurs ennemis sarrasins en dehors de la croix sur leur bouclier.

Car Guiscard et sa petite bande guerroyèrent aussi, tant la métamorphose de pèlerins en croisés avait été totale. Amaury Ier, le roi de Jérusalem, venait de lancer un pressant appel aux armes à tous les Francs afin d'empêcher Nur al-Din, qui venait de pénétrer en Égypte, d'unifier le monde musulman contre les chrétiens.

— Un grand guerrier, Nur al-Din. Doublé d'une grande canaille. Sur le moment, en rejoignant l'armée du royaume de Jérusalem, nous avions l'impression de rejoindre celle du royaume des Cieux.

Ils avaient fait mouvement vers le sud.

Jusque-là, remarqua Adelia, l'homme assis à côté d'elle lui avait dépeint en détail les dômes blancs rehaussés d'or, les vastes hôpitaux, les rues grouillantes et l'immensité du désert. Mais le récit de sa croisade proprement dite fut plus lacunaire.

— Folie sacrée, résuma-t-il. Même s'il y avait de la noblesse de part et d'autre, ajouta-t-il. Quand Amaury est tombé malade, Nur al-Din a par exemple suspendu les hostilités jusqu'à ce qu'il se rétablisse.

Mais l'armée chrétienne charriait derrière elle la lie de la chrétienté. L'indulgence, promise par le pape à tous les pécheurs et les criminels qui prenaient la croix, avait introduit en Outremer des meurtriers endurcis convaincus que, quelles que soient leurs fautes, Jésus les accueillerait à bras ouverts.

— Des animaux qui empestaient autant que les basses-cours dont ils étaient issus, commenta Rowley. Ils avaient échappé au servage et, maintenant, ils rêvaient de terres et de richesses.

Ils avaient massacré des Grecs, des Arméniens ou des Coptes, qui pratiquaient un christianisme antérieur au leur, parce qu'ils les tenaient pour impies. Des Juifs et des Arabes versés en philosophie gréco-romaine et à la pointe des mathématiques, de la médecine ou de l'astronomie, disciplines réintroduites en Occident par les populations sémitiques, se firent embrocher par des hommes qui ne savaient ni lire ni écrire et n'en voyaient pas l'intérêt.

— Amaury faisait de son mieux pour les tenir, affirma-t-il, mais ils étaient toujours à l'affût, pareils à des vautours. Un jour, quand nous avons regagné notre camp, nous avons découvert qu'ils avaient étripé les prisonniers parce qu'ils croyaient que les musulmans avalaient leurs bijoux pour les mettre à l'abri. Femmes, enfants… ils s'en fichaient. Certains ne suivaient même pas l'armée, ils se contentaient d'écumer en bande les routes commerciales en quête de butin. Ils brûlaient leurs victimes, ils leur crevaient les yeux… pour le salut de leur âme, prétendaient-ils quand ils se faisaient prendre. Et ils continuent sans doute.

Il se tut un moment.

— Notre tueur était l'un de ces misérables, conclut-il.

Adelia tourna brusquement la tête vers Rowley.

— Vous le connaissez ? Il était là-bas ?

— Je n'ai jamais posé les yeux sur lui. Mais oui, il était là-bas.

Le rouge-gorge était revenu. Perché sur un buisson de lavande, il épia un moment les deux intrus silencieux sur son territoire avant de s'envoler pour chasser une fauvette du jardin.

— Savez-vous ce que nos grandes croisades sont en train d'accomplir ? demanda Rowley à Adelia.

De la tête, elle lui signifia que non. La désillusion seyait mal à Rowley et pourtant, elle se lisait sur son visage, le vieillissait, et Adelia songea que cette amertume se dissimulait peut-être sous sa bonne humeur depuis le départ, tel un soubassement rocheux.

— Je vais vous le dire, reprit-il. Elles sont en train d'inspirer une haine si féroce aux Arabes, qui jusqu'à présent s'entre-déchiraient, qu'ils sont en train de former la plus grande coalition contre la chrétienté que le monde ait jamais vue, j'ai nommé l'Islam.

Il se leva et se dirigea vers le logis du shérif. Adelia le suivit des yeux jusqu'à ce qu'il disparaisse. Non plus grassouillet – comment avait-elle pu se le représenter ainsi ? – mais imposant.

Elle l'entendit réclamer de la bière.

Lorsqu'il revint, il avait un gobelet dans chaque main. Il lui en tendit un.

— Ça donne soif, de se confesser, plaisanta-t-il.

Était-ce bien ce dont il s'agissait ? Elle accepta la bière et en but une gorgée, incapable de détacher son regard de lui, pressentant avec une terrible lucidité que, quelle que soit la nature de sa confession, elle l'absoudrait.

— J'ai gardé sur le dos la petite épée de Guillaume Plantagenêt pendant quatre ans, continua-t-il, debout, les yeux baissés vers elle. Je la portais sous ma cotte de mailles pour éviter de l'abîmer quand je me battais. Je suis allé au combat avec elle et j'en suis revenu. Elle s'est si profondément incrustée dans ma peau que j'en conserve une marque en forme de croix, comme l'âne sur lequel Jésus est entré à Jérusalem. C'est la seule cicatrice dont je sois fier, assura-t-il, avant de lui décocher un regard en coin. Vous voulez la voir ?

Elle lui sourit.

— Peut-être pas maintenant.

« On croirait une souillon tourneboulée par des fariboles de soldat, se reprocha-t-elle. Outremer, héroïsme, croisades... ce n'est que de la poudre aux yeux. Ressaisis-toi, ma bonne. »

— Une autre fois, alors, concéda-t-il, avalant une grande lampée avant de se rasseoir. Où en étais-je ? Ah oui. Nous cheminions vers Alexandrie. Nous cherchions à empêcher Nur al-Din de se construire une flotte dans les ports de la côte égyptienne ; non que les Sarrasins aient jusqu'à présent manifesté grand intérêt pour les opérations navales, notez bien. Il existe un proverbe arabe qui dit qu'il vaut mieux entendre les flatulences des chameaux que les prières des poissons... Mais ça viendra. Bref, nous bataillions dans le Sinaï.

Le sable, la chaleur, le vent – le *khamsin*, comme l'appelaient les musulmans – qui vous cinglait les yeux, les attaques venues de nulle part des archers scythes à cheval – « De foutus centaures, ils vous décochaient des volées de flèches compactes comme des essaims de sauterelles, transformant cavaliers et montures en hérissons » –, la soif.

Et là-dessus, Guiscard était tombé malade, gravement malade.

— Il avait rarement été souffrant dans sa vie et il a tout à coup pris conscience de sa condition mortelle. Il ne voulait pas mourir en terre étrangère.

« Ramène-moi chez moi, Rowley, m'a-t-il supplié. Promets-moi que tu m'aideras à rentrer en Anjou. » Et je le lui ai promis.

Au nom de son compagnon mal en point, Rowley avait donc sollicité à genoux et obtenu du roi de Jérusalem la permission de repartir pour la France.

— En vérité, j'étais soulagé. J'en avais assez de cette tuerie. Je ne cessais de penser : Est-ce pour ça que Notre-Seigneur le Christ est descendu sur terre ? Et la pensée de ce petit garçon qui attendait son épée dans sa tombe commençait à troubler mon sommeil. Malgré tout...

Il finit sa bière, puis s'ébroua, fourbu.

— Malgré tout, quand j'ai fait mes adieux, la culpabilité... J'ai eu le sentiment d'être un traître. Je vous donne ma parole que je n'aurais jamais abandonné la campagne avant que nous ayons triomphé s'il ne m'avait échu de veiller au bon retour de Guiscard.

« Oui, se dit Adelia, je vous crois. Mais pourquoi vous excuser ? Vous êtes en vie, de même que tous ceux que vous auriez tués si vous étiez resté. Pourquoi serait-il plus honteux de s'être retiré d'un conflit pareil que de l'avoir mené à terme ? Peut-être cela tient-il à la part animale de l'homme... en tout cas, juste ciel ! la part animale en moi y est sensible. »

Il avait entrepris d'organiser leur voyage.

— Je savais que ce ne serait pas aisé, déclara-t-il. Nous étions au beau milieu du désert blanc, à Bahariya, un village relativement important pour une oasis, même si je serais étonné que Dieu en connaisse l'existence. Mon intention était de prendre la direction de l'ouest jusqu'à ce que nous atteignions le Nil, puis de remonter en bateau jusqu'à Alexandrie, à ce moment-là encore entre des mains alliées, pour passer en Italie. Mais en plus des cavaliers scythes, des assassins embusqués derrière le moindre buisson et des puits empoisonnés, il fallait compter avec ces chers brigands chrétiens en maraude… car au fil des ans, Guiscard avait accumulé tant de reliques, de bijoux et de samits que nous allions devoir voyager avec une caravane de trois cents pas de long ne demandant qu'à être attaquée.

Rowley avait donc pris des otages.

Adelia faillit en lâcher son gobelet.

— Vous avez pris des otages ?

— Bien sûr, lâcha-t-il avec irritation. C'est chose commune, là-bas. Pas à des fins de rançon, comme chez nous, en Occident, comprenez bien. En Outre-mer, les otages servent de caution.

Ils représentaient une garantie, expliqua-t-il, un contrat, une preuve vivante de bonne foi, la promesse qu'un accord serait tenu, une composante de la diplomatie et des échanges entre peuples différents. Des princesses franques d'à peine quatre ans scellaient des alliances entre leurs pères chrétiens et leurs gardiens maures. Les fils de grands sultans vivaient parfois pendant plusieurs années dans des maisons franques, en tant que garants de la bonne conduite de leur famille.

— Les otages évitent les effusions de sang, soutint Rowley. C'est une bonne idée. Mettons que vous soyez dans une ville assiégée et que vous souhaitiez négocier avec les assiégeants. Fort bien, vous demandez des otages pour être certain que ces canailles ne vont pas tuer et violer tout le monde sitôt entrés et que la reddition ne donnera pas lieu à des représailles. Ou encore, supposez : vous avez une rançon à payer, mais vous ne pouvez pas rassembler sur-le-champ l'intégralité de la somme ; vous proposez des otages pour répondre du restant. On y a recours pour tout. Quand un jour l'empereur Nicéphore a voulu s'attacher temporairement les services d'un poète arabe à sa cour, il a remis au protecteur de celui-ci, le calife Harun al-Rachid, des otages pour garantir que son protégé lui serait restitué sain et sauf. Ils s'apparentent aux dépôts que reçoit un prêteur sur gages.

Adelia secoua la tête, pantoise.

— Ça fonctionne ?

— À merveille, certifia Rowley, avant de réfléchir un instant. Enfin, presque toujours. Je n'ai jamais entendu parler d'otages qui aient eu à payer tribut de leur vie alors que j'étais là-bas, mais j'ai cru comprendre que les premiers croisés pouvaient être un peu hâtifs.

Il avait à cœur de la rassurer.

— Vous voyez, c'est une excellente institution. Elle apaise les relations et permet aux deux parties de mieux se comprendre. Prenez les bains maures… Nous ne les aurions jamais découverts si un otage de haute naissance n'avait pas insisté pour qu'on lui en installe.

Adelia s'interrogea sur les mérites de l'échange inverse. Qu'est-ce que les chevaliers chrétiens, dont Adelia ne tenait pas la propreté en grande estime, pouvaient avoir à enseigner en retour à leurs captifs ?

Mais là n'était pas la question, elle le savait. Le récit ralentissait. « Il ne veut pas en arriver au fait, devina-t-elle. Et moi non plus, car ce sera forcément atroce. »

— J'ai donc pris des otages, récapitula-t-il.

Elle vit ses doigts se crisper sur ses genoux à travers son bliaud.

Il avait dépêché un messager à Farafra, chez Al-Hakim Biamrallah, l'homme qui régnait sur la majorité du territoire qu'ils allaient devoir traverser.

— Hakim était un chiite d'obédience fatimide, voyez-vous, et les Fatimides avaient pris notre parti contre Nur al-Din, qui était d'une autre secte, précisa-t-il en décochant un coup d'œil à Adelia. Je vous avais prévenue, c'est compliqué.

Le messager était porteur de présents et d'une demande d'otages destinés à garantir la sécurité de Guiscard, de ses hommes et de ses bêtes de somme jusqu'au Nil.

— C'est là que nous devions nous séparer d'eux. Des otages. Les hommes de Hakim devaient venir les chercher là-bas.

— Je vois, acquiesça Adelia avec douceur.

— Rusé, Hakim, un vieux renard, souligna Rowley, en vieux renard lui-même. Une barbe blanche jusque-là, mais des épouses à ne savoir qu'en faire. Nous nous étions déjà rencontrés à plusieurs reprises durant la campagne, nous avions chassé ensemble. Je l'appréciais.

Adelia fixait toujours les mains de Rowley, de belles mains, qui se contractaient et se relâchaient tour à tour, telles les serres d'un rapace sur un manchon.

— Et il a accepté ?

— Oh oui, il a accepté.

Le messager était revenu, sans les présents et avec les otages, au nombre de deux, des garçons. Ubayd, un neveu de Hakim, et Jaafar, l'un de ses fils.

— Ubayd avait environ douze ans, je crois, et Jaafar... Jaafar avait huit ans et c'était le préféré de son père.

Le collecteur d'impôts marqua une pause, avant de continuer d'une voix plus distante :

— Des garçons sympathiques et bien élevés, comme tous les enfants sarrasins. Excités d'être otages pour leur oncle et leur père. Ça leur conférait du prestige. Ils y voyaient une aventure.

Ses grands doigts se replièrent, révélant les phalanges sous la peau.

— Une aventure, répéta-t-il.

La porte du jardin grinça. Deux hommes avec des pelles entrèrent, passèrent devant Rowley et Adelia, en portant une main à leur couvre-chef, et longèrent l'allée jusqu'au cerisier. Ils commencèrent à creuser.

Sans émettre de commentaire, l'homme et la femme sur la banquette de verdure tournèrent la tête vers les fossoyeurs et les observèrent comme des formes lointaines sans rapport avec eux – comme si la scène se déroulait dans une autre réalité.

Au soulagement de Rowley, Hakim avait prévu non seulement des muletiers et des chameliers pour transporter les trésors de Guiscard, mais deux guerriers en guise d'escorte.

— Notre groupe de chevaliers était passablement diminué. James Selkirk et D'Aix avaient été tués à Antioche, Gérard de Nantes était mort lors d'une rixe dans une taverne… Les seuls survivants de notre troupe d'origine étaient Guiscard, Conrad de Vries et moi-même.

Guiscard, trop faible pour grimper en selle, se trouvait sur une litière n'avançant qu'à la vitesse des esclaves qui la portaient, de sorte que ce fut un lent et long convoi qui se mit en route à travers le paysage desséché. Jusqu'à ce que l'état de Guiscard se détériore au point qu'il soit impossible de poursuivre.

— Nous étions à mi-chemin, il aurait été aussi long de faire demi-tour que de continuer, mais l'un des hommes de Hakim connaissait une oasis, à une lieue environ de la piste, si bien que nous y avons emmené Guiscard et que nous y avons dressé nos pavillons. Un point d'eau minuscule, désert, quelques palmiers dattiers, mais, par miracle, une source potable. C'est là que Guiscard est mort.

— Je suis navrée, chuchota Adelia.

L'accablement qui pesait sur Rowley était presque palpable.

— Moi aussi, je l'étais, profondément, dit-il avant de relever la tête. Mais je n'ai pas eu le temps de le pleurer. Vous, entre tous, savez ce qu'il advient des cadavres, et par une telle chaleur, la chose advient vite. Le temps que nous atteignions le Nil, le corps aurait été... bref.

D'un autre côté, Guiscard était un seigneur angevin et l'oncle d'Henri Plantagenêt, pas un vulgaire vagabond que l'on pouvait enterrer au fond d'un trou anonyme dans les sables égyptiens. Les siens auraient besoin qu'on leur rapporte quelque chose de lui pour célébrer ses funérailles.

— Qui plus est, j'avais promis que je le ramènerais chez lui.

C'était alors que Rowley avait commis l'erreur qui, confessa-t-il, le hanterait jusqu'à la fin de ses jours.

— Que Dieu me pardonne, j'ai scindé nos forces.

Pour gagner du temps, il décida de laisser les deux jeunes otages où ils étaient tandis que De Vries et lui, accompagnés de quelques serviteurs, retournaient en toute hâte à Bahariya avec le corps, dans l'espoir de trouver un embaumeur.

— Nous étions après tout en Égypte et Hérodote décrit avec un répugnant luxe de détails comment les Égyptiens préservent leurs défunts.

— Vous avez lu Hérodote ?

— Ses écrits sur l'Égypte. Très instructif sur la région.

« L'innocent, pensa-t-elle. À caracoler dans le désert avec un guide vieux d'un millénaire. »

— La situation ne dérangeait pas les petits, ils étaient très contents. Ils avaient les deux guerriers de Hakim pour les protéger, une foule de serviteurs, des esclaves. Je leur ai confié le magnifique oiseau de proie de Guiscard afin qu'ils puissent le faire voler en notre absence, car ils étaient tous les deux férus de fauconnerie. Nourriture, eau, pavillons, un abri pour la nuit. J'ai fait tout ce qui était en mon pouvoir, j'ai même dépêché l'un des serviteurs arabes auprès de Hakim pour l'avertir de ce qui s'était produit et de l'endroit où se trouvaient les garçons, au cas où il m'arriverait quelque chose.

Une suite d'excuses qu'il devait avoir ressassées un millier de fois.

— Je me figurais que c'était nous, De Vries et moi, qui courions le plus de risques. Les petits n'auraient pas dû craindre grand-chose, argua-t-il, en se tournant vers Adelia, comme sur le point de l'empoigner par les épaules. C'était leur foutu pays !

— Oui, convint Adelia.

Du fond du jardin, où les deux hommes creusaient la tombe de Simon, leur parvenait le crissement régulier des pelletées de terre arrachée, puis jetée au sol. Ils auraient aussi bien pu être à des milliers de lieues de la fournaise de sable brûlant où Adelia avait la sensation de suffoquer.

Rowley et De Vries avaient fabriqué un harnais afin de transporter la litière renfermant la dépouille de Guiscard entre deux bêtes de somme et, avec deux muletiers pour seul équipage, ils étaient partis, aussi vite que possible.

— Il s'est avéré qu'il n'y avait pas d'embaumeur à Bahariya, mais j'ai déniché un vieil homme qui a prélevé le cœur de Guiscard et l'a placé dans la saumure, avant de faire bouillir le corps jusqu'à ce que subsistent uniquement les os.

L'opération s'était avérée plus longue que Rowley ne s'y attendait, mais, en fin de compte, De Vries et lui étaient repartis avec les ossements de Guiscard dans une sacoche et son cœur dans un pot scellé et ils étaient revenus à l'oasis huit jours après l'avoir quittée.

— Nous avons aperçu les vautours à deux lieues de distance. Le campement avait été attaqué. Tous les serviteurs étaient morts. Les guerriers de Hakim avaient chèrement vendu leur vie avant d'être taillés en pièces et trois des cadavres appartenaient aux pillards. Les pavillons, les esclaves, les trésors de Guiscard et les bêtes n'étaient plus là.

Dans le terrible silence du désert, les deux chevaliers avaient entendu un geignement provenant du sommet de l'un des palmiers dattiers. C'était Ubayd, le plus âgé des deux garçons, vivant et indemne.

— L'assaut s'était, voyez-vous, déroulé de nuit, si bien que, dans l'obscurité, l'un des esclaves et lui avaient réussi à escalader un arbre pour se cacher parmi les palmes. Il était là-haut depuis un jour et deux nuits. Il a fallu que De Vries grimpe jusqu'à lui et lui fasse lâcher prise de force pour qu'il redescende. Il avait assisté à tout et il était pétrifié.

Le seul qu'ils ne retrouvèrent pas était le jeune Jaafar.

— Nous fouillions encore les lieux à sa recherche quand sont survenus Hakim et ses hommes. Il avait eu vent de la présence d'une bande de pillards rôdant dans les environs à peu près au moment où il avait reçu mon message et il avait chevauché vers l'oasis tel un vent d'enfer.

La tête de Rowley s'affaissa comme si on lui déversait des charbons ardents sur le crâne.

— Il ne m'a pas fait le moindre reproche... Hakim. Pas un mot, même par la suite, quand nous avons découvert... ce que nous avons découvert. Ubayd a tout expliqué et lui a dit que ce n'était pas ma faute, mais je sais ce qu'il en est. Je n'aurais jamais dû m'éloigner d'eux, j'aurais dû emmener ces petits avec moi. Ils étaient sous ma responsabilité, vous comprenez. Ils étaient mes otages.

Les mains d'Adelia recouvrirent un instant ses poings serrés. Il ne remarqua rien.

Quand Ubayd avait finalement recouvré la faculté de parler, il leur avait raconté que la bande qui les avait attaqués était forte de vingt à vingt-cinq hommes. Il avait discerné différents dialectes pendant que le massacre se déroulait au-dessous de lui. « Francs, surtout », avait-il précisé. Et il avait aussi distingué les cris de son petit cousin implorant l'aide d'Allah.

— Nous nous sommes lancés sur leurs traces. Ils avaient trente-six heures d'avance, mais nous escomptions que leur butin les ralentirait. Le deuxième jour, nous avons avisé les empreintes d'un cheval qui se détachaient du reste de la troupe et bifurquaient vers le sud.

Pendant qu'une partie des hommes de Hakim continuait à pister le groupe principal, Rowley et lui s'étaient lancés à la poursuite du cavalier solitaire.

— A posteriori, je ne sais pas ce qui nous a poussés. Notre homme aurait pu se séparer des autres pour des dizaines de raisons. Mais je crois que nous nous en doutions.

Et ils en avaient eu confirmation lorsqu'ils avaient repéré des vautours qui tournoyaient au-dessus d'une dune. Le petit corps nu était recroquevillé dans le sable tel un point d'interrogation.

— Il avait fait subir à cet enfant des atrocités telles que nul être humain ne devrait avoir à en endurer le spectacle ou à les décrire, lâcha Rowley, les yeux fermés.

« Et pourtant, j'en ai enduré le spectacle, songea Adelia. Vous étiez furieux quand je les ai examinées à l'ermitage de sainte Werbertha. Je les ai décrites et j'en suis navrée. J'en suis désolée pour vous. »

— Nous avions joué aux échecs ensemble, reprit Rowley. Le petit et moi. Pendant le voyage. C'était un enfant intelligent, il me battait huit fois sur dix.

Ils avaient enveloppé la dépouille dans le manteau de Rowley et l'avait rapportée au palais de Hakim, où on l'avait enterré cette nuit-là au milieu des hurlements des femmes en pleurs.

Après quoi, la traque avait commencé pour de bon – une traque étrange, menée par un chef de tribu musulman et un chevalier chrétien, en marge des champs de bataille.

— Le diable rôdait dans le désert, se remémora Rowley. Il nous harcelait de tempêtes de sable qui effaçaient les traces, les points d'eau étaient tantôt asséchés, tantôt dévastés par les Maures ou les croisés, mais rien n'aurait su nous arrêter et nous avons fini par rattraper le groupe principal.

Ubayd avait raison, c'était un ramassis disparate.

— Des coquins, pour la plupart, le rebut des prisons de la chrétienté. Notre meurtrier était leur chef et, en même temps que l'enfant, il avait aussi emporté la majeure partie des bijoux, abandonnant ses hommes à leurs propres ressources, pour le moins limitées. Ils n'ont guère opposé de résistance ; la plupart étaient abrutis de haschich, le reste se disputait ce qui subsistait du butin. Nous avons interrogé chacun d'eux avant de les mettre à mort. Où est ton chef ? Comment s'appelle-t-il ? D'où vient-il ? Où se rend-il ? Aucun ne connaissait vraiment l'homme qu'ils suivaient. D'après eux, c'était un homme féroce. Et aussi un homme qui avait de la chance.

De la chance.

— Le pays d'origine n'a aucun sens aux yeux de cette racaille ; pour eux, il n'était qu'un Franc, ce qui voulait dire qu'il pouvait être originaire de n'importe quelle contrée entre l'Écosse et la Baltique. Et leurs descriptions ne valaient guère mieux : grand, de taille moyenne, le teint mat, le teint clair... évidemment, ils disaient tous à Hakim ce que, selon eux, il avait envie d'entendre, mais c'était comme s'ils avaient tous une image différente de lui. L'un d'eux prétendit même qu'il avait des cornes sur la tête.

— Avait-il un nom ?

— Ils l'appelaient Rakshasa. C'est le nom d'un démon auquel les Maures menacent de livrer les enfants désobéissants pour leur faire peur. D'après ce que m'a expliqué Hakim, les Rakshasa viennent d'Extrême-Orient... d'Inde, je crois. Ils ont jadis été invoqués par les hindous pour combattre les musulmans. Ils prennent toutes sortes de formes et massacrent les humains dans leur sommeil.

Adelia se pencha pour ramasser un brin de lavande qu'elle frotta entre ses doigts tout en parcourant du regard le jardin pour se raccrocher à la verdure anglaise.

— Il est intelligent, exposa le collecteur d'impôts, avant de se corriger. Non, pas intelligent, mais il a de l'instinct, il flaire le danger dans l'air comme un rat. Il savait que nous étions à ses trousses, j'en suis certain. S'il s'était dirigé vers le cours supérieur du Nil, ainsi que nous en étions persuadés, nous l'aurions capturé, car Hakim avait prévenu toutes les tribus fatimides... au lieu de quoi il a obliqué vers le nord-est pour repasser en Palestine.

Ils avaient retrouvé sa piste à Gaza, où on leur apprit qu'il avait embarqué du port de Teda à bord d'un navire à destination de Chypre.

— Comment ? s'enquit Adelia. Comment avez-vous retrouvé sa trace ?

— Les bijoux. Il avait fait main basse sur presque tous les bijoux de Guiscard et il était obligé de les vendre un par un pour préserver son avance sur nous. Chaque fois, Hakim en était informé par le truchement de ses relations. Nous avons ainsi obtenu sa description : un homme de grande taille, presque aussi grand que moi.

C'était à Gaza que Rowley s'était séparé de ses compagnons.

— De Vries voulait rester en Terre sainte et, de toute manière, il n'était pas soumis aux mêmes obligations que moi ; Jaafar n'était pas son otage et ce n'était pas lui qui avait pris la décision qui avait entraîné la mort du petit. Quant à Hakim... ce brave vieux désirait m'accompagner, mais je l'ai persuadé qu'il était trop âgé et qu'à Chypre, entouré de chrétiens, il serait aussi discret qu'une houri au milieu d'une assemblée de moines. Enfin je n'ai pas tourné la chose ainsi, même si c'était le fond du propos. Mais à genoux devant lui, j'ai aussi fait vœu, au nom du Seigneur, de la Trinité et de la Vierge Marie, de pourchasser Rakshasa jusqu'en enfer si nécessaire et de lui trancher la tête pour l'envoyer à Hakim. Et si Dieu le veut, c'est ce que je ferai.

Le collecteur d'impôts s'agenouilla, se découvrit et se signa.

Adelia demeura immobile comme une statue, déroutée par la répulsion et le terrible réconfort que lui procurait cet homme. La solitude dans laquelle l'avait plongée la mort de Simon s'était en partie dissipée. Toutefois, il n'était pas un second Simon ; il avait assisté, si ce n'est participé, à l'interrogatoire des pillards – « interrogatoire » étant à n'en pas douter un euphémisme pour « supplice » –, chose que Simon n'aurait jamais pu accepter ni faire. Et il avait juré vengeance au nom de Jésus, dont le principal attribut était la miséricorde – il priait en ce moment même pour être exaucé.

Mais lorsque Adelia avait posé sur les poings serrés de Rowley ses propres mains, elles étaient mouillées de larmes et, l'espace d'un moment, le vide laissé par Simon avait été comblé par cet homme qui, lui aussi, avait assez de cœur pour pleurer un enfant d'une autre race et d'une autre religion.

Elle se redonna contenance, tandis qu'il se relevait pour achever son récit, allant et venant de long en large.

De même qu'elle l'avait suivi pas à pas dans sa traversée des déserts d'Outremer, elle embarqua sur la mer avec Rowley, toujours chargé de ses reliques funèbres, dans le sillage du dénommé Rakshasa.

De Gaza à Chypre. De Chypre à Rhodes – avec un bateau de retard seulement, jusqu'à ce qu'une tempête sépare le poursuivi du poursuivant, de sorte que Rowley n'avait retrouvé sa piste qu'en Crète. De là, à Syracuse, avant de remonter la côte d'Apulie. Jusqu'à Salerne…

— Étiez-vous là-bas ? hasarda-t-il.
— Oui, j'y étais.
Puis à Naples, à Marseille et par voie de terre, à travers la France.
On n'avait jamais vécu semblable odyssée en terre chrétienne, lui assura Rowley, tant il avait peu eu affaire à des chrétiens. Ses interlocuteurs étaient les réprouvés, les Juifs et les Arabes, les artisans joailliers, les colporteurs de colifichets, les prêteurs sur gages, les usuriers, les ouvriers des ruelles dans lesquelles la bourgeoisie chrétienne laissait à ses serviteurs le soin de s'aventurer avec ses objets à réparer – le genre d'individus auxquels en était réduit à s'adresser un meurtrier aux abois avec des bijoux à vendre.

— Ce n'était pas la France que je connaissais. J'aurais tout aussi bien pu être dans un pays différent. J'étais pareil à un aveugle et ils étaient ma corde à nœuds. Ils me demandaient : « Pourquoi recherchez-vous cet homme ? » Et je répondais : « Il a tué un enfant. » C'en était assez. Oui, leur cousin, leur tante ou le fils de leur belle-sœur, dans la ville voisine, avait entendu parler d'un étranger qui avait une breloque à vendre... et à prix sacrifié, car il avait besoin de l'argent au plus vite.

Rowley marqua une pause.

— Saviez-vous que tous les Juifs et les Arabes de la chrétienté semblent se connaître ?
— Ils n'ont pas le choix, fit valoir Adelia.

Rowley haussa les épaules.

— Bref, il ne restait jamais assez longtemps au même endroit pour que je puisse le rattraper. Le temps que je rejoigne la ville suivante, il s'était déjà remis en route vers le nord. Toujours vers le nord. J'en ai déduit qu'il devait se rendre quelque part.

La corde comportait d'autres nœuds plus affreux.

— Il a tué à Rhodes, juste avant que j'y parvienne, une gamine chrétienne qu'on a retrouvée au milieu des vignes. Toute l'île était en émoi.

À Marseille, il y avait eu un autre meurtre, celui d'un petit mendiant enlevé en bord de route et qui avait subi de tels sévices que les autorités, qui d'ordinaire ne se préoccupaient guère du sort des vagabonds, avaient offert une récompense pour retrouver le tueur.

À Montpellier, cela avait été un autre garçon, celui-là âgé de quatre ans seulement.

— « C'est à leurs fruits que vous les reconnaîtrez », nous dit la Bible. C'était à ses œuvres que je le pistais. Il jalonnait son parcours de cadavres d'enfants, comme s'il lui était impossible de se dominer plus de trois mois. Quand il me semait, je n'avais qu'à attendre que me parvienne, relayé de ville en ville, l'écho des lamentations d'un père ou d'une mère. Après quoi il me suffisait de chevaucher jusqu'à leur origine.

Il tomba aussi sur des femmes que Rakshasa avait abandonnées derrière lui.

— Il attire la gente féminine… Dieu sait pourquoi, car il la traite bien mal.

Pourtant, toutes les créatures couvertes de bleus que Rowley avait questionnées avaient refusé de l'aider.

— Elles paraissaient toutes s'attendre à ce qu'il revienne et même l'espérer. Je n'en avais que faire ; à ce moment-là, de toute façon, c'était l'oiseau qu'il avait avec lui qui m'intéressait.

— Un oiseau ?

— Un mainate. Dans une cage. Je savais où il l'avait acheté : dans un souk à Gaza. Je pourrais même vous dire combien il l'avait payé. Quant à la raison pour laquelle il conservait ce volatile avec lui... peut-être était-ce son seul ami, supputa Rowley avec un rictus qui se voulait un sourire. Dieu soit loué, cela attirait l'attention. J'ai plus d'une fois eu vent d'un homme de grande taille qui voyageait avec une cage pendue à sa selle. Et en fin de compte, c'est cet oiseau qui m'a appris où allait son maître.

Plus proie et chasseur approchaient de la vallée de la Loire, plus Rowley était distrait par la proximité d'Angers, ultime destination des os qu'il transportait.

— Fallait-il que je suive Rakshasa comme je l'avais juré ? Ou que j'honore le serment de ramener Guiscard chez lui, en sa dernière demeure ?

C'était ce dilemme qui, à Tours, l'avait conduit à la cathédrale de la ville où il avait cherché conseil dans la prière.

— Et là, Dieu Tout-Puissant, dans Sa magnificence et Sa grâce, a perçu la justice de ma cause et m'a tendu la main.

Car, comme Rowley quittait la cathédrale par le portail ouest et clignait des yeux, aveuglé par le soleil, il avait reconnu le cri d'un oiseau provenant d'une ruelle où sa cage était suspendue à la fenêtre d'une maison.

— J'ai levé les yeux vers lui. Il a baissé les yeux vers moi et m'a dit bonjour en anglais. J'ai pensé : « Le Seigneur ne m'a pas mené ici par hasard, voyons s'il s'agit du volatile de Rakshasa. » J'ai donc frappé à la porte et une femme m'a ouvert. J'ai demandé à voir son homme. Elle m'a dit qu'il était sorti, mais j'ai senti qu'il était là, que c'était lui – elle était semblable à toutes les autres : crasseuse et effrayée. J'ai dégainé mon épée et j'ai écarté la pauvresse pour entrer, mais dès que j'ai commencé à gravir l'escalier, elle s'est jetée sur moi en hurlant et s'est cramponnée à mon bras comme un chat. Dans la chambre à l'étage, j'ai entendu un cri, suivi d'un choc sourd. Rakshasa venait de sauter par la fenêtre. J'ai fait demi-tour pour redescendre, mais la bonne femme a fait tout ce qu'elle a pu pour me ralentir et, le temps que je ressorte dans la rue, il avait disparu.

Rowley décrivit la vaine poursuite qui en avait résulté, passant et repassant les mains dans son épaisse tignasse bouclée avec désespoir.

— Pour finir, je suis retourné à la maison. La femme était partie, mais, à l'étage, l'oiseau voletait dans sa cage, que Rakshasa avait renversée en fuyant. C'est quand je l'ai ramassée que le mainate m'a révélé où trouver son maître.

— Comment ? Que vous a-t-il dit ?

— Eh bien, il ne m'a pas donné sa destination. Il m'a regardé, goguenard, de son œil caronculé, et il m'a dit que j'étais un beau garçon, un garçon intelligent – toutes les banalités habituelles, d'autant plus odieuses que j'avais conscience d'entendre les paroles de Rakshasa. Il avait dressé ce mainate. Mais le plus intéressant n'était pas ce que ce volatile racontait, c'était la façon dont il s'exprimait. Son accent. Celui de Cambridge. Cet oiseau imitait la prononciation de son maître. Rakshasa était du Cambridgeshire.

Le collecteur d'impôts se signa à nouveau en hommage à Dieu, qui s'était montré si bon à son endroit.

— J'ai laissé la bestiole dégoiser son répertoire, continua-t-il. Désormais, j'avais le temps de ramener Guiscard à Angers. Je savais où Rakshasa allait. Il rentrait se fixer chez lui avec les bijoux de Guiscard qu'il lui restait. C'est ce qu'il a fait, et cette fois, il ne m'échappera pas.

Rowley se tourna vers Adelia.

— J'ai toujours la cage, lui confia-t-il.

— Qu'est-il advenu de l'oiseau ?

— Je lui ai tordu le cou.

À l'insu de Rowley et Adelia, les fossoyeurs étaient repartis une fois leur tâche accomplie. L'ombre qui s'allongeait du mur du fond du jardin avait atteint la banquette de verdure.

La fraîcheur du soir naissant fit frissonner Adelia et elle s'avisa qu'elle avait froid depuis un moment déjà. Sans doute y avait-il encore beaucoup à dire, mais, pour l'heure, elle ne voyait pas quoi. Rowley non plus. Il se leva.

— Je dois m'occuper des derniers arrangements.

Mais d'autres s'en étaient déjà chargés à sa place.

Et ce fut devant un shérif, un Arabe, un collecteur d'impôts, un prieur augustinien, deux femmes et un chien rassemblés sur le perron des Baldwin que Simon de Naples, dans son cercueil en osier, précédé par des porteurs de torches et suivi par tous les Juifs de sexe masculin du château, fut conduit jusqu'à sa parcelle sous le cerisier. Les goyim ne furent pas invités à s'approcher davantage. De loin, sous la lune gibbeuse croissante, les silhouettes endeuillées paraissaient encore plus sombres et les fleurs du cerisier plus blanches, pareilles à une bourrasque de neige en suspension.

Le shérif se dandinait. Mansur posa ses mains sur les épaules d'Adelia, qui se laissa aller en arrière contre lui et prêta l'oreille au chapelet de notes graves qu'égrenait le rabbin répétant le psaume 91, sans parvenir à discerner les mots.

Ce à quoi elle ne prit pas garde, ce à quoi aucun d'eux ne prêta attention, car ils avaient l'habitude de l'atmosphère bruyante du château, ce fut aux éclats de voix près de la porte principale, où le père Alcuin, le chapelain, s'en était allé proclamer son mécontentement.

Et où, après avoir pris note de ses griefs, Agnes avait quitté sa hutte pour se précipiter en ville, tandis que Roger d'Acton entreprenait de persuader les gardes que l'on profanait leur château en enterrant secrètement un Juif dans son enceinte.

Les Juifs sous le cerisier, eux, entendirent ; ils avaient l'ouïe fine pour repérer les ennuis.

— *El Male Rahamim shokhen ba'meromim*, articula rabbi Gotsce d'une voix qui ne tremblait pas. Dieu plein de miséricorde, accorde un juste repos à notre frère Simon sous les ailes de Ta présence protectrice, parmi les saints et les purs qui brillent comme la splendeur du firmament, ainsi qu'aux âmes de tous ceux de Ton peuple tués sur la terre qu'a foulée Abraham notre ancêtre et ailleurs...

« Des paroles, pensa Adelia. Un oiseau innocent peut rabâcher les paroles d'un tueur. Mais des paroles prononcées au-dessus d'un homme assassiné peuvent aussi mettre du baume au cœur. »

Elle distingua le bruit des poignées de terre jetées trois par trois sur le cercueil, puis la procession rebroussa chemin jusqu'à la porte du jardin et, bien qu'Adelia ne fût pas juive, qu'elle ne fût en sus qu'une simple femme, chacun des hommes lui présenta ses condoléances en passant au pied des marches sur lesquelles elle se tenait. « *Hamaqom yena'hem etkhem betokh sha'ar avelei tzion viyerushalayim*. Puisse Dieu vous consoler au sein des endeuillés de Sion et Jérusalem. »

Le rabbin s'arrêta et s'inclina devant le shérif.

— Nous vous sommes reconnaissants de votre bienfaisance, monseigneur. Puisse-t-elle ne pas vous causer de difficultés.

Puis ils se retirèrent.

— Bien, lâcha le shérif Baldwin en époussetant sa cotte. Nous devons nous remettre au travail, sire Rowley. Si l'oisiveté est la mère de tous les vices, veillons ce soir à cultiver notre vertu.

Adelia lui exprima sa gratitude.

— Me serait-il possible de venir sur sa tombe demain ? s'enquit-elle.

— Pourquoi pas, pourquoi pas ? Vous pourriez venir avec le Señor docteur. Tous ces tracas m'ont valu une fistule qui me gêne pour m'asseoir, dévoila-t-il à Adelia, avant de décocher un regard en direction de la porte. Qu'est-ce que c'est que cette agitation, Picot ?

Il s'agissait d'une dizaine d'hommes armés de toutes sortes d'ustensiles, de la bêche à la foëne, emmenés par Roger d'Acton et brûlants d'une rage trop longtemps réprimée, qui firent irruption par la porte du jardin dans une telle cacophonie de hurlements et d'imprécations qu'il fallut quelques instants avant que s'en dégagent les épithètes « tueur d'enfants » et « Juif ».

D'Acton s'avança vers le perron, un flambeau dans une main et une fourche dans l'autre.

— Ce Juif se doit d'être précipité dans l'abîme qu'il a lui-même creusé, maintenant que le Seigneur nous a affranchis de son infâme existence, vociférait-il. Nous sommes ici pour l'extirper du sol qui est le nôtre. Au nom du Seigneur, tremblez, ô traîtres !

Il postillonnait. Derrière lui, un grand gaillard brandissait un couperet de cuisine d'allure redoutable.

Ses compagnons se dispersèrent pour fouiller le jardin et il se retourna vers eux.

— Trouvez la tombe, mes frères, afin que nous puissions assouvir notre fureur sur cette charogne. Car il nous a été promis que celui qui punit les impies ne sera pas châtié.

— Non…, protesta Adelia.

Ils étaient là pour le déterrer. Ils étaient là pour déterrer Simon.

— Non !

— Traînée, l'invectiva d'Acton en s'avançant, sa fourche pointée sur Adelia. Tu t'es vendue à ces tueurs d'enfants, mais nous n'aurons plus à supporter ta turpitude.

Près du cerisier, l'un de ses acolytes se mit à gesticuler.

— Là, c'est là, s'époumona-t-il.

Adelia esquiva d'Acton et dévala les marches pour défendre la sépulture. Elle ne réfléchit pas à la façon dont elle s'y prendrait – sa seule pensée fut qu'elle devait empêcher ce sacrilège.

Sire Rowley s'élança à sa poursuite, imité par Mansur, Roger d'Acton sur leurs talons, cependant que le reste des intrus convergeait pour leur faire barrage. Tout ce beau monde se heurta dans un chaos de braillements, de gnons, de marrons, d'estocades et de piétinements. Adelia fut submergée par la mêlée.

Pareille violence lui était inconnue. Ce qui la choqua le plus ne fut pas tant la douleur que la brutalité soudaine et effrénée de ces hommes. Une botte lui cassa le nez et, pendant qu'au-dessus d'elle le monde volait en éclats, Adelia se protégea la tête.

Au loin résonna une voix ferme et autoritaire – celle du prieur.

Les derniers fragments de conscience d'Adelia furent balayés. Lorsqu'elle revint à elle et réussit à se relever, chancelante, elle distingua des silhouettes s'écartant de Rowley. Il gisait à terre, un couperet dégoulinant de sang planté dans l'entre-jambes.

CHAPITRE 12

— Suis-je mort ? s'informa Rowley sans s'adresser à quiconque en particulier.
— Non, lui répondit Adelia.
Une main pâle et faible tâtonna sous les draps. S'ensuivit une exclamation de pure souffrance.
— Doux Jésus, où est mon dard ?
— Si vous voulez dire votre pénis, il est toujours là. Sous les compresses.
— Ah…, se rassura Rowley, ouvrant ses yeux caves. Pourrai-je encore m'en servir ?
— Je suis certaine que son fonctionnement vous donnera satisfaction à tous égards.
— Ouf…

Il s'assoupit à nouveau, réconforté par ce bref échange sans réellement en avoir été conscient.

Adelia se pencha pour rajuster la couverture.
— Mais il s'en est fallu de diablement peu, murmura-t-elle.

Pour son *membrum virilis*, mais aussi pour sa vie. Le couperet avait atteint une artère et, pour éviter que Rowley ne meure d'hémorragie, Adelia avait dû maintenir son poing dans la plaie pendant que l'on transportait le blessé à l'intérieur afin qu'elle puisse le recoudre avec le nécessaire et le fil à broder de dame Baldwin. Et même si tous ceux qui se pressaient alors anxieusement autour d'elle l'ignoraient, c'était uniquement à la chance qu'Adelia devait d'avoir suturé au bon endroit tant le sang qui giclait la gênait.

La partie n'était cependant qu'à moitié gagnée. Adelia était parvenue à extraire les lambeaux d'étoffe que le couperet avait enfoncés dans la blessure, mais le degré de saleté de la lame elle-même relevait de la devinette. Les corps étrangers étaient susceptibles d'entraîner, et entraînaient couramment, des infections qui elles-mêmes provoquaient la mort. Adelia se rappelait avoir disséqué plusieurs cadavres ainsi gangrénés – tout comme elle se rappelait avec quelle curiosité et quel détachement elle s'était efforcée de déterminer l'endroit à partir duquel s'était diffusé le mal.

En ce qui concernait Rowley, il n'avait pas été question de détachement. Quand la plaie s'était enflammée et qu'il avait été pris de délire sous l'effet de la fièvre, Adelia n'avait de sa vie jamais prié avec autant de ferveur, tandis qu'elle le bassinait d'eau froide pour le rafraîchir et humectait ses lèvres flasques aussi exsangues que celles d'un cadavre.

Qui avait-elle prié ? N'importe qui, n'importe quoi. Elle avait imploré, supplié, exigé qu'on l'aide à ramener Rowley à la vie.

Peste ! Qu'avait-elle donc promis à toutes les divinités qu'elle avait invoquées ? Sa foi ? Dans ce cas, elle était dorénavant une adepte de Jéhovah, d'Allah et de la Trinité, sans oublier Hippocrate, et elle avait pleuré de gratitude envers eux tous lorsque le visage de son patient s'était couvert de sueur et que les râles qui lui tenaient lieu de respiration s'étaient mués en doux ronflements ordinaires.

Quand Rowley reprit de nouveau ses esprits, Adelia observa sa main qui accomplissait d'instinct les mêmes investigations. Les hommes, ces créatures primitives...

— Toujours là, se réjouit-il avant de refermer les yeux, soulagé.

— Oui, corrobora-t-elle.

Même aux portes de la mort, ils étaient encore aiguillonnés par le sexe. « Dard », c'était le mot... quel euphémisme belliqueux.

— Vous êtes toujours là ? demanda Rowley, rouvrant les paupières.

— Oui.

— Combien de temps ça fait ?

— Cinq nuits et environ sept heures, estima-t-elle en se tournant vers la fenêtre par laquelle, entre les meneaux, le soleil de l'après-midi projetait des raies sur le plancher.

— Tant que ça ? Parbleu, soupira-t-il en s'efforçant de relever la tête. Où sommes-nous ?

— Au sommet de la tour.

Peu après l'opération, effectuée sur la table de la cuisine du shérif, Mansur avait, impressionnant tour de force, transporté le blessé jusqu'à la pièce du haut afin que médecin et patient puissent être seuls, au calme, pendant qu'Adelia luttait pour sauver la vie de Rowley.

Bien que la pièce ne comportât pas de cabinet d'aisances, Adelia avait la bonne fortune de pouvoir se reposer, pour monter et descendre les escaliers avec des pots de chambre, sur des auxiliaires consentants, voire empressés, parmi lesquels bon nombre de Juives reconnaissantes à sire Rowley d'avoir défendu la sépulture de l'un des leurs. De fait, le sauvetage du collecteur d'impôts avait été une entreprise collective et si Adelia avait refusé la plupart des propositions d'assistance, c'était avant tout pour ne pas offenser Mansur et Gyltha, qui avaient embrassé la cause de Rowley.

Par les fenêtres entrait une brise exempte des miasmes qui flottaient aux étages inférieurs du château ou au voisinage des latrines à ciel ouvert, brise tout juste souillée par les effluves de Sauvegarde s'insinuant sous la porte de l'escalier, où il était confiné, car même après un bain, son poil reprenait presque aussitôt une puanteur qui agressait l'odorat. C'était bien là tout ce qu'il y avait d'agressif chez lui. Il avait brillé par son absence durant l'échauffourée dans le jardin du shérif, lors de laquelle il aurait légitimement dû prendre le parti de sa maîtresse...

— Ai-je tué ce fumier ? se renseigna Rowley, du fond du lit.

— Roger d'Acton ? Non, il va bien, même s'il est au cachot. Vous avez estropié Quincy le boucher, touché Colin de Saint-Giles au cou et je connais un forgeron dont les perspectives de procréation ne sont pas aussi encourageantes que les vôtres, mais maître d'Acton, lui, s'en est tiré indemne.

— *Merde*[*].

Cette simple conversation avait suffi à l'épuiser et il s'endormit.

« Premièrement, la copulation, pensa Adelia. Deuxièmement, la bagarre. Sans oublier, même si vous avez considérablement minci, des antécédents de gourmandise, ainsi que d'arrogance. C'est plus de la moitié des sept péchés capitaux. Alors pourquoi faut-il qu'entre tous les hommes ce soit vous, l'élu de mon cœur ? »

Gyltha avait deviné. Au plus fort de la fièvre de Rowley, quand Adelia avait refusé de se laisser remplacer au chevet du malade, la maîtresse de maison lui avait lancé :

— Vous l'aimez p't-êt', ma p'tite, mais c'est pas ça qui va l'aider si que vous flanchez.

— Moi, l'aimer ? avait-elle glapi. Je veille sur un patient, il n'est... Oh, Gyltha, que vais-je faire ? Il n'est pas du tout mon genre.

— Votre genre a foutre rien à voir là-dedans, avait répliqué Gyltha avec un soupir.

Et Adelia avait bien été forcée de le reconnaître.

Certes, il y avait beaucoup à dire en sa faveur. Comme il l'avait prouvé avec les Juifs, il avait la fibre d'un défenseur des sans défense. Il était spirituel, il la faisait rire. Et dans son délire, il n'avait cessé de revisiter la dune derrière laquelle gisait le cadavre mutilé d'un enfant – de refaire l'expérience de la même culpabilité, du même chagrin. Il avait poursuivi le tueur en pensée à travers une fièvre aussi brûlante et terrible que les sables du désert jusqu'à ce qu'Adelia lui administre de l'opium, de peur qu'il n'épuise son organisme affaibli.

Mais il y avait autant à dire à son encontre. Dans ces mêmes divagations, il avait aussi évoqué avec lubricité les femmes qu'il avait connues, confondant souvent leurs attributs avec des mets qu'il avait dégustés en Orient : Sagheerah, petite et gracile, tendre comme une pointe d'asperge ; Samina, si plantureuse qu'elle était un repas à elle seule ; Abda, aussi belle et noire que du caviar. C'était moins une liste qu'un menu. Quant à Zabidah... Les appétits excentriques de cette donzelle acrobatique et partageuse avaient à la fois bouleversé et élargi les connaissances restreintes d'Adelia quant aux activités auxquelles hommes et femmes s'adonnaient au lit.

Le plus saisissant avait été la révélation de l'ambition démesurée de Rowley. Dans un premier temps, en entendant ses dialogues fabuleux avec un être invisible, Adelia avait inféré à tort de son fréquent recours à la formule « mon Seigneur » qu'il s'adressait au roi des cieux – jusqu'à ce qu'il ressorte qu'il conversait avec Henri II. Son besoin impérieux de retrouver Rakshasa et de s'en venger coïncidait avec le service de son souverain. S'il réussissait à débarrasser Henri de ce fléau qui privait l'Échiquier du produit des Juifs de Cambridge, il escomptait la gratitude du roi et de l'avancement.

Et même un sacré avancement.

— Baron ou évêque ? s'interrogeait-il dans son égarement, cramponné aux mains d'Adelia qui s'efforçait de l'apaiser, comme s'il lui incombait de trancher. Évêché ou baronnie ?

La perspective grandiose de l'une ou l'autre tendait à accroître son agitation – « Rien à faire, je n'y puis rien » – comme si, ayant lié sa destinée à l'étoile du roi, il se désolait d'être à la merci des astres.

Tel était donc l'homme. Indubitablement courageux et compatissant, mais aussi glouton, concupiscent, retors, intrigant et ambitieux. Imparfait, licencieux. Ce n'était pas un homme dont Adelia se serait attendue à tomber amoureuse ni même qu'elle avait envie d'aimer.

Mais elle l'aimait.

Lorsqu'il avait tourné sa tête fiévreuse sur l'oreiller, exposant sa gorge, et qu'il l'avait appelée, suppliant – « Docteur, vous êtes là ? Adelia ? » –, tous ses défauts s'étaient envolés et elle-même s'était senti pousser des ailes.

Comme l'avait dit Gyltha, son genre n'avait foutre rien à voir là-dedans.

Et pourtant, il était impossible d'en faire abstraction. Car Vesuvia Adelia Rachel Ortese Aguilar avait elle aussi une idée fixe. Elle aspirait non à l'ascension sociale ou à la richesse, seulement à se consacrer au don particulier qu'elle avait reçu. Car c'était bel et bien un don, et celui-ci s'assortissait de l'obligation non pas de donner la vie comme les autres femmes, mais d'en apprendre davantage sur la nature de celle-ci afin de pouvoir la sauver.

Elle avait toujours su, et elle était toujours convaincue, que l'amour passion n'était pas pour elle ; à cet égard, elle était aussi strictement astreinte à la chasteté qu'une nonne qui était l'épouse de Dieu. Et tant qu'elle était demeurée cloîtrée à l'école de médecine de Salerne, Adelia avait pu continuer à se figurer qu'elle cultiverait sans incident un célibat utile et discret jusqu'à un âge respectable – non sans un certain dédain, elle l'avouait, envers celles qui s'abandonnaient aux dérèglements amoureux.

Cloîtrée au sommet de cette tour, cependant, elle reprocha à celle qu'elle était alors son ignorance crasse. Elle ne savait rien. Rien de cette frénésie qui vous faisait perdre la raison à votre corps défendant.

« Or il importe de garder sa raison et d'en faire usage, ma fille », s'admonesta-t-elle.

Les heures durant lesquelles elle s'était évertuée à sauver cet homme étaient un privilège – sauver la vie de quiconque était un honneur, et pour elle, dans le cas de Rowley, une joie. C'était à contrecœur qu'elle avait consenti à le quitter pour s'occuper des patients que les Matilda envoyaient au château afin que Mansur et elle puissent les soigner, mais elle l'avait fait.

Il était temps de faire preuve de bon sens.

Le mariage était hors de question, même dans l'hypothèse improbable où il le lui eût proposé ; Adelia avait une haute opinion de sa valeur personnelle et elle doutait que Rowley fût à même de l'apprécier. D'une part, à en juger d'après la couleur des toisons pubiennes qu'il avait décrites lors de ses élucubrations érotiques, il avait une préférence pour les brunes. Et d'autre part, Adelia ne pouvait, ni ne voulait, se résoudre à rejoindre les rangs de Zabidah et consorts.

Non, il y avait peu de chances qu'il trouve à son goût une femme médecin réservée et d'allure quelconque ; l'inclination qu'il avait manifestée à son endroit sous l'effet de la fièvre tenait seulement de l'appel à l'aide.

En tout cas, il l'envisageait à l'évidence comme une créature asexuée, sans quoi il ne lui aurait pas fait un récit de croisade si franc et plein de grossièretés. C'était à un prêtre bienveillant que l'on parlait en ces termes – au père Geoffrey, peut-être –, pas à la dame de ses pensées.

Et de toute manière, avec un évêché en vue, il ne pouvait se permettre de se marier. Maîtresse d'évêque, alors ? Cela n'avait rien d'une rareté ; cela allait de la catin notoire et impénitente au simple objet de rumeur faisant les frais de cancans et de ricanements, qui vivait cachée dans une chaumine discrète, au bon plaisir de son amant diocésain.

« Bienvenue aux portes du paradis, Adelia. Qu'as-tu fait de ta vie ? J'étais la putain d'un évêque, Seigneur. »

Et s'il devenait baron ? Il chercherait une héritière propre à accroître son domaine, comme tous les autres. Pauvre héritière... une vie vouée à l'approvisionnement du garde-manger, aux enfants, à recevoir et à chanter les sanglants faits d'armes de son époux lorsqu'il reviendrait des champs de bataille sur lesquels le roi l'aurait entraîné. Et où, à n'en pas douter, ledit époux aurait troussé d'autres femmes – des brunettes en l'espèce – et enfanté force bâtards avec l'ardeur d'un lapin en rut.

Exténuée, elle se monta si méthodiquement la tête contre les hypothétiques infidélités de Picot et ses tout aussi hypothétiques rejetons illégitimes que, quand Gyltha arriva avec un bol de gruau pour le convalescent, Adelia tempêta :

— Vous n'avez qu'à vous occuper de ce pourceau ce soir, Mansur et vous. Moi, je rentre !

Au pied de l'escalier, Yehuda l'intercepta pour s'enquérir de Rowley et emmener Adelia voir son fils. Le nouveau-né qu'allaitait Dina était minuscule, mais il paraissait avoir tout ce qu'il fallait, même si ses parents s'inquiétaient parce qu'il n'engraissait guère.

— Nous sommes tombés d'accord avec le rabbi Gotsce pour remettre *brit mila* à plus de huit jours. Attendre qu'il prenne des forces, exposa Yehuda avec appréhension. Qu'en pensez-vous ?

Adelia confirma qu'il était probablement plus sage de ne pas pratiquer la circoncision avant que l'enfant ait grandi encore un peu.

— Ça vient de mon lait, vous pensez ? avança Dina. Je n'en ai pas assez ?

Les accouchements n'étaient pas du domaine d'Adelia. Elle en connaissait les rudiments, mais Gordinus avait toujours enseigné à ses étudiants qu'il valait mieux en déléguer la pratique aux sages-femmes de toute dénomination, sauf complications. Sa conviction, fondée sur l'observation, était qu'un plus grand nombre de bébés survivaient quand des femmes expérimentées se chargeaient de l'accouchement au lieu de médecins masculins. Cette position ne contribuait guère à sa popularité au sein du corps médical en général ni auprès de l'Église, qui l'un comme l'autre trouvaient leur compte à accuser de sorcellerie les sages-femmes ; néanmoins, la proportion de décès chez les nouveau-nés, ainsi que chez les femmes en couches auprès desquelles était présent un médecin de sexe masculin, donnait raison à Gordinus.

— Avez-vous envisagé de recourir à une nourrice ? hasarda Adelia, étant donné que le nourrisson était en effet chétif et que la tétée n'avait pas l'air de lui profiter.

— Et où pourrions-nous en trouver une ? rétorqua Yehuda avec un rictus dédaigneux très ibérique. Pensez-vous que les émeutiers qui nous ont acculés ici aient veillé à ce qu'il y ait d'autres femmes allaitantes parmi nous ? Je ne sais pas pourquoi, ils semblent l'avoir omis.

Adelia hésita, puis avança :

— Je pourrais demander à dame Baldwin s'il n'y en a pas au château.

Elle s'attendait à des protestations. À l'origine, Margaret avait été engagée pour l'allaiter et Adelia avait connaissance d'autres familles juives qui avaient eu recours à des nourrices chrétiennes, mais de là à ce que la population opiniâtre de cette petite enclave tolère qu'une goy donne le sein à son plus jeune représentant…

Dina la surprit.

— Du lait reste du lait, mon ami. Je fais confiance à dame Baldwin pour choisir une femme convenable.

Yehuda posa une main sur la tête de son épouse avec tendresse.

— Tant qu'il est clair que ce n'est pas ta faute. Avec tout ce que tu as eu à endurer, nous avons déjà de la chance d'avoir un fils.

« Tiens, tiens, se dit Adelia, la paternité vous réussit, jeune homme. » Et Dina, bien qu'anxieuse, paraissait plus heureuse que la dernière fois où Adelia l'avait vue ; ce mariage se révélerait peut-être plus réussi que ne le laissait présumer son commencement.

Quand elle repartit, Yehuda la suivit.

— Docteur...

Adelia fit volte-face.

— Vous ne devez pas m'appeler ainsi. C'est maître Mansur Khayoun d'Al Amarah, le médecin. Je ne suis que son assistante.

Manifestement, l'histoire de l'opération dans la cuisine du shérif s'était répandue, et elle avait déjà assez d'ennuis sans avoir à affronter l'inévitable opposition des médecins de Cambridge, et encore moins de l'Église, si jamais sa profession venait à s'ébruiter.

Peut-être pourrait-elle tirer argument de la présence de Mansur, qui était demeuré à ses côtés durant l'intervention, et prétendre qu'elle avait agi sous la supervision du maître, qu'il s'agissait d'une fête musulmane et qu'Allah lui interdisait tout contact avec du sang ce jour-là. Quelque chose comme ça.

Yehuda s'inclina avec déférence.

— Je voulais seulement vous informer que nous allons nommer le bébé Simon.

Adelia lui prit la main.

— Merci.

Même si elle était toujours épuisée, le tour de la journée venait de changer, la vie reprenait l'ascendant. Elle se sentit, quasi littéralement, exaltée par cet hommage – elle éprouva une curieuse sensation de flottement.

C'était parce qu'elle était amoureuse, saisit-elle. L'amour, même voué à l'échec, avait la faculté de vous remonter le moral. Jamais les évolutions des mouettes dans le ciel turquoise ne lui avaient paru aussi épurées, jamais leurs cris ne lui avaient paru aussi grisants.

Rendre visite à l'autre Simon demeurait une priorité et, sur le chemin du jardin, Adelia fit le tour de la cour, en quête de fleurs à apporter sur sa tombe. Cette partie-là du château remplissait une fonction strictement pratique, et les poules et les cochons qui s'y promenaient avaient ratiboisé l'essentiel de la végétation, mais de l'alliaire officinale avait colonisé le sommet d'un vieux mur et un prunellier fleurissait sur la motte saxonne où s'élevait à l'origine un donjon en bois.

Des enfants faisaient des glissades sur une planche dans la pente et, pendant qu'Adelia arrachait avec difficulté quelques rameaux, un garçonnet et une fillette s'approchèrent pour lui faire la causette.

— C'est quoi, ça ?
— Mon chien, leur apprit Adelia.

Les deux enfants comparèrent un moment l'animal à l'assertion, avant de lancer :

— Et le noiraud avec qui que vous êtes, ma dame, c'est un mage ?
— Un médecin.
— Y va mieux, sire Rowley, ma dame ?
— L'est drôle, sire Rowley, déclara la petite. Des fois, y dit qu'il a une souris dans la main, mais

en vrai, c'est une pièce et après, y te la donne. Je l'aime bien.

— Moi aussi, lui confia Adelia malgré elle, heureuse de l'avouer.

— T'as vu, Sam et Bracey ? indiqua le garçon, le bras tendu. Y z'auraient pas dû y laisser rentrer, hein ? Même pour tuer des Juifs, qu'y dit p'pa.

Il montrait du doigt la direction du nouveau gibet, près duquel était installé un double pilori, d'où dépassaient deux têtes, vraisemblablement celles des deux gardes en faction quand Roger d'Acton et ses comparses avaient pénétré dans le château.

— Sam dit qu'y voulaient pas les laisser passer, souligna la petite. Y dit qu'y z'ont été débordés.

— Mon Dieu, s'émut Adelia. Depuis combien de temps sont-ils là ?

— Z'avaient qu'à pas y laisser rentrer, objecta le garçon.

La fillette, elle, était plus indulgente.

— Y les libèrent la nuit.

Très mauvais pour le dos, le pilori. Adelia s'empressa de rejoindre les deux hommes. Chacun avait autour du cou un placard en bois sur lequel était écrit « A failli à son devoir ».

Veillant à éviter les ordures accumulées aux pieds des suppliciés, Adelia posa son bouquet sur le sol et souleva l'un des placards, avant d'ajuster le pourpoint du garde de manière à former un capiton entre la peau et la ficelle qui lui entaillait la nuque. Puis elle en fit autant pour son voisin.

— J'espère que c'est plus confortable.

— Merci, maîtresse, lâchèrent-ils sans cesser de regarder droit devant eux avec une fixité toute militaire.

— Combien de temps devez-vous encore rester ici ?

— Deux jours de plus.

— Misère, soupira Adelia. Je sais que ça ne doit pas être facile, mais si vous vous reposez de temps en temps sur vos poignets et si vous vous laissez aller en arrière, vous forcerez moins sur votre dos.

— Nous tâcherons de nous en souvenir, maîtresse, assura l'un d'eux, stoïque.

— Essayez.

Dans le jardin du shérif, dame Baldwin, qui surveillait la prolifération de ses plants de tanaisie, conversait à tue-tête avec rabbi Gotsce, penché au-dessus de la tombe de Simon à l'autre extrémité.

— Vous devriez en mettre dans vos chaussures, rabbin, suggéra l'épouse du shérif, dont la voix portait sans mal jusqu'aux remparts. C'est ce que je fais. La tanaisie est un antidote à la fièvre des marais.

— Meilleur que l'ail ?

— Infiniment.

Charmée, Adelia s'attarda, inaperçue à l'entrée du jardin, jusqu'à ce que dame Baldwin la remarque.

— Ah, vous voilà, Adelia. Comment va sire Rowley, aujourd'hui ?

— Il se rétablit, merci, ma dame.

— Bien, bien. Nous ne saurions nous passer d'un homme aussi courageux. Et votre pauvre nez ?

Adelia sourit.

— Réparé et oublié.

Juguler l'hémorragie de Rowley avait pris le pas sur tout le reste. Elle s'était seulement avisée de son nez cassé deux jours plus tard, lorsque Gyltha lui avait signalé qu'il était bleu et présentait une bosse.

Sitôt qu'il avait désenflé, elle avait aisément remis le cartilage en place.

— Quel joli bouquet ! la complimenta dame Baldwin en le désignant de la tête. Tout ce vert et ce blanc. Le rabbin est sur la tombe. Allez-y, allez-y. Oui, le chien aussi... si tant est que c'en soit un !

Adelia longea l'allée jusqu'au cerisier. Une simple planche recouvrait la sépulture. Y était gravé en hébreu : « Ici est enterré » suivi du nom de Simon, au-dessus des cinq lettres du sigle signifiant : « que son âme soit reliée au faisceau de la vie ».

— Ça fera l'affaire pour l'instant, commenta rabbi Gotsce. Dame Baldwin va nous trouver une vraie pierre tombale trop lourde pour qu'on la soulève, afin que personne ne puisse profaner la dépouille de Simon, informa-t-il Adelia, avant de se relever et de s'épousseter les mains. C'est vraiment une brave femme.

— Oui, en effet.

Bien plus que le jardin du shérif, c'était celui de sa femme ; c'était là que ses enfants jouaient, là qu'elle cueillait les herbes dont elle assaisonnait ses plats ou avec lesquelles elle parfumait son intérieur. Ce n'était pas un mince sacrifice que d'en abandonner une parcelle au cadavre d'un homme que sa foi l'incitait à mépriser. Évidemment, dans la mesure où en dernière analyse cette terre appartenait au roi, la chose lui avait été imposée, mais, quel que fût son sentiment personnel, dame Baldwin y avait gracieusement consenti.

Mieux encore, en vertu du principe selon lequel tout bienfait crée une obligation de la part tant du bénéficiaire que du bienfaiteur, dame Baldwin faisait montre d'une sollicitude nouvelle à l'égard de l'étrange communauté confinée dans son château.

Elle avait ainsi fait don à Dina des vêtements du plus jeune des petits Baldwin et proposé à ses hôtes de partager avec eux le grand four du château au lieu de faire leur pain de leur côté.

— Ce sont des êtres humains comme nous, vous savez, avait-elle assuré à Adelia, un jour où elle rendait visite au patient dans sa chambre pour lui apporter de la gelée de pieds de veau. Et leur rabbin s'y connaît bien, et même très bien, en matière d'herbes. Apparemment, ils en mangent beaucoup à Pâques, même s'ils privilégient les plus amères, comme le raifort. Pourquoi ne pas ajouter un peu d'angélique, histoire d'adoucir le tout ? que je lui ai dit.

— Je crois que l'amertume est voulue, fit valoir Adelia avec un sourire.

— Oui, c'est ce qu'il m'a répondu.

Adelia lui demanda si elle connaissait une femme susceptible d'allaiter le petit Simon et dame Baldwin promit de lui en dénicher une.

— Et pas l'une des catins qui traînent au château, ajouta-t-elle. C'est du lait chrétien respectable qu'il faut à ce bébé.

La seule qui avait manqué à ses engagements envers Simon, c'était elle, songea Adelia en déposant son bouquet. Cette simple planche aurait dû proclamer qu'il avait été assassiné au lieu de le présenter comme la victime présumée de sa propre maladresse.

— Aidez-moi, rabbin, l'adjura-t-elle. Je dois écrire à la famille de Simon pour apprendre sa mort à son épouse et à ses enfants.

— Dans ce cas, écrivez, recommanda rabbi Gotsce. Nous nous chargerons de leur transmettre votre lettre, certains des nôtres à Londres sont en correspondance avec Naples.

— Merci, je vous en serais reconnaissante. Ce n'est pas ça, c'est... que leur dire ? Qu'on l'a tué, mais que son décès a été enregistré comme un accident ?

Le rabbin se racla la gorge.

— Si vous étiez son épouse, que préféreriez-vous ?

— La vérité, répliqua aussitôt Adelia, avant de réfléchir. Oh, je ne sais pas.

Mieux valait que Rebecca pleure la noyade accidentelle de son mari au lieu que son chagrin soit teinté d'horreur, qu'elle imagine sans trêve les derniers instants de Simon et désire justice au point que tout autre réconfort lui soit interdit, comme à Adelia.

— Je suppose que je ne leur dirai rien, lâcha Adelia, vaincue. Pas tant que Simon n'aura pas été vengé. Une fois le meurtrier identifié et puni, peut-être pourrons-nous leur révéler la vérité.

— La vérité, Adelia ? Est-ce aussi simple ?

— Pourquoi cela ne le serait-il pas ?

— Pour vous, peut-être, soupira rabbi Gotsce. Mais comme nous l'enseigne le Talmud, le nom du mont Sinaï vient du mot hébreu *sinah*, qui signifie « haine », parce que la vérité engendre la haine à l'égard de ceux qui l'expriment. Ainsi, Jérémie...

Miséricorde, songea Adelia. Jérémie, le prophète des Lamentations. Les voix juives lentes, pleines de sagesse et d'intelligence, qu'elle entendait parfois disserter dans l'atrium ensoleillé de ses parents adoptifs ne se référaient jamais à Jérémie sans prédire quelque malheur. Pourtant, c'était une journée si agréable et les fleurs du cerisier étaient d'une si subtile beauté...

— Il importe donc de se souvenir du vieux proverbe juif selon lequel la vérité est le plus sûr mensonge.

— Je ne l'ai jamais compris, confessa Adelia, s'arrachant à ses pensées.

— Moi non plus, affirma le rabbin. Mais par extension, il implique que le reste du monde ne croit jamais complètement une vérité juive. D'après vous, Adelia, le véritable tueur finira-t-il par être démasqué et condamné ?

— Tôt ou tard. Plus tôt que tard, si Dieu le veut.

— Amen. Et cet heureux jour, les braves gens de Cambridge viendront-ils se ranger devant le château, en pleurs, penauds et repentants d'avoir tué deux Juifs et séquestré les autres ? C'est ce que vous croyez ? Que la nouvelle que les Juifs ne crucifient pas les enfants par plaisir se répandra en un éclair dans toute la chrétienté ? Ça aussi, c'est ce que vous croyez ?

— Pourquoi pas ? C'est la vérité.

Rabbi Gotsce haussa les épaules.

— C'est votre vérité, c'est la mienne, c'était celle de l'homme qui repose ici. Peut-être que même les habitants de Cambridge s'en convaincront. Mais la vérité circule lentement et perd au fur et à mesure de sa force. Les mensonges crédibles sont solides et voyagent plus vite. Et celui-là était des plus crédibles : les Juifs ont envoyé l'Agneau de Dieu à la croix, donc ils crucifient aussi les enfants... ça se tient. Un pieux et élégant mensonge comme celui-là fait le tour de la chrétienté au galop. Les villageois d'Espagne croiront-ils à la vérité si, clopin-clopant, elle parvient jusqu'à eux ? Et les paysans français ? Ou russes ?

— Arrêtez, rabbin. Oh, arrêtez...

Elle aurait pu avoir affaire à un homme qui avait vécu un millénaire – peut-être était-ce d'ailleurs le cas.

Rabbi Gotsce se baissa, ôta un pétale sur la tombe, puis se releva et prit le bras d'Adelia pour la raccompagner jusqu'à la porte du jardin.

— Retrouvez le meurtrier, Adelia. Délivrez-nous de notre Égypte anglaise. Mais en fin de compte, les Juifs demeureront ceux qui ont crucifié cet enfant.

« Retrouvez le meurtrier, se répéta-t-elle, tandis qu'elle redescendait de la colline. Retrouvez le meurtrier, Adelia. Peu importe que Simon soit mort et que Rowley soit hors d'état d'agir, ce qui ne laisse que Mansur et moi. Mansur, qui ne parle pas la langue du pays, et moi, qui suis médecin et non limier. Sans oublier qu'en prime nous sommes les seuls à être persuadés qu'il y ait un assassin à percer à jour. »

L'aisance avec laquelle Roger d'Acton avait réussi à recruter des partisans pour attaquer le jardin du château indiquait que Cambridge tenait toujours les Juifs pour coupables de meurtres rituels, quand bien même ils étaient enfermés au moment où trois des crimes avaient été commis. La logique n'avait rien à voir là-dedans ; les Juifs faisaient peur parce qu'ils étaient différents et, aux yeux des Cambridgiens, cette peur et cette différence leur conféraient des pouvoirs surnaturels. Les Juifs avaient tué le petit saint Peter, *ergo* ils avaient aussi tué les autres.

Malgré tout, malgré le rabbin et Jérémie, malgré le deuil de Simon, malgré sa résolution de renoncer à l'amour charnel pour se consacrer à la science avec chasteté, la journée persistait à lui paraître magnifique.

« Que m'arrive-t-il ? s'émut-elle. Je suis exténuée, à bout, vulnérable à la mort et à la souffrance d'autrui – mais aussi sensible à l'infinie diversité de la vie. »

La ville et ses habitants baignaient dans une pâle effervescence dorée évoquant un vin de Champagne. Une bande d'étudiants portèrent la main à leur bonnet pour la saluer. Quand elle traversa la Cam, elle fut exemptée de droit de passage lorsqu'il apparut, après qu'elle eut vainement fouillé sa personne, qu'elle n'avait pas la monnaie requise.

— Allez, passez, et bonne journée à vous, décréta le péager.

Sur le pont, des charretiers levèrent leur fouet sur son passage en guise de salut et des passants lui sourirent.

Adelia prit le chemin des écoliers et longea la rivière pour regagner la maison du vieux Benjamin. Le feuillage des saules la caressait dans un esprit de franche camaraderie et les poissons affleuraient à la surface de l'eau parsemée de bulles qui faisaient écho à celles pétillant dans ses veines.

Sur le toit du vieux Benjamin, elle avisa un homme qui lui fit un signe de la main. Elle le lui rendit.

— Qui est-ce ?

— Gil le couvreur, lui apprit Matilda B. Y trouve que sa patte va mieux et y trouve aussi qu'y a une tuile ou deux qu'auraient besoin d'être réparées sur ce toit.

— Et il fait ça pour rien ?

— Pour sûr, confirma Matilda, avant d'adresser un clin d'œil à Adelia. Le docteur y a bien soigné le pied, non ?

Adelia avait attribué à leurs mauvaises manières le manque de gratitude de ses patients cambridgiens, qui n'exprimaient que rarement, voire jamais, leur reconnaissance envers le docteur Mansur et son assistante pour le traitement qu'ils avaient reçu. Ils les quittaient en général avec un air aussi maussade qu'à leur arrivée, au contraire des Salernitains qui consacraient toujours cinq bonnes minutes à la congratuler.

Mais outre les réparations du toit, il y avait ce soir-là au repas du canard offert par l'épouse du forgeron, dont la cécité, à défaut de s'arranger, était en tout cas moins pénible depuis que ses yeux ne suppuraient plus. Et le pot de miel, les œufs, la motte de beurre et le pot rempli d'une substance d'aspect repoussant qui se révéla être de la salicorne, tous déposés sans un mot devant la porte de la cuisine, suggéraient que les habitants de Cambridge avaient des façons concrètes de dire merci.

Pourtant, une chose importante était absente.

— Où est Ulf?

Matilda B montra du doigt la rivière où, sous un aulne, la calotte d'un bonnet brun sale apparaissait au-dessus des roseaux.

— Y pêche la truite pour le repas de ce soir, mais dites à Gyltha qu'on y tient à l'œil. On y a dit de pas bouger de là, ni pour des jujubes, ni pour personne.

— Vous y avez manqué, ajouta Matilda W.

— Il m'a manqué aussi.

Et c'était vrai. Même en pleine frénésie, alors qu'elle s'ingéniait à sauver Rowley, elle avait regretté l'absence d'Ulf et lui avait transmis des messages par le truchement de Gyltha. Elle avait failli fondre en larmes quand la maîtresse de maison lui avait remis une poignée de primevères attachées avec un bout de ficelle « pour dire qu'il était désolé pour elle ». L'amour inédit qu'elle ressentait irradiait d'elle, incandescent, et depuis la mort de Simon, englobait tous ceux qui, elle s'en rendait compte, étaient devenus indispensables à son bien-être – parmi lesquels ce petit aux sourcils froncés, assis sur un seau retourné près de la Cam, une canne à pêche de fortune entre ses mains crasseuses.

— Pousse-toi ! lui lança-t-elle. Laisse les dames s'asseoir !

De mauvaise grâce, il s'exécuta, et elle prit sa place. À en juger d'après le nombre de truites qui frétillaient dans son panier de pêche, Ulf avait bien choisi son endroit – pas tout à fait au bord de la rivière, mais le long d'un ruisseau qui coulait au milieu des roseaux et se frayait un passage dans le limon pour se ménager un lit d'une taille honorable avant de rejoindre la Cam.

Comparée au « Fossé du roi », à l'autre bout de la ville, une douve puante presque stagnante qui avait jadis servi à faire barrage à l'envahisseur danois, la Cam était propre, mais Adelia, sourcilleuse, même si elle était bien forcée d'en manger le vendredi, se méfiait du poisson issu d'une rivière recueillant les effluents humains et animaux des villages qui bordaient son cours sinueux dans le sud du comté.

Elle appréciait qu'Ulf ait choisi de jeter sa ligne dans un ruisseau d'eau de source. Elle demeura là, en silence, un moment, à observer les ondulations des poissons, aussi clairement visibles que s'ils nageaient dans l'air. Des libellules brillaient de mille feux, telles des pierres précieuses au milieu des roseaux.

— Comment va ce gros plein de soupe de Rowley ?

Le ton était hargneux.

— Mieux, et ne sois pas méchant.

Ulf bougonna et s'en retourna à sa canne à pêche.

— Qu'est-ce que tu utilises, comme asticots ? s'enquit-elle poliment. Ils font merveille.

— Ceux-là ? cracha-t-il. 'Tendez que les pendaisons commencent, pendant l'assise, là, z'en verrez des vrais, qu'avec, tu prends toute la poiscaille que tu veux.

— Qu'est-ce que les pendaisons ont à voir là-dedans ? hasarda-t-elle inconsidérément.

— Les meilleurs asticots, c'est ceux qu'on ramasse sous les charognes au gibet. Je croyais que tout le monde y savait. Les asticots du gibet, avec, t'as toute la poiscaille que tu veux. 'Saviez pas ?

Elle l'ignorait et se serait passée de l'apprendre. Il se vengeait.

— Il va bien falloir que tu me parles, fit-elle valoir. Maître Simon est mort, sire Rowley est cloué au lit. J'ai besoin de l'aide de quelqu'un qui ait de la jugeote pour démasquer le tueur, et tu en as à revendre, Ulf, je le sais.

— Foutre oui, que j'en ai.

— Ne jure pas.

Nouveau silence.

Ulf utilisait en guise de flotteur un curieux dispositif de son invention, qui faisait passer sa ligne dans le tuyau d'une longue plume d'oiseau et maintenait les appâts ainsi que les minuscules hameçons à la surface de l'eau.

— Tu m'as manqué, lâcha Adelia.

— Peuh.

Si elle se figurait l'amadouer...

— On pense que c'est lui qu'a noyé maître Simon ? se renseigna-t-il au bout d'un moment.

— Oui. J'en suis certaine.

Une truite goba l'un des asticots, Ulf la décrocha et la déposa dans le panier avec les autres.

— C'est la rivière, déclara-t-il.

— Qu'est-ce que tu veux dire ? demanda Adelia en se redressant.

Pour la première fois, Ulf se tourna vers elle, les sourcils froncés de concentration.

— La rivière. C'est elle qui les emporte. J'ai questionné...

— Non ! hurla presque Adelia. Ulf, quoi qu'il... tu ne dois pas, il ne faut pas... Simon posait des questions... Promets-le, promets-moi.

Il la dévisagea avec mépris.

— Tout ce que j'ai fait, c'est causer avec les parents. Pas de mal à ça, bien vrai ? Il était là à m'espionner, p't-êt' ? Changé en corbaque et perché dans un arbre ?

Un corbeau. Adelia eut un frisson.

— Il en serait bien capable.

— C'est des niaiseries. Vous v'lez savoir ou pas ?

— Je veux savoir.

Il retira sa ligne de l'eau, la détacha de la canne et la rangea soigneusement avec le flotteur dans une boîte en osier que les Est-Angliens appelaient un *freel*, puis s'installa en tailleur face à Adelia.

— Peter, Harold, Mary, Ulric, énonça-t-il. J'ai causé avec leurs parents, qu'à ce qu'on dirait, personne d'aut' en a pris la peine. Chacun d'eux, chacun, a été aperçu pour la dernière fois au bord de la Cam ou en route pour. Peter ? reprit-il en levant un doigt. Le long de la rivière. Mary ? continua-t-il en levant un deuxième doigt. C'tait la benjamine de Jimmer le sauvaginier, la nièce de Hugh le veneur, et vers où qu'on l'a vue pour la dernière fois ? À apporter le quatre heures de son père au milieu de la laîche du côté de Trumpington.

Ulf marqua une pause.

— Jimmer, il était de ceux qu'ont pris d'assaut le jardin du château. L'en a toujours cont' les Juifs à cause de Mary, le Jimmer.

Ainsi, le père de Mary appartenait à la bande d'affreux emmenée par Roger d'Acton. Adelia se souvint que l'homme était une brute ; il s'en prenait vraisemblablement aux Juifs pour apaiser la culpabilité que lui inspirait la façon dont il avait traité sa fille.

Ulf poursuivit son énumération, indiquant du pouce l'amont.

— Harold ? articula-t-il avec une expression de chagrin. Fils de marchand d'anguilles, l'allait chercher de l'eau pour mettre les civelles. Disparu sur le chemin de la Cam, conclut-il en se penchant vers Adelia.

Elle plongea son regard dans celui de l'enfant.

— Et Ulric ?

— Ulric vivait avec sa m'man et ses sœurs à Sheep's Green. Enlevé à la Saint-Édouard. Et quel jour que ça tombait la Saint-Édouard, ce coup-là ?

Adelia lui signifia de la tête qu'elle l'ignorait.

— Un lundi, lui dévoila-t-il, avant de se rasseoir.

— Un lundi ?

Ulf secoua la tête, consterné par son ignorance.

— Vous vous payez ma fiole ? Le jour de la lessive, bon sang ! Lundi, c'est lessive. J'en ai touché deux mots à sa sœur. Comme y z'étaient à court d'eau à bouillir, z'ont envoyé Ulric avec une palanche et deux seaux…

— En chercher à la rivière, acheva Adelia dans un murmure.

Ils échangèrent un long regard, puis se tournèrent d'un même mouvement vers la Cam.

Il avait beaucoup plu au cours de la semaine qui avait précédé – Adelia avait dû mettre les volets pour empêcher la pluie d'entrer par la fenêtre de la tour – et la rivière était grosse. Innocente, étincelante de soleil, elle s'écoulait au ras des berges tel un ouvrage de boiserie ondulant.

D'autres avaient-ils remarqué ce point commun dans la mort des enfants ? « Forcément », se dit Adelia. Même le coroner n'était pas complétement idiot. En revanche, son importance leur avait peut-être échappé. La Cam était le garde-manger, la grand-route et le baquet à lessive de la ville ; ses rives fournissaient combustible, toiture, mobilier ; tout le monde y avait recours. Que tous les enfants aient disparu aux abords de la rivière était plutôt moins surprenant que le contraire.

Mais Adelia et Ulf, eux, savaient en plus que Simon avait été noyé dans ses eaux – un meurtre de trop pour que ce fût une coïncidence.

— Oui, acquiesça Adelia, c'est la rivière.

À mesure que le soir approchait, la circulation s'intensifia sur la Cam. Les embarcations et leurs occupants se découpaient sur le couchant, si bien que leurs traits étaient indiscernables. Ceux qui rentraient chez eux à l'issue de leur journée de travail en ville saluaient les ouvriers revenant des champs plus au sud – ou leur chantaient pouilles lorsqu'ils occasionnaient des encombrements. Des canards s'égaillaient, des cygnes prenaient leur essor en trompetant. Une barque passa, transportant un jeune veau qui serait nourri à la main au coin du feu.

— Pensez qu' la rivière a emporté Harold et les aut' jusqu'à Wandlebury ? hasarda Ulf.

— Non. Il n'y a rien là-bas.

Elle commençait à douter que les enfants aient été tués sur la colline ; l'endroit était trop exposé. Le supplice prolongé auquel ils avaient été soumis requérait plus de tranquillité que n'en offrait Wandlebury Hill – un lieu clos, un sous-sol, un repaire où les détenir, à même de contenir leurs cris. Wandlebury était peut-être à l'écart, mais la torture était une activité bruyante ; Rakshasa aurait craint qu'on ne l'entende, il n'aurait pas pu prendre son temps.

— Non, répéta-t-elle. C'est peut-être là-bas qu'il cache les corps, mais c'est ailleurs…

Elle allait dire « qu'il procède à la mise à mort », mais se retint, car Ulf n'était, envers et contre tout, qu'un enfant.

— Et tu as raison, ajouta-t-elle. Cet « ailleurs » est au bord ou tout près de la rivière.

Ils se remirent à contempler la frise mouvante des silhouettes et des bateaux.

Trois oiseleurs se présentèrent à bord d'une *punt* qui surnageait à peine tant elle était chargée d'oies et de canards destinés à la table du shérif. Un apothicaire survint dans son coracle — l'homme avait une bonne amie près de Seven Acres, expliqua Ulf à Adelia. Un montreur d'ours regagnait à la rame sa masure des environs de Hauxton, son animal à l'arrière du canot. Des maraîchères glissaient avec aisance à bord de leurs embarcations délestées de marchandises. Un chaland à huit avirons en remorquait un second lesté de craie et de marne à destination du château.

— Pourquoi que t'as accepté, Hal ? marmonna Ulf. Qui que c'était ?

Adelia se le demandait également. Pourquoi ces enfants avaient-ils accepté de suivre le tueur ? Qui, sur cette rivière, les avait sifflés pour les appâter ? Qui les avait appelés, pour qu'ils accourent ? L'attrait des jujubes n'était pas suffisant, ce devait aussi être une personne d'autorité, de confiance, quelqu'un de familier.

Adelia se raidit à la vue d'une silhouette encapuchonnée maniant la perche.

— Qui est-ce ?

Ulf plissa les yeux pour mieux voir dans le jour déclinant.

— Là ? C'est ce vieux frère Gil.

Frère Gilbert, tiens donc.

— Où va-t-il ?

— L'apporte l'eucharistie aux ermites. Barnwell a les siens, comme les nonnes, et y vivent presque tous en amont le long de la rivière, dans la forêt, exposa Ulf en crachant. Mamie y fait pas crédit. C'est des sales vieux épouvantails coupés du reste du monde, qu'elle dit. Trouve que c'est pas chrétien.

Ainsi, les moines du prieuré empruntaient eux aussi la rivière pour ravitailler leurs anachorètes, à l'instar des religieuses de Sainte-Radegonde.

— Mais c'est le soir, avança Adelia. Pourquoi partir si tard ? Frère Gilbert ne sera pas de retour à temps pour les complies.

Les religieux vivaient au rythme de l'office divin. De manière générale, à Cambridge, durant la journée, les cloches tenaient lieu d'horloge ; c'était elles qui servaient de repère pour se fixer rendez-vous, pour retourner les sabliers, pour le début et la fin de la journée de travail ; c'était elles qui envoyaient les ouvriers aux champs à laudes et qui les renvoyaient chez eux aux vêpres ; et la nuit, leur sonnerie procurait aux laïcs endormis le plaisir pervers de pouvoir rester au lit alors que nonnes et moines étaient contraints de s'arracher à leurs cellules et dortoirs pour chanter les vigiles.

Une consternante clairvoyance se peignit sur la frimousse ingrate d'Ulf.

— C'est fait exprès, lui assena-t-il. Ça leur fait une soirée de libre. Une bonne nuit de repos sous les étoiles, un brin de chasse ou de pêche le lendemain, p't-êt' même une visite à une connaissance, y font tous ça. Pour sûr que les nonnes en profitent, qu'elle dit mamie, personne a idée de ce qu'elles fabriquent dans ces bois. Mais...

Il la lorgna brusquement du coin de l'œil.

— Frère Gilbert ?

Elle hocha la tête et lui rendit son regard, le front plissé.

— Ça se pourrait.

« Comme les enfants sont vulnérables », songea-t-elle. Si même Ulf, malgré son bon sens inné et sa familiarité avec les faits, avait peine à soupçonner cette figure d'une certaine stature et bien connue de lui, les autres avaient dû être des proies faciles.

— C't un grincheux, le vieux Gil, j' veux bien, concéda Ulf avec réticence, mais y parle correct aux jeunes et c'est un croi...

Ulf se plaqua les deux mains sur la bouche et, pour la première fois, Adelia le vit perdre contenance.

— Oh, quelle truffe ! Il a été en croisade.

Le soleil s'était couché et, s'il y avait moins de bateaux sur la rivière, ceux qui circulaient encore étaient pourvus de lanternes à l'avant, si bien que la Cam était un pointillé irrégulier de lumières.

Répugnant à rentrer, Ulf et Adelia demeurèrent assis où ils étaient, fascinés et rebutés à la fois par la rivière, hantés par l'esprit des enfants qu'elle avait emportés, dont le bruissement des roseaux semblait imiter les murmures.

— Pourquoi que tu peux pas revenir en arrière, saleté ? gronda Ulf.

Adelia lui passa un bras autour des épaules. Elle aurait pu pleurer pour lui. Oui, inverser le cours de la nature et du temps. Ramener ces petits chez eux.

Matilda W leur cria de rentrer manger.

— Demain, alors ? suggéra Ulf, comme ils regagnaient la maison. On pourrait emmener maître Noiraud. Y sait manier la perche.

— Il ne me viendrait pas à l'idée de partir sans Mansur. Et si tu ne fais pas montre d'un peu de respect à son égard, tu resteras ici.

Elle était consciente, tout comme Ulf, qu'il leur fallait explorer la rivière. Quelque part, sur ses berges, se trouvait un bâtiment, ou un sentier menant à un bâtiment, qui avait été le théâtre d'actes si horribles qu'il se révélerait de lui-même.

Il n'y aurait peut-être pas de panneau pour l'indiquer, mais elle le reconnaîtrait quand elle le verrait.

Ce soir-là, Adelia aperçut une ombre sur la rive opposée de la Cam.

Elle la repéra par la fenêtre ouverte du solier alors qu'elle se brossait les cheveux et eut si peur qu'elle se figea. L'espace d'un moment, la silhouette campée sous les arbres et elle se firent face avec l'émoi de deux amants séparés par un abîme.

Puis Adelia recula, souffla sa chandelle et chercha à tâtons derrière elle la dague qu'elle conservait la nuit sur sa table de chevet, sans oser quitter des yeux la forme sur l'autre berge, au cas où elle eût bondi par-dessus la rivière.

Sitôt armée, Adelia se sentit mieux. Ridicule. Il eût fallu des ailes ou une échelle de siège pour atteindre les fenêtres du vieux Benjamin. Elle était invisible ; la maison était dans le noir.

Mais lorsqu'elle referma les volets, Adelia sut que l'ombre l'épiait, elle sentit son regard transpercer les murs tandis qu'elle descendait sur la pointe des pieds au rez-de-chaussée pour s'assurer que tout était bien verrouillé, suivie à contrecœur par Sauvegarde.

Comme elle pénétrait dans la grand-salle, deux mains levèrent une arme au-dessus de sa tête.

— Jarnidieu, se récria Matilda B. M'avez collé une trouille bleue !

— Idem, répliqua Adelia, pantelante. Il y a quelqu'un de l'autre côté de la rivière.

La servante baissa le tisonnier qu'elle brandissait.

— L'est là tous les soirs, d'puis que z'êtes tous au château. Toujours à l'affût, aux aguets. Avec ça, que le p'tit Ulf était le seul homme à la maison.

— Où est-il ? s'affola Adelia.

Matilda montra du doigt l'escalier du cellier.

— Bien endormi à l'abri.

— Vous êtes sûre ?

— Certaine.

Les deux femmes jetèrent un coup d'œil par l'une des vitres de la rosace.

— L'est plus là.

La disparition de la silhouette était encore pire que sa présence.

— Pourquoi vous ne m'avez pas prévenue ? voulut savoir Adelia.

— On s'est dit que z'en aviez assez sur les bras. On a prévenu la garde, notez. Ça nous a fait une belle jambe. Z'ont rien vu ni personne. Pas étonnant, vu le boucan qu'y z'ont fait en traversant le pont pour venir. Un vicieux, qu'y z'ont dit.

Matilda s'en fut reposer le tisonnier, qui tinta un instant contre la grille du foyer, comme si la main de la servante tremblait.

— Mais c'est pas un vicieux, hein ?

— Non.

Le lendemain, Adelia envoya Ulf rejoindre Gyltha et Mansur à la tour du château.

CHAPITRE 13

— Je vous interdis d'y aller sans moi ! s'insurgea sire Rowley, qui tomba en essayant de s'extirper du lit. Aïe, aïe, Dieu réduise en putréfaction Roger d'Acton. Que l'on m'apporte un couperet pour que je lui tranche les parties, je m'en servirai comme leurre pour pêcher, je…

Faisant de leur mieux pour ne pas rire, Adelia et Mansur aidèrent le patient à se relever et le recouchèrent. Ulf ramassa le bonnet de nuit de Rowley et le lui remit sur la tête.

— Je ne craindrai pas grand-chose avec Ulf et Mansur, d'autant qu'il fera jour, fit valoir Adelia. De votre côté, vous, vous prendrez un peu d'exercice. Faites quelques fois le tour de la chambre pour renforcer vos muscles. Comme vous pouvez le constater, c'est tout ce dont vous êtes capable pour le moment.

Le collecteur d'impôts émit un grognement exaspéré et martela ses draps, ce qui lui soutira une nouvelle plainte, de douleur cette fois.

— Arrêtez vos bêtises, ordonna Adelia. D'ailleurs, ce n'était pas d'Acton qui tenait le couperet. J'ignore de qui il s'agissait, tout était trop confus.

— Je m'en fiche. Je veux qu'on le pende avant que les juges de l'assise voient sa foutue tonsure et le relâchent.

— Il se doit d'être puni, acquiesça Adelia.

D'Acton était indubitablement coupable d'avoir excité les passions du groupe d'hommes qui avait tenté un coup de force pour profaner la tombe de Simon.

— Mais j'espère qu'on ne le pendra pas, ajouta-t-elle.

— Il a attaqué un château royal, ma bonne dame, il a bien failli me châtrer, il mériterait qu'on le fasse rôtir à petit feu avec une pique dans le cul.

Rowley changea de position et considéra Adelia du coin de l'œil.

— Vous êtes-vous attardée sur le fait que vous et moi sommes les deux seuls à avoir été blessés dans la mêlée, en dehors des joyeux drilles que j'ai moi-même mis hors de combat, s'entend ?

Elle ne l'avait pas envisagé.

— En ce qui me concerne, on peut difficilement qualifier de blessure un nez cassé.

— Ça aurait pu être bien pire.

Certes, mais c'était un accident ; en un sens, c'était sa faute, parce qu'elle avait foncé tête baissée dans la bataille.

— Qui plus est, renchérit Rowley avec son air retors, le rabbin s'en est sorti indemne.

Adelia fut désarçonnée.

— Êtes-vous en train d'incriminer les Juifs ?

— Bien sûr que non ! Je me borne à souligner que ce bon rabbin n'a pas été agressé. Ce que je veux dire, c'est qu'il ne reste plus que deux personnes qui enquêtent sur le meurtre des enfants, maintenant que Simon est mort. Vous et moi. Et c'est à nous qu'il est arrivé des bricoles.

— Et Mansur ? objecta-t-elle d'un ton absent. Il n'a rien eu.

— Personne ne l'a remarqué avant qu'il se jette dans la bagarre. Du reste, lui ne pose pas de questions, son anglais n'est pas assez bon.

Adelia réfléchit.

— Je ne suis pas votre raisonnement. Vous voulez dire que Roger d'Acton est notre tueur d'enfants ? D'Acton ?

— Ce que je veux dire, bon sang, s'emporta Rowley, que sa faiblesse physique rendait irritable, ce que je veux dire, c'est qu'on l'a manipulé ! Qu'on a soufflé, à lui ou à quelqu'un de sa clique, que vous et moi étions les âmes damnées des Juifs et que notre mort serait une bonne chose.

— À ses yeux, la mort de tout sympathisant des Juifs est une bonne chose.

— Quelqu'un, commença Rowley en grinçant des dents, quelqu'un en a après nous. Nous. Vous et moi.

« Doux Seigneur, toi ! pensa-t-elle. Pas nous, toi. C'est Simon et toi qui posiez des questions. Au banquet, c'est toi que Simon est venu trouver. "Nous le tenons, sire Rowley." »

Elle tendit une main tremblante vers le bord du lit et s'y assit.

— Ha ! Ha ! s'exclama Rowley. Maintenant vous commencez à comprendre. Adelia, je veux que vous quittiez la maison du vieux Benjamin. Vous n'avez qu'à emménager ici avec les Juifs pendant quelque temps.

Adelia se rappela la silhouette entre les arbres, la veille au soir. Elle n'avait pas parlé à Rowley de ce que Matilda B et elle avaient vu ; il n'aurait rien pu y faire et, partant, il était inutile d'ajouter à sa frustration.

C'était sur Ulf que cette chose avait des vues ; il lui fallait un autre enfant et c'était sur celui-là en particulier qu'elle avait arrêté son choix. Adelia l'avait su aussitôt et elle n'avait plus aucun doute ; c'était la raison pour laquelle il fallait qu'il passe ses nuits au château et ses journées près de Mansur.

Mais grand Dieu, si cette créature considérait Rowley comme une menace... elle était si rusée, si pleine de ressources – deux de ceux qu'elle aimait étaient en danger.

Puis elle s'insurgea : « Au diable ! Rakshasa est en passe d'obtenir ce qu'il veut à nos dépens et de tous nous enfermer dans ce fichu château. Nous ne le retrouverons jamais dans ces conditions-là. Il faut au moins que moi, je sois libre de mes mouvements. »

— Ulf, explique à sire Rowley ta théorie sur la rivière, déclara-t-elle.

— Non, y va dire que c'est des foutaises.

Adelia soupira, atterrée par la jalousie naissante qu'elle discernait entre les deux mâles dans sa vie.

— Explique-lui.

L'enfant s'exécuta, maussade et sans conviction.

Rowley fit montre de dédain.

— Tout le monde vit au bord de la rivière dans cette ville, objecta-t-il.

Il fit tout aussi peu de cas de leurs suspicions à l'encontre de frère Gilbert.

— Vous le prenez pour Rakshasa ? Ce moinillon de rien du tout serait incapable de traverser Cambridge Heath, alors je ne vous parle même pas du désert.

La discussion se poursuivit, oscillant entre les deux points de vue. Gyltha entra avec le petit déjeuner de Rowley et se joignit aux débats.

Tandis qu'ils délibéraient, même s'ils évoquaient des horreurs et des soupçons, l'inquiétude d'Adelia s'atténua quelque peu. Qu'ils lui étaient chers, tous autant qu'ils étaient ! Badiner avec eux, fût-ce de vie et de mort, était un tel plaisir, pour elle qui n'avait jamais badiné, qu'elle éprouva un sentiment fugace et pénétrant de bonheur. *Hic habitat felicitas.*

Quant à ce grand gaillard imparfait et prodigieux à la fois, qui s'empiffrait de jambon, il avait été sien – sa vie, sienne, Adelia l'avait sauvée tant par son savoir-faire que par la force qu'elle lui avait insufflée, la grâce qu'elle avait sollicitée et qui lui avait été accordée.

Si merveilleux soit ce coup de foudre, il n'était malheureusement pas réciproque et elle devrait s'en contenter pour le restant de ses jours. Chaque moment passé en compagnie de Rowley lui confirmait qu'il serait désastreux de lui révéler sa vulnérabilité ; soit il en tirerait argument pour l'éconduire, soit il s'en servirait pour la manipuler. Leurs aspirations respectives étaient contradictoires.

Déjà, l'histoire touchait à sa fin. La plaie cicatrisait proprement et il refusait de laisser Adelia la panser, préférant s'en remettre à Gyltha ou à dame Baldwin pour les soins.

— Il est indécent qu'une femme non mariée fricote avec cette partie de l'anatomie masculine, lui avait-il opposé avec humeur.

Elle s'était retenue de lui demander ce qu'il serait advenu de lui si elle s'était abstenue de tout fricotage ; elle ne lui était plus nécessaire, elle devait s'effacer.

— En tout cas, reprit-elle, il convient d'explorer la rivière.

— Nom de Dieu, ne soyez pas si foutrement stupide ! se récria Rowley.

Adelia se leva. Elle était prête à mourir pour ce pourceau, mais pas à se laisser insulter par lui. Elle le borda plus étroitement et Rowley fut enveloppé par son odeur, où se mélangeaient la teinture de trèfle d'eau qu'elle lui appliquait trois fois par jour et la camomille qu'elle utilisait pour se laver les cheveux – parfum promptement supplanté par la puanteur de Sauvegarde passant à côté du lit pour sortir de la pièce derrière sa maîtresse.

Rowley jeta un regard à la ronde dans le silence qui suivit le départ d'Adelia.

— Ai-je tort ? lança-t-il à Mansur en arabe. Sa place n'est pas à jouer les exploratrices sur cette rivière infâme ! se récria-t-il avec humeur, sous l'effet de la fatigue.

— Et quelle serait sa juste place selon vous, effendi ?

— Allongée sur le dos, les pattes écartées.

S'il n'avait pas été aussi amoindri et grognon, Rowley n'eût jamais dit une chose pareille. Avec appréhension, car il n'était pas en état de se défendre, il vit Mansur s'avancer vers lui.

— Je ne le pensais pas, s'empressa-t-il d'affirmer.

— Tant mieux, effendi, se réjouit l'Arabe. Sans quoi j'aurais été forcé de rouvrir votre blessure et de l'aggraver.

L'odeur qui enveloppa alors Rowley le renvoya à celle des souks, un mélange de sueur, d'encens et de santal.

Mansur se pencha au-dessus de lui et joignit le bout des doigts de sa main gauche sous le nez du collecteur d'impôts, puis les toucha de son index droit en un geste délicat qui n'en mettait pas moins en doute la filiation de Rowley en suggérant qu'il était le fils de cinq pères différents.

Puis il se redressa, s'inclina et quitta la chambre, accompagné du marmot, qui gratifia Rowley d'un signe plus simple, plus cru mais tout aussi explicite.

Gyltha ramassa le plateau et les reliefs du petit déjeuner avant de les imiter.

— J' sais pas c' que z'y avez dit, l'ami, mais y avait meilleure façon d'y tourner.

« Oh, Seigneur, se dit Rowley, en se rencognant dans le lit, je retombe en enfance. Et pourtant, à Dieu ne plaise, c'est la vérité : c'est au lit, au-dessous de moi, que je la voudrais. »

À tel point qu'il avait dû refuser qu'elle se charge elle-même de l'application de cette bouillie verdâtre – qu'est-ce que c'était ? de la consoude ? – parce que son organe adjacent avait recouvré sa vigueur et tendait à réagir chaque fois que le bon docteur l'effleurait.

Il maudit Dieu de le placer dans un tel embarras, tout autant qu'il se maudissait lui-même. Elle n'était pas du tout son genre. Remarquable ? Plus que toute autre. Il lui devait la vie et, de surcroît, il pouvait lui parler plus ouvertement qu'à quiconque, homme ou femme. Lorsqu'il lui avait conté la traque de Rakshasa, il en avait plus révélé sur lui que lors de son récit au roi – et il craignait de lui en avoir révélé bien plus dans son délire. Il pouvait même se permettre de jurer en sa présence – à condition que ce ne soit pas contre elle, ainsi qu'elle venait de le prouver par son départ de la chambre –, ce qui en faisait une compagne à la fois plaisante et désirable.

Eût-il pu la séduire ? Très certainement. Elle avait beau connaître le fonctionnement du corps, elle était à n'en pas douter naïve quant aux mouvements du cœur – et Rowley savait d'expérience pouvoir s'en remettre à l'attraction considérable, quoique inexpliquée, qu'il exerçait sur le sexe faible.

Néanmoins, en la séduisant, il l'eût tout aussi sûrement dépouillée de son honneur que de ses vêtements et, bien sûr, de sa singularité, si bien qu'elle n'eût plus été pour lui qu'une femme comme les autres.

Or, il la voulait telle qu'elle était, avec ses « hum » pensifs quand elle se concentrait, ses goûts vestimentaires consternants – même si elle était pour le moins ravissante lors du banquet chez Grantchester – et l'importance qu'elle attachait à l'humanité tout entière, y compris, voire surtout, à la lie d'icelle ; il la voulait avec sa gravité que balayait soudain son rire confondant, sa manière de redresser la tête dans l'adversité, la diligence avec laquelle elle préparait ses horribles mixtures et la prévenance avec laquelle elle le faisait boire, avec sa façon de marcher, avec sa façon de tout faire. Elle possédait une qualité inconnue de lui – elle était littéralement une personne de qualité.

— Peste ! soupira-t-il dans la chambre déserte. Il ne me reste plus qu'à l'épouser.

Bien que délicieuse, l'expédition en amont sur la Cam s'avéra infructueuse. Compte tenu de son objectif, Adelia eut honte du plaisir qu'elle prit à cette journée au fil de l'eau, tantôt dans des tunnels de végétation, tantôt au soleil, où les lavandières s'interrompaient dans leur besogne pour les héler et les saluer de la main, où une loutre maligne venait nager le long de la barque tandis que des hommes et des chiens la cherchaient sur la rive opposée, où des oiseleurs tendaient leurs filets et où des enfants pêchaient la truite à la main, le long de lieues de berges inhabitées, hormis par des fauvettes qui poussaient la chansonnette, perchées en équilibre précaire au sommet des roseaux.

Sauvegarde trottinait sur la rive d'un air dolent, après s'être roulé dans une substance qui rendait intenable sa présence dans l'embarcation. Mansur et Ulf se relayaient à la perche, rivalisant d'adresse dans cette activité qui semblait en requérir si peu qu'Adelia voulut s'y essayer et finit cramponnée à la perche tel un singe, cependant que l'embarcation continuait sans elle. Elle ne dut son salut qu'à Mansur, car Ulf était trop occupé à rire pour l'aider.

Les bords de la rivière étaient jalonnés de cabanes, de huttes et d'abris d'oiseleurs – tous vraisemblablement vacants la nuit et assez isolés pour que seule la faune sauvage fût susceptible d'entendre des hurlements en émanant – en nombre tel qu'il eût fallu un mois pour tous les fouiller, et un an pour remonter les sentiers à peine battus et les passerelles au milieu des roseaux qui conduisaient aux autres.

Une multitude d'affluents se jetaient dans la Cam, du simple ruisseau au cours d'eau de quelque importance. Ces vastes plaines étaient veinées de voies navigables, constata Adelia. Chaussées, ponts et routes étaient mal entretenus et souvent impraticables, mais il était possible d'aller n'importe où en bateau.

À Grantchester, pendant que Sauvegarde pourchassait les oiseaux, les trois explorateurs déjeunèrent de pain et de fromage et burent la moitié du cidre que Gyltha leur avait donné, assis près de l'abri dans lequel sire Joscelin entreposait ses barques.

L'eau projetait de discrets reflets mouvants sur les murs le long desquels s'alignaient avirons, perches et attirail de pêche ; rien ne venait rappeler la mort. Et en tout état de cause, un coup d'œil en direction de l'imposante demeure au loin attestait que, comme tous les manoirs, celui de sire Joscelin était bien trop peuplé pour que pareilles horreurs passent inaperçues. À moins que les filles et les garçons d'étable, les palefreniers, les laboureurs et les serviteurs qui dormaient dans la grand-salle ne fussent tous complices de l'enlèvement des enfants, le croisé n'avait jamais commis de meurtre sous son toit.

Comme ils redescendaient la rivière pour s'en retourner à Cambridge, Ulf cracha dans l'eau.

— Tu parles d'une perte de temps.

— Pas complètement, objecta Adelia.

Cette excursion lui avait permis de se rendre compte d'un fait auquel elle aurait dû songer auparavant. Qu'ils aient accompagné leur ravisseur de leur plein gré ou non, les enfants enlevés auraient dû attirer l'attention. Toutes les embarcations qui naviguaient en amont du Grand-Pont avaient un tirant d'eau réduit et des flancs bas, de sorte qu'il était impossible de camoufler la présence de toute créature plus grande qu'un bébé, à moins qu'elle ne soit étendue sous les bancs. Par conséquent, soit les petits s'étaient cachés d'eux-mêmes, soit ils étaient inconscients et on les avait recouverts d'un manteau, d'un sac ou d'autre chose durant le trajet jusqu'au lieu de leur mort.

Elle l'exposa en arabe et en anglais.

— Alors il n'utilise pas de bateau, répliqua Mansur. Le démon les jette sur sa selle. Il coupe à travers champs sans être vu.

Cela se pouvait. Dans cette partie du Cambridgeshire, la plupart des habitations se situaient au bord d'un cours d'eau, tandis que l'intérieur des terres était quasi inhabité, si ce n'est par des bêtes aux pieds fourchus. Toutefois, Adelia n'y croyait pas. La prédominance de la rivière dans les disparitions plaidait contre cette hypothèse.

— Dans ce cas, il se sert de teinture thébaïque, suggéra Mansur.

— De l'opium ?

C'était plus vraisemblable. Adelia avait été ravie de découvrir que le pavot d'Orient était abondamment cultivé dans cet improbable coin d'Angleterre et que ses propriétés étaient bien établies, mais elle s'en était aussi alarmée. L'apothicaire qui avait pour habitude de rendre visite à sa maîtresse la nuit le mélangeait à de l'eau-de-vie et en vendait à n'importe qui sous le nom de cordial de saint Grégoire, même s'il le dissimulait sous le comptoir, hors de vue des ecclésiastiques qui jugeaient la mixture impie, car elle soulageait la douleur, attribut qui selon eux aurait dû demeurer l'exclusivité du Seigneur.

— C'est ça ! s'exclama Ulf. Il leur fait avaler une goutte de saint Grégoire. « Bois, mon joli, bois et je t'emmènerai au paradis », croassa-t-il, les yeux plissés et les babines retroussées, en une parodie de malveillance enjôleuse qui jeta un froid dans la tiédeur printanière.

Un froid similaire à celui qui saisit Adelia le lendemain matin, dans le saint des saints d'une maison de change de Castle Hill, pourtant pourvue de fenêtres à vitraux. Des documents et des coffres fermés par des chaînes et des cadenas s'entassaient dans toute la pièce, une pièce masculine, aux angles durs, conçue pour intimider les emprunteurs en puissance et en aucun cas pour accueillir les femmes, où maître de Barque, l'un des frères de Barque, n'avait reçu

Adelia qu'avec réticence et lui opposa une fin de non-recevoir.

— Mais cette lettre de crédit est au nom de Simon de Naples et au mien, protesta Adelia d'une voix que les murs étouffèrent.

De Barque poussa du doigt sur la table qui les séparait le rouleau de vélin frappé d'un sceau.

— Lisez donc, si vous connaissez le latin.

Elle s'exécuta. Entre les « ci-devant », les « ce par quoi » et les « conformément à », les émetteurs, les banquiers lucquois de Salerne, promettaient au nom du preneur, le roi de Sicile, de verser aux frères de Barque de Cambridge toutes les sommes dont le bénéficiaire, Simon de Naples, pourrait avoir besoin. Aucun autre nom n'était mentionné.

Elle leva les yeux vers le visage empâté, impatient et indifférent de son interlocuteur. Quelles insultes ne devait-on pas endurer, quand on n'avait pas d'argent...

— Mais il était entendu que j'étais l'égale de maître Simon dans cette entreprise, argua Adelia. J'ai été expressément choisie.

— Je n'en doute pas, assura de Barque.

« Il me prend pour la putain de Simon », comprit Adelia. Elle se raidit et redressa la tête.

— De simples démarches auprès de la banque de Salerne ou du roi Guillaume de Sicile confirmeront mes dires.

— Dans ce cas, effectuez-les. D'ici là...

Maître de Barque prit une clochette sur la table et, étant un homme très occupé, sonna son clerc.

Adelia ne bougea pas de son siège.

— Cela prendra des mois, fit-elle remarquer.

Elle n'avait même pas assez d'argent pour s'acquitter des frais d'envoi d'une lettre. Lorsqu'elle était allée en chercher dans la chambre de Simon, elle avait seulement trouvé quelques pièces rognées ; soit il s'apprêtait à solliciter les banquiers, soit il gardait ce qu'ils avaient dans la bourse que le tueur avait volée.

— Pourrais-je procéder à un emprunt jusqu'à…

— Nous ne prêtons pas aux femmes.

Quand le clerc la prit par le bras pour la mettre à la porte, elle résista.

— Comment suis-je censée me débrouiller ? s'indigna-t-elle.

Elle devait régler l'apothicaire, le tailleur chargé de la pierre tombale de Simon, Mansur avait besoin de bottes neuves, elle aussi…

— Nous sommes une maison chrétienne. Je préconise que vous vous tourniez vers les Juifs. Ce sont les banquiers de prédilection du roi et il paraît que vous êtes très proche d'eux.

Là, voilà ce qu'elle était, à ses yeux : une femme et une âme damnée des Juifs.

— Vous êtes au fait de la situation, s'insurgea-t-elle avec désespoir. Pour l'instant, ils n'ont pas accès à leur argent.

Une expression réjouie plissa brièvement les traits de maître de Barque.

— Ah bon ?

Tandis qu'Adelia remontait la colline avec Sauvegarde, une charrette remplie de mendiants la dépassa ; le bedeau du château les ramassait en vue de leur jugement lors de l'assise. Une femme secouait les barreaux de ses mains squelettiques.

Adelia la suivit des yeux. Ce que l'on était impuissant quand on était sans ressources…

De toute sa vie, elle n'avait jamais manqué d'argent. « Je dois rentrer, pensa-t-elle. Mais je ne peux pas,

pas avant que le meurtrier ait été percé à jour... et même alors, comment pourrais-je quitter... » Elle écarta ce nom de ses pensées – tôt ou tard, il faudrait bien qu'elle le quitte... « En attendant, se reprit-elle, tout départ est exclu. Je n'ai pas d'argent. »

Que faire ? Elle était telle Ruth au milieu des blés étrangers. Si cette dernière avait résolu ses difficultés en se mariant, Adelia, elle, n'en avait pas la possibilité.

Réussirait-elle même à subsister ? Ses patients lui avaient été adressés au château pendant qu'elle s'y trouvait et, entre les soins de Rowley, Mansur et elle avaient continué à les traiter, mais presque tous étaient trop pauvres pour la rétribuer en espèces.

Son anxiété redoubla quand, toujours accompagnée de Sauvegarde, elle pénétra dans la chambre du collecteur d'impôts et le trouva habillé, assis sur son lit, en train de bavarder avec sire Joscelin de Grantchester et sire Gervase de Coton.

— Il est censé se reposer, reprocha-t-elle à Gyltha qui se tenait en faction dans un coin de la pièce.

Elle fonça vers son patient, ignorant les deux chevaliers qui s'étaient levés à son entrée – quoique de mauvais gré et en réponse à un signal de son compagnon pour sire Gervase. Elle prit le pouls du convalescent. Il était plus régulier que le sien.

— Ne nous en voulez pas, déclara sire Joscelin. Nous sommes ici pour témoigner notre sympathie à sire Rowley. Il est providentiel que le docteur et vous vous soyez trouvés à proximité. Ce misérable d'Acton... nous ne pouvons qu'espérer que l'assise ne lui permettra pas d'échapper à la corde. Nous sommes tous d'accord : la pendaison est trop bonne pour lui.

— Quelle belle unanimité ! répliqua-t-elle sèchement.

— Dame Adelia n'approuve pas la pendaison, expliqua Rowley. Elle a des méthodes plus cruelles. Elle administrerait une copieuse dose d'hysope à tous les criminels.

— Voilà qui est en effet un châtiment cruel, acquiesça sire Joscelin avec un sourire.

— Parce que vos méthodes sont plus efficaces ? rétorqua Adelia. Crever les yeux, pendre ou couper les mains nous aide à mieux dormir la nuit, peut-être ? Tuons Roger d'Acton et le crime n'existera plus ?

— Et le meurtrier des enfants ? s'enquit avec douceur sire Joscelin. Quel sort lui réserveriez-vous ?

Adelia ne répondit pas sur-le-champ.

— Elle hésite, fit remarquer sire Gervase avec mépris. Quel genre de femme est-ce donc là ?

Une femme qui considérait la peine capitale comme une injure de la part de ceux qui l'infligeaient si volontiers et pour des motifs parfois des plus ténus, parce que la vie, pour qui s'évertuait à la préserver, était le seul véritable miracle qui fût. Une femme qui ne siégeait jamais aux côtés du juge et ne se rangeait jamais auprès du bourreau, qui était toujours dans le camp des accusés. « Aurais-je eu le même parcours que cet homme ou cette femme dans les mêmes circonstances ? raisonnait-elle. Si j'étais née à sa place, aurais-je agi différemment ? Si quelqu'un d'autre que deux médecins salernitains avait recueilli le bébé que j'étais, sur le Vésuve, serait-ce moi qui tremblerais de peur à la place de cet homme ou de cette femme ? »

Pour elle, le droit aurait dû marquer le point où la sauvagerie cessait parce que la civilisation lui barrait la voie : nous ne tuons pas, parce que nous valons mieux que ça. Elle concevait que le tueur dût mourir, qu'on le tuerait très certainement, de même que l'on abat un animal enragé, mais le médecin qu'elle était se demanderait à jamais comment il avait contracté la rage et déplorerait de ne pas le savoir.

Elle se détourna pour aller jusqu'à la table où étaient disposés les remèdes et remarqua alors que Gyltha était pétrifiée.

— Qu'y a-t-il ? s'inquiéta-t-elle.

La maîtresse de maison paraissait usée, soudainement vieillie. Elle portait dans ses bras un petit coffret en jonc, dans une attitude similaire à celle du fidèle recevant du prêtre le pain consacré.

— Adelia, sire Joscelin m'a apporté des friandises, mais Gyltha refuse de me laisser y goûter, lança Rowley de son lit.

— Elles ne sont pas de moi, je ne suis que le porteur, rectifia sire Joscelin. C'est dame Baldwin qui m'a prié de vous les monter.

Gyltha plongea son regard dans celui d'Adelia, puis baissa les yeux vers le coffret. D'une main, elle l'approcha d'Adelia et, de l'autre, entrouvrit le couvercle.

À l'intérieur, sur un lit de jolies feuilles, tels des œufs au creux d'un nid, reposait un assortiment de jujubes colorés et parfumés en forme de losange.

Les deux femmes se dévisagèrent. Adelia se sentit mal. Dos aux hommes, elle fit mine d'articuler le mot « Poison ? »

D'un haussement d'épaules, Gyltha lui signifia qu'elle l'ignorait.

« Où est Ulf ? » s'inquiéta Adelia, toujours en silence.

« Mansur, la rassura Gyltha. En sécurité. »

— Le docteur a interdit les confiseries à sire Rowley, avança Adelia avec lenteur.

— Distribuez-en au moins à nos visiteurs, insista Rowley de son lit.

« Impossible de nous cacher de Rakshasa, pensa Adelia. Il nous prend pour cible où que nous soyons, nous sommes aussi exposés à ses flèches que des mannequins de paille. »

De la tête, elle indiqua la porte et se retourna vers les hommes, tandis que Gyltha sortait en emportant le coffret.

« Les remèdes. » Adelia entreprit de les vérifier à la hâte. Tous les bouchons étaient à leur place, les boîtes bien empilées, ainsi que Gyltha et elle les rangeaient toujours.

« Tu déraisonnes, se sermonna-t-elle. Il est ailleurs, pas dans cette chambre. Il n'a pas touché à quoi que ce soit. » Mais la vision d'horreur de la nuit précédente, celle d'un Rakshasa ailé, lui revint et elle sut qu'elle préférerait se débarrasser de toutes les herbes et de tous les sirops sur cette table plutôt que de les utiliser.

« Est-il vraiment ailleurs ? rumina-t-elle. Serait-il entré ici ? Se trouverait-il dans cette pièce ? »

Derrière elle, la conversation avait dérivé vers les chevaux, comme toujours entre chevaliers.

Elle savait que, affalé sur sa chaise, sire Gervase l'observait, elle percevait son attention. Ses interventions se limitaient à des monosyllabes distraits. Lorsqu'elle lui jeta un coup d'œil, son expression se changea en rictus délibéré.

« Tueur ou pas, se dit-elle, tu es une brute et ta présence ici est une insulte. » Elle se dirigea vers la porte et l'ouvrit.

— Le patient est fatigué, messires.

Sire Joscelin se leva.

— Quel dommage que nous n'ayons pas croisé le docteur Mansur, n'est-ce pas, Gervase ? Transmettez-lui nos compliments, voulez-vous ?

— Où est-il ? voulut savoir Gervase.

— Il aide rabbi Gotsce à améliorer son arabe, lui apprit Rowley.

Alors qu'il passait à la hauteur d'Adelia, Gervase marmonna, comme à l'adresse de son compagnon :

— C'est un peu fort : un Juif et un Sarrasin dans un château appartenant au roi. À quoi bon avoir été en croisade ?

Adelia claqua la porte derrière lui.

— Peste, diablesse, rouspéta Rowley, j'étais en train d'orienter la discussion vers Outremer pour déterminer où ils étaient et quand, au cas où l'un d'eux aurait laissé échapper quelque chose sur l'autre !

— Et qu'en est-il ressorti ? riposta-t-elle.

— Vous les avez mis dehors trop tôt, bon sang, se récria-t-il avec l'irritabilité du convalescent. En revanche, frère Gilbert a admis contre toute attente qu'il était à Chypre à une période qui correspondait à peu près.

— Frère Gilbert est venu ici ?

De même que le père Geoffrey, le shérif Baldwin, l'apothicaire – avec une préparation qui, jurait-il, guérirait la plaie en quelques minutes – et rabbi Gotsce.

— Je suis un homme très prisé, conclut-il. Qu'y a-t-il ?

Adelia venait de reposer si violemment une boîte de poudre de bardane que le couvercle s'était défait dans un nuage de poussière verte.

— Vous n'êtes pas prisé, répliqua-t-elle, les dents serrées. Vous êtes un mort en sursis. Rakshasa vous empoisonnerait volontiers.

Elle alla jusqu'à la porte pour appeler Gyltha, mais la maîtresse de maison arrivait déjà dans l'escalier, le coffret toujours dans les bras. Adelia le lui prit, l'ouvrit et le fourra sous le nez de Rowley.

— Qu'est-ce que c'est, ça ? le relança-t-elle.
— Doux Jésus, souffla-t-il. Des jujubes.
— J' m'ai renseigné, intervint Gyltha. C't une p'tiote qui y a donné à une sentinelle en disant que c'était de la part de sa maîtresse pour le gentilhomme malade dans la tour. Dame Baldwin allait les apporter quand sire Joscelin a proposé d'y épargner la peine. Toujours poli, lui, pas comme l'aut'.

Gyltha ne faisait pas crédit à sire Gervase.

— Et la petite ?
— Le garde est de ceux envoyés de Londres par le roi pour protéger les Juifs. Barney, qu'y s'appelle. Y dit qu'y la connaissait pas.

On alla chercher Mansur et Ulf afin de délibérer de la situation.

— Il se pourrait que ce soit simplement des jujubes, ainsi qu'il y paraît, fit valoir Rowley.
— Z'avez qu'à en sucer un pour voir, lui opposa Ulf. Qu'est-ce que z'en pensez, maîtresse ?

Adelia, qui en avait pris un avec des pincettes, le reniflait.

— Je ne saurais dire.
— Faisons un essai, proposa Rowley. Envoyons-les à Roger d'Acton, dans sa cellule, avec nos compliments.

C'était tentant, mais, en définitive, Mansur emporta le coffret dans la cour et le jeta dans le foyer du forgeron.

— Plus de visites dans cette chambre, décréta Adelia. Et qu'aucun de vous ne sorte du château ou ne se promène seul dans l'enceinte, en particulier Ulf.

— Bon Dieu, nous ne le retrouverons jamais comme ça, bougresse !

Rowley, apparut-il, s'était livré à ses propres investigations de son lit, jouant de sa fonction de collecteur d'impôts pour sonder ses visiteurs.

Des Juifs, il avait appris que Chaim avait un code de conduite et ne discutait jamais de ses clients ni de l'étendue de leur dette. Il n'existait pas d'autres documents comptables que ceux qui avaient brûlé ou été volés sur le corps de Simon.

— À moins que l'Échiquier ne dispose d'une copie des tailles à Winchester, ce qui se peut tout à fait... J'ai dépêché mon écuyer sur place pour vérifier. Le roi risque de ne pas être content. Les Juifs contribuent largement aux recettes du royaume. Et quand Henri n'est pas content...

Frère Gilbert avait proclamé qu'il aimerait mieux brûler en enfer qu'emprunter de l'argent à des Juifs. L'apothicaire qui avait été en croisade, de même que sire Joscelin et sire Gervase, avait tenu le même discours, bien qu'avec moins de véhémence.

— Bien sûr, il est peu probable qu'ils me l'avoueraient dans le cas contraire, mais tous trois ont l'air de fort bien se débrouiller par leurs propres moyens.

Gyltha acquiesça de la tête.

— La Terre sainte leur a réussi. John l'apothicaire a pu ouvrir son officine à son retour. Le Gervase, c'tait d'jà un sale p'tit morpion et y s'arrange pas avec l'âge, mais ça l'empêche pas d'avoir agrandi ses terres. Et le jeune Joscelin, qu'avait même pas de quoi se tenir propre, à cause de son pater, y t'a transformé Grantchester en palais. Frère Gilbert... il a toujours été comme il est.

Ils entendirent une respiration hachée dans l'escalier et dame Baldwin fit son entrée, se tenant le flanc d'une main, une missive dans l'autre.

— Une épidémie ! lança-t-elle, pantelante. Au couvent. Dieu nous aide. Si c'est la peste...

Matilda W la suivait.

La lettre, adressée à Adelia, avait d'abord été portée chez le vieux Benjamin, d'où la présence de la servante. Il s'agissait d'un morceau de parchemin déchiré dans un manuscrit, preuve de la terrible urgence du message, même si l'écriture était lisible et énergique.

« La mère Joan présente ses compliments à maîtresse Adelia, assistante du docteur Mansur, dont elle a ouï dire grand bien. Une pestilence s'est déclarée parmi nous et au nom de Jésus et de sa chère mère, je requiers la visite de la susdite maîtresse Adelia en le couvent de la bienheureuse sainte Radegonde afin qu'elle puisse en référer au bon docteur et chercher conseil auprès de lui pour soulager les souffrances des sœurs, celles-là étant des plus considérables et plusieurs de celles-ci, à l'article de la mort. »

En post-scriptum, il était précisé : « Vos gages ne feront l'objet d'aucun marchandage. Discrétion requise afin d'éviter toute panique. »

Un palefrenier et un cheval attendaient Adelia dans la cour.

— Je vous donnerai de mon bouillon de bœuf, assura dame Baldwin à Adelia. Joan s'alarme rarement. Il faut que la situation soit grave.

« Pour qu'une prieure chrétienne recoure à un médecin sarrasin, ça ne fait aucun doute », pensa Adelia.

— L'infirmière a attrapé mal, expliqua Matilda W, qui avait écouté le compte rendu du palefrenier. Elles chient et elles dégobillent à n'en pouvoir mais, toutes autant qu'elles sont. Dieu nous aide, si c'est la peste. Cette ville n'en a-t-elle pas déjà assez bavé ? À quoi qu'y sert, le petit saint Peter, si même les bonnes sœurs sont pas épargnées ?

— Je vous défends d'y aller, Adelia, protesta Rowley.

— Je le dois.

— Je crains qu'il n'y ait pas le choix, renchérit dame Baldwin. En dépit des malveillances, la prieure n'autoriserait jamais un homme à pénétrer dans le cloître du couvent, hormis un prêtre pour entendre ses religieuses en confession, bien sûr. L'infirmière étant *hors de combat**, maîtresse Adelia constitue leur seul espoir, le meilleur qui soit. Avec une gousse d'ail dans chaque narine, elle ne saurait succomber, assena-t-elle, avant de repartir en toute hâte pour préparer son bouillon de bœuf.

Adelia formula explications et instructions à Mansur.

— Ô ami de toujours, veille sur cet homme, cette femme et cet enfant en mon absence. Ne les laisse pas aller seuls où que ce soit. Le démon rôde. Au nom d'Allah, protège-les.

— Et qui te protégera, toi, fillette ? Ces saintes femmes n'auront rien à redire à la présence d'un eunuque.

Adelia sourit.

— Il ne s'agit pas d'un harem, ces dames préservent leur temple de tous les hommes. Je ne risquerai rien.

Ulf s'agrippa à son bras.

— Moi, j' peux venir. J' suis encore gamin et on me connaît à Sainte-Rade. En plus, j' tombe jamais malade.

— Et ce n'est pas aujourd'hui que ça va commencer, repartit Adelia.

— Vous n'irez pas, insista Rowley qui, réprimant une grimace, entraîna Adelia jusqu'à la fenêtre, à l'écart. C'est une manœuvre pour vous attirer à découvert. Rakshasa se cache derrière tout ça.

Face à lui, Adelia fut une fois de plus impressionnée par sa stature et mesura combien il devait être difficile pour un homme aussi imposant d'être réduit à l'impuissance. Jamais jusque-là elle n'avait envisagé que, pour lui, le meurtre de Simon ait pu apparaître comme un préliminaire au sien. De même qu'elle avait peur pour lui, il avait peur pour elle. Elle était touchée, comblée, mais beaucoup de choses réclamaient son attention – elle devait rappeler à Gyltha de remplacer tous les remèdes sur la table et d'aller en récupérer d'autres chez le vieux Benjamin... Ce n'était pas le moment.

— C'est vous qui posez des questions, fit-elle observer avec délicatesse. Je vous en conjure, prenez soin de vous et des miens. Vous n'avez plus besoin d'un médecin, un garde-malade suffit. Gyltha s'occupera de vous, conclut-elle en s'efforçant de se dégager. Mon devoir est d'être auprès d'elles, vous devez bien en avoir conscience.

— Pour l'amour de Dieu, s'exclama-t-il, vous ne pouvez pas vous abstenir de jouer au docteur, pour une fois ?

Jouer au docteur. « Jouer » au docteur.

Il lui tenait toujours le bras, mais ce fut comme si le sol venait de s'ouvrir entre eux et, lorsqu'elle le regarda, elle se vit dans ses yeux, séparée de lui par un abîme – telle une petite créature certes charmante, mais pleine d'illusions, une célibataire attardée qui passait le temps dans l'attente du moment où les réalités féminines la rattraperaient.

Auquel cas, que faisait-il de la file de malades qui chaque jour l'attendaient ? Ou de Gil le couvreur, de nouveau capable grâce à elle de gravir une échelle ?

« Et qu'en est-il de toi, songea-t-elle, abasourdie, les yeux dans les siens, toi qui aurais dû te vider de ton sang, mais qui as survécu ? »

Elle sut alors avec une absolue certitude qu'elle ne pourrait jamais l'épouser. Son nom resterait Vesuvia Adelia Rachel Ortese Aguilar et elle serait très, très seule, mais avant tout médecin.

Elle se dégagea.

— Le patient peut se remettre à manger des aliments solides, Gyltha, mais changez tous ces remèdes, ordonna-t-elle avant de sortir.

« De toute façon, j'ai besoin de l'argent promis par la prieure », trancha-t-elle.

L'église de Sainte-Radegonde et ses dépendances, au bord de la rivière, étaient trompeuses, car elles avaient été bâties après la fin des invasions danoises et avant que la communauté fût à cours d'argent. Le corps principal du couvent, comprenant la chapelle et le dortoir, plus grand et plus isolé, datait lui du règne d'Édouard le Confesseur.

Il avait été construit en retrait de la Cam, tapi parmi les arbres, afin d'éviter que les navires vikings remontant le cours peu profond des affluents de la rivière ne le repèrent. Quand la communauté de moines qui l'habitait à l'origine s'était dissoute, les lieux avaient été confiés à des religieuses.

Tout cela, Adelia l'avait appris par-dessus l'épaule d'Edric, tandis que, suivis par Sauvegarde, ils cheminaient à cheval jusqu'à une entrée dérobée de l'enceinte, car la grand-porte était close pour tous les visiteurs.

Comme Matilda W, le palefrenier en voulait au petit saint Peter de ne pas remplir son office.

— Ça la fiche mal de fermer alors que la saison des pèlerins commence à peine pour de bon, commenta-t-il. La mère Joan l'a vraiment mauvaise.

Il fit descendre Adelia près des écuries et du chenil, seules constructions bien entretenues sur lesquelles Adelia eût jusqu'alors posé les yeux au couvent, et lui désigna un sentier qui contournait un enclos pour chevaux.

— Que Dieu vous accompagne, maîtresse.

Edric, lui, ne serait pas du trajet.

N'étant cependant pas disposée à se retrouver coupée du monde extérieur, Adelia ordonna au palefrenier de se présenter au château chaque matin pour y remettre tout message de sa part, prendre des nouvelles de son entourage et rapporter une éventuelle réponse.

Puis elle se mit en marche avec Sauvegarde. Le tumulte de la ville, sur la rive opposée de la rivière, s'estompa. Des alouettes s'envolaient autour d'elle. Leur chant évoquait des bulles qui éclatent. Derrière elle, les chiens de la prieure se mirent à aboyer et, au loin, un chevreuil brama dans la forêt.

Cette même forêt, se souvint-elle, qui abritait le manoir de sire Gervase et dans laquelle le petit saint Peter avait disparu.

— La chose peut-elle être contenue ? s'informa la mère Joan, la mine plus défaite que la dernière fois où Adelia l'avait croisée.

— Eh bien, ce n'est pas la peste, déclara Adelia. Ni le typhus, Dieu soit loué. Aucune des sœurs ne montre de rougeurs. D'après moi, il s'agit du choléra.

Voyant la prieure pâlir, elle ajouta :

— Une forme plus bénigne que celle qu'on rencontre en Orient, bien que tout de même grave. Votre infirmière et sœur Veronica me préoccupent.

La plus jeune et la plus âgée. Sœur Veronica était la nonne qui, alors qu'elle priait auprès du reliquaire du petit saint Peter, avait offert à Adelia une image d'une grâce impérissable.

— Veronica, souffla la prieure, apparemment éperdue, ce qui la rendit plus sympathique aux yeux d'Adelia. La plus douce de toutes, Dieu la garde. Quelles mesures faut-il prendre ?

Là était la question. Adelia jeta un regard consterné en direction du côté opposé du cloître où, derrière les colonnes de la galerie, s'élevait ce qui ressemblait à un pigeonnier démesuré, percé de deux rangées de dix embrasures voûtées sans porte, donnant chacune sur une cellule de moins de cinq pieds de large, au fond de laquelle gisait une religieuse prostrée.

Il n'y avait pas d'infirmerie – le titre d'infirmière n'était, semblait-il, qu'une distinction honorifique conférée à la vieille sœur Odilia parce qu'elle s'y connaissait en simples. Pas de dortoir non plus, et aucun endroit où il eût été possible de soigner toutes les nonnes ensemble.

— Les premiers moines étaient des ascètes qui préféraient l'intimité de cellules individuelles, expliqua la prieure, surprenant le regard d'Adelia. Nous continuons à les occuper parce que, pour le moment, nous n'avons pas les moyens d'entreprendre des travaux. Pourrez-vous vous en arranger ?

— Je vais avoir besoin d'assistance.

Traiter seule une vingtaine de femmes atteintes de diarrhée et de vomissements graves aurait déjà été difficile dans une salle commune, mais, en l'occurrence, les allées et venues de cellule en cellule et d'un étage à l'autre par cet escalier périlleusement étroit et dépourvu de rampe eussent mis le médecin lui-même sur le flanc.

— Je crains que nos gens n'aient fui à la mention de la peste.

— De toute façon, mieux vaut qu'ils ne soient pas là, déclara Adelia avec fermeté.

Un simple coup d'œil au couvent suggérait que ceux qui auraient dû se charger de sa bonne marche avaient permis au laisser-aller de s'installer bien avant que survienne la maladie.

— Puis-je vous demander si vous mangez avec vos nonnes ? se renseigna Adelia.

— Et quel rapport, maîtresse Adelia ? rétorqua la prieure, offensée, comme si on l'accusait de manquement à ses obligations.

En un sens, c'était le cas. Adelia se souvenait du soin avec lequel mère Ambrose s'appliquait à nourrir aussi bien les corps que les âmes durant les repas auxquels elle présidait dans le réfectoire immaculé de San Giorgio ; la lecture de passages de la Bible accompagnait des plats sains et il était aisé de remarquer, afin d'y remédier, le manque d'appétit de l'une des sœurs pour les uns ou les autres. Toutefois, il était trop tôt pour un affrontement.

— Il s'agit peut-être d'un empoisonnement.

— Un empoisonnement ? Prétendez-vous que l'on essaye de nous tuer ?

— Intentionnellement, non. Accidentellement, oui. Le choléra est un genre d'intoxication. Et comme vous-même semblez en avoir réchappé…

À voir son expression, la prieure commençait à regretter d'avoir fait appel à Adelia.

— Il se trouve que j'ai mon propre logement et que je suis en général trop prise par les affaires du couvent pour manger avec les sœurs. La semaine dernière, j'étais à Ely pour… m'entretenir avec l'abbé de questions religieuses.

Acheter l'un de ses chevaux, plutôt, d'après Edric le palefrenier.

— Je vous recommande de vous en tenir au plus pressant, reprit la mère Joan. Informez le docteur qu'il n'y a pas d'empoisonneur ici et, au nom de Dieu, demandez-lui ce qu'il convient de faire.

Ce qu'il convenait de faire, c'était de solliciter de l'aide. Convaincue que le mal n'avait pas été causé par l'atmosphère du couvent, même si les lieux, froids et humides, sentaient le remugle, Adelia regagna les écuries et envoya Edric le palefrenier quérir les Matilda.

Elles arrivèrent accompagnée de Gyltha.

— Le petit est en sécurité au château avec sire Rowley et Mansur, répliqua-t-elle, quand Adelia la réprimanda. Me suis dit que z'auriez plus besoin de moi que lui.

C'était indubitable, mais ce n'en était pas moins dangereux pour elles toutes.

— Je serais heureuse de vous avoir durant la journée, expliqua Adelia à ses trois aides. Mais vous ne passerez pas les nuits ici, parce que, tant que durera cette pestilence, vous ne toucherez ni à la nourriture, ni à l'eau du couvent. J'insiste là-dessus. En outre, des seaux d'eau-de-vie seront à votre disposition dans le cloître et vous devrez vous laver les mains dedans après avoir touché les nonnes, leurs pots de chambre ou quoi que ce soit dans leurs cellules.

— De l'eau-de-vie ?

— De l'eau-de-vie.

Adelia avait ses propres idées concernant les maladies comme celles qui affligeaient les religieuses. Comme beaucoup de ses théories, elles divergeaient de celles de Galien ou de toute autre sommité médicale. Adelia était persuadée que, dans des pathologies comme celle-ci, l'épanchement était pour le corps une façon de se débarrasser des substances qu'il ne tolérait pas. Un poison avait pénétré dans l'organisme sous une forme ou sous une autre, *ergo* ledit poison en était expulsé. L'eau elle-même étant souvent contaminée – comme dans les quartiers les plus pauvres de Salerne, où le mal était endémique –, il fallait la traiter comme la source primaire du poison jusqu'à preuve du contraire. Et puisque les boissons distillées telles que l'eau-de-vie empêchaient les blessures de se putréfier, il se pouvait qu'elles aient le même effet sur tout poison rejeté qui entrerait en contact avec les mains des infirmières et les empêchent ainsi de l'ingérer à son tour.

Ainsi Adelia mit-elle son raisonnement en application.

— Mon eau-de-vie ? se récria la prieure, à la vue du fût qu'elle conservait dans sa cave transvasé dans deux seaux.

— Ordre du docteur, lui opposa Adelia, comme si les messages qu'Edric apportait du château étaient des instructions de Mansur.

— Je vous signale que c'est du marc espagnol supérieur, rouspéta mère Joan.

— Ça n'en fera qu'un meilleur antidote.

Comme elles étaient à la cuisine, la religieuse était en position de faiblesse, car Adelia la soupçonnait de ne jamais y avoir mis les pieds. L'endroit était sombre et grouillait de vermine ; plusieurs rats avaient détalé à leur entrée, poursuivis par les jappements de Sauvegarde, qu'Adelia n'avait jamais vu si animé. Les murs de pierre étaient encroûtés de graisse. Les rainures visibles entre les déchets sur la table en pin massif étaient remplies de crasse. Il flottait une odeur douceâtre de pourriture. Des marmites suspendues à des crémaillères contenaient des restes de nourriture couverts de duvet, les boîtes à farine n'avaient pas de couvercle et l'on décelait de la vie à l'intérieur, de même que dans les cuves d'eau de cuisine découvertes – Adelia se demanda si ce n'était pas dans l'une d'elles que les nonnes avaient fait bouillir le cadavre du petit saint Peter et si elle avait été nettoyée par la suite. Les lambeaux collés à la lame de l'un des couperets empestaient le pus.

Adelia releva la tête après les avoir reniflés.

— Pas d'empoisonneurs ici, disiez-vous ? Vos cuisinières mériteraient d'être arrêtées.

— Sottises, se défendit la prieure. Un peu de saleté n'a jamais fait de mal à personne.

Elle retint son lévrier par le collier pour l'empêcher de lécher le résidu non identifié collé à un plat qui traînait sur le sol.

— Je paye le docteur Mansur pour guérir mes nonnes, pas pour que sa subordonnée fouine dans ma maison, riposta-t-elle.

— Le docteur Mansur professe que le patient est indissociable de son environnement.

Adelia se refusait à céder sur ce point. Elle avait fait ingérer une pilule d'opium aux religieuses les plus atteintes afin de soulager leurs spasmes et, hormis baigner les autres et leur faire boire de l'eau bouillie – ce à quoi s'employaient déjà Gyltha et Matilda W –, il n'y avait pas grand-chose de plus à faire tant que la cuisine ne serait pas en état d'être utilisée pour nourrir les malades.

Adelia se tourna vers Matilda B, à qui allait incomber cette tâche herculéenne.

— Vous arriverez à nettoyer ces écuries d'Augias ?

— Pasqu'en plus, y t'y ont logé des chevaux ? s'ébahit Matilda B, comme elle se retroussait les manches et jetait un coup d'œil à la ronde.

— Ça ne m'étonnerait pas.

Suivie par la prieure vexée, Adelia continua sa tournée d'inspection. Un placard dans le réfectoire renfermait des pots étiquetés qui attestaient des compétences botaniques de sœur Odilia, même s'il contenait aussi une abondante provision d'opium – trop abondante au goût d'Adelia qui, connaissant les propriétés du remède, limitait ses réserves personnelles au minimum, dans l'éventualité d'un vol.

L'eau du couvent se révéla saine. Une source tourbeuse, mais pure, alimentait une rigole qui traversait les bâtiments et desservait d'abord la cuisine, puis le bassin à poissons à l'air libre, la buanderie et le *lavatorium*, avant de dévaler une pente opportune sous les latrines, dans un bâtiment distinct. Le long banc percé de trous était à peu près propre, même si personne n'avait déblayé la rigole d'écoulement depuis de nombreux mois – besogne qu'Adelia réservait à la mère Joan, ne voyant pas pourquoi elle échoirait à Gyltha ou aux Matilda.

Mais ce serait pour plus tard. Ayant fait de son mieux pour s'assurer que rien ne compromettrait davantage la santé de ses patientes, Adelia se consacra à leur sauver la vie.

Le père Geoffrey, lui, entreprit de sauver leur âme. Compte tenu de son inimitié pour la prieure, il était généreux de sa part d'être venu. Courageux, également : le prêtre qui confessait les sœurs d'ordinaire avait refusé de s'exposer à la peste et s'était borné à envoyer une lettre d'absolution généralisée.

Il pleuvait. Les gargouilles sur le toit de la galerie du cloître dégorgeaient de l'eau dans le jardin mal entretenu en son milieu. La mère Joan accueillit le prieur et le remercia avec une politesse guindée. Adelia le débarrassa de son manteau et l'emporta à la cuisine pour le faire sécher.

Le temps qu'elle revienne, le père Geoffrey était seul.

— Sacrée bonne femme, commenta-t-il. Je crois qu'elle me soupçonne de vouloir lui dérober les ossements du petit saint Peter alors qu'elle est en situation d'infériorité.

Adelia était heureuse de le revoir.

— Vous allez bien, mon père ?

— On fait aller. Tout fonctionne bien, pour l'instant, ajouta-t-il avec un clin d'œil.

Il avait maigri et avait l'air en meilleure forme. Adelia en fut heureuse, tout comme de sa présence.

— Leurs péchés me semblent insignifiants, mais il n'en va pas de même à leurs yeux, s'émerveilla Adelia.

Elle avait écouté les raisons pour lesquelles la plupart de ses patientes redoutaient les flammes de l'enfer, alors que, dans leurs pires moments, elles se figuraient sur le point de mourir.

— Sœur Walburga a mangé quelques-unes des saucisses qu'elle apportait en amont aux anachorètes, mais, à en juger d'après sa contrition, on a l'impression qu'elle se prend pour la grande prostituée de Babylone.

De fait, Adelia avait déjà fait litière des accusations formulées par frère Gilbert quant à l'inconduite des nonnes. Les moribonds révèlent maints secrets à leur médecin et Adelia avait pu constater que si ces femmes étaient parfois négligentes ou indisciplinées et pour la plupart illettrées – défauts qui pouvaient tous être attribués à l'incurie de leur supérieure –, elles n'étaient pas immorales.

— Je m'engage à ce qu'elle soit réconciliée avec Dieu pour ces saucisses, promit solennellement le père Geoffrey.

Le temps qu'il ait ouï les confessions de toutes les nonnes du rez-de-chaussée, la nuit était tombée. Adelia l'attendait devant la cellule de sœur Veronica, à l'extrémité de la rangée, afin de l'éclairer pour monter à l'étage.

Le père Geoffrey s'arrêta devant elle.

— J'ai prodigué les derniers sacrements à sœur Odilia.

— J'ai encore espoir de la sauver, prieur.

Il lui tapota l'épaule.

— Même vous, vous ne pouvez pas accomplir de miracles, ma fille, répondit-il, avant de se retourner vers la cellule qu'il venait de quitter. Et je m'inquiète pour sœur Veronica.

— Moi aussi.

La jeune religieuse était plus malade qu'elle n'aurait dû l'être.

— La confession n'a pas apaisé la conscience de cette enfant, confia le père Geoffrey à Adelia.

La croix des âmes pieuses comme elle est souvent qu'elles craignent trop Dieu. Pour Veronica, le sang de notre Seigneur est encore frais.

Après avoir accompagné le prieur maugréant au sommet des marches glissantes à cause de la pluie, Adelia retourna dans la cellule de sœur Odilia où, comme depuis des jours, l'infirmière agrippait, de ses doigts incrustés de terre et semblables à des brindilles, la couverture sous laquelle elle était étendue, s'efforçant de la repousser.

Adelia la recouvrit, essuya un filet d'huile bénite qui lui dégoulinait sur le front et essaya de lui faire avaler un peu de la gelée de pieds de veau de Gyltha, mais la vieille nonne serra les lèvres.

— Ça vous redonnera des forces, l'implora Adelia.

Mais c'était inutile. L'esprit d'Odilia aspirait à s'émanciper de ce corps desséché et fatigué.

Mal à l'aise à l'idée de l'abandonner, Adelia dut se résoudre à aller nourrir les autres nonnes, car Gyltha et les Matilda étaient rentrées, bien que de mauvaise grâce, et seules restaient la prieure et elle pour s'en occuper.

— Le Seigneur m'a pardonné, loué soit-Il, se réjouit Walburga, la religieuse qu'Ulf surnommait « Sœur Gras-double », mais qui avait nettement minci.

— J'avais l'intuition qu'il le ferait. Allez, ouvrez la bouche.

Au bout de quelques cuillerées, cependant, l'inquiétude gagna à nouveau la nonne.

— Qui va nourrir nos anachorètes en mon absence ? Il est mal de manger si elles ont faim pendant ce temps.

— J'en parlerai au père Geoffrey. Ouvrez. Une pour le Père... C'est bien. Une pour le Saint-Esprit...

Sœur Agatha, dans la cellule voisine, fut prise d'une nouvelle crise au bout de trois cuillerées.

— Vous en faites pas, rassura-t-elle Adelia en s'essuyant la bouche. J'irai mieux demain. Comment vont les autres ? Je veux la vérité.

Adelia aimait Agatha, cette religieuse assez courageuse – ou assez éméchée – pour provoquer frère Gilbert lors du banquet de Grantchester.

— La majorité va mieux, affirma Adelia. Mais sœur Odilia et sœur Veronica ne sont pas encore aussi vaillantes que je l'aimerais, avoua-t-elle en réponse au regard insistant d'Agatha.

— Oh non, pas Odilia, se désola celle-ci. Cette chère vieille branche. Marie, mère de Dieu, intercédez en sa faveur.

Et Veronica ? Pas d'intercession pour elle ? L'omission était étrange, mais déjà apparente chez les autres nonnes qui s'étaient enquises de leurs sœurs en Christ. Seule Walburga, qui avait à peu près le même âge, avait pris de ses nouvelles.

Peut-être la beauté et la jeunesse de Veronica faisaient-elles des jalouses, tout comme le fait qu'elle était à l'évidence la favorite de la prieure.

« Et encore, le mot est faible », pensa Adelia. L'angoisse qui se lisait sur le visage de mère Joan à la vue de Veronica souffrante révélait un profond amour. D'une sensibilité nouvelle à l'amour sous toutes ses formes, Adelia se surprit à plaindre sincèrement la prieure et se demanda si l'ardeur avec laquelle elle se dédiait à la chasse n'était pas une façon de canaliser une passion qui, en tant que religieuse et du fait de ses responsabilités, devait lui inspirer une douloureuse culpabilité.

Sœur Veronica avait-elle conscience d'être désirée de la sorte ? Sans doute pas. Comme le disait le père

Geoffrey, elle avait un air éthéré qui suggérait une vie spirituelle faisant défaut au reste du couvent.

Les autres nonnes devaient toutefois le deviner. La jeune religieuse ne se plaignait pas, mais les bleus qui marquaient sa peau laissaient supposer qu'on la brutalisait.

Une fois que le prieur en eut fini dans les cellules à l'étage, Adelia l'obligea à se laver les mains à l'eau-de-vie. Il en demeura interloqué.

— D'habitude, j'en fais plutôt un usage interne... Néanmoins, j'ai renoncé à m'interroger sur vos prescriptions.

Elle lui éclaira le chemin jusqu'à la porte, où le palefrenier l'attendait avec leurs chevaux.

— Cet endroit a quelque chose de païen, lâcha le prieur, s'attardant un instant. Peut-être cela tient-il à l'architecture ou à la rudesse des moines qui l'ont bâti, mais à chaque visite, j'ai toujours le sentiment d'être plus proche du Cornu que du Très-Haut... et pour une fois, je ne fais pas allusion à mère Joan. Rien que la disposition de ces cellules, ajouta-t-il, avec une grimace. Je rechigne à vous abandonner ici, avec si peu d'aide.

— J'ai Gyltha et les Matilda. Et Sauvegarde, bien sûr.

— Gyltha est avec vous ? Comment se fait-il que je ne l'aie pas croisée ? Dans ce cas, pas la peine que je m'inquiète : cette bougresse est capable de tenir tête aux puissances des ténèbres à elle seule.

Il accorda sa bénédiction à Adelia. Le palefrenier le débarrassa de sa boîte aux saintes huiles, la rangea dans une sacoche, l'aida à grimper en selle et ils partirent.

Il avait cessé de pleuvoir, mais la pleine lune était assombrie par les nuages. Adelia s'attarda une minute ou deux après leur départ, à l'écoute du bruit des sabots qui décroissait dans le noir.

Elle s'était abstenue de préciser au prieur que Gyltha ne passait pas la nuit au couvent, ni que c'était à ce moment-là qu'elle était le plus effrayée.

— Païen, répéta-t-elle à voix haute. Même le prieur le ressent.

Elle regagna le cloître sans fermer les portes derrière elle. Ce n'était pas ce qu'il y avait à l'extérieur du couvent qui lui faisait peur, mais le couvent lui-même. L'air n'y circulait pas, la lumière divine n'y pénétrait pas ; il n'y avait pas de fenêtres, même dans la chapelle, tout juste quelques archères dans les épais murs de pierre sans ornements, reflétant la sauvagerie à laquelle ils étaient censés faire rempart.

« Mais elle est quand même entrée », pensa Adelia. Le hideux tombeau archaïque situé dans la chapelle était décoré de sculptures de loups et de dragons s'entre-dévorant. Sur l'autel, des volutes s'enroulaient autour d'une silhouette aux bras levés – peut-être Lazare – à laquelle la lueur des cierges conférait un aspect diabolique. Les feuillages entourant les portes voûtées des cellules rappelaient le lierre et la vigne formant l'avant-garde de la forêt lancée à l'assaut des contreforts du couvent.

La nuit, assise au chevet des nonnes, Adelia, qui ne croyait pourtant pas au diable, se prenait à tendre l'oreille et à discerner quelque signe dans le hululement d'une chouette. Pour elle, comme pour le père Geoffrey, les vingt alvéoles béantes – dix au rez-de-chaussée, dix au premier – dans lesquelles les religieuses s'alignaient ne faisaient qu'accroître la rudesse des lieux. Lorsqu'elle était appelée dans une autre cellule, elle devait prendre sur elle pour braver les marches noires et traîtresses, ainsi que l'étroit palier.

Le jour, quand Gyltha et les Matilda revenaient, apportant avec elles animation et sens commun, Adelia s'autorisait une heure ou deux de repos dans le logement de la prieure, mais même là, les deux rangées de cellules s'immisçaient dans son sommeil fourbu, accusatrices, telles des sépultures troglodytiques.

Ce soir-là, comme elle longeait le cloître pour jeter un coup d'œil à sœur Veronica, la lumière vacillante de sa lanterne donnait vie aux faces repoussantes qui lui adressaient des grimaces du haut des chapiteaux et elle était heureuse d'avoir Sauvegarde à ses côtés.

Veronica s'agitait sur sa paillasse et s'excusait auprès de Dieu de n'être toujours pas morte.

— Pardonnez-moi, Seigneur, de ne pas être auprès de vous. Tempérez Votre courroux à mon égard, ô mon maître, car je Vous rejoindrais si je le pouvais…

— Sottises, la sermonna Adelia. Dieu est pleinement satisfait de vous et souhaite que vous surviviez. Ouvrez la bouche et mangez un peu de cette bonne gelée de pieds de veau.

Mais comme Odilia, Veronica ne voulait pas manger. Pour finir, Adelia lui fit prendre une demi-dose d'opium et resta à côté d'elle jusqu'à ce que le remède fasse effet. Sa cellule était la plus dépouillée de toutes. La seule décoration était une croix qui, comme le reste des crucifix aux murs du couvent, était tressée en osier.

Quelque part, dans les marais, un butor mugit. Dehors, des gouttes s'écrasaient sur le dallage avec une régularité qui portait sur les nerfs d'Adelia.

Quelques cellules plus loin, elle entendit sœur Agatha vomir et s'en fut la voir.

Il lui fallut sortir du cloître pour vider le pot de chambre ; à son retour, à la faveur d'une trouée dans les nuages, Adelia aperçut la silhouette d'un homme près de l'une des colonnes de la galerie.

Elle ferma les yeux pour chasser la vision, puis les rouvrit et s'avança.

Il s'agissait d'une illusion due aux ombres et au miroitement de la pluie. Il n'y avait personne. Elle s'appuya à la colonne un instant, pantelante ; l'apparition avait des cornes sur la tête. Sauvegarde n'avait apparemment rien remarqué, mais c'était fréquent.

« Je suis très fatiguée », se dit Adelia.

Dans la cellule d'Odilia, mère Joan poussa un cri aigu.

Une fois qu'elles eurent terminé de prier pour l'infirmière, Adelia et la prieure enveloppèrent son corps dans un drap et le transportèrent jusqu'à la chapelle, où elles l'installèrent sur un catafalque de fortune formé de deux tables recouvertes d'une étoffe avant de disposer des cierges aux deux extrémités.

Tandis que mère Joan entonnait un requiem, Adelia retourna auprès d'Agatha. Toutes les nonnes étaient endormies, ce dont elle fut soulagée ; ainsi, les religieuses n'apprendraient le décès qu'au matin, lorsqu'elles auraient recouvré quelques forces supplémentaires.

« Du moins, si le matin finit par arriver dans cet horrible endroit », pensa-t-elle. « Païen », avait estimé le prieur. Et en effet, de là où elle était, la vigoureuse voix grave qui résonnait dans la chapelle évoquait moins un requiem chrétien qu'un chant en l'honneur d'un guerrier mort au champ d'honneur. Était-ce le décès d'Odilia qui avait évoqué ce spectre cornu dans le cloître, ou bien s'agissait-il d'une émanation des pierres elles-mêmes ?

« L'épuisement, diagnostiqua à nouveau Adelia. Tu es fatiguée. »

Mais l'image persistait et, pour s'en défaire, Adelia dut recourir à son imagination pour lui substituer une autre figure, plus replète, plus amusante, infiniment plus chère, jusqu'à ce que Rowley prît la place de cette horreur et que, sous sa garde réconfortante, elle s'endormît.

Sœur Agatha mourut la nuit suivante. « Son cœur a simplement cessé de battre, semble-t-il, écrivit Adelia au père Geoffrey. Elle se rétablissait bien. Je ne m'y attendais pas. » Et elle en avait pleuré.

Avec du repos et la savoureuse cuisine de Gyltha, les autres nonnes eurent tôt fait de reprendre le dessus. Veronica et Walburga, qui étaient les plus jeunes, furent les premières sur pied. Même s'il était difficile de résister à leur entrain, c'était trop tôt au goût d'Adelia et leur insistance à se rendre en amont pour ravitailler les anachorètes délaissées était déraisonnable – d'autant que, pour emporter suffisamment de provisions et de combustible, chacune eût dû manœuvrer une barque seule.

Adelia alla donc trouver la mère Joan pour la supplier de refuser, afin que les deux convalescentes s'économisent.

Étant elle-même éreintée, elle n'y mit pas assez de tact.

— Ce sont toujours mes patientes, argua-t-elle. Je ne saurais le permettre.

— Ce sont toujours mes nonnes. Et les anachorètes sont sous ma responsabilité. Sœur Veronica, en particulier, a besoin de temps à autre de la liberté et de la solitude qu'elle trouve parmi elles et j'accède à sa demande chaque fois qu'elle en émet le désir.

— Le père Geoffrey s'est engagé à approvisionner vos ermites.

— Je n'ai pas une très haute opinion de la parole du prieur.

Ce n'était pas la première prise de bec entre Adelia et la supérieure – ni la deuxième, ni la troisième. Consciente que ses nombreuses absences avaient bien failli mener à la perte du couvent et de sa communauté, la prieure cherchait involontairement à réaffirmer son autorité en s'opposant à Adelia.

Elles s'étaient déjà heurtées à propos de Sauvegarde, que la prieure accusait d'empester – ce qui était vrai, mais pas plus que l'intérieur du couvent. Elles s'étaient aussi heurtées à propos du recours à l'opium, sur lequel la prieure avait décidé d'embrasser le parti de l'Église.

— La douleur relève de la volonté divine, Dieu seul devrait pouvoir la faire cesser.

— Qui a dit ça ? Où est-ce écrit dans la Bible ? avait rétorqué Adelia.

— J'ai ouï dire que cette plante entraîne l'accoutumance. Mes religieuses vont prendre l'habitude d'en consommer.

— Nenni. Elles ne savent pas ce qu'elles avalent. Il s'agit d'une panacée temporaire, un soporifique visant à atténuer leurs souffrances.

Peut-être parce que, à cette occasion-là, elle avait eu gain de cause, elle fut déboutée et les deux nonnes reçurent de leur supérieure l'autorisation de procéder au ravitaillement des anachorètes. Ayant fait tout ce qu'elle pouvait, Adelia quitta le couvent.

Ce qui coïncida avec l'arrivée de l'assise à Cambridge.

Le vacarme était si formidable, du moins pour Adelia dont les oreilles s'étaient habituées au silence, qu'elle se sentit agressée. Du fait de sa lourde boîte de remèdes, le retour à pied du couvent avait été pénible et, alors que sa seule envie était de rentrer chez le vieux Benjamin pour se reposer, Adelia se retrouva coincée du mauvais côté de Bridge Street, le temps du passage du cortège.

Tout d'abord, elle ne comprit pas qu'il s'agissait de celui de l'assise. La cavalcade des musiciens en livrée soufflant dans des trompettes ou jouant du tambourin la ramena à Salerne, la semaine précédant le mercredi des Cendres, lorsque le *carnevale* prenait possession de la ville, en dépit de toutes les tentatives de l'Église pour s'y opposer.

Là, il y avait davantage de tambours, ainsi que des bedeaux – quelles tenues chamarrées, quelles grandes massues dorées ils avaient ! –, puis, juste Ciel, montés sur des chevaux caparaçonnés, des évêques et des abbés mitrés, dont un ou deux saluaient même, et, derrière eux, un bourreau comique, avec sa cagoule et sa hache…

Ce fut alors qu'Adelia s'avisa que ledit bourreau n'avait rien de comique ; il n'y aurait pas d'acrobates ni d'ours qui dansait. Les léopards des Plantagenêts étaient partout. Sur les épaules de porteurs en tabard, à bord de belles litières, venaient les juges royaux qui allaient prendre la mesure de Cambridge et risquaient, si Rowley voyait juste, d'estimer que le compte n'y était pas.

Pourtant, les gens les acclamaient, comme affamés de distractions et comme si les procès, les amendes ou les condamnations à mort promettaient d'assouvir leur appétit.

Abasourdie par ce charivari, Adelia identifia soudain Gyltha qui fendait la foule, de l'autre côté de la rue, la bouche ouverte, comme si elle aussi prenait part aux acclamations. Mais il n'en était rien.

« Ô Dieu de tous, implora Adelia, faites que ce ne soit pas ce qu'elle dit. De tels mots sont imprononçables, intolérables. Faites que ce ne soit pas ce qu'il y paraît. »

Gyltha traversa Bridge Street, obligeant un cavalier à tirer avec un juron sur la bride de sa monture, qui bondit de côté pour éviter de piétiner la maîtresse de maison. Elle parlait, dévisageait, s'agrippait à tout le monde. Elle se rapprochait et Adelia recula pour se dérober, mais les cris de Gyltha étaient trop perçants.

— Y a personne qu'a vu mon p'tiot ?

Elle était comme aveugle. Elle se cramponna à la manche d'Adelia sans la reconnaître.

— Z'avez pas vu mon p'tiot ? Ulf, qu'y s'appelle. J'le trouve p'us.

CHAPITRE 14

Assise au bord de la Cam au même endroit qu'Ulf, sur le même seau retourné, Adelia regardait la rivière. Rien d'autre.

Par-delà la maison, derrière elle, les rues étaient pleines de bruit et d'agitation, en partie à cause de l'assise, mais surtout à cause des recherches pour retrouver Ulf. Gyltha, Mansur, les deux Matilda, les patients d'Adelia, les clients de Gyltha, ainsi que des amis, des voisins, le *reeve* de la paroisse et autres bonnes volontés – tous cherchaient l'enfant, avec un désespoir croissant.

— Le garçon tournait en rond au château et il avait envie d'aller à la pêche, lui avait rapporté Mansur, si impassible que c'en était presque invraisemblable. Je suis venu avec lui. Puis la petite grosse (il faisait allusion à Matilda B) m'a appelé dans la maison pour réparer un pied de table. Quand je suis ressorti, il n'était plus là. Dis à la femme que je suis désolé, avait-il conclu, se dérobant au regard d'Adelia.

Gyltha ne lui avait fait aucun reproche – ni à lui, ni à quiconque ; sa terreur était trop grande pour laisser le champ à la colère. Elle s'était tassée, transformée en une vieille femme ratatinée, incapable de tenir en place. Mansur et elle avaient déjà parcouru les berges de la Cam en amont comme en aval, demandant à tous ceux qu'ils rencontraient s'ils avaient vu Ulf et sautant à bord des embarcations pour s'assurer qu'il n'était pas caché sous une bâche. Ce jour-là, ils étaient partis interroger les marchands près du Grand-Pont.

Adelia ne les avait pas accompagnés. Elle avait passé toute la nuit précédente à la fenêtre du solier, à contempler la rivière. Puis, ce matin-là, elle était allée s'asseoir au même endroit qu'Ulf et avait continué à regarder, oppressée par un chagrin si terrible qu'elle en était paralysée – même si, de toute manière, elle serait demeurée sur la berge. « C'est la rivière », avait affirmé Ulf, et elle ressassait ces mots, sans cesse, de crainte que, si elle cessait, ce ne soit ses hurlements qui lui emplissent la tête.

Rowley se fraya bruyamment un passage à travers les roseaux, en boitant, et tenta de l'arracher de là. Il lui parlait, l'étreignait. Il souhaitait apparemment qu'elle le suive au château, dont il ne pouvait s'absenter à cause de l'assise. Il n'arrêtait pas de parler du roi ; elle l'entendait à peine.

— Je suis désolée, mais je me dois de rester ici, lui opposa-t-elle. C'est la rivière, vous comprenez. C'est elle qui les emporte.

— Comment la rivière pourrait-elle les emporter ? fit valoir Rowley avec douceur, la prenant pour folle, ce en quoi il avait bien sûr raison.

— Je ne sais pas encore, avoua-t-elle. C'est pour ça qu'il faut que je reste ici.

Il s'acharna. Elle l'aimait, mais pas assez pour lui céder ; elle obéissait à un amour différent, plus impérieux.

— Je reviendrai, annonça-t-il finalement.

Elle hocha la tête, remarquant à peine son départ.

C'était une magnifique journée, chaude et ensoleillée. Certains des bateliers qui passaient, informés de ce qui était arrivé, criaient des encouragements à cette femme sur la berge, assise sur son seau retourné, un chien à côté d'elle.

— T'inquiète pas, mon canard. Y doit être en train de jouer que'qu' part. La mauvaise graine se perd pas.

D'autres détournaient les yeux et se taisaient.

Adelia ne prêtait attention ni aux uns ni aux autres. Elle revoyait le petit corps maigrelet d'Ulf tout nu qui se débattait entre les bras de Gyltha, alors que celle-ci s'apprêtait à le plonger dans le bain.

« C'est la rivière. »

Ce fut seulement en fin d'après-midi, lorsque sœur Veronica et sœur Walburga survinrent dans leur *punt*, qu'Adelia parvint à une décision.

— Ne nous chapitrez pas, maîtresse, se défendit Walburga en se rangeant le long de la berge. Y avait pas de quoi nourrir un chaton avec ce que le prieur a envoyé et on a pas d'autre choix que de retourner en amont avec davantage de provisions. Mais on a retrouvé des forces, hein, ma sœur ? Dieu nous prête la Sienne.

— Qu'y a-t-il ? s'inquiéta sœur Veronica. Vous avez l'air harassée.

— Pas étonnant ! se récria Walburga. À force de s'occuper de nous. Un ange, que c'est, bénie soit-elle !

« C'est la rivière. »

— J'aimerais venir avec vous, si vous le permettez, sollicita Adelia en se levant de son seau.

Ravies, les deux nonnes l'aidèrent à embarquer dans la *punt* et à prendre place sur le banc arrière, les genoux à la hauteur du menton, une cage à poules sous les pieds. Elles s'esclaffèrent quand Sauvegarde – ce « vieux punais », comme elles le surnommaient – entreprit maussadement de les suivre par le chemin de halage.

La mère Joan, racontèrent-elles, proclamait au monde entier que la sainteté du petit Peter ne faisait plus aucun doute, car alors que tant de sœurs étaient malades, seules deux, dont une vieillarde, étaient mortes. Le saint avait été mis à l'épreuve et il s'était montré à la hauteur.

Les deux nonnes se relayaient à la perche à un rythme attestant qu'elles n'étaient pas encore pleinement rétablies, mais elles n'en faisaient guère de cas.

— C'était plus dur hier, quand on était chacune dans une *punt*, commenta Walburga. Mais le Seigneur est avec nous.

C'était elle qui était capable de tenir le plus longtemps sans se reposer ; toutefois, Veronica était plus agile, plus économe de ses mouvements et plus gracieuse quand elle poussait sur la perche et la retirait de ses bras minces, troublant à peine l'eau couleur d'ambre dans le couchant.

Elles dépassèrent Trumpington, puis Grantchester...

Adelia, Mansur et Ulf n'avaient pas poussé leurs explorations jusque-là. Un peu plus loin, la rivière se divisait en deux : la Cam au sud et un affluent à l'est.

La *punt* prit vers l'est et ce fut Walburga, à la manœuvre, qui répondit à la question d'Adelia – sa première ce jour-là :

— Ça ? C'est la Granta. C't' elle qui mène aux ermitages.

— Et chez ta tatan, ma sœur ! intervint Veronica avec un sourire. C'est aussi elle qui mène chez ta tatan.

Walburga sourit à son tour.

— Si fait ! Elle va êt' surprise de me voir deux fois la même semaine.

De même qu'elles avaient changé de rivière, le paysage changea lui aussi et se mua en une sorte de plateau, tandis que de l'herbe drue et des arbres plus hauts remplaçaient aulnes et roseaux. Dans le crépuscule, Adelia constata que les haies et les clôtures prenaient le pas sur les fossés. La lune, qui jusqu'alors n'était qu'une hostie ronde et translucide dans le ciel vespéral, gagna en consistance.

Comme Sauvegarde commençait à claudiquer, Veronica suggéra de prendre la pauvre bête à bord. Une fois que les poules eurent cessé de protester contre sa présence, le silence s'installa, uniquement troublé par les derniers gazouillis des oiseaux.

Walburga engagea la *punt* dans un bras de la rivière dont partait un sentier conduisant à une ferme.

— Ne décharge pas tout à toi toute seule, ma sœur, lança-t-elle à Veronica en sautant lourdement à terre. Fais-toi aider par ces vieilles biques.

— Je n'y manquerai pas.

— Tu parviendras à rentrer toute seule ?

Veronica hocha la tête avec un sourire. Walburga gratifia Adelia d'une révérence, puis leur fit au revoir de la main.

La Granta s'étrécit et s'assombrit à mesure qu'elle se frayait un passage dans une vallée peu profonde mais sinueuse, bordée de hêtres parfois si proches de l'eau que Veronica devait s'accroupir si elle voulait éviter les branches. La religieuse s'arrêta pour allumer une lanterne qu'elle plaça à ses pieds afin d'éclairer l'eau noire autour d'elle, et la lumière se refléta dans les yeux verts d'un animal, qui les fixa un instant avant de disparaître dans les broussailles.

Au sortir des arbres se dévoila un panorama noir et blanc composé de prés et de haies qu'argentait la lune. Veronica aborda le long de la rive gauche.

— Fin du voyage, annonça-t-elle. Dieu soit loué.

Adelia montra du doigt une énorme éminence au sommet aplati, au loin devant elles.

— Qu'est-ce que c'est ?

Veronica tourna la tête.

— Là-bas ? C'est Wandlebury Hill.

Évidemment.

Une minuscule étoile semblait scintiller au front de la colline, apparaissant et disparaissant au gré de ses clignotements, fidèle au caractère trompeur des astres.

Adelia se décala pour laisser Veronica récupérer la cage à poules sous ses jambes.

— J'attendrai ici, dit-elle à la religieuse.

Veronica considéra d'un air soupçonneux sa passagère, puis les paniers qu'il lui restait à porter jusqu'aux ermitages invisibles.

— Pourriez-vous me laisser la lanterne ? ajouta Adelia.

Sœur Veronica pencha la tête de côté.

— Auriez-vous peur du noir ?

— Oui, confessa Adelia après réflexion.

— Dans ce cas, gardez-la et que le Seigneur veille sur vous. Je reviens dans un moment.

La nonne hissa un sac sur son épaule, attrapa la cage à poules de l'autre main et s'éloigna vers les arbres sur un chemin éclairé par la lune.

Adelia patienta jusqu'à ce que Veronica soit hors de vue, déposa Sauvegarde sur la berge, prit la lanterne, la leva pour confirmer que la chandelle à l'intérieur était encore assez grande, puis elle se mit en marche.

Pendant quelque temps, la rivière et le sentier qui la longeait serpentèrent dans la direction générale qui l'intéressait, mais, au bout d'une demi-lieue environ, Adelia se rendit compte qu'ils l'entraînaient trop vers le sud. Elle obliqua donc pour poursuivre sa route plein est à vol d'oiseau, si ce n'était qu'un oiseau n'aurait pas eu à se dépêtrer des obstacles qui entravaient la progression d'Adelia, tels que des champs de ronces, des bosses et des creux rendus glissants par une récente averse, ainsi que des clôtures parfois impossibles à escalader ou à franchir à quatre pattes.

S'il s'était trouvé sur Wandlebury Hill des yeux humains pour l'observer, ils auraient distingué une toute petite lueur vagabondant de par la campagne obscure, louvoyant de-ci de-là sans but apparent, tandis qu'Adelia contournait les difficultés les unes après les autres. De temps en temps, le point lumineux s'arrêtait parce qu'elle tombait, le plus souvent dans des positions bizarres, pour éviter que la lanterne ne heurte le sol et ne s'éteigne.

Quelquefois, Adelia sursautait, surprise par une biche ou un renard qui s'enfuyait sur son passage alors qu'elle n'avait rien entendu – ses hoquets occultaient tout autre bruit, même s'ils n'étaient pas dus au chagrin ou à la douleur, mais à l'effort.

Eût-il existé, cependant, l'observateur de Wandlebury Hill aurait aussi constaté que, malgré ses divagations, la lumière se rapprochait.

Adelia, qui avançait tant bien que mal dans cette vallée d'ombre, voyait en tout cas la colline grossir, au point qu'elle dominait tout le reste et que l'étoile ornant son chef ne clignotait plus, mais brillait d'un éclat fixe.

Adelia avait presque le cœur au bord des lèvres, tant elle était écœurée par sa propre stupidité. « Pourquoi ne suis-je pas venue ici directement ? se morigénait-elle. Les corps de ces enfants me l'avaient dit, ils me l'avaient dit ! Ils m'avaient parlé de la craie. "Nous avons été tués dans de la craie." J'étais obsédée par la rivière, mais la rivière mène à Wandlebury Hill. J'aurais dû le deviner. »

Clopin-clopant, égratignée et ensanglantée, mais la lanterne toujours allumée à la main, Adelia prit pied sur une surface plate et s'avisa qu'elle était sur la voie romaine, près de l'endroit où le père Geoffrey avait rugi à Roger d'Acton qu'il n'arrivait pas à pisser.

Il n'y avait personne dans les parages. Il était tard et la lune était haute, mais Adelia, elle, était hors du temps ; le passé et ceux qui l'habitaient n'existaient pas, Ulf lui-même n'existait plus – elle ne le voyait plus, elle ne l'entendait plus. Il n'y avait que cette colline, dont elle devait atteindre le sommet. Sauvegarde sur les talons, elle emprunta le chemin abrupt qui y conduisait sans une pensée pour les circonstances dans lesquelles elle l'avait déjà gravi, sachant seulement que c'était la bonne direction.

Une fois en haut, elle dut se remettre en quête du scintillement, déroutée qu'il ait pu la guider de si loin, mais ne soit plus visible de si près. « Oh Seigneur, faites qu'il ne se soit pas éteint », supplia-t-elle. Dans le noir, elle ne retrouverait jamais son emplacement au milieu de cette vaste étendue bosselée.

Elle repéra de la clarté au milieu de buissons devant elle et s'élança, oubliant les dépressions dans le sol. Cette fois, lorsqu'elle chuta, la lanterne s'éteignit. Peu importait. Elle entreprit de ramper.

Il s'agissait d'une lueur différente de celle d'un feu ou du halo d'une bougie, elle évoquait plutôt un rai lumineux dirigé vers le haut. Comme Adelia s'en approchait à tâtons, ses mains rencontrèrent le vide et elle bascula la tête la première, de sorte qu'elle se retrouva à moitié couchée dans une cuvette. Elle suivit le regard de Sauvegarde et là, devant elle, à dix pieds, au centre de la dépression, elle vit. Il ne s'agissait pas d'un feu, ni d'une lanterne. Il n'y avait pas âme qui vive. La lumière provenait d'un trou dans la terre. C'était la gueule béante de l'Enfer, illuminée par les flammes éternelles.

Adelia dut se raccrocher à toute son instruction, toutes ses notions de philosophie naturelle, toutes les hypothèses qu'elle avait démontrées, tout le bon sens à l'aune duquel elle avait mesuré tant d'inepties afin de résister à la terreur panique qui l'incitait à s'éloigner ventre à terre, en hurlant, de cette ouverture. Elle pria pour son salut : « Dieu Tout-Puissant, délivre-moi de la terreur de la nuit. »

« Ça ne peut pas être l'Abîme, lui fit remarquer in petto une petite voix pédante. Ce n'est même pas un abîme. »

Et en effet. Ce n'était qu'un trou. Un trou. Et Ulf était dedans.

Elle reprit sa progression à quatre pattes et se cogna le genou contre un objet caché dans l'herbe qui paraissait appartenir à la colline, mais qui, au bout d'un instant de tâtonnement, se révéla être d'origine humaine : une grande roue pleine. Adelia passa par-dessus et s'aperçut que sa surface était recouverte de gazon.

Elle tendit le bras pour empêcher Sauvegarde de s'aventurer trop près, puis avec la lenteur d'une tortue, tendit le cou et jeta un coup d'œil dans le trou.

Ce n'était en fait pas un trou, mais un puits, d'environ six pieds de diamètre et Dieu savait quelle profondeur – la lumière qui en émanait la gênait pour évaluer les distances –, mais profond. Une échelle s'enfonçait dans cette blancheur uniforme... du blanc, rien que du blanc, aussi loin que sa vue portait.

De la craie. Bien sûr, la craie présente sur les cadavres des enfants.

Ce n'était pas Rakshasa qui avait creusé ce puits ; une telle excavation requérait de la main-d'œuvre. Il avait trouvé cet endroit et il s'en était servi ; il l'avait exploité.

Était-ce là ce qu'étaient toutes ces dépressions dans la colline ? Des galeries de mine rebouchées ? Qui eût pu avoir besoin d'autant de craie ?

« Ce n'est pas important », se reprit Adelia. Ulf était là-dedans.

Et le tueur aussi. C'était lui qui avait éclairé les lieux – il s'agissait de flambeaux, au-dessous d'elle ; c'était la lumière qu'avait évoquée le berger. « Doux Seigneur, nous aurions dû déceler cette entrée ; nous avons arpenté cette saleté de colline, nous avons inspecté de près chacun de ces creux... Comment avons-nous fait pour manquer cette invitation à descendre aux enfers ? »

Il n'y avait pas d'invitation, comprit-elle. La roue gazonnée sur laquelle elle avait rampé n'avait rien d'une roue, c'était un camouflage, un couvercle, un toit. Lorsqu'il était en place, cette dépression ressemblait à toutes les autres.

Un malin, ce Rakshasa.

Mais la chair de poule d'Adelia et l'horreur que lui inspirait le tueur s'estompèrent quelque peu à la pensée qu'il avait perdu ses moyens quand Simon avait engagé la charrette à bord de laquelle le père Geoffrey se tordait de souffrance sur le chemin menant à Wandlebury Hill. Comme la lâche créature qu'il était, il avait exhumé les cadavres à la faveur de la nuit et les avait transportés jusqu'au pied de la colline, afin de protéger sa tanière.

« Ce puits est ton jardin secret, pensa-t-elle, il t'est si précieux que c'est ton point faible. Pour toi, il brille du même éclat que pour moi en ce moment, même quand la trappe est fermée, c'est un orifice de ton corps, le vestibule de ton âme gangrenée, la découverte qui te perdra. Pour toi, son existence est un défi et un outrage à Dieu. Et je l'ai trouvé. »

Adelia tendit l'oreille. Autour d'elle, la colline bruissait de vie, mais aucun son ne montait de l'ouverture. Miséricorde, elle n'aurait jamais dû venir seule, non, jamais. Que pouvait-elle pour ce petit, en l'absence de renforts et sans avoir prévenu quiconque ?

Pourtant, elle n'avait fait qu'obéir aux circonstances : elle ne voyait pas comment elle eût pu procéder autrement. Et de toute manière, ce qui était fait était fait, le vin était tiré et il ne lui restait plus qu'à boire le calice jusqu'à la lie.

Rakshasa eût-il déjà tué Ulf, elle eût pu retirer l'échelle, remettre la roue en place et l'enterrer vivant, avant de repartir en le laissant se débattre au fond de son propre sépulcre.

Mais elle s'était jusqu'alors fondée sur la conviction qu'Ulf n'était pas mort, que Rakshasa avait conservé les autres enfants en vie dans son garde-manger jusqu'à ce qu'ils fussent à son goût – hypothèse reposant sur ce que lui avait confié le cadavre de l'un des petits. Une preuve bien fragile, une foi bien ténue et cependant, c'était elles qui l'avaient fait monter dans la *punt* des nonnes et lui avaient fait traverser la campagne jusqu'à cette bouche des enfers pour...

Pour quoi, au juste ?

Étendue à plat ventre, la tête au-dessus du puits, Adelia examina les choix qui s'offraient à elle avec la froide logique du désespoir. Elle pouvait filer chercher du secours ce qui, compte tenu du temps que cela prendrait, n'était pas vraiment une solution – la dernière habitation qu'elle avait croisée était la ferme de la tatan de sœur Walburga –, et Ulf était si proche qu'il était impossible de l'abandonner là. Elle pouvait aussi descendre sous terre et se faire tuer – et de fait, elle devait y être prête, si cela permettait à Ulf d'en réchapper.

Ou encore, ce qui valait nettement mieux, selon elle, elle pouvait descendre et tuer le tueur. Ce qui nécessitait de se procurer une arme. Oui, elle devait trouver un bâton ou une pierre, quelque chose de pointu...

À côté d'elle, Sauvegarde tressaillit. Une paire de mains empoigna les chevilles d'Adelia et les souleva avec effort, si bien qu'Adelia glissa en avant. Elle bascula dans le puits.

Ce qui la sauva fut l'échelle, qui brisa sa chute à mi-hauteur, en même temps que quelques-unes de ses côtes, de sorte qu'Adelia dévala le reste de la distance en se cognant aux échelons. Elle eut le temps, un long moment même, lui sembla-t-il, de penser qu'elle devait rester consciente. Puis sa tête percuta le sol et toute pensée fut abolie.

Un autre long moment s'écoula avant qu'Adelia recouvre ses esprits, à l'issue d'un lent cheminement à travers une foule nébuleuse d'inconnus remuants qui s'obstinaient à la tirailler et à jacasser, l'irritant à tel point que, si elle n'avait pas eu aussi mal, elle les eût sommés de se taire. Enfin, la bousculade cessa peu à peu et le brouhaha se réduisit à une voix seule, quoique tout aussi obstinément irritante.

— Silence, ordonna Adelia, avant d'ouvrir les yeux.

La douleur fut telle qu'elle décida de demeurer inconsciente encore un peu plus longtemps, ce qui se montra toutefois impossible, car son intelligence persistait à fonctionner malgré elle pour la sortir de ce péril.

« Arrête de bouger et réfléchis », se sermonna-t-elle. Grand Dieu, quelle migraine, elle avait l'impression qu'on la trépanait. Cela indiquait une commotion, mais pas moyen d'en évaluer la gravité sans savoir combien de temps elle était restée inconsciente. Damnation, ce que sa tête lui faisait mal ! Ses côtes, aussi... elle en avait vraisemblablement deux de cassées, même si – elle hasarda une grande inspiration, grimaça – ses poumons n'étaient sans doute pas perforés. Le fait qu'elle fût apparemment debout, les bras levés au-dessus de la tête, position qui lui comprimait la cage thoracique, n'aidait guère.

« Ce n'est pas important, se répéta-t-elle. Vu le danger, ton état physique ne compte pas. Réfléchis si tu veux survivre. »

Bien. Elle était dans le puits. Elle se trouvait au sommet, et voilà qu'elle était au fond. Le bref aperçu qu'elle avait eu de ce qui l'entourait lui avait révélé une blancheur absolue. Ce qu'elle ne se rappelait pas, c'était comment s'était opérée la transition – la conséquence naturelle d'une commotion. À l'évidence, on l'avait poussée ou elle était tombée.

Et quelqu'un d'autre était tombé ou avait été forcé de descendre avant ou après elle, car lorsque Adelia avait tenté d'ouvrir les paupières, elle avait entrevu une silhouette contre la paroi opposée. C'était cette personne qui se livrait à cet exaspérant monologue incessant.

— Gardez-moi-ô-Seigneur-et-maître-et-je-Vous-serai-fidèle-jusqu'à-la-fin-de-mes-jours-je-m'anéantirai-devant-Vous-corrigez-moi-avec-des-fouets-et-des-scorpions-mais-sauvegardez-moi...

Cette litanie était le fait de sœur Veronica, qui se tenait à une dizaine de pieds d'Adelia, de l'autre côté de la salle où débouchait le puits percé dans le plafond. On lui avait arraché sa coiffe et sa guimpe, qui lui pendaient autour du cou, et ses cheveux flottaient devant son visage tels des filaments de brume sombre. Ses mains, comme celles d'Adelia, étaient retenues au-dessus de sa tête par des fers assujettis à un piton.

Elle était éperdue de terreur ; de la bave lui dégoulinait du menton et elle tremblait tellement que les bracelets d'acier autour de ses poignets accompagnaient de tintements les prières de délivrance qu'elle débitait.

— Vous ne voulez pas vous taire ? lança Adelia avec humeur.

Veronica ouvrit de grands yeux surpris où se lisait une pointe de vertueuse indignation.

— Je vous ai suivie, répliqua-t-elle. Vous êtes partie et je vous ai suivie.

— Mal vous en a pris, fit observer Adelia.

— Le diable est ici, Marie, mère de Dieu, protégez-nous, il m'a fait prisonnière, il est tout proche, il va nous dévorer, oh ! Jésus, Marie, sauvez-nous toutes les deux, il a des cornes.

— Oui, c'est bien connu, pas la peine de crier.

Bravant la douleur, Adelia tourna la tête pour regarder autour d'elle. Sauvegarde gisait au pied de l'échelle, la nuque brisée.

Un sanglot jaillit de sa gorge malgré elle. « Pas maintenant, pas maintenant, se reprocha-t-elle, ce n'est pas le moment, tu ne dois pas céder au chagrin. Pour survivre, tu dois réfléchir. Oh, Sauvegarde… »

Les flammes de deux torches fixées dans des supports à hauteur d'yeux de part et d'autre de la salle éclairaient de grossières parois concaves, d'un blanc souillé çà et là de moisissures verdâtres, si bien que Veronica et elle étaient comme au fond d'un grand tube de papier sale et froissé.

Elles étaient seules ; pas trace du diable de la nonne, même si de part et d'autre d'elles s'ouvraient deux galeries. Celle à la gauche d'Adelia était petite, un simple boyau fermé par une grille en acier. Celle de droite était illuminée par des flambeaux invisibles et avait été agrandie afin que l'on puisse l'emprunter sans se baisser. Un coude bloquait la vue d'Adelia, mais, juste à l'entrée, contre la paroi de craie, reflétant celle qui lui faisait face, était appuyé un bouclier poli cabossé sur lequel était gravée la croix des croisades.

Et à la place d'honneur, au centre de cette salle de torture, à mi-chemin entre Adelia, Veronica et la dépouille de Sauvegarde, se dressait l'autel du diable.

Il s'agissait d'une enclume. Elle eût été banale à sa juste place. Elle était odieuse en ce lieu. Une enclume arrachée à la chaleur d'une forge à toit de chaume afin de faire violence à des enfants. Dessus, luisante au milieu de taches de sang, était posée une pointe de lance dotée d'un manche. Elle était facettée, ce qui correspondait aux blessures infligées.

« Du silex, doux Seigneur, du silex. » Le silex se formait dans la craie, par veines. D'antiques démons s'étaient échinés à creuser cette mine pour en extraire cette roche et la façonner afin de tuer. C'était un instrument fabriqué par des êtres ténébreux à une époque ténébreuse, et Rakshasa l'avait fait sien parce qu'il était aussi primitif qu'eux.

Adelia ferma les yeux.

Mais les taches étaient ternes. Personne n'était mort sur cette enclume récemment.

— Ulf ! hurla-t-elle, rouvrant les yeux. Ulf !

À sa gauche, au loin, de l'obscurité du boyau, assourdi par la craie poreuse, mais audible, lui parvint un grognement inintelligible.

Adelia leva la tête vers le disque du ciel au-dessus d'elle et rendit grâce. Une bouffée d'air frais printanier dissipa son malaise dû la commotion, la nausée causée par l'odeur omniprésente de la craie, la puanteur de la résine que brûlaient les torches. Le petit était en vie.

Bien. À quelques pieds d'elle, sur cette enclume, reposait une arme qui attendait seulement qu'elle s'en empare.

Même si ses mains étaient entravées, d'après ce qu'elle pouvait inférer de la posture de sœur Veronica, les fers qui maintenaient leurs bras en hauteur étaient reliés à un piton planté dans la craie nue. Or, la craie n'était que de la craie : elle s'effritait, à peine plus résistante que du sable.

Adelia plia les coudes et tira sur le piton. « Oh, mon Dieu, enfer ! » Une douleur lui traversa la poitrine tel un fil brûlant. Cette fois, elle s'était vraiment, à coup sûr, perforé un poumon. Elle demeura accrochée là, haletante, dans l'attente du goût du sang dans sa bouche. Au bout de quelques instants, elle constata que rien ne venait. Si cette maudite nonne n'en finissait pas avec ses jérémiades…

— Arrêtez de jacasser ! s'écria-t-elle. Écoutez, tirez. Tirez, bon sang ! Le piton. Dans le mur. Il se détachera d'une simple traction.

Malgré la douleur, elle avait perçu du jeu dans la paroi.

Mais Veronica ne pouvait, ne voulait comprendre ; ses yeux écarquillés, affolés, étaient ceux d'une biche face aux chiens ; elle délirait.

« Il n'y a que moi qui puisse agir. »

S'il valait mieux éviter une nouvelle traction brutale, en secouant les fers, elle pourrait peut-être suffisamment desceller le piton pour l'extraire en douceur.

Elle se mit à agiter les mains de haut en bas telle une forcenée, comme si elle aussi était incrustée dans la craie, indifférente à tout hormis à cette pointe d'acier, qu'elle déplaçait miette par miette, douloureusement, péniblement, mais dont la tête récalcitrante émergeait de…

La religieuse hurla.

— Silence ! hurla Adelia. Je me concentre !

La nonne continua à s'époumoner.

— Il arrive.

Adelia avait en effet entraperçu du mouvement à sa droite. Avec réticence, elle tourna la tête. Le coude de la galerie, qui était dans le champ de vision de Veronica, empêchait Adelia de voir, mais elle distinguait un reflet à la fois rapetissé et monstrueux dans le bouclier, dont la surface convexe et inégale renvoyait l'image d'une peau sombre. Le monstre était nu et il coquetait, rajustant tantôt ses parties génitales, tantôt l'attirail qu'il avait sur la tête, s'admirait.

La Mort préparait son entrée.

Au paroxysme de la terreur, Adelia s'oublia complètement. L'eût-elle pu, elle serait tombée à genoux et aurait rampé aux pieds de la créature pour la supplier : « Prenez la nonne, prenez l'enfant, épargnez-moi. » Si elle avait eu les mains libres, elle aurait décampé vers l'échelle, abandonnant Ulf. Tout courage, toute raison l'avaient quittée – seul subsistait l'instinct de conservation.

Et le regret. Le regret qui, à travers la panique, lui évoqua la vision non pas de son Créateur, mais de Rowley Picot. Elle allait mourir, et ce de façon sordide, sans jamais avoir aimé un homme de la seule manière qui comptât.

Le monstre sortit de la galerie. Il était grand et le paraissait encore plus du fait des bois qu'il avait sur la tête. Le haut de son visage et son nez étaient dissimulés par un masque taillé dans la tête d'un cerf, mais son corps était celui d'un homme et son torse ainsi que son pubis étaient garnis de poils noirs. Son pénis était en érection. Il s'avança jusqu'à Adelia en paradant et se frotta contre elle. À la place des yeux d'un cerf, dans les orbites, deux pupilles humaines bleues l'épiaient. La bouche souriait. Adelia sentit une odeur animale.

Elle vomit.

Comme le monstre s'écartait pour esquiver les vomissures, les cornes vacillèrent et Adelia s'avisa qu'elles tenaient sur sa tête par des bouts de ficelle, et que ceux-ci n'étaient pas tout à fait assez serrés pour empêcher tout le fourbi de ballotter en cas de mouvements brusques.

Quel artifice grossier ! Le mépris et la fureur la submergèrent. Elle avait mieux à faire que rester pendue là à se faire menacer par un pitre affublé d'un médiocre déguisement.

— Espèce de chien galeux puant ! lança-t-elle. Tu ne me fais pas peur !

Et à cet instant-là, c'était vrai.

Rakshasa en fut tout déconfit ; ses yeux se dérobèrent derrière le masque et il émit un sifflement entre ses dents. Comme il reculait, elle constata que son pénis se ramollissait.

Il tendit le bras derrière lui en fixant Adelia. Sa main rencontra le corps de sœur Veronica et remonta avec lenteur jusqu'au col de la religieuse, puis déchira le vêtement jusqu'à la taille. Elle poussa un hurlement.

Sans quitter Adelia des yeux, le monstre se pavana un instant, puis se retourna vers Veronica et lui mordit le sein. Quand il reporta son attention sur Adelia, son membre était à nouveau dressé.

Elle recommença à l'injurier, car les insultes étaient les seuls traits à sa disposition et elle l'en accabla :

— Mange-merde, immonde abruti, c'est tout ce que tu sais faire ? T'en prendre à des femmes et des enfants captifs ? C'est tout ce qui t'excite ? Tu t'habilles comme une charogne, fils de truie vérolée, mais sous tes guenilles, tu n'es pas un homme, tu n'es qu'un gnard geignard qui a peur du noir.

Qui était cette furie ? Adelia l'ignorait et elle s'en fichait. Si elle devait mourir, ce ne serait pas avilie comme Veronica, mais l'injure aux lèvres.

Dieu Tout-Puissant, elle avait visé juste ; le monstre avait encore perdu son érection. Sans lâcher Adelia des yeux, il siffla à nouveau et retroussa jusqu'à l'entre-jambes l'habit de la nonne.

L'arabe, l'hébreu, le latin, l'anglo-saxon de Gyltha et même des vocables orduriers issus de caniveaux linguistiques inconnus... tout y passa.

Adelia le traita de sac de gelée, de morveux, de lèche-cul, de baiseur de chèvres, de bas des fesses, de péteux, de merdeux, de sous-homme, d'insane.

Tout en s'époumonant, elle lorgnait le pénis du monstre. C'était un signal, un drapeau qui indiquait le sens du vent. L'acte de tuer se solderait par l'éjaculation, elle le savait, mais, pour être en mesure d'éjaculer, le monstre avait besoin que sa victime soit effrayée. Il était des créatures, lui avait expliqué son père adoptif, des reptiles qui entraînaient leurs proies sous l'eau et les y maintenaient jusqu'à ce que leur chair soit suffisamment tendre à leur goût. Et pour le monstre, c'était la terreur qui attendrissait ses prises.

— Espèce... espèce de cocodrille !

C'était de peur que se nourrissait Rakshasa, c'était son excitant, son remontant. Qu'on l'en privât et, avec l'aide de Dieu, il se retrouvait dans l'incapacité de tuer.

Elle s'égosillait : il n'était qu'un impénitent onaniste pétomane, un verrat véreux écervelé à la verge de vermisseau et aux génitoires qui faisaient peine à voir.

Pas le temps de s'émerveiller d'une telle inventivité. Survivre. Railler le monstre. « Garde ton sang-froid et empêche-le de s'échauffer », se répétait-elle. Elle ponctuait chacune de ses paroles d'une secousse sur les fers et le piton avait de plus en plus de jeu.

Du sang coulait sur le ventre de Veronica et son état dépassait de si loin la peur que son corps ne réagissait même plus aux sévices du monstre ; ses yeux étaient clos, sa tête rejetée en arrière, sa bouche déformée par un rictus sinistre.

Adelia le couvrait toujours d'invectives.

Alors, Rakshasa arracha lui-même de la paroi les entraves de Veronica. Il recula d'un pas pour assener une gifle à la religieuse, puis l'empoigna par la peau du cou et la poussa jusqu'au boyau, devant lequel il la força à s'agenouiller. Il ôta la grille d'une seule main.

— Va chercher, ordonna-t-il en montrant le trou du doigt.

Les obscénités firent défaut à Adelia. Le monstre allait mêler Ulf à cette abjection, profaner son innocence.

Veronica, à genoux, leva les yeux vers son tortionnaire, apparemment déroutée. Rakshasa lui décocha un coup de pied au derrière et indiqua à nouveau l'ouverture, surveillant Adelia.

— Va chercher le gosse.

La nonne s'engagea dans le boyau à quatre pattes et le tintement des fers à ses poignets s'atténua à mesure qu'elle s'éloignait.

Adelia vociféra une prière muette : « Dieu Tout-Puissant, rappelez mon âme à Vous, je ne saurais en supporter davantage. »

Pendant ce temps-là, Rakshasa avait récupéré le cadavre de Sauvegarde. Il le jeta sur l'enclume, le ventre en l'air. Les yeux toujours rivés sur Adelia, il tendit la main vers le couteau en silex et, à titre de démonstration, fit courir la pointe sur le dos de son poignet. Il leva la main pour exhiber le sang.

« Il a besoin de ma peur, songea Adelia. Et c'est réussi. »

Les bois oscillèrent tandis que, pour la première fois, le monstre détachait son regard d'Adelia et baissait la tête. Il brandit l'arme...

Elle ferma les yeux. C'était une reconstitution et elle se refusait à regarder. « Il peut bien me couper les paupières, je ne regarderai pas », se promit-elle.

Elle fut cependant bien obligée d'entendre le couteau qui s'enfonçait dans la chair et en ressortait avec un bruit de succion, les os qui se brisaient en éclats. Encore et encore.

Il ne restait plus à Adelia la moindre volonté de jurer, la moindre crânerie, elle ne secouait plus ses chaînes. « Si l'enfer existe, se dit-elle avec morosité, il y aura une place à part. »

Le bruit s'interrompit. Elle entendit ses pas approcher, perçut ses relents.

— Regarde, lui enjoignit-il.

Elle secoua la tête, mais un coup au bras gauche lui fit ouvrir les yeux. Il l'avait poignardée pour obtenir son attention. Mesquin, avec ça.

— Regarde.
— Non.

Tous deux discernèrent un bruissement en provenance du boyau. Sous le masque de cerf, des dents apparurent. Rakshasa regarda en direction du trou, dont Ulf déboucha en titubant. Adelia suivit son regard.

Dieu le préserve, ce n'était qu'un petit garçon, trop banal, trop réel, trop normal pour la monstrueuse mise en scène imaginée par la créature ; sa présence altérait si totalement la situation qu'Adelia avait honte d'être là.

Il était tout habillé, mais il chancelait, à demi conscient, les mains attachées devant lui. Il avait des marbrures autour du nez et de la bouche. Du pavot, appliqué sur la figure pour le faire taire.

Les yeux d'Ulf errèrent lentement jusqu'à la masse déchiquetée sur l'enclume et s'agrandirent.

— Ne t'effraye pas, Ulf ! s'écria Adelia.

Ce n'était pas une exhortation, mais un ordre : ne montre pas ta peur, ne nourris pas le monstre.

Elle vit Ulf s'efforcer de reprendre ses esprits.

— J'suis pas 'frayé, marmonna-t-il.

Adelia recouvra son courage. Et sa haine. Et sa férocité. Aucune douleur n'aurait pu la retenir. Le monstre se détourna d'elle et esquissa un pas en direction d'Ulf. Adelia tira sur les fers, le piton lâcha et, dans le même mouvement, elle lança la chaîne reliant ses entraves par-dessus la tête de Rakshasa afin de pouvoir l'étrangler.

Elle ne visa pas assez haut et les fers se prirent dans la ramure. Elle s'y pendit malgré tout, si bien que les cornes s'inclinèrent ridiculement en arrière, sur le côté, tandis que les lanières s'incrustaient sous le nez et dans les yeux de Rakshasa.

L'espace d'un instant, il fut aveuglé et déséquilibré par cette attaque. Il glissa et s'écroula, emportant Adelia avec lui, au milieu des amas d'entrailles canines qui rendaient le sol glissant.

S'ensuivirent des grognements, ceux d'Adelia, ceux de Rakshasa, elle se cramponnait, c'était tout ce qu'elle pouvait faire, car elle était prisonnière à cause de la chaîne prise dans les bois, dont il était lui-même prisonnier à cause des lanières. Ils ne faisaient qu'un, Rakshasa se tordait sous Adelia, elle avait les genoux sur son bras armé tendu, en un corps-à-corps brouillon, il luttait pour la repousser afin de pouvoir se servir du couteau et elle bataillait pour l'empêcher de la jeter à bas et de la tuer, tout en hurlant :

— Sauve-toi, Ulf ! L'échelle ! Sauve-toi !

Au-dessous d'elle, le dos de Rakshasa se souleva, la souleva, puis retomba lorsqu'il glissa à nouveau. Son arme lui échappa au milieu de la tripaille.

Toujours gêné par Adelia, il entreprit de ramper jusqu'au couteau et bouscula au passage Ulf et Veronica, qui churent à leur tour dans la mêlée. Ils roulèrent tous quatre parmi les viscères, pêle-mêle, enchevêtrés.

En arrière-plan, un détail réclamait l'attention d'Adelia. Du bruit. Pourtant, il était dénué de sens – Adelia était sourde et aveugle. Ses mains avaient trouvé les bois et les tordaient de manière à planter l'un des andouillers dans le crâne de Rakshasa. Ces sons intempestifs n'étaient rien, rien non plus sa propre souffrance. « Force, s'enhardissait-elle. Dans la cervelle. Force. Ne te fais pas renverser. Ne lâche pas. Force. Tue-le. »

La lanière rompit et elle se retrouva avec les cornes dans les mains. Au-dessous d'elle, Rakshasa se dégagea en se tortillant et se retourna, ramassé, prêt à bondir.

Une seconde, ils se firent face, haletants, se foudroyant du regard. Le bruit, qui avait gagné en intensité, provenait du sommet du puits ; c'était un mélange de sons familiers si déplacés au milieu de ce pugilat qu'Adelia ne s'en préoccupa pas.

Mais ils avaient manifestement un sens pour le monstre. Son regard changea, se ternit ; l'allégresse de la mise à mort le quitta. La bête montrait encore les dents, mais elle avait le museau levé et humait l'air, aux aguets ; elle était effarouchée.

« Grand Dieu, se dit-elle, tout en redoutant de le penser, je sais ce que c'est. Quoi de plus beau qu'une sonnerie de trompe et les aboiements de la meute ? »

Les chasseurs étaient en vue de Rakshasa.

Les lèvres d'Adelia se fendirent d'un sourire aussi bestial que celui du monstre.

— Tu vas mourir.

Un cri résonna dans le puits.

— Taïaut !

Quoi de plus beau ? La voix de Rowley, ses grands pieds qui descendaient l'échelle…

Le monstre dardait des regards désespérés en tous sens, à la recherche de son arme. Mais ce fut Adelia qui la repéra la première.

— Non ! lança-t-elle.

Elle se jeta dessus et couvrit le couteau de son corps. Il ne l'aurait pas.

Rowley, épée à la main, était presque en bas de l'échelle, mais Ulf et Veronica, vautrés par terre, lui faisaient obstacle.

Toujours au sol, Adelia tâcha d'attraper la cheville de Rakshasa qui décampait à côté d'elle, mais ses doigts glissèrent à cause de la crasse. Rowley repoussa du pied la religieuse et l'enfant. Adelia avisa les jambes et les fesses de Rakshasa qui fonçait vers la galerie principale, puis Rowley s'interposa et s'élança à la poursuite du meurtrier. Le collecteur d'impôts se prit les pieds dans le bouclier, tomba en battant des bras, Adelia l'entendit émettre un juron, puis il disparut.

Elle s'assit et leva la tête. Les aboiements étaient assourdissants et Adelia apercevait la truffe et la gueule des chiens par l'embouchure du puits. L'échelle trembla ; quelqu'un y prenait pied et s'apprêtait à descendre à son tour.

Adelia avait mal partout. Elle aurait bien aimé se laisser aller, mais elle ne l'osait pas encore. Ce n'était pas encore fini – la pointe de lance n'était plus là.

Veronica et Ulf non plus.

Rowley surgit de la galerie en décochant un coup de pied dans le bouclier, qui ricocha jusqu'à l'enclume, il empoigna un flambeau et repartit d'où il était venu.

Adelia se retrouva dans le noir. L'autre torche s'était volatilisée. Dans une lueur fugace, elle entrevit un nuage de poussière et l'ourlet d'un habit noir s'éloignant dans le boyau d'où était sorti Ulf.

Adelia s'y précipita à quatre pattes. « Non. Non, pas maintenant, s'affola-t-elle. Nous sommes sauvés. Rends-le-moi. »

Le passage était un trou de ver, un sondage qui n'avait pas été exploité ; l'éclat de la torche de Veronica, quand il parvenait jusqu'à Adelia, révélait une veine luisante et noueuse de silex qui s'étirait sur toute sa longueur, telle une plinthe. Le boyau tournait pour suivre le filon et lorsque Adelia se retrouvait coupée de la lumière, le noir était si profond qu'elle aurait aussi bien pu être aveugle. Elle continuait à avancer.

« Non. Non, pas maintenant. Nous sommes sauvés. »

Elle progressait de manière bancale ; son bras gauche était faible à cause du coup que lui avait porté Rakshasa. « Ce que je suis lasse, mais lasse, songea-t-elle. Lasse d'avoir peur... Non, pas le temps, pas encore... » Des nodules de craies s'émiettaient sous sa main droite chaque fois qu'elle s'appuyait dessus. « Je le récupérerai. Rends-le-moi. »

Elle déboucha dans une minuscule alvéole où elle les trouva blottis l'un contre l'autre, tels deux lapereaux. Ulf était inerte entre les bras de la religieuse et il avait les yeux fermés. Sœur Veronica tenait la torche bien haut d'une main ; dans l'autre, elle serrait le couteau, le bras autour de l'enfant.

Les jolis yeux de la nonne étaient songeurs. Un filet de salive lui coulait du coin de la bouche, mais elle avait toute sa raison.

— Nous devons le protéger, expliqua-t-elle. Le diable n'aura pas celui-là.

— Il ne craint plus rien, lui assura prudemment Adelia. Le diable a fui, ma sœur. Il n'ira pas loin. Donnez-moi ce poignard.

Des guenilles gisaient près d'un piquet en acier profondément planté dans le sol, auquel étaient attachés une laisse et un collier tout juste assez grand pour le cou d'un enfant. Ils étaient dans le gardemanger de Rakshasa.

La lumière tremblotante de la torche teintait de rouge les parois circulaires et faisait danser les dessins qui les ornaient. Adelia, qui n'osait pas détacher son regard de celui de la religieuse, ne les aurait de toute façon pas examinés de plus près. Dans cette matrice obscène, les embryons n'attendaient pas de naître, mais de mourir.

— Quiconque entraîne la chute d'un seul de ces petits, il serait préférable pour lui qu'on lui attache au cou une grosse meule, énonça Veronica d'une voix monocorde.

— Oui, ma sœur, acquiesça Adelia, mieux vaudrait.

Elle s'approcha et prit l'arme de la main de la religieuse.

Elles extirpèrent Ulf du boyau à elles deux et, comme elles en ressortaient, elles découvrirent Hugh le veneur qui regardait autour de lui, ébahi, une lanterne à la main. Rowley accourut de l'autre galerie en pestant, dans tous ses états.

— Je l'ai perdu ! Il y a des dizaines de souterrains, là-bas dessous, et cette saleté de torche s'est éteinte. Ce salopard connaît le terrain, pas moi. Y a-t-il une autre issue ? demanda-t-il en se tournant vers Adelia.

Il paraissait... non, il était bel et bien furieux contre elle.

— Vous n'êtes pas blessées, mes dames ? ajouta-t-il, comme si l'idée venait de lui traverser l'esprit. Comment va le petit ?

Il prit Ulf sous le bras et insista pour qu'ils remontent tous.

Pour Adelia, l'ascension fut interminable ; chaque échelon était une victoire sur la douleur et les vertiges, et elle aurait plus d'une fois dégringolé si Hugh n'avait pas été derrière elle pour la retenir. Sa plaie au bras lui cuisait et elle redoutait que le couteau n'ait été empoisonné. Il eût été ridicule de mourir ainsi. « Il me faut de l'eau-de-vie, ou même de la sphaigne, s'alarma-t-elle. Je ne peux pas mourir, pas maintenant que nous avons gagné. »

Elle finit par atteindre le haut de l'échelle et l'air de la surface lui caressa le visage. « Nous avons gagné, se répéta-t-elle. Simon, Simon, nous avons gagné... »

Agrippée au dernier barreau, elle baissa les yeux vers Rowley.

— Tout le monde saura que les Juifs sont innocents.

— C'est promis, lui jura-t-il. Grimpez.

Veronica marmottait en pleurnichant, accrochée à lui. Adelia se hissa hors du puits, fêtée par les chiens qui agitaient frénétiquement la queue, tout aises d'avoir accompli la tâche qu'on leur avait confiée. Hugh les appela et ils s'écartèrent d'elle.

— Dites-leur, s'obstina Adelia, quand Rowley apparut à son tour. Dites-leur que les Juifs n'y sont pour rien.

Deux chevaux broutaient près de là.

— C'est là que notre Mary est morte ? la questionna Hugh. Là-bas dedans ? Qui l'a tuée ?

Adelia le lui apprit.

Hugh demeura pétrifié un instant, le visage éclairé par-dessous, déformé par les ombres terribles que projetait la lanterne.

Trépignant de frustration et d'hésitation, Rowley fourra Ulf dans les bras d'Adelia. Il avait besoin d'hommes pour fouiller ces galeries, mais ni l'une ni l'autre des deux femmes n'était en état d'aller quérir des renforts et il n'osait ni s'en charger lui-même, ni dépêcher Hugh.

— Il faut que quelqu'un reste ici pour surveiller ce puits. Il est sous cette maudite colline et, tôt ou tard, il va débouler de son terrier comme un lièvre, mais il y a peut-être une autre sortie ailleurs.

Il s'empara de la lanterne de Hugh et se mit en devoir de descendre la colline pour se livrer à ce qu'il savait être – tous le savaient – une vaine tentative de dénicher le monstre.

Adelia étendit Ulf dans l'herbe au bord de la dépression et retira son manteau pour lui en faire un oreiller. Puis elle s'assit auprès de lui et inspira l'air nocturne – comment se pouvait-il qu'il fît encore nuit ? Elle identifia des effluves d'aubépine et de genièvre. Ceux de l'avoine odorante lui rappelèrent qu'elle empestait la sueur, le sang et l'urine – vraisemblablement la sienne –, sans parler des relents de Rakshasa dont, elle en était certaine, elle ne réussirait jamais à se débarrasser, même si elle passait le restant de ses jours dans un bain.

Elle se sentait épuisée, vidée, comme s'il ne restait plus d'elle qu'une enveloppe de peau tremblante.

À côté d'elle, Ulf se redressa brusquement, inspirant de grandes goulées revigorantes, les poings serrés. Il passa en revue le paysage, le ciel, Hugh, les chiens, Adelia.

— Où... c' que j' suis ? articula-t-il avec difficulté. J' suis dehors ?

— Dehors et en sécurité, le rassura Adelia.

— Y... Y l'ont eu ?

— Ils l'auront.

Plût à Dieu que ce fût vrai.

— J'ai... j'ai même pas eu peur, affirma Ulf, pris de tremblotements. Je m' suis battu cont' ce saligaud... j'ai crié... j'ai pas arrêté...

— Je sais, répondit Adelia. Il leur a fallu du pavot pour te faire tenir tranquille. Tu étais trop courageux pour eux. Mais ce n'est plus la peine, maintenant, le réconforta-t-elle en lui passant un bras autour des épaules, tandis que les larmes d'Ulf se mettaient à couler.

Ils attendirent.

Dans le ciel, un soupçon de gris à l'est présageait que la nuit allait, en définitive, peut-être avoir une fin. De l'autre côté de la dépression, sœur Veronica, à genoux, psalmodiait à voix basse des prières qui évoquaient le murmure des feuilles.

Hugh avait un pied sur le dernier barreau de l'échelle afin de percevoir la moindre vibration et la main sur le couteau de chasse à sa ceinture. Il calmait régulièrement ses chiens en chuchotant leur nom et en les félicitant de leur bravoure.

— Mes garçons ont suivi vot' corniaud à la trace tout du long, expliqua-t-il à Adelia, en lui décochant un regard.

Les limiers levèrent le museau comme s'ils comprenaient que l'on parlait d'eux.

— L'était dans une drôle de rogne, le sire Rowley. « L'est partie chercher le gosse, qu'y disait. Et à tous les coups, elle va y rester. » Vous a, comme qui dirait, appelée d'un paquet de noms d'oiseaux, dans sa colère. Mais j'y ai dit : « C't un sacré putois, son cabot. Mes garçons auront pas de mal à l' débusquer. » C'était ce vieux père, là-bas en bas ?

— Oui, confirma Adelia, s'arrachant à sa torpeur.

— M'en voyez marri. L'aura fait son office, cela dit.

La voix du veneur était sourde, maîtrisée. Quelque part, dans les galeries sous leurs pieds, se terrait la créature qui avait tué sa nièce.

Hugh tira son couteau, alerté par un bruit qui s'avéra être un hibou s'envolant pour sa dernière sortie de la nuit. Le pépiement endormi de petits oiseaux qui s'éveillaient commençait à se faire entendre. Rowley lui-même, et non plus seulement sa lanterne, était visible, silhouette massive affairée à sonder le sol de son épée. Mais tous les buissons qui parsemaient la colline jetaient sur le terrain inégal une ombre lunaire susceptible de dissimuler une noirceur plus fuyante et retorse.

À l'orient, le ciel se teignit d'une nuance surnaturelle de rouge, sombre et menaçante, rayée de traînées noires dentelées.

— Ciel rouge le matin réjouit le malin, commenta Hugh.

Adelia considéra l'horizon avec apathie. Ulf l'imita, avec une égale indifférence.

« Il est marqué à vie, devina Adelia. Et moi aussi. Nous avons fait l'expérience de choses que personne ne devrait connaître et nous n'en sommes pas ressortis indemnes. Je suis peut-être capable de m'en remettre, mais lui ? La trahison a dû être particulièrement dure. »

À cette pensée, elle retrouva son énergie. Elle se releva péniblement et contourna le puits jusqu'à Veronica agenouillée, les mains jointes en hauteur telle la flèche d'une église, illuminées par la lueur croissante de l'aurore, la tête gracieusement baissée dans l'attitude de la prière, ainsi qu'Adelia l'avait vue au couvent.

— Y a-t-il une autre issue ?

La nonne ne réagit pas. Ses lèvres se figèrent un instant, puis recommencèrent leurs patenôtres indistinctes.

Adelia lui donna un coup de pied.

— Est-ce qu'il y a une autre issue ?

Hugh émit un marmonnement de protestation.

Le regard d'Ulf, qui avait suivi Adelia, se posa sur la religieuse. Son timbre clair retentit au-dessus de Wandlebury Hill, tandis qu'il montrait Veronica du doigt :

— C'tait elle ! Une méchante, méchante femme, voilà c' que c'est !

— Chut, mon garçon, lui glissa Hugh, choqué.

Des larmes dégoulinaient sur la vilaine petite trogne d'Ulf, mais il avait recouvré toutes ses facultés, sa détermination et son acrimonie.

— C'tait elle. M'a collé un truc sur la figure et elle m'a embarqué. C'est sa complice.

— Je sais, acquiesça Adelia. C'est elle qui m'a poussée dans le puits.

La religieuse leva vers elle des yeux implorants.

— Le démon était trop fort pour moi, argua-t-elle. Il m'a torturée, vous en êtes témoin. Je ne voulais pas.

Elle détourna le regard et le rouge de l'aurore, derrière Adelia, se refléta dans ses prunelles.

Hugh et Ulf s'étaient, eux aussi, tournés vers l'est. Adelia fit volte-face. Le ciel flamboyait férocement, tel un hémisphère en feu qui s'avançait vers eux pour les engloutir. Et comme si cette conflagration était son œuvre, le diable en personne, nu comme un ver et bondissant comme un cerf, se découpait en noir sur ce fond.

À cinquante pas de lui, Rowley se précipita à toutes jambes pour l'intercepter. Le fugitif cabriola, puis changea de direction. Les spectateurs entendirent Rowley hurler :

— Hugh, il s'échappe ! Hugh !

Le chasseur s'accroupit et souffla quelque chose à ses chiens, après quoi il leur ôta leur laisse. Avec des mouvements déliés, ils s'élancèrent en direction du levant, à la poursuite de leur proie.

Le diable filait à toute vitesse – Dieu, qu'il filait ! –, mais les chiens ne tardèrent pas à se profiler sur la même bande de ciel.

S'ensuivit un instant qui devait hanter tous ceux qui y assistèrent telle une miniature de l'enfer en marge d'un manuscrit enluminé, noir sur rouge doré, les chiens suspendus en l'air, l'homme les bras levés, comme pour escalader la voûte céleste…

Puis la meute s'abattit sur sire Joscelin de Grantchester et le mit en pièces.

CHAPITRE 15

Rowley aida Ulf et Adelia à s'installer sur l'un des chevaux grâce auxquels ils avaient rejoint Wandlebury Ring. Hugh fit monter la nonne sur l'autre, puis, les guidant par les rênes, ils entreprirent de descendre la colline en évitant les inégalités de terrain pour ne pas secouer Adelia.
Ils cheminaient en silence.
Le collecteur d'impôts tenait dans sa main libre un balluchon confectionné au moyen de son manteau. Il renfermait un objet arrondi qui avait suscité l'intérêt des chiens jusqu'à ce que Hugh finisse par les rappeler. Passé un premier coup d'œil, Adelia s'abstint de le regarder.
La pluie qui menaçait depuis l'aube se mit à tomber comme ils atteignaient la route. Sous leur capuchon, les paysans qui partaient travailler jetaient des regards à dérobée à la petite procession suivie de chiens aux babines rougies.
Comme ils longeaient une zone marécageuse, Rowley s'arrêta et adressa quelques paroles à Hugh, qui sauta de la route et revint avec une poignée de mousse.

— C'est c'te bouillasse que vous mettez sur vos plaies ?

Adelia hocha la tête, essora la sphaigne d'une partie de son eau et l'appliqua sur son bras.

Il aurait été insensé de mourir de nécrose a posteriori, même si, en cet instant, elle était tellement éteinte qu'elle n'aurait su dire pourquoi.

— Vous feriez bien d'en mettre aussi sur votre œil, préconisa Rowley.

Adelia s'avisa qu'elle avait en effet mal à l'œil gauche et que son champ de vision se rétrécissait.

Le cheval de sœur Veronica avait rattrapé le sien et Adelia constata avec détachement que le visage de la religieuse était dissimulé par le manteau dans lequel Hugh l'avait enveloppée dans un souci de décence.

Rowley suivit son regard.

— On peut y aller maintenant ? lâcha-t-il, comme si c'était Adelia qui avait exigé cet arrêt.

Sans attendre de réponse, il s'empara des rênes.

Adelia se ressaisit.

— Je ne vous ai pas remercié, commença-t-elle, avant de sentir la pression des mains d'Ulf sur ses épaules. Nous vous remercions..., rectifia-t-elle, consciente qu'il n'existait pas de mots assez forts.

Ce fut comme si une brèche s'était ouverte dans une digue.

— Bon sang, qu'est-ce qui vous a pris ? Avez-vous idée de ce que vous m'avez fait endurer ?

— Je suis navrée.

— Navrée ? Vous me présentez des excuses ? Vous vous excusez ? Avez-vous la moindre idée... Laissez-moi vous dire que c'est la Providence qui a voulu que je quitte l'assise en avance. Je me suis rendu chez le vieux Benjamin, parce que je compatissais à votre détresse. Votre détresse ? Marie, mère de Dieu, et la mienne, quand j'ai découvert que vous aviez disparu !

— Je suis navrée, répéta-t-elle.

Quelque part, au sein de la gangue d'insensibilité dans laquelle l'épuisement l'avait emprisonnée, une bulle se forma, un minuscule frémissement se produisit.

— Matilda B disait que vous étiez sûrement allée à l'église pour prier, mais moi, je savais, oh, oui ! je savais. Elle attendait que cette satanée rivière lui parle, que j'ai répondu. Et la rivière lui a parlé. Elle est partie à la poursuite de ce salopard telle la femelle écervelée qu'elle est.

La bulle grossit, tandis que d'autres apparaissaient. Adelia entendit Ulf hoqueter, comme quand quelque chose l'amusait.

— En fait…, articula-t-elle.

Mais Rowley continua, implacable, car le préjudice qu'elle lui avait porté était trop grand. Il avait entendu la trompe de Hugh sur la berge opposée et il avait traversé la foutue rivière en pataugeant pour aborder le veneur. Immédiatement, celui-ci avait suggéré de pister Sauvegarde pour suivre Adelia à la trace.

— Hugh m'a expliqué que le prieur vous avait collé ce fichu animal dans les pattes exprès, parce qu'il craignait pour votre sécurité dans une ville étrangère et qu'il n'y a pas d'autre cabot qui pue autant. Je m'étais toujours demandé pourquoi vous le traîniez partout derrière vous, mais au moins, lui, on ne risquait pas de le perdre, contrairement à vous.

« Le pauvre, il est tellement furieux… », s'émut Adelia, baissant les yeux vers le collecteur d'impôts, sous le charme.

Rowley s'était rué dans la maison du vieux Benjamin et avait récupéré dans la chambre d'Adelia le tapis sur lequel Sauvegarde dormait, puis il l'avait fourré sous le nez des limiers de Hugh. Après quoi il avait fait main basse sur les deux premières montures qu'ils avaient croisées, en dépit des protestations de leurs cavaliers innocents.

Ils avaient remonté le chemin de halage au galop... suivi la trace de Sauvegarde le long de la Cam, puis de la Granta... failli se fourvoyer en rase campagne.

— Et ça n'aurait pas loupé, si votre clébard n'avait pas pué à ce point. J'y ai laissé je ne sais combien d'années de ma vie, espèce de harpie sans cervelle. Vous représentez-vous ce que j'ai subi ?

Ulf se tordait de rire. Adelia, la gorge serrée, rendit grâce au Tout-Puissant de l'existence d'un tel homme.

— Je vous aime, Rowley Picot, parvint-elle à articuler.

— Ça n'est pas la question ! pesta-t-il. Et ça n'a rien de drôle.

Puis elle s'était mise à somnoler, de sorte que seules la maintenaient en selle les mains d'Ulf sur ses épaules – elle était trop endolorie pour qu'il puisse la tenir par la taille.

Quand ils étaient arrivés au prieuré de Barnwell, elle s'était remémoré la première fois où Simon, Mansur et elle en avaient franchi le portail, à bord de leur charrette de colporteurs, aussi ingénus que des enfants à naître, sans mesurer la tâche qu'ils avaient devant eux. « Tout le monde saura, promit-elle à Simon. Tout le monde. »

Ensuite, la somnolence l'avait cédé à une longue inconscience vaguement troublée par la voix de Rowley, semblable à un roulement de tambour, formulant des explications et des ordres, ainsi que par celle du père Geoffrey, consterné, mais égrenant lui aussi des instructions. L'un et l'autre omettaient

toutefois le plus important et Adelia se réveilla donc juste assez longtemps pour le leur signifier :
— Je veux un bain, réclama-t-elle.
Et elle sombra à nouveau dans le sommeil.

— Et au nom de Dieu, ne bougez pas de là, lui enjoignit Rowley avant de claquer la porte derrière lui.
Adelia était seule avec Ulf dans une chambre, allongée sur un lit, et elle apercevait au-dessus d'elle les poutres et les pannes d'un plafond qui ne lui était pas inconnu. Des chandelles... des chandelles ? Était-ce déjà la nuit ? Non, mais les volets étaient fermés à cause de la pluie qui crépitait derrière.
— Où sommes-nous ? se renseigna Adelia.
— À l'hôtellerie du prieuré, l'informa Ulf.
— Que se passe-t-il ?
— J' sais pas.
Il était assis à côté d'elle, les genoux sous le menton, le regard dans le vide.
« Qu'est-ce qu'il voit ? pensa Adelia en passant son bras valide autour des épaules de l'enfant pour le serrer contre elle. Il est le seul qui me comprenne, et inversement. » Ils avaient tous deux survécu à une épreuve telle que nul autre vivant n'en avait connu ; eux seuls mesuraient à quel point ils s'étaient éloignés des sentiers battus, combien de temps cela leur avait pris et quelle distance il leur restait à parcourir. L'extrême noirceur à laquelle ils avaient été exposés leur avait révélé de nombreuses choses, notamment sur eux-mêmes – des choses qu'ils n'auraient jamais dû apprendre.
— Raconte-moi, lui enjoignit-elle.
— Y a rien à raconter. L'est arrivée 'vec sa barque près de là où que je pêchais et elle m'a fait : « Oh, Ulf, je crois qu'il y a une fuite dans ma *punt*. » Tout

miel. Avant que j' pige, je me suis retrouvé avec un truc sur la tronche, dans les vapes. M' suis réveillé au fond du trou.

Il releva soudain la tête et un cri d'incrédulité résonna dans la chambre, le cri immémorial de l'innocence brisée :

— Pourquoi ?

— Je ne sais pas.

— Elle, c'était une fleur, et lui, un croisé ! s'emporta-t-il contre Adelia, au désespoir.

— Ils étaient tous les deux des aberrations. Ça ne se voyait pas sur leur visage, mais ils étaient anormaux et ils se sont trouvés l'un l'autre. Mais nous sommes plus nombreux que toutes les aberrations, Ulf. Infiniment plus nombreux. Il faut que tu te raccroches à ça.

Du moins, c'était ce à quoi elle s'efforçait, elle, de se raccrocher.

Les yeux de l'enfant se repaissaient de ceux d'Adelia.

— Z'êtes venue me sauver.

— Je n'allais pas te laisser entre leurs pattes.

Il médita cette réponse et le naturel revint en partie sur sa frimousse ingrate.

— J' vous ai entendue. Crédieu, z'avez pas lésiné sur les jurons. J'avais jamais ouï des cochoncetés pareilles, même dans la bouche d'un charretier.

— Si tu en parles à quiconque, je te recolle au fond de ce trou.

Gyltha apparut sur le pas de la porte. À l'instar de Rowley derrière elle, elle écumait de soulagement. Son visage était baigné de larmes.

— Sale petit vermisseau ! lança-t-elle à Ulf. J' t'avais pas prévenu ? Je vais te tanner la peau des fesses, moi !

Elle se précipita en sanglotant pour étreindre son petit-fils, qui, avec un soupir de contentement, ouvrit grands les bras pour elle.

— Dehors, ordonna Rowley.

Des valets chargés patientaient derrière lui. Adelia remarqua l'expression inquiète de frère Swithin, l'hôtelier du prieuré.

Comme Gyltha ressortait en portant Ulf, elle s'arrêta pour demander à Rowley :

— Sûr que j' peux rien faire pour elle ?
— Oui. Ouste !

Gyltha s'attarda un instant, les yeux fixés sur Adelia.

— Le jour où que z'êtes arrivée à Cambridge était un bon jour, déclara-t-elle avant de sortir.

Les serviteurs entrèrent avec une énorme bassine en étain et se mirent à y verser des cruches d'eau fumante ; l'un d'eux portait des pains de savon jaune sur une pile de vieux carrés de drap rêche, qui tenaient lieu de serviettes au monastère.

Adelia observa les préparatifs avec avidité. S'il lui était impossible de se défaire de la souillure morale à laquelle le tueur et sa complice l'avaient soumise, elle pouvait au moins se débarrasser de la souillure physique.

Toutes ces démarches perturbaient frère Swithin.

— Cette dame est blessée, je devrais aller chercher l'infirmier.

— Quand je l'ai découverte, elle se roulait par terre aux prises avec les forces des ténèbres. Elle survivra.

— Une femme devrait au moins être présente…
— Dehors. Sur-le-champ.

Il écarta les bras et mit toute la troupe à la porte, avant de refermer. Il était vraiment d'un gabarit impressionnant, songea Adelia. Il avait perdu l'embonpoint dont elle s'était moquée et, même s'il demeurait bien en chair, son imposante musculature était visible.

Il s'approcha lourdement d'Adelia, la prit par les aisselles pour la mettre debout, puis commença à la déshabiller, la dépouillant de ses vêtements dégoûtants avec une surprenante délicatesse.

Elle se sentait toute menue. S'agissait-il de séduction ? Assurément, il s'arrêterait quand il parviendrait à sa chemise.

Mais il continua, car il s'agissait de soins, et non de séduction. Lorsqu'il la souleva, toute nue, pour la déposer dans le bain, elle leva les yeux vers son visage ; ç'aurait pu être celui de Gordinus concentré sur une autopsie.

« Je devrais être gênée, pensa-t-elle. D'ordinaire, je le serais et, pourtant, il n'en est rien. »

Le bain était chaud et elle se laissa glisser sous la surface pour se récurer après avoir attrapé un pain de savon, ravie par la dureté de celui-ci sur sa peau. Comme il lui était pénible de lever les bras, elle remonta juste le temps de demander à Rowley de lui laver les cheveux et savoura le contact de ses doigts puissants sur son cuir chevelu. Puis il lui rinça la chevelure avec les aiguières remplies d'eau fraîche que les serviteurs leur avaient laissées.

Et comme elle n'arrivait pas à atteindre ses pieds sans douleur, il les lui nettoya également, avec application et méticulosité, jusqu'entre les orteils.

Tandis qu'elle l'observait, elle se dit : « Je suis dans un bain, nue dans un bain sans mousse, et un homme me lave... Ma réputation est perdue et elle peut bien aller au diable. J'ai bien été en enfer, moi, et tout ce que j'espérais, c'était en revenir vivante pour cet homme... Cet homme qui m'en a tirée. »

C'était comme si Ulf, elle, eux tous, avaient basculé dans un univers auquel leurs pires cauchemars ne les avaient pas préparés, mais qui jouxtait si étroitement le monde normal qu'un simple faux pas suffisait pour y pénétrer ; c'était la fin de tout ou peut-être l'origine de tout, une sauvagerie qui, même s'ils y avaient survécu, démontrait le caractère illusoire des conventions. Il s'en était fallu de si peu que le fil de sa vie soit coupé que plus jamais elle ne tiendrait l'avenir pour acquis.

Et dans ces instants-là, c'était à cet homme qu'étaient allées ses pensées. Et qu'elles allaient toujours.

Pour Adelia, qui se croyait versée dans toutes les réalités du corps, ce qu'elle ressentait était inédit. Elle se sentait fondante, lubrifiée, au-dehors comme au-dedans ; elle avait l'impression d'éclore, que tout son épiderme se tendait, recherchait désespérément le contact de Rowley – Rowley qui, pendant ce temps, considérait ses pauvres côtes marbrées d'hématomes sans faire attention à ses seins.

— Vous a-t-il fait du mal ? s'enquit-il. Je veux dire, vous a-t-il violentée ?

Elle se demanda ce qu'il lui fallait de plus que des ecchymoses, une blessure au bras et un œil poché. Puis elle saisit : « Ah, m'a-t-il violée ? Cela compte pour eux. La virginité est leur saint Graal. »

— Et si c'était le cas ? s'informa-t-elle d'une voix placide.

— C'est le plus étrange, répondit-il, agenouillé à côté du bassin afin d'être à la même hauteur qu'Adelia. Durant le trajet jusqu'à la colline, je me suis imaginé tout ce qu'il pouvait vous faire subir, mais la seule chose qui m'importait, c'était que vous surviviez, avoua-t-il, confondu par cette bizarrerie. Que vous soyez flétrie ou amochée, il fallait que je vous ramène. Vous n'étiez pas à lui, mais à moi.

Oh, oh…

— Il ne m'a pas touchée, lui assura-t-elle. Mis à part là et là. Je m'en remettrai.

— Bien, lâcha-t-il abruptement avant de se lever. Il reste beaucoup à faire. Je n'ai pas de temps à gaspiller avec des éclopées qui prennent leur bain. Il convient de prendre des dispositions, notamment pour notre mariage.

— Notre mariage ?

— J'en parlerai au prieur, bien sûr, ainsi qu'à Mansur. Il importe de respecter les convenances. Et il ne faut pas oublier le roi… Demain, peut-être, ou après-demain, une fois que tout sera arrangé.

— Notre mariage ?

— Vous allez bien être obligée de m'épouser, ma bonne, fit-il valoir, déconcerté. Je vous ai vue dans votre bain.

Il se détournait déjà, il repartait.

Adelia s'extirpa à grand-peine du bassin et saisit une serviette. Ne se rendait-il pas compte que demain n'existait pas ? Demain recelait plein de choses affreuses. L'essentiel était aujourd'hui, maintenant. Il n'y avait pas de temps à perdre avec les convenances.

— Ne me laissez pas, Rowley. Je ne supporterai pas de demeurer seule.

Et c'était vrai. Les forces des ténèbres n'étaient pas entièrement vaincues ; elles se trouvaient encore entre ces murs ; elles hanteraient à jamais ses souvenirs. Lui seul pouvait les tenir à distance.

Avec une grimace, elle lui noua les bras autour du cou et éprouva la douce chaleur de sa peau humide contre celle de Rowley.

Il se dégagea avec délicatesse.

— Ça aussi, c'est bizarre, mais voyez-vous, ma bonne, si nous nous marions, ce doit être conformément à la loi divine.

Il avait bien choisi son moment pour se préoccuper de la loi divine, se dit-elle.

— Il n'y a pas le temps, Rowley. Il n'y aura plus le temps au-delà de cette porte.

— Non, en effet. J'ai encore beaucoup à régler.

Mais sa respiration était rauque. La serviette gisait par terre et Adelia, perchée sur les bottes de Rowley, était plaquée contre lui de tout son corps.

— Vous me rendez la vie dure, Adelia, la grondat-il, avec un sourire en coin. Et pas que la vie.

— Je sais.

Elle le sentait.

Il fit mine de soupirer.

— Ce n'est pas évident de faire l'amour à une femme aux côtes brisées.

— Essayez quand même, insista-t-elle.

— Oh, doux Seigneur ! protesta-t-il rudement.

Puis il la porta jusqu'au lit. Et fit de son mieux. Et s'en sortit très bien. Il l'enlaça, lui roucoula des douceurs en arabe – comme si aucune autre langue n'était à même d'exprimer combien elle était belle, avec ou sans œil au beurre noir –, ayant soin de faire reposer son poids sur ses bras pour ne pas l'écraser.

Et Adelia se savait belle pour lui, de même qu'il était beau pour elle, et c'était donc ça, l'amour physique, cette onctueuse chevauchée échevelée jusqu'aux étoiles, et retour…

— Vous pourriez recommencer ? demanda-t-elle.

— Bonté divine ! Non, ma petite dame, je ne peux pas. Pas tout de suite. La journée a été difficile.

Mais au bout d'un moment, il fit un nouvel essai et s'en sortit tout aussi bien.

Frère Swithin était avare de ses chandelles et celles-ci ne tardèrent pas à s'éteindre, plongeant la chambre dans la pénombre, tandis que la pluie cinglait toujours les volets. Blottie au creux des bras de son amant, Adelia inspira la délectable odeur de la sueur et du savon.

— Je vous aime tellement, confessa-t-elle.
— Vous pleurez ? s'inquiéta-t-il en se redressant.
— Non.
— Mais si. Le coït a cet effet-là sur certaines femmes.
— Vous en savez quelque chose, évidemment, répliqua-t-elle en s'essuyant les yeux du dos de la main.
— C'est la plénitude, mon cœur. Il est mort et elle... elle, nous verrons. Je serai récompensé comme je le mérite, et vous aussi... même si vous ne le méritez pas. Henri m'accordera une bonne baronnie bien grasse et nous y élèverons ensemble des dizaines de jolis petits barons tout ronds.

Il se leva du lit et tendit la main vers ses vêtements.

« Il lui manque son manteau, nota-t-elle. Il est quelque part hors de cette pièce et la tête de Rakshasa est dedans. Il n'y a rien de bon derrière cette porte ; la seule plénitude que nous pouvons espérer, toi et moi, c'est celle-là. »

— Ne partez pas, l'implora-t-elle.
— Je reviendrai, promit-il, l'esprit déjà loin d'elle. Je ne peux pas traîner ici toute la sainte journée, à copuler avec des insatiables contre mon gré. J'ai des choses à faire. Dormez.

Et il était parti.

Le regard fixé sur la porte, Adelia avait pensé rageusement : « Il pourrait être à moi pour toujours. Lui et nos petits barons. Qu'est-ce que jouer au docteur, comparé à un bonheur pareil ? Rien. De quel droit les morts me priveraient-ils de cette vie ? »

La cause étant donc entendue, Adelia se rallongea et ferma les yeux en bâillant, comblée. Et comme elle s'endormait, sa dernière pensée cohérente alla au clitoris. Quel organe surprenant et merveilleux ! Il lui faudrait y prêter plus ample attention, la prochaine fois qu'elle disséquerait une femme.

Incurable.

Adelia reprit conscience en protestant, importunée par la répétition de son prénom, déterminée à ne pas se réveiller. Elle flaira l'odeur de menthe de vêtements conservés dans le pouliot pour les protéger des mites.

— Gyltha ? Quelle heure est-il ?

— C'est le soir. Et il est temps de se l'ver, ma fille. Je vous ai apporté des habits propres.

— Non.

Elle était courbaturée et ses contusions la faisaient souffrir ; elle refusait de quitter le lit. Elle fit acte de bonne volonté et entrouvrit un œil.

— Comment va Ulf ?

— Y dort du sommeil du juste, la tranquillisa Gyltha, avant de prendre la joue d'Adelia dans sa main raboteuse. Mais faut tous les deux vous l'ver. Y a des gros bonnets qui sont en train de s' rassembler et y vont vouloir des réponses à leurs interrogations.

— J'imagine, concéda Adelia avec lassitude.

La justice était prompte, dans le coin. Son témoignage ainsi que celui d'Ulf seraient primordiaux, même s'il était certains détails qu'il valait mieux oublier.

Gyltha s'en fut lui chercher à manger et revint avec des tranches de bacon dans un délicieux bouillon au goût de haricots. Adelia était si affamée qu'elle se redressa d'elle-même dans le lit.

— Je peux me nourrir toute seule, affirma-t-elle.
— Non, vous pouvez pas, objecta Gyltha.

Dans la mesure où les mots n'étaient pas son fort, sa façon d'exprimer sa gratitude pour le sauvetage de son petit-fils consistait à enfourner d'énormes cuillerées dans la bouche d'Adelia, comme si cette dernière était un oisillon.

Entre deux bouchées, il restait néanmoins une question à poser :

— Qu'a-t-on fait de...

Adelia ne pouvait se résoudre à prononcer le prénom de la folle. « Mais dans la mesure où elle est folle, raisonna Adelia avec une lassitude encore plus grande, il me revient justement de veiller à ce que l'on ne la torture pas. »

— Dans la chambre voisine. Dorlotée comme si qu'elle sortait du cul de Jus-péteur, précisa Gyltha, dont les lèvres se plissèrent comme au contact de l'acide. Y z'y croient pas.

— Qui ne croit pas quoi ?
— Qu'elle a pu faire ces... trucs, avec lui.

Gyltha non plus n'arrivait pas à se résoudre à appeler les tueurs par leurs noms.

— Ulf peut en attester. Et moi aussi. Elle m'a poussée dans ce puits, Gyltha.

— Z'avez vu qu' c'tait elle ? Et que vaut la parole d'Ulf ? Un ignare de mioche qui vend des anguilles avec son ignare de grand-mère ?

— C'était elle, se récria Adelia en recrachant sa nourriture, prise à la gorge par la panique.

Épargner la torture à cette religieuse était une chose, la remettre en liberté en était une autre. Elle était dérangée, elle pouvait recommencer.

— Peter, Mary, Harold, Ulric... bien sûr qu'ils l'ont suivie, ils lui faisaient confiance. Une sœur... qui leur offrait des jujubes qu'un croisé lui avait appris à confectionner... Ensuite, du pavot sur le museau... Vous pouvez me faire confiance, il y en a d'amples réserves au couvent.

Adelia eut la vision de mains fines levées dans l'attitude de la prière se muant en lames d'acier recourbées.

— Dieu Tout-Puissant, soupira-t-elle en se frottant le front.

Gyltha haussa les épaules.

— Y paraîtrait qu' les nonnes de Sainte-Rade font pas ça.

— Mais c'était la rivière. Je le savais, c'est pour ça que je suis montée dans la barque. Elle avait toute liberté d'aller et venir sur la rivière, jusqu'à Grantchester, jusque chez lui. C'était une figure familière, on la saluait ou on ne la remarquait même pas. Une sainte femme qui approvisionnait les anachorètes ? Personne ne surveillait ses mouvements, surtout pas la mère Joan. Quant à Walburga... quand elles étaient ensemble, elle en profitait pour rendre visite à sa tante. D'après eux, qu'est-ce que l'autre fabriquait toute seule ces nuits-là ?

— Moi, je le sais, Ulf le sait, mais c' qu'y a, c'est qu'elle est presque aussi amochée que vous, souligna Gyltha, persistant à jouer les avocats du diable. Y z'ont fait v'nir une aut' sœur pour la laver, vu que j' voulais pas toucher c'te sorcière, mais j'ai jeté un coup d'œil. Pleine de bleus, de morsures, un œil poché comme vous. La nonne qu'y faisait sa toilette, elle chougnait à l'idée de ce que la pauvrette avait souffert, et tout ça à cause qu'elle était v'nue à vot' aide.

— Elle... elle aimait ça. Elle avait plaisir à se faire brutaliser. C'est vrai !

Adelia avait élevé la voix, car Gyltha avait eu un mouvement de recul et fronçait les sourcils sans comprendre. Comment lui expliquer, comment expliquer à quiconque qu'aux hurlements de la nonne, sous les assauts du monstre, se mêlaient des cris de jouissance exquise et insensée ?

« Une telle perversité est inconcevable pour elle, saisit Adelia avec désespoir, et pour moi aussi. »

— Elle a enlevé ces enfants pour lui, reprit-elle d'un ton morne. Et c'est elle qui a tué Simon.

Gyltha laissa échapper le bol, qui roula à travers la chambre en répandant du bouillon sur les larges planches en orme.

— Maître Simon ?

Adelia se souvint du banquet à Grantchester et revit Simon parler avec animation à Rowley au haut bout de la table d'honneur, les tailles dans son escarcelle, à quelques places seulement de l'hôte du festin en péril d'être démasqué, et à quelques autres encore de celle qui procurait ses victimes au meurtrier.

— Je les ai vus préméditer le meurtre de Simon.

Et elle les voyait encore, dansant ensemble, le croisé et la nonne, le premier donnant ses instructions à la seconde.

Doux Seigneur, elle aurait dû le deviner à ce moment-là. Ce misogyne irascible de frère Gilbert lui avait quasiment soufflé la réponse à son insu. « Elles découchent des nuits entières. Elles mènent une vie de licence et de luxure. Dans une maison respectable, on les flagellerait jusqu'au sang, mais que fait leur prieure pendant ce temps ? Elle chasse. »

Simon partant tôt pour examiner les tailles qu'il avait dénichées et déterminer qui avait des motifs financiers d'incriminer les Juifs. Leur hôte revenant, après une brève absence, du jardin où il s'était rendu pour raccompagner sa créature.

— Elle est rentrée de bonne heure, de Grantchester. Il me semble avoir aperçu les autres sœurs par la suite, mais pas elle. Est-ce que je m'en souviens bien ? Oui, j'en suis sûre. Et la prieure s'est même attardée davantage.

Et puis quoi ? La plus douce, la plus angélique des sœurs... « C'est une bien grosse trotte, par une nuit aussi sombre, maître Simon, vous ne voulez pas que je vous ramène en *punt* ? Non, ce n'est pas la place qui manque. Je suis seule, je serais heureuse d'avoir de la compagnie. »

Adelia se représenta une trouée obscure entre les saules, une fine silhouette aux poignets solides comme de l'acier plongeant une perche dans la Cam, l'enfonçant dans le dos d'un homme qui se débattait comme un poisson au bout d'un harpon, avant de finir par se noyer.

— Il lui a donné l'ordre de tuer Simon et de voler son escarcelle, poursuivit Adelia. Et elle lui a obéi, parce qu'elle était son esclave. Au fond du puits, il a fallu que je lui ôte Ulf des mains, j'ai la certitude qu'elle allait le tuer afin qu'il ne puisse pas la dénoncer.

— Croyez que j' sais pas ? rétorqua Gyltha, levant les mains comme pour repousser ledit savoir. Croyez qu'Ulf m'a pas dit c' qu'elle y a fait ? Que j' sais pas c' qu'y z'y auraient fait tous les deux si le bon Dieu vous avait pas envoyée pour l'empêcher, c' qu'y z'ont fait aux autres ?

Elle plissa les yeux et se leva.

— Venez, vous et moi, on passe dans la chambre d'à côté et on l'étouffe avec un oreiller.

— Non, tout le monde doit savoir ce qu'elle a fait, ce qu'ils ont fait.

Rakshasa avait échappé à la justice. Sa fin avait été terrible – Adelia chassa de son esprit son image sur fond de soleil couchant –, mais ce n'était pas là la justice. Éliminer de la surface de la terre cet être qui la souillait ne pesait rien dans la balance en regard du monceau de petits cadavres qu'il avait accumulés sur son chemin tandis qu'il rentrait de Terre sainte.

S'ils l'avaient capturé, traîné en assise, jugé et exécuté, les plateaux n'en auraient guère été plus équilibrés pour tous ceux qui s'étaient vu arracher leurs enfants, mais au moins, tout le monde aurait appris les forfaits qu'il avait commis et été témoin de son châtiment. Les Juifs auraient été publiquement innocentés. Et par-dessus tout, le droit, qui faisait naître l'ordre du chaos, qui séparait l'humanité civilisée des animaux, le droit aurait été réaffirmé.

Pendant que Gyltha l'aidait à s'habiller, Adelia procéda à son examen de conscience : demeurait-elle fidèle à ses objections à la peine capitale ? Oui, c'était un principe. Les fous devaient être empêchés de nuire, assurément, mais pas pour autant exécutés. Rakshasa n'avait pas eu à faire face à ses responsabilités ; il ne devait pas en aller de même pour sa complice. Ses actions devaient être rapportées au vu et au su de tous afin de rétablir, dans une certaine mesure, l'équilibre de l'univers.

— Il est impératif qu'elle passe en jugement, insista Adelia.

— Vous y comptez ?

On frappa à la porte. C'était le père Geoffrey.

— Ma chère petite, ma pauvre et chère petite. Loué soit le Seigneur de votre courage et de votre délivrance.

Adelia balaya d'un geste ces effusions.

— Mon père, cette nonne... elle est complice à tous égards. C'est une meurtrière au même titre que lui, elle a tué Simon sans le moindre remords. Vous me croyez, n'est-ce pas ?

— Je le crains. J'ai entendu le témoignage d'Ulf qui, bien qu'embrouillé à cause du soporifique qu'elle lui a administré, ne laisse aucun doute sur le fait qu'elle l'a enlevé et conduit en ce lieu où sa vie s'est trouvée en danger. J'ai aussi recueilli les déclarations de sire Rowley et de Hugh le veneur. Je me suis rendu sur place avec eux, pas plus tard que ce soir...

— Vous avez été à Wandlebury ?

— Oui, confirma le prieur d'une voix lasse. Et jamais je ne me suis senti si proche de l'enfer. Mon Dieu, l'attirail que nous avons découvert là-bas. On ne peut que se réjouir à la pensée que l'âme de sire Joscelin brûlera pour l'éternité. Joscelin..., répéta-t-il, comme pour se convaincre lui-même. Un garçon du pays. Je voyais déjà en lui le futur shérif du comté, confessa-t-il, avant qu'une étincelle d'indignation n'attise son regard fatigué. J'ai même accepté de ses mains honnies un don pour la construction de notre nouvelle chapelle.

— De l'argent juif, souligna Adelia. Il était endetté auprès d'eux.

Le père Geoffrey soupira.

— Je suppose que vous avez raison. En tout cas, nos amis de la tour sont absous.

— Et les habitants de Cambridge vont-ils en être avisés ? se renseigna Adelia, avant d'indiquer crûment, du pouce, la chambre de la nonne. Et elle, sera-t-elle jugée ?

Adelia s'échauffait ; elle percevait de la réserve, de la nébulosité dans certaines des réponses du prieur.

Celui-ci s'en fut jusqu'à la fenêtre et entrebâilla le volet.

— On nous avait prédit de la pluie. Le ciel était vraiment rouge ce matin, paraît-il. Enfin, les jardins en avaient bien besoin, après le printemps sec que nous avons eu, commenta-t-il avant de refermer le volet. Oui, l'annonce de l'innocence des Juifs sera trompetée en assise plénière – Dieu merci, elle n'est pas encore terminée. Mais en ce qui concerne cette... femme... j'ai convoqué une assemblée de toutes les parties intéressées afin d'aller au fond de l'affaire. Lesdites parties se rassemblent en ce moment même.

— Une assemblée ? Pourquoi pas un procès ?

Et pourquoi de nuit ?

— Je m'attendais que les délibérations aient lieu au château, mais le clerc de l'assise a estimé préférable que la procédure se déroule ici pour éviter toute confusion juridique. Et après tout, c'est ici que les enfants sont enterrés. Bref, nous verrons bien.

Un brave homme ; le premier ami qu'elle s'était fait en Angleterre et elle ne l'avait jamais remercié.

— Mon père, je vous dois la vie. Si vous ne m'aviez pas offert ce chien, béni soit-il... Avez-vous vu ce qui lui est arrivé ?

— J'ai vu, répondit-il en secouant la tête, puis il ajouta, avec un léger sourire : J'ai ordonné qu'on recueille ses restes et qu'on les confie à Hugh, que frère Gilbert soupçonne d'enterrer en secret ses chiens dans le cimetière du prieuré quand personne ne fait attention. Sauvegarde y reposera aux côtés de bien d'autres moins fidèles que lui.

Ce n'était qu'un petit chagrin parmi tant d'autres, mais Adelia n'en fut pas moins réconfortée.

— Cependant, continua le prieur, comme nous le savons tous deux, vous devez aussi votre vie à quelqu'un qui a un plus grand droit sur elle et c'est en partie pour lui que je suis ici.

Mais les pensées d'Adelia s'en étaient déjà retournées à la religieuse. « Ils vont la relâcher. Aucun de nous n'a assisté à ses crimes – ni Ulf, ni Rowley, ni moi. C'est une nonne et l'Église a horreur du scandale. Ils vont la libérer. »

— C'est exclu, mon père, lâcha-t-elle.

Le prieur, manifestement très satisfait de ce qu'il racontait, s'interrompit, bouche bée. Il cilla.

— Voilà une décision quelque peu hâtive, Adelia.

— Il faut que l'on sache ce qui s'est produit. Il doit y avoir un procès, même si elle est en définitive déclarée trop folle pour être condamnée. Pour les enfants, pour Simon, pour moi, qui ai découvert leur repaire et qui ai bien failli mourir dans la bataille. J'exige justice, et elle ne peut se faire qu'au grand jour.

Non par goût du sang, ni par vengeance, mais parce qu'en l'absence de résolution, le cauchemar d'un trop grand nombre de personnes ne s'achèverait jamais.

Soudain, quelque chose que le prieur avait dit la fit sourciller.

— Pardon, mon père ?

Le prieur soupira et recommença :

— Avant d'être contraint de regagner l'assise... le roi est arrivé, vous savez... il m'a approché. Faute d'autre substitut, il semble avoir arrêté son choix sur moi *in loco parentis*...

— Le roi ? s'étonna Adelia qui peinait à suivre.

Le père Geoffrey soupira à nouveau.

— Sire Rowley Picot. Il m'a prié... son attitude suggérait à la vérité que ce ne serait qu'une simple formalité... de vous soumettre sa demande en mariage.

C'était dans la droite ligne de cette extraordinaire journée. Elle avait été en enfer et elle avait été sauvée. Un homme avait été mis en pièces sous ses yeux, ou presque. On soignait une meurtrière dans la chambre voisine. Elle avait perdu sa virginité, en beauté, et voilà que l'homme qui la lui avait prise manifestait son souci des formes et recourait aux bons offices d'un père de substitution pour solliciter sa main.

— J'ajouterai, continua le prieur, que cette initiative n'est pas sans un certain coût pour lui. Le roi a personnellement proposé à sire Rowley l'évêché de Saint-Albans lors de l'assise et j'ai de mes propres oreilles entendu Picot décliner cette dignité en arguant qu'il souhaite rester libre de se marier.

« Il tient à moi à ce point-là ? » s'émut Adelia.

— Ça n'a pas fait plaisir au roi, précisa le père Geoffrey. Il avait particulièrement à cœur de placer notre bon collecteur d'impôts à la tête du diocèse de Saint-Albans et il n'a pas l'habitude d'être contrarié. Mais sire Rowley n'a pas bronché.

Ce fut au tour d'Adelia de demeurer bouche bée, incapable de répondre ainsi que sa conscience le dictait.

Elle redoutait d'accepter, grisée par l'amour, tant elle en avait envie, tant ce matin-là Rowley avait su l'aider à panser ses plaies au propre comme au figuré. Et c'était bien là, le danger. « Il a fait un tel sacrifice pour moi. Ne serait-il pas juste, et beau, que je fasse un sacrifice similaire pour lui ? »

Un sacrifice.

— Même s'il a désappointé le roi, enchaîna le prieur, il me charge de vous dire qu'Henri le tient toujours en bonne estime et qu'il est promis à de hautes fonctions, de sorte que votre éventuelle union ne saurait en aucun cas vous être préjudiciable.

Comme Adelia ne répondait toujours pas, il confessa :

— À vrai dire, je serais heureux de vous voir faire une fin avec lui.

Une fin.

— Ma chère Adelia, la relança le père Geoffrey en lui prenant la main, cet homme mérite une réponse.

En effet. Et Adelia fournit la sienne.

La porte s'ouvrit et frère Gilbert apparut sur le seuil, conférant instantanément à la scène – son supérieur en compagnie de deux femmes dans une chambre – un caractère répréhensible.

— Leurs Seigneuries sont là, prieur.

— Dans ce cas, rejoignons-les.

Le père Geoffrey prit la main d'Adelia et la baisa, mais ce fut son clin d'œil à Gyltha – qui le lui rendit – qui avait quelque chose de répréhensible.

Les seigneurs convoqués avaient été réunis dans le réfectoire du monastère plutôt que dans l'église, afin que les chanoines aient tout loisir de célébrer les offices nocturnes aux mêmes heures et au même endroit qu'à l'accoutumée ; et, comme ils avaient déjà soupé et ne rompraient pas le jeûne avant plusieurs heures, ils n'auraient pas à troubler les débats de l'assemblée.

« Ni même à savoir qu'elle avait eu lieu », pensa Adelia.

Tout le monde appelait la chose une assemblée, mais, dans les faits, c'était un procès. Toutefois, ce n'était pas celui de la jeune nonne qui se tenait, la tête humblement baissée et les mains croisées, entre ses deux chaperons, la prieure et sœur Walburga.

L'accusée était Vesuvia Adelia Rachel Ortese Aguilar, une étrangère qui, à en croire la mère Joan, tirée de son lit et très en colère, avait formulé des accusations injustifiées et sordides, voire démoniaques, à l'encontre d'une innocente et dévote religieuse de la communauté de Sainte-Radegonde, ce qui valait au moins la flagellation.

Adelia se trouvait au milieu de la salle, sous le regard goguenard des diablotins qui ornaient la charpente. On avait poussé la longue table et les bancs contre l'un des murs, si bien que les fauteuils sur lesquels trônaient les juges, à l'une des extrémités du réfectoire, décalés par rapport au milieu, faussaient pour Adelia les proportions par ailleurs exquises des lieux, portant encore un peu plus sur ses nerfs déjà passablement tendus par l'incrédulité, la colère et, il fallait bien l'avouer, la frousse pure et simple.

Car parmi ceux qui lui faisaient face se trouvaient trois des juges de l'Eyre présents à Cambridge pour l'assise – l'évêque de Norwich, celui de Lincoln et l'abbé d'Ely. Ils représentaient le pouvoir judiciaire anglais. Ils avaient les moyens de broyer Adelia telle une pomme de senteur entre leurs mains couvertes de bijoux. Et ils n'étaient pas contents d'avoir été privés d'un sommeil légitime à l'issue d'une longue journée d'audiences en assise, puis d'avoir dû accomplir le trajet du château au prieuré dans le noir, sous une pluie battante, rien que pour Adelia. Il émanait d'eux une hostilité si violente que les joncs qui tapissaient le sol en étaient presque emportés à travers la salle.

Le plus hostile était l'archidiacre de Cantorbéry, qui n'était pas juge mais se considérait, et était apparemment considéré par les autres, comme le porte-parole du défunt saint Thomas Becket ; il semblait assimiler toute attaque à l'encontre d'un membre du clergé – comme les accusations d'Adelia envers la sœur Veronica de Sainte-Radegonde – à celle des chevaliers d'Henri II qui avaient répandu la cervelle de Becket sur les dalles de sa cathédrale.

Le prieur avait été décontenancé de constater que tous étaient des ecclésiastiques.

— Messeigneurs, j'espérais qu'il y aurait également parmi vous quelques représentants temporels.

Les dignitaires l'avaient réduit au silence – ils étaient, après tout, ses supérieurs hiérarchiques.

— Cette affaire est uniquement du ressort de l'Église.

Ils étaient flanqués d'un jeune homme qui ne portait pas l'habit clérical et paraissait vaguement amusé par ces chicaneries ; il prenait des notes sur un parchemin à l'aide d'une écritoire. Adelia ne connaissait son nom que parce qu'elle l'avait surpris alors qu'on s'adressait à lui : Hubert Walter.

Derrière les fauteuils des juges s'alignait un assortiment de subalternes de l'assise : deux clercs, dont l'un dormait debout, un homme d'armes qui avait oublié d'enlever son bonnet de nuit avant de coiffer son heaumet et deux baillis, chacun armé d'une masse, des fers à la ceinture.

Adelia était seule, livrée à elle-même.

— Qu'est-ce que c'est que... ça, prieur ? avait demandé un magistrat à la vue de Mansur campé à côté d'elle.

— Le suivant de maîtresse Adelia, monseigneur.

— Un Sarrasin ?

— Un éminent médecin arabe, messeigneurs.

— Elle n'aura besoin ni d'un suivant ni d'un médecin. Et nous non plus.

Mansur avait été mis à la porte de la salle.

Le père Geoffrey s'était vu relégué à l'extrémité de la rangée de fauteuils, à côté du shérif Baldwin, frère Gilbert derrière eux.

Il avait fait de son mieux, le brave homme ; il avait rapporté les faits dans toute leur horreur, expliqué le rôle qu'y avaient joué Adelia et Simon ainsi que ce qu'ils avaient découvert, relaté le meurtre de Simon, attesté en personne ce qui se cachait sous Wandlebury Hill et exposé dans les grandes lignes les charges qui pesaient sur sœur Veronica.

Il avait soigneusement omis de faire allusion à l'examen des enfants, ou aux compétences d'Adelia en la matière – omission dont elle rendait grâce au Ciel ; elle risquait déjà, pressentait-elle, assez d'ennuis comme ça sans qu'on l'accuse en prime de sorcellerie.

On avait introduit Hugh le veneur, accompagné de ses francs plèges, les hommes qui dans le droit anglais répondaient de son honnêteté. Il s'était découvert et, la main sur le cœur, avait témoigné que lorsqu'il avait regardé dans le puits, il avait aperçu un homme nu et couvert de sang, en qui il avait également reconnu sire Joscelin de Grantchester ; qu'il était par la suite descendu dans les galeries ; qu'il avait eu sous les yeux le couteau en silex ; et qu'il avait également reconnu le collier pour chien attaché à la chaîne au fond du boyau.

— C'était celui de sire Joscelin, messeigneurs, je l'avais déjà vu des dizaines de fois au cou de son propre chien, même que le cuir était frappé de son sceau.

On produisit le collier et l'on inspecta le sceau.

Il ne faisait aucun doute que sire Joscelin de Grantchester avait tué ces enfants, avaient convenu les juges, consternés :

— Joscelin de Grantchester sera proclamé vil félon et meurtrier. Ses restes seront exhibés sur la place du marché de Cambridge, au vu de tous, et il n'aura pas droit à une sépulture chrétienne.

Quant à sœur Veronica...

Il n'existait aucune preuve directe à son encontre, car Ulf n'avait pas été autorisé à déposer.

— Quel âge a cet enfant, prieur ? Il ne saurait se voir accorder le statut de franc plège s'il a moins de douze ans.

— Il a neuf ans, monseigneur, mais c'est un garçon perspicace et honnête.

— Quelle est sa condition ?

— Il est libre, messeigneurs, ce n'est pas un serf. Il travaille pour sa grand-mère et vend des anguilles.

Sur quoi frère Gilbert avait émis une interjection, avant de se mettre à chuchoter des perfidies à l'oreille de l'archidiacre avec une satisfaction on ne pouvait plus évidente.

Ah, ladite grand-mère vivait seule, elle ne s'était jamais mariée et sa progéniture était vraisemblablement illégitime. Dans ce cas, l'enfant était sans doute un bâtard sans condition.

— La loi ne lui reconnaît aucune existence juridique.

De sorte qu'Ulf s'était lui aussi retrouvé exilé dans la cuisine attenante au réfectoire, près du passe-plat par lequel l'odeur du bacon et du bouillon venait se mêler à celle, entêtante, d'hermine trempée qui se dégageait des manteaux des juges. Gyltha avait dû lui plaquer une main sur la bouche pour l'empêcher de hurler, tandis que rabbi Gotsce leur traduisait en anglais les débats en latin.

La simple présence du rabbin avait suffi à effaroucher les juges.

— Vous voudriez introduire un Juif devant nous, père Geoffrey ?

— Messeigneurs, les Juifs de cette ville ont été indûment calomniés. Il est avéré que sire Joscelin était l'un de leurs principaux débiteurs et que c'est lui qui, par malice, s'est arrangé pour qu'on les accuse de meurtre et brûle leur tailles.

— Votre Juif a-t-il des preuves de tout cela ?

— Comme je vous l'ai dit, les tailles ont été détruites, monseigneur. Mais le rabbin est à n'en pas douter en droit de...

— La loi ne lui reconnaît aucune existence juridique.

Et elle ne reconnaissait pas non plus qu'une nonne dont le visage resplendissait de pureté pût commettre les forfaits que lui prêtait Adelia.

La prieure témoigna en faveur de sa protégée...

— Comme sainte Radegonde, la bien-aimée fondatrice de notre maison, sœur Veronica est née en Thuringe, commença-t-elle. Mais son père, marchand, s'est installé à Poitiers et c'est là qu'elle a été placée au couvent et envoyée en Angleterre, alors qu'elle n'était encore qu'une enfant âgée de trois ans, même si sa dévotion à Dieu et à Sa sainte Mère était déjà évidente et ne s'est jamais démentie depuis.

La mère Joan tempérait sa voix, ses mains calleuses de cavalière étaient dissimulées par ses manches et elle avait tout de la supérieure d'une maison religieuse bien tenue.

— Messeigneurs, je me porte garante de la modestie, de la modération et de la piété de cette religieuse. Combien de fois, alors que ses sœurs se reposaient, ne l'ai-je vue à genoux auprès de notre bienheureux saint, le petit Peter de Trumpington ?

Un cri étouffé résonna en cuisine.

— Qu'elle a elle-même conduit à sa mort ! intervint Adelia.

— Tenez votre langue, femme, l'admonesta l'archidiacre.

— Jugez donc, messeigneurs, reprit la prieure en se tournant vers Adelia, le doigt pointé, d'une voix pareille à un cor de chasse. Choisissez entre la vipère médisante que voilà et le modèle de sainteté que voici.

Malheureusement, la robe que Gyltha avait rapportée à Adelia de chez le vieux Benjamin était celle du banquet de Grantchester, trop basse d'encolure et trop haute en couleur comparée à l'habit noir et blanc, sobre et épuré de la religieuse. Tout comme il était malheureux que, tourneboulée de joie par le retour d'Ulf, Gyltha ait oublié de prendre un voile ou une coiffe, si bien qu'Adelia, dont le précédent couvre-chef gisait quelque part sous Wandlebury Hill, avait la tête nue comme une catin.

Personne, hormis le père Geoffrey, ne témoigna en sa faveur.

Pas même Rowley – il n'était pas là.

L'archidiacre de Cantorbéry, minuscule vieillard débordant d'énergie, se leva, droit dans ses bottes, bien qu'en pantoufles.

— Expédions cette affaire, messeigneurs, que nous puissions regagner nos lits. Et s'il devait ressortir qu'elle résulte de quelque intention maligne, avança-t-il en braquant sur Adelia un regard de singe malveillant, que les responsables soient condamnés au fouet ! Bien...

Une par une, les juges passèrent alors en revue les briques dont Adelia s'était servie pour bâtir son argumentation et les mirent à bas.

La parole d'un bâtard encore mineur qui vendait des anguilles ? Pour condamner une épouse du Christ ?

La familiarité de cette bonne sœur avec la rivière ? Qui n'était pas un batelier confirmé dans cette ville aux pieds dans l'eau ?

Le pavot ? N'en trouvait-on pas chez n'importe quel apothicaire ?

Quant à ces nuits passées hors de l'enceinte du couvent, eh bien...

Pour la première fois, Hubert Walter releva la tête de ses notes.

— Peut-être ce point mérite-t-il quelques éclaircissements, monseigneur, estima le jeune clerc. La chose est... inhabituelle.

— Permettez-moi de répondre, messeigneurs, intervint mère Joan en s'avançant à nouveau. Ravitailler nos anachorètes est un acte de charité qui épuise les forces de sœur Veronica. Voyez comme elle est frêle. Par conséquent, je lui ai accordé la permission de ne rentrer au couvent qu'après une bonne nuit de repos et de contemplation en compagnie d'une de nos sœurs ermites.

— Éminemment louable, acquiescèrent les juges, en portant un regard appréciateur sur la silhouette de sœur Veronica, gracile comme une branche de saule.

« Quelle sœur ermite ? pensa Adelia. Et pourquoi ne la traînerait-on pas devant ce tribunal pour lui demander combien de nuits la frêle Veronica et elle ont passées ensemble, en contemplation ? »

Aucune, aurait parié Adelia.

Mais c'était inutile. Du fait même que l'anachorète était une anachorète, elle ne viendrait jamais. Exiger sa comparution n'eût fait que confirmer la véhémence d'Adelia et accentuer le contraste avec le silence respectueux de Veronica.

« Où es-tu, Rowley ? se désola-t-elle. Je t'épouserai, mais je ne peux pas faire front seule. Rowley, ils vont la libérer... »

L'œuvre de démolition se poursuivit. Quelqu'un avait-il assisté à la mort de Simon de Naples ? L'enquête du coroner n'avait-elle pas conclu à une noyade accidentelle ?

Les murs de la grand-salle se refermaient sur Adelia. L'un des baillis étudiait les bracelets de ses fers comme pour déterminer s'ils ne seraient pas trop larges pour les poignets d'Adelia. Au-dessus d'elle, les gargouilles gloussaient d'exultation tandis que les juges la fustigeaient du regard.

L'archidiacre mit même en doute les motifs qui l'avaient menée à Wandlebury Hill.

— Qu'est-ce qui a bien pu la conduire à cet endroit de triste réputation, messeigneurs ? Comment pouvait-elle savoir ce qui s'y déroulait ? Ne peut-on pas supposer que c'était en fait elle qui était de connivence avec ce démon de Grantchester et non la sœur innocente qu'elle accuse, dont le seul crime est, semble-t-il, de l'avoir suivie parce qu'elle s'inquiétait de sa sécurité ?

Le père Geoffrey ouvrit la bouche, mais fut devancé par Hubert Walter, toujours amusé.

— Je crains qu'il ne nous faille concéder que ces quatre enfants sont morts avant que cette femme débarque en Angleterre, messeigneurs. Nous pouvons au moins l'acquitter de leur meurtre.

— Vraiment ? lâcha l'archidiacre, déçu. En tout cas, nous avons établi que c'est une diffamatrice qui, de son propre aveu, connaissait l'existence de cet antre et ce qui s'y tramait. Je trouve cela curieux, voire suspect, messeigneurs.

— Moi aussi, l'interrompit l'évêque de Norwich en bâillant. Qu'on donne le fouet à cette diablesse et qu'on en finisse.

— Tout le monde est-il d'accord sur ce verdict ?

Tout le monde était d'accord.

— Ne la relâchez pas, je vous en conjure ! s'écria Adelia, non dans son intérêt, mais dans celui des enfants de Cambridge. Elle tuera encore !

Mais les juges ne l'écoutaient plus, ils ne la regardaient plus – leur attention était accaparée par un homme entré dans le réfectoire par la cuisine, qui mangeait un bol de bouillon au bacon.

Il considéra l'assemblée en clignant des yeux.

— C'est un procès ?

Adelia attendit que cet intrus vêtu de cuir, d'allure banale, se fasse renvoyer dans ses pénates. Deux chiens de chasse au sanglier avaient pénétré dans la salle à sa suite – ce devait être un chasseur qui s'était aventuré là par erreur.

Mais voilà que les juges se levaient, s'inclinaient, restaient debout.

Henri II Plantagenêt, roi d'Angleterre, duc de Normandie et d'Aquitaine, comte d'Anjou, se hissa sur la table du réfectoire, les jambes ballantes, et jeta un coup d'œil à la ronde.

— Eh bien ?

— Non, Monseigneur, lui assura l'évêque de Norwich, soudain pleinement réveillé et aussi alerte qu'une alouette. Une simple assemblée, une enquête préliminaire concernant les meurtres d'enfants de la ville. Le tueur a été identifié, mais cette... cette bonne femme, se contint-il en montrant du doigt Adelia, accuse de complicité une nonne de Sainte-Radegonde.

— Ah, oui, acquiesça aimablement le roi. Il me semblait bien que le pouvoir spirituel était quelque peu surreprésenté. Où sont De Luci et De Glanville ? Et le temporel ?

— Nous n'avons pas voulu troubler leur repos, Monseigneur.

— Que de prévenance ! s'émut Henri, toujours aussi aimable, même si l'évêque frémit. Et où en est-on ?

Hubert Walter, qui avait quitté sa place pour se poster auprès du roi, lui tendit son parchemin.

Henri le prit et reposa son bol de bouillon.

— J'espère que nul ne verra d'objection à ce que je me familiarise avec cette affaire. Elle m'aura occasionné bien du souci, voyez-vous... à cause d'elle, les Juifs de Cambridge se sont retrouvés confinés dans l'une des tours du château, expliqua-t-il, toujours aussi affable. Et mes recettes s'en sont durement ressenties.

Les juges se tortillèrent sur place, mal à l'aise.

Comme il survolait les notes, il se pencha pour ramasser une poignée de joncs sur le sol. Tandis qu'il lisait, le silence s'installa, uniquement troublé par le crépitement de la pluie contre les hautes fenêtres et les bruits de mâchoires de l'un des chiens, ravi, qui avait découvert un os à ronger sous la table.

Adelia avait les jambes si flageolantes qu'elle craignait de s'écrouler. Cet homme ordinaire, à l'air inoffensif, avait insufflé une terreur diffuse dans tout le réfectoire.

Il approcha le parchemin d'un candélabre posé sur la table pour y voir plus clair et se mit à marmonner :

— Le garçon qui prétend avoir été enlevé par la nonne... non reconnu par la loi... hum.

Il déposa l'un des joncs qu'il avait à la main près du chandelier.

— Fameux, ce bouillon, prieur, commenta-t-il d'un ton absent.

— Merci, Monseigneur.

— La connaissance que la nonne avait de la rivière et le loisir d'aller et venir...

Il aligna un autre jonc à côté du premier.

— Un opiacé...

Cette fois-là, il plaça le jonc en travers des deux autres.

— Des nuits de veille en compagnie d'une anachorète... A-t-on appelé à comparaître l'anachorète en question ? s'enquit-il, relevant la tête. Ah, non, j'oubliais, ce n'est pas un procès.

Les jambes d'Adelia faiblirent encore, en l'occurrence sous l'effet d'un espoir si ténu qu'elle osait à peine se l'avouer. Les joncs, empilés avec soin, comme si Henri Plantagenêt avait l'intention de jouer aux jonchets, s'accumulaient au fil des éléments à charge qu'elle avait évoqués à l'encontre de Veronica.

— Simon de Naples... noyé alors qu'il était en possession des tailles... la rivière, une fois de plus... un Juif, bien sûr, rien d'étonnant...

Le roi secoua la tête, consterné par la maladresse des Juifs, et continua sa lecture.

— Suspicions de la part de cette femme de rien... Wand-le-bury Hill... soutient qu'elle a été précipitée dans un puits... pas vu par qui... mêlée générale... ladite femme de rien et la nonne toutes les deux blessées... l'enfant sain et sauf... un chevalier local coupable...

Il redressa la tête, avant de jeter un coup d'œil aux joncs entassés, puis aux juges.

L'évêque de Norwich se racla la gorge.

— Comme vous pouvez vous en rendre compte, Monseigneur, toutes les accusations contre sœur Veronica sont sans fondement. On ne saurait l'incriminer car...

— Sauf celles portées par le petit, bien sûr, le coupa Henri. Mais on ne saurait leur prêter le moindre poids légal, n'est-ce pas ? Non, je suis d'accord... rien que des présomptions, conclut-il en baissant les yeux vers ses joncs. De lourdes présomptions, notez, mais...

Il gonfla les joues et souffla de toutes ses forces, éparpillant les joncs.

— Qu'avez-vous décidé de faire de cette diffamatrice ? Comment s'appelle-t-elle ? Adèle ? Vous avez une écriture navrante, Hubert.

— Mes excuses, Monseigneur. Elle se prénomme Adelia.

L'archidiacre commençait à s'impatienter.

— Il est impardonnable d'émettre de telles calomnies à l'endroit d'une religieuse. On ne saurait fermer les yeux.

— En effet, convint Henri. Pensez-vous que nous devrions la pendre ?

— Cette femme est une étrangère, s'obstina l'archidiacre. Elle débarque de nulle part, accompagnée d'un Juif et d'un Sarrasin et l'on devrait tolérer qu'elle médise de notre sainte mère l'Église ? De quel droit ? Qui l'envoie et pourquoi ? Pour semer la discorde ? Moi, je dis que c'est le diable qui l'a introduite parmi nous.

— En fait, c'est moi, déclara le roi.

Le silence s'abattit dans la salle, telle une avalanche. Derrière les juges, de l'autre côté de la porte, se firent entendre les pas traînants des chanoines qui, à cause de la pluie, longeaient à tâtons le cloître pour se rendre à l'église.

Henri posa pour la première fois les yeux sur Adelia, tandis qu'un sourire dénudait ses petites dents féroces.

— Vous ne le saviez pas, hein ? lança-t-il, avant de faire face aux juges qui, n'ayant pas été invités à s'asseoir, étaient toujours debout. Voyez-vous, messeigneurs, quand des enfants ont commencé à disparaître à Cambridge, il en est allé de même de mes recettes. Les Juifs relégués dans la tour. De l'agitation dans les rues. J'en ai touché deux mots à Aaron de Lincoln... vous le connaissez, monseigneur l'évêque, il vous a prêté de l'argent pour bâtir votre cathédrale. Je lui ai dit : Aaron, il faut trouver une solution, pour Cambridge. Si les Juifs s'adonnent au sacrifice rituel d'enfants, on doit les pendre. Et si ce n'est pas eux, c'est quelqu'un d'autre que l'on doit pendre. Ce qui me fait penser... Rabbin ! appela-t-il. Entrez, il paraît que ce n'est pas un procès.

La porte de la cuisine s'ouvrit et rabbi Gotsce fit une entrée prudente, ponctuée de courbettes dont la fréquence dénotait sa nervosité.

L'attention du roi s'était déjà détournée de lui.

— Bref, Aaron s'est retiré pour réfléchir et, à l'issue de cette réflexion, il est revenu me voir. Il m'a affirmé que l'homme qu'il nous fallait était un certain Simon de Naples – encore un Juif, messeigneurs, j'en ai peur, mais un investigateur de renom. Et Aaron a suggéré de lui adjoindre un maître de l'art de la mort.

Henri gratifia les juges d'un nouveau sourire.

— Je suppose que vous vous demandez : Qu'est-ce qu'un maître de l'art de la mort ? Personnellement, je me suis posé la question. Un nécromancien ? Un tourmenteur particulièrement ingénieux ? Eh bien, non. Il ressort qu'il existe des médecins capables de déchiffrer les cadavres et donc, en l'espèce, de recueillir des indices sur le coupable d'après la manière dont ces enfants avaient été tués. Reste-t-il encore de cet excellent bouillon ?

Le coq-à-l'âne avait été si brusque qu'il fallut quelques instants avant que le prieur réagisse et se dirige comme dans un rêve jusqu'au passe-plat, où, tout naturellement, une main féminine lui tendit un bol fumant. Le père Geoffrey le prit, s'en fut jusqu'au roi et lui présenta à genoux le bouillon.

Entre-temps, Henri avait lié conversation avec la mère Joan.

— J'espérais chasser le sanglier cette nuit. C'est trop tard, vous pensez ? Ils auront déjà regagné leur bauge ?

— Pas encore, Monseigneur, répondit la prieure, abasourdie, mais enchantée. Si je le puis, je vous recommande de partir avec vos chiens en direction de Babraham, où les bois..., s'anima-t-elle, avant de laisser sa phrase en suspens, comprenant qu'elle venait de se trahir. Je répète ce que j'ai entendu, Monseigneur. Je n'ai guère le temps de chasser.

— Vraiment, ma dame ? parut s'étonner Henri. J'avais ouï dire que vous étiez une véritable fille de Diane.

« Un guet-apens », songea Adelia. Quelle qu'en fût l'issue, l'exercice auquel elle était en train d'assister élevait la ruse au rang d'art majeur.

— Bref..., poursuivit le roi en mâchant. Merci, prieur. J'ai donc demandé à Aaron : « Où diable pourrais-je bien dénicher un maître de l'art de la mort ? » Et il m'a répondu : « Au diable justement, Monseigneur. À Salerne... » Notre Aaron adore jouer sur les mots. Et il se révèle que l'admirable école de médecine de Salerne produit des docteurs versés dans cette science abstruse. Pour faire court, j'ai écrit au roi de Sicile... C'est un ami, vous savez, précisa-t-il avec un sourire épanoui à l'adresse de la prieure. Je lui ai écrit et j'ai sollicité les services de Simon de Naples et d'un maître de la mort.

Ayant avalé trop vite, le roi fut pris d'une quinte de toux et Hubert Walter dut lui taper dans le dos.

— Merci, Hubert, articula-t-il en s'essuyant les yeux. C'est là que sont survenus deux problèmes. Primo, j'étais hors d'Angleterre pour mater ces maudits Lusignan quand Simon de Naples est arrivé dans le pays. Et secundo, il appert, le croirez-vous, messeigneurs, qu'à Salerne on enseigne la médecine aux femmes, si bien qu'un ahuri infichu de reconnaître Ève d'Adam m'a envoyé non pas un maître, mais une maîtresse de l'art de la mort. La voilà.

Son regard revint vers Adelia, mais ce fut le seul ; tous les autres étaient rivés sur lui, et seulement lui.

— Je crains par conséquent, messeigneurs, que nous ne puissions la pendre, même si l'envie nous en démangeait. Elle ne nous appartient pas, vous saisissez ? C'est un sujet du roi de Sicile et mon ami Guillaume tient certainement à ce que je la lui restitue en bon état.

Il avait sauté de la table et marchait de long en large en se curant les dents, comme plongé dans ses réflexions.

— Qu'en dites-vous, messeigneurs ? Ne pensez-vous pas, eu égard au fait que cette femme et ce Juif semblent, à eux deux, avoir fait en sorte que plus aucun enfant ne tombe entre les sales pattes d'un gentilhomme dont le chef marine en ce moment même dans la saumure au château...

Il poussa un soupir perplexe et secoua de nouveau la tête.

— Pouvons-nous seulement la flageller ?

Personne ne répondit ; il n'y avait pas lieu.

— En fait, messeigneurs, le roi Guillaume le prendrait très mal si l'on portait atteinte à maîtresse Adelia... si l'on cherchait par exemple à l'accuser de sorcellerie ou de charlatanerie, reprit Henri d'une voix sèche comme un coup de fouet. Et moi aussi.

« Je serai votre servante jusqu'à la fin de mes jours, se réjouit Adelia, défaillante de gratitude et d'admiration. Mais est-il en votre pouvoir, même à vous, ô grand Plantagenêt, de traduire publiquement cette religieuse en justice ? »

Rowley, toujours aussi imposant, venait d'entrer dans la salle et il s'inclina devant Henri, petit par comparaison, avant de lui remettre plusieurs objets.

— Navré de vous avoir fait attendre, Monseigneur.

Ils échangèrent un regard et Rowley hocha la tête. Le roi et lui étaient de mèche.

Il traversa le réfectoire pour aller se camper auprès du père Geoffrey. La pluie assombrissait son manteau et il sentait l'air frais, il était une bouffée d'air frais, et Adelia fut soudain heureuse d'avoir un décolleté aussi plongeant et la tête nue comme une catin ; elle se fût volontiers déshabillée pour lui sur-le-champ. « Je suis prête à être ta catin quand tu le voudras, et j'en suis fière », pensa-t-elle.

Il disait quelque chose. Le prieur transmit des instructions à frère Gilbert, qui sortit.

Henri était retourné se percher à sa place sur la table. Il fit signe à la plus rondelette des trois religieuses de s'approcher du centre de la salle.

— Vous, ma sœur. Oui, vous. Venez.

La mère Joan suivit des yeux avec suspicion Walburga qui s'avançait d'un pas hésitant vers le roi. Veronica conserva les yeux baissés et les mains immobiles, comme depuis le début.

— Dites-moi, ma sœur, que faites-vous au couvent ? se renseigna le roi d'une voix radoucie, mais parfaitement audible. Parlez, vous ne risquez rien, je vous le promets.

La réponse ne tarda pas à venir, hachée d'abord, mais rares étaient ceux qui étaient capables de résister à Henri quand il usait de son charme – et Walburga n'était pas du lot.

— Je médite la parole de Dieu, Monseigneur, comme nous toutes, et je prie. J'apporte des provisions aux anachorètes...

Adelia décela une note de doute. Il lui vint à l'esprit que Walburga était sans doute si interloquée et son latin si hésitant qu'elle n'avait quasiment rien suivi des débats.

— On célèbre aussi l'office divin, presque toujours toutes les heures...

— Vous mangez bien ? Beaucoup de viande ?
— Oh oui, Monseigneur, assura Walburga, en terrain familier, prenant confiance. Mère Joan revient presque toujours de la chasse avec un chevreuil ou deux et ma tante fait du bon beurre et de la bonne crème. On mange plutôt bien.
— Et qu'est-ce que vous faites d'autre encore ?
— J'astique le reliquaire du petit saint Peter, je tresse des souvenirs que les pèlerins peuvent acheter et je...
— Je parie que c'est vous la meilleure vannière du couvent, la flatta Henri, jovial.
— Ben, je suis fortiche, Monseigneur, même si je devrais pas y dire, mais à coup sûr, sœur Veronica et la pauvre sœur Agatha qu'est passée à trépas étaient pas loin derrière.
— J'imagine que vous avez chacune un style individuel..., commença Henri, avant de reformuler, voyant que Walburga cillait. Disons que je décide d'acheter un souvenir au hasard, vous sauriez faire la différence entre l'un des vôtres et l'un de sœur Agatha ? Ou de sœur Veronica ?
Grand Dieu. Adelia en avait la chair de poule. Elle se tourna vers Rowley, mais il se refusa à croiser son regard.
— Pas la peine, Monseigneur, pouffa Walburga. Je vous en ferai un gratuit rien que pour vous !
Henri sourit.
— Allons donc, et moi qui viens juste d'envoyer sire Rowley m'en chercher quelques-uns.
Il tendit vers elle l'un des petits objets, des bonshommes ou des dessous-de-plat.
— Est-ce vous qui avez fabriqué celui-là ?
— Oh non, ça, c'est sœur Odilia, avant qu'elle meure.

— Et celui-là ?
— Sœur Magdalene.
— Celui-ci ?
— Sœur Veronica.
— Prieur.

C'était un ordre. Frère Gilbert était de retour et le prieur approcha avec un autre objet à soumettre à Walburga.

— Et celui-ci, mon enfant ? Qui l'a confectionné ?

Il lui montra, au creux de sa main tendue, ce qui ressemblait à une étoile en jonc, minutieusement tressée en forme d'élégant pentagramme.

Walpurga s'était prise au jeu.

— Eh bien, c'est aussi sœur Veronica.
— Vous en êtes sûre ?
— Sûre et certaine, Monseigneur. C'est son passe-temps. Cette pauvre sœur Agatha disait qu'elle ferait peut-être mieux de s'abstenir, vu qu'ils ont des airs impies, mais personne y voyait aucun mal.

— Aucun, répéta le roi avec douceur. Prieur ?

Le père Geoffrey fit face aux juges.

— Messeigneurs, c'est l'un des objets retrouvés sur les cadavres des enfants aux abords de Wandlebury. Cette nonne vient d'identifier en eux l'ouvrage de l'accusée. Regardez.

Mais c'était sœur Veronica que regardaient les juges.

Adelia retint son souffle. « Ce n'est pas concluant, se dit-elle. Elle peut inventer un millier d'excuses. C'est astucieux, mais ce n'est pas une preuve. »

Mais pour la mère Joan, qui fixait sa protégée avec une expression tourmentée, c'en était manifestement une.

Et pour Veronica aussi. Elle conserva son impassibilité encore un instant. Puis elle poussa un hurlement et leva vers le toit son visage et ses mains tremblantes.

— Protégez-moi, messeigneurs. Vous pensez qu'il a été mis en pièces par des chiens, mais il est là-haut… là-haut !

Tous les regards suivirent le sien en direction de la charpente où les gargouilles ricanaient dans l'ombre, puis se reposèrent sur Veronica. Elle se tordait par terre.

— Il vous fera du mal. Il me fait mal quand je ne lui obéis pas. Il me faisait mal quand il me pénétrait. Il vous fait mal. Oh, préservez-moi du démon !

CHAPITRE 16

L'atmosphère de la salle s'épaissit, s'alourdit. Tous les hommes avaient les paupières mi-closes, la lippe pendante et étaient pétrifiés. Veronica ondulait sur le sol au milieu des joncs, arrachant ses vêtements et désignant son vagin, hurlant que le démon l'avait pénétrée par-là, par-là.

On eût dit que ces objets à peine plus lourds qu'une plume avaient été le fardeau de trop pour une conscience sur laquelle pesait une culpabilité si immense, si accablante qu'elle avait le sentiment d'être à nu. Une porte avait cédé, livrant passage à une chose immonde.

— J'ai prié Notre-Dame : « Sauvez-moi, sauvez-moi, Marie... » Mais il m'a empalée avec son membre, par-là, par-là ! J'ai souffert... Il avait des bois... Je n'ai pas pu... Doux Jésus, il m'a forcée à regarder pendant qu'il s'adonnait à des actes... des actes horribles, horribles... il y avait du sang, du sang partout... J'avais soif du sang de l'Agneau, mais j'étais l'esclave du démon... il me faisait mal, il me faisait du mal... il me mordait les seins, ici et ici, il m'arrachait mes vêtements... il me battait... il me mettait son membre dans la bouche... j'ai imploré le petit Jésus de me délivrer... mais il est le prince des ténèbres... sa voix me chuchotait à l'oreille ce que je devais faire... j'avais peur... empêchez-le, ne le laissez pas...

Supplications, humiliation... et ça continuait ainsi.

« Tout comme a continué ta relation avec ce monstre, s'irrita Adelia. Pendant des mois. À enlever des enfants, l'un après l'autre, à assister à leur supplice, sans jamais tenter de te soustraire à lui. Ce n'est pas ça, l'esclavage. »

Mais il n'y avait pas que l'âme de Veronica qui était à nu, son corps gracile aussi ; sa cotte dévoilait ses genoux, ses petits seins apparaissaient par les déchirures de son habit.

« C'est de la comédie, elle rejette la faute sur le diable, devina Adelia. Elle a tué Simon et elle se donne du bon temps. Un jeu sexuel, voilà ce que c'est. »

Un simple coup d'œil aux juges suffisait : ils étaient subjugués, et même plus ; l'évêque de Norwich avait la main sur son entre-jambes, le vieil archidiacre haletait. De la bave dégoulinait de la bouche d'Hubert Walter. Même Rowley se passait la langue sur les lèvres.

— Possession démoniaque, diagnostiqua presque avec révérence l'un des deux évêques à la faveur d'une interruption, tandis que Veronica pantelait. L'un des cas les plus limpides que j'aie jamais rencontrés.

C'était donc l'œuvre de démons. Une tentative supplémentaire, de la part du prince des ténèbres, en vue de déstabiliser la sainte Église ; une regrettable, mais compréhensible péripétie de la guerre entre le péché et la vertu. On ne pouvait s'en prendre qu'au diable. Au désespoir, Adelia se tourna vers le seul homme dans la salle qui observât la scène avec une admiration sardonique.

— Elle a tué Simon de Naples, lâcha Adelia.
— Je sais.
— Elle a pris part aux meurtres des enfants.
— Je sais, répéta le roi.

Veronica rampait, elle se traînait en direction des juges. Elle s'agrippa aux pantoufles de l'archidiacre et sa douce chevelure noire cascada sur les pieds de ce dernier.

— Sauvez-moi, monseigneur, ne le laissez pas me plier à nouveau à sa volonté. J'ai soif du Seigneur, rendez-moi à mon rédempteur. Chassez le démon.

Incohérente, échevelée, Veronica avait perdu toute son innocence, remplacée par une beauté sensuelle qui avait quelque chose de plus primitif, de plus altéré qu'auparavant, mais n'en était pas moins de la beauté.

L'archidiacre tendit la main vers elle.
— Là, là, mon enfant...
Henri sauta de la table, qui en trembla.
— Vous élevez des cochons, prieur ?

Le père Geoffrey détourna à grand-peine les yeux de sœur Veronica.
— Des cochons ?
— Des cochons. Et qu'on remette cette bonne femme d'aplomb.

On donna des instructions. Les deux hommes d'armes relevèrent Veronica et la maintinrent debout entre eux.

— Bien... ma sœur, vous allez peut-être pouvoir nous aider, lança Henri.

Une lueur calculatrice brilla dans les yeux de Veronica comme elle cherchait ceux du roi.

— Rendez-moi à mon rédempteur, Monseigneur. Permettez-moi de me laver de mes péchés dans le sang de l'Agneau.

— La rédemption passe par la vérité et, par conséquent, il faut que vous nous relatiez comment le diable a tué ces enfants. De quelle manière. Vous devez nous le montrer.

— Est-ce là votre volonté, Monseigneur ? Il y avait du sang, du sang partout.

— J'insiste, affirma Henri, avant de lever une main pour mettre en garde les juges qui avaient bondi de leurs fauteuils. Elle sait. Elle a vu. Elle va nous montrer.

Hugh entra avec un cochon de lait, qu'il présenta au roi. Ce dernier hocha la tête et le chasseur emporta l'animal à la cuisine. Adelia, sidérée, entrevit un petit groin arrondi et frémissant et perçut une odeur de basse-cour.

L'un des hommes d'armes escorta Veronica dans la même direction, suivi par son camarade, qui tenait avec cérémonie au creux de ses mains tendues un couteau en forme de feuille, en silex – le couteau.

« Est-ce vraiment ce qu'il a l'intention de faire ? s'émut Adelia. Dieu nous préserve, Dieu nous préserve tous. »

Tout le monde, des juges à Walburga, éberluée, fit mouvement vers la cuisine. La mère Joan serait volontiers restée à l'écart, mais Henri l'attrapa par le coude.

— Ulf ne doit pas être témoin de ça, chuchota Adelia à Rowley, lorsqu'il passa à côté d'elle.

— Je l'ai renvoyé chez lui avec Gyltha, la rassura-t-il, avant de rejoindre les autres.

Adelia se retrouva seule dans le réfectoire désert.

Était-ce prévu ? Il ne s'agissait pas uniquement de prouver la culpabilité de Veronica : Henri en avait après l'Église qui l'avait condamné pour la mort de Becket.

Cela aussi, c'était horrible : un piège tendu par un roi subtil, tant à l'intention de la créature en passe d'y tomber ou de le déjouer, suivant sa propre subtilité, que de la plus grande ennemie dudit souverain, afin d'en exposer la faiblesse. Et si vil fût l'être auquel il était destiné, un piège demeurait un piège.

Avec toutes les allées et venues, la porte du cloître était restée ouverte. L'aube poignait et les chanoines psalmodiaient, comme ils psalmodiaient depuis un moment déjà, réaffirmant le lien entre l'ordre et la grâce. Et tandis qu'elle les écoutait chanter à l'unisson, Adelia sentit l'air nocturne faire refroidir sur ses joues des larmes dont elle ne s'était même pas aperçue.

Dans la cuisine, elle entendit la voix du roi :

— Posez-le sur ce billot. Très bien, ma sœur. Montrez-nous ce qu'il leur faisait.

Ils allaient remettre ce couteau à Veronica...

« Ne t'en sers pas, pensa Adelia, c'est inutile... contente-toi de raconter. »

La voix de la religieuse lui parvenait distinctement par le passe-plat.

— Je serai rachetée ?

— La vérité est rédemption, répliqua Henri, inexorable. Montrez-nous.

Un silence.

Puis à nouveau, la voix de la nonne :

— Il n'aimait pas qu'ils ferment les yeux, vous voyez, commença-t-elle, tandis que le porcelet émettait un premier grognement. Alors...

Adelia se plaqua les mains sur les oreilles, mais ne put éviter de discerner un second grognement, suivi d'un troisième, plus strident, et d'un quatrième, par-dessus lesquels s'élevait une voix féminine :

— Comme ça, puis comme ça. Et après...

Elle était folle. Si elle avait fait montre de ruse jusqu'alors, c'était la ruse des esprits malades. Mais elle venait d'abdiquer. Doux Seigneur, à quoi devait ressembler son esprit ?

Était-ce un rire ? Non, plutôt un ricanement, un braillement hystérique qui enflait, se nourrissait de la vie qu'il éteignait. La voix de Veronica se fit inhumaine, se détachant par-dessus les couinements d'agonie du porcelet jusqu'à ce qu'elle ne fût plus qu'un braiment, un cri appartenant à une bête à longues oreilles et aux grandes dents tachées d'herbe, un cri s'élevant dans la nuit et réduisant la normalité à néant.

Hi-han.

Les hommes d'armes revinrent dans le réfectoire avec Veronica et la jetèrent au sol, où le sang du porcelet qui imbibait son habit ne tarda pas à se répandre sur les joncs. Les juges firent un large détour pour l'éviter. L'évêque de Norwich grattait avec une expression égarée sa cotte éclaboussée. Les traits de Mansur et Rowley étaient figés. Rabbi Gotsce était exsangue jusqu'au bout des lèvres. La mère Joan s'effondra sur un banc et enfouit la tête dans ses bras. Hugh s'appuya au jambage de la porte, les yeux dans le vide.

Adelia se précipita vers sœur Walburga qui, chancelante, était tombée par terre et griffait l'air, suffocante. Adelia s'agenouilla et força la nonne à ouvrir la bouche.

— Lentement. Respirez lentement. Par petites goulées, doucement.

Elle entendit Henri déclarer :

— Eh bien, messeigneurs ? Il semblerait qu'elle ait accordé au démon sa pleine coopération.

Seule la respiration affolée de Walburga troublait le silence.

— Bien entendu, elle sera jugée par un tribunal ecclésiastique, répliqua au bout d'un moment l'un des deux évêques.

— Vous voulez dire qu'elle jouira du bénéfice de clergie.

— C'est l'une des nôtres malgré tout, Monseigneur.

— Et qu'allez-vous faire d'elle ? L'Église ne pratique pas la pendaison, elle ne saurait verser le sang. Tout ce que votre tribunal peut faire, c'est l'excommunier et la relâcher dans le monde. Que se passera-t-il la prochaine fois qu'elle croisera un tueur ?

— Attention, Plantagenêt, le mit en garde l'archidiacre. Cherchez-vous à ressusciter votre différend avec saint Thomas ? Faudra-t-il qu'il meure une seconde fois des mains de vos chevaliers ? Remettriez-vous en cause ses paroles ? « L'Église a le Christ pour seul roi, après le roi des Cieux ; elle se doit d'être régie par ses propres lois. » L'anathème est la plus grande menace qui soit. Si elle est condamnée, cette malheureuse perdra son âme.

Sa voix, qui avait résonné dans une cathédrale aux marches souillées du sang d'un archevêque, résonnait dans le réfectoire aux dalles souillées du sang d'un cochonnet.

— Son âme, elle l'a déjà perdue. Faut-il pour autant que l'Angleterre perde d'autres enfants ?

Cette voix-là était celle qui avait tâché d'user de raison profane avec Becket, une voix raisonnable.

Jusqu'à ce que, soudain, elle cesse de l'être. Henri agrippa l'un des hommes d'armes par les épaules et se mit à le secouer, avant d'en faire autant avec le rabbin et Hugh.

— Vous voyez ? Vous voyez ? C'était ça, la querelle qui nous opposait, Becket et moi. Garde tes tribunaux, que je lui disais, mais livre-moi les coupables pour qu'ils soient punis.

Ses interlocuteurs voltigeaient d'un bout à l'autre de la salle.

— J'ai perdu, vous le comprenez ? Perdu. Et à cause de ça, des meurtriers et des violeurs se promènent en liberté chez moi.

Cramponné à un bras du roi qui le traînait derrière lui, Hubert Walter le suppliait :

— Monseigneur, Monseigneur... ne vous oubliez pas, je vous en prie, ne vous oubliez pas.

Henri le repoussa et le toisa.

— Je ne le tolérerai pas, Hubert, lâcha-t-il, avant d'essuyer du revers de la main la bave qu'il avait aux lèvres. Vous m'entendez, messeigneurs ? Je ne le tolérerai pas !

Il avait quelque peu repris son calme et fit face aux juges tremblotants.

— Jugez-la, condamnez-la, privez-la de son âme, mais je refuse que cette créature empeste l'atmosphère de mon royaume de sa présence. Renvoyez-la en Thuringe, où vous voulez, mais il n'est pas question que je perde d'autres enfants. Et par le salut de mon âme, si cette chose respire encore l'air des Plantagenêts dans deux jours, je divulguerai au monde entier ce que l'Église a relâché dans la nature. Quant à vous, prieure...

Le tour de la mère Joan était venu. Le roi lui souleva la tête de la table par le voile et la guimpe de la religieuse glissa, découvrant ses cheveux gris et rêches.

— Quant à vous... Si vous aviez surveillé vos sœurs avec la moitié de la rigueur dont vous faites montre à l'égard de vos chiens... Débarrassez-vous d'elle, vous saisissez ? Débarrassez-vous d'elle, sinon, je rase votre couvent et tant pis si vous êtes dedans. Maintenant, fichez le camp et emportez cette vermine puante avec vous.

Le départ se fit dans le désordre. Debout près de la porte, le père Geoffrey paraissait vieilli et souffrant. La pluie s'était arrêtée, mais de la brume montait du sol dans l'aube humide et il était difficile de différencier les unes des autres les silhouettes encapuchonnées ou en manteaux qui grimpaient en selle ou à bord des litières. Le départ se fit aussi dans la discrétion, aux seuls sons des chevaux qui renâclaient, des sabots sur les pavés, ainsi que du chant d'une grive matinale et du cocorico d'un jeune coq dans un poulailler voisin. Personne ne parlait. Ils étaient tous pareils à des somnambules, des âmes errant dans les limbes.

Il n'y avait que le départ du roi qui avait été bruyant, au milieu d'une meute de chiens de chasse et de cavaliers, qui s'était élancée au galop en direction du portail pour rejoindre la rase campagne.

Adelia crut entrapercevoir deux formes voilées escortées par des hommes d'armes ; une troisième, comme voûtée sous son couvre-chef, s'éloignait d'un pas pesant et solitaire en direction du château – le rabbin, peut-être. Ne restait plus à ses côtés que Mansur, ce brave Mansur.

Elle rejoignit Walburga, abandonnée là, et lui passa un bras autour des épaules. Puis elle attendit Rowley. Et attendit encore.

Soit il n'allait pas venir, soit il était déjà parti. Tant pis...

— Il semble qu'il nous faille marcher, déclara-t-elle à la religieuse. En êtes-vous capable ?

Elle s'inquiétait pour Walburga, dont le pouls était erratique depuis qu'elle était ressortie de la cuisine, où elle avait été témoin d'une scène à laquelle elle n'aurait jamais dû assister. La nonne hocha la tête.

Elles s'enfoncèrent ensemble dans le brouillard, d'un pas tranquille, accompagnées de Mansur. À deux reprises, Adelia se retourna pour chercher des yeux Sauvegarde et, à deux reprises, elle se remémora son sort. À la troisième...

— Oh non, grand Dieu, non !
— Qu'y a-t-il ? demanda Mansur.

Rakshasa les suivait, de la brume jusqu'à mi-jambe. Mansur tira son poignard, puis le rengaina à moitié.

— C'est l'autre. Restez ici.

Encore sous le choc, Adelia le regarda s'approcher de Gervase de Coton, dont le gabarit était presque identique à celui du tueur – un Gervase, semblait-il, diminué et étrangement embarrassé. Mansur et lui s'éloignèrent de quelques pas pour discuter, hors de vue d'Adelia, qui ne perçut qu'un murmure confus.

Mansur revint seul et ils se remirent en marche.

— Demain, nous lui envoyons un pot de serpentaire, lâcha Mansur.

— Pourquoi ? s'étonna Adelia, avant de sourire de ce brusque retour à la réalité la plus triviale. Il... Mansur, aurait-il la vérole ?

— Les autres médecins ne lui ont été d'aucun secours. Le pauvre essaye de me consulter depuis des jours. Il dit qu'il guettait mon retour à la maison du Juif.

— Je l'avais repéré. Il m'a fait une peur bleue. Je lui en donnerai, moi, de la serpentaire... avec du poivre dedans ! Ça lui apprendra à rôder sur les berges, avec sa vérole !

— Tu agiras en médecin, la rabroua Mansur. Il se fait du souci, Allah ait pitié de lui, il a peur de ce que pourrait dire sa femme.

— Il n'avait qu'à lui être fidèle, répliqua Adelia. Fi ! Si c'est seulement la chaude-pisse, ça finira par passer. Mais ne lui dis pas ! ajouta-t-elle, toujours avec le sourire.

Il faisait plus clair lorsqu'ils atteignirent les portes menant à la ville et ils distinguaient le Grand-Pont. Un troupeau de moutons le traversait en trottinant, en route pour la boucherie. Des étudiants rentraient chez eux en titubant, après une dure nuit en ville.

— C'tait la meilleure d'ent' nous, la plus pieuse ! se récria soudain Walburga, incrédule, le souffle court. J'y admirais, l'était tellement bonne !

— Elle était habitée par la folie. Il n'y a rien à faire à ça.

— D'où c'est que ça vient ?

— Je ne sais pas.

Peut-être le mal était-il présent depuis toujours. Réprimé. Condamnée à la chasteté et à l'obéissance à l'âge de trois ans... Une rencontre fortuite avec un homme dominateur – Rowley avait évoqué l'empire de Rakshasa sur la gent féminine. « Dieu sait pourquoi, car il la traite bien mal », se souvint Adelia. La folie de Veronica résultait-elle d'un déchaînement de passions conjointes ? Peut-être, peut-être.

— Je ne sais pas, répéta Adelia. Prenez de petites respirations. Doucement.

Comme ils parvenaient au pont, un cavalier les rattrapa au petit galop.

— Daignerez-vous me fournir une explication ? lança Rowley à Adelia, du haut de sa monture.

— Je me suis déjà expliquée auprès du père Geoffrey. Je vous sais gré de votre demande et j'en suis honorée...

Non, ça n'allait pas.

— Rowley, si j'avais dû me marier, ç'aurait été avec vous et personne d'autre, absolument personne. Mais...

— Je ne vous ai pas bien tringlée ce matin ?

Il s'était délibérément exprimé en anglais et le mot fit tressaillir la religieuse à côté d'Adelia.

— Si, admit-elle.

— Je vous ai sauvée. Je vous ai délivrée de ce monstre.

— C'est vrai aussi.

Mais c'était les aptitudes hétéroclites que Simon et elle possédaient à eux deux qui avaient permis la découverte de la tanière de Wandlebury Hill, même si elle avait commis une erreur de jugement en s'y rendant seule.

Et c'était ces mêmes aptitudes qui avaient permis de sauver Ulf, qui avaient absous les Juifs. Même si personne hormis le roi n'y avait fait allusion, leur enquête avait été un chef-d'œuvre de logique, de froide rationalité et... bon, d'accord, d'instinct, mais un instinct nourri de savoir – des qualités rares en cette époque crédule, trop rares pour être englouties comme quand Simon avait été noyé, trop précieuses pour être gaspillées comme ce serait le cas si elle se mariait.

Tout cela, Adelia y avait mûrement réfléchi, à son grand dam, mais la conclusion était demeurée. Elle avait beau être amoureuse, le reste du monde n'en avait pas pour autant changé. Les cadavres continueraient à crier pour se faire entendre. Elle avait le devoir de les écouter.

— Je ne suis pas libre de me marier, exposa-t-elle. Je suis médecin des morts.

— Je leur souhaite bien du plaisir.

Il éperonna son cheval et s'engagea sur le pont, plantant là Adelia, désemparée et étrangement vexée – il aurait au moins pu les escorter, Walburga et elle, jusque chez elles.

— Hé ! lui cria-t-elle. Vous comptez toujours envoyer la tête de Rakshasa à Hakim ?

Sa réponse flotta jusqu'à elle.

— Pas question que je vous la laisse !

Il avait toujours le don de la faire rire, même quand elle pleurait.

— Bien, souffla-t-elle.

Il se produisit beaucoup de choses à Cambridge, ce jour-là.

Après audience, les juges de l'assise rendirent leur verdict dans des affaires de vol, de rognage, de bornage, de bigamie, de suffocation d'enfant, de bière frelatée, de pain trop léger, de confiscation, de vagabondage, de mendicité, d'incendie criminel, de querelles d'héritage, d'héritières en fuite et d'apprentis débauchés, sans oublier les différends entre mariniers, les bagarres de rue ou les empoignades entre voisins.

À la mi-journée, il y eut une interruption et l'on invita avec roulements de tambour et sonneries de trompette la population à rejoindre la cour du château où, sur la même plate-forme que les juges, d'une voix qui portait jusqu'en ville, un héraut donna lecture d'un parchemin.

« Qu'on se le dise : devant Dieu et avec l'agrément des juges ici présents, le dénommé Joscelin de Grantchester, chevalier, est reconnu être le vil meurtrier de Peter de Trumpington ; de Harold de la paroisse de Saint-Mary ; de Mary, fille de Jimmer le sauvaginier ; et d'Ulric de la paroisse de Saint-John. Ledit Joscelin de Grantchester a péri lors de sa capture de façon séante à ses crimes, dévoré par des chiens.

» Qu'on se le dise aussi : les Juifs de Cambridge étant innocents de ces meurtres et quittes de tout soupçon, ils sont libres de regagner leurs domiciles légitimes et de reprendre leurs activités sans entraves. Ainsi soit-il au nom d'Henri, roi d'Angleterre par la volonté de Dieu. »

Il ne fut pas question d'une nonne. L'Église garda le silence à ce propos. Mais Cambridge bruissait de murmures et, cet après-midi-là, Agnes, l'épouse du marchand d'anguilles, démonta la petite hutte semblable à une ruche dans laquelle elle montait la garde devant les portes du château depuis la mort de son fils Harold, descendit de la colline et remonta sa guérite devant les portes du couvent Sainte-Radegonde.

Tout cela eut lieu au vu et au su de tous.

En secret, dans l'ombre, eurent lieu bien d'autres événements, même si personne ne sut jamais qui avait fait quoi. Assurément, de hauts dignitaires de la sainte Église se réunirent à huis clos et l'un d'eux dut se récrier : « Qui nous débarrassera de cette dépravée ? », comme Henri II avait réclamé qu'on le débarrasse du turbulent Becket.

Ce qui se passa ensuite derrière cet huis est moins sûr, car aucune instruction ne fut donnée, même si, peut-être, il y eut des insinuations aussi diffuses qu'une nuée de moucherons et si évasives que l'on n'eût su jurer de leur teneur, voire des souhaits exprimés suivant un code tellement sibyllin qu'il était impossible de le déchiffrer sans en posséder la clé. Tout cela, peut-être aussi, afin que l'on ne puisse affirmer que les hommes qui avaient quitté Castle Hill pour se rendre à Sainte-Radegonde sous couvert de la nuit – et ils n'avaient rien d'ecclésiastiques – avaient agi sur l'ordre de quiconque.

Ni même qu'ils aient fait quoi que ce soit.

Et si Agnes le savait, elle n'en parla jamais.

Tous ces faits, à la fois opaques et invisibles, s'accomplirent à l'insu d'Adelia. Sur les instances de Gyltha, elle avait dormi jusqu'au lendemain. Et, quand elle s'était réveillée, elle avait découvert dans Jesus Lane une file sinueuse de patients qui attendaient que le docteur Mansur leur consacre son attention. Elle s'était occupée des cas les plus graves, puis avait décrété une pause, le temps de conférer avec Gyltha.

— Je devrais me rendre au couvent pour examiner Walburga. J'ai manqué à mon devoir.

— Vous vous r'tapiez.

— Gyltha, je n'ai pas envie d'aller là-bas.

— Ben, allez-y pas.

— Je n'ai pas le choix. Son cœur pourrait s'arrêter si elle faisait une autre crise comme la précédente.

— Les portes du couvent sont fermées et personne répond, à ce qu'y paraît. Et cette, cette…, balbutia Gyltha, toujours incapable de prononcer le nom de la religieuse. Elle y est plus. À ce qu'y paraît.

— Elle est partie ? Déjà ?

« Quand le roi commande, ça ne lanterne pas, pensa Adelia. *Le roi le veut*[*]. »

— Où l'a-t-on envoyée ?

Gyltha haussa les épaules.

— L'est plus là, c'est tout. À ce qu'y paraît.

Adelia eut l'impression que le soulagement se propageait dans sa cage thoracique et lui ressoudait les côtes. Henri Plantagenêt avait réussi à purifier l'air de son royaume et elle pouvait à nouveau respirer.

« Même si, se dit Adelia, il a par là même empoisonné l'air d'un pays voisin. Qu'adviendra-t-il d'elle là-bas ? »

Adelia s'efforça de chasser l'image de la nonne, se tordant non sur le sol du réfectoire, mais au milieu d'ordures, dans le noir, enchaînée, et elle n'y parvint pas. Pas plus qu'elle ne pouvait s'empêcher de s'inquiéter. Elle était médecin et les véritables médecins n'émettaient pas de jugement, seulement un diagnostic. Elle avait soigné les blessures et les maladies d'hommes et de femmes qui l'écœuraient en tant qu'humaine, mais pas en tant que praticienne. Les caractères la rebutaient parfois, les corps en mal de soins, jamais.

Cette religieuse était folle ; il convenait de l'enfermer jusqu'à la fin de ses jours. Néanmoins…

— Puisse le Seigneur la prendre en pitié et la traiter avec mansuétude, lâcha Adelia.

Gyltha la dévisagea comme si Adelia avait elle aussi perdu la tête.

— Elle a été traitée comme elle mérite, répliqua Gyltha, impassible. À ce qu'y paraît.

Ulf avait, lui, ô miracle ! le nez dans ses livres. Il était plus grave et taciturne. D'après Gyltha, il avait émis le souhait de devenir juriste. Ce qui était bel et bon. Toutefois, l'enfant qu'elle connaissait lui manquait.

— Apparemment, les portes du couvent sont fermées, lui lança-t-elle. Or, j'ai besoin d'y entrer pour voir Walburga. Elle est malade.

— Quoi ? Sœur Gras-double ? s'écria Ulf, recouvrant soudain son naturel. V'nez, je vous emmène, personne peut m'empêcher d' rentrer.

Gyltha et Mansur pouvaient se charger des patients restants. Adelia alla jusqu'à son coffre à remèdes : le soulier de Notre-Dame était souverain contre l'hystérie, la panique et les angoisses, et l'essence de rose apaiserait Walburga.

Elle se mit en route avec Ulf.

Aux remparts du château, comme il s'accordait une pause bien légitime dans le cours de l'assise, un certain collecteur d'impôts repéra deux menues silhouettes qui, parmi bien d'autres, traversaient le Grand-Pont en contrebas – il eût reconnu la plus grande des deux et son couvre-chef disgracieux parmi des millions.

C'était le moment, pendant qu'elle n'était pas dans ses pattes. Il fit préparer son cheval.

Pourquoi sire Rowley Picot se sentait-il poussé à chercher conseil auprès de Gyltha, une marchande d'anguilles officiant également en tant que maîtresse de maison ? Il n'aurait su le dire. Peut-être parce que son cœur était meurtri et qu'à Cambridge Gyltha était la plus proche amie féminine de l'amour de sa vie. Peut-être parce qu'elle avait aidé à le guérir et qu'elle avait du bon sens à revendre, peut-être parce qu'elle avait commis sa part d'erreurs de jeunesse... Tel était le cas, voilà tout.

— Elle refuse de m'épouser, Gyltha, se désola-t-il en mastiquant une bouchée de tourte.

— Ben sûr que oui. Ce serait du gâchis. Elle...

Gyltha voulut effectuer une analogie avec une créature légendaire, mais la seule qui lui vint à l'esprit fut une licorne.

— Elle est à part, fit-elle valoir, à défaut.

— Moi aussi, je suis à part.

Gyltha caressa la tête de sire Rowley.

— Z'êtes bon gars et vous irez loin, mais elle...

À nouveau, elle ne trouva pas de comparaison appropriée.

— Elle, le bon Dieu a brisé le moule après qu'Y l'a faite. On a tous besoin d'elle, autant qu'on est, y a pas que vous.

— Alors je peux faire une croix sur elle, c'est ça ?

— Sur le mariage, p'têt', mais y a plus d'une façon de plumer une oie.

L'oie en question avait beau être à part, Gyltha estimait depuis longtemps qu'une bonne plumée salutaire de temps à autre ne lui ferait pas de mal. Ce n'était pas parce qu'une femme choisissait de préserver son indépendance, comme elle l'avait elle-même choisi, qu'elle ne pouvait pas se faire quelques souvenirs pour se tenir chaud l'hiver.

— Bon Dieu, maraude, suggéreriez-vous... Mes intentions à l'endroit de maîtresse Adelia sont... étaient... honorables.

Gyltha, qui n'avait jamais tenu l'honneur pour une nécessité première entre un homme et une femme dans la fleur de l'âge, soupira.

— C'est ben joli, mais ça va pas vous avancer beaucoup, non ?

— Très bien, concéda-t-il en se penchant vers elle. Comment, alors ?

Le tourment qui se lisait sur son visage aurait fait fondre un cœur plus dur que celui de Gyltha.

— Seigneur, pour un bonhomme soi-disant finaud, z'êtes un vrai benêt. Elle est médecin, pas vrai ?

— Oui, Gyltha, acquiesça-t-il, faisant de son mieux pour se montrer patient. Je me permets de vous rappeler que c'est même la raison pour laquelle elle ne veut pas de moi.

— Qu'est-ce qu'y font, les médecins ?

— Ils soignent leurs patients.

— Exactement, et m'est avis qu'y en a un avec qui le docteur serait plus tendre qu'avec pas mal d'autres, à supposer qu'y tombe malade et qu'elle aye un faible pour lui.

— Gyltha, déclara Rowley avec ferveur, si je ne me sentais pas soudain aussi souffrant, c'est vous que je demanderais en mariage.

Après avoir traversé le pont et laissé derrière eux les saules sur la berge, Adelia et Ulf avisèrent un attroupement devant les portes du couvent.

— Oh non ! s'inquiéta Adelia. La nouvelle s'est déjà répandue.

La petite hutte d'Agnes était là, tel un jalon indiquant la présence d'un meurtrier.

Il fallait s'y attendre, se dit Adelia ; la colère de la ville s'était reportée contre les sœurs et une émeute couvait, comme contre les Juifs.

Pourtant, il ne s'agissait pas d'une émeute. La foule, essentiellement composée d'artisans et de commerçants, était certes importante et il y avait de la colère dans l'air, mais elle était latente et mêlée de… quoi ? D'excitation ? Adelia n'en était pas certaine.

Pourquoi tous ces gens n'étaient-ils pas en rage, ainsi qu'il en avait été pour les Juifs ? La honte, peut-être. Les tueurs, en fin de compte, n'appartenaient pas à une minorité méprisée, ils provenaient de leurs rangs ; l'un était un homme respecté et l'autre, une femme de confiance que beaucoup saluaient presque tous les jours. Certes, la religieuse avait été exilée et se trouvait hors d'atteinte, mais certains devaient sûrement reprocher à la mère Joan son laxisme, qui avait permis à une folle de jouir si longtemps d'une terrible liberté.

Ulf engagea la conversation avec le couvreur dont Adelia avait sauvé le pied, dans le dialecte que les habitants de Cambridge employaient entre eux et qui demeurait quasi incompréhensible à Adelia. Le jeune Coker, qui d'ordinaire lui réservait un accueil chaleureux, fuyait le regard de sa bienfaitrice.

Et lorsqu'il revint vers elle, Ulf aussi se refusa à la regarder en face.

— Allez-y pas, lui conseilla-t-il.

— Je le dois. Walburga est ma patiente.

— Eh ben, moi, je viens pas, déclara-t-il avec la mine allongée qu'il avait quand il était chamboulé.

— Je comprends.

Elle n'aurait pas dû l'emmener ; à ses yeux, ce couvent était l'antre d'une sorcière.

Le guichet ménagé dans les portes en bois massif s'ouvrit et deux ouvriers couverts de poussière le franchirent ; sautant sur l'occasion, Adelia leur présenta ses excuses et se faufila à l'intérieur. Elle referma derrière elle.

Un sentiment d'étrangeté l'assaillit immédiatement, tout comme le silence. Des planches clouées en diagonale, sans doute par les ouvriers, condamnaient l'entrée de l'église naguère ouverte aux pèlerins qui se pressaient pour prier devant le reliquaire du petit saint Peter de Trumpington.

Qu'il était étrange de dépouiller cet enfant de son statut de saint putatif dès lors que ce n'était pas des Juifs, mais des chrétiens qui l'avaient sacrifié, pensa Adelia.

De même qu'il était étrange que le laisser-aller entraîné par l'indifférence de la prieure ait si vite revêtu l'aspect du délabrement.

Sur le chemin menant au corps principal du couvent, Adelia dut lutter contre l'impression que les oiseaux ne chantaient plus. Ils chantaient toujours, mais la tonalité était différente. Elle frissonna. Le pouvoir de l'imagination...

Les écuries et le chenil de la mère Joan étaient déserts. Les portes ouvertes révélaient des stalles vides.

L'enceinte réservée aux sœurs était silencieuse. À l'entrée du cloître, Adelia eut soudain des réticences. Dans la grisaille bien peu de saison, les colonnes bordant le jardin central étaient autant de pâles souvenirs de la nuit où Adelia avait aperçu parmi elles une ombre cornue maléfique, comme invoquée par les appétits abjects de la nonne.

« Bonté divine, se morigéna-t-elle, il est mort et elle n'est plus là. Il n'y a personne. »

Pourtant, si. Une forme voilée priait dans la galerie sud, aussi inerte que les dalles sur lesquelles elle était agenouillée.

— Prieure ?

La forme ne bougea pas.

Adelia s'approcha et lui posa la main sur le bras.

— Ma mère...

Elle l'aida à se remettre debout. La religieuse avait vieilli du jour au lendemain ; des rides profondes marquaient sa grosse face fruste, aussi déformée que celle d'une gargouille. Avec lenteur, elle tourna la tête.

— Quoi ?

— Je suis ici... J'apporte des remèdes pour sœur Walburga, reprit-elle, haussant la voix comme si elle s'adressait à une sourde.

Il lui fallut se répéter. La prieure ne semblait pas se souvenir d'elle.

— Walburga ?

— Elle n'allait pas bien.

— Ah bon ? lâcha la supérieure, détournant les yeux. Elle n'est plus là. Elles sont toutes parties.

Ainsi l'Église avait fini par intervenir.

— Je suis navrée, lui assura Adelia.

Et elle était sincère. La vision d'un autre être humain aussi diminué avait quelque chose d'horrible, et cela s'appliquait également à ce couvent moribond qui paraissait se tasser sur lui-même ; le cloître avait une apparence bancale, son odeur, sa forme étaient différentes.

À quoi s'ajoutait un bruit presque imperceptible, semblable au bourdonnement d'un insecte pris au piège dans un pot, en plus aigu.

— Où est Walburga ?

— Quoi ?

— Sœur Walburga. Où est-elle partie ?

— Ah... chez sa tante, je crois, se remémora la prieure, avec un effort de concentration.

Adelia n'avait donc plus rien à faire dans cet endroit, elle pouvait s'en aller. Toutefois, elle s'attarda.

— Puis-je faire quoi que ce soit pour vous, prieure ?

— Quoi ? Allez-vous-en. Laissez-moi seule.

— Vous n'êtes pas bien, laissez-moi vous aider. Y a-t-il quelqu'un d'autre ici ? Et pour l'amour de Dieu, qu'est-ce que c'est que ce bruit ?

Bien que ténu, il vous tapait sur les nerfs.

— Vous n'entendez pas ? Une sorte de vibration...

— C'est un fantôme, lui répondit la gargouille. C'est mon châtiment, je dois l'écouter jusqu'à ce qu'il se taise. Maintenant, partez. Laissez-moi aux hurlements des morts. Même vous, vous ne pouvez rien pour un fantôme.

Adelia esquissa un mouvement de recul.

— Je vous enverrai quelqu'un, balbutia-t-elle.

Et, pour la première fois de sa vie, elle prit ses jambes à son cou devant un malade.

Le père Geoffrey. Il serait en mesure de lui prêter assistance, de tirer la mère Joan de là, même si les spectres qui la hantaient la suivraient où qu'elle aille.

Ils poursuivirent en tout cas Adelia jusqu'au guichet et elle manqua de tomber dans sa hâte de sortir.

Alors qu'elle se redressait, elle se retrouva face à face avec la mère de Harold et ne put se dérober à son regard. Celle-ci la dévisageait comme si elles partageaient un secret d'une suprême importance.

— Elle n'est plus là, Agnes, expliqua Adelia d'une voix faible. On l'a exilée. Il n'y a plus personne, il ne reste que la prieure...

Ce n'était pas tout ; Agnes avait perdu un fils et ses yeux, terribles, proclamaient qu'il y avait plus – Adelia le savait, elles le savaient l'une comme l'autre.

Alors, ça lui revint. Les détails épars se fondirent en une certitude unique. L'odeur, si déplacée qu'Adelia n'avait pas reconnu en elle des relents aigres de mortier frais. Seigneur, Seigneur, je vous en supplie... Elle l'avait remarqué du coin de l'œil, elle avait relevé avec agacement le déséquilibre causé par l'asymétrie des clapiers des nonnes, qui auraient dû former deux rangées de dix, mais n'en formait qu'une de dix et une de neuf – un mur aveugle obstruait la dixième cellule du bas.

Elle saisit. Le silence et ce bourdonnement d'un insecte pris au piège, les « hurlements des morts »...

À l'aveuglette, Adelia se fraya un passage à travers la foule en titubant et vomit.

Quelqu'un la tira par la manche et essaya de lui parler.

— Le roi...

Le prieur. Il pouvait intervenir. Elle devait trouver le père Geoffrey.

Les secousses se firent plus insistantes.

— Le roi vous fait mander, maîtresse Adelia.

Comment avaient-ils pu faire ça au nom de Dieu ?

— Le roi..., insista l'importun, en livrée.

— Au diable le roi. Je dois trouver le prieur.

L'homme l'attrapa par la taille et la percha sur un cheval, qui partit au trot, guidé par le messager royal trottinant à ses côtés, les rênes en main.

— Mieux vaut éviter d'envoyer les rois au diable, commenta-t-il. En général, ils le connaissent.

Ils passèrent le pont, gravirent la colline, franchirent les portes du château, traversèrent la cour. Le messager la souleva de cheval et la posa par terre.

Henri II, qui avait déjà été au diable et fait un bout de conduite avec lui, se trouvait dans le jardin de la famille du shérif, où était inhumé Simon de Naples. Assis en tailleur sur la banquette de verdure où Rowley Picot avait fait le récit de sa croisade à Adelia, le roi reprisait un gant de chasse avec une aiguille et du fil tandis que Hubert Walter, agenouillé à côté de lui, une écritoire autour du cou, écrivait sous sa dictée.

— Ah, maîtresse Adelia...

Adelia se jeta à ses pieds. Après tout, un roi ferait bien l'affaire.

— Ils l'ont emmurée, Monseigneur. Je vous en prie, empêchez-le.

— Qui a été emmuré ? Que dois-je empêcher ?

— La nonne. Veronica. S'il vous plaît, Monseigneur, je vous en supplie. Ils l'ont emmurée vivante.

Henri considéra ses bottes, auxquelles Adelia se cramponnait.

— On m'a dit qu'on l'avait envoyée en Norvège. Ça m'a semblé bizarre. Vous étiez au courant, Hubert ?

— Non, Monseigneur.

— Vous devez la libérer, c'est odieux, c'est une abomination. Mon Dieu, mon Dieu, je ne peux pas vivre avec ça. Elle est folle. C'est la folie, le mal, protesta Adelia qui, dans sa détresse, se mit à marteler le sol du poing.

Hubert Walter posa son écritoire, puis releva Adelia et la fit asseoir sur la banquette, s'adressant à elle avec ménagement, comme à un cheval.

— Doucement. Tranquille. Là, là, calme...

Il lui tendit un tissu taché d'encre. Adelia, qui luttait pour se dominer, se moucha dedans.

— Monseigneur... Monseigneur... Ils ont muré sa cellule du couvent, avec elle dedans. Je l'ai entendue hurler. Quoi qu'elle ait fait, on ne saurait... on ne peut pas le permettre. C'est une offense à Dieu.

— Je dois avouer que c'est un brin cruel, acquiesça Henri. C'est tout l'Église, ça. Moi, je l'aurais simplement pendue.

— Alors, faites quelque chose ! s'écria Adelia. Si elle n'a pas d'eau... sans eau, le corps humain est capable de survivre trois à quatre jours, songez à ses souffrances !

— Ça, je l'ignorais, déclara Henri, intéressé. Vous le saviez, Hubert ?

Il prit à Adelia le tissu qu'elle serrait dans son poing et lui essuya le visage avec gravité.

— Vous avez conscience que je ne peux rien faire, n'est-ce pas ?

— Non. Le roi est le roi.

— Et l'Église est l'Église. Si vous n'avez pas écouté hier, alors écoutez-moi maintenant.

Adelia détourna la tête et Henri lui assena une tape sur la main, qu'il prit ensuite dans la sienne.

— Écoutez-moi, insista-t-il, avant d'indiquer de leurs mains jointes la direction de la ville. Quelque part là-bas, se promène un escogriffe sans cervelle du nom de Roger d'Acton. Il y a quelques jours, ce misérable a fomenté une émeute contre ce château, un château royal, mon château, émeute au cours de laquelle votre ami, mon ami, Rowley Picot, a été blessé. Et je ne peux rien faire. Pourquoi ? Parce que ce misérable porte la tonsure et qu'il est capable d'ânonner un pater noster, ce qui fait de lui un clerc et lui confère le bénéfice de clergie. M'est-il loisible de le punir, Hubert ?

— Vous l'avez quand même rossé, Monseigneur.

— Je l'ai en effet rossé et rien que ça, l'Église m'en fait grief.

Il se mit à secouer le bras d'Adelia pour souligner son propos.

— Quand ces maudits chevaliers ont interprété mon courroux comme un ordre et ont décidé de tuer Becket, j'ai dû me laisser flageller par tous les membres du chapitre de la cathédrale de Cantorbéry. Pour éviter que le pape ne jette l'interdit sur toute l'Angleterre, je n'ai eu d'autre choix que l'humiliation d'offrir mon dos aux fouets de tous ces foutus moines. Et croyez-moi, ils n'y sont pas allés de main morte, ces salauds, soupira-t-il, avant de relâcher la main d'Adelia. Un jour, s'il plaît à Dieu, ce pays s'affranchira de la tutelle papale. Mais ce n'est pas pour demain. Et ce ne sera pas grâce à moi.

Adelia ne faisait plus attention. Elle suivait le sens général du propos, mais elle n'en percevait plus le détail. Elle se leva et longea le sentier menant à l'endroit où était enterré Simon.

Hubert Walter, choqué par ce crime de *lèse-majesté**, voulut la rattraper, mais le roi le retint.

— Vous faites beaucoup d'efforts envers cette femelle effrontée et récalcitrante, Monseigneur, s'émut le clerc.

— Je suis de bonne volonté envers les bonnes volontés qui peuvent m'être utiles. Ce n'est pas tous les jours que des phénomènes comme elle atterrissent dans mon giron.

Le mois de mai commençait enfin à être digne de son nom et le soleil qui pointait le bout de son nez égayait le jardin vivifié par la pluie. La tanaisie de dame Baldwin avait bien pris et des abeilles s'affairaient parmi les primevères.

Un rouge-gorge perché sur la tombe s'écarta en sautillant à l'approche d'Adelia, mais sans trop s'éloigner. Adelia se baissa pour nettoyer ses fientes avec le tissu d'Hubert Walter.

« Nous sommes chez les Barbares, Simon. »

La planche marquant la sépulture avait été remplacée par une belle dalle en marbre sur laquelle étaient gravés son nom et l'épitaphe : Que son âme soit reliée au faisceau de la vie.

« D'aimables Barbares, lui répondit Simon. Qui luttent contre leur propre barbarie. Songez à Gyltha, au père Geoffrey, à Rowley, à ce roi singulier... »

« Peut-être, mais je n'en peux plus. »

Elle se détourna, à nouveau maîtresse d'elle-même, et revint sur ses pas. Henri, qui s'en était retourné à ses travaux d'aiguille, leva la tête.

— Alors ?

Adelia s'inclina.

— Je vous remercie de votre indulgence, Monseigneur, mais je ne puis m'attarder davantage ici. Je dois rentrer à Salerne.

Henri coupa le fil de ses solides petites dents.

— Non.

— Je vous demande pardon ?

— J'ai dit « non », répéta Henri, qui enfila le gant et remua les doigts, admirant son ouvrage. Seigneur, ce que je suis adroit de mes mains. Je dois tenir ça de la fille du tanneur. Saviez-vous, ma chère, que l'un de mes aïeux était tanneur ?

Il leva les yeux vers elle et sourit.

— J'ai dit « non », vous ne pouvez pas rentrer. J'ai besoin de vos talents personnels, docteur. Il y a dans mon royaume beaucoup de morts qui aimeraient qu'on leur prête l'oreille, vraiment beaucoup, parbleu, et je veux savoir ce qu'ils ont à raconter.

Adelia le dévisagea.

— Vous ne pouvez pas me retenir ici.

— Hubert ?

— Je crains bien que si, lui apprit le clerc sur un ton d'excuse. *Le roi le veut*[*]. Je suis à l'instant même en train de rédiger sous la dictée de Monseigneur une lettre au roi de Sicile pour lui demander si nous pouvons vous emprunter quelque temps encore.

— Je ne suis pas un objet, se récria Adelia. Vous ne pouvez pas m'emprunter, je suis un être humain.

— Et je suis un roi, lui rappela Henri. Je n'ai peut-être pas autorité sur l'Église, mais par le salut de mon âme, j'ai autorité sur tous les ports de ce foutu pays. Et si je décide de vous garder, vous resterez.

Malgré sa colère feinte, son visage trahissait une sorte de désintérêt bienveillant et Adelia comprit que son amabilité et sa franchise si charmante étaient de simples outils destinés à l'aider à gouverner un empire, qu'elle-même n'était pour lui qu'un ustensile susceptible de se révéler utile.

— Moi aussi, je vais donc être emmurée, lâcha-t-elle.

Le roi fronça les sourcils.

— D'une certaine manière, oui, même si, je l'espère, vous admettrez que votre cadre de détention est un tantinet plus spacieux et plus agréable que... enfin, n'en parlons plus.

« Personne n'en parlera plus jamais, rumina Adelia. L'insecte continuera à bourdonner dans sa bouteille jusqu'à ce que le silence se fasse. Et je devrai vivre avec jusqu'à la fin de mes jours. »

— Je la tirerais de là si je pouvais, ajouta Henri.

— Oui, je sais.

— Toujours est-il que vous me devez bien ça.

« Et moi, combien de temps me faudra-t-il bourdonner dans ma bouteille avant que tu me laisses sortir ? se demanda-t-elle. Car le fait que je me sois attachée au flacon en question ne change rien à l'affaire. »

Mais en réalité, si.

Elle s'était ressaisie et avait retrouvé la faculté de réfléchir ; elle en prit donc le temps. Le roi patienta – ce qui attestait la valeur qu'il lui accordait, présuma-t-elle. Très bien, autant en profiter.

— Je refuse de séjourner dans un pays arriéré où les Juifs n'ont droit qu'à un seul cimetière, à Londres.

Henri demeura interloqué.

— Gueule-Dieu, il n'y en a pas d'autres ?

— Vous ne pouvez l'ignorer.

— Eh bien, si, lui assura-t-il. Nous autres rois avons bon nombre de préoccupations, ajouta-t-il, avant de claquer des doigts. Écrivez, Hubert. Des cimetières pour les Juifs. Voilà, lança-t-il à Adelia. C'est fait. *Le roi le veut*[*].

— Merci, dit Adelia, avant de revenir à des questions plus immédiates. Par pure curiosité, Monseigneur, quelle est la nature de ma dette envers vous ?

— Vous me devez un évêque. J'avais l'espoir que sire Rowley défendrait ma cause au sein de l'Église, mais il a décliné ma proposition afin de conserver la liberté de se marier. Or c'est vous qui êtes, me semble-t-il, l'objet de ses aspirations conjugales.

— Je ne suis l'objet de rien du tout, réitéra Adelia avec lassitude. J'ai moi aussi décliné sa proposition. Je suis médecin, pas maîtresse de maison.

— Vraiment ? se réjouit Henri, avant d'afficher promptement un air chagrin. Ah, de toute façon, ni l'un ni l'autre d'entre nous ne l'aura, je le crains. Le pauvre Rowley se meurt.

— Quoi ?
— Hubert ?
— C'est ce qu'il nous a été donné à entendre, confirma le clerc. La blessure qu'il a reçue lors de l'attaque du château s'est rouverte et d'après un guérisseur en ville…

Il s'avisa qu'il parlait tout seul – lèse-majesté, une fois encore. Adelia était déjà loin.

Le roi considéra la porte du jardin qui se refermait en claquant.

— Néanmoins, c'est une femme de parole, et heureusement pour moi, elle n'a pas l'intention de l'épouser, soupira-t-il en se levant. Hubert, je crois que nous avons de bonnes chances que sire Rowley Picot accepte l'évêché de Saint-Albans.

— Je suis certain qu'il vous en saura gré, Monseigneur.

— Oui, et vraisemblablement à plus d'un titre, acquiesça le roi. Heureux homme.

Trois jours plus tard, l'insecte cessa de bourdonner. Agnes, la mère de Harold, démonta sa hutte semblable à une ruche pour la dernière fois et s'en retourna chez elle auprès de son mari.

Adelia ne s'avisa pas immédiatement du silence. Ce fut seulement plus tard. À ce moment-là, elle était au lit avec le futur évêque de Saint-Albans.

Les voilà qui s'en vont par la voie romaine, les juges de l'Eyre, ils quittent Cambridge en direction de la prochaine ville où ils tiendront assise. Les trompettes retentissent, les baillis écartent à coups de pied les enfants surexcités et les chiens qui aboient, dégagent le passage pour les chevaux caparaçonnés et les litières, les serviteurs mettent en train les mulets chargés de coffres remplis de manuscrits sur vélin, les clercs griffonnent encore des pattes de mouche sur leurs ardoises et les chiens obéissent aux claquements du fouet de leur maître.

Ils sont partis. La route est déserte, il ne reste plus que des tas de crottin fumant. Après ce bon coup de balai, Cambridge, toute pimpante, laisse échapper un soupir de soulagement. Au château, le shérif Baldwin se met au lit, un linge humide sur le front, tandis que, dans la cour, les cadavres pendus au gibet oscillent au gré de la brise de mai qui leur souffle des pétales, comme en guise de bénédiction.

Nous étions trop occupés par les événements entourant l'assise pour observer le déroulement de celle-ci, mais si nous en avions eu le temps, nous aurions été témoins d'une nouveauté, d'une merveilleuse innovation, d'un grand, d'un très grand bond en avant du droit anglais, hors des ténèbres et de la superstition.

Car au cours de cette assise, aucun accusé n'a été jeté dans un étang afin de déterminer s'il était coupable ou innocent (les coupables flottant et les innocents coulant). On n'a versé de fer en fusion dans la main d'aucune femme afin d'établir si elle avait commis un vol, un meurtre ou autre (si la brûlure guérit avant un certain nombre de jours, elle est acquittée ; dans le cas contraire, elle est condamnée).

On n'a résolu aucun différend foncier en faisant appel au dieu des batailles (chaque partie étant représentée par un champion dans un affrontement se poursuivant jusqu'à ce que l'un ou l'autre meure ou jette son épée à terre en criant merci).

Non, le dieu des batailles, de l'eau et du fer rouge n'a pas été consulté, comme il en a toujours été jusque-là. Henri Plantagenêt ne croit pas en lui.

À la place, les faits relatifs au crime ou au litige ont été soumis à douze hommes qui ont ensuite rendu au juge leur opinion sur l'affaire.

Ces hommes sont des jurés. Ils constituent une nouveauté.

Et ce n'est pas la seule. Au lieu du fatras de lois héritées du passé en vertu duquel chaque baron, chaque potentat local pouvait condamner les malfaiteurs et les pendre ou non à sa discrétion, Henri II a doté les Anglais d'un système juridique structuré, d'une seule pièce, qui a cours dans tout son royaume. Son nom : la *common law* – la loi commune.

Et où est-il, ce roi rusé qui a ainsi fait progresser la civilisation ?

Il a laissé ses juges à leurs occupations pour aller à la chasse. Ses chiens donnent de la voix derrière les collines.

Peut-être sait-il, comme nous le savons, que l'histoire populaire ne retiendra de lui que le meurtre de Thomas Becket.

Peut-être ses Juifs savent-ils aussi ce que nous savons – que même s'ils ont été absous, l'accusation de s'adonner à des sacrifices d'enfants leur collera à la peau et qu'ils continueront à en subir les conséquences pendant des siècles.

Ainsi vont les choses.

Que Dieu nous ait tous en sa sainte garde.

NOTE DE L'AUTEUR

Il est quasi impossible d'écrire une histoire se déroulant au XIIe siècle sans commettre – au moins – quelques anachronismes. Pour faciliter la compréhension, j'ai ainsi employé des noms et des termes modernes : Cambridge s'est par exemple appelée Grentebridge ou Grantebridge jusqu'au XIVe siècle, bien après la fondation de son université, et les médecins n'avaient pas alors le titre de docteur, réservé aux professeurs de logique.

L'opération décrite au chapitre 2 n'a cependant rien d'anachronique. L'idée d'utiliser un roseau en guise de cathéter pour soulager la pression exercée par la prostate sur la vessie a de quoi faire frémir, mais un éminent spécialiste en urologie m'a assuré que l'on avait eu recours à cette procédure de tout temps – on en trouve même des représentations sur des fresques égyptiennes.

Les manuscrits médicaux de l'époque ne font à ma connaissance pas allusion à une quelconque utilisation de l'opium en tant qu'anesthésique, sans doute par crainte des foudres de l'Église, qui voyait dans la douleur une forme de salut. Mais l'opium a très tôt été disponible en Angleterre, en particulier dans la région des *fens*, et il est peu vraisemblable que les moins pieux et les plus charitables des médecins n'y aient pas eu recours, comme les chirurgiens de la marine par la suite. (Cf. *Rough Medicine*, de Joan Druett, Routledge, 2000.)

Si situer l'action à Cambridge est un choix de ma part, de même que les disparitions d'enfants constituent un ajout fictif, l'histoire du petit saint Peter de Trumpington est plus ou moins directement tirée du mystère réel entourant William de Norwich, un garçon de huit ans, dont la mort en 1144 est à l'origine des accusations de meurtre rituel à l'encontre des Juifs d'Angleterre.

Même s'il n'existe aucune trace d'une épée qui aurait appartenu au premier-né d'Henri II et été envoyée en Terre sainte, Guillaume le Maréchal y aurait emporté celle du second fils du roi, Henri le Jeune, à la mort de ce dernier, afin de faire de lui un croisé à titre posthume.

C'est sous le règne d'Henri II que les Juifs d'Angleterre ont pour la première fois eu le droit de disposer de cimetières locaux – une concession datant de 1177.

Il est peu probable qu'il y ait eu des mines sur le site du fort de Wandlebury Hill, mais qui sait ? Les hommes du néolithique qui extrayaient du silex pour fabriquer des couteaux et des haches rebouchaient leurs galeries avec les décombres une fois qu'ils avaient épuisé un filon, ne laissant que des dépressions dans l'herbe. Dans la mesure où Wandlebury a été rachetée au XVIIIe siècle pour accueillir des écuries de courses (l'endroit appartient de nos jours à la Cambridge Preservation Society, l'association pour la sauvegarde des sites et monuments de Cambridge), le sol aurait de toute façon été aplani pour les chevaux.

Dans l'intérêt de l'intrigue, je me suis donc sentie fondée à transplanter dans le Cambridgeshire l'un des quelque quatre cents puits de mine découverts à Grime's Graves, près de Thetford, dans le Norfolk. Malgré le caractère impressionnant de cette exploitation – les visiteurs peuvent aujourd'hui emprunter une échelle d'une dizaine de mètres de haut pour descendre au fond de l'un des puits –, c'est seulement vers la fin du XIXe siècle que la véritable nature des lieux a été identifiée, car les creux dans le sol passaient jusque-là pour des sépultures, d'où le nom (*grave* signifiant « tombe » et *Grime* dérivant de Grim, l'un des noms anglo-saxons d'Odin).

Enfin, au XIIe siècle, en Angleterre, les évêchés étaient moins nombreux et plus vastes qu'aujourd'hui. À une période, Cambridge s'est ainsi retrouvée rattachée au lointain diocèse de Dorchester, dans le Dorset. L'évêché de Saint-Albans est, cependant, fictif.

10/18, une marque d'Univers Poche,
est un éditeur qui s'engage pour
la préservation de son environnement
et qui utilise du papier fabriqué à partir
de bois provenant de forêts gérées
de manière responsable.

Impression réalisée par

La Flèche (Sarthe), 3009192
Dépôt légal : mars 2015
X06120/01

Imprimé en France